D1448615

C015009555

Rupert Kramer, genannt Ratz, ist der Sohn eines österreichischen Ministers. Er ist 35 Jahre alt und das, was man einen Versager nennt. Nächtelang sitzt Ratz vor dem Computer, um ein abstruses Vatervernichtungsspiel zu entwickeln. Er hasst seinen korrupten sozialdemokratischen Vater, der seine Familie wegen einer jungen Frau verlassen hat. Im November 1999 erhält Ratz einen geheimnisvollen Anruf von Mimi, seiner Jugendliebe. Ratz fliegt nach New York, ohne zu wissen, was ihn erwartet.

Anschaulich und fesselnd erzählt Josef Haslinger vom Schicksal dreier Familien: einer jüdischen Familie, die bei den Massakern der Nazis in Litauen vernichtet wird, der Familie der Täter, die sich nach Amerika retten kann und dort einen grotesken Zusammenhalt bewahrt sowie von Ratz' eigener, sozialdemokratischer Familie, die sich im Wien der neunziger Jahre erbärmlich auflöst. Bestechend genau beleuchtet Haslinger die Verwerfungen des vergangenen Jahrhunderts und macht eindringlich spürbar, dass man der Geschichte nicht entkommen kann.

Josef Haslinger, 1955 in Zwettl/Niederösterreich geboren, lebt in Wien und Leipzig. 1995 erschien sein Roman ›Opernball‹, der begeisterte Aufnahme bei Lesern und Kritikern fand und verfilmt wurde. Im Fischer Taschenbuch Verlag liegen weiterhin die Essays ›Das Elend Amerikas. Elf Versuche über ein gelobtes Land‹ (Bd. 11337), ›Politik der Gefühle. Ein Essay über Österreich‹ (Bd. 12365) sowie die beiden Novellen ›Der Tod des Kleinhäuslers Ignaz Hajek/Die mittleren Jahre‹ (Bd. 12917) vor. In der Collection S.Fischer erschien ›Hausdurchsuchung im Elfenbeinturm‹ (Bd. 2388). Zuletzt veröffentlichte er bei S.Fischer den Essayband ›Klasse Burschen‹. Josef Haslinger wurde im Jahr 2000 mit dem Ehrenpreis des österreichischen Buchhandels für Toleranz in Denken und Handeln und dem Preis der Stadt Wien ausgezeichnet, im Jahr 2001 erhielt er den Preis der Literatour Nord.

Josef Haslinger
Das Vaterspiel
Roman

Fischer
Taschenbuch
Verlag

Veröffentlicht im Fischer Taschenbuch Verlag,
einem Unternehmen der S. Fischer Verlag GmbH,
Frankfurt am Main, April 2002

Lizenzausgabe mit freundlicher Genehmigung
des S. Fischer Verlags, Frankfurt am Main
© 2000 S. Fischer Verlag GmbH, Frankfurt am Main
Satz: Fotosatz Otto Gutfreund GmbH, Darmstadt
Druck und Bindung: Clausen & Bosse, Leck
Printed in Germany 2002
ISBN 3-596-15257-7

Für Edith

Mit Ausnahme von Waldemar Bastos, Ralph Bendix, John Cale, Bill Clinton, Leonard Cohen, Heinz Conrads, Anton Diabelli, Bob Dylan, Elkhanan Elkes, Falco, Karl Farkas, Hertha Firnberg, Clark Gable, Geier Sturzflug, Johann Wolfgang von Goethe, Thomas Gottschalk, Wehrmachtsfotograf Gunsilius, Lauryn Hill, Adolf Hitler, Janet Jackson, SS-Standartenführer Karl Jäger, Jay-Z, Elton John, SS-Hauptsturmführer Jordan, John F. Kennedy, Heinz Kolisch, Wolfgang Kos, Tone Loc, Rosa Luxemburg, Madredeus, Bob Marley, Marcello Mastroianni, Karl May, Issey Miyake, Wjatscheslaw Michailowitsch Molotow, Nana Mouskouri, Georges Moustaki, Paul Newman, Olivia Newton-John, The Notorious B.I.G., Lee Harvey Oswald, Opus, Publius Ovidius Naso, Pablo Picasso, Pink Floyd, Bill Ramsey, Lou Reed, R.E.M., Ivo Robić, Alfred Rockenschaub, Teresa Salgueiro, Friedrich Schiller, Oswald Spengler, Bruce Springsteen, Philippe Starck, Michael Staudacher, Alfred Treiber, Tom Waits, Ernst Waldbrunn, Kurt Waldheim, Rüdiger Wischenbart, der Worried Men Skiffle Group, Peter Yarrow, Neil Young und Klara Zetkin sind alle Personen dieses Romans frei erfunden.

Teil 1
Die rote Brut

Ich war zu schnell unterwegs, das wusste ich. Die Dunkelheit ringsum. Der dichte Schneefall. Die Straße war nicht geräumt. Zu dieser frühen Stunde war noch kein Mensch außer Haus. Es gab keinen Unterschied zwischen Asphalt, Wiese und Acker. In der Windschutzscheibe lief ein Bildschirmschoner, Starfield Simulation, mit zweihundert Sternen, der Höchstanzahl, die man einstellen konnte. Sie rasten aus dem Dunkel des Alls auf mich zu. Ich musste genau schauen, um noch anderes wahrzunehmen, zum Beispiel die Stangen, die für den Schneepflug aufgestellt worden waren. Sie trugen Rückstrahler, rote auf der rechten, weiße auf der linken Straßenseite. Das sind keine Flugobjekte, sagte ich mir. Ich brauchte etwas Bodennahes. Und so stellte ich mir vor, die weißen Lichter wären entgegenkommende Panzer mit kampfbereiten Geschützen, die, einer nach dem anderen, plötzlich aus der Dunkelheit auftauchten, um alles zu durchsieben, was ihnen in die Quere kam. Manchmal blitzte im Scheinwerferlicht etwas auf, die Ecke eines Gefahrenzeichens, der noch nicht vom Schnee verklebte Rest eines Wegweisers, die windpolierte Wölbung einer Leitplanke. Die vielen Kurven machten es schwer, das Auto in der Straßenmitte zu halten. Die Panzer hatten gute Chancen, mich zu kriegen. Ich hätte langsamer fahren sollen, aber ich tat es nicht. Ich hatte einen Auftrag, und ich wollte ihm gewachsen sein.

Über Jahre war meine Haupttätigkeit für die anderen nicht sichtbar gewesen. Ich will mich ja nicht in dein Leben einmischen, hatte mein Vater ein ums andere Mal gesagt und sich dabei in mein Leben eingemischt. Er warf mir vor, ich würde den ganzen Tag nur mit dem Computer spielen. Er hatte nicht ganz Unrecht. Es gab tatsächlich kaum ein Computerspiel, das ich nicht kannte. Ich beobachtete die grafischen Effekte. Wenn sie mir gefielen, versuchte ich die

Files zu knacken und ihr digitales Innenleben bloßzulegen. Das war nicht leicht, denn sie suchten ihre Eingeweide genauso zu schützen, wie Lebewesen es tun. Zur Entspannung schlachtete ich meinen Vater.

Drei Millionen, oder ich bring dich um, sagte ich.

Schau, sagte mein Vater. Wenn er unangenehm wurde, sagte er immer: Schau. Er hatte auch zu meiner Mutter dauernd Schau gesagt in der Zeit, als er nur noch unangenehm war. Schau, sagte er, ich habe dir das schon oft erklärt. Ich würde dir nichts Gutes tun damit.

Schade, antwortete ich, kann man nichts machen. Und dann rammte ich ihm das Messer in den Bauch. Er bekam große Augen.

Weißt du, sagte ich, ich würde dir nichts Gutes tun, wenn ich dich länger am Leben ließe. Korrupte Schweine wie du müssen früher oder später geschlachtet werden.

Für meinen Vater hatte ich mir schon Hunderte Todesarten ausgedacht. Die mit dem Messer war eine vergleichsweise harmlose, ein beruhigender Gedanke zwischendurch. Ein schnelles Gegenübertreten von Mann zu Mann. In zwanzig Minuten wäre das Blut auf dem Boden geronnen. Natürlich würde ich Handschuhe tragen. Aber ich würde sie nicht im Garten wegwerfen, sondern in meinem eisernen Öfchen verbrennen. Mit der zufriedenen Miene eines Mannes, der getan hat, was getan werden musste.

So waren die Jahre dahingegangen. Aber dann hatte Mimi angerufen und ich war losgefahren. Zwar hatte ich um ein paar Stunden Bedenkzeit gebeten. Aber es gab nichts zu bedenken. Es sollte nur nicht so aussehen, als hätte ich sonst nichts zu tun. Ich ging ein paar Mal im Kreis, dann rief ich zurück. Viel zu schnell. Mir fehlte jede Reserve.

Zum Glück bin ich jetzt selbstständig, sagte ich. Da kann ich es mir einteilen. Bloß die Katze. Irgendwo muss ich die Katze unterbringen.

Lenin lebt noch?

Nein, Lenin ist tot. Sein Nachfolger heißt Alexandr, benannt nach dem Bruder von Lenin.

Lenin hatte einen Bruder?

Alexandr wurde hingerichtet, als Lenin siebzehn war.

Wusste ich gar nicht.

Dieser knappe Satz, dann schwieg sie. Vielleicht dachte sie über Lenin und seinen Bruder nach. Vielleicht versuchte sie sich vorzustellen, was man als Siebzehnjähriger empfinden muss, wenn die Machthaber deinen Bruder hinrichten. Das teure Ferngespräch war plötzlich zu einem Fernschweigen geworden.

Meine Mutter könnte ich fragen, sagte ich, damit etwas weiterging.

Das ist gut. Frag deine Mutter.

Dann schwieg sie wieder. War sie unsicher geworden, ob sie sich an den Richtigen wandte? Wir hatten einander eine Ewigkeit nicht gesehen.

Wie viel Geld werde ich brauchen?

Gar keines.

Ich frage nur, weil bei uns gleich die Banken zusperren. Du weißt ja, wie das hier ist. In der Früh, wenn die Leute zur Arbeit fahren, sind die Banken geschlossen. Wenn sie von der Arbeit heimkommen, sind sie auch geschlossen. Ernsthaft arbeitende Menschen stellen sich unter einem Bankangestellten einen Automaten vor, weil sie einem menschlichen Exemplar noch nie begegnet sind.

Das ist hier nicht viel anders, antwortete sie. Nach einer kurzen Pause sagte sie: Das Geld lass meine Sorge sein. Du brauchst nichts mitzubringen. Ein paar Klamotten, sonst nichts.

Das war gut. Denn ich hätte meinen Vater sicher nicht noch einmal um Geld gebeten. Weg von hier. Das traf sich gut. Nichts wie weg von hier.

In die Einreiseformulare, sagte Mimi, musst du eintragen, wo du wohnen wirst. Lass mich aus dem Spiel. Gib irgendein Hotel an.

Welches?

Nicht das Chelsea-Hotel. Alle, die kein Hotel wissen, geben das Chelsea-Hotel an, das erregt Verdacht.

Genau so war es mir fünf Jahre zuvor ergangen. Ich hatte nicht einmal die Adresse des Chelsea-Hotels gewusst und war dann vier Stunden am Flughafen festgehalten worden. Davon sagte ich nichts. Ich wollte Mimi nicht als erstes Lebenszeichen nach langen Jahren meine Niederlagen auf die Nase binden.

Kannst du mir ein Hotel sagen, das geeignet ist?

Hast du eine E-Mail-Adresse?

R wie Rupert, dann Kramer, aber ohne Punkt dazwischen, dann der Klammeraffe, dann Vienna, Punkt, at.

Moment. Wieso Rupert, du heißt doch Helmut.

Schreib ja nicht Helmut. Das kriegt sonst mein Vater.

Ich verstehe, sagte sie. Dann schwieg sie wieder. Hatte sie doch Zweifel?

Wie geht es dir?, fragte ich. Aber anstatt darauf zu antworten, sagte sie: Ich kann dir doch vertrauen?

Du kannst mir vertrauen.

Ich hatte die Frau seit vierzehn Jahren nicht gesehen, nur hin und wieder ihre Stimme im Radio gehört. Und dann sagte ich einfach zu ihr: Du kannst mir vertrauen. Immerhin brachte mich das auf den Gedanken, endlich nachzufragen, worum es eigentlich geht.

Du hast doch damals bei uns ausgemalt, sagte sie.

In der Wohnung von Brigitte? Das ist lange her.

Ja, das ist lange her. Kannst du auch Mauern aufstellen?

Mauern aufstellen?

Ich meine, Räume unterteilen, eine Wärmedämmung anbringen, gegen Schall isolieren und solche Sachen.

Ich stellte mir eine Wohnung in einem roten Backstein-
haus vor, mit Feuerleitern vor den Fenstern.

Bei euch in New York?

In einem Haus auf Long Island.

Ah. Ist das ein Holzhaus?

Ja.

Dann kann ich es. Ich habe es nie gemacht, aber ich denke, dass ich es kann.

Gut. Dann komm so schnell wie möglich hierher.

Was heißt so schnell wie möglich?

Morgen.

Morgen?

Ja, geht es morgen schon?

Sie war im Internet die Flüge durchgegangen. Sie wusste,
dass die Direktflüge von Wien nach New York für die
nächsten elf Tage ausgebucht waren. Sie wusste, dass innerhalb der nächsten Woche auch von München kein New
York-Flug zu bekommen war. Und sie wusste ebenso, dass
es am nächsten Tag noch Plätze von Frankfurt aus gab, in
einer Maschine der Pakistan Airlines. Für diesen Flug hatte sie sogar schon einen Platz reserviert. Sie nannte die Bu-
chungsnummer. Das Ticket liege in Frankfurt am Schalter
der Pakistan Airlines bereit. Es gebe nur ein Problem. Die
Flüge von Wien nach Frankfurt seien leider auch alle ausgebucht. Ich müsse mit dem Zug nach Frankfurt fahren.

Zehn Minuten später blinkte das Briefsymbol am unteren Rand meines Bildschirms. Das kurze Schreiben enthielt
die Adresse des Paramount-Hotels in der 46. Straße. Ein
kleiner Absatz war noch angehängt:

Mein Verhalten muss dir merkwürdig vorkommen.
Aber ich kann dir das nicht in Kürze erklären. Du wirst
nichts tun müssen, was du nicht tun willst. Herzlichst Mimi. Und lösch das File bitte.

Dann ging ich wieder im Kreis. Gerade hatte ich noch

gedacht, ich sollte Mimi behilflich sein beim Aufstellen einer Mauer, beim Abteilen eines Zimmers, beim Isolieren gegen Schall und ähnlichen Dingen. Und nun der Satz: Du wirst nichts tun müssen, was du nicht tun willst. Was erwartete sie von mir, von dem sie annahm, dass ich es möglicherweise nicht tun wollte? Wozu die Heimlichkeiten? Wer darf nicht wissen, dass sie ein Zimmer abteilt?

Vielleicht, so überlegte ich, hat Mimi mit dem Hausbesitzer schon derart viele unangenehme Gerichtstermine hinter sich gebracht, dass sie ihm nun sogar zutraute, er würde Computer im anderen Kontinent beschlagnahmen lassen, nur um beweisen zu können, dass der Maurer der Geheimhaltung halber aus Europa bestellt worden war.

Vertrauen in mich bedeutete auch, die Gründe für meine Reise vor meiner Mutter geheim zu halten. Ich wollte meine Mutter nicht belügen. Sie war in ihrem Leben genug belogen worden. Meine Mutter zu belügen hätte bedeutet, mich mit meinem Vater, diesem unnötigen Restexemplar von einem Menschen, auf eine Stufe zu stellen. Ich musste meine Mutter über den Zweck der Reise im Unklaren lassen. Was nicht so schwer sein konnte, da mir dieser Zweck selbst nicht ganz klar war.

Im Kreis zu gehen war sinnlos. Ich setzte mich an den Computer und schlachtete zur Beruhigung meinen Vater. Ich zog ihm den Hals in die Länge, schnürte ihm die Taille ab, kickte ihm den Schädel vom Rumpf. Das ging alles viel zu schnell. Ich brauchte etwas Ausführlicheres. Im Wohnzimmer hatte mein Vater eine gut zwei Meter hohe Skulptur stehen. Es war eine überdimensionale Ausführung der Zitruspresse von Philippe Starck. Ich setzte meinen Vater darauf und presste ihn genüsslich aus. Das Gemisch seiner Säfte fing ich auf und verteilte es in die verschiedenen Einweck- und Gewürzgläser im Küchenregal, die ich sorgsam mit Hausherrentrunk beschriftete. Den übrig gebliebenen

Hautlappen meines Vaters putzte ich mit einem Scheuermittel. Dann fettete ich ihn mit seiner teuren Hautcreme, die ihm den Verfall verschleiern sollte, von oben bis unten ein und besprühte ihn mit Herrenparfum. Ich frisierte ihm die Haare und legte ihn vor das widerliche französische Bett mit integrierter Hi-Fi-Anlage, das er seit kurzem mit seiner Schnepfe teilte. Da lag er nun als Bettvorleger mit hochstehendem Kopf, wie die Trophäe einer Großwildjagd. Ich schrieb Freundschaft Genosse unter das Bild und betrachtete in Ruhe mein Werk. Dann klickte ich zurück zum Mail-Programm.

Ich markierte die Adresse und druckte sie aus. Ich löschte das File und löschte es dann noch einmal im Ordner der gelöschten Files. Alexandr streifte zwischen meinen Beinen herum und schmiegte sein grau-weiß gesprenkeltes Fell an meine Füße. Er wollte Abschied nehmen. Vielleicht wollte er auch nur darum bitten, ihm den Transportkorb zu ersparen. Er wusste immer im Voraus, wann ich verreiste. Vielleicht verstand er meine Telefongespräche. Oder ich ging jedes Mal, bevor ich ihn abschob, im Kreis. So genau wollte ich es gar nicht wissen.

Als ich am nächsten Morgen das Haus meiner Mutter verließ, war alles verschneit. Irgendwo unten im Dorf fuhr eine Schneeschaufel über den Asphalt. Ihr blechernes Kratzen war der einzige Laut, der zu hören war. Der Schneefall war so dicht, dass ich nicht einmal den angrenzenden Friedhof sehen konnte. Um diese Jahreszeit, es war der Tag nach Allerseelen, brannten gewöhnlich alle Grablichter. Sie waren in schmiedeeiserne Laternen eingeschlossen, der Schnee konnte sie nicht ausgedrückt haben. Am Abend war da noch ein Lichtermeer gewesen. Aber jetzt war nicht ein einziges Kerzlein zu sehen. Es war nicht kalt, knapp unter null. An den Tagen davor war es kälter gewesen. Mein Auto war eine abgeflachte weiße Halbkugel. Hätte ich mich nicht erinnert, aus welcher Richtung kommend ich es abgestellt hatte, ich hätte nicht gewusst, wo vorne und hinten ist. Mit einem Handbesen machte ich mich an die Arbeit. Um mir nicht selbst die Ausfahrt zu blockieren, versuchte ich, den Schnee in weitem Bogen vom Dach zu schleudern. Aber ich musste meinen Eifer zügeln, der Kopf schmerzte. Windböen drückten mir die Augen zu. Die Flocken blieben an den Wimpern hängen und ließen mich blinzeln. Als ich schließlich auch die Heckscheibe gereinigt hatte, war die Windschutzscheibe schon wieder undurchsichtig geworden.

In der Nacht hatte ich zu viel Wein getrunken. Das war nicht schlimm. Aber ich hatte den Fehler begangen, den ich in letzter Zeit häufig beging, wenn ich zu viel Wein trank. Ich hatte zum Abschluss noch ein paar Schnäpse nachgespült. Wenn ich am nächsten Tag ausschlafen konnte, spielte das keine Rolle. Diesmal musste ich dafür büßen. Ich warf den Besen vor die Haustür. Er blieb mit den Borsten nach oben liegen. In ein paar Minuten würde er unsichtbar sein. Der dichte Schneefall gefiel mir. Ich startete den Wagen und stellte den Drehknopf des Heizungsgebläses auf das Symbol für die Windschutzscheibe. Dann ging ich noch einmal ins Haus zurück und nahm zwei Aspirin. Bevor ich losfuhr, warf ich einen Blick auf das Schlafzimmerfenster meiner Mutter. Die Vorhänge waren nicht zugezogen, das Licht brannte, aber von meiner Mutter war nichts zu sehen. Wahrscheinlich schlief sie noch. Ich überlegte, ob ich zurückgehen und das Licht ausknipsen sollte. Aber da hatte ich schon den zweiten Gang eingelegt und bewegte den Wagen mit schleifender Kupplung durch den tiefen Schnee, hinüber zum Weg, der am Friedhof vorbei zur Straße hinunterführt. Anfangs fuhr ich vorsichtig. Dann wurde mir bewusst, wie spät ich dran war, und ich drückte aufs Gas. Ich hatte keine Scheu vor der unberührten Landschaft, ich

kannte mich aus. Mir war klar, jetzt kommt eine Rechts-
kurve, jetzt ein Ort, gleich wird es bergauf gehen, dann ein
Wald. Doch mit einem Mal verlor ich den Überblick. Ich
konnte das wenige, das ich sah, keinem Bild mehr zuordnen. Ob ich bergauf oder bergab fuhr, merkte ich nur noch
am Geräusch des Motors. Ein Baum, ein Wald, eine scharfe Linkskurve. Dann Straßenlichter und Hausmauern, ein
Ort. Aber welcher? Mir war kein Ortsschild aufgefallen
und ich sah auch keines, als die Lampen wieder verschwunden waren. Als wäre ich in eine unbekannte Gegend geraten. Finnland, dachte ich. Ich bin durch ein Loch
gerutscht und im finnischen Winter angekommen. Ich wartete auf finnisch beschriebene Straßenschilder. Huoltoasema. Ich hatte einmal im Fernsehen gesehen, wie ein ver-
dutzter Literaturkritiker in ein finnisches Kulissendorf
entführt wurde. Er starrte auf ein Schild mit der Aufschrift
Huoltoasema. Der Tankwart konnte keine Auskunft geben, er sprach nur finnisch.

Okay, sagte ich, ihr könnt das Licht wieder andrehen,
die Schneekanonen abschalten und die Kulissen wegräumen. Ihr habt es geschafft.

Es hörte mir offensichtlich niemand zu.

Abräumen, schrie ich. Eins zu null für euch. Ihr habt es
geschafft.

Es nützte nichts. Der Schneefall war nun so dicht, dass
die Straßenränder nicht mehr als Lichterfolge von Rück-
strahlern erkennbar waren. Ich hatte Mühe, von einer Be-
grenzungsstange zur nächsten zu sehen. Und da verlor ich
plötzlich das Bild der Straße. Sie war kein Band mehr, das
sich irgendwohin schlängelte. Ich sah eine weiße Fläche,
von den Autoscheinwerfern aus tiefer Dunkelheit heraus-
geschnitten, und ich sah ein paar Lichtpunkte inmitten von
dichtem Flockengesirr. Diese weißen Lichter, sagte ich mir,
müssen links von mir sein, es sind die kleinen Kampfpan-

zer, die mir entgegenkommen, und diese roten Lichter müssen immer rechts sein, es sind Rücklichter einer freundlichen Panzerkolonne, die ich überhole. Da ist der nächste weiße und da der nächste rote Strahl. So tastete ich mich voran. Als ich das Fernlicht einschaltete, war es, als wäre ich in die Bildstörung eines Fernsehapparats geraten, in einen gegenstandslosen, flirrenden Raum. Ich schaltete wieder auf das Abblendlicht zurück und suchte meine Orientierungspunkte. Hier ein rotes Licht, dort ein weißes. Ein freundlicher Panzer und ein feindlicher.

Karlstift stand auf einem Wegweiser. Fast wäre ich daran vorbeigefahren. Ich riss den Wagen im letzten Augenblick nach links hinüber. Für eine Weile war ich hellwach. Der unbekannte finnische Ort, so überlegte ich, muss Langschlag gewesen sein. Da erst merkte ich, dass sich das Geräusch geändert hatte. Auch die Fahrbahn war nun wieder deutlich zu erkennen. Sie wurde auf der rechten Seite von einer Schneewechte begrenzt und auf der linken von einer gut zehn Zentimeter hohen Stufe. Je schneller ich fahre, dachte ich, desto mehr bin ich gezwungen, mich zu konzentrieren. Ich hörte das Klicken von Rollsplitt auf dem Boden der Karosserie. Die Panzerkolonne war abgerissen. Aber es ging wieder voran.

Das Prasseln der Steinchen gegen den Autoboden, diese alte, vertraute Wintermusik von den Fahrten mit meinen Eltern nach Scheibbs. Dort gab es Glühwein und Weihnachtsgebäck. Lilienporzellan.

Deck doch heute das Lilienporzellan, sagte meine Großmutter, als meine Mutter ins Speisezimmer ging. Das waren abgeschnittene Kegel mit Dreieckshenkeln. Es gab sie in verschiedenen Pastellfarben. Ich bekam immer die hellblaue Tasse, die meiner Schwester war rosa. Aber sie enthielt keinen Glühwein, nur Kindertee. Innen waren die Tassen weiß. Vergeblich suchte ich die Lilien.

Du musst sie umdrehen.

Ich drehte sie um.

Nein, schau dir an, was du angerichtet hast.

Mein Vater war längst nach Wien zurückgefahren, meine Mutter erzählte von der Schule, und der Großvater sagte Erziehung. Lilienporzellan und Erziehung, das waren zwei Scheibbser Weihnachtswörter.

Du musst durchgreifen, die tanzen dir sonst auf dem Kopf herum.

Ich saß daneben und stellte mir die Schüler meiner Mutter vor, kleine, freche Läuse, die ihr auf dem Kopf herumtanzen.

Wie Meteoriten rasten die Schneeflocken auf das Auto zu, oder wie kleine Zerstörer. Die Panzer hatten fliegen gelernt. Das All hatte es darauf angelegt, ein einsam durch die Nacht schwebendes Raumschiff zu durchsieben, es mit Abertausenden von Flugobjekten zu bombardieren. Die fetten, weißen Geschosse stießen in dichten Formationen herab und nahmen Kurs auf mein Cockpit. Im letzten Moment, knapp vor dem Aufschlag, drehten sie ab. Einige reagierten zu langsam. Sie zerplatzten auf dem Glasschild. Der Aufräumdienst drückte den wässerigen Überrest an den unteren Scheibenrand.

Plötzlich gab es Licht im Weltall. Zuerst war es nur ein leichter gelblicher Schein, wie das Flackern eines entfernten Sterns. Doch dieser Funke wurde schnell größer. Was gerade noch ein kleiner Punkt war, wuchs im nächsten Augenblick zur Ausleuchtung des gesamten Horizonts. So als hätte jemand in der kosmischen Tiefe einen Dimmer auf Hell gestellt. Hinter dem Geflirr der hereinstürzenden Flugobjekte begann der Himmel zu blinken. War es das Mutterschiff der kleinen Zerstörer? Es war groß, sehr groß. Und es kam in Windeseile näher. Es strahlte ein flackerndes, orangefarbenes Licht aus. Als Erstes war ein umgedrehter Kegel zu sehen, wie eine große Tasse Lilienporzellan oder eine Raketendüse. Aus der nach unten ragenden Spitze sprühten Funken heraus.

In diesem Moment, als die Größe des Objekts, mit dem ich gleich kollidieren würde, absehbar war, erinnerte ich mich daran, dass ich im Auto saß. Ich war schlagartig bei Sinnen. Jetzt nur nicht auf die Bremse treten, dachte ich. Aber mein Wagen war zu schnell. Er würde auffahren. Also doch auf die Bremse. Vorsichtig. Nicht zu viel Druck. Ein Ziehen nach rechts. Nachgeben. Antippen, nur leicht antippen. Und noch einmal. Immer noch zu schnell. In den dritten Gang runterschalten und die Kupplung sanft einschleifen lassen. Ganz sanft. Ich spürte meinen Herzschlag.

Wahrscheinlich hätte man diesen Moment für eine Autowerbung verwenden können. Alle reden vom Vorderradantrieb. Lass sie reden. Ich weiß den Vorteil der alten Hinterradtechnik zu schätzen: Man kann bei glatter Fahrbahn die Motorbremse verwenden. Ich war einem Auffahrunfall knapp entkommen. Und das Raumfahrzeug war ein Räumfahrzeug. Ich versuchte laut zu lachen. Irgendwie musste ich mich beruhigen. Mein Brustkorb hüpfte im Rhythmus des Herzschlags.

Natürlich hätten sie mich nach dem Casting abgelehnt. Darüber machte ich mir keine Illusionen. Rote Augen, ein ausgefranster, roter Vollbart, schütteres Kopfhaar, ganz oben auf der Birne, dort, wo der Putz sein sollte, eine kreisrunde, mit natürlichen Ressourcen nicht mehr kaschierbare Glatze. Kinder, Kinder, hätte der Produktionschef spätestens bei der Vorführung der Clips gerufen. Wir wollen ein Auto verkaufen und keine Ratte. Das nächste Take, bitte.

Ich wusste, wie ich von der Seite aussah. Oft genug hatte ich einen Handspiegel genommen und mich damit neben den Badezimmerspiegel gestellt. Meine spitze Oberlippe kann ich mit der Unterlippe nicht einfangen. Das sagt alles. Keiner, der mit der Unterlippe über die Oberlippe leckt, entgeht mir. Ich habe einen Blick dafür. Von der Seite gesehen wirkt meine Oberlippe wie die Verlängerung der Nase. Sie steht ab. Bildet ein Vordach, um die Nasentropfen vom Körper fern zu halten. Ich schaute in den Spiegel, betrachtete mein eigenes Profil und sagte: Du hast einen Rattenschädel. Du kannst es nicht leugnen. Du bist eine verdammte Ratte.

Dort, wo ich zur Mittelschule ging, sagte man Ratz zur Ratte. Und so hieß ich dann auch. Nicht mehr Helmut oder Heli, sondern: der Ratz. Ich habe denjenigen, der mich als Erster Ratz nannte, durch den Klassenraum verfolgt und habe ihm, da ich ihn nicht erwischte, das Geodreieck nachgeworfen. Das Geodreieck war zerbrochen, aber der Ratz blieb mir. Von dem Tag, an dem das Geodreieck durch die Klasse flog, bis zu dem Schikurs, an dem ich nur noch Ratz genannt wurde, war nicht einmal ein Monat vergangen. Der Zusammenhang von Name und Erscheinung war zu augenfällig. Hätte man die Wirtsleute in Saalbach oder Zauchensee bei der Ankunft des Autobusses mit den Schikursteilnehmern gefragt, wer von uns der Ratz sei, sie hätten ohne zu zögern auf mich gezeigt. Der Name blieb haften wie ein Brandzeichen. Er war mir von Anfang an ins Gesicht geschrieben. Es brauchte nur jemand zu kommen, der ihn lesen konnte.

Als Student dachte ich, ein Vollbart würde mir helfen. Ein mit Barthaaren nach vorne gerundetes Kinn würde zur Oberlippe einen Gegenpol bilden, würde ihr gleichsam die Spitze brechen. Aber der Bart wurde nur eine halbe Sache. Rotblonde Typen wie ich taugen nicht dafür. Ich hatte schon die zwanzig überschritten, bis ich endlich mein erstes Brusthaar entdeckte. Ich musste nachhelfen. Am Beginn des Studiums massierte ich Klettenwurzenöl in mein Kinn, in den folgenden Semestern waren es von meiner Mutter angesetzte Brennnesseltinkturen. Später verwendete ich Priorin, gegen das Ende meines langen Studierversuches zu kam ein neues Mittel auf den Markt, Regaine. Ich massierte es mir täglich zweimal ins Kinn, mit dem Erfolg, dass Lucia, meine Nichte, kaum konnte sie sprechen, mir rundweg ins Gesicht sagte: Du siehst aus wie ein Ratz mit Geißbart.

Auf der Rückseite des Räumfahrzeugs, dem ich folgte, war ein eiserner Trichter montiert, aus dem, von zwei grellen Rotationslampen beflackert, eine Drehscheibe Splitt herausschleuderte. Bei meinem Bremsmanöver war ich so nahe an das Fahrzeug herangekommen, dass die Steinchen auf die Kühlerhaube sprangen. Ich musste mich zurückfallen lassen. Am Straßenrand leuchteten die Bäume orange auf, von vorne war zu hören, wie der Schneepflug über den Asphalt schrammte. Es fiel mir schwer, Abstand zu halten. Immer wieder kam ich so nahe, dass das Auto von Steinchen getroffen wurde.

Der Schneepflug hinterließ eine deutliche Stufe, nicht direkt an der Straßenmitte, sondern ein wenig auf die linke Seite versetzt. Es war, als wäre die andere Fahrbahn nicht nur schmäler, sondern auch noch eine unüberwindbare Ebene höher gelegen. Sie lud nicht gerade zu einem Überholmanöver ein. Hinzu kam der dichte Schneefall. Es wäre richtig gewesen, Abstand zu halten und auf bessere Bedingungen zu warten.

Bei diesem Tempo war es aussichtslos, um zwei Uhr in Frankfurt zu sein. Ich würde das Flugzeug versäumen. Am besten wäre es, langsam nach Wien zurückzufahren, Mimi anzurufen und ihr alles zu erklären. Aber das wollte ich nicht. Mimi hatte mich von allen ihren Freunden und Bekannten ausgewählt. Sie vertraute mir, und sie hatte den Flug bezahlt. Und ich antworte damit, dass ich das Flugzeug versäume?

Mimi hier, hatte sie am Telefon gesagt. Und dann war eine Pause gewesen. Ich hatte ihre Stimme sofort erkannt, sie war oft im Radio zu hören. Die Worte Mimi hier klangen, als würde sie einen Korrespondentenbericht beginnen. Ihre klare, sonore Stimme nahm allem, was sie sagte, den Zweifel. Wenn sie über eine Broadway-Produktion berichtete, dann klang das nicht wie ihre Meinung, sondern dann wollte man das so nehmen, wie sie es sagte. Gäbe es da noch einen Zweifel, so besagte ihr entschiedener Tonfall, dann würde ich gar nicht darüber berichten. Mimi kannte die Kraft ihrer Stimme und sie nutzte sie. Kein Ich bin der Meinung oder Ich sehe das so flossen in ihre Kommentare. Jeder Satz war ein unbezweifelbares Das ist so. Mimi Madonick, New York. Mit diesen Worten schloss sie ihre Berichte, und die Theaterdirektoren setzten sich ins Flugzeug. Eine Saison später war das Stück in Wien.

Sie sagte Mimi hier und wartete darauf, wie ich reagierte. Vielleicht war sie ja auch unsicher, ob wirklich ich am Telefon war und nicht etwa mein Vater oder sonst jemand mit demselben Namen, der im Wiener Telefonbuch gleich ein paar Seiten füllt. Ich war zu überrascht, um etwas zu sagen.

Erinnerst du dich an mich?

Klar erinnere ich mich an dich. Deine Stimme klingt wie im Radio.

Ich habe mir deine Nummer von der Auskunft geben lassen. Ich weiß gar nicht, wie ich dir das jetzt erklären soll.

Versuche es.

Kannst du schweigen? Ich meine, obwohl wir uns so lange nicht gesehen haben.

Natürlich kann ich schweigen, sagte ich. Aber im nächsten Moment dachte ich, das war vielleicht zu voreilig. Deshalb fügte ich hinzu: Es hängt schon auch davon ab, worüber.

Weißt du, fuhr sie fort, ich rufe dich an, weil ich Vertrauen zu dir habe. Das muss jetzt alles ganz komisch für dich klingen. Ich habe überlegt, an wen ich mich wenden könnte, und da bin ich auf dich gekommen.

Als der Anruf kam, war es mitten am Nachmittag. Danach ging ich im Kreis. Das ist meine Chance, dachte ich. In New York werde ich meine Videoanimationen verkaufen. New York wird mich reich und berühmt machen. Ich werde Mimi beim Haus helfen, und sie wird mir bei der Vermarktung meiner Erfindung helfen. Und dabei werden wir uns wieder nahe kommen. Mein lieber Ratz, du alter Masturbator, was du da gerade am Telefon gehört hast, war keine Radiostimme und keine alte Freundin aus Studienzeiten, es war nichts Geringeres als deine eigene Zukunft.

Am liebsten hätte Mimi gehabt, dass überhaupt niemand erfährt, dass ich nach New York fahre. Aber das ging natürlich nicht. Und so fragte sie mich, ob ich nicht in irgendeiner Weise selbst etwas in New York zu tun haben könnte. Und das war nun ein goldenes Tablett, auf das ich mit sparsamen Worten meine Erfindung legte.

Bring alles mit, was du hast, sagte sie. Wir werden sehen, was wir machen können.

Es sind drei Disketten, mehr nicht.

Gut, dann bring die drei Disketten mit. Und am besten gleich noch ein paar Kopien davon.

Zwei Kopien hatte ich noch, der Vorrat an leeren Disketten reichte noch für neun weitere Kopien. Als ich zu kopieren begann und die Etiketten beschriftete, war ich in euphorischer Stimmung. Ich hatte Mimi nicht gesagt, dass ich schon einmal in New York gewesen war, um meine Videoanimationen zu verkaufen, allerdings ohne Erfolg. Damals war mein Produkt noch nicht ausgereift. Und vielleicht war auch ich es noch nicht. Jedenfalls war ich die Sache falsch angegangen. Ich hatte keine Ahnung von den Verkaufspraktiken in der Softwarebranche. Mimi wird wissen, wie man es richtig macht. Ich werde meinen Vater nicht abstechen, dachte ich, ich werde ihm systematisch das Leben vermiesen, bis er von selbst geht. Das Einzige, was mir Sorgen machte, war, dass mich die Amerikaner für hoffnungslos veraltet halten könnten, weil ich mit Disketten komme anstatt mit einer CD-ROM. Mein Alter hatte sich geweigert, einen CD-ROM-Brenner zu bezahlen.

Drei Disketten waren fehlerhaft. Billiger Ramsch. Ich versuchte sie mit meinem Scan-Disk-Programm zu reparieren, aber es ging nicht.

Dir werde ich es zeigen, sagte ich und warf die Disketten in den Müll. Als Erstes werde ich mir ein neues Auto kaufen. Das musste sein. Einen Lincoln. Keinen Mercedes. Wäre zwar gut, geht aber nicht. Kommt mit einem fetten Mercedes daher. Was ich früher selber gesagt hatte, musste ich jetzt nicht unbedingt von anderen hören. Nein, einen Lincoln. Genauso teuer, genauso gut, aber keiner sagt: Kommt mit einem fetten Lincoln daher. Zuerst das Auto. Und dann, möglichst noch am selben Tag und möglichst im Auto geschrieben und, wenn es sich machen lässt, vom Auto aus in den Postkasten geworfen, ein Briefchen an den Vater:

Lieber Genosse Vater. Du kannst dir dein Geld in die Haare schmieren. Freundschaft!

Dein Sohn Rupert.

PS: Solltest du einmal in finanzieller Verlegenheit sein, weil es deine Schnepfe gar zu bunt treibt, wende dich vertrauensvoll an mich. Ich habe dir noch viel heimzuzahlen.

Ein Lincoln würde diesem Briefchen das nötige Gewicht verleihen. Ein schöner Neubeginn unserer Beziehung. Ein paar Zeilen, abgefasst in der einzigen Sprache, die mein Vater verstand. Und der Weg zu diesem Briefchen war der

Flug nach New York. Aber dann war die Mail gekommen: Du wirst nichts tun müssen, was du nicht tun willst. Ich konnte und wollte nicht mehr zurück. Ich hatte zugesagt zu kommen und davon sollte mich nicht einmal dieser unendlich langsame Schneepflug vor mir abhalten.

Vielleicht hatte Mimi einfach die Arbeit gemeint. Sie wollte sagen, dass ich mich zu keiner Arbeit bei ihr verpflichtet fühlen müsse, dass ich jederzeit, wenn es mir auf die Nerven gehen sollte, wieder zurückfliegen könne. Mimi, so überlegte ich mir, hat sich auf Long Island ein Haus gekauft und sich dabei finanziell übernommen. Jetzt fehlt ihr das Geld, um das abgewohnte Haus zu sanieren. Sie muss die Arbeiten selber durchführen, ihre derzeitigen Freunde sind dafür offenbar ungeeignet. Irgendwelche amerikanischen Großstadtintellektuellen. Und da hat sie sich daran erinnert, dass ich in ihrer Wohngemeinschaft einmal ausgemalt und ein Elektrokabel verlegt habe, und so ist sie auf mich gekommen. So weit schien mir alles plausibel. Bis auf die Geheimniskrämerei. Die Geschichte mit dem ominösen Hausbesitzer, der von dieser Zwischenwand partout nichts erfahren dürfe, wollte mir, als ich hinter diesem grell blinkenden Schneepflug nachzuckelte und Steinchen auf die Motorhaube bekam, nicht mehr recht einleuchten. Aber es gab ja immer noch die Erfindung und meinen schlachtreifen Vater.

Ich war dem Scharren und Donnern des Schneeräumfahrzeugs gut zehn Minuten lang gefolgt. Als ich mir vornahm, nun nicht mehr länger zuzuwarten, sondern zu überholen, tat ich dies mit der Gewissheit, einen Fehler zu begehen. Ich zog den Wagen nach links hinüber und drückte aufs Gaspedal. Das Heck scherte aus. Ich nahm das Gas sofort weg und musste mehrmals gegenlenken, um das Auto wieder in den Griff zu bekommen. Es schlingerte von einer Seite zur anderen. Durch die Kälte der letzten Tage war der Boden unter dem Schnee offenbar gefroren. Bei jedem stärkeren Druck auf das Gaspedal drehten die Hinterräder durch. Ich war gegenüber dem Schneepflug etwas zurückgefallen und fuhr wieder nahe an ihn heran. Zwischendurch gab ich Vollgas, nur um zu sehen, wie der Tourenzähler auf über viertausend hinaufschnellte, ohne dass der Wagen eine spürbare Beschleunigung erfuhr. So kam ich nicht weiter. Langsam führte ich die linken Räder an die Schneekante heran. Sie glitten ab. Als ich mehr Druck machte, scherte wieder das Heck aus. Die Schneedecke war fester, als ich erwartet hatte. Wollte ich mich wirklich darauf einlassen, den Schneepflug zu überholen, musste ich anders vorgehen.

Ich schaltete in den vierten Gang und nahm dadurch dem Motor die Kraft. Der Tourenzähler fiel auf unter tausend. Ich war nun langsamer als das Räumfahrzeug. Um auf die andere Fahrbahn zu wechseln, bewegte ich mich zuerst von ihr weg. Ich fuhr an den rechten Straßenrand heran, ganz nahe an die vom Schneepflug frisch aufgehäuften und mit Splitt durchsetzten Schneewände, von denen Brocken herabrollten. Dann zog ich den Wagen vorsichtig nach links und fuhr in einem steileren Winkel als zuvor auf die andere Fahrbahn hinüber. Die Schneekante versetzte den Rädern einen leichten Schlag. Ich nahm noch mehr Gas weg und kam dabei in eine stabile Lage. Der Motor lief untertourig, sein Meißeln war deutlich zu hören. Doch er war stark genug, um wieder in Fahrt zu kommen. Das Räumfahrzeug war nur noch ein flimmerndes Orange hinter den Schneeflocken. Die Räder griffen, und langsam kam ich auf der Überholspur wieder an das Räumfahrzeug heran. Steinchen prasselten gegen die rechte Seite der Karosserie, als sich der Wagen neben die Doppelreifen des Lastfahrzeugs schob. Die Schneeketten rasselten im Rhythmus der Drehungen. Es war ein herzloses

Geräusch, als wäre das Räumfahrzeug ferngesteuert. Vorne schrammte, von hellen Scheinwerfern beleuchtet, die Pflugschaufel. Wolken von Schneestaub stiegen auf und verloren sich inmitten der nach wie vor dicht fallenden Flocken. Das Dröhnen und Poltern wurde lauter, je näher ich an die Pflugschaufel herankam. Mir war, als würde ich darunter sogar Funken wegfliegen sehen. Als ich auf der Höhe der Fahrerkabine war, beugte ich mich nach vorne und warf einen seitlichen Blick hinauf zum Chauffeur des Schneepflugs. Sein Gesicht war nicht zu erkennen, aber seine Hand. Sie fuhr ein paar Mal hin und her, als wollte sie die Bewegung eines Scheibenwischers nachahmen. Du bist ein Verrückter, schien sie zu sagen. Dir ist nicht zu helfen.

Ich fuhr an der Pflugschaufel vorbei. Das Auto war nun aus dem unteren Drehzahlbereich heraus, es zog deutlich an. Bloß nicht zu stark draufdrücken. Den Wagen unmittelbar vor dem Schneepflug quer zu stellen, könnte böse ausgehen. Die Straße war noch gut ausgeleuchtet, aber da vorne wartete eine Wand von dichtem, undurchdringlichem Schneefall. Sie war nachgiebig, sie verschob sich, aber sie rückte dennoch unaufhaltsam näher, je weiter ich mich vom Räumfahrzeug entfernte. Als ich das Auto in einem leichten Bogen auf die rechte Fahrbahn zurückzog, schaltete das Räumfahrzeug dreimal hintereinander das Fernlicht ein. Leck mich, Kollege, sagte ich.

Jetzt galt es, dem Schneepflug zu entkommen. Ihn zuerst zu überholen, um dann genauso schnell zu fahren oder ihn gar bei der Räumarbeit zu behindern, das wäre ein jämmerlicher Auftritt. Ich drückte weiter auf das Gaspedal. Das orange Flackern der Waldbäume erlosch. Im Rückspiegel verlor sich das Lichterwerk des Räumfahrzeugs. Dessen Fahrer, so schwor ich mir, sollte mich kein zweites Mal zu Gesicht bekommen. Es war wieder dunkel ringsum, und ich fuhr wieder zu schnell. Kein Wetter sollte mich von meinem Flug abhalten.

Der Schneepflug war das einzige Fahrzeug gewesen, das ich bis dahin getroffen hatte. Es war gut eine halbe Stunde vergangen, seit ich vom Haus meiner Mutter losgefahren war.

Ich wäre mit dem Zug gefahren, hätte meine Mutter nicht am Telefon behauptet, ich würde sie nur noch als Tierheim verwenden. Ich hatte sie gebeten, Alexandr abzuholen. Es war schon später Nachmittag, sie schluckte am Telefon, und ich hatte Angst, sie würde gleich losheulen. Nichts hasse ich mehr, als wenn Menschen am Telefon heulen. Ich fühlte mich ihr ausgeliefert, war unfähig zu reagieren. Mir fehlte die Sprache. Ich versuchte mir vorzustellen, was ich sagen würde, wenn ich ihr gegenüberstünde, sie sehen und berühren könnte, aber es fiel mir einfach nichts ein. Ich horchte in den Telefonhörer und dachte mir, als wäre das eine wirksame Beschwörungsformel: Fang jetzt bitte, bitte bloß nicht zu weinen an!

Aber meine Mutter schluckte und gluckste weiter, gleich würde sie losheulen, und so sagte ich zu ihr: Ich lege jetzt auf. In zwei Stunden bin ich bei dir.

Dann steckte ich Alexandr in den Tragekorb, schnappte den Plastiksack mit Katzenfutter, den Aktenkoffer mit meinen Disketten, dem Telefon und meinen Papieren, die schnell mit ein paar Klamotten gefüllte Reisetasche und fuhr los. Meine Mutter sitzt bei der Weinflasche und heult. Mit diesem Bild war ich zwei Stunden lang durch einen schönen Herbstabend unterwegs. Als ich in der hereinbrechenden Dunkelheit bei ihrem Haus in Kirchbach ankam, stellte meine Mutter gerade einen Papiersack mit zusammengerechtem Herbstlaub neben die Mülltonne und lachte.

Was machst du in Amerika?, fragte sie.

Ich werde dort reich und berühmt, antwortete ich.

Protokoll I
(Ludwigsburg, 15.1.1959)

Ich heiße Jonas Shtrom und bin amerikanischer Staatsbürger. Um hier, vor der »Zentralstelle der Landesjustizverwaltungen zur Aufklärung nationalsozialistischer Gewaltverbrechen«, meine Aussage zu machen, bin ich eigens aus Chicago angereist. Es geht um Verdachtsmomente, die von der hiesigen Staatsanwaltschaft leichter geprüft werden können als von jedem amerikanischen Gericht.

Ich wurde am 23. Februar 1925 in Klaipeda, Litauen, geboren. Von der deutschsprachigen Mehrheit wurde die Stadt Memel genannt. Sie ist zwei Jahre vor meiner Geburt von Litauen besetzt worden. Ich bin also gebürtiger Litauer und habe bis zum Alter von fünfzehn Jahren auch einen litauischen Pass besessen. Meine Großeltern väterlicherseits lebten bei uns im Haus. Sie sprachen jiddisch und russisch. Die Großeltern mütterlicherseits lebten in Riga. Ich sah sie nur selten. Mein Vater war Rechtsanwalt. Er sprach mit mir deutsch. Später auch litauisch. Meine Mutter war Gesangslehrerin und leitete einen Chor, der im Schützenhaus von Memel Konzerte gab. Wir beachteten zwar die wichtigsten jüdischen Feiertage, aber mehr der Großeltern wegen. An die Regeln hielten wir uns nicht. Lediglich Channuka war ein großes Familienfest, zu dem auch die Großeltern aus Riga anreisten.

Die meisten meiner Klassenkameraden wussten am Anfang wahrscheinlich gar nicht, dass ich Jude war. Jonas ist in Litauen auch unter Nichtjuden ein geläufiger Name. Ich besuchte das deutsche Gymnasium. Das geschah auf

Wunsch meiner Eltern. Meine Großeltern hätten mich gerne in der jüdischen Schule gesehen. Aber mein Vater hatte viele deutsche Klienten und wollte ein Zeichen setzen. Ich war bei weitem nicht der einzige Jude in der deutschen Schule.

Drei Klassen über mir war ein Schüler namens Algis. Er war der Sohn des litauischen Regionalpolitikers Munkaitis. Ich weiß, dass er eine ältere Schwester hatte. Sie hatte das Mädchen-Lyzeum besucht und dort von meiner Mutter Gesangsunterricht erhalten, aber ich habe sie nie kennen gelernt. Ich bin nicht einmal sicher, ob Algis mich kannte. Wir spielten zwar miteinander Fußball, aber die Jüngeren kennen in der Schule doch eher die Älteren als umgekehrt. Und er war der Politikersohn. Schon deshalb kannten ihn alle. Wegen der Politik seines Vaters wurde er manchmal gehänselt. Es gab viele Schüler, auch Lehrer, die darauf warteten, dass die Deutschen kämen und das Memelland zurückholten. Algis wollte seine Mitschüler überzeugen, dass es auch für die Deutschen von Vorteil wäre, wenn das Memelland litauisch bliebe. Ich verstand damals nicht viel von der Sache, aber ich wusste, dass Litauen für uns Juden besser war als Deutschland. Und so habe ich Algis, wenn ich in der Pause bei solchen Gesprächen zuhörte, immer ein wenig bewundert. Wenn er ging, bewegten sich seine Schultern im Rhythmus der Schritte weit nach links und rechts. Ich dachte mir damals, so gehen richtige Männer, und habe diesen Gang heimlich nachgemacht. Es gab deutsche Schüler, die sich für etwas Besonderes hielten und nicht mit uns Juden sprachen. Algis war da anders. Er war froh, wenn ihn die älteren jüdischen Schüler in seinen Ansichten unterstützten. Im neuen Schuljahr, es muss 1937 gewesen sein, war Algis nicht mehr in unserer Schule. Es wurde gesagt, er habe in das neue litauische Vytautas-Gymnasium gewechselt. Von da an sah ich Algis mehrere

Jahre nicht und kann auch nicht angeben, was er in der Zwischenzeit gemacht hat.

Aus den Wahlen von 1938 gingen im Memelland die Nationalsozialisten als Sieger hervor. In unserer Schule wurde die Hitlerjugend gegründet. Nach den Weihnachtsferien wurden die Lehrer, wenn sie die Klasse betraten, mit »Heil Hitler« gegrüßt. Wir Juden standen mit den anderen auf, mussten aber schweigen. Die privaten Kontakte mit deutschen Schülern waren nun so gut wie zu Ende. Es wurde ihnen untersagt, sich mit uns abzugeben. Im März 1939 musste das Memelland, nach einem Ultimatum von Hitler, wieder an Deutschland abgetreten werden.

Schon vor dem Ultimatum übersiedelten wir nach Kowno, auch Kaunas genannt, die damalige Hauptstadt von Litauen. Ich nahm diese Übersiedlung nicht als Flucht wahr. Wir waren nicht unmittelbar bedroht. In der Schule waren wir jüdischen Schüler zwar isoliert gewesen, aber nicht benachteiligt. Die deutschen Schüler fuhren zu ihren Treffen und Zeltlagern, wir zu unseren. Mein Vater hatte durch seine vielfältigen Kontakte größeren Einblick in das, was sich zusammenbraute. Er hatte die Übersiedlung sorgfältig vorbereitet und eine Wohnung angezahlt. Einige Klienten meines Vaters, vor allem natürlich Juden, waren ebenfalls nach Kowno gezogen. Und so konnte er, nach anfänglichen Problemen, seiner Arbeit wieder nachgehen. Meine Mutter gab Gesangsunterricht in einem jüdischen Kulturverein. Ich ging nun zur Jüdisch-Litauischen Schule.

Innerhalb kürzester Zeit füllte sich die Stadt mit Flüchtlingen, darunter Bekannte aus dem Memelland, die häufig bei uns wohnten, bis sie eine neue Bleibe fanden. Dann kamen österreichische Juden, hierauf polnische. Meine Eltern arbeiteten in einem Hilfskomitee. Meine Mutter organisierte Musikabende, deren Erlös den Flüchtlingen zugute kam. Wir haben gewusst, dass es den Juden unter den

Deutschen nicht gut ging. Vor allem die polnischen Juden erzählten schlimme Geschichten. Aber ich muss gestehen, dass mich das alles nicht sonderlich berührte. Wir hatten ja vorgesorgt, wir waren rechtzeitig fortgegangen. Ich hatte damals ein ganz anderes Problem. Mir gehörte ein großes, eigenes Zimmer, aber ich konnte es kaum bewohnen, weil wir immer Flüchtlinge zu Gast hatten. Die Fenster gingen auf eine Nebenstraße hinaus. Wenn sie am Abend geöffnet waren, konnte ich die Musik aus einem benachbarten Tanzcafé hören. »Rosamunde« war damals ein beliebter Schlager. Aber nun standen vier Betten in meinem Zimmer, und ich musste auf einer schmalen Couch im Musikzimmer meiner Mutter schlafen. In der Früh wurde mein Bettzeug weggeräumt, weil Musikstudenten zum Gesangsunterricht kamen. Hin und wieder musste ich sogar im Zimmer meiner Großeltern übernachten, weil auch im Musikzimmer jemand untergebracht war. Ich war vierzehn, fünfzehn Jahre alt und wartete auf den Tag, bis die Flüchtlingsströme endlich aufhörten.

Es gab ein reges gesellschaftliches Leben in Kowno. Meine Eltern gingen in die Oper, ich ging lieber ins Kino. Für »Dick und Doof«-Filme hätte ich mein gesamtes Taschengeld ausgeben können. Später waren es andere Filme und Schauspieler, die mich begeisterten, Marlene Dietrich zum Beispiel. »Der blaue Engel« war damals wahrscheinlich schon zehn Jahre alt, aber er lief immer noch. Ich ging zu meinem Freund Hermann lernen, und er ging zu mir lernen. In Wirklichkeit saßen wir beide in der Nachmittagsvorstellung des Kinos. Es gab viele Vereine, Tanzveranstaltungen, Cafés und, wenn ich mich recht erinnere, vier jüdische Zeitungen.

Am 15. Juni 1940 marschierte die Rote Armee ein. Ich hatte am Vortag einen neuen amerikanischen Film gesehen, »Vom Winde verweht«, und war mit meinen Gedanken noch im amerikanischen Bürgerkrieg. Aber es kam nicht ganz unerwartet. Wir waren auf die Ankunft der Russen vorbereitet. Es war mehr ein sanfter Einmarsch. Mit Clark Gable im Kopf lief ich auf die Straße hinaus und winkte den Soldaten der Roten Armee zu. Sie hatten die alte Hauptstadt Vilnius zurückerobert, die ja nach dem Ersten Weltkrieg von den Polen besetzt worden war. Die Sowjet-soldaten fuhren schrottreife Panzer aus der Vorkriegszeit. Wir Jungen machten darüber Witze. Wir nannten sie die »Fünfzigerpanzer«. Einen Mann brauche man zum Lenken und neunundvierzig zum Schieben. Später habe ich erfah-ren, dass es auch Widerstand gab, aber in Kowno habe ich nichts davon gesehen.

Meine Eltern waren froh, dass die Russen kamen. »Sie werden uns vor den Deutschen schützen«, sagten sie. Es schien so, dass der Hitler-Stalin-Pakt Europa endgültig zwischen Russen und Deutschen aufgeteilt hatte. Wir hat-ten Glück gehabt, wir waren auf der für Juden sicheren Seite gelandet. Und anfangs war es auch so. Lediglich die polnischen Flüchtlinge mokierten sich. Sie sagten: »Jetzt habt ihr endlich euer Wilna zurück, aber dafür ist Litauen russisch geworden.«

Mein Vater befasste sich in den ersten Monaten dieses so genannten »Russenjahres« vor allem mit Eigentumsfragen. Wohlhabende Bürger hatten ihren Besitz verloren, andere bei der Umstellung von Litas auf Rubel ihre Ersparnisse eingebüßt. Manche in unserer Schule traten der Komso-mol, der kommunistischen Jugendliga, bei, andere hatten heimliche Sympathien für die LAF, die Litauische Aktivis-ten Front, die im Untergrund gegen die sowjetische Besat-zungsmacht operierte. Ich hatte mit beiden nichts zu tun. Aber einmal fiel mir ein Flugblatt der LAF in die Hände. Aller Wahrscheinlichkeit nach war dies im März 1941, eventuell auch Anfang April, jedenfalls Monate vor dem

Einmarsch der Deutschen. Es lag auf der Toilette in unserer Schule. Darauf stand: »Nicht ein einziger Jude soll glauben, dass er im neuen Litauen auch nur die minimalsten Rechte oder Lebensmöglichkeiten haben wird. Unser Ziel ist es, die Juden gemeinsam mit den roten Russen zu vertreiben.« Ich faltete das Flugblatt ganz klein zusammen und steckte es in meine Hosentasche. Daheim zeigte ich es meinem Vater. Während er es las, warf er mir zwischendurch beunruhigte Blicke zu. Dann legte er es in eine Mappe auf seinem Schreibtisch. Er sagte: »Das hat nichts zu bedeuten. Die Burschen haben keine Chance.«

Von da an sah ich die LAF mit anderen Augen. Auch meine Freunde kannten das Flugblatt. Es war offenbar in großer Anzahl in den Schulen verstreut worden.

Auf unsere jüdischen Vereine wurde von den Behörden zwar deutlicher Druck ausgeübt, aber die meisten bestanden weiter. Da keine neuen Flüchtlingsströme kamen, schien sich für uns die Lage eher zu beruhigen. Die großen Deportationen nach Sibirien begannen erst gegen Ende des Russenjahrs. Da wurden dann auch einige Synagogen, jüdische Gemeindehäuser und Klubs geschlossen. Es gab Listen von unerwünschten Personen. Vor allem litauische Nationalisten, Regierungsbeamte, Zionisten und wohlhabende jüdische Bürger waren plötzlich gefährdet. Man nannte sie »Volksfeinde« und »konterrevolutionäre Elemente«. Sie wandten sich in ihrer Not natürlich an meinen Vater. Er war ja Rechtsanwalt und sprach gut russisch. Bei seinen Bittgängen zu den sowjetischen Behörden hatte er auch den einen oder anderen Erfolg. Aber viel konnte er nicht ausrichten. Wer auf den Deportationslisten stand, saß in der Falle. Es gab keinen Fluchtweg mehr. Vor den ausländischen Konsulaten standen lange Menschenschlangen. Aber selbst wenn jemand mit Geld und Einfluss ein Visum ergatterte, nützte es nicht viel. Ohne die Zustimmung der sowjetischen Behörden gab es kein Entkommen.

Und dann kam der Morgen des 22. Juni 1941. Ich erinnere mich noch, dass ich bester Laune schlafen gegangen war, weil ich seit einigen Tagen wieder mein eigenes Zimmer hatte. Doch dann wurde ich von Detonationen geweckt. Ich hatte keine Ahnung, was das sein könnte. Die Sirenen heulten. Als ich ins Wohnzimmer ging, war auch von der Straße her großer Lärm zu hören. Meine Mutter kam mir entgegen und sagte: »Die Deutschen kommen.«

In der Ecke lief unser Rundfunkempfänger. Radio Moskau meldete das Bombardement von Kowno, Riga und Šiauliai. Molotow hielt eine wütende Rede. Mein Vater saß bei Tisch, ganz bleich im Gesicht. Er brachte keinen Bissen hinunter. Mit starrem Blick schaute er mich an, sagte aber nichts. Mein Großvater war noch am gefasstesten. Er bat mich, das Radio auszuschalten. Dann legte er meinem Vater die Hand auf die Schulter und sagte auf Jiddisch: »Es iz nit der ershter mol. Mir veln geyn vayter.«

Gemeinsam traten wir auf den Balkon hinaus. Unsere Wohnung lag in der Laisvésallee, der Hauptstraße der Stadt. Soweit wir die Straße nach beiden Richtungen überblicken konnten, war sie vollkommen verstopft. Russische Militärfahrzeuge, Motorräder, Pferdewagen, Handkarren, Menschen, die sich mit Bündeln auf dem Rücken, mit Koffern und Fahrrädern durchzudrängen versuchten, Soldaten, die rücksichtslos alle zur Seite stießen, um sich Platz zu verschaffen. Von der anderen Seite des Nemunas-Flusses, in gar nicht so weiter Ferne, vernahmen wir das Heulen deutscher Stukas, Detonationen und die Salven der Flugabwehrkanonen.

»Das muss am Flughafen von Aleksotas sein«, sagte mein Vater. »Wenn sie nur die Stadt verschonen.«

Ich blickte auf das Menschengewimmel, das Geschiebe, Gedränge, Schreien und Hupen. Mir war es unverständlich, warum wir plötzlich unsere schöne Wohnung aufgeben sollten. Ich habe sehr gern in Kowno gelebt. Ich war zu der Zeit das erste Mal richtig verliebt. Mit Lea war ich heimlich im Kino gewesen und hatte ihre Hände gesucht und dann die ganze Vorführung hindurch gestreichelt. Gegen Ende des Films hatte ich ihr ins Ohr geflüstert, dass ich sie heiraten werde. Meine Mutter gab Lea Klavierunterricht, aber sie ahnte nicht, dass ich mich danach heimlich mit ihr traf. Die Vorstellung, dass ich mich jetzt mit einem Bündel in der Hand da unten in dieses wilde Durcheinander einreihen sollte, war mir ganz und gar zuwider.

Meine Mutter sagte: »Ich gehe zum Bahnhof. Zunächst einmal fahren wir zu meinen Eltern nach Riga, dann werden wir weitersehen.«

Das schien ein vernünftiger Vorschlag zu sein. Wir gingen in das Wohnzimmer zurück und schlossen die Balkontür. Mein Vater suchte im Radio den Sender BBC, meine Mutter verließ die Wohnung. Unter normalen Verhältnissen wäre man von uns aus in zwanzig Minuten am Bahnhof gewesen, aber meine Mutter kam erst nach dreieinhalb Stunden zurück. Sie sagte: »Ich bin nicht einmal in den Bahnhof hineingekommen. Es ist völlig aussichtslos. Neben dem Bahnhof brennt ein Haus. Das Militär hat alle Züge beschlagnahmt.«

Mein Vater verbrachte den restlichen Tag damit, ein Fuhrwerk aufzutreiben. Er kannte viele Unternehmer und Direktoren von Firmen. Aber die waren entweder selber auf der Flucht oder die Fahrzeuge waren ihnen von flüchtenden Russen entwendet worden. Auch am Nachmittag schlugen Bomben ein, diesmal waren die Ziele näher als am Morgen. Meine Mutter ging noch einmal zum Bahnhof. Er war mittlerweile in Flammen aufgegangen. Draußen auf den Gleisanlagen standen noch Waggons. Sie waren voll gestopft mit Russen, aber sie hatten keine Lokomotive.

Auch am nächsten Morgen schlugen in der Stadt Bomben ein. Sie waren gegen abziehende russische Konvois gerichtet, zerstörten aber auch Häuser. Meinem Vater gelang es, ein kleines Lastauto zu organisieren. Es sollte uns und die Familie Mendelson, die in derselben Straße wohnte, nach Panevéžys bringen. Von dort wollten wir uns irgendwie nach Riga durchschlagen. Ich half unserem Dienstmädchen, meiner Mutter und meinen Großeltern, unser Hab und Gut zu verpacken. Aus der Ferne hörte man Flugzeuge, Gewehrfeuer und immer wieder auch Bombenexplosionen. Aber das Kriegsgeschehen schien sich nun aus der Stadt hinaus nach Norden zu verlagern. Wir hatten die Fenster verdunkelt. Immer wieder schaute ich zwischen den Vorhängen hindurch. Die Straße war nun fast leer. Eine gespenstische Ruhe nach all dem Durcheinander am Tag davor. Schließlich wagte ich es, auf den Balkon hinauszugehen. Da sah ich die ersten deutschen Soldaten. Sie trugen graue Uniformen und Helme und fuhren auf Motorrädern vorbei. Schnell trat ich in die Wohnung zurück. Am nächsten Tag warteten wir in aller Frühe auf das Auto, aber vergeblich. Gegen Mittag kam der Fahrer zu Fuß und erklärte uns, dass es kein Benzin mehr gäbe. Unser Telefon funktionierte noch. Mein Vater bemühte sich redlich, aber auch ihm gelang es nicht, irgendwo Benzin aufzutreiben. Und so gingen der Herr Mendelson, mein Vater und ich am Nachmittag in die Dörfer hinaus, um bei Bauern ein Fuhrwerk zu organisieren. Mein Vater wollte mich nicht mitnehmen, aber ich bestand darauf. Im Gegensatz zu meinem Vater sprach ich ein akzentfreies Litauisch, und so sah er schließlich ein, dass ich von Nutzen sein könnte.

Aber wohin sollten wir uns wenden? Die Straße nach Jonava, die Hauptflüchtlingsstraße nach Norden, kam nicht in Frage, weil von dort immer noch Flugzeuglärm, Bomben und Schüsse zu hören waren. Herr Mendelson, der ein Lebensmittelgeschäft besaß, kannte einen Bauern in der Nähe von Garliava. Dieser hatte ihm über Jahre hinweg mit einem Pferdewagen Äpfel und Gemüse zugeliefert. Garliava lag jedoch in südlicher Richtung, von wo auch der deutsche Vormarsch zu erwarten war. Obendrein mussten wir am Flughafen vorbei, von dem wir nicht wussten, unter wessen Kontrolle er sich befand. Wir machten uns auf den Weg. An einer Ecke stand ein Junge, nicht älter als zwölf Jahre, und verkaufte die Zeitung »I Laisve«, was so viel heißt wie »Der Freiheit entgegen«. Herr Mendelson wollte eine Zeitung erstehen, doch der Junge verweigerte sie. Er drückte den Packen an sich und sagte: »Nicht für Juden.«

Herr Mendelson war darüber aufgebracht und wollte ihm die Zeitung entreißen. Da trat der Junge zur Seite und schrie: »Nicht für Juden, habe ich gesagt!«

Herr Mendelson war ein korpulenter Herr mit Glatze. Ich konnte sehen, wie sein ganzer Kopf rot anlief. Um kein weiteres Aufsehen zu erregen, setzten wir unseren Weg in einer Nebenstraße fort. Als wir den Nemunas-Fluss überquert hatten, bogen wir nach links in eine kleine Straße ein, um vom Flughafen wegzukommen. Am Stadtrand gingen wir dann auf einem Feldweg weiter. Herr Mendelson schimpfte immer noch über den Zeitungsjungen. Er sagte, das nächste Mal werde er ihm eine Ohrfeige geben. Vereinzelt kamen uns Flüchtlinge entgegen, die mit voll bepackten Fuhrwerken und Leiterwagen unterwegs waren. Sie suchten Zuflucht in der Stadt.

»Dreht um«, sagte einer. »In den Dörfern sind Banden unterwegs, die Juden erschießen und plündern.«

Wir gingen weiter. Da hörten wir Gewehrfeuer in unmittelbarer Nähe. Es waren fünf oder sechs Schüsse schnell hintereinander und dann noch ein paar vereinzelte. Vor uns lag ein Feld, in dem halbhoch grünes Korn stand. Dahinter waren Büsche und Bäume. Von dort waren die Schüsse gekommen. Nach einer Weile sahen wir eine Gruppe von acht Männern mit geschulterten Gewehren aus den Büschen hervorkommen und auf unseren Weg zugehen. Es waren Zivilisten. Wir bückten uns und liefen hintereinander in das Kornfeld hinein. Dort legten wir uns auf den Boden und krochen in verschiedene Richtungen. Die Männer gingen am Weg vorbei. Sie waren bester Laune. Offenbar waren sie betrunken. Sie sprachen litauisch. Mir schlug das Herz so laut, dass ich kaum verstehen konnte, was sie sagten. Ich hörte aber, dass einer grölte: »Jetzt wird aufgeräumt.« Andere wiederholten: »Ja, jetzt wird aufgeräumt.«

Zum Glück bemerkten sie unsere Spur nicht. Nach einer Weile krochen wir auf allen vieren weiter, in die Richtung, aus der die Gruppe gekommen war. Es gab dort einen kleinen Weiher. Ringsherum standen Büsche und Bäume. Ich erreichte sie als Erster. Ein schmaler Weg führte in das Gebüsch. Vor mir lag ein buntes Durcheinander von Kleidern und Schuhen. Die Sachen waren auf dem Weg verstreut, hingen aber auch an den Zweigen.

»Was war hier los?«, fragte mein Vater. Er kam hinter mir.

»Ich weiß nicht«, antwortete ich. In diesem Moment sah ich es. Der Weiher war rechter Hand rot und bräunlich eingefärbt. Auf dem Wasser schwammen Haare und es schauten Arme und Beine heraus. Ich konnte im ersten Moment gar nicht verstehen, was ich sah. Nach und nach begriff ich es. Ich begann zu zittern. Tränen liefen mir übers Gesicht. Mein Vater drückte mich an sich. Herr Mendelson war nachgekommen. Wir gingen am Ufer entlang zu der Stelle hinüber. Der Weiher war seicht, und die nackten Leichen lagen nur halb im Wasser. Der Kopf eines Kindes war zerfetzt. Daneben schwamm eine graue Masse. Es waren die

Leichen von sieben Personen. Alle erschossen. Zwei alte Menschen, zwei jüngere und drei Kinder, das kleinste wahrscheinlich noch keine zwei Jahre alt. Am Ufer klebten Blut und Gehirnmasse.

Wir gingen an die gegenüberliegende Seite des Weihers und versteckten uns zwischen den Büschen. Immer wieder musste ich zurückschauen zu den Leichen. Die Vorstellung, dass auch uns das bevorsteht, ließ mich fast wahnsinnig werden.

Bei Einbruch der Dunkelheit gingen wir weiter. Das Haus des Bauern, den Herr Mendelson kannte, lag am anderen Ende eines Dorfes. Wir gingen in weitem Bogen um die Ortschaft herum und näherten uns dem Hof. Neben der Eingangstür waren zwei beleuchtete Fenster zu sehen. Als wir näher kamen, schlug ein Hund an. Er bellte und jaulte und wollte sich nicht mehr beruhigen. Bis der Bauer aus dem Fenster schaute. Er trug einen dicken Schnauzbart. Da er nichts sah, öffnete er das Fenster. Das war der Moment, als Herr Mendelson auf ihn zuging.

»Petras«, sagte er, »ich bin es, der Chaim Mendelson aus Kaunas.«

»Verschwinde!«, sagte Petras. »Ich kann mich mit Juden nicht mehr einlassen. Das ist viel zu gefährlich.«

Dann rief er dem Hund zu, er solle schweigen. Als er sich wieder Herrn Mendelson zuwandte, erblickte er meinen Vater und mich. Wir waren näher gekommen.

»Nein!«, rief er aus. »Da sind ja noch andere. Ihr müsst sofort verschwinden. Ich kann nichts für euch tun.«

Herr Mendelson hielt ihm ein Bündel Geldscheine unter die Nase. Mein Vater zog ebenfalls ein Bündel Geldscheine aus dem Rock.

»Wir brauchen ein Fuhrwerk, nichts als ein Fuhrwerk«, sagte Herr Mendelson. »Sie können alles dafür haben.«

Hinter dem Bauern erschien eine blonde Frau mit hochgeknoteten Haaren. Sie bekreuzigte sich, als sie uns sah. »Oh Gott«, rief sie, »was sind das für Zeiten.«

»Ein Fuhrwerk«, wiederholte Herr Mendelson, »nur ein Fuhrwerk. Bitte.«

Petras sah seine Frau an, die sich noch einmal bekreuzigte. Dann sperrte er uns die Tür auf. Die Bäuerin war vielleicht vierzig Jahre alt, ihr Mann etwas älter. Er zog sofort die Vorhänge zu. Wir setzten uns an den Tisch. Die Bäuerin fragte, ob wir Hunger hätten. Mein Vater und ich hatten seit dem Morgen nichts mehr gegessen. Sie brachte eine Kanne Milch und Brot.

Herr Mendelson erklärte dem Bauern, dass wir für zwei Familien ein Fuhrwerk bräuchten, um in den Norden zu kommen.

»Das ist unmöglich«, sagte Petras. »Die fangen euch schon vor dem nächsten Dorf ab.«

Wir wussten, dass er Recht hatte. Aber wir saßen nun in seiner Stube, und das hieß, dass er doch irgendwie bereit war, uns gegen gute Bezahlung zu helfen.

Mein Vater erzählte von den Erschossenen im Weiher. Petras sagte, das könnte die Familie Grünblat aus dem Dorf sein. Die sei heute abgeholt worden. Er sagte »abgeholt«. Die Bäuerin bekreuzigte sich wieder. »Was sind das für Zeiten«, schluchzte sie. Dann erklärte sie uns, dass Herr und Frau Grünblat die Dorfschule geleitet hätten. Der alte Grünblat sei einmal ihr Lehrer gewesen.

Vielleicht war es diese Hinrichtung, die Petras bewog, sich nun doch unser anzunehmen. Er sagte: »Mit Übersiedlungsgut auf dem Wagen kommt ihr nicht weit. Um überhaupt noch von hier wegzukommen, müsst ihr euch als Bauern verkleiden und alles Gepäck zurücklassen.«

Ich hatte ihn im Verdacht, dass er sich unsere Sachen aneignen wollte. Aber mein Vater und Herr Mendelson gingen sofort auf den Vorschlag ein. Sie legten die Rubelscheine auf den Tisch, und die Bäuerin begann alte Kleidung zu suchen. Sie kam mit einem Packen zurück, aber es stellte sich heraus, dass es nicht ausreichte. Die Mendelsons hatten zwei Kinder. Der Sohn Isi war jünger, die Tochter Fanny älter als ich. Wir waren insgesamt neun Personen. Die Bäuerin begann zu überlegen, ob sie nicht von Kazys ein paar Sachen dazugeben könnte. Kazys, so stellte sich heraus, war der Sohn des Bauern. Unmöglich, sagte Petras. Kazys gibt sicher nichts für Juden her.

Ich sah nun meine Stunde gekommen. Wenn ich diesem Kazys gegenübertrete, dachte ich, und er merkt, dass ich nicht mit jiddischem, polnischem oder russischem Akzent, sondern einfach litauisch spreche, wird er sich vielleicht erweichen lassen. Vorlaut sagte ich: »Ich könnte ja einmal mit ihm reden.«

Der Bauer antwortete: »Ich habe ihn schon zwei Tage nicht gesehen. Er treibt sich mit seiner Gruppe herum.«

Keiner von uns hat nachgefragt, was diese Gruppe macht. Es war vollkommen klar, wer sich in diesen Tagen herumtrieb. Petras hatte schließlich die goldene Idee. Er sagte: Wenn ihr alle eure Sachen auszieht und hier lasst, auch die Schuhe, wird Kazys damit einverstanden sein.

Unsere Hosen und Röcke waren durch das Kriechen auf dem Boden von oben bis unten verdreckt, aber sie konnten für einen einfachen Bauernjungen schon einen gewissen Wert darstellen, vor allem unsere Schuhe. Und so zogen wir uns bis auf die Unterhosen aus und kleideten uns mit alter Bauerntracht ein. Statt meiner maßgefertigten Lederschuhe trug ich nun Holzpantoffeln. Die Bäuerin schnürte die restlichen Sachen zu zwei Bündeln zusammen und dann wurden wir hinauskomplimentiert. Petras sagte, er werde im Morgengrauen losfahren. Wir sollten auf keinen Fall Koffer mitnehmen, sondern höchstens Körbe oder ein paar kleine Bündel. Schweigend gingen wir durch die sternklare Nacht zurück. In der Ferne brannten Häuser, wir hörten Schüsse, aber wir hörten auch betrunkene Männer die litauische Nationalhymne singen. Immer wieder blieben wir stehen und horchten. Wenn eine dieser ausgelassenen Gruppen des Weges kam, versteckten wir uns und warteten, bis sie weit genug fort war. Meine Mutter und meine Großeltern hatten schon ängstlich auf uns gewartet. Mein Vater sah sich im Wohnzimmer um, wo all die verpackten Kisten und transportbereiten Möbel standen. Er sagte: »Alles bleibt hier. Wir nehmen nur ein paar haltbare Lebensmittel mit.«

Meine Mutter begann in das Innere ihres Bauernkittels Schmucksachen einzunähen. Ich ging zu Bett. Vor meinen Augen waren die nackten Leichen aus dem Weiher, die Einschusslöcher, die zerfetzten Schädel. Aber die Erschöpfung erstickte die Bilder und ich schlief bald ein.

Die Klingel war zwar im Vorzimmer angebracht, aber sie war so laut, dass man sie in der ganzen Wohnung hören konnte. Es war noch stockdunkel, als es klingelte. Nach einer Weile hörte ich meinen Vater im Flur sagen: »Der ist ja viel zu früh dran.« Und meine Mutter antwortete: »Schauen wir lieber einmal vom Balkon hinab.«

Sofort war ich hellwach. Ich ging ins Wohnzimmer, meine Eltern standen in ihren Morgenmänteln da. Sie wollten gerade vorsichtig die Balkontür öffnen. In diesem Moment schlug jemand an die Tür. Es war kein Klopfen, ein schwerer Gegenstand wurde an die Tür gedonnert. Jemand rief: »Sofort aufmachen!«

Wir hielten den Atem an. Es wurde ein zweites und drittes Mal gegen die Tür geschlagen, so heftig, dass sie beim nächsten Mal durchzubrechen drohte.

»Versteckt euch!«, flüsterte mein Vater. »Ich mache auf.«

Meine Mutter und ich standen wie angewurzelt da.

Mein Vater ging ins Vorzimmer und sagte: »Ich komme ja schon!«

Als er die Tür öffnete, stürmten vier Burschen herein. Alle etwa achtzehn bis zwanzig Jahre alt. Zwei trugen Gewehre und zwei hatten Eisenstangen, wie sie zur Federung von Fuhrwerken verwendet werden. Die zwei mit den Gewehren trugen an den linken Armen Binden mit grünen Streifen. Einer trug die Binde am Oberarm, der andere, was ungewöhnlich war, am Unterarm. Letzterer führte das Kommando. Er trug Stiefel und hatte eine schwarze Mütze auf dem Kopf. Als Einziger hatte er eine litauische Uniformjacke an.

Der mit der Binde am Oberarm drückte meinem Vater den Lauf an die Brust. Mein Vater hob die Hände. Die anderen drei kamen ins Wohnzimmer. Einer der beiden Männer mit den Eisenstangen wirkte auf mich besonders brutal. Er hatte einen großen, runden Schädel mit ganz kurzen, an den Schläfen hochrasierten Haaren. Ich hatte ihn vorher noch nie gesehen. Aber der Führer dieser Gruppe, der mit schwarzer Mütze, Gewehr, litauischer Uniformjacke und grüner Binde am Unterarm, kam mir vom ersten Moment an bekannt vor. Ich konnte ihn aber nicht gleich zuordnen. Er ging auf uns zu und blickte sich im Wohnzimmer um.

»Wollen wir verreisen?«, fragte er scheinheilig. »Das lässt sich beschleunigen. Los, ab mit ihm!«

Plötzlich erkannte ich ihn an seinem merkwürdigen Gang und seiner Stimme. Ich sagte: »Algis, was machst du denn hier?«

Er war einen Moment überrascht, schaute zu mir her. »Wir sind in Memel gemeinsam in die deutsche Schule gegangen.«

Da grinste er mich an und spuckte aus.

»Ihr kommt später dran«, sagte er. »Die Kollaborateure zuerst!«

Er stieß meinem Vater den Gewehrkolben so heftig ins Kreuz, dass es ihn niederwarf. Mühsam erhob sich mein Vater und sagte: »Ich möchte mir noch etwas anziehen.« Algis antwortete: »Du brauchst nichts mehr.«

Der andere zielte währenddessen auf uns. Meine Mutter schrie: »Lasst ihn mir, er hat doch nichts getan.«

Der mit dem großen Schädel und der Eisenstange schrie zurück: »Ihr seid Blutsauger und Bolschewiken!«

Sie trieben meinen Vater die Treppen hinunter. Algis drehte sich noch einmal um und sagte auf Deutsch zu mir: »Bis bald, Kamerad.«

Dann eilte er den anderen nach.

Meine Mutter brach zusammen. Die Großeltern kamen aus ihrem Zimmer. Ich öffnete die Balkontür und schaute hinaus. Es war eine Gruppe von ungefähr zehn bis zwölf Zivilisten. Ich war nicht in der Lage, sie zu zählen. Soweit ich sehen konnte, hatten nur zwei von ihnen Gewehre, die anderen waren mit Stangen und Holzknüppeln bewaffnet. Sie trieben laut spottend fünf Männer vor sich her. Es war das Letzte, was ich von meinem Vater gesehen habe.

(Schweigen).

Kann ich bitte ein Glas Wasser haben?

(Pause).

Wir saßen inmitten der gepackten Kisten und weinten. Wir wussten nicht, was wir tun sollten. Da klopfte es erneut an der Tür. Wir rührten uns nicht. Es klopfte noch einmal.

Wir sollten uns unter dem Klavier verstecken, meinte die Großmutter. Sie flüsterte auf jiddisch: »Lomir zich behaltn unter dem piano.« Der Flügel stand im Musikzimmer meiner Mutter. Er war mit einem schweren Damasttuch abgedeckt, das fast bis zum Boden reichte. Wir erhoben uns und waren gerade dabei, ins Musikzimmer zu schleichen, als wir die Stimme von Herrn Mendelson hörten: »Es ist so weit. Seid ihr fertig?«

Wir ließen ihn herein und erzählten ihm, was vorgefallen war. Meine Mutter wollte Kowno nicht mehr verlassen. Auch meine Großeltern waren unschlüssig. Mein Großvater, von dem ja der Vorschlag stammte, dass wir aus der Stadt flüchten sollten, war sich nun nicht mehr sicher. Er sagte: »O do hobn mir khoch epes. Ober oyb mir'ln antloyfn fun danen veln mir zayn bay zey in di hent.« Sinngemäß heißt das: »Hier haben wir wenigstens noch irgendetwas. Wenn wir uns auf den Weg machen, sind wir ihnen ganz und gar ausgeliefert.«

»Ganz falsch«, sagte Herr Mendelson. »Es ist die einzige Chance, die wir noch haben. Wir dürfen keine Minute mehr versäumen.«

Auch ich wollte jetzt fort und nicht darauf warten, bis die mit den Eisenstangen zurückkämen. Wir zogen die Bauernkleider an, sie passten uns ganz und gar nicht. Aber irgendwie sahen wir doch wie litauische Bauern aus, auch wenn die gewöhnlich eine hellere Haut hatten. Herr Mendelson nahm den von meiner Mutter vorbereiteten Korb, ich hatte mir ein eigenes Bündel geschnürt. Noch ein letzter Blick zurück in diese schöne Wohnung, von der ich annehmen musste, dass ich sie nie wieder sehen würde.

Der vordere Teil des Pferdewagens war mit einer Plane abgedeckt. Darunter saßen Frau Mendelson, Isi und Fanny. Der Bauer Petras war ungeduldig, weil es schon hell war. Wir drängten uns alle unter der Plane zusammen, sodass wir zumindest von der Seite nicht gesehen werden, aber auch selbst nicht auf der Seite hinausschauen konnten. Im hinteren Teil des Wagens hatte Petras Kartoffel- und Rübenhacken geladen. Es sollte so aussehen, als ob wir aufs Feld fuhren, um Kartoffel- und Rübenzeilen anzuhäufeln. Wir zogen unsere Mützen über die Stirn herab, und Petras fuhr los. Es waren nur wenige Menschen auf den Straßen. Über dem Fluss, in Vilijampolé, einem ärmlichen Stadtteil, den wir Slobodka nannten, schien ein ganzes Viertel in Brand zu stehen, so mächtig stiegen die Rauchwolken auf. Petras trieb das Pferd an. Die beschlagenen Hufe hallten in den Gassen. Manchmal raunte uns Petras zu: »Nicht hinausschauen!«

Wenn wir dann vorbei waren, konnte ich nicht widerstehen, den Kopf gerade so hoch zu heben, dass ich erkannte, wovor er uns gewarnt hatte. Meist waren es kleinere Gruppen von Männern, die zum Teil mit Holzprügeln bewaffnet waren. Einmal waren es drei deutsche Soldaten. Plötzlich wurde es laut. Es war ein an- und abschwellender Lärm, wie bei einem Volksfest, dazwischen Bravorufe und Händeklatschen. Es musste sich um eine größere Menschenmenge handeln. Im ersten Moment, wahrscheinlich um mich selbst zu beruhigen, dachte ich an eine Sportveranstaltung. Aber gleichzeitig wusste ich natürlich, dass um sieben Uhr am Morgen keine Sportveranstaltung stattfindet. Ich kannte die Straße, weil ich hier hin und wieder meinen Freund Hermann von der Schule heimbegleitet hatte. An einer Stelle war die Häuserreihe unterbrochen und es gab einen betonierten Platz, hinter dem eine Tankstelle lag. In der Mitte des Platzes war ein Abflussgully, über dem sonst die Autos gewaschen wurden. Während wir an dem Platz vorbeifuhren, konnten wir hören, dass dem Applaus und den Bravorufen dumpfe Schläge vorausgingen. Auch Schreie. Keine schrillen Töne, sondern Stöhnlaute. Wir drückten uns so tief wie möglich in unseren Wagen hinein. Dennoch konnte ich es nicht lassen, vorsichtig aufzuschauen. Der Platz war zur Straße hin durch eine dichte Reihe von Menschen abgeschirmt, darunter standen einige deutsche Soldaten, aber auch Frauen und Kinder. Herr

Mendelson blickte nun ebenfalls auf. Er fragte: »Was machen die?«

Petras tat zuerst so, als hätte er die Frage nicht gehört. Dann sagte er: »Sie erschlagen Juden.«

Nach einer Weile fügte er hinzu: »Weit werden wir nicht kommen.«

Wir sprachen kein Wort mehr. In uns allen saß das Schreckensbild, dass sich inmitten der Menschen, die hier unter dem Beifall der Umstehenden mit Knüppeln erschlagen wurden, auch mein Vater befinden könnte.

Lange hatte ich darüber keine Gewissheit. Inständig hoffte ich bis nach Kriegsende, dass mein Vater noch irgendwo leben könnte. Dass sie ihn ins Gefängnis gebracht und dann in ein Arbeitslager überstellt haben könnten. Er war damals 41 Jahre alt und ein robuster Mensch. Als ich längst Gewissheit hatte, dass alle anderen Familienmitglieder tot waren, hoffte ich immer noch, Algis könnte es sich, aufgrund unserer gemeinsamen Schulvergangenheit, doch noch anders überlegt und meinem Vater Gnade gewährt haben. Diese Hoffnung schwand nach dem Ende des Krieges dahin. Aber nun wollte ich wenigstens Klarheit haben, auf welche Weise er getötet wurde. Ich wollte wissen, ob dieser unerträgliche Vorwurf, den ich mir machte, tatenlos am sterbenden Vater vorbeigefahren zu sein, eine Berechtigung hatte.

Während ich, betreut von einem jüdischen Hilfskomitee in Chicago, meine Erlaubnis für den Eintritt ins College erwarb – ich war ja mit sechzehn Jahren aus dem Gymnasium herausgerissen worden –, begann ich nebenbei als Gerichtsberichterstatter für die *Chicago Tribune* zu arbeiten. Ich war mittlerweile 22 Jahre alt und verdiente mein erstes Geld. Zu dieser Zeit hatten schon die Nürnberger Prozesse begonnen. Ich wollte von meiner Zeitung unbedingt nach Nürnberg entsandt werden, weil mir die Verbrechen und Morde, über die ich in Chicago zu berichten hatte, im Vergleich zu dem, was in Nürnberg verhandelt wurde, wie Kinkerlitzchen erschienen. Aber da gab es zwei Probleme. Erstens hatte die *Chicago Tribune* schon einen Berichterstatter in Nürnberg und zweitens mussten damals meine Berichte, da mein Englisch noch zu wünschen übrig ließ, vor der Drucklegung von amerikanischen Kollegen redigiert werden. Ich konnte den Chefredakteur dennoch überreden, mich nach Nürnberg zu schicken, als Zuarbeiter unseres Berichterstatters.

Im Sommer 1946, zwei Monate vor der Verkündung der Urteile, kam ich in Nürnberg an. Ich vertiefte mich sofort in die Akten. So niederschmetternd diese Dokumente auch waren, was mich daran am meisten erschütterte, war die Tatsache, dass die Morde an litauischen Juden in den ersten Tagen nach dem Überfall der Wehrmacht auf die Sowjetunion darin nicht vorkamen. In den kommenden Jahren verfolgte ich alle Kriegsverbrecher-Prozesse, die sich mit dem Einsatzkommando 3 der Einsatzgruppe A sowie mit den Befehlshabern und Kommandeuren der Sicherheitspolizei und des Sicherheitsdienstes im Generalbezirk Litauen befassten. Von den Pogromen und Massenhinrichtungen vor der Einnahme von Kowno war dabei immer nur am Rande die Rede. Die litauischen Täter und Helfer waren nicht nur ungreifbar, sondern großteils auch unbekannt. Es sollte noch mehr als zehn Jahre dauern, bis beim Ulmer Prozess gegen das »Einsatzkommando Tilsit« vor Gericht auch jene Morde zur Sprache kamen, denen mein Vater zum Opfer fiel. Ich weiß, dass die »Zentralstelle der Landesjustizverwaltungen zur Aufklärung nationalsozialistischer Gewaltverbrechen« als Folge dieses Prozesses gegründet wurde. Und das ist auch der Grund, warum ich mich nicht an ein amerikanisches Gericht wende, sondern hierher nach Ludwigsburg gekommen bin.

Im Besonderen möchte ich mich auf das beziehen, was der Wehrmachtsfotograf Gunsilius vor zwei Monaten, am 11. November 1958, vor Gericht aussagte. Er war von seiner Heereseinheit vorausgeschickt worden, um in Kowno Quartier zu machen. Auf dem Wege zu der durch Luftaufnahmen schon festgelegten Häusergruppe kam er zufällig an dem Platz vor der Tankstelle vorbei. Er hielt an und fotografierte. Seinen Angaben zufolge geschah dies am 25. Juni 1941 im Laufe des Vormittags. Als Beweis seiner Aussage legte er mehrere Fotos vor. Sie zeigen die litauischen Mörder beim Erschlagen von Kownoer Juden. Sie zeigen auch die umstehenden weiblichen und männlichen Zuschauer, darunter einige Wehrmachtsangehörige in Uniform.

Als Korrespondent der *Chicago Tribune* ist es mir gelungen, Kopien dieser Fotos zu erhalten. Sie sind letzte Woche bei mir eingetroffen. Sie sind der eigentliche Grund, warum ich heute vor Ihnen sitze. Ich nehme an, dass Sie diese Bilder auch in Ihrem Archiv haben. Da aber die Aussage des Fotografen Gunsilius vor der Gründung der »Zentralstelle« erfolgte, habe ich sicherheitshalber die Bilder mitgebracht und möchte sie auch meiner Aussage als Beweis beilegen.

Auf zweien dieser Fotos ist mein toter Vater zu sehen. Sein Kopf ist nicht identifizierbar, er ist zerdroschen und liegt in der Blutlache, aber der Pyjama ist deutlich zu sehen. Mein Vater ist von all den Erschlagenen der Einzige, der einen Pyjama trägt. Auf diesen beiden Fotos sind inmitten der am Boden liegenden Toten und Sterbenden jeweils drei ihrer vermutlichen Mörder zu sehen. Es sind auf den beiden Fotos nicht die gleichen drei Männer. Nur einer ist gleich, der mit der Eisenstange. Auf dem einen Foto schlägt er gerade zu, auf dem anderen blickt er zu einem Kollegen hinüber, der gerade zuschlägt. Sehen Sie ihn genauer an, der große Schädel, die kurzen Haare, und er trägt ungewöhnliche Kleidung. Was er da anhat, sieht aus wie ein Wintermantel. Das ist der Mann, der zu meiner Mutter gesagt hat: »Ihr seid Blutsauger und Bolschewiken.« Ich habe keinen Zweifel, ich erkenne ihn hundertprozentig. Ein solches Gesicht vergisst man nicht. Aber warum trägt er einen Wintermantel? Ein Wintermantel Ende Juni? Ich werde Ihnen sagen, was das ist. Es ist der Morgenmantel meines Vaters. Er hat sich, um nicht mit Blut bespritzt zu werden, seinen Morgenmantel angezogen und ihn dann erschlagen. Über seine Identität kann ich keine Angaben machen.

Unter den drei Männern, die auf dem einen Foto inmitten der Sterbenden herumsteigen, ist einer, der eine schwarze Mütze, eine litauische Uniformjacke und Stiefel trägt. Man sieht ihn nur von hinten. Er hat ein Gewehr umgehängt und ist, wie es aussieht, nicht direkt am Töten beteiligt. Er steigt inmitten der Leichen herum, wie auf einem Kontrollgang, ob schon alle tot sind, der rechte Fuß erhoben, das Knie gebeugt. Sehen Sie hier, seine linke Hand greift nach hinten und umklammert den Gewehrkolben. Man sieht deutlich, er trägt eine Binde am Unterarm. Vergleichen Sie die anderen Fotos. Alle, die Binden haben, tragen sie am Oberarm, nur dieser eine Mann nicht. Das Foto wurde einige Stunden nachdem mein Vater abgeholt worden war, aufgenommen. Und dieser Mann hier ist bis ins letzte Detail genauso gekleidet wie Algis Munkaitis, als er mit seinen drei Helfern bei uns in die Wohnung stürmte. Wenn Sie nun noch einmal auf das andere Foto mit dem toten Körper meines Vaters blicken, das die Leichname aus einer näheren Perspektive zeigt, werden Sie erkennen, dass es offenbar vorher aufgenommen worden ist. Rechts von der Mitte sieht man einen am Boden liegenden Mann, der noch den Kopf hebt und flehentlich in die Richtung der zuschauenden deutschen Soldaten blickt. Daneben, am Bildrand, sind der linke Arm, der Gewehrkolben und das linke Bein eines Bindenträgers erkennbar, wiederum von hinten aufgenommen. Auch hier ist die Binde am Unterarm. Auf diesem Foto kann man deutlich den Rückstoßbügel des Gewehrkolbens erkennen. Ich erkläre hiermit eidesstattlich, dass dieser Gewehrkolben genauso aussieht wie derjenige, mit dem Algis Munkaitis meinen Vater in unserer Wohnung niedergeschlagen hat.

Ich gehe davon aus, dass meine Aussage und die beigelegten Fotos als schlüssiger Beweis dafür zu würdigen sind, dass Algis Munkaitis an der Organisation des Massakers vor der Tankstelle in Kowno führend beteiligt war.

Aber das ist nicht das Einzige, was ich Algis zur Last lege. Ich bin ihm später noch ein zweites Mal begegnet.

Alles Fahrscheine

Meine Mutter lernte meinen Vater kennen, als er Vorsitzender des Verbands Sozialistischer Studenten war. Sie besuchte die Lehrerbildungsanstalt, wie das damals hieß, um sich zur Hauptschullehrerin ausbilden zu lassen. Ihre Eltern hätten es lieber gesehen, wenn sie die Ausbildung in St. Pölten oder Wiener Neustadt gemacht hätte, aber meine Mutter hatte sich Wien in den Kopf gesetzt. Mein Großvater war so geschmeichelt, dass die einzige Tochter in seine Fußstapfen treten wollte, dass er um die Gefahren der Großstadt nicht allzu viel Aufhebens machte, eine Nachlässigkeit, die er später noch hunderte Male bereuen sollte. Er gab dem Drängen der Tochter nach und ließ seine Beziehungen spielen, um in Wien eine Unterkunft zu finden. Meine Mutter wohnte in einem Studentinnenheim in der Hainburger Straße. Sie teilte das Zimmer mit zwei Frauen aus Hermagor, mit denen sie sich nicht verstand. Vom Rochusmarkt fuhr meine Mutter jeden Tag mit der Straßenbahnlinie J bis zur Bellaria, jenem Ringstraßenpalais gegenüber vom Parlament, vor dem sechs Jahre zuvor, wie die Wiener in der Straßenbahn noch häufig erzählten, ein großes Stalinbild angebracht gewesen war, weil sich dort die russische Kommandantur befunden hatte. Nun war dort der Wiener Stadtschulrat einquartiert, eine mächtige Institution, die für die Zuteilung der Lehrer zuständig war und meiner Mutter nach Beendigung ihrer Ausbildung noch einiges Kopfzerbrechen bereiten sollte. Vor diesem Haus stieg sie täglich aus der Straßenbahn und ging, am

Volkstheater vorbei, die graue Burggasse ein paar Blocks hinauf bis zur Lehrerbildungsanstalt. Der Unterricht begann jeden Tag pünktlich um acht Uhr morgens. Die Anwesenheit wurde genau kontrolliert. Bis man die Tricks herausgefunden hatte, wie man Freunde dazu verwenden konnte, die eigene Anwesenheit vorzutäuschen, war das Semester schon vorbei.

Eines Morgens hing im Hörsaal ein handgeschriebenes Plakat, auf dem mit roter Farbe Nazis raus stand. Es war die Ankündigung einer Veranstaltung des Verbands Sozialistischer Studenten. Der Professor, der in der Früh als Erster den Hörsaal betrat, ging sofort auf das Plakat zu und riss es von der Wand. Bildungsfremde Propaganda, sagte er, hat in einer akademischen Anstalt nichts verloren. Ein Teil der Studenten applaudierte. Der Professor freute sich und ging zum Vortragspult. Am Ende, sagte er, kommen auch noch die Rauchfangkehrer Neujahrsgeld sammeln.

Wieso Rauchfangkehrer?, fragte ich meine Mutter, als sie schon allein in Kirchbach lebte und unter der Lupe von vielen Gläsern Weißwein die Geschichte ihrer Ehe minutiös nach Fehlern durchsuchte.

Er wollte sich einfach über die Antifaschisten lustig machen, sagte sie.

In der Nacht oder in aller Früh waren die Plakate angebracht worden, zu Mittag waren alle weg. Meine Mutter hatte nicht vorgehabt, zur Veranstaltung des Verbands Sozialistischer Studenten zu gehen. Sie war nur zufällig noch im Gebäude, weil sie es sich angewöhnt hatte, in der Bibliothek zu lernen. Im Studentinnenheim hatte sie keine Ruhe.

Auf mich, erzählte meine Mutter, haben die beiden Grazien aus Hermagor herabgeschaut, weil ich nur die Lehrerbildungsanstalt besucht habe. Hauptschullehrer war in ihren Augen etwas Geringeres als Gymnasiallehrer. Aber damit hätte ich leben können. Ich musste mich ja nicht mit ihnen unterhalten. Unerträglich wurde die Situation erst, als sich meine Zimmerkolleginnen gemeinsam einen Plattenspieler kauften, der dann ununterbrochen lief. Kaum war Ivo Robić' *Mit 17 fängt das Leben erst an* verklungen, sang Bill Ramsey *Pigalle, Pigalle, das ist die große Mausefalle mitten in Paris*. Wenn Ralph Bendix schließlich mit dem *Babysitter Boogie* begann, fuhren sich die beiden Studentinnen aus Hermagor mit den Fingern über die Unterlippen und erzeugten Blubbergeräusche. Sie lallten, gurgelten und kicherten so laut, dass an irgendeine Arbeit daneben nicht zu denken war.

So beschränkte sich das Wohnen meiner Mutter darauf, fünfmal in der Woche im Raum der beiden Studentinnen zu übernachten. Wenn sie am Abend heimkam, konnte es sein, dass zwei Burschen mit Barett und Schleife auf ihrem Bett saßen. Sie gehörten einer Studentenverbindung an, bei deren Treffen sie sich aber so gut wie nie blicken ließen. Beide wohnten noch zu Hause bei ihren Eltern, die es ihnen offenbar nicht erlaubten, Mädchen zu besuchen. Sie trugen die Uniform nur, um ihren Eltern weiszumachen, sie würden zu Verbindungsabenden gehen.

Sie waren nicht unangenehm, sagte meine Mutter, schüchtern und einfältig. Nicht anders als ich damals.

Diese beiden Burschen hätten weder getrunken, noch blöd geredet. Sie hätten so gut wie gar nichts gesagt, aber ihr gerade dadurch das Gefühl gegeben, sie warteten nur darauf, dass sie endlich fortgehe. Und das tat sie dann auch regelmäßig. Wenn sie um Mitternacht heimkam, roch es nach Kerzenwachs und die beiden Burschen waren wieder verschwunden.

Die Zimmerkolleginnen studierten an der Universität, die eine Turnen und Geschichte, die andere Biologie und Geschichte. Als Nana Mouskouri die Platte *Weiße Rosen aus*

Athen herausbrachte, machten sie sich gar nicht mehr die Mühe, das Haus zu verlassen. Sie saßen nur noch mit feuchten Augen und Lockenwicklern vor dem Plattenspieler, sangen und warteten auf ihre uniformierten Schweigefreunde.

Einen, sagte meine Mutter, habe ich übrigens wieder gesehen, bei deiner Mandeloperation im Hartmannspital. Er ist Arzt geworden. Es war nicht der, der dich operiert hat, sondern der, der am nächsten Tag zur Visite gekommen ist.

Die Erklärung nützte nichts. Ich erinnerte mich zwar an meine Mandeloperation und daran, dass meine Mutter neben mir saß, als ich aus der Narkose erwachte. Auch habe ich noch eine dunkle Vorstellung von einer weißen Prozession, die bei der Tür hereinkam und vor mir Halt machte. Aber ich könnte nicht einmal sagen, ob das Ärztinnen oder Ärzte waren, die mich da begutachteten und mir mit einer Taschenlampe in den Mund leuchteten.

Ich saß neben deinem Bett, sagte meine Mutter. Ich hätte ihn nicht mehr erkannt.

Kann es sein, dass wir uns schon gesehen haben?, hat er gefragt. Ich konnte mich nicht erinnern. Und dann erzählte er es mir. Und, habe ich gefragt, welche haben Sie geheiratet? Keine von den beiden, hat er geantwortet. Er sei nur mitgegangen, weil sein Freund ihn gebeten habe. Und dann sagte er, mitten in der Visite mit all den anderen Ärzten, Famulanten und Schwestern: Eigentlich haben Sie mir gefallen, aber ich habe nicht gewusst, wie ich Ihnen das beibringen soll. Plötzlich war es ganz still im Raum. Alle haben uns angestarrt. Und ich habe nach einer Schrecksekunde gefragt, ob es richtig sei, dass du jetzt nach der Operation Coca-Cola trinken darfst. Er hat geantwortet, Coca-Cola sei nicht schlecht, aber Zitrussäfte müsse man meiden, und ist dann zum nächsten Bett gegangen. Ich habe ihm nachgestarrt. Als die Visite dann zu Ende war, hat er sich noch einmal umgedreht und gegrüßt. Ist das nicht merkwürdig? Da sehe ich jemanden gut zwanzigmal und er ist nicht in der Lage, auch nur ein Wort an mich zu richten, aber zehn Jahre später erzählt er so nebenbei, dass ich ihm gefallen habe. Ich meine, mein Leben hätte einen ganz anderen Verlauf nehmen können.

Es war nicht ungewöhnlich, dass meine Mutter, wenn sie von Vater erzählen wollte, abschweifte und von ganz anderen Menschen zu sprechen begann. So als wäre es ihr unangenehm, dass sie ihren Mann früher über alle Maßen bewundert hatte.

Die Bibliothek der Lehrerbildungsanstalt hatte bis sechs Uhr abends geöffnet. Meine Mutter hatte gerade Schluss gemacht und war Richtung Ausgang unterwegs, da kam ihr ein junger Mann entgegen, mit Anzug und weißem Hemd, der es offenbar eilig hatte.

Freundschaft, Kollegin, sagte der Mann. Wo ist hier der Hörsaal zwei?

Meiner Mutter war zwar bekannt, dass Freundschaft ein alter sozialistischer Gruß ist, aber sie hatte ihn noch nie von jemandem ausgesprochen gehört. Und sie wusste auch nicht, was man darauf antwortet. So schaute sie den Mann an, als käme er von einem fremden Stern. Er hatte eine auffällig hohe Stirn. Darauf standen Schweißperlen.

Ich kann Ihnen den Hörsaal zeigen, sagte sie.

Darauf mein Vater: Ich bin schon zu spät dran. Du kannst dir nicht vorstellen, was draußen los ist.

Auf dem Weg zum Hörsaal fragte mein Vater, ob viele Studenten da seien. Meine Mutter wusste es nicht. Und dann fragte er, ob es in der Lehrerbildungsanstalt ein Antifa-Komitee gäbe und wie aktiv es sei. Meine Mutter hatte von einem Antifa-Komitee noch nie etwas gehört.

Dann sagte er: Wir bereiten jetzt eine Großdemonstration aller Antifa-Kräfte vor. Wirst sehen, in einer Woche ist der Fall erledigt.

Meine Mutter nickte. Der Fall erledigt. Sie wusste nicht, um was es ging. Sie kamen zum Hörsaal. Genau sieben Leute waren da, alle vom Verband Sozialistischer Studenten. Meine Mutter war die Einzige von der Lehrerbildungsanstalt. Weil ihr der verschwitzte Mann mit der hohen Stirn Leid tat, setzte sie sich in die erste Reihe. Mein Vater trat vor sie hin und erzählte von den gerade getroffenen Vereinbarungen mit den anderen Komitees. In dieser Stunde würden alle antifaschistischen Kräfte zusammenhalten. Lieber gemeinsam mit den Kommunisten marschieren als das Land erneut den Nazis überlassen. Dann kam das Verschwinden der Plakate zur Sprache. Mein Vater erkundigte sich, wie das vor sich gegangen sei, und meine Mutter war die Einzige im Raum, die es erzählen konnte.

Und dann, sagte meine Mutter und begann dabei zu lachen, hat dein Vater genau das gefragt, was du vorhin gefragt hast: Wieso die Rauchfangkehrer? Na ja, und dann ist das ein lockeres Gespräch geworden und ich ging mit. Wir fuhren ein paar Stationen mit der Straßenbahn. Damals waren noch Schaffnerinnen oder Schaffner tätig, die sich nach jeder Station mit ihrem kleinen Bauchladen durch die Menge drängten und Alles Fahrscheine riefen. Der Helmut hat zum Schaffner gesagt: Genosse, darf ich dir etwas sagen? Alles Fahrscheine ist nicht deutsch.

Daraufhin schaute ihn der Schaffner von oben bis unten an und sagte: Bist du ein Student, oder was? Wenn es am Opernball Alles Walzer heißt, dann wird es in der Straßenbahn auch noch Alles Fahrscheine heißen dürfen. Da hat der Helmut dann ganz verschämt dreingeschaut und wir sind ins Gasthaus gegangen, ins Bückedich, ich schwör's dir, das hat so geheißen, und so hat alles begonnen.

Die Scheibbser Großeltern waren gegen die Beziehung meiner Mutter zu einem Roten. Und die Wiener Großeltern waren gegen die Beziehung meines Vaters zu einer Schwarzen. Sie nannten meine Mutter eine Schwarze, weil sie vermuteten, dass ihr Vater, der Hauptschullehrer von Scheibbs, ein Parteibuch der Österreichischen Volkspartei hatte.

Er war der einzige Mann, sagte sie. Ich muss sie dabei ungläubig angesehen haben, denn sie fügte hinzu: Ja, so etwas gibt es. Und jetzt hat er mich weggeworfen.

Zu dieser Zeit hatte sie die Scheidung schon zwei Jahre hinter sich. Ich wollte etwas Aufbauendes sagen, wusste aber nicht recht, was es sein könnte. Meine Mutter war damals noch keine 55 Jahre alt. Je länger ich zögerte, desto schwieriger wurde es, die richtigen Worte zu finden. Meine Mutter suchte weder einen Mann, noch wollte sie zu meinem Vater zurück. Das Einzige, was sie wollte, war etwas, was absolut nicht ging. Sie wollte den ganzen Trennungswahnsinn rückgängig machen. Sie wollte, dass die Schnepfe genauso nicht vorhanden war wie all die Jahre davor.

Zu Silvester 1963 war mein Vater das erste Mal im Haus seiner künftigen Schwiegereltern in Scheibbs. Es sollte für Jahre das letzte Mal sein. Mein Vater war immer noch Vorsitzender des Verbands Sozialistischer Studenten und gehörte als solcher auch dem Parteivorstand an. Meine Mutter hatte gerade ein Trimester in der Hauptschule am Henriettenplatz unterrichtet. Obwohl in Wien damals noch ein Mangel an Hauptschullehrern herrschte, waren Monate vergangen, bis sie die Stelle bekommen hatte. Die Beamten im Stadtschulrat sagten zu ihr, sie solle in Niederösterreich unterrichten. Dort gehöre sie hin und dort könne sie sicher auch sofort anfangen. Meine Mutter verstand nicht gleich, dass mit der Formulierung, dort gehöre sie hin, das vermutete Parteibuch ihres Vaters gemeint war. Sie hätte sich, als sie dann endlich verstand, worum es ging, darauf berufen können, dass sie mit einem Vorstandsmitglied der Sozialistischen Partei liiert sei, aber das wollte sie nicht. Sie wollte nicht ihrem Freund, sondern dem eigenen Können die Stelle verdanken. Meine Mutter blieb hartnäckig; so lange, bis ein Beamter genug davon hatte, bei meiner offenbar begriffsstutzigen Mutter immer noch um den Brei herumreden zu müssen. Er sagte: Ich gebe Ihnen einen Rat. Treten Sie der SPÖ bei. Das tut nicht weh, das kostet nicht viel und Sie haben Ihren Posten.

Auf die Frage meiner Mutter, wer sich hier eigentlich anmaße, darüber zu befinden, welcher Gesinnung die Wiener Hauptschullehrer sein sollten, antwortete der Beamte: Die Gewerkschaften. Das sei keine Frage der Wiener Schulbehörden, sondern der sozialistischen Gewerkschaften, die sich ihre starke Position nicht untergraben lassen wollten.

Aber ich spreche doch hier mit der Behörde und nicht mit der Gewerkschaft, entgegnete meine Mutter. Daraufhin der Beamte: Behörde, Gewerkschaft – das geht hier ineinander über. Der Präsident des Stadtschulrats ist gleichzeitig hoher Gewerkschaftsfunktionär.

Meine Mutter sagte, sie habe ja gar nichts gegen eine starke Gewerkschaft. Ob es nicht möglich sei, der sozialistischen Gewerkschaft beizutreten, aber nicht der Partei? Der Beamte antwortete, das sei leider nicht möglich, der Gewerkschaft könne man erst beitreten, wenn man die Stelle schon habe.

Es war kein Weiterkommen. Meine Mutter, die damals der Sozialistischen Partei Österreichs sicher näher stand als der Österreichischen Volkspartei, wollte nicht einer Stelle wegen der Partei beitreten. Es blieb ihr nichts anderes übrig, als die ganze Geschichte meinem Vater zu erzählen. Und dann geschah das erste Mal das, was sich in den folgenden

Jahren noch hunderte Male wiederholen sollte. Mein Vater griff zum Telefon und jemand bekam eine Stelle.

Mein Vater war, im Gegensatz zu vielen seiner Freunde, vom Äußeren her kein Bürgerschreck. Er wirkte mit seiner Vorliebe für Anzüge und weiße Hemden sogar überaus angepasst. Aber er hatte deutliche Meinungen, die er nicht nur niemandem verhehlte, sondern den Menschen geradezu aufdrängte. Und so kam es zu seinem legendären Scheibbser Silvesterauftritt, von dem er in späteren Jahren immer wieder zu berichten wusste. Er war zuerst mit seinem künftigen Schwiegervater und später, als dieser schon wutentbrannt das Haus verlassen hatte, mit seiner künftigen Schwiegermutter zusammengekracht. Das Abendessen, eine Ente mit Rotkraut, war offenbar noch problemlos im kleinen Speisezimmer eingenommen worden. Danach wechselten sie ins Wohnzimmer, wo damals noch das mit einer Häkeldecke belegte Nierentischchen stand. Sie tranken Wein und aßen das von den Feiertagen übrig gebliebene Weihnachtsgebäck. Mein Großvater drehte den Fernsehapparat auf, damals noch schwarz-weiß. Es lief die Sendung mit Heinz Conrads. Meine Mutter und mein Vater konnten Heinz Conrads nicht ausstehen. Darin waren sie sich einig. Da auch meinen Großeltern, die ihn für einen Roten hielten, an Heinz Conrads nicht allzu viel lag, wurde der Fernsehapparat wieder abgedreht, und man saß verlegen da. Themen wurden angerissen und gleich wieder fallen gelassen. Irgendwann kam das Gespräch auf John F. Kennedy, dessen Ermordung noch keine zwei Monate zurücklag. Mein Großvater war überzeugt, dass Lee Harvey Oswald im Auftrag der Kubaner gehandelt habe.

Kennedy hat die Russen zum Abzug der Raketen gezwungen, sagte er, und das musste er mit dem Leben bezahlen. Er hätte in der Schweinebucht nicht mit Exilkubanern, sondern gleich mit der großen Armee einmarschieren sollen, um dem Spuk in Kuba ein Ende zu machen.

Kuba ist die Laus im Pelz des Imperialismus, antwortete mein Vater. In der Schweinebucht wurden nicht ein paar vom CIA ausgebildete Exilkubaner zurückgeschlagen, sondern in der Schweinebucht hat das internationale Kapital eine Niederlage erlitten. Darum wird Kuba so gehasst. Und darum kann es nur mit Hilfe der Sowjetunion überleben.

Meine Mutter war hin- und hergerissen zwischen hilflosen Versuchen, auf ihren Freund mäßigend einzuwirken, und dem Stolz, dass endlich einmal jemand ihrem Vater selbstbewusst gegenübertrat.

Wenn ich Sie recht verstehe, sagte mein Großvater, sind Sie Kommunist. Dann muss ich Ihnen aber gleich sagen, dass ich meine Tochter niemals einem Kommunisten zur Frau geben werde.

Darauf mein Vater: Erstens bin ich nicht Kommunist, sondern Sozialist. Ein Unterschied, der Ihnen vermutlich fremd ist. Zweitens brauchen Sie mir Ihre Tochter nicht zu geben, denn sie selbst hat sich mir schon gegeben und ich habe sie gerne genommen. Drittens lehne ich die Ehe als bürgerliche Institution ohnedies ab.

Mein Scheibbser Großvater mochte wohl noch nach Worten gerungen haben, als er den Satz formulierte: Ich lasse mir nicht von einem dahergelaufenen Wiener solche Frechheiten ins Gesicht sagen. Aber dann hatte er sich wieder gefasst und wusste, was zu sagen war. Er schaute meine Mutter an. Mathilde, ich bin schwer enttäuscht von dir, sagte er. Ich habe dir, seit du in Wien bist, freie Hand gelassen. Nie hätte ich damit gerechnet, dass du mir die rote Brut ins Haus holst.

Diese Formulierung war für meinen Vater ein gefundenes Fressen. Apropos rote Brut, sagte er. Ich vergaß zu erwähnen, dass mein Vater 1934 als junger Mann aus dem Gemeindebau heraus auf die Bürgerlichen geschossen hat. Die Schlacht ging verloren, aber der Kampf wurde nie zu Ende geführt. Heute sind wir bereit, den Kampf wieder aufzunehmen. Der Sozialismus wird auch in Österreich kommen. Da können Sie Gift darauf nehmen.

Mein Großvater stand auf und schüttete seinem künftigen Schwiegersohn das Weinglas ins Gesicht. Da sprang auch mein Vater auf. Aber er besann sich und begann zu lächeln. Der Wein tropfte ihm dabei vom Kinn. Er sagte: Nichts ist erbärmlicher als das Verhalten des Kleinbürgertums. Rosa Luxemburg.

Mein Großvater lief zur Tür hinaus, die Großmutter händeringend hinterher. Das dürfte der stärkste Moment im Leben meines Vaters gewesen sein. Wenn er später nicht müde wurde, davon zu erzählen, dann tat er dies vor allem unter dem Gesichtspunkt der Wirkung eines erfundenen Rosa-Luxemburg-Zitats. Seine Ansichten über Kuba ließ er nach und nach beiseite.

Die Glaskastenepisode, die nach Mitternacht folgte und den Bruch mit meiner Großmutter bewirkte, war eigentlich nur noch ein Nachschlag. Als mein Großvater schon das Haus verlassen hatte, kam meine Großmutter mit einem frischen Geschirrtuch ins Wohnzimmer zurück und entschuldigte sich bei meinem Vater.

Es tut mir Leid, sagte sie. Seit es in Berlin diese Mauer gibt, darf man nicht über Politik mit ihm reden. Aber was soll man machen? Damit müssen wir jetzt leben. Wenn nur kein Krieg mehr kommt.

Die Großmutter war freundlich und versöhnlich. Sie lief ständig zwischen Küche und Wohnzimmer hin und her. Sie servierte Käsewürfel, Apfelstücke und Mandarinen. Irgendwann kam sie zur Ruhe und schaltete den Fernsehapparat wieder ein. Es wurden Kabarett-Szenen mit Karl Farkas und Ernst Waldbrunn gezeigt. Bis Mitternacht war mein Großvater noch immer nicht zurück. Meine Eltern und meine Großmutter stießen mit den Sektgläsern an und wünschten einander trotz allem ein glückliches neues Jahr. Meine Großmutter drückte ein wenig herum, dann sagte sie zu meinem Vater: Die Formulierung »ich habe sie gerne genommen« habe auch sie als frech empfunden.

Was wollen Sie?, sagte mein Vater. Wollen Sie, dass Ihre Tochter eine selbstständige Frau ist, die tut und lässt, was sie für richtig hält, oder wollen Sie Ihre Tochter in einen Glaskasten einsperren, damit sie jeder bewundern, aber keiner kriegen kann?

Meine Großmutter schaute ihren künftigen Schwiegersohn daraufhin lange an. Sie kaute an ihren Lippen, ohne ein weiteres Wort zu sagen. Das brachte meinen Vater in Verlegenheit. Ist doch wahr, sagte er und wollte erneut zu irgendwelchen Erklärungen ausholen. Meine Mutter nahm ihn bei der Hand und bat ihn, jetzt nichts mehr zu sagen. Währenddessen ging die Großmutter hinaus. Da sie nicht mehr zurückkam, ging meine Mutter nach einiger Zeit nachsehen. Die Großmutter saß beim Küchentisch, hatte den Kopf auf die Hände gestützt und weinte. Meine Mutter wusste weder, was sie sagen, noch was sie tun sollte. Sie griff ihrer Mutter ans Handgelenk, doch die wollte nicht aufblicken. Die Tränen tropften auf die Resopalplatte herab, und meine Großmutter begann zu schluchzen. Er meint es doch nicht so, sagte meine Mutter. Dann sagte sie: Du kennst ihn nicht, er ist im Grunde seines Herzens ein lieber Kerl. Er hat nur seine Ansichten. Und dann sagte sie: Er hat eine ganz andere Herkunft, und da sieht er halt manches anders als du. Aber da die Großmutter das Gesicht noch immer versteckt hielt, fügte sie hinzu: Oder als wir. Ich bin ja auch nicht immer einer Meinung mit ihm. Doch auch das nützte nichts. Die Tränen klatschten weiter auf die Resopalplatte und rannen, weil die Großmutter die Hände noch enger ans Gesicht zog, ihre Ärmel hinab. Das Einzige, was sie nach einer halben Stunde, als ihre Tränen zu Ende waren, sagte, war: Fahrt fort. Sonst wird der Vati noch narrisch.

Und so ging meine Mutter ins Wohnzimmer, wo mein Vater vor einem vollen Aschenbecher saß und Goethe las. Das Bücherregal meiner Scheibbser Großeltern hat vor allem Buchgemeinschaftsausgaben der deutschen Klassiker enthalten und war damit nicht anders als das Bücherregal meiner Wiener Großeltern. Meine Mutter sagte: Fahren wir nach Wien. Sie will mit dir nichts mehr zu tun haben. Und mein Vater antwortete: Ach Gott, sind das empfindliche Personen. Er stand auf und stellte den Goethe ins Bücherregal zurück. Dann stiegen sie in ihren mausgrauen 2CV und fuhren nach Wien.

Als sie das nächste Mal nach Scheibbs kamen, waren sie verheiratet, und ich war schon über ein Jahr alt. Sie hatten, und hier setzte mein Vater zum schwersten Schlag gegen seine Schwiegereltern an, allen Scheibbser Nachbarn Anzeigen mit der Aufschrift WIR HABEN GEHEIRATET geschickt, nur nicht meinen Großeltern. Die Nachbarn gratulierten zur Hochzeit der Tochter. Meine Großeltern waren fassungslos. Mit vorsichtigen Fragen versuchten sie herauszufinden, wann sie geheiratet habe. Doch auf die Dauer konnten den neugierigen Nachbarn die aus dem Lot geratenen familiären Verhältnisse nicht verschwiegen werden. Mein Großvater begann bald ganz offen von der Dummheit seiner Tochter zu sprechen, die auf einen roten Scharlatan hereingefallen sei.

Und doch schien mein Großvater sich damals mit diesen widrigen Umständen abfinden zu können, weil sein Hauptaugenmerk etwas anderem galt. Es war jahrelang vorauszusehen gewesen, wann der alte Hauptschuldirektor in Pension gehen würde, und so waren auch schon über Jahre hinweg in den verschiedensten Gremien Überlegungen angestellt worden, wer der Nachfolger werden könnte. Mein Großvater war nie in die engere Wahl gezogen worden. Er unterrichtete in der Hauptschule Musik und Geographie und hatte sich in der Gemeinde bislang nie besonders hervorgetan. Als der Dirigent des Gesangsvereins die Arme nicht mehr heben konnte und abtreten musste, wurde auch mein Großvater gefragt, ob er nicht Interesse hätte, den Chor zu leiten. Es war nicht verwunderlich, dass einem Musiklehrer eine solche Frage gestellt wurde, verwunderlich war jedoch, dass mein Großvater wider alle Erwartungen ja sagte.

Er war ein strenger, aber geschätzter Chordirigent. Dass er manchmal gegen Sängerinnen und Sänger, denen das Einstudieren von Chorwerken schwerer fiel als anderen, ausfällig wurde, verzieh man ihm, sobald der Gesangsverein auch von auswärts eingeladen wurde und bei den niederösterreichischen Chorwettbewerben eine ganz gute Figur machte. Auch hatte der Chor, der nur noch aus über Fünfzigjährigen bestanden hatte, plötzlich wieder Nachwuchs. Mein Großvater legte allen Hauptschülern, die eine gute Note haben wollten, nahe, dem Gesangsverein beizutreten. Nach den wöchentlichen Proben, die im Hinterzimmer eines Gasthauses stattfanden, saß mein Großvater mit den Sängerinnen und Sängern noch eine Weile zusammen. Dabei konnte es schon vorkommen, dass mein Großvater zu viel trank und dann über seinen Schwiegersohn mit Ausdrücken herzog, die man von einem Hauptschullehrer nicht erwartet hätte. Er nannte ihn eine rote Sau und einen Hurenbock. Die Tochter, das dumme Mensch, so sagte er, sei auf diesen Teufel hereingefallen und habe sich den Kopf verdrehen lassen. Nun sei auch mit ihr nichts mehr anzufangen. Meine Tochter, verkündete er mit pathetischer Stimme, ist für mich gestorben!

Ein Kollege meines Großvaters, ein Mathematiklehrer, sang im Gesangsverein Tenor. Er war auch im Gemeinderat, und er war Obmann des Fremdenverkehrsvereins. Ihm gelang es, meinem Großvater, sobald seine Aussprüche peinlich wurden, Einhalt zu gebieten. Er war der Einzige, auf den mein betrunkener Großvater hörte. Da aber solche Ausfälligkeiten nur alle paar Wochen vorkamen, maß man der Sache keine große Bedeutung bei. Er leide halt furchtbar unter den zerrütteten Familienverhältnissen, sagten die Leute. Das beweise nur, dass er im Grunde ein guter Mensch sei.

Als die Stelle des Hauptschuldirektors ausgeschrieben wurde, bewarb sich mein Großvater darum. Er wolle, so teilte er den Behörden mit, in der Hauptschule einen besonderen musikalischen Schwerpunkt setzen. Die Scheibbser Hauptschule solle in der ganzen Umgebung bekannt werden als die Musikhauptschule. Der Mathematiklehrer, der auch im Österreichischen Arbeiter- und Angestelltenbund eine Funktion hatte, unterstützte die Bewerbung. Er schrieb Briefe an die Schulbehörden, in denen er die Verdienste meines Großvaters hervorhob, aber er brachte auch andere Chormitglieder, den Notar, den Feuerwehrhauptmann und den Obmann des Fußballvereins dazu, in dieser Sache Briefe an die Schulbehörde zu schreiben. Und so wurde mein Großvater Hauptschuldirektor. Von einer Musikhauptschule war dann allerdings nicht mehr die Rede.

Der Mathematiklehrer, bei dem mein Großvater häufig zu Besuch war, versuchte meine Mutter ausfindig zu machen, was ihm nicht schwer fiel, da mein Vater in der Sozialistischen Partei Österreichs kein Unbekannter mehr war. In einem ausführlichen Brief legte er dar, wie sehr mein Großvater leide, und schlug vor, meine Mutter solle sich bei ihrem Vater auf umfassende Weise entschuldigen. Meine Mutter war damals mit mir schwanger und war durchaus bereit zu einer versöhnlichen Geste. Aber entschuldigen? Sie hätte nicht gewusst, wofür. Sie zeigte den Brief meinem Vater. In diesem Schreiben wurden auch solche Ausdrücke wie »rote Sau« und »Hurenbock« zitiert. Und damit war für meinen Vater jeder Gedanke, wie man dem Schwiegervater entgegenkommen könnte, vorbei.

Als ich geboren wurde, bekamen wieder alle Scheibbser Nachbarn Geburtsanzeigen, nur meine Großeltern nicht. Dass es mich gibt, erfuhren sie von den Nachbarn. Und dass ich genauso hieß wie mein Vater, der Mann, den meine Großeltern mehr hassten als alles andere auf der Welt, konnten sie nur als persönliche Kränkung verstehen. Der Mathematiklehrer schrieb meiner Mutter, er bedaure es sehr, dass seine Initiative nichts bewirkt habe, er wisse nicht, wie er jetzt noch helfen könnte. Der Herr Direktor sei über die Geburtsanzeige derart erzürnt, dass keiner es mehr wage, mit ihm darüber zu reden.

Eines Tages fuhr meine Großmutter, ohne das Wissen ihres Mannes, mit der Bahn nach Wien, um mich, ihr Enkelkind, zu sehen. Mein verblüffter Großvater fand am Nachmittag, als er von der Schule heimkam, eine entsprechende Nachricht vor. Er setzte sich sofort ins Auto und fuhr ebenfalls nach Wien. Eigentlich wollte er meine Großmutter daran hindern, die Wohnung ihrer Tochter zu betreten, aber er kam zu spät.

Meine Eltern wohnten damals in einer kleinen Gemeindewohnung in der Bonygasse im Stadtbezirk Meidling, nicht weit von der Gemeindewohnung meiner Wiener Großeltern, aber auch nicht weit von der Hauptschule am Henriettenplatz, von der meine Mutter ein paar Monate früher in Mutterschaftsurlaub gegangen war. Als mein Großvater bei der Wohnung eintraf, läutete er und rief, ohne eine Reaktion abzuwarten, meiner Großmutter zu, sie solle sofort herauskommen. Meine Großmutter öffnete die Tür. Mein Großvater sah mich in den Armen der Großmutter und war zunächst sprachlos. Meine Großmutter sagte: Du kannst hereinkommen, er ist nicht da. Mein Großvater kam auf mich zu, kitzelte mich unterm Kinn und folgte uns in die Wohnung. Von da an gab es ein paar Jahre, in denen meine Eltern und meine Scheibbser Großeltern miteinander verkehrten. Meine Mutter fuhr mit mir zwei-, dreimal im Jahr nach Scheibbs. Mein Vater war hin und wieder dabei. Meist fuhr er nach einem Begrüßungsschluck gleich wieder fort.

Der rote Kaplan

Durch den leicht abschüssigen Garten meiner Scheibbser Großeltern floss ein Bach, der am Ortsende in die Erlauf mündete. Mein Großvater hatte eine vorhandene Senke noch tiefer ausgegraben und den Aushub zu einem Damm aufgeschüttet. So war ein Weiher von etwa eineinhalb Metern Tiefe entstanden, der sich im Sommer zum Baden und im Winter zum Eislaufen nutzen ließ. In dem Weiher lebten Forellen, die von zwei Gittern, eines am Dammdurchstich und eines weiter oben am Rande des Grundstücks, daran gehindert wurden zu entkommen. Beim Dammdurchstich gab es einen kleinen Wasserfall, den man das ganze Jahr über rauschen hörte. In den Sommernächten, wenn die Fenster geöffnet waren, konnte ich nicht einschlafen. Ich horchte auf das vielstimmige Plätschern des Wassers. Es wurde lauter und lauter und schien näher zu kommen. Ich fürchtete, der Bach könnte, während ich schlief, zum Fenster hereinfließen. Meine Mutter sagte, dass ich in Scheibbs um Stunden länger schlief als in Wien.

Tagsüber stand ich oft am Weiher und suchte Fische. Wenn ich einen sah, lief ich am Ufer entlang, bis ich ihn aus den Augen verlor. Mein Großvater sagte, er werde die Forellen am Nationalfeiertag aus dem Wasser holen. Wenn ich einmal hier sei, könne ich ihm dabei helfen. Ich stellte mir vor, wie mein Großvater mit der Angel am Ufer steht, einen Fisch nach dem anderen fängt und zu Großmutter in die Küche bringt. Doch dann war ich einmal dabei, als der

Großvater die Fische aus dem Wasser holte, und es war ganz anders.

Ich fuhr mit meiner Mutter im Opel Rekord, dem Nachfolger des mausgrauen 2CV, von Wien nach Scheibbs. Überall wehten die rot-weiß-roten Fahnen, und meine Mutter gab sich alle Mühe, mir den Sinn dieses Straßenschmucks zu erklären. Mich interessierte aber vor allem, auf welche Weise der Großvater die Fische aus dem Wasser hole. Es stellte sich heraus, dass es auch meine Mutter nicht wusste. Mein Vater war nicht bei uns, er nahm wahrscheinlich an einer Festsitzung teil. Als wir in Scheibbs durch das Gartentor gingen, sah ich sofort, dass der Hackstock neben dem Wasserfall stand und dass mein Großvater hohe Gummistiefel trug. Er war gerade damit beschäftigt, beim Dammdurchstich das oberste Brett herauszuschlagen. Das Wasser schoss in einem dicken Strahl durch das Eisengitter. Ich erkannte die List und wartete darauf, dass die Fische im Gitter hängen blieben. Als der Wasserstrahl schwächer wurde, schlug mein Großvater das nächste Brett heraus. Am Schluss waren alle Bretter weg, und der Weiher war verschwunden. Aber im Gitter hingen noch immer keine Fische. Sie zappelten zuhauf im zurückgebliebenen Bach, der sich vor dem Dammdurchstich tümpelartig vertiefte. Mein Großvater fuhr mit einem Käscher in den Tümpel hinein. Das Netz füllte sich und zuckte nach allen Richtungen. Mein Großvater schleuderte die Fische auf die Wiese und zog das Netz erneut durch den Tümpel. So holte er eine Ladung nach der anderen aus dem Wasser und warf sie mir vor die Füße. Ich stand auf der Wiese, und um mich herum hüpften sechzig, siebzig Forellen, überschlugen sich und rissen die Mäuler auf. Manche sprangen bis zu meiner Brust hoch, manche landeten auf meinen Füßen und klatschten mit den Schwanzflossen auf meine Schenkel, manche fanden den Weg zurück zum Ufer, aber selten erreiche eine den Bach. Als keine Forellen mehr im Tümpel waren, stapfte mein Großvater mit seinen hohen Gummistiefeln in das Wasser hinein und fuhr mit dem Käscher stromaufwärts durch den Bach. Beim oberen Gitter sammelte er die letzten Fische ein. Er machte das sehr geschickt. Nicht eine Forelle entkam ihm. Im Vorbeigehen ergriff er die wenigen, die in den Uferschlamm zurückgefunden hatten und dort kraftlos zuckten, und warf sie wieder heraus. Auf der Wiese wurde es ruhig. All die silbrig glänzenden Fischkörper um mich, von denen der eine oder andere, den ich schon für tot hielt, unerwartet noch einmal hochschnellte.

Mein Großvater brachte einen Schaber. Er wollte mich lehren, die Fische zu schuppen. Aber ich hatte Angst, sie anzufassen. Ich sah ihm zu, wie er den Fischen den Bauch aufschnitt und die Eingeweide herausriss. Er warf die Abfälle in den Bach. Von meiner Großmutter ließ er sich zwischendurch ein Gläschen Schnaps bringen, das er in einem Zug hinunterkippte. In einer Wanne, an deren Boden sich eine rötliche Lache bildete, schichtete er die ausgenommenen und gewaschenen Fische. Währenddessen kamen die ersten Lehrer durch das Gartentor. Meine Großmutter reichte ihnen Schnaps. Am Boden lagen immer noch Fische. Die Lehrer gingen im Garten auf und ab, wobei sie darauf achteten, nicht auf die Fische zu treten. Sie tranken, rauchten und unterhielten sich mit meinem Großvater, der seine Arbeit immer wieder unterbrach und mit dem blutigen Messer durch die Luft fuchtelte. Dann kamen zwei Lehrerinnen, die einige Fische auf der Wiese einsammelten und meinem Großvater zu Füßen legten. So ein frischer Fisch, sagten sie, sei etwas Feines. Irgendwann, wenn die Lehrer genug getrunken, geraucht und geredet hatten, zeigten sie auf einen Fisch in der Wanne, den mein Großvater dann herausnahm und in einen von der Mutter bereitgehaltenen Plastiksack steckte. Meine Mutter drückte die Luft heraus und verschloss den Sack mit einem Gummiring. Dann wurde der Fisch auf die Küchenwaage gelegt, und meine Großmutter kassierte das Geld. Wenn ich später den Garten meiner Großeltern betrat, sah ich in der Wiese Forellen springen. Und ich schaute in den Weiher und konnte es nicht fassen, dass meine Schwester Klara und ich in dieser Mördergrube von einem Fischwasser getauft worden waren.

Dass wir überhaupt getauft wurden, ging, nach allem, was ich darüber erfahren habe, auf das heftige Drängen meiner Scheibbser Großeltern zurück. Wir sollten für den Himmel nicht ganz verloren sein. Nach langem Hin und Her hatte mein Vater schließlich einer Taufe zugestimmt. Da war ich schon drei Jahre alt und trug den Vornamen meines Vaters, Helmut. Meine Schwester war gerade zur Welt gekommen. An der Taufe sollte sowohl der Scheibbser als auch der Wiener Zweig unserer Familie teilnehmen. Aber so einfach war das nicht. Meine Wiener Großeltern, eingefleischte Atheisten, waren nicht bereit, eine Kirche zu betreten. Mein Vater wollte auf die Anwesenheit seiner Eltern jedoch nicht verzichten. Sie sollten nicht denken, ihr Sohn sei nun ins Scheibbser Lager übergelaufen. Mein Vater fand eine Lösung. Er hatte nicht nur immer zu allem eine Meinung, er wusste auch immer für alles eine Lösung. Der Eindruck, den mein Vater zeit seines Lebens vermitteln wollte und den ihm auch die meisten Menschen abnahmen, lautete schlicht und einfach: Ich kann alles.

Den Taufpriester hatte mein Vater im Wiener Stadtteil Breitensee aufgestöbert. Er war wegen seiner Ansichten in der Kirche umstritten. Da er kein Hehl daraus machte, dass ihm an Jesus die revolutionäre Seite wichtiger war als die göttliche, wurde er, von manchen verächtlich, von anderen anerkennend, der rote Kaplan genannt. Er war einer der wenigen Priester, dem meine Wiener Großeltern über den Weg trauten. Und er war einverstanden, dem Vorschlag meines Vaters zu folgen und die Taufe als Badeakt im Garten meiner Großeltern zu gestalten. Dafür musste allerdings die Erlaubnis des Bischofs eingeholt werden. Der rote Kaplan stellte in einer Eingabe unsere religionsfernen familiären Verhältnisse dar. Die Taufe im Weiher, so erklärte er dem Bischof, sei die einzige Chance, dass wir überhaupt getauft würden. Der Bischof stimmte zu, nannte allerdings ein paar Bedingungen. Der rote Kaplan müsse vor der Taufe ein mindestens halbstündiges Gespräch mit den Taufpaten führen, ihre Glaubensstärke prüfen und ihnen ihre Verantwortung für eine katholische Erziehung deutlich vor Augen führen. Er müsse unmittelbar vor der Zeremonie ein Kännchen geweihtes Taufwasser in den Teich gießen, und er müsse der Salbung mit Chrisam besonderen Nachdruck verleihen, damit vom üblichen sakramentalen Taufritus noch etwas erhalten bleibe. Die Erneuerung des Taufgelübdes und die Taufformel seien genauestens einzuhalten.

Mein Vater hatte in der Steiermark einen sozialistischen Abgeordneten ausfindig gemacht, der, wenn er auch kein regelmäßiger Kirchgänger war, zumindest der katholischen Glaubensgemeinschaft angehörte und seine eigenen Kinder hatte taufen lassen. Der Abgeordnete wehrte sich am Anfang dagegen, mein Taufpate zu sein. Er sagte, er habe seine eigenen Kinder nur taufen lassen, weil das in der Steiermark so üblich sei. Mit Glauben habe das nichts zu tun. Er selbst gehe zweimal im Jahr zur Kirche, zu Weihnachten und zu Ostern, aber auch nur, um sich in seiner Wählerschaft zu zeigen. Der Abgeordnete hieß mit Vornamen Rupert. Um ihm seine Aufgabe zu erleichtern und ihn vielleicht sogar ein wenig mit Stolz zu erfüllen, bot ihm mein Vater an, er dürfe mir zusätzlich zu dem Namen, den ich schon hatte, auch noch seinen Namen geben. Da stimmte er schließlich zu. Und so kam es, dass in meiner kirchlichen Taufurkunde ein zusätzlicher Name, nämlich Rupert, steht, der in der Geburtsurkunde damals noch nicht vermerkt war. Meine Scheibbser Großeltern griffen den Namen dankbar auf. Von ihnen wurde ich seit meiner Taufe nur Rupert genannt.

Bis vor zehn Jahren rief mich mein Taufpate jedes Jahr Anfang Juli an, um mir zum Geburtstag zu gratulieren. Offenbar hatte er diesen Termin irgendwann im Kalender vermerkt und von Jahr zu Jahr übertragen. Ein paar Tage später kam dann immer mit der Post ein Geschenkpäckchen. Vor zehn Jahren fragte er mich, ob ich mir etwas Bestimmtes wünsche. Und ich antwortete: Ja, ich wünsche mir etwas von ganzem Herzen. Stürzt endlich meinen Vater. Kurz darauf ging mein Wunsch in Erfüllung. Seither lässt mich mein Taufpate in Ruhe.

Es gibt ein Foto von dieser Taufe. Vor dem Fischteich sind acht Stühle aufgestellt. In der Mitte sitzen die beiden Taufpaten. Ich lehne am Knie des steirischen Abgeordneten, der einen zu kurzen Anzug trägt. Daneben sitzt die Taufpatin meiner Schwester, von der ich nur weiß, dass sie Maria hieß und die erste Sekretärin meines Vaters war. Sie hält einen Knäuel von Decken im Arm. Irgendwo in diesem Knäuel, auf dem Bild nicht zu erkennen, ist meine Schwester versteckt. Links und rechts von den Taufpaten sitzen meine Eltern, ihnen zur Seite deren Eltern. Mein Wiener Großvater trägt drei rote Pfeile am Revers, das Parteiabzeichen der Sozialisten. Meine Scheibbser Großeltern tragen Steireranzug und Dirndl. Das Foto ist ein Beweis dafür, dass es sogar Taufkerzen gab. Sie liegen auf dem Schoß meiner Scheibbser Großmutter, aus deren Nachlass sie vermutlich in den Müll gewandert sind. Ich habe meine Kerze nie zu Gesicht bekommen. Auf dem Foto ist auch der rote Kaplan zu sehen, mit Hut und offenem Hemd. Er steht hinter den Taufpaten. Alle schauen in die Kamera, nur der rote Kaplan blickt auf den Knäuel mit Decken hinab. Das Foto verrät nicht, dass sowohl der Anzug meines Taufpaten wie auch der Hut des roten Kaplans von meinem Großvater stammten.

Meine Schwester wurde nach Klara Zetkin benannt, der deutschen Spartakistin und Frauenrechtlerin. Im späten Sommer 1967, als die Zeremonie am Fischteich stattfand, war mein Vater zwar schon im Parteivorstand, aber noch als Jugendfunktionär. Hätte sich unsere Taufe um ein paar Monate verzögert, dann wäre mein Vater schon Schatzmeister der Sozialistischen Partei gewesen und meine Schwester würde nicht nach einer Gründerin der Deutschen Kommunistischen Partei benannt sein. Vielleicht würde sie Hertha heißen, nach Hertha Firnberg, der damaligen Leiterin der sozialistischen Frauengruppe.

Die Zeremonie war um halb eins angesetzt. Der rote Kaplan hatte um zehn Uhr in Wien noch eine Messe zu lesen. Er hatte versprochen, unmittelbar danach aufzubrechen. Im Garten war eine Tafel gedeckt, die Gäste waren versammelt, die Nachbarn schauten aus den Häusern und über die Zäune, aber der Kaplan ließ auf sich warten. Sogar meine Wiener Großeltern waren gekommen. Es war das erste Mal, dass sie nach Scheibbs kamen. Sie sollten später nur noch ein zweites Mal kommen, zum Begräbnis meines Großvaters.

Da um ein Uhr vom roten Kaplan immer noch nichts zu sehen war, öffnete mein Vater die erste Sektflasche. Mein Wiener Großvater erzählte, dass der rote Kaplan mit den Kirchenbehörden große Schwierigkeiten habe. Es sei nicht ausgeschlossen, dass die ihm von heute auf morgen seinen Dienstausweis entzogen hätten. Der Scheibbser Großvater, der der katholischen Männerbewegung angehörte, hielt das für ausgeschlossen. In der Kirche würden die heiklen

Fälle sorgfältig geprüft. Das sei immer ein längerer Prozess mit vielen Anhörungen. Außerdem habe ein Priester keinen Dienstausweis, sondern eine Missio.

Vielleicht findet er das Haus nicht, sagte mein Vater. Er ging auf die Straße nachschauen. Kein einziges Auto war zu sehen. Einer der Bewohner des gegenüberliegenden Hauses rief über den Zaun, dass auch bei ihnen in der Straße kein Auto zu sehen sei.

Vielleicht hat er sich verfahren, rief die Scheibbser Großmutter zurück. Oder er weiß gar nicht, wie man von Wien nach Scheibbs kommt. Ich würde es auch nicht wissen. Und dann sagte sie zur Taufrunde: Wenn wir nicht bald essen, können wir den Schweinsbraten vergessen.

Auch meine Wiener Großmutter war der Meinung, man sollte jetzt einfach mit dem Essen beginnen. Wenn er kommt, meinte sie, kann er die Kleinen ja immer noch taufen. Die laufen ihm nicht davon.

Es muss sich doch ermitteln lassen, wo der Kerl steckt, sagte mein Vater. Er rief im Pfarrhof von Breitensee an. Es hob eine Frau ab. Sie teilte meinem Vater mit, dass der Herr Kaplan, wie vereinbart, gleich nach der Messe fortgefahren sei. Und so rätselten die Taufgäste weiter, was passiert sein könnte. Sie tranken Sekt und debattierten über die Ansichten des roten Kaplans. Angeblich hatte er einmal gesagt, dass Jesus, käme er heute zur Welt, sicher nicht zur Kirche gehen würde. So war es jedenfalls im Volksblatt, in der Zeitung, die mein Scheibbser Großvater abonniert hatte, zu lesen gewesen. Das, so sagte er, seien unnötige Provokationen.

Mein Wiener Großvater wiederum fand solche Provokationen höchst notwendig. Während die Erwachsenen debattierten und Sekt tranken, wurde es zwei Uhr. Die Scheibbser Großmutter meinte, man dürfe mit dem Essen nun nicht mehr länger warten, sonst würde der Braten so zerfallen, dass man ihn als Fischfutter verwenden könne. Kaum hatte sie das gesagt, hielt sie inne. Ein Motorengeräusch war zu hören. Bald darauf war auch eine Staubfahne zu sehen. Vor dem Haus hielt ein zerbeulter VW-Käfer. Der rote Kaplan stieg aus und hastete durch das Gartentor.

Ich bitte Sie vielmals um Entschuldigung, rief er schon von weitem der Runde zu. Er trug einen Kopfverband. Sofort war er umringt. Ich habe einen Unfall gehabt, sagte er und beruhigte gleich darauf die Taufgäste. Es ist nichts Schlimmes passiert, nur eine Platzwunde, aber die Rettung hat darauf bestanden, mich ins Krankenhaus St. Pölten zu bringen. Und bis ich von dort wieder freikam, das dauerte und dauerte. Aber jetzt bin ich da, und so wollen wir gleich beginnen.

Er schüttelte allen Taufgästen die Hand, auch mir. Dabei sagte er: Du großer Junge willst wohl bei der eigenen Taufe schon dabei sein. Der rote Kaplan und der steirische Abgeordnete lachten einander an. Aber ich verstand nicht, was er meinte, schließlich war meine Schwester ja auch bei ihrer eigenen Taufe dabei. Anstatt es mir zu erklären, nahm mich mein Taufpate bei der Hand.

Der rote Kaplan goss ein Fläschchen Taufwasser in den Teich. Alle schauten ihm gespannt zu. Das ändert alles, sagte mein Wiener Großvater, leise zwar, aber es war doch von allen zu hören. Dem steirischen Abgeordneten stieß es den Rotz aus der Nase. Er ließ meine Hand los und suchte nach einem Taschentuch. Meine Wiener Großmutter zischte dem Großvater zu, er solle ruhig sein. Und dann geschah etwas Überraschendes. Anstatt die Taufpaten zu fragen, ob sie dem Teufel widersagten und allen seinen Werken, zog der rote Kaplan das Hemd und die Hose aus. Nur mit Badehose und umgelegter Stola bekleidet, nahm er meine Schwester aus dem Arm der Taufpatin und stieg mit ihr in den Fischteich. Er war kaum zwei Schritte im Wasser, da rutschte er im Schlamm aus. Es zog ihm regelrecht die Füße weg. Einen Augenblick hielten alle den Atem an, dann ging ein lautes Schreien durch die Menge. Meine Schwester wirbelte durch die Luft, der rote Kaplan fiel auf den Rücken. Sofort riss er die Hände nach vorne und versuchte meine Schwester, die mit dem Kopf voraus auf das Wasser klatschte, zu ergreifen. Sie war aber zu weit weg, er erwischte sie nicht. Alle begannen noch lauter zu schreien, und meine Schwester sank, noch bevor der Kaplan wieder auf den Beinen war, unter die Wasseroberfläche. Mein Taufpate hatte mich zurückgestoßen und stand nun ebenfalls im Wasser. Auch er rutschte hinab und konnte sich nirgends festhalten. Als er sah, dass meine Schwester unterging, warf er sich mit einem Satz nach vorne auf das Kind. Mein Scheibbser Großvater kam in diesem Moment mit dem Käscher gelaufen, mein Vater riss ihm die Stange aus der Hand.

Lasst sie nicht untergehen, schrie mein Vater.

Es schien, als würde sich Klara direkt unter meinem Taufpaten befinden, der mit den Füßen zappelte und mit den Armen ins Wasser hinabstocherte. Die Umstehenden und Zaungäste schrien in einem fort: Um Gottes willen! Jesus und Maria!

Der rote Kaplan hatte mittlerweile Halt gefunden. Er ruderte mit den Händen unter dem Körper des steirischen Abgeordneten, erwischte meine Schwester beim Taufkleid und zog sie aus dem Wasser. Mein Vater hielt ihm den Käscher hin, und der rote Kaplan legte meine Schwester, als wäre sie ein Fang, tatsächlich hinein. Wahrscheinlich hatte er Angst, er könnte noch einmal ausrutschen.

Es war ein Wunder, sagte meine Mutter später in Kirchbach. Ich habe Klara aus dem Fischernetz genommen und war in diesem Moment auf alles gefasst. Aber das Kind hat nicht einmal geweint. Weder gespuckt noch gehustet, nicht nach Luft gerungen, überhaupt nichts dergleichen. Klara war nur triefend nass. Vielleicht ein wenig erschrocken. Das war alles. Ein Wunder. Ein wahres Wunder. An sich glaube ich ja nicht an Wunder. Aber selbst der rote Kaplan hat von einem Wunder gesprochen.

Meine Schwester wurde nicht nur in trockene Kleider, sondern sicherheitshalber auch noch in ein paar Decken gehüllt. Der Kaplan hängte die Stola zum Trocknen auf die Wäscheleine. Dann zog er sich zerknirscht an. Dabei ging er denjenigen nach, die gerade meine Schwester im Arm trugen. In einem fort sagte er: Wie konnte mir nur so etwas passieren. Der steirische Abgeordnete wurde von meinem Scheibbser Großvater, der deutlich kleiner war, zur Anzugsprobe geführt. Als meine Scheibbser Großmutter, die Klara gerade im Arm hielt, fragte, wie die Taufe nun weitergehe, zeichnete der rote Kaplan meiner Schwester mit dem Daumen ein Kreuzzeichen auf die Stirn und sagte: Klara, du bist nun getauft im Namen des Vaters, des Sohnes und des Heiligen Geistes. Meine Großmutter sagte Amen, und die Taufe meiner Schwester war zu Ende. Das Einzige, was die Taufpatin zu tun hatte, war, ein Formular zu unterschreiben.

Keiner, der von dieser Taufe erzählt, vergisst zu erwähnen, dass ich auf einmal mit einem schwarzen Schwimmreifen um den Körper dastand und zum verdutzten Kaplan sagte: Damit ich nicht untergehe. Doch der rote Kaplan hatte zu diesem Zeitpunkt die Idee meines Vaters, die Taufe als Badeakt zu gestalten, schon aufgegeben. Ich bekam nur noch Wasser über den Kopf geleert und einen neuen Namen, der mir später, als es mir geradezu widerlich wurde, den Namen meines Vaters zu tragen, von großem Nutzen war.

Mit der Zustimmung zu dieser Taufe war mein Vater

über seinen Schatten gesprungen. Sicher nicht aus einer neu erwachten Liebe zu seinen Schwiegereltern heraus, wohl aber, weil er wusste, wie sehr meiner Mutter daran lag, mit ihren Eltern einigermaßen zivilisiert verkehren zu können.

Während des gesamten Essens, so erzählte mir meine Mutter, herrschte eine Art Bürgerkriegsstimmung. Ich sah meinen Schwiegervater vor mir, wie er aus dem Toiletten-fenster des Gemeindebaus herausschießt, und ich sah meinen Vater, wie er Kommando gibt, die Kanonen gegen den Gemeindebau zu richten, obwohl er zur Zeit des Bürger-kriegs in Wirklichkeit für das Militär noch zu jung gewe-sen war. Aber das war die Atmosphäre, die wie eine Ge-witterwolke über der im Garten angerichteten Tafel hing. Es war nur eine Frage der Zeit, bis sie sich entladen würde. Und weil das alle gespürt haben, offenbar auch der rote Kaplan, der nur noch vom Essen sprach und die Kochküns-te meiner Mutter bei jedem zweiten Bissen lobte, war die Entladung nur halb so schlimm. Obwohl man mit dem Missgeschick bei Klaras Taufe, die immerhin hätte ertrin-ken können, ein Thema hatte, das die Gespräche für ein paar Stunden ausfüllte, konnte es sich mein Vater, als ihm der Alkohol dann schon die Zunge gelockert hatte, nicht verkneifen, einen Giftpfeil abzuschießen. Selbstverständ-lich, sagte er zu meinem Schwiegervater, der ihm gegenüber saß, wäre dieses Unglück zu verhindern gewesen. Mein Schwiegervater blickte auf und mein Vater fuhr mit einem spöttischen Unterton fort: Würden Sie nämlich, so wie andere Leute auch, zur Kirche gehen, wäre das alles nicht passiert.

Mein Schwiegervater wurde von dieser Bemerkung überrascht. Der rote Kaplan sprang ein. Er sagte: Ich habe von einem Fall gehört, bei dem ein Kind fast im Taufbecken ertrunken wäre, weil es dem Taufpaten aus der Hand gerutscht ist. Auch in der Kirche kann ein Missgeschick passieren, und heute, das war ganz meine Schuld.

Mittlerweile, so fuhr meine Mutter fort, hatte der Schwiegervater die Sprache gefunden. Er sagte zu meinem Vater: Wenn ich recht informiert bin, haben ja vor allem Sie auf diesem Hokuspokus bestanden.

Nein, Papa, sag jetzt nicht Hokuspokus! Ich habe mir solche Mühe gegeben, einen Weg zu finden, der für alle akzeptabel ist. Helmut war aufgestanden und beschwor seinen Vater mit ausgebreiteten Händen.

Ist schon recht, sagte sein Vater. Aber getauft ist getauft. Und darin gleicht die Kirche der Kommunistischen Partei, die auch Kinder zu Mitgliedern macht.

Mein Vater, das war ihm anzusehen, stand kurz vor einer Explosion. Helmut sagte zu seinem Vater: Gut, jetzt hast du deine Meinung gesagt, aber wir können uns sicher darauf einigen, dass es ansonsten zwischen der Kirche und der Kommunistischen Partei große Unterschiede gibt.

Große Unterschiede? Sein Vater wackelte mit dem Kopf. Sagen wir einfach: Unterschiede.

Mein Vater stand auf und meine Mutter begann an seinem Ärmel zu ziehen. Bitte, Vati, setz dich. Bitte.

Und dann, so sagte meine Mutter, geschah etwas Unglaubliches. Mein Vater setzte sich wieder. Hätte mein Vater damals das, was ihm auf der Zunge lag, gesagt, die Familie wäre auf der Stelle in zwei Teile auseinander gebrochen, daran hätte auch der rote Kaplan mit seinen rührenden Versöhnungsversuchen nichts ändern können. Da mein Vater jedoch dem Drängen meiner Mutter ausnahmsweise nachgab und nichts sagte, konnte man immerhin noch ein paar Jahre normal miteinander verkehren, bis mein Vater endgültig durchdrehte. Aber das hast du ja dann schon mitgekriegt.

Der Scheibbser Großvater

Fünfzehn Jahre war ich alt, da wurde mein Vater Verkehrsminister. Es kam nicht ganz unerwartet. Schon bei den Wahlen vier Jahre zuvor hatte der Bundeskanzler meinen Vater gefragt, ob er bereit wäre, Regierungsmitglied zu werden, ihn dann aber doch nicht bestellt. Die Nachbarn gratulierten, und mein Lateinlehrer verschonte mich zwei Monate lang mit Prüfungen. Ich dachte, er würde mich aufgrund meiner schlechten Leistungen einer Frage gar nicht mehr für würdig befinden, und so verzichtete ich meinerseits auf jede weitere Vorbereitung. Aber dann nahm er mich plötzlich dran. Er fragte mich nach der Consecutio temporum. Ich hatte zwar in den Schulstunden mitgekriegt, dass es sich dabei um den Zusammenhang der Zeiten in den Haupt- und Nebensätzen handelte, aber mehr wusste ich nicht. Mit meiner Antwort, an die ich mich selbst gar nicht mehr erinnerte, rückte ein Mitschüler bei der zehnjährigen Maturafeier heraus. Wisst ihr noch, stieß er durch den Qualm eines Zigarillos hervor, wie der Ratz nach der Consecutio temporum gefragt worden ist?

Oh ja, sagte eine Mitschülerin. Ich habe geglaubt, ich sterbe vor Lachen.

Und da wusste ich es plötzlich auch wieder. Aber dass jemand vor Lachen fast gestorben wäre, hatte ich nicht mitgekriegt. Ich erinnerte mich, im Gegenteil, an eine unheimliche Stille.

Wie war doch schnell die Antwort?, fragte die Mitschülerin.

Der mit dem Zigarillo wusste sie noch: Steht im Hauptsatz eine Zeit, so steht auch im Nebensatz eine Zeit. Darauf, so fuhr er fort, hat sich der alte Römer vor dem Ratz aufgepflanzt: Herr Kramer, jetzt habe ich Sie aufgrund der familiären Aufregungen zwei Monate lang geschont. Wird Zeit, dass Sie wieder an Bord kommen.

Ich hatte damit gerechnet, dass er mich nun, wie es seine Art war, anschreien und einen insolenten Ignoranten nennen würde. Und man sah ihm die Wut auch schon ins Gesicht geschrieben. Aber dann riss er sich am Riemen und beschämte mich mit seiner kurzen Erklärung. Wird Zeit, dass Sie wieder an Bord kommen.

Und ich kam an Bord. Ich war so beeindruckt von dieser großzügigen Geste, dass ich von da an regelmäßig mitarbeitete und für die lateinische Sprache sogar ein besonderes Interesse entwickelte. Latein wurde mein Lieblingsfach. Was mich daran am meisten faszinierte, war die Tatsache, dass es offensichtlich nutzlos war. Ich nahm die lateinische Sprache wie Musik wahr. Die ersten hundert Verse von Ovids Metamorphosen lernte ich auswendig, noch bevor ich sie übersetzen konnte, ohne besonderen Grund, einfach weil es mir Spaß machte sie aufzusagen. Das Geklapper der Hexameter und Pentameter ging mir in Fleisch und Blut über. Zum Abschluss unseres Schikurses in der siebenten Klasse gab es einen Wettbewerb mit verschiedenen, zum Teil von uns selbst erfundenen Disziplinen. Ich gewann die Ausscheidung im rhythmischen Slalomfahren. Während die anderen, die sich irgendwelche damals gängigen Melodien ausgesucht hatten, etwa »We don't need no education …« von Pink Floyd, bei den Synkopen in Verlegenheit kamen, weil sie natürlich verführt waren, den Schwung bei der betonten Silbe des Textes zu setzen, wedelte ich meine Metamorphosen mit der Exaktheit eines Metronoms herunter und gewann mit einstimmigem Entscheid der Jury. Und so trug mir etwas, mit dem ich mich nur deswegen so gerne beschäftigte, weil ich es für völlig nutzlos hielt, ein T-Shirt mit der Aufschrift Schiparadies Zauchensee ein.

Während ich beim Lateinlehrer noch Schonzeit hatte, machte mein Scheibbser Großvater auf sich aufmerksam. Mein Vater war noch keine Woche Minister, als die besorgten Anrufe meiner Großmutter begannen. Der Vati, so sagte sie zu meiner Mutter, habe sich nach der Chorprobe wieder einmal nicht zurückhalten können. Er habe sich auf eine Weise über Helmut ausgelassen, dass es allen Anwesenden peinlich geworden sei. Eine Frau habe ihm entgegnet, sein Schwiegersohn sei Minister und damit verdiene er Respekt. Ach was, Minister, habe der Vati in seinem Rausch geantwortet, ein Hurenbock sei er.

Gleich mehrere Frauen hätten sie am nächsten Tag, als der Vati in der Schule war, angerufen und ihr davon erzählt. Meine Mutter wurde von ihrer Mutter beschworen, sie solle um Himmels willen Helmut nichts davon sagen, aber vielleicht könne sie einmal kommen und mit ihrem Vater reden. Sie müsse ja nicht erzählen, wer sie informiert habe.

Auch wenn ihr Schwiegersohn einer sozialistischen Regierung angehörte, war meine Großmutter durchaus stolz auf ihn. Immerhin begegneten ihr die anderen Scheibbser nunmehr mit großem Respekt. Sie war nicht mehr die Frau Direktor, sondern die Schwiegermutter des Verkehrsministers. Selbst ich fühlte mich in Scheibbs, wenn ich einmal Zeitungen oder Zigaretten kaufte, zuvorkommend behandelt. Mein Großvater hingegen benahm sich, als wäre die politische Karriere meines Vater ein gegen ihn gerichteter Feldzug, den er zurückschlagen müsse. Schon bei der Ernennung brüskierte er die Gratulanten.

Zu Mittag gab der Bundeskanzler in einer vom österreichischen Rundfunk live übertragenen Pressekonferenz die Mitglieder der neuen Bundesregierung bekannt. Im Raucherzimmer der Hauptschule zu Scheibbs standen ein paar Lehrerinnen und Lehrer in der Pause von der fünften zur sechsten Schulstunde beisammen. Im Radio lief das Mittagsjournal.

Dr. Helmut Kramer, sagte einer, ist das nicht der Schwiegersohn vom Alten?

Klar, Planungsdirektor bei der Bundesbahn, Schatzmeister in der Partei, das kann nur der sein, antwortete ein anderer. Wir müssen dem Alten gratulieren.

Der Personalvertreter, einer der wenigen Nichtraucher, aß im Konferenzzimmer gerade eine Wurstsemmel. Er war einverstanden, mit dem Restgeld aus der Kaffeekasse schnell Geschenke zu kaufen. Die Handarbeitslehrerin wurde nach Blumen geschickt, der Physiklehrer nach Sekt. Doch sowohl das Blumengeschäft als auch der Kaufmann hatten schon Mittagspause, und so kaufte der Physiklehrer die Flasche Sekt im Gasthof zum Goldenen Lamm, wo sie doppelt so teuer war. Die sechste Unterrichtsstunde war schon gut zwanzig Minuten im Gange, als eine kleine Gratulantengruppe unter der Führung des Mathematiklehrers an das Direktionszimmer meines Großvaters klopfte und mit einer Flasche Sekt zum Erfolg des Schwiegersohns gratulierte.

Nehmt Platz, sagte mein Großvater, holte ein paar Gläser aus dem Wandschrank und öffnete den Sekt. Als sie dann mit den Gläsern angestoßen hatten, sagte er: Meine Schuld ist es nicht. Ein Land, in dem so ein Taugenichts wie mein Schwiegersohn Minister werden kann, muss eigentlich bedauert werden.

Die Leute sagten zu meiner Großmutter: Dass er sich überhaupt nicht darüber freuen kann, ist schon seltsam.

Meine Mutter unternahm zunächst gar nichts. Sie

sprach mit mir darüber, möglicherweise auch mit meiner Schwester, aber sie wollte meinen Vater, der meist erst gegen Mitternacht heimkam, sich einen Manhattan rührte und den Fernseher aufdrehte, mit diesen Geschichten nicht belästigen. Doch die Geschichten wurden schlimmer. Mein Scheibbser Großvater verwendete nicht nur gegen seinen Schwiegersohn Kraftausdrücke, er nannte eine Sopranistin Quietschfut und zu einer anderen sagte er, sie singe falsch wie eine Rauchfangtaube. Diese andere war jedoch die Frau des Notars, der sich seinerzeit dafür eingesetzt hatte, dass mein Großvater Hauptschuldirektor werden konnte. Der Notar bestand darauf, dass mein Großvater sich vor versammeltem Chor entschuldige. Aber der dachte gar nicht daran. Rauchfangtaube, sagte er, sei ein sehr milder Ausdruck, wenn man bedenke, welche Schmerzen ihm das Gejeire dieser unmusikalischen Blasente seit Jahren bereitet habe. Die Frau Notar erschien nicht mehr zu den Chorproben, ihr Mann sandte einen Brief an den Vorstand des Gesangsvereins, in dem er rechtliche Schritte ankündigte für den Fall, dass der Vorstand nicht in der Lage sein sollte, aus den vergangenen Vorfällen Konsequenzen zu ziehen. All das brachte meinen Großvater nur noch mehr auf, und es gab bald niemanden mehr, dem er nicht Dummheit oder Bösartigkeit unterstellte. Alle Scheibbser, so sagte er im Haus seines alten Freundes, des Mathematiklehrers, bei dem er hin und wieder auf ein Gulasch vorbeikam, alle Scheibbser seien Arschlöcher.

Jetzt mach aber einen Punkt, fuhr ihn der Freund an. Sitzt hier bei uns, trinkt unser Bier, lässt sich unser Gulasch schmecken und beschimpft die Gastgeber. Was du in letzter Zeit von dir gibst, ist zu neunzig Prozent Gossengeschwafel. Merkst du nicht, dass du dich in der ganzen Stadt lächerlich machst?

Der Großvater schien beeindruckt zu sein. Er schwieg.

Nach ein paar Schnäpsen sagte er: Du hast Recht. Es gibt auch ein paar positive Arschlöcher in Scheibbs.

Da alle Versuche des Chorvorstands, meinen Großvater zu einer Entschuldigung zu bewegen, nur zu weiteren Beschimpfungen führten, war es eigentlich nur eine Frage der Zeit, bis er den Dirigentenstab niederlegen musste. Die Aktion wurde heimlich vorbereitet. Alle außer meinem Großvater wussten Bescheid. Zumindest war es so geplant. Aber irgendjemand muss es meinem Großvater gesagt haben, vielleicht der Mathematiklehrer, der ja auch im Chor sang. Anstatt mit der üblichen Verspätung zur Chorprobe zu kommen, um dort der Schmach ausgeliefert zu sein, dass sein Nachfolger schon mit den Stimmübungen begonnen hat, hinterlegte mein Großvater vorweg im Hinterzimmer des Gasthauses einen Brief, der an die ehrenwerten Mitglieder des Gesangsvereins adressiert war. Darin stand nur ein Satz: Ihr seid eine feige und hinterhältige Bagage, die einer weiteren Argumentation nicht würdig ist.

Von diesem Zeitpunkt an war mein Großvater mehr im Gasthaus zu finden als in der Schule. Er erzählte, wem er am Nationalfeiertag mit Sicherheit keinen Fisch verkaufen und wen er überhaupt gleich aus seinem Garten verjagen werde. Doch als dann der Nationalfeiertag kam, rief meine Großmutter an und sagte, der Vati habe den Teich nicht abgelassen. Er sei stattdessen ins Gasthaus gegangen.

Meine Mutter hielt es nun an der Zeit einzuschreiten. Ich wollte unbedingt mitfahren. Meine Mutter ließ sich überreden.

Du sagst aber kein Wort zu ihm. Tu so, als ob alles ganz normal wäre. Wir kommen so wie früher zum Fischen und wundern uns, dass der Opa im Wirtshaus sitzt.

Fahr doch auch mit, sagte ich zu meiner Schwester. Es ist ein cooles Erlebnis, wenn die Fische auf der Wiese zur Massenaerobic antreten. Klara verdrehte die Augen und verzog den Mund. Niemand konnte abweisender schauen als sie. Ich weiß nicht, wo sie diese angewiderte Grimasse aufgeschnappt hat, in irgendeiner Fernsehserie vielleicht. Sie konnte unsere Mutter damit zur Weißglut treiben. Bei mir hatte sie den gegenteiligen Effekt. Ich hänselte meine Schwester vor allem deshalb, damit sie mir dieses angewiderte Gesicht zeigte.

Es war schon Mittag, als wir in Scheibbs eintrafen. Im Wohnzimmer kniete ein unbekannter, etwa fünfundzwanzigjähriger Mann, der sich Mühe gab, meine weinende Großmutter zu trösten. Sie hielt sich ein Taschentuch vor die Augen. Als der Mann meine Mutter sah, stellte er sich neben die Großmutter, mit strammer Körperhaltung, so als wäre er ein Soldat.

Grüß Gott, Frau Minister, sagte er. Ich bin der Kirchner Fredi.

Er reichte meiner Mutter die Hand, dann mir.

Meine Mutter beugte sich zur Großmutter hinab und nahm sie in die Arme. Der Kirchner Fredi sagte: Ich kann mir nicht vorstellen, dass der Herr Direktor das absichtlich gemacht hat.

Was gemacht?, fragte meine Mutter.

Die Großmutter nahm das Taschentuch vom Gesicht. Mit rot verheulten Augen blickte sie uns an. Da, sagte sie, schau hinaus. Sie wies zur Terrassentür.

Auf den ersten Blick konnte ich nichts Besonderes erkennen, aber als meine Mutter plötzlich einen fast tonlosen Schrei ausstieß, sah ich es auch. Die Forellen stauten sich am Gitter vor dem Wasserfall, mit den Bäuchen nach oben.

Er hat es absichtlich gemacht, sagte meine Großmutter. Er hat einfach die Fische vergiftet.

Aber warum?, fragte meine Mutter.

Ich weiß es doch nicht. Meine Großmutter heulte wieder drauflos, meine Mutter schloss sie erneut in die Arme, aber es fiel ihr nichts Tröstendes ein.

Der Kirchner Fredi, so stellte sich heraus, war Turnlehrer in der Hauptschule. Er war gekommen, um Fische zu kaufen. Wie es aussah, war er dieses Jahr der einzige Kunde. Wir gingen in den Garten hinaus. Nicht alle Fische waren schon tot, ein paar zappelten noch, andere wurden gerade angeschwemmt. Neben dem Zufluss zum Weiher lag ein leerer Kanister. Der Aufschrift nach hatte er eine Nitrolösung enthalten.

Vielleicht hat er das verwechselt, sagte der Kirchner Fredi. Sicher wird er das verwechselt haben. In der Schule hat er mich unlängst mit dem Religionslehrer verwechselt, weil wir beide erst im Herbst angefangen haben.

Was machen wir jetzt, sagte meine Mutter. Wir müssen doch irgendetwas unternehmen.

Gibt es eine Schubkarre im Haus?, fragte der Turnlehrer.

Und so verluden wir die toten Fische in die Schubkarre. Der Turnlehrer holte sie mit dem Käscher aus dem Wasser, ich half ihm mit der Schneeschaufel. Meine Mutter war mit der Oma beschäftigt. Da immer mehr tote Fische angeschwemmt wurden, schlug ich vor, den Weiher abzulassen. Vielleicht hätten ein paar Fische noch eine Chance durchzukommen.

Das ist zu spät, sagte der Kirchner Fredi. Wenn wir jetzt das Wasser ablassen, sterben die Fische weiter unten im Bach oder gar in der Erlauf und dann kriegt der Herr Direktor auch noch eine Anzeige von der Umweltschutzbehörde. Am besten, wir fangen sie alle raus und lassen sie verschwinden.

Aber wohin damit?

Die erste Idee des Turnlehrers war, die toten Fische einem Bauern zu bringen, damit er sie im Misthaufen vergrabe. Aber dann, gab er zu bedenken, gibt es Zeugen, was für den Herrn Direktor unangenehm werden könnte. Am besten, wir heben ein Grab aus und rein damit.

Das taten wir dann auch. Wir wählten eine Stelle neben dem Geräteschuppen, die von den Nachbarn nicht eingesehen werden konnte, und begannen zu graben. Der Boden war steinig. Der Turnlehrer lockerte das Erdreich zwischendurch mit einer Spitzhacke. Größere Steine hoben wir mit bloßen Händen heraus. Ich war an solche Arbeit nicht gewöhnt. Schon nach kurzer Zeit taten mir die Arme und der Rücken weh. Der Turnlehrer machte weiter, bis die Grube etwa einen Meter tief war. Dann schütteten wir mit der Schubkarre die Forellen hinein. Mittlerweile waren beim Dammdurchstich neue Fische angeschwemmt worden. Wir warfen sie zu den anderen ins Grab. Ein paar zuckten noch. Der Turnlehrer wollte die Grube zuschaufeln.

Nein, sagte ich, nicht, solange sie noch leben.

Ich schaute in die Grube hinein. Diese armen Fische, sagte ich. Ist das nicht schrecklich?

Das sind nur die Nerven, sagte der Kirchner Fredi. Außerdem hätten sie heute sowieso dran glauben müssen. Ist nur schade, dass man sie nicht mehr essen kann.

Er begann das Fischgrab zuzuschaufeln, ich ging ins Haus. Im Vorbeigehen sah ich, dass beim Gitter ein weiterer toter Fisch angeschwemmt worden war, aber ich wollte mit alldem nichts mehr zu tun haben und ging weiter. Meine Großmutter hatte mittlerweile zu weinen aufgehört. Sie zeigte meiner Mutter den Medikamentenschrank, aus dem Schachteln und Döschen herausfielen, als sie die Tür öffnete. Jeden Tag, sagte sie, isst er Dutzende von Pillen. Und dann trinkt er auch noch dazu.

Meine Mutter nahm nacheinander ein paar Döschen in die Hand und überflog die Aufschriften.

Woher hat er das alles?

Das lässt er sich vom Arzt verschreiben. Er läuft ja dauernd zum Arzt. Es gibt keine Krankheit, die er nicht hätte. Was der von seinen Krankheiten redet. Es ist alles anders geworden, und ich weiß mir nicht mehr zu helfen. Ich koche, ich wasche, ich richte ihm alles, aber er ist nur unzufrieden. Und wenn er betrunken ist, ach, lassen wir das.

Was ist, sag es mir.

Meine Großmutter wollte nicht mehr weitersprechen. Sie verstaute die Medikamente wieder im Schrank. Da hörten wir, wie die Eingangstür ins Schloss fiel. Der Großvater kam zur Tür herein, blickte uns nacheinander an und nickte. Niemand sagte etwas. Der Großvater ging an uns vorbei in die Küche, öffnete den Kühlschrank, schaute hinein und schloss ihn wieder. Er kam ins Wohnzimmer zurück, hatte aber nichts in der Hand. Wieder schaute er uns nacheinander an.

Ist der Herr Minister zu geizig, um sich die Fische im Geschäft zu kaufen?

Ach, Vater, was sagst du da für Sachen, antwortete meine Mutter.

Der Großvater warf einen Blick durch die Terrassentür. Etwas irritierte ihn. Er ging ganz nahe an die hohen Glasscheiben heran und schaute hinaus.

Was haben wir denn da, sagte er. Mir scheint, da ist ein Fisch gestorben.

Wir schauten zum Weiher hinaus. Im Abflussgitter hing immer noch, mit dem Bauch nach oben, die eine Forelle, die ich im Wasser gelassen hatte. Es war keine mehr dazugekommen.

Wird doch nicht eine Fischkrankheit ausgebrochen sein, fuhr mein Großvater fort.

Hör auf, so scheinheilig zu reden, sagte meine Großmutter. Der Großvater schenkte ihr kein Gehör.

Ach schau, und wen haben wir denn da?

Er hatte den Kirchner Fredi entdeckt. Der kam mit dem Käscher zum Weiher und fischte die letzte tote Forelle aus dem Wasser. Als er meinen Großvater an der Terrassentür stehen sah, machte er eine Verbeugung.

Bist ein kleiner Arschkriecher, sagte mein Großvater. Von mir kriegst du keine Überstunden, und wenn du noch zehn tote Fische verschwinden lässt.

Mein Großvater machte eine kurze Pause. Als der Kirchner Fredi an der Terrasse vorbeigegangen war, fragte er: Wie viele Leichname hat denn diese Schleimspur von einem Lehrer aus dem Wasser geholt?

Die Großmutter sagte: Alle. Du kannst beruhigt sein, es sind alle Fische tot. Und der Rupert hat ihm geholfen.

Alle Fische tot, wiederholte er und ließ dabei die Luft zwischen den Zähnen hervorzischen. Er drehte sich zu mir um. Wirklich alle Fische tot? Das ist ja dann ein Umweltdesaster.

Warum hast du das gemacht?, fragte meine Mutter. Der Großvater trat vor sie hin.

Weil ihr mir alle auf die Nerven geht, aber so sehr auf die Nerven geht, dass ich es euch gar nicht anders sagen kann.

Meine Mutter versuchte unbeeindruckt zu bleiben.

Ich möchte mit dir reden, sagte sie.

So sprich doch.

Nein, ich möchte allein mit dir reden.

Allein? So, wie du bislang mit deiner Mutter allein über mich geredet hast? Die Zeit der Geheimnisse ist abgelaufen. Jetzt wird Tacheles gesprochen.

Du wirst doch mir, deiner einzigen Tochter, wenn ich dich höflich darum ersuche, ein Vier-Augen-Gespräch gestatten.

Aber Frau Minister, wer wird denn gleich so förmlich werden. Ich habe gesagt, dass ihr mir alle auf die Nerven geht. Du willst doch nur, dass dieser Ratzenschädel da nicht erfährt, wie es um unsere Familie steht.

Die Mutter kam auf mich zu und nahm mich bei der Hand.

Komm, gehen wir. Dein Großvater ist nicht mehr zurechnungsfähig.

Und dann gingen wir. Meine Großmutter lief uns nach und begann wieder zu weinen. Schlägt er dich, sagte meine Mutter, dann lasse ich ihn verhaften.

Nein, er schlägt mich nicht, log meine Großmutter.

Als wir losfuhren, zog mein Großvater beim Schlafzimmerfenster den Vorhang zur Seite und lachte heraus.

Merk dir alles, sagte meine Mutter. Bei der Heimfahrt sagte sie mehrmals: Wir müssen etwas unternehmen. Der tickt nicht mehr richtig.

Soweit ich weiß, unternahm sie nichts. Aber sie weihte nun meinen Vater ein. Der hörte sich das alles kommentarlos an. Am Schluss sagte er nur: Vergiss ihn.

Was heißt, vergiss ihn. Er ist mein Vater. Ich bin überzeugt, dass er meine Mutter schlägt.

Aber das muss sie erst einmal sagen. Wo kein Kläger, da kein Richter.

Als Klägerin war meine Großmutter nicht zu haben. Und so geschah zunächst nichts, außer dass meine Mutter fast täglich mit der Großmutter telefonierte und sich über ihren Vater empörte. Nach etwa zwei Wochen war auf unserem Telefonanrufbeantworter die Stimme des Großvaters.

Den eigenen Vater anzeigen. So weit habt ihr es gebracht. Ein ehrloses Gesindel seid ihr.

Wir wussten zunächst nicht, was er meinte, aber dann erfuhren wir von der Großmutter, dass zwei Gendarmen und der Umweltreferent der Bezirkshauptmannschaft gekommen waren, um eine anonyme Anzeige zu überprüfen.

Der Umweltreferent nahm an mehreren Stellen des Weihers Wasserproben und füllte damit ein paar Proberöhrchen, die er verstöpselte und mit Aufschriften versah. Der Großvater war sehr freundlich zu den Herren und bot ihnen Bier an, das sie jedoch ablehnten.

Darf ich fragen, wo die Fische sind?, fragte der Umweltreferent, nachdem er die Proben in einem wattierten Koffer verstaut hatte.

Abgefischt, antwortete mein Großvater, wie jedes Jahr am Nationalfeiertag.

Forellen nehme ich an. Oder auch Karpfen?

Nein, nur Forellen.

Und wo sind die hingekommen?

Ein paar eingefroren, der Rest verschenkt. Die meisten hat mein Schwiegersohn nach Wien genommen. Der bekommt in letzter Zeit so viel Besuch.

Könnten Sie mir die eingefrorenen Fische zeigen?

Und dann führte ihn der Großvater in den Keller zur Kühltruhe und zeigte ihm ein paar eingefrorene Forellen vom Vorjahr. Der Umweltreferent bedankte sich höflich und zog mit den beiden schweigsamen Gendarmen wieder ab.

Auch meine Großmutter war zunächst der Meinung, hinter der Anzeige verberge sich niemand anderer als mein Vater. Als der die Geschichte erfuhr, rief er vom Ministerium aus seine Schwiegermutter an. Wie komme ich dazu, schrie er ins Telefon, mich mit solchen Provinzpossen herumzuschlagen? Wenn damit nicht sofort Schluss ist, brechen wir jeden Kontakt zu Scheibbs ab. Meine Großmutter entschuldigte sich für die Unterstellung, und mein Vater wurde wieder versöhnlich. Meinem Großvater hingegen schrieb er einen Brief. Ich sah nur das Antwortschreiben. Es lag mehrere Tage auf dem Tischchen neben dem Fauteuil, in dem sich mein Vater, wenn er in der Nacht heimkam, niederließ, um den Fernseher einzuschalten und die Post durchzusehen. Den Brief meines Großvaters ließ er fast eine Woche lang liegen, ohne ihn zu öffnen.

Was schreibt mein Vater?, fragte meine Mutter beim Frühstück.

Ich will es gar nicht wissen, antwortete mein Vater. Er ahnte, dass es kein Versöhnungsbrief sein würde. Ein paar Tage später kam mein Vater mit diesem Brief in der Hand zum Frühstückstisch. Er sagte: Muss ich mir von dieser Arschgeige alles gefallen lassen?, und begann dann, den Brief laut vorzulesen. An einer Stelle hieß es: Es überrascht mich nicht, dass du wieder einmal alles Unangenehme meiner Tochter zuschieben und sie offenbar auch noch zu einer falschen Zeugenaussage anstiften willst. Denn selbstverständlich habe ich die Fische meiner Tochter mitgegeben. Wenn du, Herr Minister, weiterhin behauptest, du habest dieses Jahr keinen einzigen meiner Fische zu Gesicht bekommen, musst du damit rechnen, dass mit der gesamten familiären Schmutzwäsche großer öffentlicher Waschtag gehalten wird.

Das klingt nach Mann gegen Mann, sagte meine Mutter.

Mein Vater faltete den Brief zusammen und steckte ihn ein.

Einverstanden. Dann werde ich den Mann eben vernichten.

Mein Vater ist kein Insekt.

Bist du sicher?

Und dann begann ein Streit zwischen meiner Mutter und meinem Vater, der sich während des gesamten, gewöhnlich sehr ausführlichen Frühstücks dahinzog, bis meine Mutter Klara und mich zur Schule brachte. Als wir uns im Vorzimmer die Schuhe anzogen, saß mein Vater noch beim Frühstückstisch und rief uns nach: Wenn das ein überbesorgter Vater wäre, der den Verlust der Tochter nicht verkraften kann. Aber das ist ja ein politischer Gegner, der geradezu darum bittet, vernichtet zu werden.

Meine Mutter rief zurück: Und du bist schwach genug, ihm diesen Gefallen zu tun.

In den nächsten Wochen wurde nicht mehr davon gesprochen, jedenfalls nicht mehr vor uns Kindern. Ein Gerichtstermin kam nicht zustande, weil die Wasserproben als Beweismittel unbrauchbar waren. Auch blieb unklar, wer eigentlich Anzeige erstattet hatte. Meine Mutter hatte zunächst den Turnlehrer in Verdacht, aber der hätte auch einen Hinweis geben können, wo die toten Fische zu finden waren. Das Rätsel blieb ungelöst.

Mittlerweile hatte mein Vater einen anderen Plan entwickelt. Er schickte einen Experten nach Scheibbs, der die Verkehrssicherheit der Straßen überprüfen sollte. Von all den Vorschlägen, die dieser Experte machte, war einer meinem Vater besonders willkommen. Am Kapuzinerplatz, in unmittelbarer Nähe zur Hauptschule, wo die Scheibbser Hauptstraße am ehemaligen Wiener Tor die Innenstadt verlässt und in die Durchzugsstraße mündet, war vor einigen Jahren eine Schülerin von einem Auto erfasst und schwer verletzt worden. Der Experte schlug vor, dort eine Ampelanlage zu errichten und auf diese Weise für alle Hauptschüler, die aus der Stadt kommend auf dem Kapuzinerplatz die Straße überqueren mussten, einen sicheren Fußgängerübergang zu schaffen. Der Pressesprecher meines Vaters fuhr nach Scheibbs, um dem Bürgermeister diesen Vorschlag zu unterbreiten. Eine Woche später stand im *Erlaftal-Boten* die Schlagzeile: Verkehrsminister Kramer schenkt der Heimatstadt seiner Frau eine Ampelanlage. So als hätte mein Vater sie aus der eigenen Tasche bezahlt. Noch im selben Jahr wurde mit dem Bau begonnen.

Es schien, als hätte mein Vater den Großvater auf diese Weise ausgetrickst. Die Regierung, so hatte man in

Scheibbs bislang gemeint, stecke alles in die rote Nachbarstadt Wieselburg. Das schwarze Scheibbs würde leer ausgehen. Mein Vater gab den Einwohnern von Scheibbs das Gefühl, den politischen Entscheidungsträgern und Geldtöpfen näher gerückt zu sein als andere Kleinstädte, vielleicht sogar näher als Wieselburg. Das entzog meinem Großvater den Boden. Er konnte selbst bei den politischen Freunden auf kein Verständnis mehr hoffen. Die Leute sagten: Besser, ein Roter tut etwas für die Stadt als gar niemand. Und so hörte mein Großvater tatsächlich auf, öffentlich über seinen Schwiegersohn herzuziehen.

Eine Zeit lang schien bei den Scheibbser Großeltern alles einen erträglichen Gang zu gehen. Der Großvater war häufig beim Arzt und nahm viele Medikamente. Hin und wieder war er betrunken, aber er erregte dabei kein öffentliches Ärgernis. Aber dann häuften sich die Berichte, dass mein Großvater auch in der Schule betrunken sei. Am Vormittag gehe er zwischendurch ins Gasthaus. Aber selbst wenn er das Schulgebäude nicht verlasse, komme es vor, dass er zu Mittag Mühe habe, gerade zu stehen. Der Mathematiklehrer war mittlerweile stellvertretender Direktor. Er rief immer, wenn etwas vorgefallen war, meine Mutter an und erzählte es ihr. Er selbst stand dabei in gutem Licht, weil er es war, der immer dann, wenn mein Großvater versagte, einsprang und alles wieder geradebog. Er war es, der meinen betrunkenen Großvater mit dem Auto von der Schule heimbrachte. Er war es, der die Termine überblickte und den Landesschulinspektor empfing. Er war es, der die Einhaltung des Stundenplans kontrollierte und die Ersatzdienste einteilte. Wenn eine Rede zu halten oder eine Konferenz zu leiten sei, stehe er, so versicherte der Mathematiklehrer meiner Mutter, immer auf Abruf bereit, damit nichts passieren könne. Meine Mutter bedankte sich.

Aber einmal passierte etwas. Der Mathematiklehrer erzählte es noch am selben Tag meiner Mutter. Es war Konferenztag. Mein Großvater war offenbar sturzbetrunken erschienen. Der Mathematiklehrer wollte ihn auf der Stelle nach Hause bringen, aber mein Großvater wehrte sich und begann mit ihm und dann auch mit allen anderen Lehrern herumzuschreien.

Noch bin ich hier der Direktor, brüllte er das versammelte Lehrergremium an. Wer glaubt, er kann mich hier rausdrängen, dem reiße ich den Arsch auf bis zum Hals.

Daraufhin standen ein paar Lehrer auf und gingen hinaus. Mein Großvater schrie ihnen nach:

Geht nur hinaus, ihr scheinheilige Saubande.

Diese Konferenz, so der Mathematiklehrer, sei im Handumdrehen ein völliges Tohuwabohu geworden. Alle hätten nur noch herumgebrüllt und mein Großvater habe ständig mit Büchern auf den Tisch geschlagen, um sich für neue Beschimpfungen der Kollegen Gehör zu verschaffen. Schließlich habe mein Großvater, nach langem Drängen von allen Seiten, doch noch die Schule verlassen und er, der stellvertretende Direktor, habe die Konferenz dann ordnungsgemäß zu Ende geführt. Er persönlich werde gewiss nichts gegen seinen alten Freund, den amtierenden Direktor, unternehmen, aber er habe den Eindruck, man sei nunmehr an einem Scheidepunkt angelangt. Eine zweite derartige Konferenz würde die Schule nicht verkraften. Eine friedliche Lösung, zum Beispiel eine einvernehmliche Frühpensionierung, wäre für alle Beteiligten das Beste.

Und wie wollen Sie eine solche friedliche Lösung erreichen?, fragte meine Mutter.

Am besten wäre es, antwortete der stellvertretende Direktor, Ihr Mann würde die Sache in die Hand nehmen und die Frühpensionierung gleichsam vom Unterrichtsministerium her in die Wege leiten.

Da muss ich gleich abwinken, sagte meine Mutter. So etwas würde der Helmut bestimmt nicht tun.

Dennoch erzählte sie die Geschichte meinem Vater, und der sagte erwartungsgemäß: Nicht einen Finger werde ich in diesem Fall krümmen. Wenn sie ihn loswerden wollen, müssen sie sich halt auf die Hinterbeine stellen.

Der Mathematiklehrer rief nun nicht mehr an. Doch einige Wochen später wurde mein Vater informiert, dass er in zwei anonymen Briefen, in einem an den Scheibbser Bürgermeister und in einem an den neuen Chorleiter, auf das unflätigste beschimpft worden sei. Eine Kopie der Briefe sei schon unterwegs an ihn.

Man wollte meinen Vater zu einer Ehrenbeleidigungsklage überreden, das würde mehr Druck in die Ermittlungen bringen. Aber mein Vater sagte: Dass man in Scheibbs eine lockere Zunge hat, ist mir nichts Neues. Man darf ihr keine zu große Bedeutung beimessen. Eine Schimpftirade aus Scheibbs ist wie eine Lobeshymne aus St. Pölten.

Die Kopien der anonymen Briefe wurden geschickt. Mein Vater überflog sie und warf sie weg. Es war nicht das erste Mal, dass er in anonymen Briefen beschimpft wurde. Er hatte noch nie etwas unternommen. Ein Beschimpfungsbrief ist kein Drohbrief, sagte er. Als Politiker darf man nicht zimperlich sein.

Aber dann bekam meine Mutter einen anonymen Brief, in dem mein Vater eine geile Bestie und eine entartete Ausgeburt der roten Wiener Brut geheißen wurde, dessen Hauptbeschäftigung es sei, alles Fleisch, das nach Fut rieche, flachzulegen. Und meine Mutter wurde als Lehrerabsteige bezeichnet, in der sich die Samen der Wiener Hauptschulschwänze so miteinander vermischt hätten, dass einem der Mann, der die Kinder als die seinen erachtet, fast schon wieder Leid tun könne.

Wahrscheinlich wäre dieser Brief genauso im Papierkorb

gelandet wie alle anderen, hätte nicht ein paar Tage zuvor Tante Rosi aus Wiener Neustadt angerufen. Sie ist die Schwester meines Vaters und arbeitet in der städtischen Gebäudeverwaltung. Sie fragte meine Mutter, ob ihr Vater am Vormittag in Wiener Neustadt gewesen sei. Denn sie habe im Gasthaus zur Alten Post, wo sie immer zu Mittag esse, einen Mann sitzen sehen, der sei ihrem Vater wie aus dem Gesicht geschnitten gewesen. Sie habe ihn gegrüßt, aber der Mann habe nicht reagiert, er habe nur vor sich hingestarrt – und da sei sie unsicher geworden. Meine Großmutter, mit der meine Mutter nach wie vor fast täglich telefonierte, wusste nichts davon, dass der Großvater in Wiener Neustadt gewesen war. Er sei wie üblich am Nachmittag von der Schule heimgekommen und habe sich ins Bett gelegt. Zwei Tage später bekam meine Mutter den anonymen Brief, und der trug den Poststempel von Wiener Neustadt. Hinzu kam, dass er die Formulierung »rote Wiener Brut« enthielt, die meiner Mutter erschreckend vertraut vorkam. Dennoch erschien es ihr abwegig, dass ihr eigener Vater all diese Grobheiten geschrieben haben sollte. Am Abend wartete sie, bis mein Vater heimkam, und zeigte ihm den Brief. Mein Vater tat, als hätte er nichts anderes erwartet.

Na klar hat er das geschrieben. Er hat auch die anderen Briefe geschrieben.

Meine Mutter wollte es noch immer nicht glauben, aber sie bewahrte den Brief auf.

Kurz darauf wurde mein Großvater aus dem Schuldienst entlassen und in Frühpension geschickt. Von da an wollte er uns nicht mehr sehen. Von der Großmutter hörten wir, dass er praktisch ununterbrochen trinke und sich alle möglichen Krankheiten einbilde. Im Winter wurde er dann wirklich krank. Er hatte, wie mir meine Mutter erklärte, Blutungen in der Speiseröhre. Meine Mutter verwendete ein schwieriges Wort dafür, das ich mir lange nicht merken konnte, bei dem mir aber der Rhythmus gefiel. Meine Mutter betonte die zweite und die vorletzte Silbe. Das Wort hieß Ösophagusvarizen. Das Lautgebilde, an das ich mich klammerte, um mir das neue Wort zu merken, hieß Christophorus-Matrizen. Es ergab keinen Sinn, aber es klang so ähnlich und hatte denselben Rhythmus. Gegenüber unserer Nachbarin hängte meine Mutter dann noch einen Trochäus an. Sie sagte, ihr Vater habe eine Ösophagusvarizenblutung, und unsere Nachbarin antwortete in derselben rhythmischen Folge: Das ist dann schon das Ende. Mein Gott.

Der Großvater wurde ins Krankenhaus St. Pölten eingeliefert. Er beauftragte meine Großmutter, uns mitzuteilen, wir sollten uns ja nicht unterstehen, ihn zu besuchen, und wir hielten uns daran. In St. Pölten wurden die Blutungen gestillt. Als die Großmutter ihren Mann besuchte, schwitzte er. Er fuhr sie an, er habe ausdrücklich befohlen, wir sollten ihm fernbleiben. In der Nacht seien wir alle gekommen. Er habe furchtbare Ängste ausgestanden, denn der Schwiegersohn habe eine Axt bei sich gehabt.

Er halluziniert, sagten die Ärzte. Das macht der Alkoholentzug. Sie gaben ihm Medikamente. Noch einmal behauptete er, wir seien in der Nacht in seinem Zimmer gewesen und hätten ihn angestarrt. Er sei kein Affe im Käfig. Aber diesmal hatte er wenigstens keine Axt gesehen. Im Krankenhaus wurde mit meinem Großvater vereinbart, dass er zu einer Entzugstherapie ins Anton Proksch Institut nach Kalksburg gebracht werden sollte. Aber als der Krankenwagen schon bereitstand, weigerte er sich einzusteigen. Er wollte auch keinen Tag länger im Krankenhaus bleiben, und so wurde er nach langem, ergebnislosem Zureden nach Hause entlassen, wo er wie ein Verrückter durch die Räume lief und alle Schranktüren aufriss. Meine

Großmutter hatte die Wein- und Schnapsflaschen dem Mathematiklehrer geschenkt und ihm das Versprechen abgenommen, meinem Großvater keinen einzigen Schluck mehr zu geben. Mein Großvater suchte das ganze Haus ab und begann zu zittern und dann zu weinen. Die Großmutter näherte sich, um mit ihm zu sprechen. Mein Großvater warf sie zu Boden und verließ das Haus.

Im Frühjahr besuchten wir nach langer Zeit erstmals wieder die Großmutter. Der Großvater war nicht daheim. Der Weiher im Garten war verwildert. Am Abfluss staute sich noch das Laub vom letzten Herbst. Bei den Obstbäumen war auch die Wiese mit altem Laub bedeckt. Eine verrostete Schubkarre stand herum, gefüllt mit braunem Wasser.

Früher hat er seinen Garten so geliebt, sagte meine Großmutter und bewegte dabei den Kopf hin und her, als würde sie alle Winkel absuchen, die ihr Mann einmal mit Liebe gehegt hatte. Gleich wird sie heulen, dachte ich, und damit meine Schwester bestätigen, die zuerst gar nicht mitkommen wollte, weil die Großmutter, wie sie sagte, ohnedies immer nur heult. Es war ein schöner Frühlingstag in der Osterwoche. Meine Mutter suchte im Geräteschuppen, in dem nun völlige Unordnung herrschte, die Gartenstühle zusammen. Ich half ihr dabei. Wir setzten uns in den Garten, tranken Kaffee und die Großmutter erzählte meiner Schwester von ihrer Taufe. Sie zeigte ihr die Stelle, an der der rote Kaplan mit ihr ins Wasser gegangen war. Es kam eine gelöste, fast heitere Stimmung auf. Doch dann erschien mein Großvater am Gartentor. Er war fast nicht wieder zu erkennen, ein zitterndes Knochengerüst mit einem gelblich grauen Kopf. Er blieb stehen und sah zu uns herüber.

Grüß dich, rief ihm meine Mutter entgegen. Er reagierte nicht. Dann ging er ein Stück auf uns zu und blieb wieder stehen. Meine Mutter erhob sich.

Setz dich doch her und trink einen Kaffee mit uns, sagte sie. Der Großvater antwortete nicht. Er setzte sich wieder in Bewegung und ging an uns vorbei ins Haus hinein.

Was hat er, fragte meine Schwester, hört er schlecht?

Das sind die Tabletten, antwortete meine Großmutter. Er kann nicht mehr reagieren. Man weiß nicht, was in ihm vorgeht.

Zu meiner Mutter sagte sie nach einer Weile: Das Trinken ist ihm ja ganz verboten worden. Da er weiß, dass ich ihm den Alkohol verstecke, hat er die Flaschen in seinem Zimmer eingesperrt. Und ins Wirtshaus geht er auch noch. Weniger als früher, er kann ja niemanden mehr ausstehen, aber manchmal zieht es ihn doch noch hin.

Ich folgte meinem Großvater ins Haus. Er saß in einem dieser Polsterstühle aus roter, gekräuselter Wolle und trank Wein. Er hatte einmal Ratzenschädel zu mir gesagt, aber er selbst sah jetzt aus wie ein Hamster. Er hatte am Hals, direkt unter den Ohren, auf beiden Seiten dicke Schwellungen, die sich bewegten, wenn er schluckte. Ich fragte: Kann ich etwas für dich tun?

Er sah mich nicht an, sondern starrte auf meine Füße, bis ich verlegen wurde und schon hinausgehen wollte. Da stand er auf und stellte sich breitbeinig hin. Er war spindeldürr, aber er hatte, was mir, als er im Garten an uns vorbeiging, gar nicht aufgefallen war, einen aufgeblähten Bauch.

Er hielt sich mit beiden Händen den Bauch, so wie Schwangere es tun. Dasis das Werg deines Vadas, sagte er, unfähig zu einer deutlichen Artikulation. Dann begann er zu lachen und setzte sich wieder hin.

Verstehe ich nicht, sagte ich.

Er machte mit der Linken eine abweisende Handbewegung. Es war wie: Verschwinde, ich will dich hier nicht mehr sehen. Und so ging ich wieder in den Garten hinaus. Als es kühler wurde, wollten wir ins Haus gehen, aber meine Schwester weigerte sich. Sie hatte Angst vor dem Großvater. Lieber setzte sie sich ins Auto und sperrte von innen die Türen zu.

Auch der Großvater hatte sich eingeschlossen. Er schließt sich immer ein, sagte meine Großmutter. Er will mit Menschen nichts mehr zu tun haben. Wenn die Tür gerade offen ist, weil er auf der Toilette sitzt oder sich vom Supermarkt Wein holt, stelle ich ihm das Essen auf den Schreibtisch. Aber er isst ja kaum noch was.

Meine Mutter klopfte an die Tür. Der Großvater wollte nicht öffnen, weder meiner Mutter noch meiner Großmutter.

Sollten wir ihn nicht ins Krankenhaus bringen lassen?, fragte meine Mutter.

Die Großmutter sah keinen Sinn darin. Man müsste ihn zwangsweise einliefern, und dann würde er nicht bleiben. Er will einfach nicht mehr, sagte sie, machte dann eine Pause und wiederholte den Satz: Er will einfach nicht mehr.

Ein paar Wochen später, am Abend, als ich gerade vor dem Fernsehapparat saß und eine Musiksendung anschaute, kam ein Anruf. Meine Mutter meldete sich, wie immer, mit dem Wort Kramer. Aber anstatt danach die anrufende Person zu begrüßen, schwieg sie und deutete mir, ich solle den Ton leiser drehen. Nach ein paar Minuten sagte sie: Warte, ich fahr gleich los. Bis dann.

Hat er sich endlich zu Tode gesoffen?, fragte ich.

Sie drehte sich zu mir her, und da sah ich, dass sie Tränen in den Augen hatte. Ohne noch ein Wort zu sagen, ging sie zur Garage hinaus und drückte den Toröffner. Sie blieb über Nacht fort. Am nächsten Nachmittag war sie wieder da. In der Küche saß die Großmutter. Sie trug ein schwarzes Kleid und stopfte einen Socken. Ich setzte mich zu ihr.

Ist er tot?, fragte ich.

Sie nickte. Dann legte sie das Stopfzeug zur Seite und wischte sich über die Augen.

Es kam so unerwartet, sagte sie. Ich habe Hilferufe gehört, nicht laut, mehr so herausgepresst. Ich wollte in sein Zimmer gehen, aber die Tür war wieder verschlossen. Was ist mit dir?, habe ich geschrien. So öffne doch die Tür. Er gab keine Antwort. Wieder nur diese Stöhnlaute. Ich rüttelte an der Tür und stieß mit dem Fuß dagegen. Da ich die Tür nicht öffnen konnte, rannte ich ins Wohnzimmer und rief die Rettung an. Kaum hatte ich unsere Adresse durchgegeben, da hörte ich, dass sich der Schlüssel im Schloss drehte und die Tür aufsprang.

Ich rannte ins Vorzimmer zurück, da sah ich ihn auf allen vieren über die Türschwelle kriechen. Aus dem Mund rann ihm das Blut. Er legte sich mit dem Kopf auf die Fliesen. Ich wollte ihn hochziehen, doch er war zu schwer. Sein Körper zuckte ein paar Mal, dann stieß es ihm schwarze Brocken aus dem Mund. Ich hielt ihn an den Schultern. Er ließ den Kopf hängen. Ich sah, dass er vom Bett bis zur Tür eine Spur von schwarzen Blutklumpen hinterlassen hatte. Er war mit den Knien darüber gerutscht und hatte die Masse auf dem Parkettboden verschmiert. Ich setzte mich auf die Vorzimmerfliesen und legte seinen Kopf auf meinen Schoß. Er atmete schwer. In seinem Mund gurgelte das Blut, als würde er gleich ersticken. Ich drehte seinen Mund nach unten, damit er Luft bekam. Aber da floss wieder das Blut heraus. Ich hätte nicht gewusst, wie ich es stoppen sollte. Es sammelte sich in meinem Rock und rann meine Beine hinab. Bald saß ich mitten in einer Blutlache. Ich konnte nichts tun außer warten und ihm die Wange streicheln. Einmal erbrach er noch. Aber diesmal rote Klumpen und nicht mehr viel. Das schwarze Zeug war er los.

Als die Rettungsmänner kamen, atmete der Vati noch, aber er war schon ganz schwach. Er starb noch auf dem

Weg ins Krankenhaus. Der Rettungsarzt hat mich gefragt, ob ich mitkomme wolle. Aber dann hat er mich angesehen, wie ich blutverschmiert dastand, als hätte ich gerade ein Tier geschlachtet, und hat hinzugefügt: Es ist vielleicht besser, wenn Sie nachkommen.

Meine Großmutter drückte die Hände in ihr Gesicht und begann zu weinen.

Aber es war zu spät, schluchzte sie. Ich habe ihn nicht einmal mehr gesehen.

Meine Mutter kam und nahm sie in die Arme. Wir statten ihm noch einen letzten Besuch ab, sagte sie. Meine Großmutter nickte. Meine Mutter streichelte ihr über den Hinterkopf und schaute mich dabei an.

Als ich gekommen bin, sagte sie, stand die Oma noch immer mit ihrem blutverschmierten Kleid da. Sie war so hilflos.

Protokoll II
(Ludwigsburg, 16. 1. 1959)

Die Mendelsons und wir saßen auf diesem Pferdewagen unter der Plane und wagten kaum, nach hinten hinauszublicken. Ich betete inständig, mein Vater möge nicht in jener Gruppe von Juden sein, die auf dem Platz vor der Tankstelle mit Knüppeln erschlagen wurde. Als wir den Savanoriuprospekt entlangfuhren, zischte uns der Bauer Petras zu: »Köpfe runter!«

Wieder war ein Tumult zu vernehmen, hämisches Gelächter, auch Zurufe. Und dann ein Trampeln. Eine große Menschenmenge kam auf uns zugelaufen. Petras musste das Fuhrwerk anhalten. Bald wurde uns klar, dass die Menschen nicht freiwillig liefen, sondern die Straße entlanggetrieben wurden. In der Nähe unseres Wagens stand einer, der rief: »Jetzt geht's an die Arbeit, ihr Judenhuren!«

Ein anderer schrie »Hopp, hopp, hopp«, so als würde er Sportler anfeuern. Dabei schlug er mit einem Gegenstand auf den Boden. Er stand am hinteren Ende unseres Fuhrwerks. Jeden Augenblick konnte er uns entdecken. Die Kolonne hatte zu laufen aufgehört. Sie ging jetzt in schnellem Schritt. Als die ersten Menschen an uns vorbeikamen, begann der Mann auf die hintere Wand unseres Wagens einzuschlagen.

»Schneller!«, rief er, und als sein Kommando Erfolg hatte, sagte er: »Wie sie auf einmal laufen. Sie können es gar nicht erwarten zu arbeiten.«

Gelächter folgte, dann weitere Zurufe. Wir hielten unsere Köpfe verborgen, taten so, als ob wir schlafen würden. Die Vorbeigetriebenen blieben stumm. Wir hörten sie nur keuchen. Neben dem Wagen blieb jemand stehen und rang nach Atem. Es war eine Frau. Sie sagte: »Lasst mich einen Moment ausruhen, ich kann nicht mehr.«

Statt einer Antwort bekam sie einen Schlag.

»Jetzt geht's erst los«, schrie einer. Man zerrte sie von unserem Wagen weg.

»He«, sagte plötzlich eine jugendliche Stimme direkt hinter uns. »Wen haben wir denn da? Seht mal, da verstecken sich welche.«

Er schlug ein paar Mal auf die Plattform unseres Wagens. Ich richtete mich auf. Wieder dachte ich, es sei nun an mir zu handeln, weil meine Sprache akzentfrei war. Wir waren schnell umstellt von Litauern, die Polizei- und Miliz-uniformen trugen, meist nur Jacken. So verschieden ihre Kleidung auch war, alle hatten sie Gewehre in der Hand. Am linken Oberarm trugen sie Binden mit den gelben, grünen und roten Streifen der litauischen Nationalflagge. Die Kolonne, die an uns vorbeigetrieben wurde, bestand nur aus Frauen. Der Mann, der uns entdeckt hatte, war keine achtzehn Jahre alt. Er trug eine litauische Polizeiuniform samt Stiefeln. Ich sagte: »Wir fahren aufs Feld hinaus.«

»Aufs Feld hinaus«, wiederholte er hämisch. Er richtete sein Gewehr auf uns.

Petras sagte: »Wir haben da draußen einen Rübenacker, den müssen wir anhäufeln.«

Er zeigte dabei den Savanoriuprospekt entlang. Es klang nicht sehr überzeugend. Die Mendelsons, meine Mutter und meine Großeltern hoben ihre Köpfe.

Der Junge richtete sein Gewehr nun auf Petras. Er sagte: »Wenn du meinst, du kannst hier jüdische Bolschewisten verstecken, wirst du als Verräter an die Wand gestellt.«

Ein älterer Mann, vielleicht an die fünfzig, mit einer

weißen Schirmkappe auf dem Kopf, fragte uns: »Wenn ihr wirklich Bauern seid, warum versteckt ihr euch dann?«

An der Frage war natürlich etwas dran. Wir hatten einfach getan, was uns Petras gesagt hatte. Der Mann mit der Schirmkappe befahl uns abzusteigen. Die Frauen, so ordnete er an, sollten sich der Kolonne anschließen. Auch meine Großmutter sollte mit ihnen kommen. Herr Mendelson und ich hoben sie auf die Straße herab. Sie war damals 68 Jahre alt und konnte nur noch langsam gehen. Der junge Litauer gab ihr einen Tritt, dass sie zu Boden fiel.

»Lass sie«, sagte der mit der weißen Schirmkappe. »Sie ist nutzlos.«

Herr Mendelson und ich wollten meiner Großmutter wieder auf die Beine helfen. Aber sie jammerte und konnte nicht mehr stehen. Wir legten sie auf eine Decke aus dem Korb meiner Mutter. Da sahen wir, dass der rechte Fuß der Großmutter nach außen weggeklappt war. Sie hatte sich, als sie niedergetreten wurde, das Bein gebrochen. Mein Großvater setzte sich zu ihr und nahm ihren Kopf in seinen Schoß. Meine Mutter, Frau Mendelson und Fanny wurden fortgetrieben. Hinter der Kolonne, in einem Abstand von vielleicht zwanzig Metern, kamen drei deutsche Soldaten mit Stahlhelmen und Gewehren. Sie blieben stehen und fragten, was hier los sei.

Ich antwortete: »Wir sind Bauern und wollten aufs Feld fahren.« Leider verstand der Litauer mit der weißen Schirmkappe deutsch. Er antwortete: »Das sind keine Bauern, sondern verdammte Bolschewisten, die flüchten wollten.«

Die drei Soldaten wussten offenbar nicht recht, was zu tun war. Sie drehten sich um und warteten auf ein Motorrad, das die Straße entlangkam. Währenddessen bedienten sich einige Miliz-Männer aus dem Korb meiner Mutter und eilten dann der Kolonne nach. Das Motorrad hatte einen Beiwagen. Als es hielt, salutierten die drei

Soldaten. Der Mann im Beiwagen hob kurz die Hand. Ich kann nicht sagen, welchen Rang er hatte, weil ich damals mit den Abzeichen noch nicht vertraut war. Vermutlich war es ein Major. Er ließ sich die Situation kurz erklären, dann ordnete er an: »Bringt sie ins Gefängnis, auch den Kollaborateur.«

Petras wurde blass im Gesicht. Er brachte kein Wort heraus.

Herr Mendelson sagte: »Wir sind keine Bolschewisten.«

Darauf antwortete der Kommandierende: »Juden oder Bolschewisten, das ist dasselbe.«

Er gab schon das Zeichen zum Weiterfahren, da nahm ich mir ein Herz und sagte: »Meiner Großmutter haben sie das Bein gebrochen. Sie kann nicht mehr gehen.«

Der Kommandierende blickte mich überrascht an, vielleicht, weil ich akzentfrei deutsch sprach, vielleicht auch, weil ein Jugendlicher es wagte, einen Einwand zu formulieren. Er schaute zu meiner Großmutter hinüber, schien aber im nächsten Moment überzeugt zu sein, dass es unter seiner Würde sei, sich mit solchen Lächerlichkeiten abzugeben. Er sagte: »Legt sie auf den Wagen und bringt das Pack ins Gefängnis.«

Dann fuhr er weg. Auch die drei Soldaten eilten der Kolonne nach.

Meine Großmutter wimmerte, als wir sie auf den Wagen hoben. Wir legten ihr Jacken unter den Kopf und unter das Bein. Unsere Verkleidung war ja nun unnötig geworden. Bei uns blieben nur noch zwei Milizionäre, der mit der Schirmmütze und der Junge in Polizeiuniform. Wir durften nicht mehr auf den Wagen steigen, sondern mussten hinterhergehen. Ich kannte damals die SS noch nicht. Und so dachte ich mir, nach dem, was ich vor nicht einmal einer Stunde an der Tankstelle gesehen hatte, wir hätten Glück gehabt, dass die Frauenkolonne unter deutschem Militärkommando stand. Dann wiederum fürchtete ich, meiner Mutter, Frau Mendelson und Fanny könnte dasselbe Schicksal drohen wie den Juden an der Tankstelle. Und das Schlimmste war, ich wurde den Gedanken nicht los, mein Vater könnte unter den Erschlagenen sein. Ich begann zu weinen. Die zwei Milizionäre trieben uns zur Eile an, sie wollten keine Rücksicht nehmen auf meinen Großvater. Herr Mendelson, sein Sohn Isi und ich wechselten uns ab, ihn zu stützen. Mein Großvater murmelte etwas vor sich hin, ich glaube, es waren Psalmen. Als er merkte, dass ich weinte, unterbrach er sein Murmeln und sagte: »Undzer schafer vet undz nit farlozn.«

Der Weg zum Gefängnis war weit. Ich war es nicht gewohnt, in Holzpantoffeln zu gehen. Sie scheuerten mir die Füße wund. Die beiden Milizionäre setzten sich bald auf den Wagen und richteten die Gewehre nun von vorne auf uns. Herr Mendelson wollte mit ihnen ins Gespräch kommen. Er sagte, dass er kein Bolschewist sei, sondern ein Lebensmittelgeschäft besäße. Nach einer Weile sagte er, es sei uns nicht bekannt gewesen, dass man die Stadt nicht verlassen dürfe.

»Interessiert uns nicht«, herrschte ihn der Junge an. Aber Herr Mendelson ließ sich nicht beirren. Er schlug den Milizionären vor, zu seinem Geschäft zu fahren. Wenn sie uns freiließen, könnten sie den ganzen Wagen mit Waren voll packen.

Der mit der Schirmkappe fragte, wo dieses Geschäft sei. Herr Mendelson nannte die Adresse. Da sagte der Junge: »Alles der Reihe nach. Zuerst liefern wir euch im Gefängnis ab, dann packen wir den Wagen voll.«

Und so haben sie es dann auch gemacht.

Bei der Ankunft im Stadtgefängnis deutete ein Polizist auf meine Großmutter und sagte: »Was macht die Alte hier? Das ist ein Männergefängnis.«

Der ältere Milizionär erklärte, dass sie ein gebrochenes Bein habe, und verwies auf einen deutschen Befehl. Da wurde die Großmutter von der Wachmannschaft auf eine Bahre gelegt und fortgetragen. Petras wurde getrennt von uns abgeführt. Er warf uns mit seinen grünen Augen einen durchdringenden Blick zu. Wahrscheinlich hat er es hundertfach bereut, sich mit uns eingelassen zu haben. Wir wurden in den Keller gebracht. Es gab keine Registrierung, lediglich eine Leibesvisitation. Wir durften nur Taschentücher behalten. Alles andere, Zigaretten, Geld, Uhren, mussten wir in eine Holzkiste werfen, ohne dass irgendwo vermerkt wurde, wem die Dinge gehörten. Ansonsten blieben wir, wie wir waren, weil es keine Gefängniskleidung mehr gab. Über der Tür aus Eisengittern, die mit einem dicken Vorhängeschloss versperrt war, stand: Sammelzelle III. Es war die letzte Zelle in diesem Gang. Der große, gewölbte Raum hatte in der Mitte eine Säule. Den Wänden entlang lagen verdreckte Strohsäcke. An der Säule war ein Eisenring mit Haken montiert, auf denen Blechnäpfe hingen. Auf der dem Eingang gegenüberliegenden Seite gab es in einer Höhe von zweieinhalb Metern drei kleine, vergitterte Fenster. Sie führten in den Gefängnishof. In einer Ecke stand ein Eimer mit einem Holzdeckel. Sonst gab es nichts, keinen Stuhl, keinen Tisch, keine Waschgelegenheit. Nicht einmal Decken.

In unserer Zelle waren schon fünf Männer untergebracht, zwei Litauer, ein Pole und zwei Juden. Die beiden Litauer hatten die Strohsäcke in der Ecke der Fensterwand belegt, die beiden Juden saßen, in größtmöglichem Abstand zu ihnen, in der diagonal gegenüberliegenden Ecke. Die Säule schirmte die beiden Gruppen voneinander ab. Der Pole wiederum hatte seinen einsamen Platz in der anderen Ecke der Fensterwand. Die beiden Litauer waren blond und um die zwanzig. Sie sahen sich ähnlich. Als wir die Zelle betraten, schrie einer von ihnen: »Jetzt bringt ihr uns noch ein paar stinkende Judenschweine. Wir sind Litauer, wir wollen in eine andere Zelle!«

Die Gefängniswärter schenkten ihm kein Gehör. Wir nahmen die Strohsäcke neben den beiden Juden, die sich mit Herrn Mendelson bald leise unterhielten. Einer von ihnen, ein ehemaliger Beamter in der Stadtverwaltung, hatte ein grau und gelb verquollenes Gesicht. Seine Unterlippe war geplatzt. Er deutete an, dass er nicht bei der Verhaftung, sondern hier im Gefängnis von einem Mithäftling geschlagen worden war. Wir sollten bald erfahren, von welchem.

Nachdem wir eine Weile schweigend dagesessen hatten, wollte sich Herr Mendelson bei den anderen vorstellen. Aber der Litauer, der seine Verlegung verlangt hatte, fuhr ihn an: »Das interessiert mich nicht. Juden sind keine Menschen für mich.«

So ging das den ganzen Tag. Immer wenn Wärter an der Zellentür erschienen, protestierte er dagegen, dass er mit uns in einer Zelle sein musste. Keiner wies ihn in die Schranken, auch nicht sein litauischer Mithäftling, der sich selber jedoch zurückhielt. Von ihm erfuhren wir auch den Namen. Er hieß Vytas. Am Abend waren in der Sammelzelle siebenundzwanzig Männer und Jugendliche. Fast alle waren Juden. Für die beiden Litauer gab es eigentlich nur zwei mögliche Gründe, warum sie hier waren. Entweder sie wurden beschuldigt, Bolschewisten zu sein, oder sie waren gewöhnliche Kriminelle. Der Rabiate von ihnen schrie uns an: »Ihr Juden seid schuld, dass es Krieg gibt! Ihr seid das Übel dieser Erde!« – und niemand reagierte darauf.

Es gab neunzehn Strohsäcke in der Zelle. Schon am Nachmittag war klar, dass es nur eine einzige Möglichkeit gab, seinen Strohsack zu behalten, man musste darauf sitzen bleiben. Es wurden keine neuen gebracht. Jeder, der in die Zelle kam, war ein unerwünschter Fremdling, gegen den man seinen Strohsack verteidigen musste. Erst als welche kamen, die andere kannten, begann ein Gespräch darüber, wie wir die Schlafstätten am besten nutzen könnten. Isi und ich beschlossen, uns einen Strohsack zu teilen. Wir wollten aber möglichst nahe bei der vergitterten Eingangstür liegen, das hieß, möglichst weit weg von diesem Litauer, der, kaum schien er sich beruhigt zu haben, wieder in neue Beschimpfungen und Drohungen ausbrach. Er sagte: »Aufhängen sollte man euch alle.« Und dann sagte er: »Mal sehen, wie viele von euch morgen früh noch leben.«

Ich hatte große Angst vor ihm. Isi ging es nicht anders. Herr Mendelson sprach mit dem schlanken, dunkelhaarigen Mann, der rechts von der Tür auf seinem Lager saß und bislang kein Wort gesagt hatte. Er war ein Kunststudent, der kurz vor seinem Abschluss stand, aber von irgendjemandem angeschwärzt worden war, für den NKWD, den sowjetischen Geheimdienst, gearbeitet zu haben. Fima, so hieß der Student, war bereit, mit uns zu tauschen. Es gab noch ein paar andere, die ihren Strohsack teilten, dennoch mussten vier Männer auf dem Boden schlafen. Es fanden sich andere, darunter Fima, die ihnen versprachen, in der nächsten Nacht ihre Strohsäcke abzutreten. Freilich war zu dieser Zeit völlig unklar, wie viele wir in der nächsten Nacht sein würden. Wir konnten über den Gang hören, was in der Nachbarzelle gesprochen wurde. Dort waren sie offenbar froh, wenn sie überhaupt einen Platz zum Liegen fanden.

Am Abend bekamen wir erstmals zu essen, eine Suppe mit Schweinefleisch und Karottenstücken darin. Dazu eine Schnitte Brot. Ich war schon sehr hungrig und schlang alles in kürzester Zeit hinunter. Wieder nutzte der eine Litauer die Gelegenheit, die Verlegung in eine andere Zelle zu verlangen. Diesmal wurde er von anderen unterstützt.

Nichts wäre uns lieber gewesen, als diesen Menschen loszuwerden. Der Wärter schrie nur herein, er könne mit der Verteilung des Essens auch aufhören. Da war es wieder ruhig. Als Isi, mit vierzehn Jahren der Jüngste von uns allen, seinen Napf beim Zelleneingang gefüllt hatte, packte ihn der Litauer am Arm und sagte: »Du brauchst das nicht mehr.«

Er nahm ihm einfach die Suppe weg. Nun lag es an Isis Vater zu handeln. Herr Mendelson erhob sich von seinem Strohsack und begann auf den Litauer zuzugehen. Der sagte: »Komm nur, du Fettsack. Lass dir die Fresse polieren.«

Herr Mendelson zögerte und blieb bei der Säule stehen. Der Litauer reichte seinem Kollegen Isis Blechnapf. Er sagte: »Halt mal, ich habe hier eine kleine Drecksarbeit zu tun.«

Er boxte seine geballte Rechte ein paar Mal in die linke Hand und ging dabei auf Herrn Mendelson zu. Dann geschah etwas Unerwartetes. Der Pole, mit dem bislang niemand gesprochen hatte, von dem wir nichts wussten, stand plötzlich auf und stellte sich neben Herrn Mendelson. Als Vytas, der zweite Litauer, das sah, stand er ebenfalls auf und trat hinter seinen Kollegen. In unserer Zelle herrschte völlige Stille. Es war mein Großvater, der die Lage entspannte. Er sagte, Isi könne seine Suppe haben, er werde sie sicher nicht essen. Ich glaube nicht, dass die beiden Litauer ihn verstanden, aber Herr Mendelson wandte sich sofort ab und brachte Großvaters Suppe zu Isi. Seine Hände zitterten. Auch der Pole setzte sich wieder. Der rauffreudige Litauer lachte verächtlich. »Ihr feigen Schweine werdet euren Anteil noch kriegen.«

Wir hatten uns alle zurückgehalten, aber nach der Suppe ließ es sich nicht mehr zurückhalten. Einer nach dem anderen benutzte den Eimer. Wir schauten dezent weg. Aber es verbreitete sich ein unglaublicher Gestank in der Zelle.

Und dazu wieder die Kommentare des Litauers, obwohl auch er ausgetreten war.

»Ihr verschissenen Judenschweine«, schimpfte er in seiner Ecke.

Es gab eine Glühbirne in unserer Zelle, aber sie wurde nicht eingeschaltet. Um diese Jahreszeit war es am Abend lange hell. Einige Männer, vor allem diejenigen, die auf dem Steinboden schlafen mussten, saßen bei anderen auf dem Strohsack und unterhielten sich flüsternd. Ich lag eng an Isi gedrückt. Das Lager war zu schmal für zwei Personen. Er fragte mich: »Was werden sie mit uns machen?«

Ich antwortete: »Wenn wieder Ordnung einkehrt, werden sie uns freilassen.«

Ob er es glaubte, weiß ich nicht. Ich jedenfalls glaubte es nicht. Ich hatte nur einen Wunsch formuliert. Eigentlich war es nicht einmal ein Wunsch, denn mein einziger Wunsch war, am Leben zu bleiben.

In der Nacht träumte ich. Ich fuhr mit meiner Mutter auf die Kurische Nehrung. Wir gingen über die Sanddünen. Vor uns lag die Baltische See, hinter uns das Kurische Haff. Wir waren dem Meer schon ganz nahe, da versank meine Mutter im Sand. Unter ihr gab der Boden nach. Es zog sie immer tiefer hinein, ich konnte es nicht verhindern. Bald schaute nur noch der Kopf heraus. Ihr Gesicht lächelte mich an, als es im Sand verschwand. Ich begann zu schreien. Wahrscheinlich habe ich nicht wirklich geschrien. Ich hatte starkes Herzklopfen. Im ersten Moment wusste ich nicht, wo ich mich befand. Der Mond schaute mir ins Gesicht. Und an diesem Mond gingen Stiefel vorbei. Ich hörte auch die Schritte. Ich schloss die Augen, weil mich das Licht blendete. Dann drehte ich mich auf die andere Seite. Da atmete mir Isi direkt ins Gesicht. Ich gab ihm einen Stups, damit auch er sich umdrehte, und das tat er dann auch. Eine Zeit lang horchte ich auf die Schritte der Wache im Gefängnishof. Ich hatte Angst um meine Mutter. Es war nur ein Traum, sagte ich mir.

Am Morgen wurden wir früh geweckt. Ein Wärter ging von Zelle zu Zelle und schlug mit einer Metallstange auf die Eisengitter. Er brüllte: »Alle stellen sich vor die Betten!«

So, als ob es hier Betten gegeben hätte. Ich stand auf, noch bevor er unsere Zelle erreichte. Ich dachte, er muss nicht sehen, dass ich mit Isi auf einem Strohsack lag. Er schlug auch bei unserer Zelle an das Gitter und schrie seinen Satz. Dann nahm er einen Zettel aus der Tasche und trat einen Schritt zurück, um das Schild über unserer Zelle zu prüfen. Noch einmal schlug er auf das Gitter und brüllte: »Vytas und Romas Kudirka treten vor!«

Vytas, der ruhigere der beiden Litauer, kam mir entgegen. Er drehte sich um und merkte, dass sein Kollege immer noch auf dem Strohsack lag. So ging er zurück, um ihn wachzurütteln. Doch der rührte sich nicht. Er rüttelte noch einmal an ihm und blieb dann einen Moment bewegungslos stehen. Dann schrie er: »Sie haben meinen Bruder umgebracht!«

Romas Kudirka war in der Nacht erwürgt worden. Vytas wurde aus der Zelle geführt. Wir mussten uns mit erhobenen Händen an die Fensterwand stellen. In Begleitung zweier bewaffneter Gefängniswärter kam ein Arzt herein, der den Leichnam untersuchte. »Der Tod«, so sagte der Arzt, »muss vor etwa vier Stunden eingetreten sein.«

Einen halben Tag lang wurde in unserer Zelle kein Wort gesprochen. Nur mein Großvater murmelte vor sich hin. Manche gingen auf und ab oder umkreisten die Säule, manche beteten. Wir beobachteten einander. Wir hatten kein Frühstück bekommen. Zu Mittag hielt der Versorgungskarren bei der Nachbarzelle und fuhr dann wieder zurück. Und da fiel der erste Satz. Einer sagte: »Sie wollen uns aushungern.«

Bald danach kamen zwei Gefängniswärter zu unserer Zelle. Wir mussten wieder an die Fensterwand treten. Sie holten den Mann mit dem verschwollenen Gesicht, den ehemaligen Stadtbeamten, der von Romas vor unserer Ankunft geschlagen worden war. Wahrscheinlich dachten sie, er habe sich revanchiert. Nach zwei Stunden wurde er zurückgebracht. Sie warfen ihn zur Tür herein. Er konnte nicht mehr gehen. Der Nächste wurde abgeführt. Sie griffen sich einfach jemanden heraus.

Einige Männer legten den Stadtbeamten auf seinen Strohsack. Er hatte starke Schmerzen und erbrach sich.

Nach einer Weile begann er zu reden. Er flüsterte und stöhnte zwischendurch. Sie hatten ihre Knie in seinen Oberschenkel gerammt, so lange, bis er zusammenbrach. Dann hatten sie ihm mit den Stiefeln in die Nieren und in den Bauch getreten. Er begann zu weinen. Er sagte: »Wer immer es war, melde sich. Sie werden uns alle umbringen.«

Später erzählte er, die Beamten hätten sich am Beginn des Verhörs nach seinen Eigentumsverhältnissen erkundigt und ob ihm in den letzten Tagen etwas gestohlen worden sei. Er habe herausgehört, dass Vytas und Romas Kudirka wegen Diebstahls saßen. Sie waren bei ihren Raubzügen offenbar an die falsche Adresse geraten.

Auch der Nächste, der vom Verhör zurückgebracht wurde, konnte kaum noch gehen. Er lehnte aber jede Hilfe ab. Er schleppte sich zu seinem Strohsack und redete nicht mehr mit uns. Währenddessen war Fima, der Kunststudent, beim Verhör. Durch den Hof hörten wir jämmerliche Schreie. Der zuletzt zurückgebracht worden war, sagte plötzlich: »Hört ihr es? Ihr könnt uns das nicht antun, ihr müsst euch stellen.«

Er ging davon aus, dass es mehrere Täter waren. Bei einem allein hätte Romas um sich geschlagen.

Als Fima zurückgebracht wurde, war es schon Abend.

Zuerst hätten sie ihn nur geschlagen, sagte er. Dann sei aber ein Deutscher dazugekommen, und der habe angeordnet, ihm am rechten Fuß den großen Zehennagel abzuziehen. Die Wunde war nur mit einem Taschentuch verbunden. Sie begann am nächsten Tag zu eitern.

Als das Abendessen verteilt wurde, fuhr der Wagen erstmals wieder vor unsere Zelle. Wir bekamen Wasser und eine Schnitte Brot. Die anderen hatten wieder Suppe bekommen. Ihr Duft wehte durch das Gitter herein.

Trotz seiner schmerzhaften Wunde legte sich Fima auf den Steinboden. Er ließ sich nicht davon abbringen, er hatte es am Vortag versprochen. Niemand wollte sich auf den Strohsack von Romas legen. Er blieb frei. Ich konnte nicht einschlafen. Ich hatte Hunger, und ich hatte Angst vor der Folter. Ich hatte Angst vor dem Sterben. Wenn sich niemand meldete, so war ich überzeugt, werden sie uns verhungern lassen oder umbringen. Ich weinte und ich betete. Ich dachte an Lea, hielt ihre Hand, legte meinen Kopf an ihren Hals und spürte ihren Geruch. Wir hatten uns nur einmal geküsst. Der Gedanke an Lea war wie eine Schutzhülle. Ich hatte ihr versprochen, sie zu heiraten. Nichts sollte mich davon abhalten, dieses Versprechen einzulösen, keine Folter, keine Zelle. Das gab mir neuen Mut.

Mitten in der Nacht, ich war noch wach, stand plötzlich einer vom Boden auf. Ich beobachtete ihn heimlich und nahm mir vor, laut zu schreien. Doch er legte sich nur auf den freien Strohsack.

Am nächsten Morgen kamen zwei Wärter zur Tür. Einer fragte: »Wer ist hier der Pole?«

Er meldete sich und wurde rausgelassen. Während der andere Wärter den Polen übernahm, verschloss der erste die Tür und schaute sich in der Zelle um. Dann zeigte er auf Herrn Mendelson: »Du bist der Nächste.«

An diesem Tag glich unsere Zelle einem Hexenkessel. Irgendjemand musste beim Verhör den Vorfall um Isis Suppe erzählt und das Aussehen von Herrn Mendelson beschrieben haben, vielleicht Vytas, vielleicht auch einer der Gefolterten. Die Männer begannen einander zu beschuldigen. Über den Hof hörte man wieder Schmerzensschreie. Einer sagte: »Hoffentlich gesteht er endlich.«

Es herrschte die Meinung vor, der Pole sei es gewesen. Aber wer waren die anderen? Fima wurde ganz offen beschuldigt, Mittäter gewesen zu sein. Solche Tötungsmethoden habe er sicher beim russischen Geheimdienst gelernt. Fima sagte, dass er mit dem NKWD nie etwas zu tun gehabt habe. Er sei denunziert worden. Die Männer begannen einander anzuschreien. Jeder, der etwas sagte, wurde von anderen beschuldigt, nur von sich selbst ablenken zu wollen. Mittendrin saß Herr Mendelson, zitterte und schwitzte. Er wurde nicht beschuldigt. Entweder wollte man ihn schonen, weil er als Nächster dran war, oder man traute ihm den Mord einfach nicht zu. Isi hatte seinen Kopf im Strohsack verborgen. Ich saß neben ihm und wollte ihn trösten, wusste aber nicht wie.

Der Pole kam nicht mehr zurück. Ich habe nie wieder etwas über ihn gehört. Gegen Mittag wurde Herr Mendelson zum Verhör geholt. Er war blass und hielt den Kopf gesenkt. Bevor er ging, umarmte er Isi. Der weinte und schrie: »Lasst mir meinen Vater.«

Der Wärter, es war diesmal ein anderer, schien mit ihm Erbarmen zu haben. Er sagte: »Wenn er die Wahrheit sagt, geschieht ihm nichts.«

Noch bevor Herr Mendelson zurückkam, und ich kann eigentlich nur annehmen, dass er zurückgekommen ist, schrie jemand draußen auf dem Gang: »Kann hier einer gut deutsch sprechen?«

Mehrere meldeten sich. Aber sie meldeten sich auf Litauisch. Ich lief zum Gitter und rief auf Deutsch hinaus: »Ich bin zur deutschen Schule gegangen.«

Ich presste meinen Kopf so weit es ging zwischen die Gitterstäbe. Und dann sah ich zum ersten Mal einen SS-Mann. Er trug eine schwarze Uniform und eine Hakenkreuzbinde. Zusammen mit einem litauischen Polizisten kam er den Gang entlang auf uns zu. Der Polizist wollte abwinken. Er sagte: »Nicht aus dieser Zelle!«

Aber der SS-Mann verstand ihn nicht. Der Wärter musste aufschließen, und ich wurde abgeführt. Der SS-Mann fragte mich: »Wo bist du zur Schule gegangen?«

Ich antwortete: »In Memel.«

Er schien mit der Antwort zufrieden zu sein. Ich wurde durch den Gefängnishof zur gegenüberliegenden Seite, zum Verwaltungstrakt, gebracht. Vor dem Eingang stand eine bewaffnete Wache. Auch in den Korridoren standen, im Abstand von etwa zehn Metern, Wachen. Der Eingang zum Direktionsbüro wurde von zwei SS-Männern bewacht. Ich musste warten. Der SS-Mann, der mich begleitet hatte, ging hinein.

Nach einer Weile wurde ich geholt und durch ein Vorzimmer, in dem zwei Sekretärinnen saßen, in die Gefängnisdirektion gebracht. Dort standen, über einen Schreibtisch gebeugt, der litauische Gefängnisdirektor und ein höherer SS-Mann. Das war SS-Standartenführer Karl Jäger, der Befehlshaber der Sicherheitspolizei und des SD. Er war auf Gefängnisinspektion.

Jäger beachtete mich zunächst gar nicht. Er ging mehrere Listen durch und schüttelte den Kopf. Er sagte: »So ein Saustall.«

Dann blickte er auf.

»Das ist der Dolmetscher?«, fragte er. Der neben mir stehende SS-Mann bejahte.

Jäger wandte sich an mich. »Wer ist der größte Dichter?«

Ich antwortete: »Friedrich Schiller«, denn so hatte es unser nationalsozialistischer Deutschlehrer in Memel gesehen. Jäger nickte. Er sagte: »Kannst du eine Ballade?«

Ich sagte: »Jawohl, das Lied von der Glocke.«

Darauf er: »Trag es vor.«

Ich begann, in schönstem Deutsch und mit großer Inbrunst: »Fest gemauert in der Erden / Steht die Form, aus Lehm gebrannt. / Heute muss die Glocke werden, / Frisch, Gesellen, seid zur Hand. / Von der Stirne heiß / Rinnen muss der Schweiß...«

Als ich eine bestimmte Stelle erreichte, begann Jäger mitzusprechen. Ich hörte sofort auf, er fuhr allein fort und unterstrich seine Worte mit Gesten: »Der Mann muss hinaus / Ins feindliche Leben, / Muss wirken und streben / Und pflanzen und schaffen, / Erlisten, erraffen, / Muss wetten und wagen, / Das Glück zu erjagen...«

»Ist das nicht schön?,« fragte Jäger. Ich nickte.

Daraufhin Jäger: »Sag dem Direktor, es geht nicht an, dass hier Juden mit anderen in einer Zelle sind. Die Juden sind in getrennten Räumen zu halten.«

Ich übersetzte. Der Direktor antwortete, es seien noch nicht alle Insassen registriert, weil in den letzten Tagen zu viele eingeliefert worden seien. Man habe nicht genug Personal. Alle Zellen seien überbelegt. Aber die Neuzugänge seien ohnedies fast ausschließlich Juden.

Das schien Jäger ein unnötiges Gerede zu sein. Er sagte: »Erstens, Neuzugänge sind sofort zu erfassen. Zweitens, Juden sind innerhalb von zwei Tagen auszufiltern und zu separieren. Drittens: Ich werde für ihren Abtransport sorgen, dann gibt es auch wieder freie Zellen.«

Es war unser Todesurteil. Ich hatte es zu übersetzen. Während ich sprach, gingen mir hundert Gedanken gleichzeitig durch den Kopf. Ich überlegte, ob ich den Befehl noch irgendwie abändern oder mildern könnte. Gleichzeitig hielt ich es aber für unwahrscheinlich, dass der Gefängnisdirektor überhaupt kein Deutsch verstand. Fast jeder in Kowno verstand auch ein wenig Deutsch. Ich änderte den Befehl in einer Kleinigkeit ab. Es war keine bewusste Entscheidung, dazu hatte ich keine Zeit. Ich tat es gleichsam automatisch. Aus zwei Tagen machte ich drei Tage. Der Gefängnisdirektor hatte aber offenbar Jägers Befehl verstanden. Er fragte: »Zwei Tage, oder drei Tage?«

»Was sagt er?«, fragte Jäger.

»Ob er zwei Tage oder drei Tage Zeit habe«, antwortete ich.

Darauf Jäger: »Von mir aus drei Tage. Hauptsache, dieser Saustall wird hier endlich ausgemistet.«

Als ich den letzten Satz übersetzte, runzelte der Direktor die Stirn.

Gleich sollte mir klar werden, dass das Gespräch mit dem Direktor gar nicht der Grund war, warum ein Dolmetscher gerufen wurde. Mit dem Direktor wäre Jäger auch allein fertig geworden. Er hatte nur keine Lust, sich mit Sprachproblemen herumzuschlagen, und mich deshalb vorzeitig eintreten lassen. Der Grund, warum Jäger einen Dolmetscher brauchte, war das Verhör eines Mannes, der eine Funktion im NKWD, im sowjetischen Geheimdienst, hatte. Jäger wollte dem Gefängnisdirektor offenbar vorführen, wie ein richtiges Verhör auszusehen hat. Er nahm hinter dem Schreibtisch Platz, der Gefängnisdirektor holte sich einen Stuhl und setzte sich neben den Schreibtisch.

Der Gefangene musste mit nach hinten gefesselten Händen auf dem Boden knien. Links und rechts von ihm standen zwei SS-Männer, der eine, der mich gebracht hatte, und ein anderer, der den Gefangenen hereingeführt hatte. Jäger erklärte ihm, er habe nur eine einzige Chance, diesen Raum lebend zu verlassen, wenn er nämlich mit dem deutschen

Sicherheitsdienst zusammenarbeite. Der Gefangene, ein etwa 35-jähriger, rotblonder Mann, zeigte keine Reaktion. Jäger fragte ihn, welchen Rang er im NKWD habe und ob es stimme, dass er für die Anwerbung litauischer Mitarbeiter zuständig war. Der Gefangene schwieg. Jäger gab mit der rechten Hand ein Zeichen. Einer der SS-Männer trat hinter den Gefangenen und trat ihm den Stiefelabsatz ins Kreuz, sodass er nach vorne fiel. Dann stampfte er mehrmals mit großer Wucht auf seinen Schädel. Schließlich richtete er ihn wieder auf. Dem Gefangenen war auf der Stirne die Haut aufgeplatzt, seine Nase stand schief, Blut rann über sein Gesicht herab. Ich konnte nicht mehr hinsehen.

»Also rede«, sagte Jäger. Er wartete eine Weile. Während dieser Stille hörte ich ein Fenster klappern. Ich blickte vorsichtig hin. Die Fenster der Direktion waren nicht vergittert. Das eine war verschlossen, aber beim anderen, das der Wind bewegt hatte, waren die äußeren Flügel geöffnet und die inneren nur angelehnt. Die Straße, zu der das Fenster führte, lag weitab vom Haupteingang des Gefängnisses. Vielleicht gab es hier einen Personaleingang, ich wusste es nicht. Wenn es für mich überhaupt noch einen Weg zurück ins Leben gab, dann führte er durch dieses Fenster. Ich hatte keinen Zweifel mehr, was der Abtransport der Juden aus dem Gefängnis bedeutete.

Jäger wollte die Namen aller litauischen NKWD-Mitarbeiter wissen. Der Gefangene schwieg weiter. Aus der Nase rann ihm Blut. Erneut wurde er auf den Boden getreten und mit Stiefeln traktiert. Er schrie nicht, er gab keinen Laut von sich. Als sie ihn aufrichteten, fiel er wieder zu Boden. Er bekam einen weiteren Tritt und wurde noch einmal auf die Knie gestellt. Er ließ den Kopf hängen.

»Das ist die letzte Warnung«, sagte Jäger. »Wer sind die Mitarbeiter?«

Der Gefangene schüttelte leicht den Kopf. Da sprang Jäger plötzlich auf, zog die Pistole und schoss dem Gefangenen von oben in den Kopf. Der Schädel platzte, der Gefangene fiel zu Boden. Jäger sagte: »Schafft die Kröte weg!«, und lief zur Tür hinaus. Der Gefängnisdirektor folgte ihm. Die beiden SS-Männer standen einen Moment unschlüssig da, dann nahmen sie die Leiche an den beiden Oberarmen und schleiften sie weg. Kaum waren sie durch die Tür zum Vorzimmer, stieg ich aus meinen Holzpantoffeln, eilte zum Fenster und sprang hinaus. Ich lief um mein Leben. Ich war noch keine fünfzig Meter weit gekommen, da wurde nach mir geschossen. Quer durch die Innenstadt rannte ich zum Nemunas-Fluss. Zuerst wollte ich die Aleksoto-Brücke überqueren, aber dann sah ich deutsche Soldaten, und so drehte ich um und versteckte mich in der nahe gelegenen Vytautas-Kirche. Da niemand in der Kirche war, ging ich in den Beichtstuhl, in die mittlere Kammer, in die für den Pfarrer. Dort blieb ich lange sitzen. Ich lehnte mich an die Wand zurück. Nach einer Weile schlief ich vor Erschöpfung ein. Ich erwachte, weil Menschen in die Kirche kamen. Sie nahmen in den Sitzreihen Platz. Lichter wurden eingeschaltet. Bald wurde gebetet. Die Männer- und Frauenstimmen wechselten einander ab. Bevor wieder die anderen drankamen, wurden jedes Mal die gleichen Worte wiederholt: »Der du für uns Blut geschwitzet hast.«

Damals wusste ich nicht, dass sie einen Rosenkranz beteten. Ich hörte diese monotonen Gebete und dachte nur noch ans Essen. Ich hatte einen unendlichen Hunger. Als der Rosenkranz vorbei war und ich die Menschen hinausgehen hörte, wartete ich noch eine Weile, bis die Lichter ausgeschaltet waren, dann kam ich aus dem Beichtstuhl. Es war niemand mehr in der Kirche. Ich ging zum Ausgang.

Gerade als ich das Tor erreichte, hörte ich, dass von außen ein Schlüssel ins Schloss gesteckt wurde. Ich zog am Tor und stand vor dem erstaunten Pfarrer.

»Wo kommst du denn her?«, fragte er. In meiner Verlegenheit sagte ich: »Ich war noch in der Kirche.«

Er sah mich von oben bis unten an und bemerkte, dass ich keine Schuhe trug. Dann sagte er: »Du bist kein Christ, du bist ein Jude.«

Schnell schlüpfte ich durch das halb geöffnete Tor und lief davon.

Da ich nicht wusste, wohin ich mich wenden sollte, lief ich am Nemunas-Ufer entlang in den Park, der um die alte Burg herum angelegt worden war. Dort versteckte ich mich in einem Gebüsch und überlegte, wie es mit mir weitergehen könnte. Ich war nicht verhört worden, hatte also nirgendwo meinen Namen oder meine Adresse angeben müssen. Und so kam ich auf die Idee heimzugehen. Auch wenn ich es vor Hunger und Durst kaum noch aushielt, wartete ich, bis es dunkel wurde und keine Menschen mehr auf der Straße waren. Dann machte ich mich auf den Weg. Da es in der Laisvésallee viele Cafés, Bars und Hotels gab, ging ich durch eine Parallelstraße. Von außen war in unserer Wohnung kein Licht zu sehen. Das Haustor war offen. In der Dunkelheit ging ich in den ersten Stock hinauf und klingelte. Ich trat bis zu den Stufen des Treppenhauses zurück, um für den Fall, dass ein Fremder öffnete, sofort davonlaufen zu können. Es öffnete jedoch überhaupt niemand. Und so klingelte ich noch einmal. Dann hörte ich die Stimme meiner Mutter. Sie war am Leben. Ich brach auf der Stelle in Tränen aus.

Beim Ulmer Prozess wurde ein Bericht vorgelegt, den der SS-Standartenführer Karl Jäger am 1. Dezember 1941 nach Berlin gesandt hatte. Es war seine »Erfolgsbilanz« des Judenmords. Als erste Tat führte er an, dass auf seine

Anordnung hin vom 4. bis 6. Juli 1941 im Fort VII von litauischen Partisanen 2977 Juden erschossen worden waren. Etwa die Hälfte von ihnen stammte aus dem Gefängnis von Kowno. Darunter waren mein Großvater, Herr Mendelson und sein vierzehnjähriger Sohn Isi.

Als meine Mutter, Frau Mendelson und deren Tochter Fanny in der Frauenkolonne den Savanoriuprospekt entlanggetrieben wurden, brachte man sie zu einer Kaserne. Sie mussten den Dreck wegräumen, den die russischen Soldaten hinterlassen hatten, und die Räume putzen. Es gab nicht genug Lappen. Man zwang sie, ihre eigenen Kleider zu verwenden. Die Soldaten und litauischen Hilfskräfte machten sich über die halb bekleideten Frauen lustig, traten nach ihnen und trieben sie zur Arbeit an. Spät am Abend konnten sie heimgehen. Frau Mendelson und Fanny begleiteten meine Mutter in unsere Wohnung. Die Kisten und Koffer standen in den Zimmern, wie am Morgen, als mein Vater von Algis Munkaitis und seiner Truppe fortgetrieben worden war. Weder mein Vater, noch meine Großeltern noch ich waren zurückgekommen. Meine Mutter brach zusammen. Frau Mendelson und Fanny nahmen sie mit sich.

Die Wohnung der Mendelsons lag über dem Geschäft. In Sichtweite des Hauses blieben die Frauen stehen. Schon aus der Entfernung war zu erkennen, dass etwas nicht stimmte. Am Gehsteig vor dem Geschäft lag Gerümpel herum. Als sie näher kamen, erkannten sie Kisten, Obststeigen, Regalbretter, Flaschen, zerdrücktes Obst, geplatzte Papiersäcke und Glas. Das Schaufenster war eingeschlagen, das Geschäft vollständig ausgeräumt. Die Wohnung darüber war unversehrt. Von Isi und Herrn Mendelson fehlte jede Spur. Frau Mendelson wollte noch in der Nacht Bekannte anrufen, doch das Telefon funktionierte nicht. Meine Mutter, Frau Mendelson und Fanny blieben in den nächsten Tagen zusammen. Sie wagten sich nicht mehr auf die Straße. Den Plünderern war entgangen, dass zum Geschäft der Mendelsons auch ein Vorratskeller gehörte, dessen Zugang im Hof lag. Er enthielt Zucker, Mehl, Konserven, Rote Beete, Karotten und Kartoffeln. So mussten sie nicht einkaufen gehen.

Die ersten zwei Nächte verbrachten sie in der Wohnung der Mendelsons, weil sie sich da sicherer fühlten. Am dritten Tag gingen sie dann in unsere Wohnung nachschauen. Immer noch hoffte meine Mutter, es könnte jemand von uns zurückgekommen sein. Kaum hatten sie die Wohnung betreten, klingelte das Telefon. Lina Grotnik, eine Ärztin, die mit meinen Eltern bekannt war, versuchte schon seit zwei Tagen meine Mutter zu erreichen. Sie erzählte, dass sie ins Lazarett des Männergefängnisses gerufen worden war. Dort lag zu ihrer Überraschung meine Großmutter mit einem Schenkelhalsbruch. Die Lazarettwache hatte nichts dagegen, die Frau ins Krankenhaus zu überstellen. Das geschah einen Tag bevor SS-Standartenführer Karl Jäger ins Gefängnis kam, um, wie er sich ausdrückte, »den Saustall auszumisten«.

Meine Mutter und Frau Mendelson brachen sofort zum Krankenhaus auf. Das Bein der Großmutter steckte in einem Korsett. In der Nacht hatte meine Großmutter erstmals schlafen können. Sie erzählte, dass wir im Gefängnis seien. Obwohl Lina Grotnik eigentlich auf der Internen Abteilung arbeitete, kam sie immer wieder zu meiner Großmutter, brachte ihr schmerzstillende Mittel und kümmerte sich um sie.

Am Nachmittag, etwa zur gleichen Zeit, als ich mich in der Vytautas-Kirche versteckte, zogen meine Mutter, Frau Mendelson und Fanny in unsere Wohnung, weil hier das Telefon funktionierte. Sie hielten die Fenster verdunkelt. Meine Mutter rief einen Kollegen meines Vaters an, um etwas über uns in Erfahrung zu bringen. Der Anwalt sagte, er sei völlig machtlos. Er warte nur noch darauf, dass man ihm die Lizenz entziehe oder ihn gleich verhafte. Dennoch wollte er sich bemühen. Nach einer Weile rief er zurück. Durch einen Bekannten bei der Behörde habe er herausgefunden, dass unsere Namen nicht auf der Liste der Gefängnisinsassen seien. Ob das gut oder schlecht für uns sei, wisse er nicht. Meine Mutter rief noch andere Bekannte an, aber niemand konnte ihr weiterhelfen. Ein jüdischer Handwerker, Jakob Schor, reparierte notdürftig die aufgebrochene Tür. Er wohnte im Stadtteil Slobodka, am anderen Ufer der Neris. Dort, so erzählte er, seien ganze Straßenzüge geplündert und auch Häuser niedergebrannt worden. Auf die fliehenden Juden habe man eine regelrechte Hetzjagd veranstaltet. Aber nun kehre Ordnung ein, weil die deutschen Befehlshaber eingetroffen seien.

Als ich am späten Abend an unserer Wohnungstür klingelte, fürchteten die drei Frauen, die Partisanen seien zurückgekommen. Erst als ich ein zweites Mal klingelte, waren sie erleichtert. Die Partisanen hätten längst die Tür eingetreten. Die nächsten Tage waren ein Tränenmeer. Fanny meinte, ich dürfe nicht hier bleiben, ich müsse zu Bekannten ziehen. Aber ich wollte nicht mehr fort. Ich wartete darauf, dass die Polizei oder SS mich holen würde. Ich hatte jeglichen Lebensmut verloren. Meine Gedanken waren im Gefängnis. Dort hatte ich gesehen, wie ein Mensch erschossen wurde, ich hatte gesehen, dass es schnell ging. Es galt nur, die Zeit davor durchzustehen.

Meine Mutter und Frau Mendelson hofften immer noch, über Bekannte eine Freilassung unserer Angehörigen erreichen zu können. Sie wechselten sich beim Telefonieren ab. Meine Anwesenheit verschwiegen sie, selbst wenn sie mit guten Bekannten sprachen. Sie taten so, als glaubten sie, auch ich sei im Gefängnis.

Um Kowno herum war in zaristischer Zeit ein Ring von Befestigungsanlagen errichtet worden. Es sprach sich herum, dass Fort VII als Ausweichgefängnis für Juden benutzt wurde. Auch die Juden aus dem Stadtgefängnis, so ging das Gerücht, würden nun ins Fort VII gebracht. Diese Transporte waren noch im Gange, da erzählten Bekannte, die in der Nähe wohnten, man höre aus dem Fort seit zwei Tagen nur noch Maschinengewehrfeuer.

Mein ganzes Leben lang habe ich mir wegen meiner Flucht durch das Fenster Vorwürfe gemacht. Ich war der Einzige, der wusste, was den anderen drohte, und ich habe sie im Stich gelassen. Vielleicht habe ich durch den kleinen Schwindel beim Übersetzen ihre Hinrichtung um einen Tag verschoben. Meine Flucht konnte nicht ohne Folgen gewesen sein. Ich weiß nicht, welche Folgen das waren. Sind sie gefoltert worden? Ist mein Großvater, so wie der NKWD-Mann, gleich hingerichtet worden, weil er seine Adresse nicht sagen wollte? Seit 1941, also seit achtzehn Jahren, stelle ich mir diese Frage. Was habe ich meinem Großvater und den anderen durch meine Flucht angetan? Keiner, der sie beantworten könnte, ist bislang angeklagt worden. Keiner, außer Jäger. Er wurde von Hunderten anderen Überlebenden angeklagt. Aber es nützte nichts, er ist verschwunden.

Finden Sie Jäger. Der Mann hat den Tod von 200 000 litauischen Juden zu verantworten, den Tod meiner Familie. Es ist bekannt, dass die meisten litauischen SS-Männer beim Rückzug der Wehrmacht nach Deutschland geflohen sind. Er könnte irgendwo in diesem Land leben. Finden Sie Jäger. Ich flehe Sie an. Ein solcher Mann darf nicht frei herumlaufen.

Das weiße Haus

Klara wusste schon immer, dass sie Lehrerin werden würde. Und seit sie aufs Gymnasium ging, wusste sie auch, dass sie nicht in der Volksschule oder, wie unsere Mutter, in der Hauptschule, sondern auf dem Gymnasium unterrichten würde. Über Jahre hinweg war für sie klar, dass eines der beiden Studienfächer Biologie sein würde. Diese Gewissheit stammte aus der Zeit, in der sie ihre erste selbstständige Arbeit zu schreiben hatte. Sie besuchte damals die zweite Klasse des Gymnasiums. Die Arbeit in Biologie sollte von einem Wassertier handeln. Die meisten aus ihrer Klasse schrieben über Haie und Wale. Klara blätterte in einem von der Städtischen Bücherei entlehnten Band mit Bildern von Wassersäugetieren, dabei sprang ihr das Foto eines Manatis aus Florida ins Auge. Es war Liebe auf den ersten Blick. Wochenlang schwärmte sie nur noch von diesem plumpen Dickhäuter. Die Wände ihres Zimmers waren bald voll gepflastert mit Ringschwanzseekühen, aufgenommen von vorne, von der Seite, unter Wasser und an der Oberfläche schwimmend. Einmal holte sie mich in ihr Zimmer. Auf dem Boden lag eine Seekuh, etwa einen Meter hoch und gut drei Meter lang. Sie war gefertigt aus zwei Lagen von bemaltem Packpapier, die meine Schwester an den Rändern mit Klammern zusammengeheftet und dann ausgestopft hatte.

Ist sie nicht lieb?, fragte meine Schwester.

Doch, sagte ich, aber vielleicht wäre es besser, wenn wir ein eigenes Zimmer für sie fänden.

Sie heißt Herta, und sie bleibt bei mir. Kannst du sie an der Decke anbringen?

An der Decke?

Ja, wenn es geht mit unsichtbaren Fäden, sodass es aussieht, als würde sie durchs Zimmer schwimmen.

Ich bohrte zwei Löcher in die Decke und schraubte Dübelhaken hinein. Daran befestigte ich mit einer Angelschnur die Ringschwanzseekuh. Sie nahm die gesamte obere Hälfte des Raumes ein. Klara musste sich tief bücken, wenn sie vom Bett zum Schreibtisch ging. Aber sie war mit dem Ergebnis sehr zufrieden.

Das war erst der Anfang ihres biologischen Interesses. Bald danach hörte sie auf, Fleisch zu essen. Ringschwanzseekühe, so erklärte sie uns, seien freundliche Vegetarier, die niemandem etwas zuleide täten. Sie seien gleichsam Vorbilder für alle anderen Lebewesen.

Man hatte in Wien zwar damals schon von Vegetariern gehört, aber in unserer Familie hatte noch nie einer verkehrt.

Wie willst du dich ernähren?, fragte meine Mutter.

Gemüse, Reis, Kartoffeln, Pasta, eigentlich alles, nur kein Fleisch, antwortete meine Schwester.

Zwei, drei Tage in der Woche Gemüse, einverstanden, das soll gesund sein. Aber überhaupt kein Fleisch? Kein Schwein, kein Rind, kein Kalb, kein Lamm, keinen Fisch, kein Huhn?

Und schon gar nicht Wild, sagte meine Schwester. Wild zu essen sollte man überhaupt verbieten. Kannst du dir vorstellen, dass die Seekühe in Afrika fast ausgestorben sind, weil die Menschen sie essen?

Ich werde dir sicher keine Seekuh servieren, aber hin und wieder vielleicht deine Lieblingsspeise, ein Henderl.

Das war meine Lieblingsspeise, verstehst du, war.

Meine Mutter ist keine großartige Köchin. Sie konnte, im Gegensatz zur Scheibbser Großmutter, die den Tag in der Küche verbrachte, nur zwei Gerichte kochen, die allen gut schmeckten. Das eine war ein Huhn, bei dem sie die mit Paprika eingeriebenen und angebratenen Hühnerstücke mit Würfeln aus geschälten Paradeisern überhäufte und dann mit trockenem Martini übergoss. Das andere war ein Schweinsbraten, den sie in einer speziellen Stärkebrühe dünstete. Doch mit einem Mal aß Klara nur noch Beilagen und Nachspeisen. Meine Mutter wollte sie anfangs noch zum Fischessen überreden.

Es muss ja nicht unbedingt eine Forelle von Opa sein, sagte sie. Aber Meeresfische vielleicht. Die leben frei in der Natur, niemand kettet sie an, niemand füttert sie. Die wachsen auf, wie der liebe Gott sie geschaffen hat.

Aber dann kommen wir, und sie müssen elendiglich ersticken, sagte meine Schwester. Sie sterben einen grausamen Tod. Niemand hat Erbarmen mit den Fischen. So als wären das keine richtigen Lebewesen. Weißt du, dass wir von den Fischen abstammen? Das sind unsere Vorfahren, und die soll ich essen?

Zum dreizehnten Geburtstag wünschte sich Klara eine Getreidemühle. Von da an hatte sie meist irgendwelche angebrannten Laibchen auf dem Teller. Auf dem Küchentisch standen Jutesäckchen mit verschiedenen Sorten von Körnern. Getreide und Mehl waren in der Umgebung der Mühle auf dem Boden verstreut. Klara musste ihre Dinkellaibchen selbst kochen. Aber immerhin saß sie in ihrer ersten vegetarischen Phase mit uns bei Tisch. Ein paar Monate lang konnte sie den Fleischessern noch zusehen, konnte sie uns noch riechen. Das sollte sich ändern. Sie begann für den Tierschutzverein Vier Pfoten Flugblätter zu verteilen, nicht nur in der Kärntner Straße und am Stephansplatz, auch bei uns zu Hause im Speisezimmer. Wenn wir beim guten Paprika-Henderl saßen, hielt sie uns das Foto eines gigantischen Käfigbaus unter die Nase. Man sah die

Flucht eines aufgetürmten Zellengeheges, voll gestopft mit Tausenden von Hühnern.

Diese Tiere, sagte Klara, haben nie das Tageslicht gesehen und sind nie einem Menschen begegnet. Sie werden automatisch gefüttert. Nach ein paar Wochen öffnet sich eine Tür, und sie werden durch für sie schmerzhafte Laute zu einer vollautomatisierten Schlachterei getrieben. Ich wünsche einen guten Appetit.

Danke, sagte ich. Schmeckt wirklich hervorragend.

Jeder muss das Tier, das er isst, auch selbst vorher töten. So müsste man es einführen.

Soll ich im Ministerrat diesen Antrag stellen?, fragte mein Vater.

Ja, den musst du stellen. Bitte stell ihn. Dann müssen alle diese Massenmörder zumachen.

Massenmörder?, fragte mein Vater. Sollte man mit diesem Wort nicht doch lieber die bezeichnen, die viele Menschen umbringen?

Früher vielleicht, aber heute bringen sie Tiere um.

Mein Vater verdrehte die Augen, sagte aber nichts mehr.

Und der Pangerl?, fragte meine Mutter.

Welcher Pangerl?

Kennst du ihn nun nicht mehr? Unser Fleischhauer, der dir früher, wenn du mit mir einkaufen warst, immer eine dicke Scheibe Extrawurst gegeben hat.

Ein Killer. Ich gehe nicht mehr hinein. Ob er Tiere umbringt oder Menschen, ist egal.

Oh Gott, sind das Weisheiten, stöhnte mein Vater. Sprich einmal mit deinem Opa darüber.

Mit dem Fischmörder?

Nein, mit deinem Wiener Opa. Er war in Dachau, im Konzentrationslager. Er wird dir sagen, was ein Mörder ist.

Das könntest eigentlich auch du machen, sagte meine Mutter.

Was kann ich ihr schon sagen. Wenn sie zwischen Mensch und Tier nicht unterscheiden kann, ist es besser, sie spricht mit jemandem, der einmal wie ein Tier behandelt wurde.

Meine Schwester verließ den Tisch. Fortan saß sie nur noch, wenn es kein Fleisch gab, mit uns bei Tisch. Wir hielten das für maßlos überzogen. Aber sie sagte, es ekle ihr vor uns. Und sie wolle es nicht so weit kommen lassen, dass sie uns alle irgendwann nicht einmal mehr anschauen könne.

Als es auf den Sommer zuging, hatten wir Gäste, den Parteisekretär der Sozialistischen Partei Österreichs mit seiner blonden Frau und zwei kleineren Kindern, die durch den Garten liefen und auf Kochtöpfe schlugen, um die Rehe zu vertreiben. Es war Abend und wir saßen draußen auf der Terrasse. Unser Grundstück grenzte direkt an ein Wildgehege. Hinter dem Zaun standen Rehe und schauten uns beim Grillen zu. Sie waren an Lärm gewöhnt und ließen sich nicht so leicht abschrecken, auch nicht von Kindern, die mit ihrem Besteck auf Kochtöpfe schlugen. Hätten wir das als Kinder gemacht, wäre meiner Mutter wahrscheinlich um das Besteck leid gewesen, oder um die Töpfe, oder sie hätte den Lärm für ungebührlich gehalten. Aber die fremden Kinder ließ sie gewähren. Und der Parteisekretär, dem der Bauch über die Hose hing, und seine ganz und gar rundliche Frau taten so, als hätten sie mit diesen beiden Kindern nichts zu schaffen. Die Erwachsenen waren bald angeheitert und lachten die meiste Zeit.

Der Parteisekretär saß mir gegenüber. Unerwartet fragte er mich: Hast du schon eine Freundin?

Ich wusste nicht recht, was ich darauf antworten sollte. Die dicke Blondine lachte mich an. Das Rot ihrer Lippen war mit Fett verschmiert.

Lass ihm doch Zeit, sagte meine Mutter. Obwohl, neulich ist er in der Nacht weg gewesen, aber er sagt, er war bei einem Freund.

Sicher war ich bei einem Freund, das weißt du ganz genau, sagte ich.

Mein Vater begann irgendwelche Schwänke zu erzählen, zuerst von seiner Jugend und dann aus dem politischen Leben. Ich durfte Bier trinken. Meine Mutter sagte bei jeder Flasche, nun sei es genug. Wenn die Frau des Parteisekretärs ihre dicken Arme bewegte, bewegte sich auch ihr Busen, und wenn sie sich zur Seite drehte, konnte ich den Ansatz eines schwarzen Büstenhalters sehen. Die Erwachsenen begannen von einem Udo zu reden, der irgendeinen Nachtklub betrieb. Ich versuchte den Gesprächen zu folgen. Der Parteisekretär war offenbar in der Nacht zuvor bei Udo gewesen. Gaddafi, so sagte er, habe dem Udo aus Dankbarkeit für die liebevolle Betreuung beim letzten Besuch einen Schwung islamischer Schönheiten geschickt. Da schnallst du ab, sagte er.

Hast du sie ausprobiert?, fragte seine Frau, und da lachten alle so laut, dass die Kinder, die den Rehen mittlerweile Futter durch den Zaun warfen, überrascht herüberschauten. Nachdem meine Mutter die Teller mit den Fleischresten abserviert hatte, kam auch meine Schwester in den Garten heraus. Sie nahm sich Salat und legte ein paar Kartoffeln auf den Grill. Der Parteisekretär nannte den Udo ein Vieh mit Haxen. Da merkte ich, wie meine Schwester hellhörig wurde. Sie drehte sich um.

Ist das gut oder schlecht?, fragte sie, in einer Hand die Grillzange, in der anderen einen Teller.

Da lachten alle. Aber meine Schwester insistierte. Ist ein Vieh mit Haxen gut oder schlecht?

Der Parteisekretär sagte: Ich meine kein Lercherl, sondern eher ein Hundsvieh.

Und wieder lachten alle. Niemand schien zu bemerken, dass meine Schwester dabei war, den Erwachsenen den Kampf anzusagen. Die Gäste unterhielten sich blendend. Ein wenig später, als Klara schon bei Tisch saß und schweigend das Gemüse in sich hineinschaufelte, wechselten sie das Thema. Sie kamen auf den Obmann der Freiheitlichen Partei zu sprechen, der unter Hitler bei der Waffen-SS war. Das Wort Hitler fiel, und im nächsten Moment schoss meine Schwester mit der Bemerkung heraus: Hitler ist sexy.

Und da schienen die Rehe, die noch immer nahe am Zaun standen, nun zum ersten Mal wirklich verstört zu sein, weil es plötzlich so ruhig geworden war. Das Schweigen wollte nicht zu Ende gehen.

Mein Reh hat sie gefressen, sagte ein Kind in die Stille hinein. Das andere sagte: Meines auch. Mama, mein Reh hat eine Karotte gefressen.

Mein Vater rang nach Luft. Die Tochter eines sozialdemokratischen Ministers, der seinen Antifaschismus gleichsam mit der Muttermilch eingesogen hatte, die Enkelin eines Dachauhäftlings sagt einfach so über den Tisch: Hitler ist sexy. Meine Schwester ahnte, dass sie etwas Schlimmes angerichtet hatte, und konzentrierte sich sicherheitshalber wieder auf ihre Kartoffel. Mein Vater starrte Klara an und wurde blass. Die Gäste wussten nicht recht, wo sie hinschauen sollten. Meine Mutter fand als Erste die Sprache wieder. Ihre Blicke gingen ein paar Mal zwischen meinem Vater und Klara hin und her, dann sagte sie: Jetzt hast du aber gründlich danebengegriffen.

Wieso, fragte meine Schwester. Findest du nicht, dass er sexy ist? Sie war mittlerweile im Gesicht rot angelaufen, aber sie wollte durchhalten.

Mein Vater verlor seine Fassung. Er schlug mit der Faust auf den Tisch. Im nächsten Moment nahm er sich wieder zusammen. Er schloss die Augen und sagte ganz leise:

Hör bitte sofort auf, solchen Schwachsinn von dir zu geben.

Meine Schwester stand auf und ging ins Haus. Mein Vater entschuldigte sich bei den Gästen. Klara sei in letzter Zeit etwas durcheinander. Eine Pubertätssache. Sie sei unter den Einfluss von Tierschützern und Körndlfressern geraten.

Aber diese Bemerkung hat doch nichts mit den Tierschützern zu tun, sagte meine Mutter.

Nein, aber die Tierschützer haben uns Klara weggenommen.

Du kannst nicht sagen weggenommen, nur weil sie kein Fleisch isst.

Seit sie für die Vier Pfoten arbeitet, ist schwer mit ihr zu reden. Sie benutzt die Vier Pfoten, um sich von zu Hause zu entfernen.

Wie willst du das wissen?, fragte meine Mutter. Du bist doch nie zu Hause.

Die Frau des Parteisekretärs meinte, dass Kinder es heutzutage schwer hätten, sich gegen ihre Eltern aufzulehnen. Für uns war es eigentlich leicht, sagte sie, wir waren umgeben von Reaktionären und Arschlöchern, die konnte man nur bekämpfen. Ohne Auflehnung keine Identität, das ist für die jungen Leute heute ein großes Problem. Und so werden halt aus der Mottenkiste der Geschichte provokante Symbole hervorgeholt. Man sollte das nicht allzu ernst nehmen.

Weiß man nicht, sagte ihr Mann, kann man nie wissen. Ich meine, da verstehe ich den Helmut, man kann da nicht einfach nur zuschauen. Tierschützer sind faschismusanfällig, ich sag euch das. Da hat sich was verschoben.

Aber Klara hat doch keine Ahnung, was Faschismus ist, sagte meine Mutter.

Das ist allerdings ein Problem, meinte mein Vater. Tatsache ist, meine Kinder interessieren sich für völlig andere Dinge als ich in ihrem Alter.

Ich ahnte, dass ich jetzt an der Reihe war, und wandte mich sicherheitshalber ab. Aber es nützte nichts.

Helmut, so fuhr mein Vater fort, liegt mir seit Wochen mit seinem Computer in den Ohren. Er will unbedingt einen Computer haben. Ich sag, ich kauf dir eine gute elektrische Schreibmaschine, eine IBM mit auswechselbarem Kugelkopf. Will er nicht. Sag selbst, warum es unbedingt ein Computer sein muss?

Na ja, sagte ich. Ich meine, da kann man irrsinnig tolle Sachen machen. Nicht nur schreiben und rechnen, auch Spiele und so.

Als die Frau des Parteisekretärs lächelte, kam Zigarettenrauch aus ihrem Mund. Mein Vater schüttelte den Kopf und trank einen Schluck Bier. Der Sohn vom Sektionschef Kreuzer, sagte er und wandte sich dann an den Parteisekretär. Du kennst doch den Kreuzer, den von der Straßenbausektion, in Simmering ist er Stellvertreter.

Ja, ja, ja, ich weiß, wen du meinst, sagte der Parteisekretär. Der mit der Mausi.

Genau, der mit der Mausi. Der hat auch einen Buben. Ich weiß gar nicht, ist der überhaupt von der Mausi?

Glaub ich nicht.

Der Bub jedenfalls ist ein Computernarr. Der Kreuzer sagt, egal wann er heimkommt, sein Bub sitzt garantiert vorm Computer.

Von der Mausi hört man da ganz andere Sachen, meinte der Parteisekretär.

Ja? Komm, erzähle, sagte mein Vater.

Ich hörte noch ein wenig zu und schaute der Frau des Parteisekretärs verstohlen auf die Brüste, die sich, wenn sie den Oberkörper drehte, gegeneinander verschoben. Mein Bier war zu Ende. Ich hatte mittlerweile drei Flaschen getrunken, meine Mutter wollte mir keine weitere genehmigen. Und so ging ich ins Haus und holte mir aus dem Kühlschrank eine neue Flasche. Von oben, aus dem Zimmer meiner Schwester, war Musik zu hören, Xanadu, von Olivia Newton-John. Klara hatte ihren Plattenspieler, den sie zu Weihnachten bekommen hatte, laut aufgedreht. Ich ging im Wohnzimmer herum, trank Bier und nahm Sachen in die Hand, die ich dann wieder hinlegte. Ich wusste nicht recht, was ich tun sollte, wollte mit der neu geöffneten Bierflasche aber auch nicht auf die Terrasse zurückgehen. Dieses Haus war nicht mein Haus. Es war ein Ausstellungsgelände, eine Ansammlung von Vorführräumen. Zu groß und zu gestelzt. Alles war ausgesucht, nichts war mit uns gewachsen. In diesem riesigen, mindestens fünfzig Quadratmeter großen Wohnzimmer gab es keinen einzigen Gegenstand, der uns noch in der Gemeindebauwohnung beim Kartenspielen zugesehen hatte. Alles hatte neu sein müssen. Das gesamte Mobiliar aus dem Gemeindebau wurde entweder weggeworfen oder an die Volkshilfe verschenkt.

Ich möchte im neuen Haus nicht wieder diesen Krempel sehen, hatte mein Vater gesagt. Sucht euch aus, was ihr wollt. Das ist eine Chance, die ihr vielleicht nie wieder in eurem Leben habt.

Er gefiel sich, wenn er seine Gunst versprühen konnte, wenn er uns in all den neuen Möglichkeiten, die wir nur ihm zu verdanken hatten, wie ein Großgrundbesitzer spazieren führte. Ich war von der Vorstellung, alles neu gestalten zu können, so verschreckt, dass ich überhaupt keine Ideen hatte. Ich wollte im Haus alles genauso vorfinden wie in meinem kleinen Gemeindebauzimmer, das eigentlich nur ein halbes Zimmer war, weil es, um für meine Schwester Platz zu schaffen, mit Gipsplatten in der Mitte geteilt worden war. Mein neues Zimmer war viel größer. Selbst wenn ich alles mitnahm, was ich ganz gegen den Willen meines Vaters zu tun gedachte, gab es noch jede Menge freien Platz. Mir fiel nicht ein Gegenstand ein, den man zusätzlich hätte hineinstellen können. Einen Basketballkorb, sagte ich in meiner Verlegenheit, aber der kam dann, wie man das bei amerikanischen Häusern sieht, über das Garagentor.

Der Innenarchitekt brachte stoßweise Einrichtungskataloge. Alle paar Tage erschien er mit neuen Plänen. Da ein Durchblick, dort ein Gesimse, an anderer Stelle ein Stück unnötiger Mauer. Die Pläne waren auf dem Esstisch ausgebreitet. Wir saßen im Kreis, und der Architekt kritzelte mit seinem kurzen Bleistift herum.

Und diese Mauer hier, fragte meine Mutter und deutete dabei auf eine Stelle. Wozu ist die eigentlich gut?

Für die Keramikdekoration. Aber die wiederum ist für nichts gut, sondern reine Gestaltung, gnädige Frau. Hier unten haben Sie das Element im Schrägriss. Wenn Sie es ändern wollen, ich bin, wie Sie wissen, für alles offen.

Und so ging das gut ein Jahr lang dahin. Der Architekt gestaltete immer weiter. Mein Vater ermunterte ihn, alles ungewöhnlich zu machen, und meine Mutter beharrte von Mal zu Mal darauf, dass es auch praktisch sein sollte. Die gemeinsamen Wohnräume waren hoch und in reinem Weiß gehalten, mit viel Fliesen und Leder und kaminartigen Oberlichttürmen. Das Schlafzimmer meiner Eltern bestand aus gebogenem und gerundetem Naturholz. Es gab keine einzige Ecke und keine einzige Kante. Alles war abgerundet. Klaras Zimmer war zur Gänze mit durchsichtigem oder verspiegeltem Glas eingerichtet. Der Schreibtisch war aus Glas, der Stuhl war aus Glas, die Schränke waren aus Glas. Für ein Bett aus Glas hatte der Architekt mehrere Entwürfe geliefert. Schließlich hatte man sich darauf geeinigt, dass etwas, was man nicht sehen könne, nicht unbedingt zur Gänze aus Glas sein müsse. Und so hatte das Bett zwar verspiegelte Beine und einen verspiegelten Kopfteil bekommen, aber der unsichtbare Rest war aus Holz. Hätte ich gesagt, ich will, dass mein Zimmer aussieht wie eine Miniaturausgabe des Petersdoms, der Innenarchitekt hätte darin eine reizvolle Herausforderung gesehen. Aber ich wusste nicht, was ich wollte. Und je mehr ich darüber nachdachte, desto weniger wusste ich es. Etwas nachzubauen hielt ich für blöd, aber eigene Ideen hatte ich keine. Nachdem der Innenarchitekt alle anderen Räume durchgestaltet und auch noch eine Sauna mit hinter einer Glaswand integriertem Fernsehapparat, einen Indoorpool mit Gegenstromanlage und ein spektakuläres Gästezimmer mit Sternenhimmel und verschiebbarer Zwischenwand entworfen hatte, begann er sich zuletzt auch mit meinem Zimmer zu befassen. Ich bekam, weil der Innenarchitekt es so wollte und ich es nicht besser wusste, den Eisenraum. Alles in meinem Zimmer, das Bett, die Regale, der Kleiderkasten, der Stuhl, der Schreibtisch, selbst die Bilderrahmen, alles war aus grauem Eisen. Die bearbeiteten Stellen, meist die Ecken und Schweißnähte, hatten einen silbrig matten Glanz. Mein Eisenraum, der problemlos als Zelle in einem Hochsicherheitstrakt hätte dienen können, wurde nach zwei Monaten noch einmal überarbeitet, weil die Schränke, wenn draußen ein Auto vorbeifuhr, in unterschiedlichen Tonlagen zu dröhnen begannen.

Wir wohnten nun schon bald zwei Jahre in diesem Haus. Aber ganz gleich, wohin man schaute, überall stand noch groß geschrieben: Ich bin das neue Haus von Minister Kramer. Der protzige Kamin war, seit wir hier wohnten, gerade dreimal geheizt worden. Diese unebenen, weißen Fliesen aus der Toskana, die, weil sie so schmutzanfällig waren, von unserer Putzfrau jeden Tag gereinigt werden mussten, die große, dreiteilige Sitzgarnitur aus weißem Leder, auf die meine Mutter, wenn sie alleine war, eine Decke legte, bevor sie sich setzte. Am Abend, oder wenn Besuch kam, verbarg sie die Decke in einem unsichtbaren Wandschrank. Der Fernsehapparat und die Stereoanlage standen normalerweise auf der Kommode gegenüber der Sitzgarnitur. Außer wenn Gäste kamen, da waren diese Geräte nicht zu sehen. Gewöhnlich sagte mein Vater, wenn die Gäste dann da waren, irgendwann so nebenbei: Wollen wir uns nicht ein wenig Musik machen? Und dann nahm er die Fernbedienung aus der unteren Ablage des Couchtisches, und plötzlich hob sich die Abstellfläche der Kommode, und heraus kam die Stereoanlage. Meistens wollte er später mit den Gästen auch noch die Fernsehnachrichten sehen und ließ für diesen Zweck mit der anderen Fernbedienung den Fernseher erscheinen.

Ich nahm beide Fernbedienungen aus der Ablage des Couchtisches und drückte gleichzeitig beide Knöpfe. Als wir hier eingezogen waren, war uns von meinem Vater eingeschärft worden, nicht beide Fernbedienungen gleichzeitig zu betätigen. Aber es schien zu funktionieren. Links schob sich die Stereoanlage, rechts der Fernsehapparat aus der Kommode. Bis auf halbe Höhe, dann war plötzlich Schluss. Die Geräte bewegten sich nicht mehr einzeln und nicht mehr zusammen. Weder hinauf, noch zurück in die Kommode. Sie ließen sich auch nicht einschalten. Es musste irgendwo eine Sicherung durchgebrannt sein. Ich drückte auf die halb aus der Kommode herausragenden Geräte. Es nützte nichts. Ich legte die Fernbedienungen an ihren Platz zurück.

Plötzlich war ich sicher, dass ich gleich nach der Matura hier ausziehen würde. Ein Jahr noch, dann schwups, sagte ich. Ich schnippte mit dem Finger gegen Picassos Guernica. Eine Reproduktion hinter Glas, lachhaft. Ich stieg mit den Schuhen auf die weiße Ledergarnitur und nahm das Bild von der Wand. Es war ziemlich groß, etwa zwei Meter breit und nicht ganz einen Meter hoch. Und es war schwer. Das Bild war auf eine Holzplatte aufgezogen und mit Glas abgedeckt. Glas und Platte wurden durch Spangen zusammengehalten. Man hätte es auch verkehrt herum aufhängen können. Ich öffnete die Spangen und hob das Glas hinter die Platte. So hängte ich es an die Wand zurück. Dann trank ich weiter Bier und ging vor dem Bild auf und ab. Man konnte es nun viel besser sehen, es spiegelte nicht mehr. Ich nahm es noch einmal von der Wand und hängte es mit der Oberseite nach unten auf. So gefiel es mir genauso gut, wenn nicht sogar besser. Das Einzige, was irritierte, war die aus dem Boden herauswachsende Glühbirne. Als Xanadu wieder einmal zu Ende war, meinte ich Stimmen zu hören, wusste aber nicht, ob sie von oben oder von draußen kamen. Dann begann die Platte erneut von vorne zu spielen.

Als ich mein Bier ausgetrunken hatte, holte ich mir aus dem Kühlschrank eine neue Flasche und ging damit in den ersten Stock hinauf, hatte jedoch keine Lust, in meinen Eisenraum zu gehen, und so klopfte ich an Klaras Tür. Sie hörte mich nicht oder wollte mich nicht hören.

Mach auf, sagte ich. Ich bin es.

Ich trommelte mit den Fäusten gegen die Tür.

Wieder zu laut?, fragte Klara unwirsch, während sie die Tür öffnete. Dann sah sie mich.

Ach du. Passt dir auch was nicht?

Ich wollte dich nur besuchen, sagte ich.

Danke, ich hab schon Besuch. Sonst noch was?

Ihr Tonfall war richtig widerlich. Ich hätte sie gerne noch ein wenig gereizt, doch da sah ich ihre Freundin Andrea im Bett liegen. Sie lag, mit dem Kopf zu mir gewandt, auf dem Bauch und hatte eine aufgeschlagene Zeitschrift vor sich. Andrea wirkte älter als Klara. Sie schminkte sich.

Durch den Ausschnitt ihres T-Shirts sah ich ihre runden Brüste. Sie steckten in einem blauen Netzbüstenhalter. Meine Schwester hatte nur kleine, spitze Brüste. Vor ungefähr drei Monaten hatte sie ihre erste Regel bekommen. Jedenfalls nahm ich das an, weil im Badezimmer, das ich mit Klara teilte, plötzlich diese Watte auftauchte, die früher nie da war. Und vor kurzem hatte ein bräunlich gefärbtes Stück Watte in der Klomuschel gelegen. Ich hob es heraus und roch daran. Ich hatte auch einmal an einem Tampon meiner Mutter gerochen und deshalb eine Vorstellung davon, welchen Geruch ich zu erwarten hatte. Aber an diesem Stück brauner Watte, das sich, als ich es aus der Klomuschel holte, zu einem tropfenden Faden verformte, war überhaupt kein Duft wahrnehmbar. Es hatte wahrscheinlich zu lange im Wasser gelegen.

Seit gut einem Jahr hatte ich meine Schwester nicht mehr nackt gesehen. Früher, in der Gemeindebauwohnung, in der es nur ein Badezimmer gab, waren wir alle in der Früh und am Abend nackt herumgelaufen. Das war bei uns nie ein Problem gewesen. Als ich noch ein Kind war, verbrachten wir jeden Sommer zwei Wochen auf einem Nacktbadestrand der Insel Krk. Dort verkehrten auch viele Parteifreunde meines Vaters. Meine Mutter hatte es nicht so gern, wenn sie Bekannte traf, sie meinte, ihr Busen sei zu groß. Mein Vater erzählte, dass ich mich als Zweijähriger auf Krk immer an seinem Pimmel festhielt, als wäre es seine Hand. Wenn wir an Sommerwochenenden zur Alten Donau baden fuhren, wählten wir meistens die FKK-Abteilung. Auch dort traf mein Vater viele Bekannte. Die Badeferien auf der Insel Krk hörten leider auf, als mein Vater zu Geld kam und die Urlaubsziele immer ferner und teurer wurden. Mein Vater war finanziell an einem Grundstück in Gmunden beteiligt und fuhr an schönen Wochenendtagen nicht mehr an die Alte Donau, sondern raste nach Gmunden. Und seit wir im neuen Haus mit drei Badezimmern wohnten, eines für die Eltern, eines für die Kinder und eines für die Gäste, hatte ich weder meinen Vater noch meine Mutter je wieder nackt gesehen. Am Anfang noch meine Schwester. Aber als dann auf ihrem Venushügel ein Streifen blonden Flaums sichtbar wurde, war es mit ihrer Unbefangenheit vorbei. Seither war auch ich gehemmt und hielt mir, wenn ich aus der Dusche stieg und Klara im Bad war, lieber ein Handtuch vor. Die Entwicklung von Klaras Brust war mir hingegen nicht entgangen. Sich oben ohne zu zeigen, schien ihr kein Problem zu sein. Ihre Freundin Andrea, die häufig zu uns kam, war körperlich viel weiter entwickelt. Sie wirkte schon wie eine richtige Frau. Und da lag sie nun, auf die Arme gestützt, vor mir, das T-Shirt hing in weitem Bogen hinab, und darunter hingen in einem blauen Netzbüstenhalter ihre üppigen Brüste. Merkte sie nicht, dass ich das alles sehen konnte? Oder wollte sie, dass ich es sah? Dieser Anblick war für mich ganz unerwartet, denn ich hatte nicht einmal mitgekriegt, dass Andrea gekommen war.

Du bist da, sagte ich. Hallo!

Sie sagte ebenfalls: Hallo. Ich fragte sie, ob sie von meinem Bier trinken wolle, und hielt dabei die Flasche in das Zimmer hinein. Sie schüttelte den Kopf. Die Brüste wackelten mit. Ich wusste nicht, was ich sonst noch sagen könnte, und so ging ich wieder. Im letzten Moment wollte ich mich noch einmal umdrehen, aber da drückte Klara schon die Tür hinter mir zu, und so konnte ich die Mädchen nicht mehr fragen, ob sie eigentlich auch noch eine andere Platte kennen außer Xanadu.

Ich ging in meinen Eisenraum und blickte zum Fenster hinaus. Die Sonne war schon hinter den Bäumen verschwunden. Wenn ich mich nahe an die Wand stellte und schräg durch die Scheiben schaute, konnte ich, wenngleich das Bild durch Unregelmäßigkeiten im Glas ein wenig verzerrt wurde, auf unsere Terrasse sehen. Ich begann die Metamorphosen aufzusagen und beobachtete dabei das Geschehen auf unserer Terrasse. Aurea prima sata est aetas, quae vindice nullo. Die Frau des Parteisekretärs hatte den kleineren ihrer Buben auf dem Schoß liegen. Mit einer Hand strich sie ihm über den Kopf, mit der anderen hielt sie eine Zigarette. Sponte sua, sine lege fidem rectumque colebat. Das andere Kind stocherte mit dem Grillbesteck in der Glut. Poena metusque aberant, nec verba minantia fixo. Ich sagte diese Verse nicht laut, sondern wie mit einer inneren Stimme, die weiterlief, auch wenn ich zwischendurch Bier trank. Mein Vater und der Parteisekretär waren ins Gespräch vertieft. Meine Mutter schenkte allen Wein ein. Sie stießen die Gläser zusammen und tranken. Mein Vater begann wieder zu reden. Der Parteisekretär beugte seinen Kopf zu ihm hin. Meine Mutter steckte sich eine Zigarette an. Sie hatte immer Zigaretten im Haus, aber sie rauchte im Monat höchstens fünf oder sechs Stück davon. Man erkannte ihre Packung daran, dass sie das Stanniolpapier, das die Filter abdeckt, vorsichtig herauslöste und dann, wenn sie ihre Zigarette entnommen hatte, wieder in die Packung zurückstopfte. Vielleicht wollte sie damit verhindern, dass die Zigaretten austrockneten.

Mein Bier ging schneller zu Ende als der Vorrat an Versen. Das Kind auf dem Schoß der Frau des Parteisekretärs schien eingeschlafen zu sein. Die Männer diskutierten immer noch. Meine Mutter schaute sich um. Ich trat vom Fenster zurück und trug die leere Bierflasche in die Küche hinab, wo ich sie zur anderen leeren Flasche in das Abwaschbecken stellte und mir aus dem Kühlschrank eine neue nahm. Beim Gehen spürte ich, wie das Bier durch meinen Körper floss, es schwappte einmal in diese Richtung, dann wieder in jene und machte es mir schwer, das Gleichgewicht zu halten. In unserem Wohnzimmer, dessen Decke von der Außenwand zur Mitte des Hauses hin auf eine Höhe von gut fünf Metern anstieg, gab es eine zweite Ebene, eine Art nach innen gerichteten Balkon, der über eine frei im Raum stehende Wendeltreppe erreichbar war. Da niemand eine Idee hatte, was man mit diesem als eine Art Hochsitz konzipierten Stück Wohnfläche anfangen könnte, stellte meine Mutter dort Zimmerpalmen auf und pflanzte herabhängendes Grünzeug an. Ich schwankte an dem halb aus der Kommode herausschauenden Fernsehapparat vorbei, setzte einen Fuß auf die Wendeltreppe und trank einen Schluck Bier.

Seit meine Mutter da oben Blumen angepflanzt hatte, wurde die Wendeltreppe täglich beschritten, von unserer Putzfrau, wenn sie die Blumen goss. Gewöhnlich kam sie am Vormittag, wenn wir in der Schule waren, zu uns. Außer am Donnerstag, da putzte sie vormittags in einer Firma und kam erst um drei Uhr, wenn ich schon zu Hause war. Ich sah ihr zu, wie sie ihren breiten Hintern die Stiegen hinaufbewegte. Sie musste mehrmals gehen, es gab so viele Blumen da oben. Sie war Jugoslawin, ich weiß nicht, ob Serbin, Kroatin, Bosnierin, das schien damals keine Rolle zu spielen.

Sie redete in Infinitiven. Du viel lernen, sagte sie, wenn sie mich sah. Oder sie ließ das Zeitwort ganz weg und sagte: Vater groß Mann. Gleichzeitig hob sie eine Hand in die Höhe, und ich wusste nicht, ob sie mir sagen wollte, mein Vater sei groß gewachsen, oder ob sie Bewunderung für seine politische Karriere äußerte. Sie jedenfalls war klein gewachsen. Jeden Donnerstagabend wurde sie von ihrem Mann in einem Fiat abgeholt. Ihr Mann hatte ein schmächtiges, graues Gesicht und trug immer eine Schirmkappe. Geduldig wartete er draußen im Auto. Meine Mutter hatte ihn einmal hereingebeten, aber er wollte draußen bleiben. Wenn die Putzfrau, deren Familienname ich mir nie merkte, Frau Grlovci, Frau Grlovic oder so ähnlich, mit der grünen Plastikgießkanne die Wendeltreppe hinaufging, stellte ich mir vor, wie der schmächtige Mann sich an diesem riesigen Hintern zu schaffen macht. Und ich fragte mich, ob es eine solche Frau, die schicksalsergeben durchs Leben geht, als wäre sie eine aufgefädelte Rosenkranzperle, gerne treibt. Ich starrte auf diesen Arsch und sah dabei diesen schmächtigen Mann, wie er sich zwischen die Arschbacken schiebt und dabei immer schmächtiger wird, während der Unterleib seiner Frau aufblüht und nicht genug bekommen kann. Vielleicht, so dachte ich, vielleicht müsste man ihr nur zwischen die Beine greifen, und es würde aus dieser braven und ruhigen Arbeitssklavin plötzlich eine ganz andere Frau hervorkommen.

Ich trank einen weiteren Schluck Bier, setzte den Fuß eine Stufe höher und folgte, eine Hand am Geländer, den langsam nach oben wackelnden Arschbacken von Frau Grlovic, oder wie immer sie heißen mochte. Ihr Rock endete knapp über der Kniekehle. Er spannte um die Schenkel. Die Arschbacken schaukelten und wanderten dabei um die Mittelachse der Wendeltreppe. Ich blieb nahe dran, ich folgte dem tief in mir eingegrabenen Bild des sich langsam nach oben schiebenden Hinterteils, folgte dem Geruch der darunter aufblühenden Möse.

Frau Grilowatsch, diesmal bist du dran, sagte ich und stieg weiter, Schritt für Schritt, die Wendeltreppe hinauf. Oben angekommen, breitete ich die Arme aus, wollte diesen riesigen Arsch durchwalken und auseinander ziehen, doch da schwankte ich, und ich fiel mit dem Oberkörper nach vorne auf das Geländer, an dem ich wegen der vielen daran aufgehängten Blumentöpfe keinen rechten Halt fand. Ich riss ein paar Hängepflanzen aus, glitt ab und schlug mit der Schulter auf den weißen Übertopf einer

Zimmerpalme. Ich blickte mich um, es war nichts geschehen. Keine Schmerzen, keine Scherben. Selbst die Blumentöpfe hier oben, die um meinen Kopf herumstanden, waren alle weiß. Eines Tages, so überlegte ich mir, werde ich mit einem Lackspray hochkommen und auch noch die Pflanzen weiß spritzen. In einem dieser weißen Blumentöpfe lag die Bierflasche. Ich hatte sie beim Sturz fallen lassen. Sie war nicht einmal ausgeronnen. Beruhigt ließ ich den Kopf auf den Boden sinken. Da lag ich nun und hatte einen Moment völlige Klarheit darüber, dass es ein Fehler war, in meinem Zustand hier heraufzugehen, und dass ich vorsichtig, möglichst auf dem Hintern, Stufe für Stufe wieder hinabrutschen sollte. Aber es fiel mir schwer aufzustehen, und es war nicht unangenehm, hier zu liegen. Wenn ich hier blieb, konnte mir weiter nichts passieren, und so blieb ich liegen, bis ich einen starken Blasendruck spürte. Gerade als ich mich aufraffen wollte, sah ich durch einen Spalt zwischen den weiß gestrichenen Bodenbrettern, dass meine Eltern und die Gäste das Wohnzimmer betraten. Die beiden Kinder wurden getragen. Die Frau des Parteisekretärs hielt den kleineren Buben im Arm, der eingeschlafen war. Der Parteisekretär hatte den größeren Buben auf seinen Schultern sitzen. Das Kind schlug ihm auf den Kopf, als wollte es ein Reitpferd antreiben. Meine Mutter blieb direkt unter mir stehen und bückte sich nach den zu Boden gefallenen Trieben einer Grünpflanze. Auf den weißen Fliesen lag auch Blumenerde. Meine Mutter hob verwundert den Kopf und schaute zu mir herauf, aber sie sah mich nicht, der Spalt zwischen den Brettern war zu schmal. Mein Vater erzählte etwas von Zeit im Bild 2, das bald beginnen werde, aber dann stutzte er und fragte: Was ist denn hier los? Und warum ist es denn hier so laut? Einen Augenblick bitte. Nehmt doch einstweilen Platz.

Mein Vater eilte in den ersten Stock hinauf. Das schlafende Kind wurde auf die Sitzgruppe gelegt. Der Parteisekretär nahm seinen Sohn von den Schultern.

Hängt das Bild nicht verkehrt?, fragte er.

Meine Mutter schaute das Bild an. Mir kommt das jetzt ganz anders vor, sagte sie.

Na ja, wird schon stimmen, sagte der Parteisekretär und setzte sich. Meine Mutter verschwand in der Küche und kam mit einem Besen zurück, um die Blumenerde aufzukehren. Die Musik, mittlerweile nicht mehr Xanadu, sondern Sun Of Jamaica, wurde lauter, um gleich darauf zu verstummen. Ich musste dringend urinieren. Lange konnte ich es nicht mehr aushalten. Ich machte mich mit dem Gedanken vertraut, dass ich gleich da hinabgehen und alles gestehen werde. Aber noch lag ich, spähte durch die Bodenbretter und klemmte die Schließmuskeln zusammen, so gut ich konnte.

Warum habt ihr denn euren Fernseher so komisch halb herausschauen?, fragte die Frau des Parteisekretärs.

Meine Mutter blickte zur Kommode.

Oh, sagte sie, da hat sicher jemand gespielt. Man kann die Geräte mit der Fernbedienung raus- und reinfahren. Ich zeige euch das gleich.

Sie trug die Blumenerde in die Küche. Mein Vater kam zurück und griff als Erstes nach den Fernbedienungen.

Eine Spielerei des Architekten, sagte er. Aber dann schaute er verblüfft und drückte auf den Tasten herum.

Das scheint auf einmal irgendwie alles kaputt zu sein.

Ich hielt den Moment für gekommen, Farbe zu bekennen, und hätte es aufgrund des schon unerträglich gewordenen Blasendrucks ohnedies keine Minute länger da oben ausgehalten. Langsam setzte ich mich auf und hangelte mich am Geländer hoch. Beim Aufstehen spürte ich, wie mir das Blut aus dem Kopf wich. In meinem Magen braute sich ein Druck zusammen. Ich wusste, es wäre besser, mich

wieder niederzulassen, aber ich wollte mich zusammennehmen und das Unvermeidliche hinter mich bringen. Es
stieß mir ein paar Mal hintereinander den Magen hoch. Ich
sah, wie die Leute zu mir heraufstarrten. Mein Vater rief
etwas, aber ich konnte es nicht richtig verstehen, weil es
mir in diesem Augenblick den Mund aufriss. Ich versuchte
den Kopf noch in die Richtung der Blumentöpfe zu drehen,
war aber ein wenig zu spät dran. Der erste Schwall ging auf
die Sitzgarnitur hinab, der zweite Schwall auf die Bretter,
erst der dritte Schwall landete in der Blumenerde. Ich sank
kraftlos nieder, legte mein Gesicht in den Palmentopf und
ließ einfach alles los. Ich spürte, wie es um meine Schenkel
herum warm wurde, wie der Urin den Weg durch mein Hosenbein fand und dann, während Geschrei und Gepolter
einsetzten, an der Wendeltreppe in das Wohnzimmer hi-
nabtropfte.

Klara, Musikerin

Ich bin über einen Monat Klavierspielen nicht hinausgekommen. Es gab da eine eigenartige Begleiterscheinung, die es mir unmöglich machte, weiter in die Klavierstunde zu gehen. Immer wenn ich mich ans Klavier setzte, bekam ich Durchfall und musste auf die Toilette gehen. Am Anfang schien es, als wäre das reiner Zufall. Mein Klavierlehrer, ein alter gebeugter Mann, dessen Hauptbeschäftigung darin bestand, Volkslieder in Chorsätze zu fassen, nahm mich, als ich von seiner Toilette zurückkam, bei der Hand und sagte, dass es keinen Grund gäbe, nervös zu sein. Wenn ich zu Hause immer brav übte, würden wir gut miteinander auskommen. Doch dann trat ich daheim vors Klavier, um die C-Dur-Tonleiter zu üben, und der Durchfall war wieder da. Als ich das nächste Mal zum Klavierlehrer kam, spürte ich schon, als wir nur diesen dunklen, getäfelten Raum betraten, in dem der Flügel stand, dass es in meinem Bauch zu rumoren begann. Der Klavierlehrer spielte mir am Beginn der Stunde einen neuen Chorsatz für das Lied »Wenn alle Brünnlein fließen« vor, den er gerade für den Jeunesse-Chor fertig gestellt hatte. Ich saß daneben und klemmte die Arschbacken fest zusammen. Nicht einmal bis zum Ende des Liedes hielt ich durch. Ich musste ihn beim Spiel unterbrechen.

Darf ich bitte auf die Toilette?

Als ich zurückkam, sagte er zu mir: Ich werde dir immer ehrlich meine Meinung sagen, nur so kannst du etwas von mir lernen. Im Moment sind es zwei Dinge. Erstens: Ich glaube, du solltest zum Arzt gehen und dir Kohletabletten verschreiben lassen. Und zweitens: Ich halte es nicht aus, wenn jemand das Verbum vergisst. Es heißt nicht: Darf ich bitte auf die Toilette, sondern es heißt: Darf ich bitte auf die Toilette gehen, oder: Darf ich die Toilette benutzen? Er schlug, während er in beiden Satzvariationen das Verbum übertrieben betonte, mit seinen Händen auf dem Klavier jeweils einen lauten Akkord an. Auch die Musik, fuhr er fort, ist eine Art von Sprache. Und wer in der einen Sprache schlampig ist, wird es auch in der anderen sein.

In dieser zweiten Klavierstunde musste ich noch ein zweites Mal auf die Toilette gehen. Und dummerweise vergaß ich, als ich fragte, wieder das Verbum. Da mein Durchfall, sobald ich mit dem Klavier nichts zu tun hatte, verschwunden war, aber sofort wieder auftrat, sobald ich mich an das Instrument setzte, sahen meine Eltern keinen Sinn darin, mich zum Arzt zu schicken. Mein Vater sagte: Das ist eher ein Fall für den Psychiater. Ob du dir das antun willst?

Ich ging noch zweimal in die Klavierstunde und achtete jedes Mal auf das Verbum. Aber meinen Körper konnte ich nicht unter Kontrolle bringen – und so gab ich das Klavierspielen wieder auf.

Meine Schwester Klara hatte gleich zweimal in ihrem Leben damit begonnen, ein Instrument zu spielen. Einmal Klavier, im Alter von neun Jahren. Da man es für möglich hielt, dass meine körperlichen Zustände nicht mit dem Instrument, sondern vielleicht mit dem alten Mann zu tun hatten, wurde für Klara eine junge Lehrerin gesucht. Meine Schwester hielt das Klavierspielen immerhin fast zwei Jahre durch, wenngleich sie in den letzten Monaten um nichts in der Welt mehr zu bewegen war, die Stücke auch zu üben. Bis dann die Klavierlehrerin, eine japanische

Lehrbeauftragte am Musikkonservatorium, anrief und von sich aus empfahl, der Tochter, wie sie sich ausdrückte, die Last zu nehmen. Es habe keinen Sinn, Woche für Woche dasselbe Stück neu zu beginnen. Klara wurde in allseitigem Einvernehmen von der Last befreit.

In der Wohnung der Japanerin war so ein komischer Geruch, sagte sie ein paar Jahre später, außerdem war es das falsche Instrument. Gitarre wäre richtig gewesen. Ich lerne jetzt Gitarre spielen.

Wir wohnten inzwischen im neuen Haus am Rande des Wienerwalds. Das Klavier war das einzige Möbelstück, das mit uns von der Wohnung in das Haus übersiedelt war. Mein Vater war dagegen gewesen.

Ein weißer Konzertflügel wäre für das neue Ambiente richtig, hatte er gesagt.

Ambiente?, hatte meine Mutter gefragt.

Umgebung. Das sagt man jetzt so.

Aber meine Mutter hatte nicht eingesehen, warum man ein Klavier kaufen sollte, wenn man erstens eins hatte und zweitens ohnedies niemand darauf spielte. Und so übersiedelte das schon leicht verstimmte, braune Klavier mit uns ins Haus. Es stand unbenutzt hinter einem weißen Paravent im Speisezimmer. Hin und wieder, meist wenn sie einen Schwips hatte, setzte sich meine Mutter ans Klavier und begann Für Elise zu spielen. Auch sie hatte einmal Klavier gelernt, ihr Vater war schließlich Musiklehrer. Für Elise war, abgesehen vom Flohwalzer, der, als Klara noch Klavier spielte, bei uns Hausverbot erhielt, das einzige Stück, das meine Mutter auswendig konnte. Als Kind war sie damit beim Jahreskonzert der Scheibbser Musikschule aufgetreten. Sie begann die Tonfolge ganz langsam und leise und bewegte dabei den Oberkörper vor und zurück. Dann wurde sie schneller und lauter, bis sie schließlich in die Tasten hämmerte und plötzlich abbrach, weil sie nicht mehr weiterwusste. Wenn sie besonders guter Laune war, begann sie dann wieder von vorne.

Klara rührte das Klavier nicht mehr an. Sie hatte ihre Liebe zur Gitarre entdeckt. Als ich sie das erste Mal mit dem Auto meiner Mutter von der Gitarrenstunde abholte, war mir plötzlich klar, dass es nicht das Instrument, sondern der Gitarrenlehrer war, den sie liebte. Aber ich behielt das für mich. Mein Vater kaufte ihr die Gitarre, die Mutter gab ihr das Geld für den Gitarrenlehrer mit auf den Weg. Das ging so lange gut, bis sie eines Tages vom Gitarrenlehrer nicht mehr heimkam.

Wo bleibt sie nur?, fragte meine Mutter. Wir schauten im Fernsehen die Nachrichtensendung Zeit im Bild an. Meine Mutter lief immer wieder zum Fenster.

Es wird gleich dunkel, wo bleibt sie nur? Ich hab von diesem Lehrer keine Telefonnummer, ich weiß ja nicht einmal den Namen.

Gerhard heißt er, sagte ich.

Du kennst ihn?

Ja, ich habe ihn am Samstag im U4 gesehen.

In der Disco? Wieso, ist der noch so jung?

Ungefähr in meinem Alter, vielleicht ein Jahr jünger. Im U4 ist er mit seiner Band aufgetreten.

Mit seiner Band. Warum sagt mir das keiner? Wie heißt die Band?

Die Geilen Säcke.

Wie? Das darf doch nicht wahr sein. Was weißt du noch über ihn?

Er sieht vielleicht ein wenig ungewöhnlich aus, aber er ist ganz nett.

Was heißt ungewöhnlich aussehen? Hat er lange Haare?

Nein, eher wenige Haare. Ein Teil fehlt, der andere Teil steht ihm dafür zu Berge.

Was erzählst du da?

Er hat einen Irokesenschnitt. Und viel Leder und Eisen. Wie Punks halt aussehen.

Ich weiß nicht, wie Punks aussehen, ich kenne keine Punks. Bring mich sofort hin.

Ich kann es dir beschreiben, aber ich bringe dich nicht hin. Meine Schwester ist kein Kind mehr.

Kein Kind? Natürlich ist sie ein Kind. Was soll sie sonst sein mit sechzehn Jahren. Sag mir, wo das ist.

Und so beschrieb ich meiner Mutter das Haus am Sechshauser Gürtel und erklärte ihr, wo sich der Kellereingang befand. Die Geilen Säcke waren nicht nur eine Band, sondern auch eine Wohngemeinschaft. Sie hatten im Nachbarhaus einen Keller gemietet und ihn zum Proberaum ausgebaut. In dem großen, von der Straßenseite her begehbaren Raum hatte davor ein alter Tischler gearbeitet. Er war in Pension gegangen und hatte die meisten Maschinen verkauft. Den Großteil des Werkzeugs und die restlichen Holzvorräte hatte er den Nachmietern überlassen, die daraus in den Keller einen zweiten, schallisolierten Raum hineinbauten. Als ich Klara die ersten Male vom Sechshauser Gürtel abholte, waren sie damit noch nicht fertig. Ich sah mir die Konstruktion genau an. Der innere Raum war mit Dämmmaterial gegen Schall isoliert. Seine Wände hielten zu den Mauern und zur Decke des Kellers etwa 20 Zentimeter Abstand, ohne sie je zu berühren, sodass keine Schwingungen auf das Gebäude übertragen werden konnten. Der Proberaum war so gut isoliert, dass man auf die Straße hinaus nicht einmal das Schlagzeug hören konnte. Siebzehn Jahre später sollte ich diesen Raum in den USA nachbauen.

Meine Mutter fuhr los, und ich überlegte verzweifelt, wie ich Klara warnen könnte. Von ihrem Freund kannte ich nur den Vornamen. Ich rief im U4 an. Es hob zwar jemand ab, aber der konnte mir nicht weiterhelfen. Er hatte mit dem Engagement der Gruppen nichts zu tun. Der zuständige Mann komme frühestens um neun, sagte er.

Kann ich den irgendwo erreichen?, fragte ich. Es ist dringend.

Du kannst ihm eine Nachricht hinterlassen.

Ich brauche seine Telefonnummer.

Sorry, hab ich nicht.

Natürlich hast du sie. Ich sag dir, es ist ganz dringend.

Ich habe sie wirklich nicht.

Und ich brauche sie wirklich dringend.

Weißt was, leck mich.

Der Mann legte auf. Es war wahrscheinlich der Kellner mit den grünen Haaren, der mir einmal das Trinkgeld zurückgegeben hatte, weil es ihm zu wenig gewesen war.

Willst du mich verarschen, oder was, hatte er gesagt. Wenn du dir kein Trinkgeld leisten kannst, dann lass es bleiben.

Ich ging in meinen Eisenraum und schaltete den Computer ein, den besten, den ich damals kriegen konnte, von heute aus gesehen ein geradezu lächerliches Gerät mit einer 30-Megabyte-Festplatte und zwei Floppy-Laufwerken, eines für Dreieinhalb-Zoll- und eines für Fünfeinviertel-Zoll-Disketten. Ich konnte von Diskette auf Diskette kopieren. Keiner meiner Bekannten hatte ein vergleichbares Gerät. Um eine Diskette zu formatieren, brauchte mein Computer gut zwei Minuten. Damals fand ich, dass es schnell ging. Zeit war nie mein Problem gewesen. Ganze Nächte saß ich vor dem Computer und untersuchte Dateien. Einzeln kopierte ich sie von den Spieldisketten auf meine Fünfeinviertel-Zoll-Floppy-Diskette und probierte aus, was sie konnten. Ich griff in ihren Aufbau ein. Um die einzelnen Stadien der Veränderung festhalten zu können, druckte ich sie aus. Ich hatte einen Nadeldrucker, der einen widerlich hohen Ton von sich gab und Papierschlangen fraß. Niemand in der Familie konnte den Ton dieses Druckers ausstehen. Und leider war er durch die Wände zu hören. Es nützte auch nichts, wenn ich ein Badetuch über den Drucker legte. Das schrille Singen wurde dadurch nicht leiser. Ich nehme an, dass das viele Eisen in meinem Zimmer den Ton noch verstärkte. Einmal stand mitten in der Nacht plötzlich mein Vater in der Tür, im langen Seidensticker-Nachthemd.

Wenn du schon beschlossen hast, vor dem Computer zu verblöden, bitte ich dich nur um eins: in der Nacht nicht ausdrucken, bitte jetzt nicht mehr ausdrucken, ich kann sonst nicht schlafen. Er gab seinen Worten Nachdruck, indem er beide Hände im Rhythmus des Satzes auf und ab bewegte: In der Nacht nicht ausdrucken. Dabei gingen die Hände nach einem kurzen Auftakt zweimal hinab und hinauf.

Ich schaute auf diese seltsame Erscheinung im grauen Nachthemd, die da überraschend in meiner Tür stand, und bemerkte plötzlich in der Höhe seines Schwanzes einen frischen feuchten Fleck. Ich konnte die Augen nicht mehr davon abwenden. Da hielt mein Vater die Hand vor seinen Schwanz, und ich sagte: Nur noch dieses eine File, dann mache ich für heute Schluss.

Na also, und ich muss dir das nicht jede Nacht sagen.

Nein, musst du nicht.

Dann gute Nacht.

Ich druckte ein letztes Mal für diese Nacht die Syntax einer Anwendungs-Datei aus. Aber die Zeichenkombinationen konnten mich, als ich sie dann durchgehen wollte, nicht richtig fesseln. Da kommt der Kerl mitten in der Nacht heim und stürzt sich offenbar vor dem Einschlafen noch schnell auf meine Mutter. Von dieser Nacht an unterbrach ich immer, wenn ich meinen Vater heimkommen hörte, sofort jede Tätigkeit, drehte das Licht ab und lauschte. Er schaltete den Fernseher ein, er mixte sich einen Drink. Nach einer Weile kam er die Stiege herauf und ging an meinem Zimmer vorbei. Ich rührte mich nicht. Das Schlafzimmer meiner Eltern war zwei Zimmer weiter. Da ich nichts hörte, öffnete ich, sobald mein Vater ins Schlafzimmer gegangen war, die Tür. Mein Vater benutzte das an das Schlafzimmer angrenzende Bad. Dann hörte ich noch die Klospülung, und bald darauf hörte ich das, worauf ich wartete, das Stöhnen meiner Mutter. Verhalten nur, aber manchmal wurde es heftiger. Und ich hörte das Aufklatschen des Körpers meines Vaters auf den Körper meiner Mutter. Und ich wollte das alles noch genauer hören und schlich vorsichtig hinaus auf den Gang, stellte mich vor die Schlafzimmertür meiner Eltern und hörte ihnen beim Ficken zu. Sie trieben es fast jede Nacht, und ich hörte fast jede Nacht zu. Danach ging ich zurück in mein Zimmer und onanierte. Wenn der Samen dann vor mir auf dem Computerpapier lag, fühlte ich mich schlecht. Ich dachte, ich hätte nicht horchen sollen, das geht mich nichts an. Ich würde auch nicht wollen, dass mir jemand zuhört. Aber in der nächsten Nacht war es das Gleiche. Kaum hatte mein Vater die Schlafzimmertür hinter sich geschlossen, drehte ich das Licht aus und schlich auf den Gang hinaus. Nach dem Onanieren öffnete ich das Fenster und rauchte einen Joint. Ich inhalierte tief und staubte die Asche zum Fenster hinaus. Sie sollte nicht in meinem Zimmer gefunden werden. Mein Vater kannte das Zeug, er hatte es wahrscheinlich früher selbst geraucht, war aber nun zu feige geworden.

Einmal war er am Wochenende frühzeitig von Gmunden heimgekommen, weil es dort zu regnen begonnen hatte. Ich hörte, wie er vor meiner Tür stehen blieb. Er ließ sich Zeit, bis er klopfte. Ich warf den Joint in den Aschenbecher und legte ein Buch darauf. Doch der Rauch quoll noch eine Zeit lang darunter hervor.

Rieche ich hier Shit?, fragte mein Vater.

Wenn du es so nennen willst.

Für dein Ziel, so richtig zu verblöden, ist dir offenbar jedes Mittel recht.

Irgendwelche Ziele muss der Mensch ja haben, antwortete ich.

Mein Vater kam auf mich zu. Er trug Jeans und steckte, als er sich vor mich hinstellte, beide Hände in die Hosentaschen.

Ich habe nicht vor, dir hier große Vorträge zu halten. Aber ich bin Mitglied der Bundesregierung. Und die Bundesregierung ist nun einmal zufällig für Gesetze zuständig. Dazu gehört nicht nur die Straßenverkehrsordnung, sondern auch das Suchtgiftgesetz. Haschisch zu rauchen ist in Österreich nach wie vor illegal. Fahr nach Amsterdam. Dort kannst du rauchen, so viel du willst. Aber nicht hier in Österreich, und schon gar nicht in diesem Haus.

Ich verstehe.

Hast du noch viel von dem Zeug?

Zwei, drei Gramm.

Rauche das irgendwo draußen, aber verkaufe es um Gottes willen nicht. Und dann nie wieder. Versprich mir das.

Versprochen.

Gut. Wie du merkst, bin ich persönlich in diesen Dingen durchaus liberal eingestellt. Aber ich bin Politiker. Eine Drogenaffäre in der eigenen Familie kann für mich tödlich sein.

Ich verstehe.

Mein Vater nickte und ging hinaus. Ich nahm das Buch vom Aschenbecher. Der Joint war inzwischen erloschen, ich zündete ihn wieder an und nahm einen tiefen Zug. Ich hatte Glück gehabt, dass mein Vater nicht verlangt hatte, ich solle ihm das Zeug geben. Es waren nämlich nicht, wie ich gesagt hatte, zwei, drei Gramm, sondern es war eine Platte von gut 50 Gramm, die ich mir im Sommer in Kopenhagen gekauft hatte. Von da an hielt ich die Platte in meinen eisernen Schranksystemen gut versteckt, wickelte aber zusätzlich eine kleine Ration in eine Aluminiumfolie, um sie meinem Vater, falls er mich noch einmal erwischen sollte, übergeben zu können. Zu Hause rauchte ich nur noch in der Nacht, wenn alle schliefen.

Die Vorstellung von meinen kopulierenden Eltern sollte mich so schnell nicht loslassen. Sie begleitete mich Nacht für Nacht. Ich hörte ihnen zu, ich onanierte, ich rauchte einen Joint. Im Nachhinein dachte ich mir, dass es etwas Perverses hat, wenn ich beim Onanieren an meine Mutter und in letzter Zeit, seit ich wusste, dass sie es mit ihrem Gitarrenlehrer trieb, auch an meine Schwester dachte. Solche Gedanken begleiteten mich noch, wenn ich längst wieder am Computer saß und meiner Arbeit nachging. Arbeit ist vielleicht nicht der richtige Ausdruck für das, was ich am Computer tat. Es war eine Abfolge von Zerstörungen und Reparaturen. Die Computerspiele waren in ihrem Aufbau damals viel leichter durchschaubar als heute. Sie hatten noch keine versteckten Files. Ihr Innenleben war relativ leicht bloßzulegen. Und nichts tat ich lieber als das. Meine Eingriffe endeten freilich meist damit, dass das System blockiert war. Die meiste Zeit verwendete ich darauf, ein von mir selbst zerstörtes System wieder in Gang zu bringen. Das war vielleicht nicht gerade das, was man sich unter produktiver Arbeit vorstellt. Aber ich war so fasziniert davon, dass ich jede Nacht durchhielt, bis es hell wurde. Ich lernte dabei, was möglich war und was nicht.

Als ich das Auto meiner Mutter vorfahren hörte, war es schon gegen neun. Ich schaute zum Fenster hinaus. Meine Mutter saß allein im Auto. Später hörte ich sie telefonieren. Ich öffnete die Tür einen Spalt. Meine Mutter versuchte offenbar meinen Vater zu erreichen, aber der war nicht mehr im Büro. Die Abende verbrachte er meist bei irgendwelchen Aufsichtsratssitzungen im großen, mir immer undurchschaubar gebliebenen Bereich der verstaatlichten Industrie. Wenn er sich heute noch einmal meldet, sagte sie, soll er sofort daheim anrufen. Dann kam meine Mutter zur Treppe. Ich schloss vorsichtig die Tür.

Kaum hatte ich auf meinem Drehstuhl Platz genommen, klopfte sie schon.

Ja, rief ich.

Sie ging langsam herein, und sie war kreidebleich im Gesicht.

Da ist ja ein Bordell gegenüber.

Aber das hat nichts mit der Band zu tun, sagte ich.

Natürlich nicht. Aber muss ich mir das gefallen lassen?

Was?

Die haben mir gedroht, die Polizei zu holen, wenn ich Klara anfasse.

Wollte sie nicht mitkommen?

Nein. Da hab ich sie an der Hand genommen und habe sie aus dem Keller rauszerren wollen, und da sind die nur noch frech gewesen. Ich habe sie angebrüllt, und sie haben zurückgeschrien. Es war schrecklich. Die ganze Gegend ist verkommen. Ich hätte nie gedacht, dass Klara eine solche Straße auch nur betritt.

Du hättest gar nicht hinfahren sollen.

Sag einmal, spinnst du? Ich kann doch nicht ein sechzehnjähriges Mädchen einfach irgendwo übernachten lassen.

Das ist okay.

Nein, fuhr meine Mutter mich plötzlich an. Das ist nicht okay. Das ist ganz und gar nicht okay. Klara bleibt nicht über Nacht in diesem Keller.

Die bleiben nicht im Keller. Die gehen dann sowieso in die Wohnung hinauf.

Sag mal, willst auch du jetzt frech zu mir sein?

Meine Mutter kam auf mich zu. Ich hatte, als sie hereingekommen war, den Drehstuhl in ihre Richtung gedreht. Sie packte mich an den Schultern und rüttelte an mir. Dann schien sie sich eines Besseren zu besinnen, und sie legte ihre Wange auf meinen Kopf. Mit den Händen griff sie mir in den Nacken und drückte mein Gesicht an ihre Brüste. Der Ton ihrer Stimme war nun fast flehentlich.

Ich bitte dich, verstehst du, ich bitte dich, mir zu helfen.

Ich schüttelte den Kopf.

Wie du meinst, sagte meine Mutter. Sie lief aus dem Zimmer und schlug die Tür zu. Ich hörte sie wieder telefonieren. Aber sie konnte meinen Vater noch immer nicht erreichen. Er hatte damals noch kein Handy.

Ich setzte mich an den Computer und nahm mir fest vor, mich nicht dazu missbrauchen zu lassen, meine Schwester aus der Wohngemeinschaft zu holen.

Gegen Mitternacht kam mein Vater heim. Es war seine übliche Zeit. Offenbar wusste er noch nichts. Ich hörte meine Mutter aufgeregt erzählen, verstand aber nicht, was sie sagte. Dann gab es ein Knattern. Es kam vom Telefonverteiler, der hinter dem Stiegenaufgang angebracht war. Wenn irgendwo im Haus eines unserer Telefone benutzt wurde, begann es in diesem Kästchen zu knattern. Man konnte hören, ob eine lange oder kurze Nummer gewählt wurde. Vielleicht hätte ich bei einiger Übung sogar herausfinden können, welche Nummer gewählt wurde, weil es bei höheren Zahlen länger knatterte als bei niedrigen. Ich hob bei meinem Telefon den Hörer ab. Doch da war nur ein Besetztzeichen. Als wir ins Haus eingezogen waren, hatte man die Telefongespräche der anderen noch unbemerkt mithören können. Mein Vater hatte das abstellen lassen.

Ich legte den Hörer wieder auf. Bald darauf klopfte es an meiner Tür.

Komm mit und zeig mir die Wohnung, sagte mein Vater.

Ich will damit nichts zu tun haben, antwortete ich.

Du hast damit zu tun, weil du die Wohnung kennst. Du sollst mir nur die Wohnung zeigen, alles andere mache ich. Kommst du nicht mit, werde ich dort mit der Polizei das ganze Haus rebellisch machen. Wenn dir das lieber ist?

Und so fuhr ich mit. Mein Vater hatte den Chauffeur, der ihn abgeliefert hatte, noch einmal zurückbestellt. Wir stiegen hinten in den schwarzen Mercedes ein, und mein Vater ließ sich sofort das Autotelefon geben.

Grüßi, hier Verkehrsminister Kramer. Sag, hat der Blahacek heut zufällig Dienst?

Nein? Na, ist auch recht. Gib mir den Dienstleiter, wer's halt grad ist. Ja grüßi, hier Verkehrsminister Kramer, gehn's, ich bräucht einen mit einem Gspür für Jugendliche. Meine Tochter ist da bei ein paar so Halbstarken oder Halbglatzerten in der Wohnung, und ich muss sie möglichst ohne Aufsehen rausholen. Ja, sie ist minderjährig. Gerne, ich warte.

Mein Vater legte die Hand auf die Sprechmuschel.

Das werden wir gleich haben, sagte er zu mir. Wirst sehen, das kriegen wir anstandslos hin. Dann meldete sich offenbar wieder jemand.

Gut. Sehr gut. Die Adresse ist, Moment. Sag schnell die Adresse.

Er hielt mir das Telefon vor den Mund.

Die Nummer weiß ich auch nicht, aber ich kann das Haus beschreiben. Es ist am Sechshauser Gürtel. Wenn man vom Westbahnhof kommt, nach der U-Bahn-Station Gumpendorfer Straße, knapp vor der Wienzeile, rechts abbiegen und dann das erste Haus rechts. Schräg gegenüber vom Puff.

Haben Sie es verstanden?, fragte mein Vater. Offenbar gegenüber von der Sechshauser Marie. Nummer haben wir keine, aber ich werde dort sein. Und kein Blaulicht, keine Presse, kein Aufsehen. Danke schön. Ja, ebenfalls.

Als wir zum Sechshauser Gürtel kamen und in die abschüssige Straße nach rechts einbogen, war dort schon, knapp hinter dem Puff, ein Polizeiauto geparkt. Auf dem Gehsteig standen zwei Frauen, nur mit hochgeschnittenen Bodys bekleidet. Sie rauchten und schauten zu uns herüber. Der Chauffeur blieb direkt hinter dem Polizeiauto stehen.

Welche Wohnung ist es, fragte mein Vater. Ich wollte, um mich besser orientieren zu können, das Autofenster hinabdrehen, aber es gab keine Kurbel. Ich drückte einen Knopf, doch auch da rührte sich nichts.

Dieses scheiß Fenster geht nicht auf, sagte ich.

Der Chauffeur schaltete die Zündung ein. Ich ließ das Fenster hinab und schaute mir das Haus an.

Ich glaube, die Wohnung an der Ecke im zweiten Stock ist es. Dort, wo noch Licht brennt. Aber ich bin nicht ganz sicher.

Mein Vater stieg aus und ging nach vorne zum Polizeiauto. Er sagte etwas zum Fenster hinein. Dann stieg ein älterer Polizist aus. Sie blickten gemeinsam die Fassade hoch, mein Vater zeigte auf das beleuchtete Fenster. Dann schritten sie zum Haus. Sie rüttelten an der Tür, doch die war abgesperrt. Der Polizist leuchtete mit einer Taschenlampe auf das Türschloss. Er trat zurück und leuchtete nacheinander auf die Fenster im Erdgeschoss.

Feuerwehr?, fragte ein anderer Polizist aus dem Polizeiauto heraus.

Warte noch, antwortete der Polizist auf der Straße. Er klopfte auf ein Fenster und leuchtete mit der Taschenlampe hinein. Der Vorhang bewegte sich.

Polizei! Aufmachen!

Nach einer Weile wurde die Tür geöffnet. Mein Vater und der Polizist gingen hinein. Die beiden Frauen auf dem Gehsteig schauten ihnen nach und begannen sich leise zu unterhalten.

Jetzt bin ich neugierig, sagte der Chauffeur. Das Mädchen ist doch immer so brav gewesen. Ist sie wohl in schlechte Gesellschaft gekommen.

Ach wo, sagte ich.

Wir warteten gut eine Viertelstunde. Die beiden Frauen gingen, als neue Kunden kamen, ins Puff zurück. Aus dem Polizeiauto hörte man zwischendurch Rauschen und Funksprüche. Ein anderes Auto näherte sich langsam. Zwei Männer schauten neugierig zum Bordell hinüber. Als sie das Polizeiauto sahen, gaben sie plötzlich Gas. Dann war wieder nur das Knacken und Rauschen des Funkgeräts zu hören, dazwischen hohe, aufgeregte Stimmen, die ich nicht verstand. Bis endlich beim Wohnhaus die Eingangstür aufging und mein Vater und Klara herauskamen. Dahinter der Polizist. Mein Vater gab dem Polizisten eine Visitenkarte und schüttelte ihm die Hand. Dann nahm er eine zweite Visitenkarte aus der Sakko-Tasche und notierte sich den Namen des Polizisten.

Ich werde mich erkenntlich zeigen, sagte er und steckte die Karte in die Brusttasche.

Gern geschehen, Herr Minister.

Dann stiegen sie ein. Klara vorne, mein Vater hinten. Klara würdigte mich keines Blickes. Sie schaute nur geradeaus und schwieg.

Na gut, das hätten wir, sagte mein Vater. Er rieb sich die Augen. Und wenn du dir noch einmal so einen Blödsinn einfallen lässt, fuhr er fort, hole ich dich wieder ab. Aber für die Burschen wird es dann nicht mehr so glimpflich ausgehen. Du weißt hoffentlich, dass ich sie auch belangen könnte, zumindest diejenigen von ihnen, die schon volljährig sind.

Klara schwieg weiter.

Du siehst das jetzt sicher falsch, sagte ich zu Klara. Ich habe zu dir gehalten.

Und da gab Klara das einzige Wort während der ganzen Fahrt von sich: Arschloch.

Ts, ts, ts, machte mein Vater. Er hat Recht, er hat zu dir gehalten.

Aber meine Schwester schien das nicht zu interessieren. Wir fuhren schweigend die Koppstraße hinauf. Eine Weile dachte ich einen kurzen Satz und dann, nach mehreren Anläufen, sagte ich ihn: Ich ziehe aus.

Recht hast du, antwortete mein Vater mit gespielter Begeisterung. Werde endlich selbstständig. Ich habe mit neunzehn auch nicht mehr daheim gewohnt. Ich war im Sprengel tätig, in der Bezirksgruppe und im Studentenverband. Das waren mindestens drei Versammlungen pro Woche. Zusätzlich ging ich in Meidling auch noch kassieren. Ich kenne in unserem Sprengel nicht nur jeden Gemeindebau, ich kenne jede zweite Wohnung. Und dann habe ich auch noch studiert. Und zwar wirklich studiert. Bisher habe ich ja zugesehen und nichts gesagt. Aber mir fällt schon auf, dass du angeblich seit zwei Semestern studierst, und ich habe keinen einzigen Schein zu Gesicht bekommen. Ich sehe dich immer nur vor dem Computer sitzen.

Okay, sagte ich, ich suche mir was, und dann ziehe ich aus.

Gut, mach das, sagte mein Vater. Er rieb sich wieder die Augen. Gähnend fügte er noch hinzu: Ich werde es Mathilde beibringen.

In dieser Nacht trieben es meine Eltern nicht. Ich saß vor ihrer Schlafzimmertür und wartete vergeblich. Sie redeten miteinander, aber es war schwer zu verstehen, was sie sagten. An einer Stelle hatte ich den Eindruck, dass sie über mich sprachen. Mein Vater erzählte offenbar, dass ich angekündigt hatte auszuziehen. Und dann sagte er einen Satz, den ich verstand: Das hat doch nichts mit Studieren zu tun, was der betreibt. Lange werde ich da nicht mehr zuschauen.

Meine Mutter sprach leiser. Sie schien etwas Mäßigendes zu antworten. Von dem, was ich verstand, reimte ich mir zusammen, dass sie sagte, ich habe es nicht leicht, das Aussehen sei für mich ein großes Problem, ich würde mit allen möglichen Haarwuchsmitteln experimentieren, um meinen Unterkiefer zu vergrößern, und man sollte sich vielleicht doch erkundigen, ob sich da nicht chirurgisch etwas machen ließe.

Mein Vater antwortete, und das verstand ich wieder im Detail: Bei einem Mann kommt es nicht auf das Aussehen an. Bei einem Mann geht es um den Erfolg. Das sagt man so, aber ich sehe es auch jeden Tag. Die Frauen reißen sich um die hässlichsten Männer, wenn sie nur erfolgreich sind.

Meine Mutter antwortete noch irgendetwas, aber so leise, dass ich es nicht deuten konnte. Dann war es ruhig. Ich dachte, jetzt walkt er sicher ihre Brüste, oder er streichelt ihre Schenkel und greift ihr gleich zwischen die Beine, und ich wartete, dass ich meine Mutter atmen hörte. Da ich nach einer Weile noch immer nichts hörte, stellte ich mir vor, dass sie ihm vielleicht gerade einen bläst. Ich wusste nicht, ob man sie dabei atmen hören würde, denn mir hatte noch nie jemand einen geblasen. Aber ich würde meinen Vater, wenn er abspritzt, kurz aufstöhnen hören. Er würde, wenn er in ihrem Mund kommt, sicher genauso kurz aufstöhnen, wie er es am Ende des Fickens tat. Es war ein kurzer, kehliger, fast tonloser Laut. Danach räusperte er sich, und dieses Räuspern war immer lauter als das kurze Stöhnen. Doch ich hörte diesmal kein Stöhnen und kein Räuspern, sondern, nach einiger Zeit, ein Schnarchen, das ich, obwohl ich es nicht wissen konnte, meinem Vater zuschrieb.

Ich ging zurück in mein Zimmer, versperrte die Tür, öffnete das Fenster und drehte mir einen Joint. Diesmal machte ich es umgekehrt. Ich rauchte zuerst und begann danach zu onanieren. Und das war, wie sich schnell herausstellen sollte, ein Fehler. Ich trieb es nicht nur mit meiner Mutter und meiner Schwester, ich trieb es mit allen Frauen, die mir in Erinnerung waren, mit Studentinnen, Professorinnen, ich trieb es mit ehemaligen Mitschülerinnen aus dem Gymnasium, ich trieb es mit der Postbeamtin aus Meidling, ich schonte nicht die hiesige Trafikantin, und ich erging mich ausführlich am Körper der immer nach Schweiß riechenden Käseverkäuferin im Supermarkt. Bis ich mich dann endlich zwischen den Brüsten der Frau des Parteisekretärs ergoss, war mein Schwanz rot wie eine Karotte. Am nächsten Tag waren hinter meiner Eichel aufgeblähte Lymphgefäße zu sehen, die bei jeder Berührung schmerzten.

Mondscheingasse

Im Institut für Publizistik fiel mir eine kleine, dunkelhaarige Studentin auf, die immer eine Kopfbedeckung trug. Hin und wieder war es eine Kappe oder ein Schiffchen, aber meist war es ein Hut. Das gab ihr eine besondere Note. Niemand sonst trug einen Hut. Ich suchte ihre Nähe. In Lehrveranstaltungen saß ich hinter ihr und betrachtete ihren Hut. Sie musste mindestens zehn Hüte besitzen. So verschieden sie auch geformt waren, eines hatten sie gemeinsam, sie waren alle schwarz. Die Studentin kam immer allein. So wie ich schien sie niemanden bei der Publizistik zu kennen. Sie setzte sich in die Mitte der Bankreihe. Diejenigen, die neben ihr Platz nahmen, grüßte sie beiläufig, aber sie sprach nicht viel mit ihnen. Aus den wenigen Wortfetzen, die ich aufschnappte, schloss ich, dass sie aus Deutschland kam. Es war nicht zu übersehen, dass sie geschminkt war. Auch darin unterschied sie sich von den meisten anderen. Wenn sie den geflochtenen Basthut mit der breiten Krempe trug, hielten die Nachbarn größeren Abstand. Ihr Hut vollführte während der gesamten Lehrveranstaltung eine Kippbewegung, wie eine Kinderwippe. Zeigte die hintere Krempe nach oben, schrieb die Studentin mit, zeigte sie nach unten, schaute die Studentin den Professor an. Es gelang mir nicht, mit ihr ins Gespräch zu kommen. In einem Proseminar achtete ich darauf, durch welche Hände die Anwesenheitsliste zu mir kam, und zählte dann die Namen zurück. Sie hatte M. Madonick auf die Liste geschrieben.

Im Vorbeigehen sah ich sie einmal im Café Maximilian an einem Fensterplatz sitzen. Sie nahm aus einer grünen Packung eine lange Zigarette und zündete sie an. Diese Zigarettensorte gab es in Österreich nicht. Ich ging weiter, blieb dann aber stehen und zündete mir ebenfalls eine Zigarette an. In einem Schaufenster lagen medizinische Geräte: Inhalationsapparate, Sezierbesteck und bogenförmige Zangen aus Edelstahl, die ich keinem besonderen Zweck zuordnen konnte. Daneben standen kleine Kärtchen mit lateinischen Aufschriften, die von der Sonne so ausgebleicht waren, dass man sie nur noch mit Mühe entziffern konnte. Auf den Geräten hatte sich Staub abgelagert. Ich rauchte die Zigarette zu Ende, dann ging ich zurück. M. Madonick spielte mit ihrem dünnen Silberring. Sie drehte ihn, als wollte sie eine Inschrift lesen. Der Ring war nicht ganz rund. Er war vielleicht acht- oder zehneckig. Die Augen von M. Madonick waren durch die Hutkrempe verdeckt. Sie blickte nicht auf. Der Platz ihr gegenüber war nach wie vor frei. Vor dem Eingang zum Kaffeehaus blieb ich stehen. Ich scheute die Prozedur des Ansprechens und das falsche Herumgerede, das damit verbunden war. Ist hier noch frei? Kennen wir uns nicht? Du studierst doch auch Publizistik? Warum sollte ich so blöde Fragen stellen, wenn ich doch alles über sie wusste, was man vom Beobachten wissen konnte. Ich könnte sie fragen, warum sie einen bestimmten Hut, nämlich den, den sie auch heute trug, allen anderen vorziehe. Ich könnte sie fragen, warum sie so oft Kleider trage. Ich könnte sie fragen, was sie an weißen Strumpfhosen und Pumps so attraktiv finde? Aber wollte ich das wirklich wissen? Waren das Fragen, die mich ernsthaft beschäftigten? Soll sie doch tragen, was sie will. Ich werde einfach auf sie zugehen und sagen: Ich habe dich ein halbes Jahr lang beobachtet, und jetzt möchte ich wissen, ob du wirklich so interessant bist, wie du auf mich wirkst. Aber das tat ich nicht. Ich betrat nicht einmal das Kaffeehaus.

Im zweiten Semester saß ich noch immer in den Proseminaren für Anfänger, während M. Madonick offenbar ihre Prüfungen abgelegt hatte und nun andere Veranstaltungen besuchte. Ich sah sie nur noch bei der Hauptvorlesung im Auditorium maximum, zu der sie manchmal mit einer Freundin kam. Auch die Freundin war auffällig. Sie hatte einen enorm großen Busen. So groß, dass es ihr die Schultern nach vorne zog. Jedenfalls wirkte es so, wenn ich sie von hinten betrachtete. Mein Blick ruhte auf diesem Paar. Linker Hand die Hutbewegungen über einem aufrechten Rücken, daneben ein Katzenbuckel, über den lange, brünette Haare herabfielen. Auch im zweiten Semester lernte ich M. Madonick nicht kennen. Das geschah erst zu Beginn des dritten Semesters. Ich kam ins Publizistikinstitut, um die Mitteilungen auf der Anschlagtafel zu lesen und zu sehen, was es Neues gab. M. Madonick kam aus dem Sekretariat heraus, schaute mich an und grüßte mich. Ich grüßte zurück. Ihre Haare waren nun kürzer. Bei den Wangen bildeten sie zwei nach vorne ragende Spitzen.

Holst du deinen Schein?, fragte sie. Sie hatte einen leichten norddeutschen Akzent.

Welchen Schein?

Im Sekretariat liegt ein Teilnahmeschein für dich. Wir haben dasselbe Postfach. Du bist doch der . . .

Sie zögerte. Wahrscheinlich wollte sie Sohn des Ministers sagen. Aber dann korrigierte sie sich und sagte: Ich meine, du heißt doch Kramer.

Ja. Aber wo haben wir ein gemeinsames Postfach?

Ich heiße Kralikauskas. Beide Namen beginnen mit K, also haben wir ein gemeinsames Postfach.

Das Problem ist bloß, ich weiß nichts davon, dass ich überhaupt ein Postfach habe. Wo soll das sein?

Im Sekretariat.

Und wie, hast du gesagt, heißt du?

Mimi.

Nein, ich meine den anderen Namen?

Kralikauskas. Das ist litauisch.

Ah. Hast du geheiratet?

Nein, warum?

Ich dachte, du hättest bisher anders geheißen.

Ich heiße auch Mimi Madonick, nach meinem Vater.

Mimi Madonick war gut einen Kopf kleiner als ich. Ich war ihr noch nie so direkt gegenübergestanden. Auf ihrem Gesicht hatte sie dickes Make-up aufgetragen. Die Haut war unregelmäßig. An manchen Stellen schienen schwarze Punkte durch.

Kommst du aus Deutschland?, fragte ich, um das Gespräch irgendwie fortzusetzen.

Ich kann das gar nicht so einfach beantworten. Eigentlich bin ich Amerikanerin, denn dort bin ich geboren, und dort habe ich in den ersten zwölf Jahren auch am häufigsten gewohnt. Aber ins Gymnasium bin ich hauptsächlich in Berlin gegangen. Nur die letzten zwei Jahre war ich in München.

Klingt spannend, sagte ich. Und wie kommst du hier voran?

Nicht besonders gut. Aber ich glaube, ich war sogar öfter bei den Vorlesungen als du.

Sicher sogar, sagte ich. Ich mache mir am Semesteranfang immer eine lange Liste von Lehrveranstaltungen, die ich besuchen werde, und die wird dann von Woche zu Woche kürzer. Darum kann es auch für mich keinen Schein geben. Ich habe keine einzige Lehrveranstaltung abgeschlossen.

Ich schwör es dir, du hast einen Schein bekommen. Ich habe ihn gerade in der Hand gehabt. Komm mit.

Sie ging mit mir ins Sekretariat und zeigte mir die Reihe der Postfächer. Unter K lag tatsächlich ein Teilnahmeschein für ein Proseminar von Professor Beck, zu dem ich während des ganzen Semesters vielleicht dreimal gegangen war.

Diesen Schein, sagte ich zu Mimi, werde ich meinem Alten zeigen. Er hat nämlich gerade seine Zweifel an der Ernsthaftigkeit meines Studiums angemeldet.

Ich nahm das Blatt an einer Ecke und ließ es wie einen Flügel auf und ab flattern.

Hier ist der Beweis, dass ich wirklich studiere, werde ich sagen.

Mimi lachte. Ich wunderte mich, dass sie ihre Gesichtsmuskeln überhaupt bewegen konnte, so dick war die Schminke aufgetragen.

Wir gingen wieder auf den Gang hinaus. Ich nahm mir vor, sie als Nächstes zu fragen, ob ihr Vater Diplomat oder etwas Ähnliches sei. Irgendwie musste ich das Gespräch fortsetzen. Sie kam mir zuvor.

Hast du Zeit für einen Kaffee?

Ich nickte, blickte auf die Uhr und sagte: Ja, ich habe noch Zeit.

Gut, dann gehen wir ins Maximilian.

Auf dem Weg dorthin, es war nur eine breite Straße zu überqueren, erzählte sie mir, ihr Vater sei Kameramann und auch die Mutter arbeite beim Film.

Wir sind von Set zu Set gezogen, sagte sie. Im Gymnasium wollte ich dann endlich einmal ein paar Jahre in derselben Schule, bei denselben Lehrern und bei denselben Freundinnen bleiben. Als ich darauf bestand, hat mein Vater gerade in Berlin gedreht. Und so bin ick Berlinerin jeworden.

Ich fragte sie, wie es komme, dass sie zwei Familiennamen habe, und sie antwortete:

Weil meine Eltern nicht verheiratet sind. In den USA und in Deutschland habe ich den Namen meines Vaters verwendet, aber die österreichischen Behörden verlangen, dass ich den Namen der Mutter trage, weil der in der Geburtsurkunde und im Pass steht. Wahrscheinlich müsste ich das in den USA ändern lassen, aber dort lebe ich ja nicht mehr. Und so ist bei mir alles etwas komplizierter als bei anderen.

Ich hielt ihr die Eingangstür zum Café Maximilian auf. Sie bedankte sich. Alle Fensterplätze waren besetzt. Wir durchquerten den Raum und gingen weiter ins Hinterzimmer. Dort tagte eine Maoistenrunde. Einer von ihnen studierte Publizistik. Er grüßte herüber, als wären wir alte Freunde. Als ich mich schon wieder abgewandt hatte, rief er mir nach: Sag deinem Alten, wenn er die verstaatlichte Industrie zerschlägt, ist das Verrat an der Arbeiterklasse. Die wird sich zu wehren wissen.

Ich drehte mich um. Die Maoisten lachten mit zusammengebissenen Zähnen.

Okay, sagte ich, ich werde es ihm ausrichten.

Dann verließ ich schnell das Hinterzimmer. Da an den Fenstern noch immer nichts frei war, setzten wir uns an einen in der Mitte des Raumes stehenden Tisch. Am liebsten wäre ich wieder gegangen. Ich fühlte mich nicht wohl, wenn Leute hinter meinem Rücken saßen. Mimi bestellte Kaffee, ich ein Bier.

Sie fragte mich: Ist es eigentlich schwer, wenn man der Sohn eines Ministers ist?

Und ich antwortete: Nein. Ich werde nur selten darauf angesprochen. Das vorhin war eine Ausnahme.

Und dann redeten wir viel bangloses Zeug, über die Professoren der Publizistik und was jeder von uns im Sommer gemacht hat. Mimi kannte mehr oder weniger die ganze Welt. Aber sie war, so wie ich, allein bislang nur wenig gereist. Ich war einmal allein in Kopenhagen gewesen und einmal in Amsterdam. Die anderen Länder, die ich kannte, hatte ich bei unseren jährlichen Familienurlauben kennen gelernt. Und die entsprachen vor allem den wechselnden Vorlieben meines Vaters. Als ich ein Kind war, fuhren wir immer auf Krk, später auch auf griechische Inseln, Samos, Kos, Lesbos. Es folgte Lanzarote. Danach kamen ein paar Jahre mit Fernostreisen und einer USA-Rundreise, bis wir schließlich wieder in der näheren Umgebung, nämlich am Lugano-See, ankamen. In letzter Zeit wollte mein Vater vor allem in die Toskana fahren. Der Traunsee war den Wochenenden vorbehalten. Ich fuhr nur selten mit. Viele der als sonnig angekündigten Wochenenden stellten sich als regnerisch heraus. Außerdem hatte ich am Traunsee keinen Computer und wusste daher in der Nacht nie, was ich tun sollte.

Mimi hatte nicht nur in den USA und in Westdeutschland, sondern auch in vielen anderen Ländern gelebt, meist zwei bis drei Monate, und war dort oft auch zur Schule gegangen. In Spanien, Frankreich, Brasilien, Japan. Der ständige Wechsel der Länder war ihr zu viel geworden. Sie begann die gewachsten, beigefarbenen Kuverts der Agentur zu hassen. Darin kamen die internationalen Filmangebote. Schlechte Angebote erwähnte ihr Vater nur nebenbei. Wenn er sich jedoch einen Drink mixte, einen Zigarillo anzündete und Mimis Mutter lang und breit von einem Angebot erzählte, ging es eigentlich nur noch um Details der Unterbringung und der Nebenleistungen für die Familie. Seine Tochter wollte er immer dabeihaben. Er sagte zum Beispiel: Mimi, du hast doch schon von den Pyramiden gehört. Hast du nicht Lust, sie einmal in Wirklichkeit zu sehen? Sie sind gigantisch groß, du wirst staunen. Wir werden in Kairo in einem wunderschönen Hotel wohnen.

Ihren ersten Hut, sagte Mimi, habe sie von Marcello Mastroianni bekommen. Er habe damit eine wahre Leidenschaft in Gang gesetzt. Ich schaute auf ihre dicke Schminke und fragte mich, wie die Haut wohl darunter aussehe. Vielleicht war sie narbig, oder fleckig.

Es sei aufregend gewesen, sagte Mimi, aber irgendwann sei ihr dieses ständige Reisen nur noch auf die Nerven gegangen.

Sie fuhr dabei mit der Hand quer über den Tisch. Ich dachte mir, dass sie etwas von einer Schauspielerin hat, etwas Geheimnisvolles. Beim zweiten Bier brachte ich es übers Herz zu sagen: Ich finde deine Hüte nicht schlecht. Ich meine, das hat was.

Mimi lachte.

Die müssen jetzt alle übersiedeln, alle, alle. Einen Wagen werde ich allein für meine Hüte brauchen.

Ich bot mich an, ihr beim Umzug zu helfen. Sie dankte und sagte, sie habe schon alles organisiert und brauche keine weitere Hilfe. Außerdem stehe der Termin noch gar nicht fest. Sie ziehe in die Wohnung ihrer Freundin Brigitte. Sie müsse den Raum noch ausmalen.

Ich sagte, dass ich ihr dabei helfen könne.

Würdest du das wirklich machen?, fragte sie.

Überhaupt kein Problem, sagte ich. Nichts leichter als das.

Sie sagte, dass der Vormieter noch ein paar Sachen in der Wohnung habe. Die sollten eigentlich schon weg sein, aber er habe sich nicht mehr gemeldet. Sie wolle noch bis nächste Woche warten.

Okay, sagte ich. Ich kann auch nächste Woche kommen. Von mir aus gleich am Montagvormittag.

Sie war einverstanden.

Du brauchst nur die Farbe zu kaufen, sagte ich, den Rest werde ich mitbringen.

Ihre Hutkrempe nickte. Sie machte die Zigarette aus, indem sie die Glut nach unten hielt und mehrmals hintereinander auf den Boden des Aschenbechers stieß. Der Zigarettenfilter blieb senkrecht im Aschenbecher stehen. Er war vom Lippenstift rot gefärbt. Alles weiß, sagte sie. Ich werde alles weiß ausmalen.

Mimi war noch irgendwo verabredet und musste gehen. Ich bot ihr an, den Kaffee zu zahlen, sie ließ es nicht zu. Sie schrieb ihre neue Adresse auf eine Serviette: Mondscheingasse. Sie sagte, das sei eine Seitengasse von der Neubaugasse, zwischen Mariahilfer Straße und Burggasse. Ich solle bei Safranski klingeln. Sie schrieb mir auch diesen Namen auf die Serviette. Zum Abschied gaben wir uns die Hand.

Bis nächste Woche, sagte ich.

Sie antwortete: Wenn der Vormieter bis dahin seine Sachen abholt. Wahrscheinlich sehen wir uns vorher noch am Institut.

Ich sah sie an den Fenstern vorbeigehen, hinunter Richtung Votivkirche. Ich blieb noch ein wenig sitzen, dann fuhr ich zu meinem Großvater in den Stadtteil Meidling. Als wir noch in seiner Nähe im Gemeindebau gewohnt hatten, war ich oft, wenn er etwas Handwerkliches getan, zum Beispiel die Wohnung ausgemalt hatte, bei ihm gewesen. Mein Wiener Großvater machte alles selbst. Er hatte auch die meisten Möbel selbst hergestellt. Dabei hatte er keinen großen Kellerraum zur Verfügung. Er schob im Wohnzimmer den Esstisch zur Seite, rollte den Teppich ein, legte auf dem Fußboden Zeitungen aus und stellte Zimmerböcke darauf. Das war seine ganze Werkstatt, Zimmerböcke im Wohnzimmer. Darauf wurde gebohrt, gesägt, gehämmert, geschraubt, gekittet und gestrichen. Nichts stellte er auf dem Boden ab. Alles ruhte immer auf Zimmerböcken. Und wenn er ausmalte, verwendete er, um die Decke zu erreichen, nicht eine Leiter, sondern er stellte auch dafür die Zimmerböcke auf und legte ein dickes Brett darüber. Als Kind hatte ich ihn einmal gefragt, warum diese Dinger Böcke heißen, und er hatte geantwortet, weil sie vier Beine haben, einen Kopf und einen Schwanzstummel, wie Böcke eben.

Mein Großvater hatte immer etwas daran auszusetzen gehabt, wenn mein Vater Maler, Installateure oder Elektriker bestellte. Er betrachtete es als Geldverschwendung und hätte am liebsten selbst Hand angelegt. Das Ergebnis prüfte er immer besonders kritisch. Er litt geradezu darunter, dass mein Vater von seiner handwerklichen Ader nichts abbekommen hatte. Umso erfreuter war er, dass ich ihm gerne bei der Arbeit zusah. Seine Selbstbaumöbel waren nichts Besonderes, aber sie waren sehr genau gearbeitet. Wenn er ein Möbelstück vor sich hatte, eines, an dem er gerade arbeitete, fuhr er immer wieder mit den Fingern an den Kanten entlang. Er spannte Schmirgelpapier über einen Gummiblock und besserte nach, ebnete ein, verfeinerte. Er öffnete die Dose mit Spachtelkitt, verschmierte Unebenheiten und deckte die kleinsten Löcher ab. Wenn mein Großvater in einem Geschäft oder auch in einem Haushalt fertige Möbel anschaute, strich er auch dort mit den Fingern an den Kanten entlang. Es konnte vorkommen, dass er den Blick längst einem Gesprächspartner zugewandt hatte, seine Hände jedoch immer noch mit der Qualitätsprüfung des Möbels beschäftigt waren.

Als ich meinem Großvater erzählte, dass ich bei einer Studienkollegin ausmalen wolle, war er sofort bereit, mir alles zur Verfügung zu stellen, was ich brauchte. Er holte einen Eimer und öffnete dann im Vorzimmer den Einbauschrank. Die Schranktür hatte ein Eichenfurnier und einen geschwungenen Messinggriff. Man hätte erwartet, dass sich dahinter ein Kleiderschrank verbarg, in Wirklichkeit lag dort, in eigens dafür gebauten Fächern, vom Fußboden bis zur Decke feinsäuberlich das Werkzeug aufgereiht. Mindestens zwanzig Schraubenzieher, der Größe und Art nach geordnet, Hämmer, Feilen, Raspeln. An der Innenseite der Tür hingen die Zangen, Rohrzangen, Kombizangen, Beißzangen, Entisolierzangen, Seitenschneider. Alles, was ein Handwerker brauchen konnte, hier war es, nach Verwendungszwecken sortiert, zu finden. Im unteren Teil des Schranks waren die Abstände zwischen den einzelnen Fächern größer. Dort lagen die Bürsten, Pinsel und Walzen. Mein Großvater legte eine dicke und eine dünne Bürste in den Eimer. Dann zögerte er einen Moment und fuhr dabei mit der rechten Hand die Regale entlang. Er nahm ein Lot heraus, ein Rollmeter, eine Wasserwaage, einen dicken Bleistift und ein aufgerolltes eisernes Lineal.

Man weiß nie, ob man das nicht braucht, sagte er und legte die Dinge in den Eimer. Dann nahm er eine Lammfellwalze aus dem Schrank und strich mit der Hand darüber.

Ich habe diese Walze seit zwanzig Jahren, sagte er. Greif sie an, na greif schon hin. Weich wie am ersten Tag. Das Geheimnis lautet: Auswaschen. Gleich nach der Arbeit immer gründlich auswaschen. Auch wenn man keine Farbe mehr im Wasser sieht, lieber noch zweimal nachschwemmen. Wenn du das machst, kannst du eine gute Lammfellwalze ewig haben. Dasselbe gilt für die Bürsten.

Er legte die Walze vorsichtig in den Eimer und gab mir noch ein Gitter, das im Eimer keinen Platz mehr fand.

Hast du eigentlich gute Arbeitshandschuhe?

Ich schüttelte den Kopf.

Dann nimm meine. Als er mich schon hinausbegleitete, sagte er: Die Lagerung ist es natürlich auch. Man darf eine Lammfellwalze nicht in einem feuchten Keller aufbewahren. Einen Wein, ja, aber nicht eine Lammfellwalze.

Noch am selben Tag ging ich ins Farbengeschäft und malte anschließend unsere Garage aus. Zuerst probierte ich es mit der Bürste. Nur die Spitze in die Farbe tauchen, hatte mein Großvater gesagt. Das tat ich auch, verursachte aber dennoch so viele Spritzer, dass ich es aufgab und, selbstverständlich nachdem ich die Bürste gut ausgewaschen hatte, mit der Lammfellwalze weitermachte. Meine Mutter war vom Ergebnis beeindruckt. Und weil es mir gerade so gut gefiel, gelobt zu werden, zeigte ich ihr auch noch den Proseminarschein. Sie sagte, sie erkenne mich nicht wieder.

Ich sagte: Ihr seid eben voller Vorurteile gegen mich.

Am Abend bat ich sie, das Garagentor offen zu lassen, damit die Farbe gut austrocknen könne. Gegen Mitternacht klopfte mein Vater. Er trug ein blau gestreiftes Hemd mit weißem Kragen und weißen Manschetten. Das Sakko hatte er schon abgelegt.

Hast du das gemacht?, fragte er. Er deutete mit dem Kopf nach draußen und begann dabei, seine Krawatte abzunehmen.

Ja, sagte ich. Es war schon an der Zeit.

Um den Mund meines Vaters war ein verschmitztes Lächeln. Er zog die Krawatte vom Hemd und strich sie glatt.

Nicht schlecht. Noch besser wäre es, wenn du vorher das Werkzeug und die Reservereifen abgedeckt hättest.

Als Maler stehe ich noch am Anfang, sagte ich. Aber als Student bin ich schon ziemlich fortgeschritten.

Ich zeigte ihm den Proseminarschein. Sein Blick ruhte nur einen kurzen Moment auf dem Inhalt des Papiers und glitt dann sofort hinab zur Unterschrift.

Ach, der Beck, sagte er und öffnete dabei die Ärmelknöpfe seines Hemdes. Darauf wäre ich an deiner Stelle nicht zu stolz. Der Beck arbeitet für unseren Pressedienst und will einen besseren Vertrag haben.

Kannst du nicht einmal irgendetwas anerkennen?

Mein Vater wiegte den Kopf hin und her, als würde er über diese Frage ernsthaft nachdenken. Dann sagte er: Der Mensch verfolgt Zwecke, solange er lebt.

Ist das deine Philosophie?

Nein, meine Erfahrung. Wie viel brauchst du und wofür?

Weißt du was, sagte ich. Ich wünsche dir eine gute Nacht.

Die Hand meines Vater, die gerade begonnen hatte, vom Hals herab das Hemd aufzuknöpfen, hielt inne.

Wie du meinst, sagte er. Gute Nacht.

Dann schloss er die Tür, die ich bald danach wieder öffnete.

Bevor ich am Montag gegen Mittag mit Eimer und Walzgitter zu Mimi fuhr, kaufte ich mehrere Abdeckplanen. Vor dem Haus in der Mondscheingasse nahm ich die Serviette aus der Tasche und vergewisserte mich, dass ich richtig war. Alle Namensschilder waren mit Schreibmaschine getippt, nur der Name Safranski war mit Kugelschreiber auf eine Klebeetikette geschrieben. Ich klingelte, aber es öffnete niemand. Ich konnte mir nicht vorstellen, dass niemand zu Hause war. Vermutlich funktionierte die Klingel nicht. Leider hatte ich keine Telefonnummer. Ich stellte den Eimer auf der gegenüberliegenden Straßenseite ab und wartete, dass Mimi oder die Freundin, die vermutlich Brigitte Safranski hieß, herabschaute und mich bemerkte. Bald taten mir die Füße weh. So setzte ich mich auf die Planen und lehnte mich an die Hauswand. Ich schaute zu den Fensterreihen hoch, wusste aber nicht, in welchem Stock ich suchen sollte. Am ehesten kamen der erste und der vierte Stock in Frage, weil es dort jeweils ein paar Fenster ohne Vorhänge gab. Die beiden Frauen waren vielleicht ahnungslos. Sie hatten nicht mitgekriegt, dass ihre Klingel nicht funktionierte. Sie schauten auf die Uhr. Mimi sagte: Da hat wieder einer den Mund zu voll genommen, und ich habe es ihm tatsächlich geglaubt. Irgendwann würde eine von ihnen aus dem Fenster schauen. Und dann: Oh Gott, da ist er ja. Hast du ihn läuten gehört?

Hunde blieben stehen und schnüffelten an mir. Sie wurden von den Herrchen und Frauchen weitergezogen. Die Hundebesitzer drehten sich um und schauten zurück, mit düsteren Blicken, als wollten sie mich dafür strafen, dass ich es wagte, ihren Hunden im Wege zu sitzen. Ich erhob mich und ging am Gehsteig auf und ab. Es machte wenig Sinn, hier weiter zu warten. Ich sollte zu einer Telefonzelle gehen und im Telefonbuch nachsehen, ob die Nummer einer Brigitte Safranski in der Mondscheingasse eingetragen ist. Ich könnte natürlich auch unter Mimi Madonick und Mimi Kralikauskas nachsehen. Vielleicht hatte sie den Termin einfach vergessen. Oder es war ihr etwas dazwischengekommen, und sie konnte mich nicht verständigen, weil wir eine Geheimnummer hatten. Von der Seite der Neubaugasse sah ich eine mir nicht unbekannte Gestalt mit einem Einkaufskorb kommen. Es war die Frau mit dem Katzenbuckel, die in den Vorlesungen oft neben Mimi saß. Ich stand auf und überquerte die Straße. Sie nahm einen Schlüssel aus dem Korb, dann bemerkte sie mich.

Grüß dich, sagte sie, du suchst sicher Mimi.

Ich sagte: Genau.

Da erst begriff ich, dass diese Frau mit den großen Brüsten Brigitte Safranski sein musste. Sie sagte: Mimi ist übers Wochenende zu ihren Eltern nach München gefahren. Heute Abend wollte sie zu mir kommen.

Ich sagte: Ich habe ihr versprochen, das Zimmer auszumalen.

Sie hat mir davon erzählt, sagte Brigitte. Es gab eine Verlegenheitspause. Sie schaute mein Malerzeug an. Dann fuhr sie fort: Ich wusste nicht, dass es so konkret war. Es sind ja noch die Sachen vom Vormieter drinnen. Wenn du willst, kannst du dir den Raum ja schon einmal ansehen.

Sie sperrte die Tür auf.

Kann ich den Korb tragen?, fragte ich. Sie drehte sich um.

Bin ich eine alte Frau, oder was?

Ich folgte ihr die Stufen hinauf. Brigitte hatte ein schmales Becken. Verglichen mit ihrem Busen war ihr Hinterteil geradezu eine Miniaturausgabe. Die Hose saß so locker, als hätte Brigitte keine Arschbacken. Ich folgte ihr bis zum dritten Stock. Dort stellte sie den Korb ab und sperrte eine Flügeltür auf. Mein Blick fiel sofort auf die Decke. Die war hoch, sehr hoch sogar. Das würde eine Menge Arbeit werden. Das Vorzimmer ging nach links um die Ecke und hatte ein Fenster in den Hof hinaus.

Ihr habt nicht zufällig eine Leiter?, fragte ich.

Leider nicht, sagte Brigitte. Das letzte Mal hat mein Vater ausgemalt und der hat das alles mitgebracht.

Vom Vorzimmer aus erreichte man die Küche und zwei große, durch eine Tür verbundene Zimmer. Eines gehörte Brigitte, in das andere sollte Mimi einziehen. Es gab dort nur wenige Möbel, einen Schreibtisch, einen Stuhl, ein Bett, ein Regal. Das Regal war halb mit Papieren, Büchern, Schallplatten und Kassetten voll geräumt. An den beiden Fenstern waren Gardinen angebracht. Ein Fensterflügel stand offen. Die Bettdecke war zerknüllt. Die Wand neben dem Bett war braun verschmiert und fast bis zum Plafond hinauf bespritzt.

Was ist das?, fragte ich.

Das ist der Grund, warum ich ihn rausgeworfen habe, antwortete Brigitte. Schau dir das an. Sie nahm die Bettdecke vorsichtig an einem Zipfel und schlug sie zurück. Der Polster, das Leintuch, die Unterseite der Bettdecke, alles war voller brauner Flecken. Auch der Parkettboden war um das Bett herum an einigen Stellen verfärbt. Brigitte schüttelte vor Ekel den Kopf und legte die Bettdecke wieder zurück.

Was ist das?

Frag mich nicht. Er hat es mir nicht gesagt. Er ist fortgelaufen und seither nicht mehr erschienen. Ich habe seine Eltern angerufen, aber die wissen nicht, wo er sich aufhält. Von mir aus kannst du sofort ausmalen. Ich kann es kaum erwarten, dass dieses Zimmer wieder verwendbar wird.

Ich fragte: Gibt es hier in der Nähe ein Farbengeschäft?

Gleich mehrere.

Und so begann ich mit der Arbeit an Mimis Zimmer. Ich kaufte weiße Dispersionsfarbe und große Müllsäcke. Als ich in die Wohnung zurückkam, war Brigitte in ihrem Zimmer. Durch die geschlossene Verbindungstür drang Musik: Sunshine Reggae. Sonst war nichts zu hören. Wenn ich ging, knarrte der Parkettboden. Vor dem Bett blieb ich stehen und schlug die Decke zurück. War das Blut? Oder Scheiße? Oder einfach irgendeine dunkle Farbe? Scheiße konnte schwerlich die Wand hochspritzen. Ich näherte meinen Kopf vorsichtig der Bettdecke, um zu riechen. Die Farbe bildete eine Kruste, aber sie stank nicht. Oder sie hatte zu stinken aufgehört. Ich zog die Arbeitshandschuhe an und fuhr mit dem Finger über einen Fleck an der Mauer. Er färbte ein wenig ab. Gerade so viel, dass man es auf den hellen Lederkappen meiner Handschuhe sehen konnte. Ich roch am Finger. Und nun war es mir, als würde das Zeug doch nach Scheiße stinken. Ich knüllte das gesamte Bettzeug zusammen und steckte es in einen Müllsack. Die Farbe war bis zur Matratze durchgesickert. Ich hob sie hoch und drehte den Fleck nach unten.

Im Hof wurde eine Tür geöffnet, jemand hustete und machte sich an den Mülltonnen zu schaffen. Ich ging zum

Fenster. Noch bevor ich es erreichte, wurde im Hof die Tür laut zugeschlagen. Aus dem Nebenraum hörte ich nach wie vor nur Musik. Die Schreibtischladen waren mit Büromaterial, Zeitschriften und Kassetten gefüllt. In der mittleren Lade lag ein Sony-Walkman, derselbe, den meine Schwester vor einigen Monaten gekauft hatte. Seither hatte ich sie nie mehr ohne Kopfhörer gesehen. Selten bekam sie mit, dass man mit ihr sprach. Und wenn sie einmal eine Frage verstand, antwortete sie schreiend. Ich setzte den Kopfhörer auf und schaltete den Walkman ein. Es war kurz Musik zu hören, dann fiel der Ton ab, der Rhythmus wurde langsamer und der Walkman verstummte. Ich schob das Bett in die Mitte des Raumes. Unter dem Bett lag ein Koffer. Er enthielt Hemden, Hosen, Unterwäsche, Handtücher, ein Deodorant und Präservative. Ich schob ihn wieder unter das Bett und nahm die Poster von der Wand. Auf dem Regal standen ein Radiorekorder und ein Plattenspieler. Ich steckte sie aus und schob auch das Regal in die Mitte des Raumes. Was sonst noch herumstand, die Stehlampe, Schuhe, ein Bügeleisen, legte ich auf das Bett und deckte alles mit einer Plane zu. Die restlichen Planen legte ich auf dem Fußboden aus. Die Gardinen brachte ich samt der Stangen ins Vorzimmer.

Die Farbe ein wenig verdünnen und dann gut aufrühren, hatte der Verkäufer gesagt. Das tat ich. Ich rührte und rührte. Das helle, zugegossene Wasser glitt die weißen Rinnen entlang, die der Rührstab bei seiner kreisförmigen Bewegung hinterließ. Nach und nach mischte es sich unter die Farbe. Ich hängte ein Gitter in den Farbtopf und ließ die Lammfellrolle über die glänzend weiße Oberfläche gleiten, bis sie sich rundum voll gesogen hatte. Ich walzte einmal über das Gitter und begann dann die Farbe auf der braun verschmierten Wand Bahn für Bahn aufzutragen. Um den oberen Teil der Wand und die Decke zu erreichen, stellte ich den Stuhl auf den Schreibtisch und stieg auf dieses wackelige Gerüst. Am Anfang schien es, als würden die braunen Flecken bleiben. Doch als die Farbe ein wenig eintrocknete, waren sie nur noch hinter einem weißen Schleier sichtbar. Ich malte ein weiteres Mal darüber.

Als ich mit der ersten Wand fertig war, zog ich die Handschuhe aus, zündete mir eine Zigarette an und betrachtete mein Werk. Noch sah die ganze Wand fleckig aus, weil die Farbe nicht regelmäßig getrocknet war. Am Boden hatte ich weit weniger Farbspritzer hinterlassen als bei uns in der Garage. Ich wusste nicht, wohin mit der Asche von meiner Zigarette. Ich ging in die Küche und nahm eine Untertasse aus dem Schrank. Auf dem Fenster klebten Strohsterne. Wenn ich vom Kühlschrank aus schräg durch die Scheiben schaute, konnte ich ein kleines Stück von der Neubaugasse sehen. Ich sah den roten Doppeldeckerautobus der Linie 13A vorbeifahren. Und dann war mir, als würde ich unter den vielen Fußgängern, die an den Schaufenstern entlanggingen, auch Brigitte und Mimi erkennen. Mimi mit ihrem auffälligen Hut, Brigitte mit ihrem riesigen Busen. Sie waren nur kurz zu sehen, und ich war im nächsten Moment schon überzeugt, dass ich mich getäuscht hatte. Brigitte war wahrscheinlich noch in ihrem Zimmer. Ich suchte im Kühlschrank nach Bier. Da ich keines fand, öffnete ich einen Tetrapak mit Apfelsaft. Zuerst trank ich nur ein Glas, im Laufe des Ausmalens leerte ich die ganze Packung. Aus Brigittes Zimmer war nichts zu hören, nicht einmal mehr Musik.

Es stellte sich heraus, dass es besser gewesen wäre, mit der Decke zu beginnen. Ich hatte sie für den Schluss aufgespart. Sie zu bemalen war mühsam. Alle Augenblicke musste ich von meinem wackeligen Gerüst herabsteigen und den Schreibtisch mit dem darauf stehenden Stuhl weiterrücken. Vom Arbeiten über dem Kopf begann mir der rechte Arm zu schmerzen. Ich nahm die Walze in die linke Hand. Da hatte ich jedoch kein Gefühl für die Bewegung. Die Farbe tropfte auf den Stuhl und auf den Schreibtisch herab. Besonders schwierig war es, die von Plafond und Wand gebildete Innenkante zu bemalen. Sie war zu einer schmalen, aber unregelmäßigen Hohlkehle abgerundet, aus der sich an manchen Stellen der Verputz löste. Die Mörtelstücke blieben an der Walze hängen. Ich pickte sie aus dem Fell heraus und zog die mit Farbe gesättigte Walze vorsichtig durch die Rinne. Die Farbe rann ab, und ich musste, um die Tropfen zu beseitigen, noch einmal über die Mauer walzen. Gegen fünf meinte ich fertig zu sein. Ich ging mit Zigarette und Untertasse im Raum auf und ab. Meine Schuhe zogen bei jedem Schritt die auf dem Boden liegende Plane ein Stück in die Höhe und hinterließen weiße Abdrücke. Bei genauerem Hinsehen merkte ich, dass an der einen Wand immer noch die braunen Flecken durchkamen. Ich bestieg noch einmal mein Gerüst und walzte von oben nach unten ein drittes Mal über die Mauer. Dabei versuchte ich, die Farbe so satt wie möglich aufzutragen. Die Tür zum Vorzimmer stand offen. Ich hörte, dass jemand in die Wohnung kam. Dann die Stimme von Mimi:

Du bist der allergrößte Schatz von hier bis Texas!

Sie kam herein, hielt zwei Rotweinflaschen in der Hand und strahlte, als wäre gerade das Christkind gekommen. Ihre Augen schienen jeden Zentimeter im Raum abzutasten.

Unglaublich, sagte sie. Wunderschön. Und dann sagte sie: Ich habe nicht geglaubt, dass du es so ernst meinst. Ich dachte, wir werden noch darüber reden. Das Schweinderl hat ja seine Sachen noch nicht abgeholt.

Nun kam auch Brigitte herein. Sie schaute sich stumm im Raum um. Dann nahm sie Mimi bei den Händen und sagte: Ich habe eine Idee. Wir werden das Zeug im Vorzimmer stapeln, und du kannst sofort einziehen.

Sie schüttelten einander bei den Händen und tanzten wie Kinder im Kreis. Brigitte hielt dabei den Kopf schief und ließ die langen Haare zur Seite hängen, ihr Busen hüpfte auf und ab. Durch die Schwingungen begann mein Gerüst zu wackeln.

Seid vorsichtig, sagte ich, auf dem Boden ist Farbe.

Aber da hinterließen ihre Schuhe schon weiße Abdrücke, die sich auf der Plastikplane zu einem unregelmäßigen Kreis formten.

Ich war noch eine gute Stunde damit beschäftigt, alles wegzuräumen und in Müllsäcken zu verstauen. Die beiden Frauen bereiteten in der Küche etwas zu. Ich hörte, wie sie mit den Weingläsern anstießen und sich ein ums andere Mal daran begeisterten, dass sie nun zusammen wohnten. Der Schreibtisch und der Stuhl waren voll weißer Farbflecken. Ich zog mir die Schuhe aus und ging in die Küche, um etwas zum Reinigen zu holen. Brigitte steckte gerade Spaghetti in den Topf, Mimi rührte in der roten Soße. Ich sah sie das erste Mal ohne Kopfbedeckung. In ihrem Pagenschnitt mit den hoch angesetzten Stirnfransen wirkte sie burschikoser als mit Hut. Sie schenkte mir Wein ein.

Ich weiß gar nicht, wie ich dir danken soll, sagte sie. Dann stießen wir an.

Kein Problem, sagte ich. Sag es mir, wenn ich dir sonst noch irgendwo helfen kann. Ich mache gerne solche handwerklichen Sachen.

Brigitte meinte, es sei nicht nötig, den Schreibtisch und den Stuhl zu reinigen. Der Günther habe genug Dreck hinterlassen, da komme es auf die paar Farbspritzer auf seinen Möbeln nicht an. Außerdem hätte er sie ja abholen können. Sollten seine Eltern das Zeug nicht bald wegschaffen, werde sie es auf den Sperrmüll werfen.

Die beiden Frauen halfen mir, die Möbel ins Vorzimmer

zu schaffen. Das Bett ließen wir mitten im Raum stehen, es hätte im Vorzimmer keinen Platz mehr gehabt.

So, und jetzt lade ich euch in mein Zimmer zum Essen ein, sagte Mimi. Wir breiteten ein Tuch aus und servierten das Essen auf dem Fußboden. Ich holte aus dem Vorzimmer den Plattenspieler, stellte ihn bei einer Steckdose auf den Boden und legte aus der Sammlung des Vormieters, von dem ich bislang nur wusste, dass er Günther hieß, die nächstbeste Platte auf. Georges Moustaki. Die Musik hallte wie in einer Kirche. Als sich Brigitte zu mir herabbeugte, um die Spaghetti zu servieren, hing einen Moment lang ihr großer Busen neben meinem Kopf. Ich roch ihren Schweiß und bewegte den Kopf ein wenig zur Seite, um die Bluse zu berühren, aber sie wich aus. Mimi brachte die Sauce. Sie hatte ihren Hut wieder aufgesetzt. Wir saßen in diesem leeren, nach Malerfarbe riechenden Zimmer auf dem Boden, aßen Spaghetti und öffneten bald die zweite Flasche Rotwein.

Als die Platte zu Ende ging, herrschte plötzlich eine unheimliche Stille. Brigitte und Mimi sahen einander lange in die Augen und lachten dabei.

Wer war dieser Günther eigentlich?, fragte ich. Den beiden Frauen verging das Lachen. Mimi sagte: Jetzt, da die Spuren beseitigt sind, ist es vielleicht besser, Brigitte nicht mehr daran zu erinnern.

Ach was, sagte Brigitte. Ich erzähl es dir. Jetzt kann ich darüber ja sogar schon lachen. Ich fürchte nur den Moment, wenn er kommt, um seine Sachen zu holen. Aber wahrscheinlich traut er sich gar nicht mehr zur Tür herein. Du hast den Günther vielleicht schon getroffen. Er studiert eigentlich Jus, ist aber im letzten Semester auch hin und wieder bei der Publizistik aufgetaucht. Als er hier einzog, habe ich ihn nur flüchtig gekannt. Er stammt, so wie ich, aus dem Hausruckviertel in Oberösterreich. Seine Eltern sind Bekannte meiner Eltern.

Im Grunde ist er der Typ, den man erst bemerkt, wenn man danach das Foto anschaut. Nicht zu groß, leicht rundlich, Scheitel. Vierundzwanzig oder fünfundzwanzig Jahre alt. Vielleicht ist er dir aufgefallen, weil er immer Anzug und Krawatte trägt. Richtig angepasst.

Wieso angepasst, fragte Mimi. Wenn selbst der Professor in Jeans kommt, kann man einen Studenten in Anzug und Krawatte nicht gerade als angepasst bezeichnen.

Irgendwie doch, antwortete Brigitte. So wie ich es sehe, passt er sich an etwas Falsches an, an eine Norm, die es nicht mehr gibt, die seiner oberösterreichischen Vergangenheit entstammt. Offenbar hat er in Ampflwang nicht mitgekriegt, dass die Umgangsformen sich geändert haben. Bei den Juristen mag das ja noch anders sein, aber in unserem Institut war seine Angepasstheit eben auffällig. Günther ist einfach brav, habe ich immer gedacht, fast schon unangenehm brav. Das war schon in der Schule in Vöcklabruck so. Aber ich habe ihn, wie gesagt, nur flüchtig gekannt, wie man die älteren Schüler halt so kennt.

Letztes Semester tauchte er plötzlich in der Publizistik auf. Und es war mir fast unangenehm, ihn zu kennen. Darf ich Sie etwas fragen, sagte er zu mir. Wenn er wenigstens gesagt hätte: Kennst du mich noch?, oder: Darf ich eh du sagen? Nein, er siezte mich. Ich war völlig perplex. Na klar, habe ich gesagt, was gibt es denn?

Ich habe gehört, dass Sie ein Zimmer vermieten.

Das müssen seine Eltern von meinen Eltern erfahren haben. Der Vormieter von diesem schönen weißen Raum hier war gerade ausgezogen. Das war ein Bühnenbildner aus Karl-Marx-Stadt, der ein Jahr lang für das Burgtheater gearbeitet hatte. Du hast ja den Uwe noch kennen gelernt.

Brigitte hatte sich an Mimi gewandt.

Ja, aber nur zum Abschiedsfest.

Oh Gott, war das ein trauriges Fest. Er hat ja eigentlich

bleiben wollen. Aber er hat auch keine Lust gehabt, sich mit der DDR anzulegen und den Dissidenten zu spielen. So richtig wohl gefühlt hat er sich nicht bei uns. Einmal hat er zu mir gesagt, es seien gar nicht so sehr seine Freunde, die ihm fehlen. Am meisten fehle ihm die Bedeutung seiner Arbeit. Hier sei alles so bedeutungslos. Man könne etwas so machen, oder auch anders. Zwei Tage nach der Premiere sei das schon vollkommen egal.

Will noch jemand Spaghetti?, fragte Mimi. Sie kniete vor den Töpfen und nahm die Deckel ab. Das lassen wir jetzt nicht übrig.

Sie teilte die Nudeln aus und goss aus dem Topf Sugo darüber. Dann brachte sie das leere Geschirr in die Küche, auch die Untertasse, die ich als Aschenbecher benutzt hatte. Ich hörte sie Wasser einlassen. Brigitte saß mit überkreuzten Beinen da und widmete sich schweigend ihrem Essen. Sie zog mit der Gabel ein paar Spaghetti hoch und drehte sie dann auf dem Löffel zu einer Rolle. Wenn sie die Gabel zum Mund führte, hielt sie den Teller darunter. Ich sah mich im Zimmer um. Die Farbe war mittlerweile getrocknet. Am schönsten war der Anstrich an der dreckigen Wand geworden. An den anderen Wänden konnte man, wenn man genau schaute, die einzelnen Walzbahnen erkennen. Auf dem Plafond waren an manchen Stellen, wo die Farbe nicht gegriffen hatte, kleine Flecken. Es wäre ein zweiter Anstrich nötig gewesen. Ich wollte niemanden darauf aufmerksam machen. Mimi kam mit einem echten Aschenbecher und ihren langen Zigaretten zurück.

Braucht sonst noch jemand einen Polster?, fragte sie. Mir ist es auf dem Boden doch etwas zu hart.

Ich sitze bestens, sagte Brigitte. Das hätte ich von mir nicht behaupten können. Aber meine Hose war so voll mit weißer Farbe, dass ich den Polster nur dreckig gemacht hätte.

Du kannst die Hose ja ausziehen, sagte Mimi. Sie ging in Brigittes Zimmer und brachte zwei Polster. Einen warf sie mir zu. Ich legte ihn weg. Mimi winkelte die Füße seitlich ab. Wir stießen noch einmal mit den Rotweingläsern an. Erzähl weiter, sagte ich.

Brigitte aß bedächtig, dann sagte sie: Einerseits kam mir dieser Günther gerade recht. Denn ich war drauf und dran, im Basar ein Inserat zu schalten. Auf der anderen Seite fragte ich mich, warum muss es ausgerechnet dieser überbrave Günther sein? Aber ich konnte schwer nein sagen, da meine Eltern offenbar den Tipp gegeben hatten. Und so antwortete ich: Du kannst sofort bei mir einziehen. Nur eines, bitte: du, nicht Sie. Ich war mit meinen Mitbewohnern immer per du.

Er schaute sich noch am selben Tag das Zimmer an und zog bald danach ein. Der neue Mitbewohner war kaum zu spüren. Auch in der Wohnung war er auffällig brav. Er hinterließ keine Unordnung, weder in der Küche, noch im Bad. Er hielt sich an alle Vereinbarungen und schien keine besonderen Macken zu haben. Die Klobrille war immer heruntergeklappt. Mehr, so sagte Brigitte, kann eine Frau mit Wohngemeinschaftserfahrung von einem männlichen Mitbewohner nicht verlangen.

Hast du vorher in einer WG gelebt?, fragte ich.

Junger Mann, ich bin nun einmal zwei Jahre älter als du, sagte Brigitte. Ich habe in den ersten beiden Studienjahren in insgesamt drei Wohngemeinschaften gelebt. Die Klobrille war eines der Hauptthemen. Es gab immer so einen Schwanzträger, der nicht einsah, dass es für eine Frau widerlich ist, wenn die Klobrille hochgeklappt und alles voller Urinspritzer ist. Das musste ich auch dem Uwe erst beibringen. Aber der Günther wusste sich zu benehmen. Die Klobrille war nie hochgeklappt, und es gab keine Urinspritzer. Diesbezüglich war der Günther in Ordnung.

Diesbezüglich, wiederholte Mimi.

Genau. Er ging selten aus. Aber wenn er ausging, meist am Wochenende, konnte es schon vorkommen, dass er lange wegblieb und erst nach Hause kam, wenn ich längst schlief. Ich habe nie gefragt, wann er nach Hause gekommen ist. Schließlich ging mich das nichts an. Aber es fiel mir natürlich auf, dass er an Sonntagen manchmal erst am Nachmittag aus dem Zimmer kam, um sich sein Frühstück zu bereiten. Daraus schloss ich, dass er kaum vor dem Morgengrauen heimgekommen sein konnte. Wo er in der Nacht war, wusste ich nicht. Nie brachte er jemanden mit. Nie wurde er von jemandem besucht, auch nicht von seinen Eltern. Das hat mich keineswegs gestört. Im Gegenteil, ich bin ja auch froh, wenn meine Eltern nicht ständig in der Tür stehen.

Mimi zündete sich eine dieser langen Zigaretten an. Als sie bemerkte, dass ich sie beobachtete, hielt sie mir das Päckchen herüber. Es waren Menthol-Zigaretten. Ich nahm eine. Sie schob mir den Aschenbecher ein Stück entgegen.

Willst du dich eigentlich duschen?, fragte Mimi.

Jetzt will ich erst einmal die Geschichte zu Ende hören. Bis jetzt ist dieser Günther ja ein feiner Kerl.

Alles hat mit dem Wort Gafé begonnen, fuhr Brigitte fort. Mitten in der Nacht plötzlich das Wort Gafé. Jemand hatte in meinem Zimmer das Licht eingeschaltet. Ich wachte auf. Vor mir stand ein unbekannter, dicker Mann mit nacktem Oberkörper. Er sagte: Gafé! Ich starrte ihn an, als hätte ich es mit einem Gespenst zu tun. Ich meine, er war ein Gespenst. Er hob beruhigend die Hände und sagte noch einmal: Gafé.

Erst jetzt fanden meine fünf Sinne zusammen. Ich sprang auf, zeigte zur Tür und schrie, so laut ich konnte: Raus!

Der fremde Mann war davon sichtlich beeindruckt. Er

verschwand. Ich knipste das Licht aus und legte mich wieder hin. Und nun geschah etwas, was ich mir am nächsten Tag selbst nicht erklären konnte. Ich schlief sofort wieder ein. Das widerspricht völlig meinem Charakter. Ein fremder, halb nackter Mann im Schlafzimmer, den ich aus voller Kehle anschreie, und dann lege ich mich hin, als wäre nichts geschehen. Wie das möglich war, ist mir bis heute ein Rätsel. Ich hätte zittern müssen vor Angst. Ich hätte sofort die Tür verschließen und irgendwie mit Günther Kontakt aufnehmen müssen, durch Schreien, wie auch immer. Er wohnte ja hier im Nebenzimmer. Die Verbindungstür zu Günthers Zimmer war versperrt, und ich hatte einen Schrank vorgestellt. Aber ich hätte an die Wand trommeln können, auch an die andere Wand, an die zur Nachbarwohnung. Das Telefon stand im Vorzimmer. Aber ich hätte zum Fenster hinausschreien können. Oder ich hätte allen Mut zusammennehmen, ins Vorzimmer hinauslaufen und den fremden Mann, der mit Schreien durchaus zu beeindrucken gewesen war, zur Rede stellen können. Das wäre es gewesen, was ich von mir selbst in einer solchen Situation erwartet hätte. Aber nichts von dem. Ich legte mich hin, als wäre ich nur kurz aus einem unangenehmen Traum erwacht. Vielleicht war ich gerade in einer Tiefschlafphase und habe auf das Geschehen gleichsam nur mechanisch reagiert.

Als ich am Morgen erwachte, wusste ich nicht: Habe ich das geträumt, oder war da wirklich ein fremder Mann an meinem Bett? Ich ging in die Küche und fand dort, zum ersten Mal, seit Günther eingezogen war, Unordnung vor. Zwei halb volle Gläser, leere Weinflaschen, eine offen auf dem Tisch stehende Butter mit Fingerabdrücken. Jetzt erst ergriff mich die Panik. Ich lief ins Badezimmer. Dort war alles in Ordnung. Ich klopfte hier an die Zimmertür, mehrmals hintereinander und so laut, als wollte ich die Tür einschlagen. Ich rief: Günther, mach auf, ich muss sofort mit dir reden. Er meldete sich nicht. Ich drückte die Klinke. Die Tür war nicht abgeschlossen. In diesem Zimmer, das ich, solange er hier wohnte, nie betreten habe, herrschte Chaos. Wäsche, Bücher, Platten, Briefe, alles lag durcheinander. Das Bett zerknüllt, aber Günther war nicht da. Ich nahm mir vor, Günther zur Rede zu stellen. Wer war dieser Gafé-Mann? Wie kam er rein? Wo war Günther zu dieser Zeit gewesen? Er musste doch mein Gebrüll gehört haben.

Obwohl es eigentlich mein vorlesungsfreier Tag war und ich ein paar Einkäufe erledigen wollte, beschloss ich, zur Uni zu fahren, einfach um zu sehen, ob ich dort irgendeine Spur von Günther finde. Immerhin könnte ihm ja auch etwas zugestoßen sein. Ich steckte meine Geldbörse, die immer in der ersten Schublade des Vorzimmerschranks lag, in die Regenjacke, da fiel mir auf, dass sie ungewöhnlich leicht war. Ich ahnte schon, was kommen würde, und faltete die Börse auseinander. Sie war buchstäblich leer geräumt. Nichts war mehr da. Keine Münze, keine Banknote, keine Kreditkarte, nicht einmal eine dieser vielen Visitenkarten und Adresszettel, die sich in meinen Geldbörsen gleich bündelweise ansammeln, nichts. Der Gafé-Mann hatte sich offenbar keine Zeit genommen, Wichtiges von Unwichtigem zu trennen. Schleierhaft war bloß, warum er nicht gleich die ganze Börse genommen hat. Der erste Weg, so viel stand nun fest, sollte nicht zur Universität führen, sondern zur Bank. Ich musste meine Scheckkarte und Kreditkarte sperren lassen. Ich durfte keine Zeit verlieren und hetzte sofort los.

Wurden Ihnen eigentlich auch die Euroschecks gestohlen?, fragte der Bankbeamte. Schlagartig, so erzählte Brigitte, war mir klar, was der fremde Mann in meinem Schlafzimmer wollte. Er hatte die Euroschecks nicht gefunden. Sie waren in einer meiner Handtaschen, die, auf den ersten Blick sichtbar, am Wandhaken hängen. Auf dem Konto fehlte kein Geld. Aber als dieser Bankbeamte seine sachliche Frage gestellt hatte, fiel mir ein, was alles hätte passieren können. Nicht nur alles Geld könnte fort sein. Ich hatte ja nicht einmal das Schlafzimmer abgesperrt. Der Mann hätte mich im Schlaf überfallen können.

Ich fuhr zur Universität. Zuerst ging ich ins Neue Institutsgebäude, zum Institut für Publizistik. Aber dort war Günther an diesem Tag noch nicht gesehen worden. So versuchte ich es im Juristentrakt des Hauptgebäudes. Ich fragte alle Studenten, die ich traf. Einige, vor allem die älteren, kannten ihn. Eine Studentin meinte, der sei jetzt sicher in der Strafrechtsvorlesung. Die werde bald zu Ende sein. Sie nannte mir den Hörsaal. Ich stellte mich vor der Tür auf und wartete. Günther kam aus dem Hörsaal, korrekt gekleidet, wie immer, mit Anzug und Krawatte. Er grüßte und gab sich überrascht, mich hier zu sehen.

Komm mit, sagte ich, ich muss mit dir reden.

Was ist los?, fragte er. Er tat, als ob er völlig ahnungslos wäre.

Du weißt genau, was los ist, sagte ich. So geht das ja nicht.

Ich zog ihn in eine Ecke. Jetzt erkläre mir einmal, sagte ich, wer da heute Nacht in der Wohnung war.

Was heißt, in der Wohnung war?

Es geht entschieden zu weit, dass in der Nacht wildfremde Typen auftauchen und auch noch in mein Schlafzimmer eindringen.

Günther gab sich immer noch ahnungslos. Er fragte scheinheilig: War jemand in der Wohnung?

Ich fuhr ihn an: Ich spreche von demjenigen, der plötzlich in meinem Zimmer stand und der mir dann das Geld und die Kreditkarten geklaut hat.

Jetzt erst zeigte mein Mitbewohner Wirkung. Er schaute mich mit leicht geöffnetem Mund an. In dieser Haltung schien er zu erstarren, bis er sich plötzlich eines anderen besann. Er flehte mich an, leise, sodass es niemand hören konnte: Ich werde dir alles ersetzen, aber bitte sag niemandem etwas. Auch mir hat er das Geld gestohlen.

Ich fragte: Wer war der Mann?

Ich habe ihn mitgebracht, sagte Günther. Du bekommst alles zurück. Bitte sprich zu niemandem davon.

Er war ganz blass geworden und legte seine zittrige Hand auf meinen Arm. Nie wieder werde ich jemanden mitbringen, sagte er. Wie viel Geld fehlt dir? Du kriegst alles, wirklich alles. Aber bitte, kein Wort! Bitte!

Na gut, sagte ich. Eigentlich wollte ich dich rauswerfen. Aber reden wir am Nachmittag noch einmal darüber.

Ich nannte ihm die Summe, die vermutlich in meiner Geldbörse war, an die dreitausend Schillinge. Den genauen Betrag wusste ich nicht. Am Nachmittag kam Günther heim. Er gab mir fünftausend Schillinge und machte sich sofort daran, in der Küche aufzuräumen.

Das ist zu viel, sagte ich. In meiner Börse waren sicher nicht mehr als dreitausend Schillinge.

Du weißt es nicht genau, und ich will, dass du das behältst.

Ich fragte ihn: Sag mal, was war eigentlich los heute Nacht?

Er wich aus. Ich habe mich entschuldigt, sagte er. Und wenn du willst, entschuldige ich mich noch hunderttausend Mal bei dir. Ich kann es dir nicht erzählen, aber es wird sich nicht wiederholen.

Der Mann heute Nacht, das war doch ein Ausländer.

Ein Pole, sagte Günther.

Und wollte der hier übernachten, oder was?

Bitte! Bitte!, flehte Günther. Er ging in sein Zimmer. Bald darauf kam er zurück und setzte die Putzarbeit in der Küche fort, ohne noch ein Wort zu verlieren. Ich gab es auf, ihn weiter auszuquetschen. Dann war er wieder der bravste Mitbewohner, den man sich denken kann.

Und die Flecken?, fragte ich.

Was ist denn das?, sagte Brigitte. Es wird ja heute viel zu früh dunkel.

Sie hatte Recht. Es war gerade erst halb acht, aber es war innerhalb von ein paar Minuten dunkel geworden. Brigitte holte Kerzenleuchter. Ich trug das Geschirr in die Küche und stellte es in das Abwaschbecken. Mimi hatte die halbe Portion Spaghetti übrig gelassen. Ich streifte sie mit der Gabel vom Teller in den Müll. In der Neubaugasse begannen die Menschen zu laufen. Kurz danach waren sie nicht mehr zu sehen, so dicht prasselte der Regen herab. Die Küche blitzte auf und gleich darauf krachte es so laut, dass ich meinte, das Haus fliegt in die Luft.

Als ich in Mimis Zimmer zurückkam, brannten zwei Kerzen. Mimi hatte sich auf dem Boden ausgestreckt und den Kopf in Brigittes Schoß gelegt. Ihr Hut lag daneben. Die Kerzen flackerten im Wind, der durch die offenen Fenster hereinfuhr. Brigitte streichelte Mimis Wange. Der auf die Straße und die Dächer niederprasselnde Regen wurde durch den leeren Raum so verstärkt, dass es sich anhörte, als stünde man hinter einem Wasserfall.

Als mich Brigitte bemerkte, sagte sie: Ich dachte, du bist duschen.

Gute Idee, sagte ich. Und Brigitte antwortete: Kannst du bitte vorher noch die Fenster schließen. Es ist so laut und es zieht.

Ich begann die Fenster zu schließen und beobachtete dabei die beiden Frauen. Die Kerzen verliehen ihnen einen goldenen Schein. Als ich das letzte Fenster geschlossen

hatte, war nur noch ein ferner Trommelwirbel zu hören. Mimi hob den Kopf und zündete sich eine Zigarette
an.

Ein Fenster lass bitte halb offen, sagte sie. Ich mag Gewitter.

Sie legte sich wieder zurück auf Brigittes Schoß. Und
Brigitte begann wieder ihre Wange zu streicheln.

Du magst Gewitter?

Als Brigitte sich nach vorn beugte, um ihr Glas vom Boden aufzunehmen, legte sich ihre Brust auf Mimis Stirn.
Mimi antwortete: Meine Oma Tanute hat bei Gewittern
immer gesagt: Der Himmelvater schimpft. Und ich habe
gehorcht und dann hörte ich ihn schimpfen. Kannst du es
hören? Da. Das war der Wutausbruch und jetzt grollt er
noch einige Flüche hinterher.

Aus Mimis Mund stieg, während sie redete, Rauch auf.

Hat sie Father in Heaven gesagt?, fragte Brigitte.

Nein, Himmelvater. Oma Tanute spricht Deutsch mit
mir.

Meine Oma, sagte Brigitte, hat auch Himmelvater gesagt.

Nachdem ich einen Fensterflügel wieder geöffnet hatte,
sagte ich: Ich habe nur diese Malerhose hier.

Von mir aus kannst du nackt herumlaufen, antwortete
Brigitte. Uns stört das überhaupt nicht.

Sie hatte uns gesagt. Als ich durchs Vorzimmer ging, rief
sie mir nach: Frische Handtücher findest du im Regal.

So schnell werdet ihr mich nicht los, dachte ich. Auf der
Innenseite der Badezimmertür hing ein Plastikregal mit vie-
len kleinen Fächern, in denen Brigitte unter anderem ihre
Unterwäsche aufbewahrte. Ich nahm einen beigefarbenen,
fast durchsichtigen Nylonslip heraus und betrachtete ihn.
Im Schritt war das Nylon verstärkt. Dann legte ich die
Faust in den Korb eines Büstenhalters. Meine Faust war

klein gegen Brigittes Brust. Ich stopfte die Sachen zurück und zog mich aus. Die durch die Malerfarbe vor allem an der Vorderseite versteifte Hose ließ ich vorsichtig zu Boden gleiten. In der Hosentasche steckte noch ein Döschen mit zwei Joints. Ich nahm es heraus und legte es auf die Waschmuschel. Es waren fette Joints. Ich hatte sie in der letzten Nacht für meinen Maltag bei Mimi vorbereitet. Meine Unterhose wirkte noch einigermaßen sauber. Ich hielt sie mir unter die Nase. Sie hatte einen leicht süßlichen Schweißgeruch. Aber ich konnte jetzt schwerlich mit einer von Brigittes Unterhosen aufmarschieren. Obwohl das Badezimmer ohne Fenster war, hörte ich es draußen immer noch donnern. In der Dusche war die Brause abgeschraubt. Ich hob sie auf und hielt sie gegen das Licht. Die Poren waren verstopft. Der Wasserstrahl schoss so kräftig aus dem Duschrohr, dass ich darauf achten musste, nicht alles voll zu spritzen. Um mich zu reinigen, verwendete ich gleich mehrere der herumstehenden Gels und Shampoos. Ich rieb in meine fünf Barthaare ein Shampoo hinein, das Wachstum und Fülle versprach. Mein rechter Arm schmerzte, als ich ihn in die Höhe streckte, um mir die Achsel zu waschen. Vielleicht, so überlegte ich mir, sollte man während eines Gewitters gar nicht duschen. Was ist, wenn der Blitz, wie es ja häufig vorkommt, ins Wasser einschlägt? Der Gedanke ließ mich die Reinigungsprozedur beschleunigen.

Ich kam, nur mit der Unterhose bekleidet und mit dem Zigarettendöschen in der Hand, in Mimis Zimmer zurück. Die beiden Frauen fand ich in genau derselben Haltung vor, wie ich sie verlassen hatte. Brigitte streichelte noch immer Mimis Wange. Sie warf mir einen überraschten Blick zu, aber sie sagte nichts. Der Regen war schwächer geworden, und der Donner war nur noch aus der Ferne zu hören.

Wollen wir uns nicht eine Knuspertüte genehmigen?, fragte ich und nahm die beiden Joints aus der Dose.

Ich vertrage das nicht, sagte Brigitte. Mimi setzte sich auf. Sie sagte: Wow, ein nackter Mann.

Fast nackt, sagte Brigitte.

Ich wollte darauf etwas Elegantes sagen, wie: Was tut man nicht alles, um schöne Frauen glücklich zu machen, oder irgend so einen Blödsinn, aber dann dachte ich mir, das würden sie sicher in die falsche Kehle kriegen und ich könnte gleich heimgehen.

Ich setzte mich auf den Polster und zündete einen Joint an. Dann gab ich ihn an Mimi weiter. Sie bildete mit der Hand einen Hohlraum, pflanzte den Joint neben den acht- oder zehneckigen Ring und sog an dem von Daumen und Zeigefinger gebildeten Loch.

Hey, sagte ich. Wo hast du das gelernt?

Sie hielt lange den Atem an. Als sie hüstelnd ausatmete, sagte sie: In München. Sie haben das die Faust der bayrischen Filmindustrie genannt. Aber jetzt schnupfen sie dort alle, und das ist weniger mein Fall.

Sie gab den Joint weiter.

Okay, sagte Brigitte, einmal probier ich es.

Sie begann, kaum hatte sie ein wenig gezogen, zu husten.

Warst du nie Raucherin?, fragte ich.

Nein.

Dann wäre es für dich besser, das Zeug gleich pur zu rauchen oder zu essen. Hast du eine Pfeife?

Warum soll ich als Nichtraucherin eine Pfeife haben? Und essen kann ich das schon gar nicht.

Der Joint ging weiter und kam zu Brigitte zurück. Wieder zog sie ein wenig daran, und wieder begann sie zu husten.

Wie war das nun mit diesem Günther?, fragte ich.

Ach Gott, ja, willst du das jetzt wirklich noch wissen?

Er hat fünftausend Schilling bezahlt und sich wieder benommen, sagte ich. So weit waren wir.

Dann ging es über einen Monat gut, sagte Brigitte, bis ich einmal am Wochenende zu meinen Eltern ins Hausruckviertel heimfuhr. Ich habe den Neunuhrzug am Samstag in der Früh genommen und war am Sonntag um fünf Uhr nachmittags wieder in Wien. Mein Vater hat noch gesagt, der Günther komme ihm ein wenig komisch vor. Er fragte mich, ob mit ihm alles in Ordnung gehe und ob er ein anständiger Mensch sei. Und ich habe gesagt, der Günther ist voll in Ordnung. Ein bisschen steif vielleicht, aber sonst okay. Von dem Vorfall habe ich natürlich nichts erzählt. Während ich ihn da bei meinen Eltern verteidigt habe, muss es in der Wohnung hier wild zugegangen sein. Ich weiß bis heute nicht, was genau los war. Aber als ich zurückkam, war buchstäblich alles versaut. Außer meinem Zimmer, das hatte ich abgesperrt. Aber der Rest war eine reine Dreckorgie. Und der Günther war krankenhausreif.

Was heißt Dreckorgie?, fragte ich.

Dreck, Blut, Lehm, Sperma, Scheiße. Überall. In der Küche, im Vorzimmer, im Bad. Die Nachbarn haben mir später gesagt, es sei auch fürchterlich geschrien worden. Aber sie haben nichts unternommen. Sie wollten sich da nicht einmischen.

Mimi reichte den Joint an Brigitte weiter. Sie nahm nun einen tieferen Zug als davor, und es gelang ihr auch, eine Zeit lang die Luft anzuhalten. Aber dann brach sie in ein Husten aus, das ein paar Minuten andauerte. Als sie sich wieder beruhigt hatte, sagte sie: Schön, langsam kriege ich es hin. Wenn Schwindel ein gutes Zeichen ist. Mir wird nämlich gerade schwindlig.

Brigitte lehnte sich zurück und stützte sich mit den Ellbogen am Boden auf. Mimi fragte: Habe ich einen Fleck auf der Stirn? Du hast nämlich einen auf der Brust.

Brigitte hob ihren linken Busen bis zur Schulter hoch und sah sich die Unterseite an. Da war tatsächlich ein Fleck auf der Bluse.

Ich frage mich, sagte ich und schwieg dann, weil es aussah, als wollte Brigitte über das Thema nicht mehr weiterreden.

Was, fragte Mimi, fragst du dich?

Ich frage mich, wie der Dreck so weit auf die Wand hinaufkommt.

Wer fragt sich das nicht, sagte Mimi. Aber der Günther wollte darüber nicht reden, und die anderen, die dabei waren, kennen wir nicht.

Du hast den Günther gekannt?

Klar habe ich ihn gekannt. Ich habe ja letztes Semester hier öfter übernachtet. Aber ich kenne ihn nur als braven Bubi.

Brigitte bog ihren Körper nach hinten, bis sie mit dem Kopf den Boden berührte. Sie atmete ein paar Mal tief durch und stöhnte auch ein wenig. Dann zog sie den Kopf wieder hoch.

Geht es dir schlecht?, fragte Mimi.

Brigitte drehte den Kopf hin und her. Es geht schon, sagte sie. Es ist nur ein kleiner Schwindel.

Sie bewegte nun den Kopf ruckartig in verschiedene Richtungen, als wollte sie den Schwindel herausschütteln.

Mich ließ Günther nicht los. War er noch da, fragte ich, als Brigitte heimgekommen ist?

Mimi sagte: Er ist erschöpft im Bett gelegen. Brigitte hat geglaubt, er ist bewusstlos. Aber dann ist er aus dem Bett gesprungen und ins Bad gelaufen. Er trug Boxershorts. Die waren völlig mit Blut verschmiert. Brigitte hörte ihn duschen.

Und dann?, fragte ich und machte den Joint aus.

Erst wollte Brigitte die Rettung verständigen, aber er ließ es nicht zu. Er begann die Wohnung zu putzen, alles, außer seinem eigenen Zimmer. Immer, wenn Brigitte etwas sagen wollte, fiel er ihr ins Wort. Sag bitte nichts mehr. Ich werde alles in Ordnung bringen. Er putzte bis gegen Mitternacht, dann duschte er noch einmal. Brigitte sagte zu ihm, er solle in eine Ambulanz gehen und sich untersuchen lassen. Er versprach es und verließ die Wohnung. Er war nicht in der Ambulanz, er ist nie mehr in der Universität erschienen, hat sich nie mehr daheim gemeldet und hat sich auch hier nicht mehr blicken lassen. Der ist einfach abgehauen.

Oder es ist ihm etwas zugestoßen, sagte ich.

Das ist natürlich auch möglich, sagte Mimi.

Brigitte sagte: Ich glaube, mir wird nun doch schlecht.

Komm, ich bringe dich ins Bett, sagte Mimi. Sie half Brigitte auf die Beine und brachte sie in ihr Zimmer. Die Tür blieb offen. Ich sah nicht direkt zum Bett, aber ich hörte, wie sich Brigitte hinlegte, und ich hörte, dass die beiden Frauen miteinander sprachen. Ich fühlte mich leicht wie ein Ballon, der gerade Gewicht abgeworfen hat. Ich hob den rechten Arm. Er ging wie von selbst in die Höhe und schmerzte nicht mehr. Ich ließ meinen Körper langsam aufsteigen und schwebte auf die Dreckwand zu. Es war so dunkel geworden, dass ich keine Einzelheiten mehr wahrnehmen konnte. Ich tastete mit der Hand die Wand ab. Der übermalte Dreck bildete eine Struktur. Als ich mit den Fingern darüber strich, konnte ich sie auch sehen. Ich stellte mir vor, dass Ledermänner mit nackten Oberkörpern dem Günther irgendein Zeug in den Arsch pumpten und dann die Backen zudrückten oder vielleicht sogar zunähten, bis der Druck so groß wurde, dass die Soße mehrere Meter auf die Wand hinaufspritzte.

Hat es eigentlich gestunken?, rief ich.

Die Frauen gaben mir keine Antwort. Stattdessen hörte ich die leise gesprochenen Worte: ... immer noch mit diesem Günther beschäftigt.

Ich ging ins Vorzimmer und holte ein paar Schallplatten aus Günthers Regal. Eine von Bob Marley legte ich auf den Plattenteller und setzte mich daneben hin. Buffalo Soldier ... stolen from Africa, brought to America. Ich spürte die Musik durch alle Glieder in meinen Körper strömen und verstand erstmals, dass dieses Lied, das ich schon so oft gehört hatte, von geraubten Schwarzen handelt, die in den Kampf gegen Indianer geschickt werden. Und ich dachte daran, dass Bob Marley mit 36 Jahren, auf dem Höhepunkt seines Erfolges, an Krebs starb. Ich spürte die Verzweiflung, die ihn überkommen haben musste, als er von der Unheilbarkeit seiner Krankheit erfuhr. Und plötzlich hatte ich ein klares Bild von Günther vor mir, ich meinte mich zu erinnern, wie er aussah. Ich sah ihn mit Anzug und Krawatte den Hörsaal betreten und in der ersten Reihe Platz nehmen. Ich sah ihn in dieses Zimmer hereinkommen, sah, wie er den Anzug vom Körper riss und sich nur mit der Unterhose bekleidet niederließ, um die Musik von Bob Marley zu hören. Er saß genau an der Stelle, wo ich saß. Er hörte die Musik und begann die Verzweiflung von Bob Marley als die seine zu erkennen, dessen Todesurteil als sein eigenes wahrzunehmen. Er beugte im Takt den Kopf vor und zurück und beschloss, sich diesem Urteil auszuliefern.

Hat man eigentlich, sagte ich, brach dann aber ab, weil ich plötzlich merkte, dass ich weinte und den Satz gar nicht richtig herausbrachte. Ich riss mich zusammen, räusperte mich und sagte ins Nichts hinein: Hat man eigentlich Vermisstenanzeige erstattet?

Aus Brigittes Zimmer hörte ich ein Pst. Vielleicht bildete ich mir das inmitten der Musikgeräusche auch nur ein. Ich drehte die Musik leiser. Ich sollte diesen Günther suchen, dachte ich. Der muss doch irgendwo normal leben können, wenn er überhaupt noch lebt. Ich überlegte, wo ich mit der Suche anfangen könnte, und mir fiel nur der Gafé-Pole ein. Den könnte ich mir von Brigitte genau beschreiben lassen, den könnte ich am ehesten finden. Ich könnte auch in der juristischen Fakultät alle Studenten fragen, die Günther gekannt haben. Vielleicht hat jemand einen Hinweis, wo er sich in den Nächten, in denen er ausging, aufgehalten haben könnte. Wie kam all der Dreck in die Wohnung? Auch das musste sich irgendwie herausfinden lassen. Ich sollte Brigitte morgen nach allen Details fragen, und wenn es ihr noch so lästig ist. Sie hatte Sperma erwähnt. Wo war Sperma? Im Bett, im Bad, im Vorzimmer? Irgendwie musste sich doch rekonstruieren lassen, was vorgefallen ist. War die Polizei hier? Hat Brigitte den Beamten alles erzählt? Ermitteln die überhaupt?

Mittlerweile lief ein anderes Lied. Ich hob den Arm des Plattenspielers noch einmal zum Anfang zurück. Bob Marley sang erneut Buffalo Soldier, und sofort kamen mir wieder die Tränen. Günther ist nicht ins Allgemeine Krankenhaus gefahren, weil er vorher noch Rache nehmen wollte. Er ist zu diesem Dreckverlies gefahren, wo seine Peiniger sich aufhielten. Aber er war nicht der Typ, der in der Lage war, Rache zu nehmen. Er hat sich ihnen ausgeliefert. Er konnte in seinem Zustand nicht mehr nach Ampflwang zurück. Ampflwang war plötzlich außerhalb der Welt. Er ist gekommen, um es ihnen zurückzuzahlen. Aber als er seine geliebten Peiniger sah, wurde er sich seiner Ausweglosigkeit bewusst und sagte: So könnt ihr mich nicht weiterleben lassen. Da, nehmt mich. Und sie haben ihn genommen und langsam zu Tode gequält. Seine Leiche irgendwo in dieser morastigen Landschaft verscharrt.

Ich merkte plötzlich, dass Mimi neben mir hockte. Sie drückte ihren Kopf an meinen Kopf und wischte mit der

Hand über die Nässe, die mir über den nackten Oberkörper hinabbrann. Sie berührte mit ihren Lippen mein Ohr, dann flüsterte sie: Vor drei Monaten.

Was?, fragte ich.

Vor drei Monaten haben seine Eltern Vermisstenanzeige erstattet. Brigitte hat der Polizei alles erzählt. Sie sagen, er war im Milieu bekannt, ist aber nicht mehr aufgetaucht. Ich sag dir, er ist abgehauen.

Ich legte eine Hand auf ihr Knie. Ich wollte ihr in die Augen schauen, aber sie blickte zu Boden. So, wie sie da hockte, schien eine der Kerzen unter ihr kurzes Kleid. Ich sah, wie ihr Venushügel, vom Stoff der Unterhose überspannt, lebendig wurde. Als hielte sich darin ein Tier versteckt. In langsam kreisenden Bewegungen führte ich meine Hand den Oberschenkel hinauf, bis ich das Tier erreichte, streichelte es, fuhr zum anderen Schenkel hinüber und über den Kopf des Tieres wieder zurück. Mimis Atem wurde hörbar, mein Puls schlug mir bis zu den Augen. Ich schaute den Bewegungen meiner Finger zu, sie glichen denen von Schlangen. Nein, es waren die Fangarme eines Tintenfisches, der sich über das Tier hermacht, es aus der Schale locken will. Ich spürte, wie das Tier sich aufblähte, ich spürte, wie es Sekret absonderte. Die Tentakel gaben nicht nach, sie schoben die Schale beiseite. Und da sah ich das Tier. Es glich einem Frosch, der den Mund öffnet und ein wenig die Zunge herausstreckt. Die Fangarme spielten mit ihrer Beute, ließen davon ab und fingen sie wieder ein. Der Mund nahm sie nacheinander in sich auf.

Du hast einen Frosch, sagte ich.

Einen Frosch?

Ja, irgend so einen Märchenfrosch. Er mag mich.

Ich legte mich auf den Boden und versuchte den Kopf unter Mimis Schoß zu schieben. Mimi drückte mir ihre Hand aufs Gesicht und hielt mich zurück. Ich begann ihre

Finger zu lecken, als wäre nun ich der Frosch, der aus seinem Versteck gelockt wurde und mit den Fangarmen des Feindes spielt. Da schob Mimi plötzlich ihr Kleid hoch, zog ihr Knie über meinen Kopf und platzierte den Frosch direkt über meinem Gesicht. Ich küsste ihn, ich züngelte ihm über den weichen Kopf, ich sog ihm den Speichel aus dem Mund. Ich spürte, wie er zuckte, wie sein Körper sich auflöste in eine glitschige Masse, die in meinen Mund hinein- und hinausfuhr. Und dann gab es diesen klaren Moment, in dem ich mich selbst daliegen sah, festgesaugt an der Möse einer Studienkollegin. Das Bild hatte etwas Abstoßendes. Und ich sah, wie mir Mimi in die Unterhose griff und an meinem Schwanz zog. Ich dachte, ich darf mich jetzt nicht selbst beobachten, ich muss ganz derjenige sein, der das tut, was er immer schon tun wollte. Ich gab den Knäuel in meinem Mund frei, tastete mit der Zunge seine Konturen ab und hatte plötzlich nur noch einen Wunsch: Nimm ihn in den Mund, so nimm ihn doch endlich in den Mund. Ich betete darum. Sie tat es nicht. Aber ich spürte, wie sie ihn zusammenpresste, wie sie an ihm auf- und abfuhr, wie sie eine Art Sprungschanze baute, die höher und höher wurde. Ich ließ mich auf diese Sprungschanze hinaufziehen, stieß mich ab und raste die Spur hinunter, bis ich den Absprung vor mir hatte und plötzlich Angst bekam und bremsen wollte. Ich sog den Knäuel noch einmal in meinen Mund hinein, so tief ich konnte, biss mich daran fest, bis es mich in der Luft zerriss.

Irgendwo in weiter Ferne hörte ich Mimi ins Bad gehen, ich hörte sie noch einmal zu mir kommen, ahnte, dass sie vor mir stand, und hörte sie dann in Brigittes Zimmer verschwinden. Ich blieb am Boden liegen. In der Nacht wurde ich wach, weil ich fror. Ich schloss das Fenster und zog im Bad das dreckige Malergewand an. Damit legte ich mich in das Bett von Günther und schlief bald darauf wieder ein. Da war ein Satz, der mir wie eine Leuchtschrift vor Augen stand: Ich bin keine Jungfrau mehr.

Ich erwachte erst spät am Vormittag. Die beiden Frauen saßen beim Küchentisch. Mimi rauchte. Eine Hand hatte sie um Brigittes Schulter gelegt.

Ah, da kommt er ja, sagte Brigitte. Kennst du dich zufällig auch mit Computern aus? Meiner funktioniert nämlich nicht.

Weder Mimi noch Brigitte konnten wissen, dass ich meine Nächte gewöhnlich vor dem Computer verbrachte. Ich nahm eine Tasse Kaffee und ging damit in Brigittes Zimmer. Ich sah das Doppelbett mit einer einzigen breiten Decke. Ich sah die Ikea-Regale mit den vielen Stofftieren, ich sah Strohsterne am Fenster kleben. Ich setzte mich zur Arbeitsplatte, auf der der Computer stand, und sah vor mir viele Fotos von Brigitte und ein paar Fotos von Mimi. Ich fuhr den Computer hoch, durchsuchte die Ordner und Systemdateien, startete nacheinander die wenigen Programme, die sie hatte. Alles funktionierte. Als Brigitte nachkam, stellte sich heraus, dass sie sich mit MS-DOS-Befehlen nicht auskannte und nur deshalb ihr Schreibprogramm nicht hatte starten können. Ich schrieb einen Startbefehl in die Autoexec-Datei, sodass ihr Programm nun beim Einschalten automatisch hochgefahren wurde. Dann ging uns allen der Gesprächsstoff aus, und ich fuhr heim. Ich kam noch mehrmals in diese Wohnung, entkalkte den Brausekopf, erneuerte die Dichtungen an den Wasserhähnen, verlegte in Mimis Zimmer eine Elektroleitung. Manchmal fragte ich vorher meinen Großvater um Rat. Mir unterliefen keine größeren Fehler, jedenfalls keine, die sich nicht wieder beheben ließen. Als ich das zweite Mal kam, hatten sich Brigitte und Mimi einen Kater angeschafft. Er hieß Lenin und war nicht kastriert. Wie ein Tiger nach seiner Beute sprang er auf mich zu. Er interessierte sich für meine Arbeiten, streifte um mich herum und beschnupperte jedes Stück Mauerwerk, das ich aus der Wand herausstemmte.

Mit Brigittes Frage nach meinen Computerkenntnissen an diesem einzigen, in jeder Weise unterkühlten Morgen, den ich je in Mimis Wohnung verbrachte, begann für mich eine steile, wenn auch nicht ertragreiche Karriere. Wer auch immer im Umkreis des Publizistikinstituts sich von diesem Tag an einen Computer anschaffte, bat mich, ihm bei der Lösung seiner Softwareprobleme behilflich zu sein. Das ging so weit, dass es Mitte der achtziger Jahre eine Zeit lang in Wien keinen einzigen Publizistikstudenten gab, auf dessen PC sich nicht eine Raubkopie meines Word-Perfect-Programms befunden hätte. Meine unerwartet ins Rampenlicht gerückten Fähigkeiten sprachen sich selbst bis zu unserer Institutssekretärin durch, die von der Universität mit einem Schreibprogramm aus der Steinzeit ausgestattet worden war und mein Upgrading dankbar annahm. Zwei Monate später musste ich das Programm jedoch aufgrund der rechtlichen Bedenken von Professor Beck wieder löschen.

Günthers Möbel waren von seinen Eltern bald nach dem Ausmalen abgeholt worden. Immer wenn ich das Zimmer betrat, fiel mein Blick zuerst auf die Wand, wo sich die Flecken befunden hatten. Sie blieben gut verborgen, aber ich konnte sie immer noch sehen. Ich fuhr gerne zu Mimi, ohne sie je wieder hautnah zu spüren.

Einmal montierte ich einen Scheinwerfer in ihrem Zimmer. Mimi war nicht da. Ihre Eltern waren in Wien, und sie hatte sich mit ihnen in einem Café verabredet. Sie war noch nicht zurück, als ich mit der Arbeit fertig wurde, alles sauber machte und die Wohnung wieder verließ. Auf der Straße kam mir Mimi mit ihren Eltern entgegen. Sie ging in der Mitte und hatte die Arme um ihren Vater und ihre Mutter geschlungen, die ihrerseits die Arme um Mimis Schulter gelegt hatten. Das Bild wirkte so innig, dass ich Mimi, in dem Augenblick, als ich es sah, darum beneidete. Lachend kamen sie mir entgegen, Mimi stellte mich vor. Sie redete Englisch mit ihren Eltern. Die Mutter war blond und größer als Mimi, der Vater hatte etwa ihre Größe und lange, dunkle Haare, die er hinten zu einem Schweif zusammengebunden hatte. Ich gab ihnen die Hand und sagte zu Mimi, dass die Lampe fertig sei. Mimi erklärte ihren Eltern, ich sei ihr Handyman. Der Vater sah aus wie ein Indianer. Er lachte und zeigte dabei seine oberen Zähne in ganzer Länge. Auch die Mutter lachte, aber sie tat dies mehr mit den Augen als mit dem Mund. Ich wünschte noch einen schönen Aufenthalt in Wien und verabschiedete mich.

Studenten

Einen Tag bevor ich mit Klara zum Hauptgebäude der Universität fuhr, um ihr die Immatrikulationsstelle zu zeigen, erlebte mein Vater seinen ersten politischen Misserfolg. Als Verkehrsminister war er auch für den Straßenbau zuständig. Seit Monaten wurde gegen die geplante Schnellstraße durch das Ennstal protestiert. Ein paar Brücken konnten errichtet werden, dann wurden die Proteste so heftig, dass die Bauarbeiten mehr oder weniger zum Erliegen kamen. Die Brücken standen, ohne Anschluss an eine Straße, einsam in der Landschaft, als wären sie Kunstobjekte. Sie wurden von Umweltaktivisten bemalt und mit Parolen besprüht. Es gab Demonstranten, die sich an Baumaschinen anketteten, andere ließen sich an Bäumen, die gefällt werden sollten, festbinden. Wieder andere blockierten die Zufahrtswege zu den Baustellen. Mein Vater hatte gehofft, dass sich die Proteste langsam, wie er sich ausdrückte, totlaufen würden. Er hielt engen Kontakt mit dem Innenminister, der an den Wochenenden auch bei uns zu Hause anrief. Der Innenminister wollte durchgreifen. Die Baufirmen hätten schließlich gültige Verträge. Und die Bauarbeitergewerkschaft sei kaum mehr zurückzuhalten. Wenn wir den Spuk nicht bald beenden, sagte er, beenden ihn die Bauarbeiter. Und das wollen wir lieber nicht erleben.

Mein Vater mäßigte seinen Kollegen. Wir sollten noch zuwarten, sagte er. Im Herbst, wenn der Reif und die Frostnächte kommen, wird ihnen der Spaß am Demonstrieren von selbst vergehen.

Doch die Herbstmonate waren in diesem Jahr ungewöhnlich schön. Über Mitteleuropa hatte sich ein Hochdruckgebiet festgesetzt, das sich weder durch die stürmischen Entwicklungen über dem Golf von Biskaya noch durch die von den Britischen Inseln herandrängenden Regenfronten erschüttern ließ. Im Ennstal schien jeden Tag die Sonne. Von allen Seiten reisten die Gegner der Schnellstraße an. Sie kamen mit der Bahn, mit Autos, mit Fahrrädern. Manche brachten Zelte mit, andere lagen mit Schlafsäcken im Feld. In den Gasthöfen und Pensionen quartierten sich Journalisten und Fotografen ein. Eine Gruppe, die es sich zusätzlich noch in den Kopf gesetzt hatte, die Fertigstellung der Pyhrnautobahn zu verhindern, marschierte von Wels aus mit Transparenten das ganze Kremstal entlang, blockierte für einen halben Tag bei Micheldorf die Autobahnauffahrt, verbrachte eine Nacht im Gewahrsam der oberösterreichischen Gendarmerie, marschierte am dritten Tag bis Windischgarsten und überquerte am vierten Tag den Pyhrnpass in die Steiermark, wo sie im Hauptlager bei Liezen wie Helden empfangen wurde. Auf den gespenstisch in der Landschaft stehenden Brückenruinen wurden in der Nacht Lagerfeuer entzündet. Die Baufirmen gaben die Hoffnung auf, hier noch irgendwann weiterbauen zu können, und schickten die Arbeiter nach Hause. Immer wieder gab es Konflikte mit Bauern, die nicht einsahen, warum ausgerechnet ihr Grundstück zertrampelt und zum Zeltlager umfunktioniert werden sollte. Mit manchen konnten sich die Demonstranten einigen, andere riefen nach der Gendarmerie.

Als der Sommer zu Ende war und die Studenten aus den Ferien in die Städte zurückkamen, wurde die Protestbewegung keineswegs schwächer, sondern sie erreichte ihren Höhepunkt. An Arbeitstagen waren es Tausende, an den Wochenenden Zehntausende, die sich auf den Lagerplätzen versammelten. Für den letzten Sonntag im September war in Liezen eine Großkundgebung angekündigt. Ab Mittag kam im Großraum Liezen der gesamte Straßenverkehr zum Erliegen. Man konnte, wie im Radio immer wieder verlautete, nur noch mit der Bahn ins Ennstal gelangen. Viele Demonstranten ließen ihre Autos am Straßenrand stehen und gingen zu Fuß weiter. Ein Militärhubschrauber brachte meinen Vater nach Liezen, wo er mit den Organisatoren der Kundgebung verhandeln wollte. Dass er nichts erreicht hatte, erfuhren wir in den Fernsehnachrichten, noch bevor er selbst, so voll Zorn, wie ich ihn nie erlebt hatte, nach Hause kam.

Das sind Faschisten, sagte er und lief dabei auf den weißen Fliesen auf und ab. Das hat nichts mehr mit Demonstrationsrecht und demokratischer Meinungsäußerung zu tun. Die wollen nicht reden, die wollen den demokratischen Prozess verhindern. Und selbstverständlich haben irgendwelche obskuren Biologen beim Camping im Ennstal seltene Vogerl und Mauserl entdeckt, sodass nun auch ein neues Umweltgutachten erstellt werden muss.

Mein Vater blickte kurz zu meiner Schwester, die neben der Stiege stand. Sie arbeitete immer noch für Vier Pfoten. Wahrscheinlich wusste er, dass sie gegen die Schnellstraße Unterschriften gesammelt hatte. Aber er sprach sie nicht direkt darauf an.

Alle waren sie von irgendwoher angereist, fuhr mein Vater fort. Ich habe keinen einzigen Bewohner des Ennstales getroffen. Derjenige, der die Goschn am meisten aufgerissen hat, lebt hier in Wien. Es war einer dieser Grünfaschisten.

Grünfaschisten, murmelte meine Schwester.

Ja, Grünfaschisten. Sie reden vom Volk, vertreten aber in Wirklichkeit ein Minderheitenprogramm. Und das wollen sie mit allen Mitteln durchsetzen. Wie es aussieht, haben sie gewonnen. Ich muss das Projekt abblasen. Vier Milliarden Steuergeld im Wind verpufft.

Am meisten erzürnt war der Vater über ein Flugblatt, das ihm dort in die Hand gedrückt worden war. Er nahm es aus dem Aktenkoffer. Darauf war eine Karikatur zu sehen, die ihn als grimmigen Boss der Bauwirtschaft darstellte. Mit ausladender Geste weist er auf ein Bergland, dessen Täler mit Beton aufgefüllt sind. Darüber der Text: Das alles haben wir vollbracht – mit unsrer roten Macht.

Klara warf einen Blick auf das Flugblatt und ging dann, ohne ein Wort zu sagen, in ihr Zimmer hinauf. Am nächsten Morgen wurde ich von Klara um zehn Uhr geweckt. Mein Vater war nicht mehr zu Hause. Er war schon um sieben Uhr, zwei Stunden früher als sonst, ins Büro gefahren. Mit Sicherheit war er längst dabei, Gott und die Welt zu mobilisieren, um seine Niederlage vom Vortag wettzumachen.

Bei dem für meine Verhältnisse immer noch viel zu frühen Frühstück fragte Klara: In welchen Fächern hat man am wenigsten zu tun?

Meine Mutter, die am Montag ihren unterrichtsfreien Tag hatte, sah sie erstaunt an. Seit Jahren stand fest, dass sie einmal Biologie studieren werde. Wir waren der Meinung, daran gäbe es nicht den geringsten Zweifel.

Turnen, sagte meine Mutter. Da kannst du jedes Jahr auf Schikurse und Landschulwochen fahren. Und wenn du es so machst wie unser Turnlehrer und mit dem Quartier ein paar Freiplätze aushandelst, diese dann aber nicht als Preisreduktion an die Schüler weitergibst, kannst du während dieser Zeit sogar noch zusätzlich Geld verdienen.

Aber Turnen lag meiner Schwester nicht. Sie fuhr im Winter ein wenig Schi und sie spielte im Sommer hin und wieder Tennis. Beim Schifahren war sie lieber in der Hütte als auf der Piste. Sie wusste immer, welche Hütte ökologisch am unbedenklichsten war, und lehnte alle anderen Hütten und Gasthäuser ab. Und beim Tennis rief sie mich häufig nach der Stunde an und bat mich, sie abzuholen. Der Tennisklub lag am Rande des Wienerwalds, von unserem Haus etwa eine Viertelstunde Fußweg entfernt. Zum Heimgehen war ihr das meistens zu weit. Autos lehnte sie zwar prinzipiell ab, aber wenn es sie schon gab, wollte sie auch davon profitieren. Meine verwöhnte Schwester nannte ich sie. Sie zeigte mir dann die Zunge, und das gefiel mir.

Im Radio lief jene Nummer von Falco, die in letzter Zeit täglich mindestens zehnmal gespielt wurde. Klara verfiel in einen Stakkato-Sprechgesang, zwischen dessen abgehackte Silben sie kurze Stöhn- und Ploppgeräusche einbaute: Er war ein Punker / Und er lebte in der großen Stadt / Es war in Wien ...

Kann man das nicht normaler singen?, fragte meine Mutter.

Du meinst so? Meine Schwester sang auf die gleiche Weise weiter: Doch ihn liebten alle Frauen / Und jede rief: / Come on and rock me Amadeus ...

Plötzlich unterbrach sie sich selbst. Musik, sagte sie. Ich sollte Musiklehrerin werden.

Auch nicht schlecht, sagte meine Mutter. Da kannst du immer Platten hören und in Falco-Konzerte gehen. Du musst dich nur standhaft weigern, einen Schulchor zu leiten oder eine Schulband zu gründen, sonst ist es vorbei mit der Ruhe. Musik müsste dir als alte Klavier- und Gitarrenspielerin ja liegen.

Doch Klara hörte nicht mehr zu. Sie sang gerade gemeinsam mit Falco den Refrain: Amadeus, Amadeus, Amadeus, Amadeus. Dann sagte sie: Oh ja, ich gründe eine Schulband.

Nach dem Frühstück fuhren Klara und ich gemeinsam

mit dem Bus zum Hauptgebäude der Universität an der Ringstraße.

Jetzt einmal ernsthaft, sagte ich. Was willst du nun eigentlich studieren?

Klara hob die Schultern. Keine Ahnung, ich schau mich einmal um, was es gibt.

Vor der Uni war eine Lautsprecheranlage aufgebaut. Auch hier wurde gerade *Amadeus* von Falco gespielt. Danach ergriff ein junger Mann im Pullover das Mikrofon und wetterte gegen den Plan der Regierung, im Ennstal eine Schnellstraße zu bauen. Er hatte Mühe, ganze Sätze zu formen. Er fing irgendwo an und brach, da er kein Ende fand, den Satz ab, um einen neuen zu beginnen, mit dem es ihm nicht besser ging. Aber das schien ihn keineswegs zu stören. Die Vollständigkeit der Sätze war ihm nicht wichtig. Er wollte bestimmte Signalworte verbreiten, und die brachte er immer unter. Sein Lieblingswort, das er in jedem Halbsatz benutzte, war Wahnsinn. Ein Wahnsinnsprojekt, ein Wahnsinnsgeld, ein Wahnsinnslärm.

Wenn unser Alter noch Student wäre, sagte ich zu Klara, meinst du, er würde hier stehen und gegen den Verkehrsminister protestieren?

Meine Schwester verzog den Mund. Was wenn, sagte sie. Das Problem ist ja gerade, dass er nicht mehr studiert, sondern die Landschaft zubetoniert.

Die Musik wurde wieder eingeschaltet. Aus dem Lautsprecher dröhnte nun *Life is Life* von Opus. Klara nahm dem Mann im Pullover ein Flugblatt ab. Plötzlich stutzte sie.

Oh, oh. Haben wir dieses Bild nicht schon irgendwo gesehen?

Sie hielt mir die Karikatur vors Gesicht. Komm, sagte ich und zog sie weiter. Sie warf das Flugblatt im Vorbeigehen in eine Mülltonne.

Ich zeigte ihr, wie man bei der Universität das Haupt-

portal mit den vorgelagerten Stufen vermeiden und stattdessen durch den Hof zur Inskriptionsstelle gelangen kann.
Dort hatten sich lange Schlangen von Studenten gebildet.
Meine Schwester musste sich bei der längsten anstellen, bei
der für die Immatrikulation. Wir verabredeten uns für später. Während sie auf ihre Formulare, Broschüren und Zahl-
scheine wartete, ging ich in die Buchhandlung von Heinz
Kolisch. Auf einem Büchertisch gegenüber vom Eingang lagen stapelweise die Neuerscheinungen. Ich nahm ein Buch
nach dem anderen zur Hand und las die Umschläge. Der
bärtige Buchhändler blieb kurz bei mir stehen, nahm von
einem Stapel ein Buch und hielt es mir vors Gesicht. Wenn
Sie sich für österreichische Literatur interessieren, sagte er,
wäre das vielleicht etwas.

Ich nahm das Buch zur Hand. Es war dünn, was gut war,
weil ich bei dicken Büchern bislang selten bis ans Ende gekommen war. Doch dann las ich, das Buch handle vom Leben und Sterben auf dem Land, und so legte ich es wieder
zurück. Mich interessierte weder das Leben noch das Sterben auf dem Land. Ich kaufte mir ein Vorlesungsverzeichnis und verließ die Buchhandlung.

Mit der Rolltreppe fuhr ich in die Schottenpassage hinab, zu jenem Café, in dem ich mich mit Klara verabredet
hatte. Die Tische waren hinter hohen Glaswänden. Man
konnte von jedem, der vorbeiging, sofort gesehen werden.
Außerdem hielt direkt davor eine viel befahrene Straßenbahnlinie. Ich dachte mir, vielleicht treffe ich Bekannte, die
mir den Semesteranfang erleichtern.

Mimi und Brigitte hatten zu studieren aufgehört. Beide
hatten als Volontäre gearbeitet und danach eine Stelle bekommen, Mimi beim ORF, Brigitte bei der Tageszeitung
Kurier. Die Wohngemeinschaft in der Mondscheingasse
gab es nicht mehr. Mimi war ausgezogen. Ich hatte den
Kontakt zu ihr verloren.

Ich trank ein Bier und suchte mir aus dem Vorlesungsverzeichnis Veranstaltungen für das Fach Publizistik heraus. Im Wesentlichen waren es dieselben Veranstaltungen, für die ich mich schon im vorigen Semester inskribiert hatte. Eigentlich studierte ich nur noch, weil es mir eine gewisse Unabhängigkeit garantierte. Ich bekam da und dort Ermäßigungen, bei der Bahn, bei den Wiener Verkehrsbetrieben, im Theater, ich konnte meinen Zivildienst aufschieben, und ich konnte einen Beruf angeben. Man wird ständig gefragt, was man macht. Und da war es gut, eine Antwort zu haben.

Ich beobachtete die Leute, die in der Passage vorbeigingen. Mein Bier ging zu Ende, und so bestellte ich ein zweites Glas. Diese Menschen da draußen schienen alle zu wissen, was sie wollten. Sie liefen zielstrebig ihren Plänen nach. Sie hatten Vorstellungen, was sie als Nächstes machen, und was danach, und wie es überhaupt mit ihnen weitergehen soll. Die dort mit dem Haarreifen, Lehrerin vielleicht oder Geigenspielerin, die mit der großen Brille war wohl Ärztin, und der mit Aktentasche und dem komischen Gang ein klarer Fall von Jurist. Da ist ein Arbeiter, dort ein Bankangestellter, und die Fette, die so griesgrämig dreinschaut, verkauft entweder irgendetwas oder begnügt sich damit, andere zurechtzuweisen und ihrem Mann das Leben schwer zu machen.

Unter einer Wand von Videoschirmen lag auf einem braunen Karton ein Obdachloser. Er schlief und ließ sich weder durch die direkt über ihm laufende Videoreklame der neuesten Kinohits noch durch das Quietschen der einfahrenden Straßenbahn wecken. Mir geht es eigentlich nicht anders, dachte ich und trank einen Schluck Bier. Auf einem günstigeren Niveau, das schon, aber im Prinzip dasselbe. Ich starrte auf den Sandler und wartete darauf, dass er sich bewegte. Die Leute, die sich die Videoreklame anschauten, hielten Abstand zu ihm. Vielleicht stank er.

Dann, nach ein paar weiteren Schlucken Bier, erschien mir alles in günstigerem Licht. Was beklage ich mich. Wie viele träumen davon, nicht arbeiten zu müssen und trotzdem so gut leben zu können wie ich. Ich bekam im Monat von meinen Eltern fünftausend Schilling. Das ließ sich vermutlich noch einige Jahre aufrechterhalten. Ich konnte gratis wohnen, zahlte nichts für Strom, Telefon oder Heizung. Was wollte ich mehr. Ich hatte genug Geld, um jederzeit, wenn mir danach war, ausgehen zu können. Ich konnte, wenn eines unserer beiden Autos frei war, und eines war meistens frei, nach Lust und Laune damit herumfahren. Wenn es ein Problem gibt, dann ist es mein Ratzenschädel, nicht die Lebenssituation. Die sollte ich besser genießen, anstatt sie mit der von Sandlern zu vergleichen.

Von weitem sah ich Klara kommen. Sie trug eine Mappe im Arm. Ihr Unterkörper wiegte beim Gehen hin und her. Die Beine steckten in schwarzen Jeans. Die halblangen, rötlichen Haare flogen ihr über die Schulter. Sie winkte, aber sie schaute dabei nicht zu mir. Eine Person, die gerade aus der Straßenbahn ausgestiegen war, kam auf sie zu. Ich konnte nicht sagen, ob es eine Frau oder ein Mann war. Sie unterhielten sich, dann schauten sie in meine Richtung. Ich hob die Hand. Klara und der oder die Bekannte kamen ins Café. Es irritierte mich, dass ich das Geschlecht noch immer nicht erkennen konnte. Die Person war ein bekleidetes Knochengerüst. Kurz geschorene Haare, das Gesicht bartlos, aber so kantig, dass ich darin eher einen Mann als eine Frau zu erkennen meinte. Am bis zum Hals zugeknöpften Hemd oder an der Bluse drückte sich nicht der geringste Ansatz einer Brust ab. Also doch ein Mann, dachte ich.

Das ist Bibi, sagte Klara.

Bibi?

Ja, Bibiane, sagte Bibi, freut mich, dich endlich zu treffen.

Es war gut, dass sie gleich etwas sagte. Sofort fühlte ich mich wohler. Ich reichte ihr die Hand. Offenbar hatte meine Schwester ihr von mir erzählt, aber mir nichts von ihr. Es gab einen Moment der Verlegenheit.

Wie war es in Liezen?, fragte Klara.

War ein tolles Fest, wir haben bis in die Früh getanzt. Ich bin gerade erst heimgekommen. Eigentlich gehöre ich ins Bett, ich wollte mich nur noch schnell inskribieren. Als müsste sie uns zeigen, wie müde sie schon war, rieb Bibi ihre Augen und fuhr sich dann mit den flachen Händen über das Gesicht.

Die Zeichnung hat übrigens voll eingeschlagen, sagte Klara. Der Papa hat sich darüber mehr geärgert als über alles andere.

Bibi zog den Kopf ein und grinste. Die Kellnerin kam. Wenn Klara mit anderen über unseren Vater sprach, nannte sie ihn Papa, und das klang bei ihr ganz normal. Ich hätte das nie über die Lippen gebracht. Zu ihm sagte ich zwar auch Papa, aber wenn ich über ihn sprach, nannte ich ihn den Alten, oder meinen Alten. Bibi bestellte einen Becher Heidelbeerfrufru und Klara einen Karottensaft.

Und der Herr noch ein Bier?, fragte die Kellnerin.

Der Herr trinkt noch ein Bier, antwortete ich.

Bibi lachte mich an. Dabei meinte ich in ihrem Gesicht nun deutlich zu sehen, dass sie eine Frau war. Aber dann schloss sie den Mund, und ich war wieder verunsichert. Ob Klara dieses alternative Knochengerüst schon nackt gesehen hat? Ich schaute auf ihre Hände. Die wenigstens wirkten weiblich.

Ich fragte Bibi: Hast du die Karikatur von meinem Alten gezeichnet?

Nein, mein Bruder war das. Er ist Grafiker.

Sie wandte sich an Klara. Was wirst du jetzt eigentlich studieren?

Vielleicht Englisch.

Nein, sagte Bibi entsetzt, nicht Englisch, nur nicht Englisch! Ich habe Englisch gerade aufgegeben. Die quälen dich hier so lange mit ihrem britischen Akzent und mit ihren britischen Schreibweisen und ihren britischen Nasallauten, bis du, wenn du dann einen wirklichen Engländer reden hörst, glaubst, er sei ein Amerikaner. Alle, die mit Englisch angefangen haben, studieren mittlerweile etwas anderes. Jedenfalls die, die ich kenne. Französisch ist viel lockerer. Ich studiere jetzt auch Französisch. Eine Stelle kriegst du weder in Englisch noch in Französisch. Das ist egal. In Französisch könnten wir Sachen zusammen machen. Ich war schon letzte Woche bei der Studienberatung und kann dir die Inskriptionsnummern sagen.

Meine Schwester nahm ein Formular aus der Mappe und schrieb, ohne groß darüber zu diskutieren, von Bibis Inskriptionsschein einfach alle Nummern für das Fach Französisch ab.

Und was noch?, fragte Bibi. Für das Lehramt brauchst du ein zweites Fach.

Musik, sagte Klara. Ich denke, ich werde nun doch Musik studieren.

Musik? Ich wusste gar nicht, dass du so musikalisch bist.

Das liegt bei uns in der Familie, sagte Klara.

Dann könnten wir ja einmal einen Musikabend machen, ich spiele Cello.

Oh ja, das könnten wir machen. Ich spiele Klavier und Gitarre, müsste allerdings vorher ein wenig üben.

Das sagte sie einfach so. In Wirklichkeit hatte sie seit zwei Jahren, seit sie mit ihrem Gitarrenlehrer Schluss gemacht hatte, nie wieder ein Instrument in der Hand gehabt.

Immerhin war jetzt entschieden, was sie studieren würde. Falco und Bibi hatten es ihr gesagt. Und ich hatte, ohne es zu ahnen, gerade Klaras zukünftige Schwägerin kennen gelernt.

Klara war eine ungemein fleißige Studentin. Alle Eltern dieser Erde hätten ihre wahre Freude an ihr gehabt. Mit dem Musikstudium konnte sie nicht sofort beginnen, weil ihre Künste am Klavier für die Aufnahme in die Hochschule für Musik und darstellende Kunst nicht ausreichten. Von da an hörte ich jeden Tag, wenn ich wach wurde, das Klavierspiel meiner Schwester. Sie übte wie besessen. Wenn sie nicht bei den Vorlesungen am Romanistischen Institut war, saß sie daheim im Speisezimmer. Nicht nur das Klavier tönte durchs ganze Haus, sondern bald auch die Gitarre. Zwischendurch hörte ich Klara Halleluja und Benedictus singen, und wenn wir am Wochenende das Speisezimmer benutzten, mussten wir zuerst das Metronom, die Stimmgabel und die Notenhefte vom Tisch hinter den Paravent räumen. Nach einem halben Jahr trat sie mit hundertzwanzig anderen zur Aufnahmeprüfung an und war bei jenem Drittel, das zum Studium zugelassen wurde. Irgendwann begann sie von einem Gerhard zu sprechen, und da sie nun auch wieder Gitarre spielte, ging ich einfach davon aus, dass es sich um ihren ehemaligen Freund handeln müsse. Dessen Gruppe, die Geilen Säcke, gab es noch. Sie waren in letzter Zeit mit ihren Heavy-Metal-Nummern sogar so erfolgreich gewesen, dass sie eingeladen waren, am Ersten Mai in der Arena, einem ehemaligen Schlachthofgelände, eine Serie von Freiluftkonzerten zu eröffnen.

Der Erste Mai war in unserer Familie ein notorisches Streitthema. Als Kind hatten mir die Aufmärsche noch Spaß gemacht. Da war ich mit dem Fahrrad, in dessen Speichen mein Vater am Vorabend rotes Krepppapier gespannt hatte, bei der Bezirksgruppe der Meidlinger Sozialisten mitgefahren. Die Erwachsenen gingen zu Fuß in der Mitte der Straße, und wir Kinder fuhren mit den rot geschmückten Fahrrädern den Demonstrationszug entlang bis nach vorne zu den Fahnenträgern, dann in die Gegenrichtung, vorbei an den Straßenbahnern und Eisenbahnern mit ihren jeweiligen Musikkapellen bis zurück zu den Freiheitskämpfern und zum Bund Sozialistischer Akademiker, die im Meidlinger Aufmarschplan gewöhnlich das Schlusslicht bildeten. Dann drehten wir erneut um und strampelten von den leisen Akademikern wieder nach vorne zu den lauten Eisenbahnern. Wenn wir schließlich beim Burgtheater von der Ringstraße auf den Rathausplatz einbogen, begann ich auf dem mit hohen Transparenten geschmückten Podium meinen Vater zu suchen. Er stand dort, vor der Kulisse des neugotischen Wiener Rathauses, inmitten der sozialistischen Prominenz und winkte uns zu.

Als Teenager ging ich zweimal bei den Roten Falken mit. Das erste Mal ließ ich mich von meinem Vater überreden, das zweite Mal wurde ich von ihm gezwungen. Das Jahr darauf weigerte ich mich standhaft. Die Roten Falken machten nämlich ihrem Namen alle Ehre und hackten in einer Weise auf mir herum, dass ich das Bild des an den Felsen geschmiedeten Prometheus, dem die Vögel ihre Schnäbel in den Körper stoßen, schon verstand, bevor es uns der Deutschlehrer anhand eines Goethe-Gedichtes nahe brachte. Die beiden Maiaufmärsche in den Reihen der Roten Falken von Meidling und die wenigen Falkenabende, an denen ich teilnahm, habe ich als andauerndes Ratz-, Ratz-, Ratzgespotte in Erinnerung. Die Junggenossen waren von der Tatsache, dass mein Vater dem Bundesvorstand angehörte und für die Finanzen der Gesamtpartei verantwortlich war, nicht im Geringsten beeindruckt. Was immer sie gerade machten, sie unterbrachen es, sobald ich erschien, und begannen ihre Witze über mich zu reißen. Kein Erwachsener konnte sie davon abhalten. Als es schließlich so weit war, dass jemand zum Falkenabend eine Rattenfalle mitbrachte, lief ich in hilfloser Wut davon, und vorbei war es mit den Falken. Für andere mögen diese Abende mit der Erinnerung an den ersten Kuss und an den ersten Vollrausch verbunden sein, und wahrscheinlich auch mit der Erinnerung an den Spaß, den es machte, den Sohn eines Parteibonzen und späteren Ministers bis aufs Blut zu quälen.

Mein Vater wollte durchgreifen und die verantwortlichen Genossen zu einer Aussprache einladen, aber ich wollte mit den Falken nichts mehr zu tun haben. Meine Mutter unterstützte mich. Für meinen Vater war das nicht überzeugend. Er unterstellte ihr, hinter ihrer Ablehnung der Roten Falken steckten die alten katholischen Vorurteile ihrer Scheibbser Kindheit. Er sei schließlich auch einmal bei den Roten Falken gewesen, und er möchte keinen dieser Abende missen.

Jetzt übertreib nicht, sagte meine Mutter. Ich hatte bei der Katholischen Jungschar auch schöne Heimabende, aber keinen dieser Abende missen, das klingt nach Fanatismus.

Und dann begannen sie von ihren Abenden bei den Falken und im Jungscharheim zu erzählen, und mein Vater sang Auf, auf zum Kampf, zum Kampf sind wir geboren, und meine Mutter sang Wenn die bunten Fahnen wehen, geht die Fahrt wohl übers Meer, daraufhin sang mein Vater Avanti populo alla riscossa, bandiera rossa, bandiera rossa, und meine Mutter antwortete: Wir sind Gottes junge Fackeln in aller Dunkelheit der Zeit, wir haben unser junges Leben nur seiner Herrlichkeit geweiht. Sie hätten noch ein paar Stunden weitersingen können, denn sie kannten noch alle Texte und Melodien auswendig, wenngleich es nur wenige Lieder gab, die sie gemeinsam konnten. *We shall overcome* war eines davon. Mein Vater behauptete, das hätten sie schon bei den Falken gesungen, aber meine Mutter glaubte es ihm nicht. Und ich sagte, auch wenn ihr das Lied damals schon gesungen habt, gehe ich nicht mehr zu den Falken. Und so gab mein Vater schließlich nach.

Doch am Ersten Mai, da wollte er mich immer dabeihaben. Die Roten Falken seien kein Grund, vom Maiaufmarsch fernzubleiben. Ich könnte mich ja dem Verband Sozialistischer Mittelschüler und später dem Verband Sozialistischer Studenten anschließen. Die Wahrheit ist, mir wurde es zunehmend peinlicher, auf dem Rathausplatz meinem Vater zuzuwinken, aber es fiel mir schwer, ihm das so direkt zu sagen. Und so gab es jedes Jahr die gleichen Diskussionen, und ich drückte mich um klare Antworten herum und blieb schließlich einfach weg, ohne es im Detail zu begründen. Meine Schwester begleitete noch eine Zeit lang meine Mutter. Später blieb auch sie fern. Mein Vater warf uns das jedes Jahr erneut vor.

Schon am Vortag des Ersten Mai fragte er, wer von uns nun zum Fackelzug der Sozialistischen Jugend gehe. Der Einzige, der Jahr für Jahr ging, war mein Vater selbst, der sozialistische Berufsjugendliche. Er stand auch dort bei der Kundgebung auf dem Podium, hielt Reden und sang zum Abschluss gemeinsam mit der Sozialistischen Jugend die Internationale. Dann kam er heim und beschwerte sich, dass die Jugend die Internationale nicht mehr singen könne. Er hielt eisern zu seiner Tradition. Selbst als er schon Minister war und gleichzeitig in hundert Aufsichtsräten saß, am Ersten Mai zog er in aller Früh von unserem Designerhaus am Rande des Wienerwalds los, um für einen halben Tag in der Innenstadt den Proletarier zu spielen.

Gehst du eigentlich morgen zu den Geilen Säcken, fragte ich meine Schwester, nachdem mein Vater seinen Versuch, wenigstens einen von uns für den Fackelzug zu gewinnen, aufgegeben hatte und schließlich mit seinem Chauffeur allein in die Innenstadt aufgebrochen war.

Na klar, antwortete Klara. Wir haben sogar schon Karten. Ich gehe mit der Bibi und dem Gerhard hin.

Gut, dann sehen wir uns dort, sagte ich. Wenn sie mit dem Gerhard dorthin geht, dachte ich, wird sie wohl um einiges früher aufbrechen müssen. Ich hatte keine Lust, Stunden vorher beim Soundcheck herumzustehen.

Der Erste Mai begann für mich wie jeder andere Tag. Ich stand zu Mittag auf, und es war, wie immer, wenn ich aufstand, niemand mehr zu Hause. Nur dass diesmal die Eltern nicht arbeiteten, sondern auf der Ringstraße Traditionspflege betrieben und dass meine Schwester nicht von einer Vorlesung zur nächsten hetzte, sondern vielleicht bei ihrem Gerhard war. Ich schaltete den Radio ein. Geier Sturzflug sangen: Jetzt wird wieder in die Hände gespuckt, wir steigern das Bruttosozialprodukt. Dieses Lied war damals schon gut drei Jahre alt. Jemand bei Ö3 musste es eigens für den Ersten Mai hervorgekramt haben. Ich überlegte, ob das nun ein für den Ersten Mai passendes Lied sei oder genau das Gegenteil. In der Ironie passend, andererseits auch wieder nicht, weil mein Vater, der Sozialist, das Leistungsprinzip ernster nahm als alle aufstrebenden Jungkapitalisten zusammen. Aber steigert ein Minister in seinem Tatendrang das Bruttosozialprodukt? Ich ging ins Arbeitszimmer meines Vaters und schaute in einem der Lexika nach, was mit Bruttosozialprodukt genau gemeint sei. Bis ich dann in Ruhe gefrühstückt und die erste Zigarette geraucht hatte, war es gegen zwei Uhr nachmittags, und ich musste zum Konzert aufbrechen, weil ich mit dem Auto meiner Mutter fahren und möglichst in der Nähe der

Arena einen Parkplatz finden wollte. Als ich dort eintraf, gut vierzig Minuten zu früh, war der Soundcheck noch im Gange, aber Klara war nirgendwo zu sehen. Gerhard gab auf der Bühne die Kommandos. Ständig rief er dem Mann am Mischpult etwas zu und ließ zwischendurch die Gitarre aufkreischen. Er hatte nun eine säuberlich rasierte Glatze, die in der Sonne glänzte, als hätte er sie mit Fett eingeschmiert. Ich winkte ihm zu, aber er schien mich nicht zu erkennen und schaute wieder weg. Als er mit dem Soundcheck fertig war, hatte sich vor der Bühne eine Gruppe von gut hundert Fans versammelt. Weiter hinten war eine Zuschauertribüne mit Sitzbänken aufgestellt. Dorthin ging ich und suchte mir einen Platz, nicht zu nahe am Lautsprecher, nicht zu weit von der Bühne, nicht zu sehr von der Sonne geblendet und nicht zu weit unten, um über die vor der Bühne stehenden Menschen sehen zu können. Jeder Platz, so fand ich schnell heraus, hatte Nachteile. Und man sieht von jedem Platz aus sofort die Vorteile der anderen Plätze, aber deren Nachteile sieht man erst, wenn man dorthin gegangen ist und sich niedergesetzt hat. Ich probierte ein paar Plätze aus, konnte mich nicht entscheiden, ging schließlich an den Tribünenrand, in die Nähe des Aufgangs, wo ich dann auch bleiben musste, weil es mittlerweile nichts mehr auszusuchen gab. Klara und Bibi waren noch immer nicht da. Ich zog meinen Pullover aus, formte ihn zu einem länglichen Wulst und legte ihn neben mich auf die Bank.

Reservierung gibt's nicht, sagte einer mit einer braunen, zerschlissenen Lederjacke. Die sind schon da gewesen, log ich. Sie kommen gleich zurück.

Zum Glück kamen sie dann wirklich. Aber es waren drei, Bibi, Klara und ein Mann mit fülligen schwarzen Haaren. Sie zwängten sich neben mich auf die zwei freien Plätze.

Das ist mein Bruder Helmut, sagte Klara, und das ist Gerhard, der Bruder von Bibi. Und die Bibi kennst du ja.

Ah, sagte ich, der Grafiker. Ich reichte Gerhard die Hand. Alles an ihm war behaart, der Hals, die Ohren, die Hände, die Oberseite der Finger. Schwarze Härchen waren selbst auf seiner Stirn zu erkennen. Seine dunklen Augen lugten hinter einem Gestrüpp aus schwarzen Haaren hervor. Und es waren vor allem diese Augen, die mich für ihn einnahmen. Ich dachte mir: Wäre ich Klara, den würde ich auch nehmen. Gerhard trug keinen Bart, aber an den Stoppeln war zu erkennen, dass er in einer Woche so viele Haare auf dem Kinn haben könnte, wie ich in einem Jahr nicht erreichen würde.

Dass die Geilen Säcke die Bühne betraten, war an dem lauten Geschrei zu hören, das sich von vorne nach hinten ausbreitete. Als dann das Schlagzeug einsetzte, sprangen alle vor uns auf und wurden zu einer einzigen zuckenden Masse, die, von den schnellen Schlägen und den hart gespielten Riffs aufgepeitscht, fieberte, zitterte, zuckte und kreischte. Der Rausch war ansteckend. Auch ich hüpfte, wackelte mit den Schultern und schlug den Kopf nach vor und zurück. Die Sitzplätze, die ich so mühselig ausgesucht hatte, konnten wir vergessen. Die lauten Bässe ließen meinen Brustkorb vibrieren. Ich spürte die Töne gegen das Bauchfell hämmern.

Gerhard packte mich am Ellenbogen, um auf sich aufmerksam zu machen. Er ließ ein flaches, silbernes Zigarettenetui aufspringen. Es enthielt auf der linken Seite selbst gestopfte Zigaretten, deren Spitze zusammengedreht war, und auf der rechten Seite filterlose Gitanes. Ich nahm eine der Selbstgedrehten. Gerhard nickte mir aufmunternd zu und so rauchten wir, kaum hatten wir uns kennen gelernt, unseren ersten gemeinsamen Joint. Gerhard bot die Zigaretten auch seiner und meiner Schwester an. Beide lehnten ab. Klara war Nichtraucherin geblieben, und sie war auch noch Vegetarierin. Aber die Art, wie sie ablehnte, war nicht strikt zurückweisend. Sie schien mit diesen Dingen mittlerweile durchaus vertraut zu sein, und ich fragte mich, ob sie vielleicht sogar wusste, dass ich dieses Zeug jede Nacht rauchte. Wäre dieser Gerhard nicht gewesen, hätte es wahrscheinlich noch Jahre gedauert, bis ich es gewagt hätte, mir im Beisein meiner Schwester einen Joint zu genehmigen.

Die Bibi, dachte ich, macht so etwas nicht. Aber das war ein Irrtum. Kaum hatten wir unseren Joint zu Ende geraucht, griff sie ihrem Bruder, an Klara, die dazwischen stand, vorbei, in die Hosentasche und zog das Zigarettenetui heraus, um sich eine Selbstgedrehte zu nehmen. Ich beobachtete das und schrie dann zu meiner Schwester hinüber, ob sie mir auch in die Hosentasche greifen würde. Sie verstand das offenbar falsch, denn sie verzog den Mund und schüttelte auf eine Weise den Kopf, als wollte sie mich fragen, ob ich noch richtig ticke.

Dann setzten die Wehen ein. Ich spürte, wie mein Bauch sich langsam zusammenzog und wieder entspannte. Kurz darauf kam die Verkrampfung zurück, diesmal jedoch stärker. Ein deutliches Drücken, das sich wellenartig zum Becken hinab ausbreitete. Es wurde von Mal zu Mal stärker, bis es zu schmerzen begann. Ich kriege ein Kind, dachte ich. Auf einmal konnte ich fühlen, dass ich einen Kanal in mir hatte, der zu einem Loch führte, und ich spürte, wie es diesen Kanal auseinander zog, von Welle zu Welle weiter auseinander zog, als wollte sich etwas durchzwängen. Mein Becken spannte sich immer mehr an, es drängte und drückte. Ich hielt das Stehen nicht mehr aus und glitt auf die Bank nieder. Ich muss weg von hier, dachte ich, ich kann doch nicht hier mitten im Konzert gebären. Kalter Schweiß trat mir auf die Stirn. Die Wehen wurden immer heftiger. Deutlich spürte ich, wie das Kind mit der nächsten Druckwelle wieder ein Stück tiefer den Kanal hinabgepresst wurde. Ich muss die Hose ausziehen, dachte ich, es kann sonst nicht heraus. Es wird in mir stecken bleiben. Deshalb rutschte ich am Stuhl weit nach vorne und zog die Beine auseinander. Ich musste weg hier. Ich wusste noch nicht einmal, ob ich liegend oder hockend gebären wollte, da traf mich die nächste Wehe so heftig, dass es mich zusammenkrümmte. Kann sein, dass ich geschrien habe. Es war aussichtslos, aus eigenen Kräften von diesem Konzert wegzukommen. Die müssen die Rettung holen und mich in eine Gebärklinik einliefern. Mein Fall war sicher kompliziert.

Geht's dir nicht gut?, fragte jemand. Ich öffnete die Augen. Gerhard hatte sich zu mir herabgebeugt. Ich lag auf dem Boden. Vor mir hüpften und trampelten die Beine der anderen.

Ich muss weg hier, sagte ich. Es ist alles in Ordnung, aber ich muss weg hier.

Gerhard nahm mich an den Armen und half mir auf die Beine. Komm, gehen wir, sagte er. Nun erwies es sich als Glück, dass wir gleich neben dem Tribünenaufgang saßen. Beim Hinuntergehen musste ich mich einmal auf die Stufen setzen, weil es mich wieder zusammenkrümmte. Aber dann gingen wir weiter. Gerhard hatte seinen Arm fest um mich gelegt und brachte mich zum Ausgang.

Ins Auto, sagte ich und deutete in die Richtung. Da drüben steht mein Auto.

Es war nicht weit entfernt, aber auf dem Weg dorthin verkrampfte sich mein Bauch erneut und ich bekam einen Schweißausbruch. Ich glitt nieder aufs Trottoir. Gerhard setzte sich neben mich und hielt mich weiter im Arm.

Willst du dich lieber legen?, fragte er.

Geht schon. Ich fühle mich schon besser, sagte ich. Aus dem Schlachthofgelände heraus hörte man die Musik. Mein Bauch schien sich zu entspannen. Ich spürte, wie sich mein Gebärkanal langsam auflöste.

Wir können weitergehen, sagte ich. Aber Gerhard blieb auf dem Trottoir sitzen.

Warte noch einen Moment, bis der Kreislauf sich beruhigt hat. Hast vielleicht ein bisschen zu viel erwischt.

Ich habe geglaubt, ich kriege ein Kind, sagte ich.

Auch nicht schlecht, meinte Gerhard. Das war der Kaschmir, der fährt gut ab.

Er brachte mich zum Wagen. Während ich an der Motorhaube lehnte, sperrte er das Auto auf und klappte die Rückenlehne des Beifahrersitzes nach hinten. Ich legte mich hinein, er setzte sich daneben auf den Fahrersitz und ließ das Fenster hinab. Das Konzert war von hier aus gut zu hören.

Meinst du, Musik kann einen Bauchkrampf auslösen?, fragte ich.

Sicher, sagte Gerhard. Er nahm sein Zigarettenetui aus der Hosentasche und zündete sich eine Gitane an.

Willst auch eine?

Später.

Ich sah ihm zu, wie er den Rauch zum Fenster hinausblies.

Dann kann so ein Konzert auch eine Geburt einleiten.

Sicher. Wenn du schwanger bist, und du denkst, es ist an der Zeit, dann gehst du zu den Geilen Säcken. Die erledigen das für dich.

Gerhard schlug mir dabei mit der Hand auf den Oberschenkel. Ich musste lachen.

So eine Band, fuhr er fort, hält sich ja auch nicht ewig. Wenn das Publikum ausbleibt, kommt der Katzenjammer. Man sollte ihnen vorschlagen, einen Vertrag mit einer fortschrittlichen Gebärklinik zu schließen. Dann haben sie Arbeit bis ans Lebensende.

Ich hielt das Ganze für eine ausgezeichnete Idee und stellte mir den Kreißsaal in dieser Klinik vor. Es würde eine Bühne für die Geilen Säcke geben, riesige, über den ganzen Raum verteilte Boxen und einige erhöht stehende Gebärstühle, unter denen Hebammen und Geburtshelfer sich zu schaffen machten, während die Gebärenden genüsslich einen Joint rauchten und sich im Rhythmus der Musik wiegten.

Wie weit sind wir denn?, würde Gerhard, der Gitarrist, ins Mikrofon rufen. Braucht ihr noch ein paar geile Bässe?

Ja, würden die Gebärenden kreischen. Schlagt zu, dass die Bude zittert. Wir wollen Rockstars zur Welt bringen.

Mir fiel ein, dass der Leiter der Wiener Semmelweis-Klinik Rockenschaub hieß, und ich sah darin einen deutlichen Schicksalswink, die Erste Wiener Rock-'n'-Roll-Gebärklinik in dieser altehrwürdigen Institution zu verwirklichen. Ich war von dieser Idee so begeistert, dass ich mir vornahm, Professor Rockenschaub und die Geilen Säcke so bald wie möglich zu einer ersten Aussprache zusammenzubringen. Ein leiser Trommelwirbel setzte ein, er wurde lauter und lauter.

Schau dir diese Scheiße an, sagte Gerhard. Jetzt beginnt es zu regnen.

Ich setzte mich auf. Die Tropfen hämmerten auf das Dach, an der Windschutzscheibe rann das Wasser herab. Gerhard schloss das Fenster und stieg aus.

Ich hole die Mädchen, sagte er und warf die Tür zu. Ich stellte die Rückenlehne des Beifahrersitzes wieder senkrecht. Dann schaute ich den Formen zu, die der abfließende Regen auf der Windschutzscheibe bildete. Sie wurden langsam blasser. Ich zeichnete mit dem Finger Konturen nach. Als ich merkte, wie beschlagen die Scheibe war, geriet ich in Panik, ich könnte zu wenig Luft bekommen. Ich stieg aus dem Auto aus, breitete die Hände aus und empfing den Regen. Auf dem Gehsteig liefen Menschen vorbei. Die Band spielte immer noch. Der Regen rann durch meine Haare, über mein Gesicht, tropfte aus den Barthaaren auf den Hals und weichte mir die Kleider ein. Entlang des Brustbeins rann mir ein kleines Bächlein herab, das am Bauch vom Hosengürtel aufgehalten wurde und durch das Hemd sickerte. Es ging mir gut, es ging mir ausgezeichnet, mir fehlte absolut nichts. Nie habe ich einen Regen so sehr genossen.

Es klarte wieder auf, und es kam sogar die Sonne heraus, als das Konzert noch im Gange war. Mir kam es vor, als hätte der Regen Stunden gedauert. Ich ging in die Arena zurück. Die Bühne war überdacht, aber die Zuhörer standen bis zu den Knöcheln in einem Sumpf. Nur wenige hatten Regenkleidung oder Schirme bei sich. Die meisten waren, so wie ich, völlig durchnässt. Das trübte die Stimmung aber nicht. Von den Menschen, die sich am Bühnenrand drängten und immer noch im Rhythmus der harten Beats sprangen, stieg eine Dampfwolke auf und dann, nach dem Schlussakkord, ein endloses Kreischen und Pfeifen. Während die Menschen zum Ausgang drängten, viele von ihnen mit den Schuhen in den Händen, hielt ich mich am Rande der Tribüne an einer Eisenstange fest, um nicht vom Strom mitgerissen zu werden. Auch Gerhard und den beiden Frauen klebten die Kleider am Körper. Meine Schwester trug, wie immer, einen schwarzen Büstenhalter, der nun an der Innenseite des T-Shirts klebte. Bibi, das war deutlich zu sehen, hatte ein leicht vorstehendes Brustbein, aber nicht den geringsten Ansatz eines Busens. Hingegen hatte sie große, abstehende Brustwarzen, auf die ich so lange und offenbar so auffällig schaute, bis Bibi ihre Bluse von der Brust wegzog und nichts mehr zu sehen war.

Winchester Library 2
RENEW ONLINE at www.hants.gov.uk/library or
phone 0300 555 1387

LOVE YOUR LIBRARY

Customer ID: ******5351

Items borrowed today

Title: Das Vaterspiel
ID: C015009555
Due: 23 August 2021

Total items: 1
Account balance: £0.00
26/07/2021 15:26
Items borrowed: 1
Overdue items: 0
Reservations: 0
Reservations for collection: 0

Download the Spydus Mobile App to control your
loans and reservations from your smartphone.
Thank you for using the Library.

Wir fuhren in eine Pizzeria in der Margaretenstraße, in der meine Schwester und Gerhard schon öfter gewesen waren. Dort gab es eine gute vegetarische Pizza. Aber die Kellnerin wollte uns, weil wir so nass waren, anfangs gar nicht Platz nehmen lassen. Gerhard ging zur Wirtin und redete auf sie ein, wobei er gestikulierte, als wäre er ein waschechter Italiener. Er hatte Erfolg. Die Wirtin brachte schwarze Abfallsäcke und legte sie auf die Stoffpolsterung der Sitzbank. Prego signori, sagte sie. Gerhard bestellte eine Flasche Chianti, und kurz darauf sah ich meine Schwester das erste Mal Alkohol trinken. Ich begann laut zu lachen, bekam dabei aber den Wein in die falsche Röhre und musste husten.

Was hast du?, fragte Klara.

Ich kenne dich überhaupt nicht, antwortete ich mit dem wenigen Atem, den mir das Lachen und Husten ließ. Ich dachte, du bist strikte Antialkoholikerin.

Da seht ihr, wie es bei uns in der Familie zugeht, sagte Klara. Keiner hat eine Ahnung vom anderen.

Stimmt, antwortete ich. Wahrscheinlich hat unser Alter längst zehn Freundinnen, und die Mama geht heimlich auf den Strich.

Die Mama auf den Strich? Das glaubst du wohl selber nicht.

Doch, sagte ich. Ich traue es ihr zu.

Das ist ja nun wirklich der letzte Blödsinn, sagte Klara, und dann suchten wir ein anderes Thema.

Nach dem Essen gingen wir in die Wohnung von Bibi und Gerhard in der Hofmühlgasse, ganz in der Nähe des Margaretenplatzes. Die beiden wohnten in einem Pawlatschenhaus, bei dem die Wohnungen von einem Arkadenhof aus begehbar waren. Die Wohnung gehörte den Eltern von Bibi und Gerhard, und so war sie auch eingerichtet. Schleiflackmöbel und ein Kristallluster schon im Vorzimmer. Bevor die Kinder studierten, hatten die Eltern diese Wohnung nur an Wochenenden benutzt, wenn sie nach Wien in die Oper oder ins Konzert fuhren. Der Vater war Gemeindearzt von Drosendorf. Gerhard bewohnte den großen Raum, den er gleichzeitig als Atelier nutzte. Er war zwei Jahre älter als Bibi und so auch als Erster hier eingezogen. Er stand kurz vor seinem Abschluss an der Akademie für Angewandte Kunst. Bibi war nur das Schlafzimmer der Eltern geblieben, dessen Doppelbett mehr als den halben Raum einnahm. Wir gingen in Gerhards großes Zimmer. In der Mitte stand eine ausgezogene Doppelcouch.

Setzt euch einfach irgendwohin, sagte Gerhard. Klara schob das Bettzeug über den Polstern zusammen.

Vielleicht wäre es besser, sagte sie, wenn wir vorher unsere nassen Hosen ausziehen. Obwohl, fuhr sie fort und tastete sich dabei mit den Händen ab, so nass bin ich gar nicht mehr.

Während Gerhard eine Platte auflegte und dann eine Weinflasche öffnete, ging ich die Wände entlang und schaute mir die Bilder an. Sie waren in mehreren Reihen angeordnet. Auf den ersten Blick sah es aus, als wären die Bilder einer Reihe jeweils gleich. Bei genauerem Schauen waren kleine Unterschiede zu sehen. Es war wie beim Bilderrätsel in der Zeitung, nur dass hier nicht zwei, sondern zehn Bilder hingen, die sich nur gering voneinander unterschieden. Einmal war es die Haltung eines Kopfes, einmal die Haltung eines Beines, einmal ein Gegenstand, dessen Position auf jedem Bild anders war. Wenn man von links nach rechts Bild für Bild anschaute, konnte man eine Bewegung erkennen.

Das ist ja wie ein Zeichentrickfilm, sagte ich.

Genau das ist es, antwortete Gerhard. Er schenkte gerade Rotwein ein. Bibi brachte mir das Glas.

Er malt nur solche Sachen, sagte sie.

Malst du nie ein Einzelbild?

Gerhard hob sein Glas hoch und schaute in die Runde. Seit drei Jahren male ich nur mehr Serien. Mein gesamtes Schaffen soll ein einziger Film werden, mit vielen einzelnen Sequenzen, die auf vielfältige Weise zusammenhängen. Am Schluss, wenn man mich in die Grube wirft, soll man die Bilder alle hintereinander aufhängen können, und sie werden eine Geschichte erzählen. Der endlos lange Korridor des Wiener Landesgerichts oder der Stiegenaufgang eines Hochhauses wären ideal. Man fährt mit dem Aufzug hinauf und geht dann mein künstlerisches Leben herunter. Man könnte die Geschichte auch als echten Film zeigen, den man Bild für Bild langsam abspielt. Man muss aber immer erkennen können, dass es eine Folge von Einzelbildern ist.

Gerhard zeigte mir noch die drei Serien, die gestapelt an der Wand lehnten. In einer war meine Schwester nackt abgebildet. Auf dem ersten Bild liegt sie, wie die Venus von Goya, im Bett, dann zieht sie über neun Bilder hinweg das linke Bein hoch und dreht sich auf die rechte Seite, zum Betrachter herüber. Während ich diese Bilder betrachtete, stand meine Schwester daneben. Eine seltsame Verklemmung stieg in mir hoch. Ich wagte nicht sie anzublicken. Da zeigt mir einer, den ich gerade ein paar Stunden kenne, Bilder meiner nackten Schwester und tut so, als wäre das die normalste Sache der Welt. Ich trank das Rotweinglas leer und setzte mich auf das Bett. Es fröstelte mich.

Das sind eigentlich die Bilder, die ich aussortiert habe, sagte Gerhard. Der Großteil steht in der Akademie und wird gerade beurteilt. Wenn in drei Wochen die neue LP von R. E. M. herauskommt, habe ich das Diplom schon in der Tasche. Dann gibt es gleich zwei Gründe zu feiern.

R. E. M.?, fragte ich.

Du kennst R. E. M. nicht? Was meinst du, welche Musik gerade läuft?

R. E. M., nehme ich an.

Es gibt keine bessere Gruppe als R. E. M.

Gerhard sang den Refrain mit: There's a splinter in your eye and it reads REACT...

Bibi sagte im Hinausgehen: Das läuft bei uns den ganzen Tag. Er hört das immer beim Malen.

Und beim Küssen, meinte Gerhard. Er stellte das Glas ab, ging zu meiner Schwester und umarmte sie. Dann zog er ihr das T-Shirt so weit über die Schulter herab, dass er dabei eine Brust freilegte. Sie steckte in einem durchscheinenden, schwarzen Büstenhalter. Ich schenkte mir Wein nach. Gerhard nahm die Brust in beide Hände und küsste Klara zuerst auf die Schulter und dann auf die Brustwarze.

Du bist ja ganz kalt, sagte er. Meine Schwester drängte ihn fort und schob sich das T-Shirt wieder hoch. Bibi war noch in der Küche. Oder im Schlafzimmer, um sich umzuziehen. Ich überlegte, ob ich zu ihr gehen sollte. Vielleicht wollte sie, dass ich bei ihr über Nacht bliebe. Wir würden ganz gut zusammenpassen, sie mit ihrem knochigen, brustlosen Körper und ich mit meinem Ratzenschädel. Wir würden im Dunkeln liegen und unsere Haut berühren. Und ich würde vorsichtig ihr kantiges Gesicht und ihr herausstehendes Brustbein streicheln. Es wäre ganz leise, der Atem würde durch unsere offenen Münder wehen, die Bettdecke würde knistern. Aber dann stellte ich mir vor, dass ich meine Schwester aus dem Nebenraum hören könnte. Ich würde den Atem anhalten, und ich würde Bibi fragen, ob sie das immer hört. Und sie würde antworten: Wenn es mir zu viel wird, drehe ich Musik auf.

Mir war kalt. Ich stand auf und ging ins Vorzimmer. Bibi kam aus dem Schlafzimmer. Sie hatte Hose und T-Shirt gewechselt.

Ich muss heim und mich umziehen, sagte ich.

Zieh doch Sachen vom Gerhard an.

Danke, sagte ich, aber ich fahre lieber heim. Und dann ging ich einfach.

Zu Hause hörte ich meinen Eltern zu, wie sie sich aus dem Ersten Mai hinausfickten. Ich trug immer noch meine nassen Klamotten und saß neben der Schlafzimmertür meiner Eltern. Meine Mutter war viel lauter als sonst. Sie stöhnte und winselte und rief bei jedem Stoß ja, ja. Ich hörte das Bett knacken und die Körper meiner Eltern aufeinander schlagen. Aber diese dumpfen Schläge und die Ja-Rufe der Mutter passten im Rhythmus nicht zusammen. Und mein Vater, dessen lautester Ton bislang immer das Räuspern danach war, schien nunmehr regelrechte Kommentare abzugeben. Na, wie gefällt dir das, sagte er. Und dann sagte er: Recht so, zieh ihn dir rein. Wieder knackte das Bett. Und dann läutete das Telefon, aber es hatte einen anderen Ton als sonst, und es läutete nur im Schlafzimmer meiner Eltern. Ich hätte es auch vom Erdgeschoss herauf hören müssen. Eine Männerstimme sagte: Kommt doch rüber. Und da erst begriff ich, dass dies nicht die Stimme meines Vaters war und dass die meisten der Geräusche, die ich hörte, gar nicht von meinen Eltern stammten, sondern von einem Videofilm.

Die Schnepfe

In unserem Haus war ich der Erste, dem auffiel, dass die alte Ordnung zerbrach. Aber ich konnte mit niemandem darüber sprechen. Mein Vater kam nun häufig nach Mitternacht heim, oft erst um zwei, hin und wieder sogar erst um vier Uhr. Er legte sich ins Bett und schlief sofort ein. Meine Mutter schien darüber zunächst nicht beunruhigt zu sein. Später erzählte sie mir, sie habe diese Unregelmäßigkeiten seiner Arbeit zugeschrieben und nicht die grundlos eifersüchtige Ehefrau spielen wollen. Sie habe keine ernsthaften Hinweise auf eine Freundin gehabt.

Entschuldige, wollte ich herausschreien, ihr habt es doch monatelang nicht mehr richtig getrieben. Aber das konnte ich nicht sagen. Woher sollte ich das wissen. An den Wochenenden beobachtete ich meinen Vater. Er wirkte unruhiger, aber er war auch hilfsbereiter als früher. Er servierte regelmäßig ab, was er bis dahin nur selten getan hatte, weil ihm zur Nachspeise immer eingefallen war, wen er dringend anrufen müsse. Vom Tennisplatz kam er mit Blumen für meine Mutter zurück. Er organisierte Karten für Theaterpremieren. Er mähte den Rasen.

Oft fuhr er allein nach Gmunden, manchmal nur für eine Nacht. Dort finde er die Ruhe zu lesen, sagte er. Ich hatte ganz andere Phantasien. Aber wenn ich dann einmal mitfuhr, legte sich mein Vater tatsächlich in den Garten oder auf die Couch an der verglasten Veranda und las. Zwischendurch telefonierte er oder betrachtete durch das Fernglas den Gipfel des Traunsteins. Das taten dort alle. Sie saßen vor ihren Häusern auf den Terrassen und hatten neben sich das Fernglas liegen. Vielleicht warteten sie auf den Hubschrauber, der ein paar Mal im Jahr erschien, um einen Abgestürzten zu bergen. Aber von einer Freundin meines Vaters war weit und breit nichts zu sehen. Am Abend fuhr er zu irgendwelchen Schlosskonzerten und zwang mich, allen Leuten, denen er die Hand schüttelte, ebenfalls die Hand zu schütteln. Es waren vor allem Lokalpolitiker, aber auch Politiker der Landesregierung und Unternehmer. Er kannte das gesamte Management der Oberösterreichischen Kraftwerke, was mich nicht verwunderte, weil das Haus, das wir bewohnten, auf einem Grundstück der Oberösterreichischen Kraftwerke stand. Mein Vater hatte eine Menge Geld hineingesteckt, aber es gehörte ihm nicht. Er war nur Mehrheitsbesitzer und hatte das Wohnrecht. Das Haus, eine alte Barockvilla, von der man einen schönen Blick auf die Stadt und auf den Traunsee hatte, stand unter Denkmalschutz. Es hatte mehrere Jahre gedauert, bis das Denkmalamt die Verglasung der Veranda genehmigte. Wenn ich es richtig verstand, hat das Denkmalamt dem Verkauf des Hauses nur zugestimmt, wenn es dann auch bewohnt wurde. Auch das war ein Grund, warum es für meinen Vater wichtig war, häufig nach Gmunden zu fahren und sich in der Öffentlichkeit zu zeigen. Aber warum er es nicht ganz erwerben konnte, habe ich nie verstanden. Es hatte etwas mit den Eigentumsverhältnissen bei den Oberösterreichischen Kraftwerken zu tun. Auffällig war, dass meine Mutter so selten nach Gmunden mitfuhr. Später sagte sie zu mir, sie habe immer das Gefühl gehabt, dass mein Vater in Gmunden allein sein wolle, um sich einen Tag völlig entspannen zu können. Aber irgendwann hatte auch sie den Verdacht, dass er in Gmunden vielleicht doch nicht so ganz allein war. Immer wieder sagte sie, es würde mir gut tun, ein wenig in die frische Luft zu kommen, ich solle doch meinen Vater nach Gmunden begleiten. Frische Luft war nicht mein Fall. Außerdem war es meistens frischer Regen. Insgesamt war ich nicht öfter als zehnmal in Gmunden. Davon habe ich ganze zwei Mal den Traunstein gesehen. Die restliche Zeit war er so gründlich mit Regenwolken verhangen, dass man seine Existenz für ein Gerücht halten konnte. Wenn ich dann nach Wien zurückkam, wollte meine Mutter genau wissen, wie wir den Tag verbracht haben und ob wir am Abend ausgegangen seien. Ich nahm ihr Misstrauen als Bestätigung meines Verdachts, aber es gab nichts zu erzählen.

Einmal kam mein Vater an einem Sonntagabend von Gmunden heim und übergab mir einen Brief der Oberösterreichischen Landesregierung. Darin war eine Feuerinspektion für den folgenden Tag angekündigt. Mein Vater sagte: Der Kerl hat sich nicht überreden lassen, ausnahmsweise einmal am Wochenende zu kommen. Ich habe aber morgen wichtige Termine. Könntest du nicht in der Früh nach Gmunden fahren und den Feuerinspektor im Haus herumführen? Du kannst meinen Wagen nehmen.

Das musste er mir nicht zweimal anbieten. Nichts tat ich lieber, als den BMW meines Vaters an die Luft zu bringen. Ich sagte: Ich fahre lieber gleich los und übernachte in Gmunden. Dann muss ich nicht so früh aufstehen.

Aber fahr nicht zu schnell, sagte mein Vater.

Natürlich fuhr ich wieder viel zu schnell. Die Autobahn war Richtung Wien überfüllt, aber Richtung Westen hatte ich freie Fahrt. Die Tachometernadel war nicht unter 180 herunterzukriegen. Plötzlich tauchte hinter mir ein weißes Auto auf, ebenfalls ein BMW. Ich sah zwei Männer drinnen sitzen. Obwohl ich Verfolgungsjagden eigentlich hasse, stieg ich trotzdem aufs Gaspedal und beschleunigte auf 220. Das Auto hatte noch einige Reserven, aber ich ärgerte mich gleichzeitig schon so sehr über den Blödsinn, den ich da anstellte, dass ich mit dem Gas zurückging und mich überholen ließ. Der weiße BMW reihte sich vor mir ein. Dann klappte hinter der Heckscheibe ein Schild hoch. Darauf stand: STOP! AUTOBAHNGENDARMERIE. Ich hielt auf dem Pannenstreifen. Von der Beifahrerseite des weißen BMWs stieg ein Herr in sportlicher Zivilkleidung aus und kam auf mich zu. Ich ließ das Fenster hinab.

Na, wollen wir ein Autorennen veranstalten?, fragte er.

Keineswegs, sagte ich. Sie haben vielleicht bemerkt, dass ich erst beschleunigt habe, als Sie hinter mir waren. Ich habe gedacht, Sie wollen mich hetzen.

Davor haben wir 183 km/h gemessen, und das war ja auch nicht gerade der Kriechgang. Zeigen Sie mir die Papiere.

Ich übergab ihm meinen Führerschein und die Autopapiere meines Vaters.

Ich weiß schon, dass ich zu schnell unterwegs war, sagte ich, während er sich die Papiere anschaute. Aber ich bin nicht freiwillig so schnell gefahren. Sie müssen wissen, ich bin der Sohn von Verkehrsminister Kramer, und mein Vater hat mich gebeten, ihm so schnell wie möglich die Unterlagen zu bringen, die er im Wochenendhaus vergessen hat. Er hat gerade eine Besprechung im Bundeskanzleramt und braucht dazu dringend diese Unterlagen.

Der Gendarm sah sich noch einmal die Fahrzeugpapiere an.

Er fragte: Können Sie beweisen, dass Sie der Sohn des Verkehrsministers sind?

Wie soll ich das beweisen?, sagte ich. Ich könnte Ihnen die geheime Handynummer meines Vaters geben und Sie könnten ihn anrufen.

Der Gendarm war im Zweifel, was er jetzt machen sollte. Er sagte: Sie wissen, dass ich Ihnen jetzt den Führerschein abnehmen könnte?

Nein, weiß ich nicht, sagte ich. Aber es leuchtet mir ein.

Das Problem ist bloß, sagte der Mann, ich habe das Kennzeichen schon nach Wien durchgefunkt. Sie müssen die Mindeststrafe bezahlen, und die beträgt dreihundert Schilling.

Ich zahlte. Während er etwas auf einen Block schrieb, fragte ich: Wird das Konsequenzen für meinen Vater haben? Das will ich ihm keinesfalls antun.

Er gab mir eine Quittung.

Gar nichts wird es haben, sagte er. Ich muss nur eine Geschwindigkeitskorrektur durchgeben. Sonst komme ich mit den dreihundert Schillingen nicht durch. Man kann sich auch einmal vermessen, nicht wahr?

Während er das sagte, streckte der Fahrer des weißen BMW seinen Kopf zum Fenster hinaus. Er rief: Hey! Komm einmal!

Was gibt es, fragte der Gendarm an meinem Fenster. Der andere rief zurück: Schau dir das an. Ich habe gerade die Rückmeldung aus Wien bekommen.

Ich weiß, sagte der an meinem Fenster. Es ist sein Sohn.

Der andere zog den Kopf wieder zurück.

Danke, sagte ich.

Fahren Sie vorsichtig, sagte der Gendarm. Wir werden hier noch eine kleine Pause machen.

Ich wünschte einen schönen Abend und dann raste ich bis zur Abfahrt Steyrmühl, um von dort aus für die restlichen paar Kilometer alle Vorschriften genau einzuhalten. Es dämmerte bereits, als ich in Gmunden ankam, und es hatte erwartungsgemäß zu nieseln begonnen. Der Traunstein, von dem mein Vater immer behauptete, dass er in der Abenddämmerung so wunderbar leuchtet, war nicht zu sehen. Auf der Zufahrt zu unserem Haus hatte jemand die Mülltonne umgestoßen. Sie lag quer über den Weg. Ich musste anhalten. Drei Katzen machten sich am schwarzen

Müllsack zu schaffen. Sie hatten ihn aufgerissen. Als ich aus dem Auto ausstieg, liefen sie davon. Ich stellte die Tonne auf und nahm den verknoteten Müllsack an den zerfransten Enden. Im Müll lag etwas, das aussah wie ein Kondom. Ich zog es heraus. Es war ein Kondom, rötlich und durchsichtig. Die Spitze war mit Samen gefüllt. Ich blickte mich um, ob mich auch niemand beobachtete, dann verknotete ich das offene Ende und legte das Kondom ins Auto auf die Fußmatte. Ich warf den Müllsack in die Tonne und sammelte den von den Katzen herausgekrallten Abfall ein. Auf der Rückseite des Hauses gab es eine Nische, in der Brennholz lagerte. Inmitten dieses Holzstoßes, von Scheitern überlagert, stand ein verrosteter Eisenstuhl. An der Unterseite der Sitzfläche war mit einer Magnethalterung eine kleine Schatulle angebracht, nicht größer als eine Zündholzschachtel. Darin bewahrten wir den Eingangsschlüssel für das Haus auf.

Ich legte das Kondom auf den Wohnzimmertisch, setzte mich davor und trank ein Bier. Sollte ich jetzt meine Mutter anrufen? War das nicht meine verdammte Pflicht? Würde sie es mir je verzeihen, dass ich es gewusst, aber nichts gesagt hatte? Aber was war denn nun eigentlich geschehen? Im Grunde hatte ich nur einen Beweis für das gefunden, was ich ohnedies schon längere Zeit zu wissen meinte. Wenn ich vorher nicht darüber gesprochen hatte, warum sollte ich jetzt sprechen. Und hat nicht auch mein Vater einen Anspruch auf Vertraulichkeit? Was wusste ich schon. Ich habe ein benutztes Kondom gefunden. Also hat vermutlich hier jemand mit einer Frau geschlafen. Es musste nicht einmal mein Vater gewesen sein. Er konnte Gäste gehabt haben. Das wäre überhaupt das Schlimmste. Ich mache meine Mutter rebellisch und dann stellt sich heraus, dass hier Gäste übernachtet haben. Und wenn es doch mein Vater war, wie kann ich wissen, welche Bedeutung das hat?

Das hat vielleicht gar keine Bedeutung und würde erst eine bekommen, wenn ich meiner Mutter davon erzähle. Wie soll ich meinem Vater je wieder gegenübertreten, wenn ich ihm das antue?

Nichts war wirklich neu, und doch war plötzlich alles anders. Ich wollte schweigen, aber je länger ich darüber nachdachte, desto schwerer wog dieses Schweigen. Er würde sich am Samstag sicher wieder auf den Weg machen. Und ich würde dasitzen mit der Frage auf den Lippen: Na, fährst wieder ficken? Aber stattdessen würde ich zu meiner Mutter sagen: Komm mir nicht schon wieder mit der frischen Luft. Ich hab mir den Nieselregen erst am Montag gegönnt. Und dann würde er wegfahren, und es würde mir schwer fallen, meiner Mutter in die Augen zu sehen. Und sie würde mich fragen: Was ist los mit dir? Und ich würde antworten, ja, was würde ich antworten?

Ich saß tief in der Scheiße. Ich konnte die Familie in die Luft jagen, oder ich konnte weiter zusehen, wie sie langsam zerbröckelt. Auf diese Alternative schien das Ganze hinauszulaufen, und ich wusste nicht, was besser war. Wenn ich schwieg, musste ich für immer schweigen, jedenfalls bis der Auflösungsprozess unserer Familie beendet war. Wenn ich redete, konnte ich meinen Vater für die nächsten zehn Jahre vergessen.

Es war mittlerweile finster geworden. Ich schaltete ein paar Lichter ein und holte mir noch ein Bier. Im Kühlschrank war jede Menge Käse, Parma-Schinken, geräucherter Lachs. Im oberen Regal lagen drei Flaschen Champagner. Hier wurde nicht nur gelesen und mit dem Fernglas der Traunstein betrachtet, hier wurde getafelt. Ich ging ins Schlafzimmer meines Vaters und untersuchte das Bett und die Schränke. Ich konnte nichts Auffälliges entdecken. Keine Flecken, keine fremden Wäschestücke. Ich ging weiter ins Bad und begann in den Schubladen und Toilettenschränken herumzustöbern. Da läutete das Telefon. Vielleicht ist es diese Frau, überlegte ich. Sie denkt vielleicht, mein Vater sei noch hier. Ich lief ins Erdgeschoss hinab zum Telefon und sagte nur: Ja.

Ausgezeichnet, sagte mein Vater, du bist schon da. Ich wollte dir nur sagen, im Kühlschrank sind noch ein paar Sachen. Nimm dir was zu essen und lass es dir gut gehen. Wie ist denn das Wetter?

Es nieselt.

Du Armer, dass auch ausgerechnet dir das immer passieren muss. Als ich weggefahren bin, war das Wetter noch schön. In der Nacht kann es dir ja letztlich egal sein. Was ich noch sagen wollte. Stell dir den Wecker. Dieser Feuerinspektor kann nämlich schon um acht in der Früh antanzen.

Mach ich, sagte ich.

Dann lass es dir gut gehen. Und gute Nacht.

Gute Nacht.

Es ist doch alles in Ordnung?, fragte mein Vater.

Alles in Ordnung.

Dann gute Nacht.

Gute Nacht.

Er legte auf. Ich warf das Telefon auf die Wohnzimmercouch. Dann ging ich wieder ins Bad hinauf und setzte meine Durchsuchung fort. Aber ohne Ergebnis. Ich entkorkte eine Flasche Champagner und versuchte vorsichtig vom Flaschenhals zu trinken. Prompt schäumte die Flasche über. Ich verschluckte mich, der Champagner tropfte auf den Fliesenboden. In der Kredenz stand eine Tasse, die ich einmal meinem Vater zum Vatertag geschenkt hatte. Darauf stand: I ❤ my Dad. Diese Tasse verwendete ich als Champagnerglas. Ich ließ mich im Wohnzimmer nieder und drehte mir einen Joint. Ich rauchte und trank und hörte Geister im Haus. Wenn ich unten saß, hörte ich sie oben, ging ich hinauf, hörte ich sie unten. Ich drehte laute Musik auf. Dann konnte ich die Geister zwar nicht mehr hören, aber ich hatte das Gefühl, sie gingen von mir unbemerkt durch das Haus, könnten jederzeit in den Raum kommen oder ständen bereits hinter mir. Ich musste mich immer wieder umdrehen. Langsam verloren sich die Geister in der Musik. Ich überlegte mir, dass ich völlig stümperhaft vorgegangen war. Natürlich würde im Schlafzimmer und im Bad nichts zu finden sein. Es war sonnenklar, wo allein etwas zu finden sein würde, im Müll. Ich drehte das Zufahrtslicht auf und schwankte den Weg entlang bis zur Straße. Die Mülltonne hatte Räder. Ich zog sie vor das Haus und dann die Eingangsstufen hinauf bis in die Küche. Dort nahm ich den gesamten Müll heraus, setzte mich auf den Boden und sortierte ihn Stück für Stück auseinander. Ich fand mehrere schwarz gefärbte Wattebäuschchen und eine Slipeinlage. Für das Kondom fand ich auch noch die auseinander gerissene Kunststoffhülle. Ich fand mehrere lange Zigarettenstummel der Marke Eve. Ich fand eine leere Eve-Schachtel mit der Aufschrift: Nur für den Verkauf in Duty-free-Shops. Ich fand zwei leere Champagnerflaschen. Ich fand jede Menge Essensreste, ein Stück Lachshaut, ein halbes Baguette. Ich fand ein offenbar aus dem Duschabfluss herausgenommenes Knäuel von Haaren. Vorsichtig entwirrte ich es. Es waren die kurzen dunklen Haare meines Vaters und es waren mehrere lange rötliche Haare. Ich legte die für mich interessante Ausbeute auf ein Stück Küchenrolle und verstaute den restlichen Müll in einem neuen Sack.

Dann saß ich wieder im Wohnzimmer und arrangierte die Beutestücke auf dem Couchtisch. Ich hatte drei Wattebäuschchen. Zwei waren die Augen, den dritten zog ich in die Länge, er bildete die Nase. Ich hatte vier lange rötliche Haare und ein kurzes. Zwei Haare links, zwei rechts, die Frau bekam einen Mittelscheitel. Das kurze Haar wurde eine Stirnfranse. Blieb mir die Slipeinlage. Sie war zusammengeknüllt. Ich zog sie auseinander. Sie war weiß, abgerundet und in der Mitte tailliert. Auf der Rückseite war sie klebrig. Vorne war eine weiße Zellstoffschicht mit einem eingeprägten Relief von Schlangenlinien. In der Mitte war der Länge nach ein Wulst erkennbar. Er war nicht verfärbt, aber er hatte einen leicht gräulichen Schimmer, der sich, wie ich bei genauerem Betrachten unter der Stehlampe wahrnahm, daraus ergab, dass dort die Poren des Zellstoffs geschlossen waren.

Sie trug keinen Rock, sondern eine Hose, dachte ich. Nur der Saum einer Hose konnte die Slipeinlage so in die Möse hineingedrückt haben, dass dieser Wulst entstand. Ich führte die Slipeinlage langsam zu meiner Nase. An den Enden roch sie nach irgendeinem süßlichen Duftstoff. In der Mitte des Wulstes war noch ein weiterer Geruch wahrnehmbar. Er war anders als der von Mimi. Ich dachte, so riechen Schnepfen. Von diesem Moment an hieß die Frau für mich Schnepfe. Ich klebte die Slipeinlage auf den Couchtisch. Sie formte den Mund der Schnepfe. Mit den langen Zigarettenstummeln bildete ich die Konturen ihres Gesichtes nach. Ich gab ihr einen runden Kopf.

Wer bist du?, fragte ich sie. Warum kaufst du deine Zigaretten im Duty-free-Shop? Wohin führen dich deine Reisen? Arbeitest du im Verkehrsministerium? Bist du die Frau, mit eng anliegenden Hosen, rötlich gefärbten Haaren und schwarz umrandeten Augen, die bei irgendwelchen Aufsichtsratssitzungen den Herren die Unterlagen vorlegt, oder bist du eine, der die Unterlagen vorgelegt werden? Warum rauchst du deine Zigaretten nicht zu Ende? Willst du damit sagen, dass du es nicht nötig hast, sie zu Ende zu rauchen? Oder bist du ein oberflächlicher Mensch, der alles beginnt und nichts zu Ende führt? Und das Verhältnis mit meinem Vater? Ist das eine gerade begonnene und

schon wieder ausgedrückte Zigarette, oder willst du es wei-
terführen, bis der Filter anbrennt?

Begnügst du dich mit diesem alten verregneten Stein-
haufen, den man selbst im Sommer beheizen muss, oder
drängt es dich in die Designervilla nach Wien? Zugegeben,
ich habe Vorurteile gegen dich. Aber halb gerauchte Eve-
Zigaretten und Slipeinlagen, wer hätte da keine Vorurteile.
Ich horche, Schnepfe. Sprich dich nur aus. Ich horche.

Oder bist du es nicht?, fragte ich. Schnepfen haben
wahrscheinlich kein Mondgesicht, sondern einen länglichen Kopf.

Ich ordnete die Zigarettenstummel neu und formte daraus ein ovales Gebilde. Ich stand vor dem Couchtisch und
betrachtete das Schnepfengesicht.

Na komm schon, sagte ich, öffne deinen Schamlippen-
mund und erzähle mir, was los ist.

Und da öffneten sich tatsächlich die Schamlippen, zuerst
nur ein wenig, so als würde die Schnepfe nach Luft schnap-
pen, dann aber stülpten sich die inneren Schamlippen heraus und begannen zu sprechen.

Ja, ich arbeite im Verkehrsministerium, sagten sie. Ich
bin in der Planungsabteilung zuständig für internationale
Kontakte. Ich schaue mir zum Beispiel neue Straßen-
schwellen an, die den Autoverkehr von den Straßenbahn-
geleisen fern halten. Die habe ich erstmals in Stuttgart gesehen, und ich habe darüber in der Planungsabteilung
berichtet. Seither heißen sie bei uns Stuttgarter Schwellen.
Das ist wie mit dem Flüsterasphalt, auch dieses Wort
stammt von mir.

Lenk nicht ab, sagte ich, mich interessieren keine Stuttgarter Schwellen, und ob der Asphalt flüstert oder schreit,
ist mir völlig egal. Mich interessiert einzig das Verhältnis
zu meinem Vater.

Du hast Recht, sagte die Schnepfe und formte dabei die

inneren Schamlippen zu einem Schnabel. Du hast Recht, dein Vater war drängend. Aber ich mochte ihn von Anfang an. Das war nicht leicht, er war mein Vorgesetzter. Und dann kommt noch etwas anderes hinzu. Ich bin verheiratet.

Umso leichter, sagte ich. Dann macht einfach Schluss und jeder kehrt in sein Revier zurück.

Ich fürchte, es ist zu spät, antwortete sie. Das Ganze hat eine lange Geschichte. Nach einer Planungssitzung blieben wir allein übrig. Das war nicht beabsichtigt, oder vielleicht doch, jedenfalls mussten wir nicht viel dafür tun, es ergab sich. Normalerweise gibt es nach einer Sitzung jede Menge Privatgespräche, und es fragt jemand, ob wir noch gemeinsam irgendwohin gehen. Das Auseinandergehen zieht sich gewöhnlich in die Länge. Aber diesmal standen alle auf und gingen gleich fort. Plötzlich saßen nur noch dein Vater und ich da. Er fragte: Haben Sie Lust auf ein Gläschen in meinem Büro? Was war gegen ein Gläschen mit dem Minister einzuwenden. Er öffnete eine Flasche Bordeaux. Wir standen neben dem Ablagetisch, stießen an und tranken. Dann schauten wir uns an, stellten die Gläser ab und küssten uns. Und da wir dann nicht wussten, was wir sagen sollten, küssten wir uns wieder und wieder. Er griff mir in den Büstenhalter und begann mich auszuziehen, aber das ging mir dann doch zu weit, und ich hinderte ihn daran. Nicht, dass ich das nicht auch gewollt hätte, aber es ging einfach nicht. Und während wir so herumrangelten und uns wieder küssten, fiel die Flasche Rotwein um. Und dann waren wir die restliche Zeit damit beschäftigt, die Spuren zu verwischen. Ich kam nun öfter allein in sein Büro. Er kam auch manchmal zu mir, aber ich arbeitete mit zwei Kollegen zusammen. Da brauchte er immer einen unauffälligen Grund, um zu kommen. Einmal sagte er zu mir, die körperliche Anziehungskraft dauert drei Monate.

Wenn sich in diesen drei Monaten nichts abspielt, können wir die Sache vergessen. Und ich sagte: Na gut, halten wir uns noch ein paar Wochen zurück, dann haben wir die Sache hinter uns und können wieder ohne Hintergedanken über Autobahnzubringer und dänische Kreisverkehrsregelungen reden.

Und dann sagte er plötzlich du zu mir. Wie ist das zu verstehen, fragte ich, soll ich jetzt auch du zu Ihnen sagen? Ich bitte dich darum, sagte er. Aber in der Öffentlichkeit bleibt es beim Sie. Und so ist es bis heute.

Was heißt das?, fragte ich. Ich nahm das Kondom und hielt es ihr vor die Wattenase. Ein Kondom füllt sich nicht beim Küssen.

Nein, sagte sie. Beim Ficken. Seit einem halben Jahr ficken wir, und wir können nicht genug bekommen davon. Aber du musst wissen, wir haben es jahrelang nicht getrieben. Wir hatten sogar mit dem Küssen aufgehört. Er schien sein Interesse an mir verloren zu haben. Für mich stimmte diese Drei-Monate-Regel nicht, aber für ihn schien sie zu stimmen. Einerseits bedauerte ich das. Ich dachte, das ist typisch Mann. Eine sexuelle Gier, und das war es dann. Aber andererseits war ich auch froh, dass alles so glimpflich ausgegangen war. Ich hatte bis dahin neben meinem Mann kein anderes Verhältnis gehabt. Alles schien vorbei zu sein. Doch plötzlich war es wieder da, als hätte es diese jahrelange Abkühlungsphase nie gegeben. Wir hatten einen Kongress in Bad Ischl. Ich war inzwischen stellvertretende Abteilungsleiterin geworden. In der Hierarchie stand zwischen mir und deinem Vater nur noch ein Sektionschef. Das heißt, ich war ihm nun auch beruflich sehr nahe und mehr oder weniger bei allen Besprechungen dabei. Und ich war ihm auch eine seelische Unterstützung, wenn ich das so sagen darf, vor allem, als wir diese Schlappe mit dem Ennstal erlitten. Da hat unsere Beziehung plötzlich einen soliden Boden bekommen. Ich habe deinen Vater nie verzweifelt erlebt. Aber damals war er verzweifelt. Er war drauf und dran, alles hinzuschmeißen. Du musst bleiben, habe ich gesagt. Keiner kann es besser machen als du. Was ist schon eine Niederlage. Wir nehmen sie zur Kenntnis, finden uns damit ab und machen weiter. Die Bauabteilung soll ausrechnen, wie wir am kostengünstigsten aus dem Schlamassel herauskommen, das legen wir dem Bundeskanzler vor und dann vergessen wir das Ganze. Ich will mich nicht überbewerten, aber ich war deinem Vater damals eine große Stütze. Von da an hatten wir, anders und stärker als zuvor bei diesen Küssereien, ein vertrauliches Verhältnis. Ja, und dann kam dieser Kongress in Bad Ischl. Das war vor nicht ganz einem halben Jahr. Schon in der Hotelbar, als wir noch alle zusammensaßen, berührte er heimlich meine Beine. Und dann ging er einfach mit auf mein Zimmer, und wir fielen übereinander her. Anders kann man es nicht ausdrücken. Ich habe mich nicht im Geringsten gewehrt. Im Gegenteil, es war der Moment, der uns gehörte. Den wollte ich nicht verfliegen lassen. Aber es war nicht nur dieser Moment. Seither haben wir ein intensives Verhältnis. Er kommt fast jede Nacht für ein paar Stunden zu mir. Am Wochenende fahre ich nach Gmunden.

Und dein Mann, fragte ich, wo ist dein Mann hingekommen?

Der ist ausgezogen.

Als das Verhältnis wieder begann?

Ja. Ich habe ihm vorher schon einmal davon erzählt gehabt. Aber da schien ja alles vorbei zu sein. Und ich hatte wirklich den festen Vorsatz, es nicht noch einmal so weit kommen zu lassen. Ich hatte es auch meinem Mann versprochen. Als ich dann von Bad Ischl heimkam, war nichts zu erzählen, er wusste es einfach. Er wollte deinen Vater anzeigen.

Wenn du das machst, habe ich gesagt, kannst du mich ganz und gar und für immer vergessen. Bis heute hat er es nicht getan. Aber ich zittere immer noch, dass er es tun könnte.

Und wie soll es jetzt weitergehen?

Ganz einfach. Ich habe eine Entscheidung getroffen. Ich will jetzt deinen Vater haben, koste es, was es wolle.

Nein, sagte ich. Den kriegst du nicht!

Ich schleuderte der Schnepfe die Champagnerflasche ins Gesicht. Der Kopf fiel durch den Tisch und löste sich auf in einen Haufen von Scherben, Splittern und von Champagner, Watte und Zigarettenstummeln. Die Flasche hatte die gläserne Tischplatte durchschlagen.

Der Feuerinspektor kam zum Glück erst nach elf. Da hatte ich schon alles weggeräumt und zwei Stunden lang auf ihn gewartet. Er trug einen Hut mit grüner Schleife und Gamsbart.

In der Eingangstür fragte er: Haben Sie irgendwelche baulichen Veränderungen vorgenommen?

Nein, sagte ich, durften wir ja gar nicht. Nur die Veranda.

Ich führte ihn auf die Veranda.

Nicht schlecht, sagte er. Gar nicht schlecht. Muss ich mir merken.

Er klopfte auf die Metallschienen, in denen das Glas verankert war. Er öffnete die Schiebefenster und sagte: Feine Sache. So lässt es sich leben.

Dann ging er, und ich konnte nach Wien zurückfahren. Am Nachmittag rief mein Vater an und fragte, ob im Haus alles in Ordnung sei. Ich sagte, ich hätte die Champagnerflasche so unglücklich gehalten, dass sie mir aus der Hand gefallen sei und die Tischplatte zerschlagen habe.

Scherben bringen Glück, sagte er.

Zu viel Glück ist auch nicht gut, antwortete ich.

Was meinst du damit?

Ich meine, es muss nicht gleich der ganze Tisch kaputt-
gehen. Ein Weinglas hätte es vielleicht auch getan.

Vergiss es, sagte mein Vater. Ich bringe den Tisch am
Samstag nach Altmünster zum Glaser, und die Sache hat
sich.

Der Zusammenbruch der Familie ließ noch ein wenig
auf sich warten. Ein anderer Zusammenbruch kam ihm
zuvor.

Den genauen Namen unserer Putzfrau, Dragica Grlovic, erfuhr ich erst, als er in der Zeitung stand. Es erscheint mir unwahrscheinlich, dass sie selbst es war, die auf die Idee kam,
eine Zeitung darüber zu informieren, dass Verkehrsminister
Kramer sie schwarz beschäftigte und auf diese Weise die
Sozial- und Pensionsversicherung nicht bezahlte. Vielleicht
hatte ihr einfach ein Reporter aufgelauert und sie, mit welchen Mitteln auch immer, dazu gebracht, bereitwillig Auskunft zu geben. Sozialistische Politiker lassen schwarz für
sich arbeiten, lautete die Schlagzeile. In den Skandal waren
auch andere Politiker verstrickt, aber mein Vater war der
prominenteste unter ihnen. Der Aufmacher war wie ein
Fahndungsplakat gestaltet, mit Schwarzweißfotos der Täter. Das Foto meines Vaters war in der Mitte, und es war
größer als das der ihn umringenden Kollegen. Im Bericht
war dann auch jeweils ein Foto der Putzfrau. Die Frauen
stammten, mit einer Ausnahme, aus Polen und Jugoslawien.
Ein Wiener Stadtrat hatte eine Burgenländerin schwarz beschäftigt. Auffällig war, dass nur sozialdemokratische Politiker ausgewählt worden waren. Die Sozialdemokraten
hatten, gegen die Stimmen der Opposition, gerade ein Gesetz verabschiedet, das die Strafen für Unternehmer, die
Schwarzarbeiter beschäftigten, drastisch erhöhte.

Frau Grlovic beschrieb die luxuriöse Ausstattung unseres Hauses. Es sei so gestaltet, stand in der Zeitung, dass

alle Luxusgegenstände per Knopfdruck in den Möbeln verschwänden. Auf diese Weise, so kommentierte der Journalist, versuche Verkehrsminister Kramer die Besucher über seinen Reichtum zu täuschen. Frau Grlovic könne er aber nicht per Knopfdruck verschwinden lassen. Sie habe nun ausgepackt – und was sie zu sagen habe, sei ein politischer Skandal ersten Ranges.

Ich habe Frau Grlovic nie wieder gesehen. Es gab kein Gespräch mit ihr, jedenfalls nicht in unserem Haus. Vielleicht hat mein Vater sie telefonisch entlassen, oder sie ist von selbst nicht mehr erschienen. Andere Medien griffen das Thema auf. Der Anlass war die Schwarzarbeit, aber der Schwerpunkt der Berichte verlagerte sich immer mehr auf die Einkommensverhältnisse meines Vaters. Ich las die Zeitungen im Café Maximilian. Als ich jedoch die Maoistengruppe die Universitätsstraße überqueren sah, ließ ich meine Melange stehen und flüchtete auf die Toilette. Nach einer Weile kam ich heraus und ging, ohne links oder rechts zu schauen, direkt auf den Oberkellner zu, um zu zahlen. Ich setzte meine Lektüre im Café Eiles fort. In den Zeitungen waren alle Aufsichtsratsposten aufgelistet, die mein Vater innehatte, und daneben standen die Beträge, die er angeblich dafür bekam. Eine Zeitung hatte recherchiert, wie oft er an welchen Sitzungen teilgenommen hatte. Weiterhin erfuhr ich, dass ihm nicht nur sein Ministerbüro, sondern angeblich noch zwei zusätzliche Büros zur Verfügung standen, eines in der Zentrale der verstaatlichten Industrie und eines in der Direktionsetage einer Bank. Ich hatte gewusst, dass er an vielen Aufsichtsratssitzungen teilnahm, aber ich hatte von den Details seiner Nebengeschäfte und von seinen zusätzlichen Einkommen keine Ahnung gehabt. Mehrere Tage hintereinander war mein Vater in den Fernsehnachrichten zu sehen, es ging immer um dieselben Themen. Er versuchte sich zu verteidigen. Als das

Arbeitsverhältnis von Frau Grlovic begann, sei es noch unter die Geringfügigkeitsgrenze gefallen, und es habe gar keinen Grund gegeben, sie anzumelden. Er sei so mit seiner Arbeit beschäftigt gewesen, dass es ihm völlig entgangen sei, dass sie nun öfter in unser Haus komme.

Jeden Tag, sagte der Interviewer.

Oder eben jeden Tag, antwortete mein Vater. Ich weiß eigentlich bis heute nicht, seit wann sie so oft kommt. Aber das wird sich herausfinden lassen.

Seit Sie das Haus bezogen haben. Frau Grlovic sagt, Sie selbst hätten sie darum gebeten.

Daraufhin mein Vater: Das kann ich mir nicht vorstellen. Ich habe überhaupt keine Zeit, mich um solche Dinge zu kümmern.

Ich konnte nicht mehr hinschauen, stand auf und ging in mein Zimmer hinauf. Meine Mutter starrte regungslos auf den Bildschirm. Zweifellos erinnerte sie sich daran, wie es wirklich war.

Du hast deinen eigenen Beruf, hatte mein Vater gesagt. Du hast es nicht nötig, dich auch noch um den Haushaltskram zu kümmern. Frau Grlovic wird jetzt jeden Tag kommen.

Das war vor acht oder neun Jahren gewesen, seither ist Frau Grlovic, außer an Sonntagen, jeden Tag zu uns gekommen. Kein einziges Mal war sie krank gewesen, kein einziges Mal hatte sie sich aus anderen Gründen entschuldigt. Frau Grlovic hatte Urlaub, wenn wir auf Sommerreise oder Schi fahren waren. Wenn wir zurückkamen, standen Blumen und frisches Obst auf dem Tisch.

Am dritten Tag ging mein Vater ins Fernsehstudio. Er war nun bereit, Fehler zuzugeben. Er werde Frau Grlovic nachträglich anmelden und die Sozial- und Pensionsversicherung für den gesamten Beschäftigungszeitraum nachzahlen.

Werden Sie zurücktreten?, fragte der Fernsehmoderator, ein breiter Mann mit Vollbart.

Kommt überhaupt nicht in Frage, sagte mein Vater. Diesen Gefallen werde ich dem politischen Gegner nicht tun. Es ist doch ganz offensichtlich, dass es sich hier um eine politische Kampagne handelt. Man will die sozialdemokratische Beschäftigungspolitik zu Fall bringen.

Ich bin nicht der politische Gegner, sagte der Moderator mit einem Lächeln um den Mund. Sie haben ein Gesetz beschlossen und sich dann selbst nicht daran gehalten. Diesen Fehler haben Sie vorhin zugegeben.

Daraufhin mein Vater: Drehen Sie mir nicht das Wort im Mund um! Ich habe gesagt, dass ich Fehler gemacht habe, aber das Gesetz hat es, als das Arbeitsverhältnis von Frau Grlovic begann, überhaupt noch nicht gegeben. Schauen Sie sich die Kampagne doch an! Auf der Anklagebank sitzen nur sozialdemokratische Politiker. Ich werde Ihnen sagen, worum es geht. Man greift ein paar Putzfrauen heraus, um das Beschäftigungsgesetz zu Fall zu bringen und den österreichischen Arbeitsmarkt mit billigen und wehrlosen Ausländern zu ruinieren. Frau Grlovic wird nachträglich angemeldet, aber das Gesetz bleibt und niemand tritt deswegen zurück.

Kommen wir zu Ihren Einkommensverhältnissen, sagte der Moderator. Mein Vater zählte daraufhin eine Menge von Funktionen auf, für die er angeblich kein Geld bekam. Er nehme nur Geld, wenn es mit seiner politischen Funktion vereinbar sei.

Aber alle seine Verteidigungsversuche nützten nichts. Mein Vater würde seinen Kopf nicht mehr aus der Schlinge bringen. Das war mir klar, als sich der Bundeskanzler ansagte. Es war das erste Mal, dass er zu uns kam. Sein Bodyguard, ein etwa dreißigjähriger Mann mit Schnauzbart, blieb draußen vor dem Haus. Später sah ich ihn im Garten.

Er blickte sich um und streichelte durch den Zaun hindurch die mittlerweile noch zutraulicher gewordenen Rehe. Der Bundeskanzler war äußerst freundlich, und es schien am Anfang, als würde er das Ganze für eine Lächerlichkeit halten, die der politische Gegner zum Skandal aufblasen wolle. Am meisten interessierte er sich dafür, wie man den Reichtum per Knopfdruck verstecken könne. Er war enttäuscht, dass es nur der Fernsehapparat und die Hi-Fi-Anlage waren, die auf diese Weise in den Möbeln verschwanden. Der Bundeskanzler aß ein Stück Quiche und trank dazu ein Glas Gewürztraminer. Er faltete die weiße Stoffserviette auseinander, schaute sie bedächtig an und putzte sich damit den Mund. Dann sagte er, fast nebenbei: Sag, wie schaut es denn bei dir finanziell aus, wenn du auf das Ministergehalt verzichten müsstest?

Mein Vater streckte die Unterlippe nach vorn und schaute auf den Tisch. Dann zündete er sich eine Zigarette an.

Hast du keine andere Wahl mehr?, fragte er.

Daraufhin der Bundeskanzler: Die Jungen fordern auch deinen Kopf in der Partei, aber das werde ich hinbiegen können. In der Partei will ich dich halten.

Und wann?, fragte mein Vater. Der Bundeskanzler ließ sich mit der Antwort einen Moment Zeit. Dann sagte er: Morgen.

Mein Vater nahm einen tiefen Zug von seiner Zigarette. Während er langsam ausatmete, fragte er: Wirst du dabei sein?

Nein, Helmut, sagte der Bundeskanzler, das musst du selber tun.

Meine Mutter stand plötzlich auf, dann setzte sie sich wieder. Sie sagte zum Bundeskanzler: Macht ihr es euch da nicht ein wenig zu leicht? Ihr könnt Helmut nach all den Jahren doch nicht einfach wie eine heiße Kartoffel fallen lassen. Ihr müsst eine Gegenkampagne machen und den

Leuten zeigen, dass es bei den Bürgerlichen um keinen Deut besser aussieht. Die haben doch auch alle ihre unangemeldeten Putzfrauen und hundert Nebengeschäfte. Warum soll jetzt gerade Helmut derjenige sein, der für alles büßen muss.

Ich weiß, das ist ein harter Schritt, sagte der Bundeskanzler. Und wir werden auch eine Gegenkampagne starten. Aber die Medien haben sich nun einmal auf den Verkehrsminister eingeschossen. Ohne seinen Rücktritt komme ich da nicht durch.

Sollen doch die anderen auch zurücktreten, sagte meine Mutter.

Die anderen, antwortete der Bundeskanzler, werden in drei Wochen vergessen sein.

Er wandte sich wieder an meinen Vater: Ich habe das durchrechnen lassen. Du bist lange genug in der Regierung gewesen, um eine anständige Abfindung zu kriegen. Du bekommst auch noch ein paar Gehälter. Das wird dir den Umstieg erleichtern.

Ach was, sagte mein Vater. Die meisten Aufsichtsräte werde ich verlieren.

Einige wirst du verlieren, sagte der Bundeskanzler. Bei anderen kann ich mich für dich einsetzen. Ich werde es jedenfalls versuchen.

Und dann sagte mein Vater – es kam für mich ganz unerwartet – mit fast weinerlicher Stimme: Danke.

Teil 2

Ins feindliche Leben

Aus der Dunkelheit des Alls stürzten neue Schwärme von Zerstörern herab. Das sind keine Raumschiffe, sagte ich vor mich hin. Ich wiederholte den Satz mit lauter Stimme: Das sind keine Raumschiffe. Ich drückte die Augen zusammen und öffnete sie wieder. Dann zog ich mit zwei Fingern die Lider auseinander. Nein, das sind keine Raumschiffe. Ein einsames Auto im weiten Schnee. Das ist alles. Ein Mann unterwegs zu seinem Glück. Nicht aufzuhalten. Nicht durch Eis und nicht durch Schnee. Auch nicht durch Schneepflüge. Durch die schon gar nicht. Ein einsamer Mann im Schnee, der Selbstgespräche führt. Ein schon ins Alter gekommener Ratz, der noch immer von seinem Durchbruch träumt. Ein elender Sack.

Ich schaltete das Radio ein. Es lief eine alte Nummer der Worried Men Skiffle Group. Glaubst, i bin bled, das i was, wir i has. Ich begann mitzusingen. Meinen Kopf hatte ich so weit nach vorne gereckt, dass ich an der Stirn die über die Windschutzscheibe strömende Heizungsluft spürte. Die Nachbarin meiner Scheibbser Großeltern, die nach jahrelangem Drängen ihres Mannes schließlich doch noch den Führerschein gemacht hatte, war so im Auto gesessen: den Sitz ganz nach vorne gestellt und den Oberkörper über das Lenkrad gebeugt. Ich hatte immer über sie gespottet, wenn sie am Haus vorbeifuhr, und meinem Großvater schien dieser Spott zu gefallen.

Glaubst, i bin bled, sang ich und kämpfte, die Stirn fast an der Windschutzscheibe, um jeden Zentimeter Sicht. Da entdeckte ich eine Spur. Sie war plötzlich sichtbar. Zwei parallele Streifen, zugeschneit zwar, aber doch erkennbar. Eine Autospur. Ich konnte mich daran leichter orientieren als an den Begrenzungspflöcken, deren Rückstrahler im Vorbeifahren aufblitzten. Ich folgte der Spur, setzte mich auf sie drauf, in sie hinein. Ich hoffte einfach, dass der Fahrer oder die Fahrerin des Autos vor mir mit der Strecke besser vertraut war als ich, oder sich besser orientieren konnte. Die Straße führte nach Freistadt und dann weiter nach Linz. Es musste Arbeiter geben, die dort in den Stahl- und Chemiefabriken um sechs Uhr morgens ihren Schichtdienst anzutreten hatten. Pendler, die auf dieser Strecke seit dreißig Jahren unterwegs waren und jede Kurve im Schlaf hätten fahren können. Es war unwahrscheinlich, dass zu dieser Tageszeit, bei solchem Wetter, jemand unterwegs war, der nicht zu seiner Arbeitsstelle fuhr. Ich war überzeugt, die Ausnahme zu sein. Die Spur gab mir Sicherheit. Sie zog sich ziemlich genau in der Mitte der Straße hin, führte in den Kurven jedoch auch nahe an den Rand. Vielleicht hatte der Fahrer noch bessere Sicht gehabt. Oder er wusste einfach, wann Kurven kamen. Ich versuchte der Spur so genau wie möglich zu folgen. Manche Bögen kamen jedoch überraschend, und ich hatte Mühe, meinen Wagen im Bereich der Spur zu halten. Bald war auch klar, dass das Auto da vorne langsamer unterwegs war. Die Spur zeichnete sich immer deutlicher ab.

Um fünf Uhr gab es im Radio Nachrichten. Die Spitzenmeldung: Wintereinbruch. Dann ein Flugzeugabsturz vom Vortag. Bislang keine Überlebenden geborgen. Man suchte nach der Black Box. Dann Russland. Ein neuer Luftangriff der russischen Armee auf die tschetschenische Hauptstadt Grosny. Hierauf ein wenig Hickhack in der Innenpolitik. Schließlich eine Rekordauszahlung beim Lotto. 47 Millionen. Die glückliche Gewinnerin war eine in einfachen Verhältnissen lebende Frau, die nicht genannt sein wollte. Am Ende noch einmal das Wetter. Ungewöhnlich heftiger Wintereinbruch in Österreich und Bayern. Eine Besserung der Verhältnisse war nicht absehbar. Viele Pässe und Straßen waren unpassierbar. Gesperrt sind ... Und dann folgte eine lange Liste.

Die Autobahn von Linz, über Passau, Regensburg, Nürnberg und Würzburg nach Frankfurt war nicht darunter. Aber wie schnell wird man dort fahren können? All die Fahrer mit den Sommerreifen, die jedes Jahr erneut vergessen, dass es einen Winter gibt, werden alles hoffnungslos blockieren. Noch fast 700 Kilometer nach Frankfurt und nicht einmal mehr acht Stunden bis zum Start der Maschine nach New York. Selbst wenn die Autobahn frei wäre, könnte man bei diesem Schneefall keine hundert Stundenkilometer fahren. Das war nicht zu schaffen, nicht mit diesem Auto. Mit keinem Auto. Auch nicht mit einem Lincoln. Aber mit dem Flugzeug. Es müsste Flüge von Linz nach Frankfurt geben. Um halb sieben, spätestens sieben, so überlegte ich, könnte ich am Flughafen Hörsching sein. Und wenn die in der Lage waren, im Laufe des Vormittags die Piste vom Schnee zu reinigen, könnte ich noch locker meinen Flug mit der Pakistan Airlines in Frankfurt kriegen. Mimi hatte sicher nicht daran gedacht zu prüfen, ob es von Linz oder Salzburg noch Platz in einer Maschine nach Frankfurt gab. Sie war einfach davon ausgegangen, dass ich mit dem Zug fahren würde.

Auf dem Beifahrersitz lag mein Aktenkoffer. Ich griff danach, tastete nach dem Schloss und nahm das Mobiltelefon heraus. Ein Druck mit dem Daumen schaltete es ein. Mein Geburtsdatum eingeben. Das Display blinkte. Der Apparat suchte nach einer Netzverbindung, er suchte und suchte. Ich legte das Telefon vor mich auf das Armaturenbrett. Keine Verbindung. Stattdessen begann der Apparat nach einer Weile zu piepsen. Die Batterie war zu Ende. Irgendwo im Handschuhfach musste das Anschlusskabel sein. Ich fand es und steckte es ans Telefon und in den Zigarettenanzünder. Das Piepsen hörte auf, bald auch das Blinken. Es gab eine Verbindung. Aber wen sollte ich anrufen? Von keiner Fluggesellschaft hatte ich die Nummer gespeichert, schon gar nicht vom Flughafen Hörsching. Blieb die Auskunft. Als ich das Telefon zur Hand nahm, begann das Display erneut zu blinken. Ich legte es weg.

Mein Wagen war, während ich mit dem Telefon hantierte, langsamer geworden. Am liebsten hätte ich jetzt meinen Vater angerufen. Ihn um fünf Uhr morgens aus dem Schlaf gerissen. Hallo, Genosse Vater. Was, du kannst noch schlafen? Ich komme gerade von deiner Frau, von der, die du die ehemalige Frau nennst. Ich habe ihr vom BAWAG-Konto erzählt. Wir haben beschlossen, Anzeige zu erstatten.

Aber der Genuss wäre nur ein halber gewesen. Ein Sohn, der ihm gerichtlich das Geld abluchst. Genau so dürfte mich mein Vater damals eingeschätzt haben. Das BAWAG-Konto hatte es gegeben. Ich war zufällig dahinter gekommen. Ich hatte im Schreibtisch meines Vaters den Reserveschlüssel für das Auto meiner Mutter gesucht. Und da war in einem BAWAG-Kuvert, das schräg aufgerissen war, ein Kontoauszug über 2,9 Millionen Schilling gewesen, lautend auf meinen Vater. Bei der Vermögensregelung vor der Scheidung war dieses Konto nicht erwähnt worden. Und ich wollte kein Verräter sein. Damals jedenfalls noch nicht. Aber mein Vater war nicht blöd. Dieses Konto war sicher längst aufgelöst. Ich hatte keine Beweise.

Ich werde ihn anrufen und sagen: Du, ich komme gerade aus New York zurück. Ich habe da eine Geschäftsfrau kennen gelernt, und wir wollen heiraten. Meine Honeybunny hat mir zum Einstand einen Lincoln geschenkt.

Der Vater wird sich wundern. Und ich werde ihm dann am Telefon beschreiben, wie meine Honeybunny aussieht, und es wäre bis in die Einzelheiten die Beschreibung der Schnepfe, die er nun auszuhalten hatte. Aber das alles ginge nur, wenn in New York alles klappte. Wer ätsch sagt, muss es sich leisten können. Ich konnte dann nicht am Ende des Gesprächs sagen: Just kidding. Hilfst du mir ein letztes Mal aus der Patsche?

Das Display hatte zu blinken aufgehört. Ich hielt das Telefon hoch und drückte ein paar Knöpfe. Auskunft war die vierte Nummer unter A. Stift und Zettel aus dem Handschuhfach nehmen. Jetzt die Wähltaste drücken, und schon sollte es funktionieren. Besetzt. Die Auflegetaste, ein wenig warten. Gleich noch einmal die Wähltaste. Wieder besetzt. Ich verbrachte die nächsten zehn Minuten, in denen ich viel zu langsam fuhr, damit, die Wahlwiederholungstaste zu drücken, und verlor dabei wertvolle Zeit. Es kam immer ein Besetztzeichen. Ich gab es auf.

Etwa eine Stunde mochte vergangen sein, seit ich in Kirchbach losgefahren war. Meine Mutter schlief wahrscheinlich noch. Den ganzen Abend hatte Alexandr auf ihrem Schoß gesessen. Als sie gegen Mitternacht zu Schnaps übergegangen war, fragte sie mich, ob ich mir denken könne, was ihr größtes Ziel sei.

Doch nicht etwa, zu diesem Arschloch zurückzukehren?

Nein, sagte sie. Das nicht.

Sie fröstelte. Ich stellte die Heizung auf Tagestemperatur um.

Ein alkoholfreier Tag pro Woche, sagte sie, als ich vom Thermostat, der sich im Nebenraum befand, zurückkam.

Gute Idee, sagte ich. Schenk mir auch einen Schnaps ein.

Auf einem Bord hinter der Sitzbank befanden sich die Schnapsgläser. Sie standen reihum auf einem Eisstock, in den kleine Abstellflächen hineingefräst worden waren. An der Kante der Gleitfläche war ein Blechplättchen angebracht. Es enthielt die Aufschrift: 10. Kirchbacher Eisstockschießen. Ehrenpreis.

Während mir meine Mutter ein Glas füllte, nahm ich den Eisstock vom Brett und stellte ihn auf den Tisch. Dabei fielen ein paar Gläser herab. Sie waren aus einem dicken Pressglas, das nicht zerbrach.

Woher hast du dieses hässliche Ding?

Das hat mir der Müllauer gebracht.

Wer ist der Müllauer?

Der Stellvertreter des Direktors.

Ah, und der verschenkt solche Scheußlichkeiten?

Er ist im Komitee des jährlichen Eisstockschießens. Ich nehme an, das ist ihnen übrig geblieben.

Wir stießen mit den Schnapsgläsern an und tranken. Es war ein guter, öliger Birnenschnaps.

Noch einen, sagte ich.

Meine Mutter füllte beide Gläser noch einmal. Die Zweiliterflasche hatte kein Etikett.

Ist der Schnaps auch von diesem Mühlbauer?

Müllauer. Er brennt ihn selbst. Sein Birnener ist in der ganzen Umgebung bekannt.

Was will der Müllauer von dir? Bringt er wenigstens auch Blumen.

Ach, geh, der ist verheiratet und hat zwei Kinder.

Dein Alter war auch verheiratet und hatte zwei Kinder.

Aber der Müllauer ist doch mein Vorgesetzter.

Die Vorgesetzten sind überhaupt die Ärgsten. Und wenn einer solche Eisstöcke verschenkt, dann ist ihm alles egal.

Red nicht so. Der Müllauer ist, im Gegensatz zu deinem Vater, ein anständiger Mensch. Er ist nett zu mir, das ist alles. So viele sind es ja nicht, die nett zu mir sind. Die Wiener Freunde habe ich praktisch alle verloren. Alle. Nicht einmal die Gaby ruft mehr an.

Die Therapiegaby?

Ja, die Therapiegaby. Als ob ich schon gestorben wäre. Schlimmer. Den Verstorbenen bringt man wenigstens einmal im Jahr Blumen.

Weil ich wusste, dass jetzt eine selbstmitleidige Suada

kommen würde, die gewöhnlich zielstrebig den schnellsten Weg zum Heulkrampf suchte, fing ich zur Ablenkung selbst von meiner New-York-Reise zu reden an. Ich erzählte, dass die Chancen nunmehr viel größer seien als beim letzten Mal. Mein Produkt sei mittlerweile viel ausgereifter. Ich hätte auch mit New York telefoniert und E-Mails gewechselt. Ich sei im Moment sehr zuversichtlich.

Dies schien auch meine Mutter zuversichtlicher zu machen. Eine halbe Stunde später, als sie noch betrunkener war, steckte sie sich ein höheres Ziel als zuvor: zwei alkoholfreie Tage pro Woche.

Zwei gleich?, fragte ich.

Ja zwei. Ab morgen werde ich durchgreifen. Die Leber erholt sich schnell. Zwei alkoholfreie Tage pro Woche reichen.

Wofür?

Sie schwieg einen Moment. Dann sagte sie: Dass ich lange trinken und heulen kann.

Ah.

Sie sah mich an. Plötzlich verzog sich ihre Miene zu einem erbärmlichen Heulkrampf, und ich hatte die nächsten zehn Minuten damit zu tun, ihr den Rücken zu tätscheln und frische Taschentücher zu bringen. Ihr rot angelaufenes, aufgedunsenes Gesicht hielt sie abgewandt. Sie wollte mir nicht zeigen, wie hässlich und voller Flecken es war, wenn sie weinte. Von der Seite konnte ich es trotzdem sehen.

Ich geh jetzt ins Bett, sagte ich. In drei Stunden muss ich los.

Ja, geh nur. Entschuldige. Geh nur. Weck mich, bevor du losfährst.

Ich weck dich.

Zu dieser Zeit dachte ich noch, ich werde für die Fahrt nach Frankfurt nicht länger als sechs Stunden brauchen. Vielleicht schneite es schon, aber ich hatte die Vorhänge zugezogen, weil am Friedhof alle Grablichter brannten, und ich befürchtete, das würde in meiner Mutter, je stärker sie sich betrank, ihr Hauptthema, die gescheiterte Ehe, noch intensiver heraufbeschwören, als es meine Anwesenheit, der Alkohol und der täglich hereinbrechende Abend ohnedies schon taten. Meine Mutter hatte mich beim Schließen der Vorhänge beobachtet und dann gesagt: Bald wirst du die Vorhänge offen lassen müssen, wenn du bei mir sein willst.

Ich hatte mich sehr anstrengen müssen, um alles, was mir in diesem Moment auf der Zunge lag, nicht zu sagen.

Um Viertel vor vier, noch mitten in der Nacht, stach der von meiner Mutter geliehene Wecker in meinen Kopf. Es dauerte eine Weile, bis das Piepsen des Weckers und das Stechen in meinem Kopf unterschiedliche Wahrnehmungen wurden. Zuerst dachte ich, ich wäre unfähig aufzustehen, aber dann schleppte ich mich doch ins Bad. Ich fand den Lichtschalter nicht gleich. Mit bloßen Füßen stand ich auf dem kalten Fliesenboden. Meine Reisetasche mit den Hausschuhen hatte ich im Auto gelassen. Früher hatte mir meine Mutter, wenn ich kam, immer Filzpatschen gebracht. In letzter Zeit vergaß sie solche Dinge. An der Vorderseite des Hauses war eine Straßenlaterne angebracht, deren Licht durch das Badezimmerfenster auf den Fliesenboden fiel. Diese grün gestrichene, runde Laterne hing etwa einen Meter oberhalb des Badezimmerfensters an einem gebogenen Rohr. Der Schnee fiel so dicht, dass die Lampe selbst nicht erkennbar war, nur ihr Lichtschein. Ich ging zum Fenster und starrte hinaus. Die Schneeflocken stoben um das Licht wie ein Mückenschwarm.

In der Küche lag ein aus einem Schulheft herausgerissenes Blatt Papier vor der Kaffeemaschine, auf das meine Mutter mit großen, unruhigen Buchstaben geschrieben hatte: WECK MICH BITTE! Der Kaffee war fertig. Sie hatte ihn offenbar noch vor dem Schlafengehen zubereitet. Ich trank Kaffee und steckte ein Brot in den Toaster. Neben dem Kühlschrank war eine Pinnwand. Da waren mehrere Zeitungs- und Illustriertenartikel angeheftet. Einer über das Freimaurermuseum von Rosenau. Die Impfbestätigung für die Katze hing da. Ich hatte das Impfen für eine unnötige Quälerei gehalten. Meine Mutter hatte mich jedes Mal, wenn ich ihr Alexandr anvertraute, gefragt: Ist die Katze jetzt endlich geimpft? Bis sie mir die Katze eines Tages mit den Worten zurückgab: Ich habe sie impfen lassen. Auf der Impfbestätigung stand, dass die Katze in einem Jahr wieder geimpft werden müsse. Dieses Jahr war fast abgelaufen. Vermutlich würde ich Alexandr doppelt geimpft zurückbekommen. Auf der Pinnwand hing auch ein Zettel mit Notfallnummern, auf den meine Mutter mit Kugelschreiber zusätzlich noch Wasserrohrbruch, Stromausfall und Vergiftung geschrieben hatte, jeweils mit Telefonnummern dazu. An der rechten oberen Ecke, gleichmäßig angeordnet, hingen mehrere Partezettel. Offenbar ging meine Mutter zu jedem Begräbnis. Auf einem anderen Zettel standen die Öffnungszeiten der Stadtbücherei von Zwettl. Weiterhin hingen da noch eine Einkaufsliste mit ein paar Einträgen und ein aus einem Taschenkalender herausgerissener Zettel mit Namen und Telefonnummern. Ich erkannte nur den Namen Müllauer. Eine Ansichtskarte, die von den Zeitungsartikeln fast gänzlich verdeckt war, zeigte eine elendslange Stretch-Limousine, auf deren Dach, in Seitenlage, den Kopf auf die Hand gestützt, ein livrierter schwarzer Chauffeur posierte. Im Hintergrund sah man die Skyline von Manhattan. THAT'S THE WAY WE DO IT, stand unter der Limousine. Ich zog den Reißnagel aus der Wand und drehte die Karte um. Dann las ich meine eigene Schrift: Kopf hoch, Mutter! Ein wenig muss ich noch arbeiten, dann hol ich dich da raus. Okay? Ruppi.

Ich steckte den Reißnagel durch das alte Loch in die Karte und heftete sie wieder an die Pinnwand. Ich hatte sie vor fünf Jahren geschrieben, bald nach der Scheidung meiner Eltern. Damals hatte ich mich noch überschätzt. In New York, so hatte ich gehofft, würde man meine Qualitäten sofort erkennen. Nach zwei Wochen war ich wieder in Wien, ohne zu wissen, ob überhaupt eine einzige zuständige Person meine Diskette angeschaut hatte.

Ich schmierte Butter und Heidelbeermarmelade auf das Toastbrot. Mit Kaffeetasse und Brot ging ich durch das geräumige Stiegenhaus zum Schlafzimmer meiner Mutter hinauf. Die Tür stand offen, das Licht brannte. Sie lag angezogen auf dem Bett, in Seitenlage. Das rechte Bein war abgewinkelt wie bei einem bewusstlosen Unfallpatienten. In dem Dreieck, das durch die Beine gebildet wurde, lag Alexandr, der aufblickte und mich beobachtete. Während ich im Stehen aß und trank, schaute ich meiner Mutter beim Schlafen zu. Sie rührte sich nicht. Die linke Hand hatte sie nach hinten weggestreckt, die rechte berührte ihre Stirn, so als würde sie über etwas grübeln. Die dünnen, blonden Haare hingen ihr ins Gesicht. Am Ansatz waren sie grau. Zwischen den Haarsträhnen war ein nachgewachsener Altersfleck zu sehen. Ich trat näher und betrachtete ihn. Dabei hörte ich die Stimme meines Vaters: Deine Mutter ist beim Service.

Ich konnte mich nicht erinnern, dass meine Mutter einmal schön gewesen war. Ein Wort wie Schönheit passte nicht zu ihr. Ihr Körper war mir zu nahe. Ich kannte die Poren der Haut auf ihren Händen, die Warze in ihrem Nacken, das Muttermal auf der Schulter. Ich wusste, wie ihre Finger schmeckten, wie sich ihre Handflächen anfühlten und wie ihr Hals roch. Ich hatte von Kindheit an beobachtet, wie sie darum kämpfte, ihre Haare fülliger erscheinen zu lassen und ihre Brust zu verbergen. Sie litt darunter, dass ihre Brust zu groß war. Sie kaufte Büstenhalter mit speziellen, breit geschnittenen Körbchen, die ihren Busen weniger vorstehen ließen. Als Kind war ich bei diesen leise geführten Verkaufsverhandlungen dabei. Bestimmte Bekleidungsstücke wurden so verschwiegen geordert, als handelte es sich um Sado-Maso-Zubehör.

Größe 80, sagte meine Mutter und begann dann zu flüstern: Hätten Sie vielleicht Körbchen D?

80 und Körbchen D, ich werde nachschauen.

Und dann wurde auf hohe Leitern gestiegen, und es wurden Kartons aus Regalen gezogen, die selbst von der Stehleiter aus nur auf Zehenspitzen erreichbar waren. Wenn es die Ware gab, dann war sie entweder weiß oder in einem hässlichen Braun, das meine Mutter hautfarben nannte. Selten, dass beide Farben zur Auswahl standen.

Meine Mutter trug eine graue Hose und eine braune, geblümte Bluse, als sie zur Seite gedreht in ihrem Bett lag. Da sie immer darauf Wert legte, dass alles zusammenpasste, trug sie unter der Bluse vermutlich nicht das weiße, sondern das hautfarbene Brustgeschirr, das die Brüste eng an den Körper drückte und es ihnen nicht erlaubte, sich übereinander zu legen und auszuruhen. Auch ihre Stützstrumpfhose hatte diese hässliche braune Farbe. An den Fersen und Fußballen hatten sich schwarze Flecken gebildet. Sie mochten von dunklen Schuheinlagen stammen. Oder sie hatte in einem ihrer Räusche vergessen, wo sie die Hausschuhe abgestellt hatte.

Soweit ich mich zurückerinnern konnte, trug meine Mutter immer Stützstrumpfhosen. Ihre Beine hatten eine Neigung zu Krampfadern. Meine Mutter meinte, die Stützstrumpfhosen würden das Schlimmste verhindern. Später, als mein Vater schon viel Geld verdiente, ging sie mehrmals in die Privatordination von Dr. Staudacher, einem bekannten Wiener Gefäßchirurgen, der sie am rechten Bein ope-

rierte und einige Stellen am linken Bein mit Injektionen be-
handelte. Sie war mit dem Ergebnis zufrieden, trug aber
weiter ihre Stützstrumpfhosen. Das Wissen um die Qualitäten ihrer Stützstrumpfhosen gab sie an Bekannte wie
eine Geheiminformation weiter. Sie nannte immer das Geschäft in der Mariahilfer Straße, wo diese Strumpfhosen zu
bekommen waren, mit gedämpfter Stimme, als wäre es die
Adresse einer Pornobar. Meine Mutter hatte noch ein zu-
sätzliches Problem, sie hatte kurze Beine. Die von der Länge her passende Stützstrumpfhose mit der Nummer 40 war
ihr zu eng, sie presste ihr das Blut aus den Beinen. Sie
brauchte eine Stützstrumpfhose mit Schenkelüberweite.
Aber die war schwer zu bekommen. Am Anfang musste die
Strumpfhose meiner Mutter im Geschäft in der Mariahilfer Straße immer eigens bestellt werden. Nach etwa einer
Woche kam dann ein Anruf. Die Stützstrumpfhose sei zum
Abholen bereit. Später war meine Mutter in dem Geschäft
in der Mariahilfer Straße schon so gut bekannt, dass immer
eine ihrer Spezialstrumpfhosen auf Lager war. Vielleicht
auch, weil meine Mutter diesem Geschäft viele Kunden zu-
geführt hatte. Im Bekanntenkreis meiner Mutter gab es
bald keine Frau mehr, die nicht Stützstrumpfhosen trug.
Selbst die Therapiegaby, deren nackte Füße ich immer bewundert hatte, stand eines Tages, als sie meine Mutter zum
Kino abholte, in einer Stützstrumpfhose da.

Meine hässliche, liebe Mutter, dachte ich, als ich vor
ihrem Bett stand. Ich stellte mir vor, wie ich ihr eines Tages
gegenübertreten und zu ihr sagen werde: Ich habe gerade
deinen Alten umgebracht. Du bist gerächt. Und sie wird
mich in ihre Arme schließen. Ich werde ihren Schweiß riechen und auf ihre neu entstandenen Altersflecken schauen.
Und wir werden gemeinsam weinen und dann lachen.

Alexandr stand auf und zog seinen Körper zu einer Hän-
gebrücke. Dann kam er aus dem Bett und schmiegte sich

an meine Beine. Er folgte mir in die Küche, wo er sich vor seinen Teller mit Trockenfutter stellte und lustlos daran herumroch. Statt zu essen, blickte er zu mir auf und gab einen lang gezogenen Ton von sich. Ich öffnete eine der Dosen mit gemischtem Fleisch, die ich aus Wien mitgebracht hatte. Alexandr bekam einen langen Hals und begann, als ich mit einem Löffel das Fleisch herausschaufeln wollte, so gierig aus der schräg gehaltenen Dose zu fressen, dass ich Mühe hatte, die Nahrung auf seinen Teller zu bringen. Ich schenkte mir eine Tasse Kaffee nach. Während ich daran schlürfte, schaute ich zum Friedhof hinaus. Im dichten Schneefall waren nur zwei, direkt beim Küchenfenster gelegene Grabsteine zu sehen. Ihre Lichter waren erloschen. Plötzlich wurde mir bewusst, dass ich es eilig hatte. Hastig trank ich die Tasse mit kleinen Schlucken aus, nahm meinen Aktenkoffer und lief zu der Tür hinaus. Ich hatte keine Ahnung, welchem Desaster ich entgegeneilte.

Der Wiener Großvater

Mein Wiener Großvater war Vorsitzender des Freiheits-
kämpferbundes, einer sozialdemokratischen Organisation
von ehemaligen KZ-Häftlingen und Antifaschisten. Er
war eine in der Partei geachtete Persönlichkeit. Vor seiner
Pensionierung war er als Beamter der Stadt Wien in der
Verwaltung der Stadtwerke tätig gewesen. Als es darum
ging, den März 1988 mit all seinen Gedenkveranstaltun-
gen zum fünfzigsten Jahrestag des Anschlusses von Österreich an Hitler-Deutschland würdig und aufrichtig über
die Bühne zu bringen, obwohl Kurt Waldheim gleichzeitig
der vom Volk gewählte Präsident des Landes war, beriet
mein Großvater die Bundesregierung. Er hielt auch ein
paar Reden. Die Zeit des Schweigens ist vorbei, sagte er.
Jetzt muss auch in unserer Partei rückhaltlos über alles gesprochen werden, auch wenn es wehtut. Aber natürlich
hatte mein Großvater leicht reden. Das Interesse, nach
den ehemaligen Antisemiten und Nazis in der eigenen Partei zu suchen, hielt sich in Grenzen, und nach dem März
1988 waren auch die Redetermine meines Großvaters abgelaufen. Mir war das damals alles gleichgültig. Ich arbeitete an meinem Computerprogramm und war froh,
wenn ich den Politikern, Gewerkschaftern und Partei-
funktionären entkam, die sich in unserem Garten nieder-
ließen und manchmal so laut schrien, dass ich es durch
das geschlossene Fenster hörte. Die Entlassung meines Vaters aus der Regierung war nicht mehr rückgängig zu machen. Es ging jetzt darum, welche Funktionen er in der

Partei einnehmen sollte. Gar keine, meinten die einen. Wir können uns nicht von den bürgerlichen Medien die besten Leute in der Partei abschießen lassen, meinten die anderen.

Als wir noch im Meidlinger Gemeindebau gewohnt hatten, war der Wiener Großvater häufig bei uns zu Gast gewesen, er wohnte ein paar Häuser weiter, aber seit wir im neuen Haus lebten, war er nur ein einziges Mal zu Besuch gekommen. Er setzte sich auf die weiße Ledergarnitur und sagte: Das ist lächerlich. Er strich mit der Hand über das Leder, rutschte mit dem Körper vor und zurück, lehnte sich gegen den Rückenpolster und richtete seinen Körper wieder auf. Er fragte: Habt ihr nicht einen anständigen Sessel im Haus?

Wir hatten keinen anständigen Sessel, jedenfalls keinen, der dem Großvater anständig genug war. Die Großmutter sagte, man müsste sich daran erst gewöhnen. Aber der Großvater fragte, wie soll man sich an so etwas Unbequemes gewöhnen? Hier ist es ja weiß wie in einem Sanatorium. Man glaubt, jeden Augenblick könnte die Visite zur Tür hereinkommen. Und dieser Balkon da oben, wozu braucht ihr im Wohnzimmer einen Balkon? Ihr wohnt hier am Wienerwald, dort hinaus müsste der Balkon gehen. Und was steht denn da für eine komische Rakete?

Mein Vater sagte, das sei eine Vergrößerung der Zitruspresse von Philippe Starck.

Eine Zitruspresse?, fragte mein Großvater. Wieso stellst du dir eine Zitruspresse ins Wohnzimmer?

Einzig das Guernica-Bild gefiel ihm. Aber in diesem Raum, sagte er, verliert es völlig an Bedeutung. Wenn man hier sitzt, hat man das Bild im Rücken.

Dann setz dich dort auf das Sofa, sagte mein Vater, dann hast du das Bild an der Seite und kannst immer hinschauen.

So ein Bild will ich vor mir haben, sagte der Großvater, nicht an der Seite. Er stand auf und blickte sich weiter im Raum um. Dann fragte er: Habt ihr eigentlich keinen Fernseher? Mein Vater ließ den Fernsehapparat aus der Kommode herausgleiten. Wenigstens das gefiel meinem Großvater. Er nahm die Fernbedienung zur Hand und ließ den Apparat ein paar Mal aus- und einfahren. Er schüttelte den Kopf und lachte dabei, als hätte er eine Spielzeugeisenbahn gekriegt. Nobel geht die Welt zugrunde, sagte er. Wir führten ihn noch durch den Rest des Hauses, gingen mit ihm hinauf in den ersten Stock. Das Schlafzimmer meiner Eltern gefiel ihm einigermaßen. Er griff auf die geleimten Holzrundungen und sagte: Da steckt viel Arbeit drinnen. Aber vom Glaszimmer meiner Schwester und von meinem Eisenzimmer war er rundum entsetzt. Er fragte mich, wie ich es hier drinnen aushalte. Aber das wusste ich damals selbst noch nicht so ganz.

Lass ihn doch, sagte meine Großmutter. Die jungen Leute leben heute anders.

In einem Rosthaufen?, fragte der Großvater. Da wird man ja gemütskrank. So etwas Ungemütliches habe ich mein Lebtag nicht gesehen. Beim Gästezimmer irritierte ihn der Sternenhimmel. Er starrte mit offenem Mund zur Decke hinauf. Und das leuchtet auch noch in der Nacht?, fragte er. Da bin ich ja froh, dass ich in Wien wohne und hier nicht übernachten muss.

Mein Großvater konnte sich nicht beruhigen und kam, solange die Familie noch intakt war, nie wieder in unser Haus. Ich dachte damals, es sei eine Geschmackssache und der Großvater sei einfach unfähig, mit der Zeit zu gehen. Später begriff ich, dass es ihm um etwas ganz anderes ging. Er war der Meinung, ein sozialdemokratischer Politiker dürfe sich in seinem Lebensstil nicht so weit von seinen Wählern entfernen.

Gut zehn Jahre später kam mein Wiener Großvater noch einmal ins Haus. Das war etwa ein Jahr nach seinen März-terminen. Für uns war es die Zeit des Weinens und Weh-klagens. Mein Vater war zu seiner Schnepfe gezogen, einer Dolmetscherin, die ganz anders aussah, als ich sie mir vor-gestellt hatte. Sie war zwanzig Jahre jünger als meine Mut-ter und nicht verheiratet. Alles war ein Provisorium, alles war ungeregelt, meine Mutter weigerte sich, die Tatsachen zur Kenntnis zu nehmen.

Mein Vater war als Minister auch für die Privatisierung der verstaatlichten Industrie zuständig gewesen. Große Konzerne wurden in kleine Firmen zerlegt, kleine Firmen wurden in neue Konzerne zusammengefasst. Dabei hatte er sich offenbar über Treuhänder auch seine eigenen Anteile gesichert. Jedenfalls war er, als er dann regelmäßig in ein Büro am Schwarzenbergplatz fuhr, an vielen Firmen betei-ligt. Er nahm Kredite auf, schichtete um, gründete neue Fir-men, brachte andere an die Börse. Ich hatte keinen Über-blick, was ihm nun gehörte, woran er beteiligt war oder wie viel er verdiente. Es schien nicht weniger geworden zu sein.

Damals wohnte mein Vater noch bei uns im Haus. Er kam spät in der Nacht heim und schlief im Gästezimmer. Manchmal blieb er auch ein paar Tage fort. Die Therapie-gaby sagte, sei nicht so blöd, ihm auch noch die Hemden zu waschen. Das soll gefälligst die Freundin tun. Die soll das Leben auch einmal von der anderen Seite kennen ler-nen. Aber meine Mutter wusch weiter die Hemden. Sie leg-te die gebügelte Wäsche ins Gästezimmer. Nichts, was sie mit ihrem Mann verband, wollte sie freiwillig abgeben.

Sie traf sich jeden zweiten Tag mit der Therapiegaby. Manchmal kam die Therapiegaby auch zu uns ins Haus. Sie sagte: Willst du nicht doch in eine richtige Therapie ge-hen? Meine Mutter sagte: Ich habe ja dich, ich will zu nie-mand anderem. Aber die Therapiegaby meinte, sie könne nicht mit einer Freundin eine Therapie machen, das funktioniere nicht.

Die Therapiegaby war eigentlich Lehrerin, hatte aber eine Ausbildung zur Familientherapeutin gemacht. Meine Mutter hatte sie auf dem Spielplatz kennen gelernt, als ich noch klein war. Sie hatte einen Sohn, mit dem ich als Kind oft zusammen war. Wenn die Therapiegaby auf das, was ihr meine Mutter erzählte, antwortete, begann sie entweder mit den Worten: Sei nicht so blöd, oder mit dem Nebensatz: Als mich der Leo verlassen hat. Aber das lag zwanzig Jahre zurück. Mittlerweile hatte dieser Leo auch seine Freundin wieder verlassen und wollte zur Therapiegaby zurück. Meine Mutter redete ihr zu, ihn langsam wieder näher kommen zu lassen. Das wollte die Therapiegaby nicht. Sie sagte: Für mich ist das abgeschlossen. Ich will diese Kränkung nicht erneut jeden Tag vor Augen haben. Mir schien es, als würde meine Mutter aus der Tatsache, dass der Leo wieder zurückwollte, Hoffnung schöpfen, und sie wollte ihre Freundin nicht nur bei der Trennung der Familie vorausgehen sehen, sondern auch bei der Zusammenführung.

Mein Vater stand nun später auf, wenn meine Mutter bereits in der Schule war. Auf dem Tisch wartete für ihn das Frühstück. Wenn ich wach wurde, konnte ich leicht feststellen, ob mein Vater noch im Haus war, denn er wurde von keinem Dienstwagen mehr abgeholt. Mein erster Blick fiel immer auf das Garagentor, das ich von meinem Zimmer aus sehen konnte. Wenn es offen stand, ging ich hinunter. War es geschlossen, blieb ich noch in meinem Zimmer. Eigentlich wollte ich ihn nicht mehr sehen, was mir aber nicht ganz gelang. Ich sehnte den Tag herbei, an dem er endlich ganz zu seiner Schnepfe zöge. Dann, so dachte ich, würde ich mit meiner Mutter endlich über Tatsachen reden können und nicht nur über ihre verzweifelten Wunschträume.

Meine Mutter wollte in eine Schönheitsklinik fahren und sich die Altersflecken entfernen lassen. Die Therapiegaby sagte: Sei nicht so blöd. Die Frau ist zwanzig Jahre jünger als du. Einen Wettbewerb mit dem Körper kannst du nur verlieren.

An einem Freitag kam meine Mutter nicht von der Schule heim. Es wurde fünf Uhr nachmittags, bis Klara und ich uns Sorgen zu machen begannen. Wir riefen bei der Therapiegaby an, aber die wusste von nichts und begann dann selbst herumzutelefonieren. Klara erreichte am Telefon einen Hauptschullehrer, der bestätigen konnte, dass unsere Mutter am Vormittag in der Schule war. Ich rief im Büro meines Vaters an, dort war jedoch niemand mehr. Ich rief in Gmunden an. Mein Vater hob ab. Er hatte keine Ahnung. Sie ist spurlos verschwunden, sagte ich. Er sagte: Vielleicht ist sie ins Kino gegangen. Ich sagte: Sie ist nicht ins Kino gegangen, sie ist verschwunden. Daraufhin mein Vater: Nimmt denn das überhaupt kein Ende, kommt sie jetzt mit dieser Tour. Ich legte den Hörer auf. Meine Schwester und ich wollten noch bis Mitternacht warten und dann zur Polizei gehen. Aber um zehn Uhr rief meine Mutter an. Sie sagte: Ihr tut mir Leid, ihr werdet schon ganz beunruhigt sein.

Wo bist du?, fragte ich.

Kannst du dir das nicht denken?, fragte sie zurück.

Nein.

Ich habe mich nun doch entschlossen. Ich bin in Salzgitter.

Was machst du in Salzgitter?

Ich bin hier in der, wie heißt das schnell, ach, hier steht es ja, in der Klinik für ästhetisch-plastische Laserchirurgie.

Nein, sagte ich.

Doch, sagte sie, die sind sehr nett hier.

Hättest du das nicht in Wien machen können?, fragte ich.

In Wien kennt mich jeder. Am Sonntagabend komme ich wieder zurück.

Ich rief die Therapiegaby an, aber da war besetzt, und als ich sie eine Viertelstunde später noch einmal anrief, hatte sie gerade mit meiner Mutter gesprochen.

Spät in der Nacht rief mein Vater an. Er sagte, ich weiß jetzt, wo deine Mutter ist. Er sagte: deine Mutter, schon allein dafür hasste ich ihn.

Wo?, fragte ich.

Daraufhin mein Vater: Beim Service. Ich legte den Hörer auf.

Von da an bekam meine Arbeit am Computer eine neue Note. Ich erfand Vatervernichtungsspiele. Am Anfang waren es einfache Clip-Art-Animationen, die sich aber im Laufe der Jahre zu einem Videospiel mit dem eingescannten Foto meines Vaters entwickelten, das ich allen nur erdenklichen Arten von Torturen aussetzen konnte.

Meine Mutter kam von Salzgitter mit einem verbundenen Gesicht zurück, aus dem nur die Augen, der Mund und die Nasenlöcher herausschauten. Am nächsten Tag nahm sie den Verband ab. Ihr Gesicht war übersät mit dunkelroten Brandnarben, die sie mit einer Salbe betupfte. Mir waren ihre Pigmentflecken überhaupt nie aufgefallen. Ich sah sie erst, nachdem sie davon zu sprechen begonnen hatte. Aber nun war sie wirklich entstellt. Sie ging nicht zur Schule. Klara und ich erledigten die Einkäufe. Jeden Nachmittag kam die Therapiegaby. Meinen Vater sah ich die ganze Woche nicht. Wenn ich aufstand, war das Garagentor offen. Ich wusste nicht, ob er überhaupt heimgekommen war. Seit er im Gästezimmer schlief, musste er nicht mehr an meiner Tür vorbeigehen. Nie war mir alles so hoffnungslos vorgekommen wie in dieser Woche. Meine Mutter wagte sich nicht mehr vor das Haus. Ich sah mich dazu verurteilt, ein Leben lang den Diener einer entstellten Mutter zu spielen, die sich vor Gram bis zu ihrem Lebensende im Hause verkriecht. Aber dann geschah etwas Unerwartetes. Gegen Ende der Woche fielen innerhalb von zwei Tagen alle Brandnarben ab. Die Therapiegaby stieß Freudenschreie aus. Wir betrachteten ein ums andere Mal das Gesicht meiner Mutter. An den Stellen, an denen die Narben gewesen waren, war die Haut ein wenig blasser, aber das, so sagte meine Mutter, sollte sich innerhalb von ein paar Wochen geben. Die Therapiegaby begann nun nach eigenen Pigmentflecken zu suchen und überlegte, ob sie die nicht auch entfernen lassen sollte.

Am Sonntag kam mein Vater aus Gmunden zurück. Ich hörte ihn zur Haustür hereinkommen und verschwand sofort in mein Zimmer. Er sagte: Grüß dich, als ich die Treppe hinaufging, aber ich ging einfach weiter. Eine Weile war es ruhig. Plötzlich begannen meine Eltern aufeinander einzuschreien. Dann hörte ich nur noch meine Mutter schreien. Wahrscheinlich sagte mein Vater zwischendurch seine Schau-Sätze. Schau, es hat doch keinen Sinn, wenn wir uns hier anschreien. Dann wurde eine Tür zugeschlagen, und es war wieder ruhig. Später hörte ich meine Mutter im Stiegenhaus flehen, das kannst du uns nicht antun, und meinen Vater schreien, dass er verdammt noch mal auch ein Recht auf ein eigenes Leben habe. Ich drehte Musik auf. Am Abend war das Garagentor offen, meine Mutter telefonierte und wischte sich die Tränen aus den Augen. Klara hatte den Arm um sie gelegt. Die blassen Flecken im Gesicht meiner Mutter leuchteten rot. Sie sagte Bis gleich ins Telefon, brach erneut in Tränen aus, meine Schwester drückte sie noch enger an sich, dann schaute sie mich an und sagte: Er ist zu seiner Freundin gezogen.

Die Therapiegaby war nun jeden Abend bei uns. Sie sagte: Als mich der Leo verlassen hat, und sie sagte: Du musst nun an dein eigenes Leben denken. Meine Mutter ging wieder zur Schule, und sie ging mit der Therapiegaby ins Kino, und während ich am Vormittag schlief, wurde der Kleiderschrank im Gästezimmer leerer und leerer.

Und dann kam eines Abends der Wiener Großvater ins Haus. Er umarmte meine Mutter und sagte: Du weißt, ich habe dich immer gemocht. Er machte es sich auf der weißen Ledergarnitur bequem, er lehnte sich zurück und schlug die Füße übereinander. Er fragte: Habt ihr noch diesen Fernseher?

Es war inzwischen ein neuer Fernseher und es waren noch ein paar andere Geräte und Fernbedienungen dazugekommen. Ich gab ihm die Fernbedienung für den Hubmotor, er ließ den Fernsehapparat mit dem mittlerweile darauf stehenden Satellitenkonverter heraus und versenkte ihn dann wieder in der Kommode. Meine Mutter servierte ihm inzwischen ein Glas Wein und setzte sich neben ihn. Er nahm ihre Hände und sagte: Du darfst dich von ihm jetzt nicht reinlegen lassen. Du musst dir einen gewieften Anwalt nehmen.

Aber meine Mutter wollte von einem Anwalt nichts wissen.

Mein Großvater sagte: Du hast Ansprüche, und du musst dir diese Ansprüche rechtzeitig sichern. Er soll jetzt einmal deutlich sehen, was ihn das alles kostet.

Wenn ich ihm jetzt mit einem Anwalt komme, sagte meine Mutter, dann geht alles seinen Gang und die Scheidung ist beschlossene Sache.

Du machst dir Illusionen, sagte mein Großvater. Es wird eine Scheidung geben, und ich will nicht, dass du dabei leer ausgehst.

Plötzlich zog meine Mutter ihre Hände zurück. Sie sagte: Hat er dich zu mir geschickt, um mit mir zu reden? Um mir klarzumachen, dass ich mich scheiden lassen soll?

Nein, sagte mein Großvater. Er weiß gar nicht, dass ich hier bin. Aber er denkt nicht im Geringsten daran, zu seiner Familie zurückzukehren. Es kann nur auf Scheidung hinauslaufen.

Meine Mutter war plötzlich aufgebracht. Nein, schrie sie. Keine Scheidung. Keine Scheidung.

Lass dir das erklären, sagte der Großvater und wollte wieder die Hand seiner Schwiegertochter nehmen, sie ließ das jedoch nicht mehr zu. Lass dir das erklären, wiederholte er. Der Helmut wird sich scheiden lassen, ob du willst oder nicht. Er braucht nur ein paar Jahre zu warten und kann das dann auch ohne deine Einwilligung durchziehen. Aber in diesen paar Jahren kannst du alles verlieren, worauf du jetzt Anspruch hättest. Nicht dieses schöne Haus hier, das ist nicht wegzudiskutieren, das muss irgendwie aufgeteilt werden. Aber alles andere. Jetzt hängt er noch dick in den Geschäften drinnen. Aber in ein paar Jahren? Wer weiß, ob ihm dann offiziell noch irgendetwas gehört. Vielleicht besitzt dann längst alles seine Freundin, und er heiratet es einfach wieder zurück.

Das, glaubst du, würde der Helmut machen?, fragte meine Mutter.

Ja, sagte ihr Schwiegervater, das wird er machen. Und ich bin gekommen, um dir das zu sagen.

Meine Mutter sah ihn erstaunt an. Dann fragte sie: Warum machst du das?

Der Großvater schien nun doch unbequem zu sitzen. Es machte ihm Mühe, seinen zurückgelehnten Oberkörper wieder aufzurichten. Er murmelte: Ich habe es dir doch am Anfang gesagt. Dann trank er einen Schluck aus seinem immer noch vollen Weinglas.

Weißt du, sagte er, ich habe meinen Buben über die Jahre mit Misstrauen beobachtet. Ich weiß doch, was ein Minister verdient. Mehrmals habe ich zu ihm gesagt: Lass deine Finger von Privatgeschäften. Er aber sagte: Es gibt keine Privatgeschäfte, alles hat seine Ordnung. Als sie ihn dann gefeuert haben, bin ich zum Bundeskanzler gegangen. Ich wollte mich für ihn einsetzen. Und der Bundeskanzler hat mir dann aufgezählt, wo er überall die Finger drinnen hatte. Er hat den Bogen überspannt.

Ich dachte wegen der Putzfrau, sagte meine Mutter.

Ach was, Putzfrau, sagte mein Großvater. Es war eine politische Entscheidung. Die Putzfrau war der willkommene Anlass, ihn loszuwerden. Ich bin nicht einmal sicher, ob die ganze Kampagne damals wirklich von den Bürgerlichen gekommen ist.

Meine Mutter nahm sich nun auch ein Glas Wein und dann saßen der Großvater und meine Mutter eine Weile schweigend nebeneinander. Und weil meine Mutter noch immer schwieg, fragte mich der Großvater: Warum hasst du eigentlich deinen Vater?

Behauptet er das?, fragte ich.

Ja, das sagt er.

Muss ich die Frage beantworten?

Meine Mutter fragte: Warum ist meine Schwiegermutter nicht mitgekommen?

Der Großvater sagte: Weil sie meint, ich solle mich da raushalten. Sie will nicht, dass ich dem Buben schade.

Und was hast du gesagt?, fragte meine Mutter.

Ich will ihm nicht schaden, ich will nur dich vor ihm warnen.

Später sagte mein Großvater noch, wenn meine Mutter sich nun doch entschließe, einen Anwalt zu nehmen, solle sie einen aussuchen, der sich gut in der Finanzwelt auskenne. Er könne ihr da leider nicht weiterhelfen, denn die Anwälte, die er vom Freiheitskämpferbund kenne, seien dafür alle nicht geeignet. Und die Anwälte, die er von den Stadtwerken her kenne, seien zwar geeignet, aber sie seien zu tief in der Partei verwurzelt, um einem prominenten Mitglied schaden zu wollen.

Als mein Großvater ging, sagte er: Bei euch gibt es ja nicht einmal eine Straßenbahn.

Meine Mutter entgegnete: Du warst in den Stadtwerken!

Da schmunzelte mein Großvater und sagte: Wir haben gedacht, diese reichen Villenbesitzer da draußen brauchen keine Straßenbahn. Meine Mutter brachte ihn mit dem Auto heim.

Auch die Therapiegaby riet meiner Mutter in den folgenden Tagen, sie solle zu einem Anwalt gehen, aber sie stieß auf taube Ohren. Vielleicht auch, weil mein Vater in dieser Zeit finanziell eher großzügig war. Meine Mutter bekam von ihm mehr Geld, als sie in der Schule verdiente, die Betriebskosten des Hauses einschließlich Telefon liefen nach wie vor über sein Konto. Mir und meiner Schwester überwies er monatlich fünftausend Schillinge. Meine Schwester machte ihn darauf aufmerksam, dass wir nun schon seit Jahren dieselbe Summe bekämen, da erhöhte er sie anstandslos um tausend Schilling. Als ich einen neuen Computer mit Scanner kaufte, rief ich ihn an, und er sagte, ich solle ihm die Rechnung schicken. Ein paar Tage später war das Geld auf meinem Konto. Er ahnte nicht, dass sein Bild das erste war, das ich einscannte.

Es ging alles eine Zeit lang recht friedlich dahin, die Heulanfälle meiner Mutter wurden weniger, sie ging zur Schule, korrigierte am Nachmittag ihre Hefte, ging mit der Therapiegaby ins Kino oder ins Theater und setzte sich, wenn schönes Wetter war, hinaus in den Garten. Klara bereitete sich auf ihre Schlussprüfung vor, sie spielte den ganzen Tag Klavier und fuhr am Abend zu ihrem Gerhard. Das Leben im Hause war ruhevoller geworden.

Bis mich Brigitte anrief. Ich hatte mit ihr seit Jahren keinen Kontakt mehr gehabt. Sie fragte mich, ob ich ihr Lenin abnehmen könne. Sie müsse nach Bukarest gehen, und sie könne das nicht ablehnen, weil sie dadurch endlich einen Fuß in die Tür der Auslandsberichterstattung bekomme, denn eigentlich wolle sie lieber nach Paris oder Washington. Mimi denke auch daran, ins Ausland zu gehen.

Mimi?, fragte ich.

Ja, sie arbeitet beim ORF und will Korrespondentin werden.

Dann fragte ich sie, wie sie an unsere Geheimnummer rangekommen sei. Und sie sagte, die habe ich von deinem Vater bekommen.

Du kennst meinen Vater?

Ja, ich habe ihn letzte Woche interviewt. Hast du das nicht am Samstag im *Kurier* gelesen?

Ich lese wenig Zeitung, sagte ich und bat sie, mir den Artikel zu schicken. Ich weiß nicht, ob das ein Fehler war. Brigitte war geschminkt und ihr Kleid hatte an ihrem kolossalen Busen einen tiefen Ausschnitt. Sie hatte keine Zeit und kam nicht einmal ins Haus. Sie brachte Lenin und sie brachte auch gleich den Artikel mit, und wir mussten uns von da an wieder der Wirklichkeit stellen. Lenin war mittlerweile kastriert. Er sprang mich nicht mehr an, sondern schmiegte sich an mein Hosenbein. Ich zeigte ihm den Garten. Das Interview lag für ein paar Stunden auf dem Wohnzimmertisch, bis meine Mutter es las und blass wurde.

Das Interview war in der farbigen Wochenendbeilage der Zeitung abgedruckt. Mein Vater war gerade aus dem Parteivorstand ausgeschieden und sprach über sein Leben nach der Politik. Er erzählte von seinen wirtschaftlichen Projekten, und er erzählte von seinem neuen privaten Glück, das er gefunden habe. Er erzählte, dass er zu rauchen aufgehört habe, und er erzählte auch, dass seine neue Lebenspartnerin schwanger sei. Es gab ein großes Farbbild der beiden. Sie standen im Volksgarten vor dem Rosenbeet.

Mein Vater hatte den Arm um die Schnepfe gelegt und zeigte mit der anderen Hand hinüber zum Theseustempel. Vielleicht sagte er gerade: Da drüben habe ich als junger Student einmal Haschisch geraucht.

Von da an kam wieder Bewegung in unsere halbe Idylle. Ich fuhr zum Standesamt, um meinen Vornamen ändern zu lassen. Ich wollte nicht länger wie mein Vater heißen. Der Federstrich wuchs sich zu einer umständlichen Prozedur aus, zu einem bürokratischen Akt, der mehrere Monate dauerte. Zum Glück hatte der Beamte den *Kurier* nicht gelesen und kannte meinen Vater auch nicht persönlich. So konnte ich ihm erzählen, dass ich im Computerbusiness tätig sei und dass es zunehmend schwieriger werde, allein die Post in unserem Haus auseinander zu sortieren. Nicht nur bei Anrufen, mittlerweile leider auch bei wichtigen Zahlungen komme es immer wieder zu Missverständnissen und Verwechslungen. Dafür hatte der Beamte großes Verständnis. Ich schlug vor, meinen kirchlichen Taufnamen Rupert anzunehmen, und hatte auch gleich die entsprechende Urkunde mitgebracht. Der Beamte sagte, die Namensänderung müsse bekannt gemacht werden, und es hätten alle österreichischen Rupert Kramers, die der Meinung sind, ihnen könnte aus meiner Namensänderung ein Schaden erwachsen, Einspruchsrecht.

Meine Mutter nahm sich nun doch einen Anwalt. Die Therapiegaby war bei der Suche behilflich. Der Anwalt riet ein ums andere Mal, die Scheidung einzureichen, aber es musste noch vorher die Berliner Mauer fallen, bis meine Mutter sich endlich dazu entschließen konnte. Und dann begann ein endlos langes Gerangel um buchstäblich jeden Löffel. Meine Mutter bekam Heulkrämpfe, weil bei jedem Gegenstand, der zur Debatte stand, auch seine Geschichte aufflammte, und auf die häufigen Fragen des Anwalts, ob sie auf dieses oder jenes Wert lege, antwortete sie nicht mit

Ja oder Nein, sondern begann ganze Romane zu erzählen. Mein Großvater hatte leider Recht behalten. Das offiziell greifbare Vermögen meines Vaters war bescheiden. Es sah so aus, als wäre er hauptsächlich an mehr oder weniger konkursreifen Firmen beteiligt, die nichts abwarfen. Er konnte zwar nicht leugnen, dass er gut lebte, aber er stellte es so dar, als lebte er auf Pump.

Im tiefsten Winter, noch mitten in dem Gerangel um die Teilung des Eigentums, erhielt ich ein förmliches Schreiben des Magistrats der Stadt Wien. Kein einziger Rupert Kramer hatte gegen meine Namensänderung Einspruch erhoben und so bekam ich, gegen die Vorlage einer Unmenge von Stempelmarken, neue Urkunden ausgehändigt.

Meine Schwester hatte mittlerweile ihr Studium beendet. Die feierliche Ernennung zum Magister der Künste fand Anfang April statt. Mein Vater erschien im Festsaal mit einem Strauß roter Rosen. Er hatte ein gebräuntes Gesicht. Seine grauen Schläfenhaare waren dunkel getönt. Er reichte uns nacheinander die Hand und ging wieder. Zu mir sagte er: Du hast deinen Namen ändern lassen. Ich sagte: Ja. Er nickte und gab dann stumm meiner Mutter die Hand.

Nach der Feier fuhr Gerhard mit uns ins Haus. Wir öffneten eine Flasche Champagner. Meine Mutter gab sich Mühe, guter Laune zu sein. Sie fragte mich, ob sie mich jetzt Ruppi nennen solle, und ich sagte: Ja, nenn mich Ruppi. Gerhard sagte, das sei der hässlichste Name, den es überhaupt gäbe, und ich antwortete: Darum habe ich ihn ja ausgesucht. Weil er zu mir passt.

Da war es einen Moment lang still, aber zum Glück wollte Lenin in den Garten hinaus, und so hatte ich etwas zu tun. Als ich zurückkam, war die Verlegenheit verflogen. Später an diesem Abend überraschte uns Klara mit der Mitteilung, dass sie mit Gerhard zusammenziehen wolle.

Und ich sagte: Wenn du hier ausziehst, ziehe ich auch aus. Daraufhin schrie meine Mutter: Seid ihr verrückt? Ihr könnt mich doch nicht hier allein im Haus lassen. Ich sagte: Dann ziehen wir halt alle aus.

An der gläsernen Gartentür war schattenhaft Lenin zu sehen. Ich ging hin, um die Tür zu öffnen. Er kam herein und hatte einen blauen Vogel im Maul. Er ging zur Sitzgarnitur und hinterließ dabei eine Spur von grauem Flaum.

Lass sofort den Vogel frei, schrie meine Mutter. Lenin stand da und wusste nicht, wie ihm geschah. Da ihn niemand lobte, ging er mit dem Vogel wieder hinaus und legte ihn vor die Tür.

Am 10. Juli 1941 gaben der Bürgermeister und der litauische Militärkommandant von Kowno bekannt, dass ab dem 12. Juli alle Juden auf der linken Brustseite einen gelben Davidstern in der Größe von acht bis zehn Zentimetern tragen müssen. Ab acht Uhr abends war es für Juden verboten, auf die Straße zu gehen. Radios mussten im Wohnungsamt, das sich in unserer Nähe befand, abgeliefert werden. Das alles war jedoch nebensächlich gegen die Bestimmung, die der Paragraph vier enthielt. Dort war angeordnet, dass alle Juden bis zum 15. August nach Vilijampolé ziehen müssen. Vilijampolé war das litauische Wort für den jenseits der Neris liegenden Stadtteil, den wir Slobodka nannten. Er wurde vor allem von Handwerkern und Arbeitern bewohnt. Wir kannten nur einen Menschen in Slobodka, Jakob Schor, den Mann, der unsere Eingangstür repariert hatte. Meine Mutter nahm noch einmal Kontakt mit ihm auf. Er sagte, dass er selbst keinen Platz mehr in der Wohnung habe, aber sein Nachbar sei kein Jude, und der suche noch jemanden, der mit ihm die Wohnung tausche. Dieser Nachbar kam am nächsten Tag nach seiner Arbeit zu uns. Meine Mutter meinte, ich solle mich unter dem Klavier verstecken, aber ich weigerte mich. Der Mann trug einen dreckigen Arbeitsanzug, er arbeitete als Schlosser. Er beteuerte, er habe mit Juden nie ein Problem gehabt. Die Ausschreitungen in Slobodka seien von Fremden verübt worden. Als er durch unsere Wohnung ging, wurde er verlegen. Er sagte, seine Wohnung sei mit dieser überhaupt nicht vergleichbar. Sie habe nur zwei Zimmer. Nicht einmal die Hälfte unserer Möbel könnten wir dort unterbringen.

Meine Mutter sagte: »Den Rest müssen wir halt hier lassen. Können Sie dafür wenigstens den Umzug organisieren?«

Der Mann versprach, sich darum zu kümmern. Meine Mutter wollte sich mit dem Übersiedeln noch Zeit lassen, bis meine Großmutter aus dem Krankenhaus entlassen wäre, aber der Schlosser hatte es eilig. Er wollte so schnell wie möglich aus Slobodka wegziehen. Bevor er ging, sagte er, ihm sei vollkommen klar, dass dies kein gerechter Tausch sei. Leider habe er aber kein Geld, um uns die restlichen Sachen abzukaufen. Er wolle aber sonst für uns tun, was immer er tun könne.

Frau Mendelson suchte sowohl für das Geschäft als auch für die Wohnung einen Käufer, aber es fand sich niemand. Die Leute brauchten nur ein paar Wochen zu warten, dann gab es diese Immobilien mehr oder weniger gratis. Mittlerweile war ein Jüdisches Komitee gebildet worden, das für den Aufbau des Ghettos und die Abwicklung des Umzugs zuständig war. Frau Mendelson wandte sich an dieses Komitee. Das Problem, so wurde ihr erklärt, sei ein ganz anderes. Es mangle keineswegs an Wohnungen für die nichtjüdischen Bewohner, die aus Slobodka wegziehen müssten. Die seien mittlerweile alle in der Stadt untergebracht. Es mangle jedoch an Tausenden von Wohnungen in Slobodka. Sie könne sich und ihre Tochter auf eine Liste schreiben und man werde eine Familie verpflichten, sie aufzunehmen.

Meine Mutter war beleidigt, als ihr Frau Mendelson davon erzählte. Sie sagte: »Wie konntest du nur auf die Idee kommen, dass ihr nicht bei uns wohnt?«

Der Schlosser, er hieß Vincas, kam mit einem Leiterwagen, vor den ein Pferd gespannt war. Das Fuhrwerk hatte er geliehen. Vincas wurde begleitet von seinem Sohn, der etwa in meinem Alter war. Aber der sprach nicht mit mir und wich mir aus, als hätte ich Aussatz. Sie luden ihren Hausrat bei uns im Hinterhof ab und machten sich daran, unsere Möbel, Kisten und Koffer auf den Leiterwagen zu verladen. Ich half ihnen dabei. Vincas meinte immer wieder, das sei viel zu viel, wir würden das nie unterbringen. Meine Mutter erkundigte sich bei Vincas nach seiner Frau. Er sagte, sie werde später kommen. Meine Mutter hätte ihr gerne ein paar Dinge erklärt. So besaßen wir zum Beispiel, was damals noch ungewöhnlich war, einen Elektroherd und hatten im Bad fließendes Warmwasser. Aber die Frau von Vincas ließ sich nicht blicken. Am schwersten trennte sich meine Mutter von ihrem Klavier. Es hatte keinen Platz in unserem neuen Zuhause und es hätte auch nicht mehr auf den Leiterwagen gepasst.

Wir gingen neben dem voll beladenen Pferdegespann die Laisvésallee hinunter. Meine Mutter hatte am Vortag ein gelbes Sommerkleid zerschnitten und Davidsterne auf Röcke, Mäntel und Kleider genäht. Es war das erste Mal, dass ich mit dieser Kennzeichnung auf die Straße ging. Ich wagte gar nicht aufzublicken. Aber wir waren bei weitem nicht die einzigen Juden, die mit ihrem Hab und Gut auf dem Weg ins Ghetto waren. Vor der Altstadt reihten wir uns in eine Fuhrwerkskolonne ein, die bis zur Vilijampolé-Brücke reichte und nur mühsam vorankam. Es gab Jugendliche, die von den Wägen einfach herabnahmen, was sie brauchen konnten, und niemand hinderte sie daran. An unsrem Leiterwagen waren, um die schrägen Seitenwände zu verlängern, oben die Stühle eingeklemmt. Da kam ein Mann und machte sich in aller Ruhe an einem unserer Stühle zu schaffen. Meine Mutter und ich wagten es nicht, etwas zu sagen. Aber Vincas fuhr den Mann auf Litauisch an, er solle sich sofort aus dem Staub machen, es seien seine Stühle.

»Bist wohl ein Judenfreund«, antwortete der Kerl, ohne von dem Stuhl abzulassen. Darauf Vincas: »Ich werde dir sagen, wer ich bin. Ich bin der Schlosser Vincas, dessen Faust sich tiefer in das Gesicht eines Menschen eingräbt als die eines jeden anderen.«

Das machte dann doch Eindruck auf den Mann. Er holte sich den Stuhl von einem anderen Fuhrwerk. Vincas lächelte uns aufmunternd zu.

Unser neues Haus war eine Holzhütte. Sie befand sich in der Griniausstraße, am nördlichen Rande des Ghettos, um das herum gerade ein Zaun gebaut wurde. Das Haus hatte zwei nebeneinander liegende Eingänge. Der linke Eingang führte zu unserer Wohnung, der rechte zur Wohnung des Handwerkers Jakob Schor und seiner Familie. Das Haus war genau in der Mitte geteilt. Die Eingangstür führte in einen winzigen Vorraum, von dem man über eine Leiter zum Dachboden gelangte. Das erste Zimmer, das man von diesem Vorraum aus betrat, war eine Art Wohnstube. In einer Ecke stand ein eiserner Herd. Daneben gab es eine Falltür, die in einen dunklen Erdkeller führte. Das zweite Zimmer war etwas kleiner. Es war das ehemalige Schlafzimmer von Vincas und seiner Frau. Im Haus gab es kein Wasser und keine Toilette. Der Brunnen befand sich, etwa 200 Meter entfernt, an der Ecke zur Vygriustraße, das Plumpsklo war ein kleiner Zubau an der Rückseite des Nachbarhauses. Es wurde von sechs Familien benutzt.

Der Schlosser Vincas, sein Sohn und ich luden alles vor dem Haus ab, meine Mutter begann die Wohnung zu putzen. Vincas und sein Sohn fuhren gleich wieder fort, um den Hausrat der Mendelsons zu holen.

Unsere Nachbarn, die Familie Schor, waren liebenswerte Leute. Frau Schor und ihre Schwiegermutter, eine korpulente, aber zupackende Frau, halfen meiner Mutter beim Putzen. Sie reinigten auch das Zimmer der Mendelsons.

Die Schors, so erfuhr ich, hatten eine Tochter, Miriam, aber sie war nicht zu Hause. Sie arbeitete in einer Textilfabrik. Am späten Nachmittag kam Jakob Schor heim. Die Tischlerei, in der er arbeitete, befand sich innerhalb des Ghettobereichs und sollte ihren Betrieb erst drei Jahre später, mit der Auflösung des Ghettos, einstellen. Er half mir, die Möbel hineinzutragen. Meine Mutter hatte sich für den ersten Raum entschieden. Wir brachten darin drei Betten unter, einen Kleiderschrank, einen Tisch mit Stühlen und eine Vitrine für die Küchensachen, dann war der Raum voll. Jakob Schor bot sich an, die übrigen Möbel zu zerlegen und sie auf dem Dachboden wieder zusammenzusetzen. Es sollte sich bald herausstellen, dass dies ein weitsichtiger Vorschlag war, weil wir auf diese Weise einen Raum dazugewannen, der sich, wenn man die Leiter hochzog und die Luke von oben schloss, sogar ganz gut verbergen ließ. Der Dachboden war zwar niedrig – man konnte nur in der Mitte aufrecht stehen –, aber insgesamt doch sehr geräumig. Er war vom Dachboden der Schors durch eine durchgehende Holzwand getrennt. Dort hinauf kamen die Bücherregale, die Nachtkästchen und später noch zwei Kommoden, ein Tisch und Stühle aus dem Besitz der Mendelsons. Durch das flache Dach war der Dachboden von außen unscheinbar. Er hatte nur ein kleines Fenster in der Giebelmauer. Trotz der schlechten Lichtverhältnisse wurde er bald zu meinem Lieblingsort und später zu meinem ersten Versteck.

Am Abend traf Vincas mit dem Hausrat der Mendelsons ein. Sein schweigsamer Sohn war nicht mehr mitgekommen. Frau Mendelson hatte zwei Kommoden mit Lebensmitteln gefüllt. Welchen Goldschatz wir damit besaßen, war uns, als wir die Dinge im Erdkeller verstauten, noch gar nicht bewusst. Überhaupt hatten wir mit dem Zeitpunkt unseres Umzugs großes Glück gehabt. Schon drei

Tage später, am 25. Juli, gaben der Bürgermeister und der Polizeichef eine neue Verordnung heraus, die genau festlegte, was ins Ghetto mitgenommen werden durfte. Wir hätten das meiste zurücklassen müssen. Von nun an wurden die Übersiedlungsfuhren von deutschen und litauischen Wachen an der Vilijampolé-Brücke genau überprüft.

An unserem ersten Abend im Ghetto luden wir die Familie Schor zum Essen ein. Während Herr Schor und ich noch Betten, Schränke, Koffer und Haushaltswaren trugen, begannen meine Mutter, Frau Mendelson und Fanny in all dem Chaos ein Abendessen zu kochen. Als es fertig war, unterbrachen wir unsere Arbeiten und Herr Schor holte seine Frau, seine Mutter und seine Tochter. Miriam, die Tochter, gefiel mir von dem Moment an, als sie den Raum betrat. Sie war, so wie ihre Mutter, blond und hatte kleine Grübchen über den Wangen. Herr Schor muss meine bewundernden Blicke bemerkt haben, denn er gab mir gleich zu verstehen, dass sie einen Verehrer habe. Nach ersten Gesprächen zum gegenseitigen Kennenlernen wurde der Abend sehr traurig. Wir beteten für unsere Familienangehörigen, von denen wir nichts wussten, für die wir aber noch immer hofften. Ich erzählte, was ich im Gefängnis erlebt hatte, kam aber nicht zum Ende, weil ich in Tränen ausbrach und mich nicht mehr beruhigen konnte. Später verstand es Herr Schor, dem Abend eine freundlichere Wendung zu geben. Weil er und ich die einzigen Männer unter sechs Frauen waren, sollten wir, so schlug er vor, es als unsere größte Pflicht ansehen, diese Frauen zu schützen. Ich schwor es feierlich. Der Gedanke, ab nun Verantwortung für meine Familie zu tragen, machte es mir leichter, mit der Ungewissheit über das Schicksal meines Vaters und meines Großvaters zu leben. Es war seit dem nun schon über einen Monat zurückliegenden Einmarsch der Deutschen der erste Abend, an dem wir keine Angst hatten. Das

Ghetto, so empfanden wir es damals, schützte uns vor der unberechenbaren christlichen Außenwelt.

Ein paar Tage später schien sich diese Annahme zu bestätigen. SA-Oberführer Hans Cramer hatte das zivile Kommando der Stadt übernommen. Seine erste Amtshandlung war ein Erlass, der uns das Leben außerhalb des Ghettos noch um einiges schwerer gemacht hätte. Juden durften nun keine Gehsteige mehr benutzen, keine Promenaden, keine Parks, keine Bänke, keine öffentlichen Verkehrsmittel, keine Taxen und Droschken. Die Verordnung trat am 28. Juli, dem Tag der Veröffentlichung, in Kraft. Ich las sie und dachte mir: Gut, dass wir schon hier sind.

Meiner Mutter ist der Wechsel von der bürgerlichen Stadtwohnung in proletarische Vorstadtverhältnisse sehr schwer gefallen. Sie wollte es sich nicht anmerken lassen, und schon gar nicht wollte sie darüber sprechen, aber es war doch unübersehbar, wie sehr sie vor allem unter den neuen sanitären Verhältnissen litt. Ich hingegen empfand das ganz anders. Die ersten drei Wochen im Ghetto waren für mich ein Abenteuer. Ich hatte endlich wieder etwas zu tun. Es galt, vom Brunnen frisches Wasser zu holen und für den Küchenherd Holzvorräte anzulegen. Ich fühlte mich mit meinen sechzehneinhalb Jahren, als wäre ich erwachsen. Ich hatte für meine Familie zu sorgen. Am Abend half ich Herrn Schor, unseren Dachboden einzurichten und die Möbel zusammenzusetzen. Wir verstauten unsere Bücher darin. Sogar beim Bau des Ghettozaunes, der etwa fünfzig Meter hinter unserem Haus verlief, half ich mit. Ich sah diesen Stacheldrahtzaun als Maßnahme zu unserem Schutz. Ich wollte mit den Leuten da draußen nichts mehr zu tun haben.

Mittlerweile wurde unter dem Vorsitz des Arztes Dr. Elkhanan Elkes der Ältestenrat gegründet, der für die gesamte Organisation im Ghetto verantwortlich war. Es gab einen Wohnungsausschuss, eine Ghettopolizei, ein Arbeitsamt und ein Gesundheitsamt. Vor dem zweigeschossigen Gebäude in der Varniustraße, einer Parallelstraße zu unserer Griniausstraße, standen Hunderte von Menschen. Einige suchten noch Unterkunft, aber die meisten suchten Arbeit. Mir war der Ernst unserer Lage damals noch keineswegs bewusst. Frau Mendelson und Fanny reihten sich ein in die Menschenschlangen. Auch meine Mutter hatte mit ihnen gehen wollen, aber ich hatte es ihr untersagt. Voller Stolz hatte ich ihr erklärt: »Ich werde für dich sorgen.« Herr Schor hatte mir nämlich versprochen, mich in der Tischlerei unterzubringen. Auch Miriam stand vor dem Arbeitsamt Schlange. Sie hatte ihre Arbeitsstelle, die außerhalb des Ghettos lag, verloren.

Am Morgen des 13. August traf die Ärztin Lina Grotnik mit meiner Großmutter im Ghetto ein. Sie schob sie in einem Rollstuhl die unebene Lehmstraße entlang. Die Großmutter konnte nicht gehen. Den ganzen Tag lag sie in ihrem Bett. Zum Essen setzten wir sie auf, aber das bereitete ihr Schmerzen. Sie hielt es nie lange aus.

Zwei Tage später wurde das Ghetto abgeriegelt und Tag und Nacht von Patrouillen bewacht. Wenn wir von unserem Haus aus durch den Ghettozaun blickten, sahen wir auf den Sajungosplatz, in den die Paneriustraße, eine Hauptdurchgangsstraße, mündete. Die Paneriustraße war vom Ghettobereich ausgenommen. Dahinter gab es noch das so genannte Kleine Ghetto, das mit dem Großen Ghetto bald durch eine Holzbrücke verbunden wurde. Im Kleinen Ghetto war das Krankenhaus, in dem Lina Grotnik zu arbeiten begann.

Frau Mendelson und Fanny kamen vom Arbeitsamt zurück, ohne Arbeit bekommen zu haben. Man hatte sie auf einer Liste vermerkt. Miriam war erfolgreicher gewesen. Aufgrund ihrer Berufserfahrung in der Textilfabrik wurde ihr zugesagt, dass sie in einer der geplanten Kleiderwerkstätten Arbeit bekommen werde. Fanny war gekränkt. Sie sagte: »Wieso kriegt die Arbeit, und ich habe keine? Bin ich weniger wert?«

Sie hatte beim Arbeitsamt einen Anschlag gelesen, dem zufolge für Arbeiten im Rathausarchiv 500 Studierte gesucht werden. Nun hatte Fanny zwar nicht studiert, aber sie war auf dem besten Wege dorthin gewesen. Sie hatte durch den Einmarsch der Deutschen den Abschluss des Gymnasiums um einige Tage versäumt. Sie wollte versuchen, bei der Studierten-Brigade unterzukommen. Ihre Mutter konnte es ihr nicht ausreden. Und so ging sie am Morgen des 18. August zum Ghettotor, wo sich Anwälte, Ärzte, Lehrer und Ingenieure für ihren Einsatz im Rathausarchiv versammelten. Ein jüdischer Polizist fragte Fanny, was sie hier mache. Sie sei erstens zu jung und zweitens eine Frau. Enttäuscht ging sie die Straße zurück, da hörte sie plötzlich Lärm hinter sich. Aus den Nebenstraßen rannten litauische Hilfspolizisten heraus und trieben alle, die auf der Straße waren, Richtung Ghettoausgang. Fanny lief heim.

Am Abend versammelten sich die Angehörigen vor dem Ghettotor und warteten auf die Rückkehr der Studierten-Brigade, doch sie kam nicht. Als es schon finster war, teilte ein jüdischer Polizist mit, die Deutschen hätten bekannt gegeben, die Brigade werde mit zusätzlicher Arbeit in der Stadt aufgehalten und komme erst am nächsten Tag zurück. Am nächsten Tag wurde den Wartenden erklärt, man habe die Männer in eine andere litauische Stadt zur Arbeit geschickt. Sie seien wohlauf. Und so ging das mehrere Tage. Die Männer kamen nie wieder zurück. Sie waren schon am ersten Tag, zusammen mit mehr als tausend anderen Juden, die man noch in der Stadt aufgefunden hatte, im Fort IV erschossen worden.

Das Gerücht darüber verbreitete sich schon am ersten Abend. Herr Schor brachte es von der Arbeit heim. Aber bis er es selbst glauben konnte, vergingen noch mehrere Tage. Von da an war es mit der Hoffnung, das Ghetto könnte ein Schutz für uns sein, vorbei.

Als Nächstes kam die Anordnung, Geld, Schmuck und Wertgegenstände abzuliefern, auch Pelze, Haustiere, Bilder und Briefmarkensammlungen. Wer sich nicht daran hält, so hieß es, wird erschossen. Wir berieten uns die halbe Nacht, was wir tun sollten. Meine Großmutter flehte uns an, alles abzuliefern. Frau Mendelson hielt es für besser, die Wertgegenstände zu verstecken, und ich pflichtete ihr bei. Meine Mutter gab zu bedenken, dass mein Vater in der Stadt ein bekannter Mann war. Es werde sicher Listen geben. Wenn wir die Dinge nicht ablieferten, würden sie auf uns aufmerksam werden. Ohne dass meine Großmutter es wusste, vergrub ich noch in der Nacht den wertvollsten Schmuck in der Wiese hinter dem Haus, in der Nähe des Ghettozauns. Wenn die Wachen vorbeigingen, legte ich mich flach auf den Boden. Am nächsten Tag brachte meine Mutter ihren Pelz, das Bargeld, den restlichen Schmuck und ein paar Bilder zur Sammelstelle.

Erneut wurde eine Arbeitsbrigade gebildet. Sie sollte den teilweise zerstörten Flughafen von Aleksotas wieder in Stand setzen und für militärische Zwecke ausbauen. Die Ghettobewohner zögerten sich zu melden, aber der einsetzende Hunger trieb sie dazu. Es waren nämlich mittlerweile von der deutschen Ghettoverwaltung auch die Lebensmittelrationen festgelegt worden. Die waren zu knapp, um einen Menschen zu ernähren. Die einzige Chance war zu arbeiten, um dadurch zusätzliche Rationen zu bekommen. Aber selbst das reichte für die meisten nicht aus, vor allem dann nicht, wenn sie noch Kinder oder alte Menschen zu versorgen hatten. Wenn man die Lebensmittel nicht im

Schwarzhandel erstehen konnte, musste man sie, obwohl dies unter Androhung der Todesstrafe verboten war, ins Ghetto schmuggeln. Aber das wiederum war nur möglich, wenn man sich einer Arbeitsbrigade anschloss, die außerhalb des Ghettos arbeitete.

Die Lebensmittelvorräte aus dem Keller der Mendelsons waren mittlerweile deutlich zusammengeschrumpft. Noch zwei Wochen und sie wären gänzlich verbraucht gewesen. Niemand von uns hatte bisher Arbeit. Die Tischlerei wurde neu organisiert. Sie unterstand nun direkt der jüdischen Ghettoverwaltung. Man wollte sie vergrößern und Aufträge für die Deutschen übernehmen, damit sie unentbehrlich wurde und weiter Bestand haben konnte. Herr Schor hatte mich ins Gespräch gebracht, aber die Einzigen, die aufgenommen wurden, waren ausgebildete Tischler. Und so überlegte auch ich, ob ich mich nicht zur Flughafen-Brigade melden sollte, hatte aber letztlich zu große Angst, dass ihr Schicksal dem der Studierten-Brigade gleichen könnte.

Ich erinnere mich gut an den 8. September. Ich ging früh am Morgen Wasser holen, da sah ich, dass das halbe Ghetto auf den Beinen war. Die Menschen strömten zum Tor, um die Flughafen-Brigade zu verabschieden. Ich ließ den Eimer beim Brunnen stehen und schloss mich an. Die Männer wurden von ihren Frauen umarmt. Tränen flossen. Alle hatten Angst, die dem Ältestenrat gegebene Zusicherung, dass es sich diesmal wirklich um eine Arbeitsbrigade handeln werde, könnte eine erneute Finte der Deutschen sein. Als sich die Männer zum Zählen aufstellen mussten, erkannte ich einen von ihnen. Es war Herr Konwitz, der Vater von Lea. Ich drängte mich zu ihm durch. Auch er erkannte mich. Er sagte: »Wird Zeit, dass du dich einmal blicken lässt. Lea redet nur noch von dir.«

»Wo ist sie?«, fragte ich.

»Zu Hause«, sagte er. »Die sind alle beleidigt, weil ich

mich gemeldet habe. Wir wohnen in der Linkuvosstraße 7.«

Dann wurde ich von einem litauischen Soldaten ange-fahren, weil ich nicht ordentlich dastand.

»Ich gehöre nicht dazu«, sagte ich.

»Dann verschwinde«, rief der Soldat. Er gab mir einen Tritt. Ich lief fort. In einer Gruppe weinender Frauen sah ich von der Ferne zu, wie die Flughafenarbeiter in Vierer-reihen zum Haupttor hinauseskortiert wurden. Ich fragte eine Frau nach der Linkuvosstraße. Sie war etwas verwun-dert, weil die Linkuvosstraße eine der Hauptstraßen dieses Viertels war und ganz in der Nähe lag.

Lea war mir in den letzten Wochen vollkommen aus dem Bewusstsein entschwunden. Sie gehörte einer anderen Zeit, einer anderen Welt an. Einer Welt, in der unsere Familie zu-sammen war, in der ich die Schule besuchte und mein Va-ter seinen Geschäften nachging, in der mein Großvater am Sabbat seinen schwarzen Hut aufsetzte und mit Großmut-ter in die Synagoge ging, eine Welt, in der meine Mutter Klavierschüler empfing und ich unten beim Hauseingang auf das Ende von Leas Klavierstunde wartete, um sie nach Hause zu begleiten. Diese Welt, in der mir Lea für ein paar Wochen das Wichtigste überhaupt war, schien nun unend-lich weit zurückzuliegen.

In der Linkuvosstraße waren die meisten Häuser ge-mauert, manche auch zweistöckig. Mit Herzklopfen ging ich ein paar Mal an dem Haus vorbei, in dem Lea wohnte. Dann blieb ich davor stehen, aber ich wagte mich nicht hinein. Da ging die Tür auf und Lea kam heraus. »Ist es wahr, Jonas, ist es wahr?«, rief sie, rannte auf mich zu und sprang mir in die Arme. Sie hatte mich vom Fenster aus ge-sehen. Ihr Gesicht war eingefallen, sie wirkte älter.

Wir gingen Hand in Hand die Straße entlang bis zum Sa-jungosplatz, wo hinter dem Ghettozaun mit schussbereiter

Waffe zwei litauische Soldaten standen. Sie winkten uns zu, wir sollten hier verschwinden. Wir gingen die Straße zurück. Lea sagte, dass sie zu spät ins Ghetto übersiedelt seien, sie hätten fast nichts mitnehmen können. Die Schmuckaktion vor einigen Tagen habe sie nicht mehr betroffen, denn man habe ihnen schon beim Ghettoeingang alle Wertsachen abgenommen.

»Hast du Hunger?«, fragte ich. Sie nickte, aber dann lachte sie und sagte: »Jetzt nicht mehr.«

Ich sagte, sie solle mit mir kommen, meine Mutter werde sich sicher freuen. Wir hätten auch noch Essensvorräte. Aber zuerst wollte ich ihre Mutter begrüßen.

Da blieb Lea stehen. Sie sagte: »Meine Mutter ist am 26. Juni vom Einkaufen nicht mehr zurückgekehrt. Wir haben bis zum letzten Tag auf sie gewartet. Bis heute wissen wir nicht, was mit ihr geschehen ist. Aber meine Großeltern sind da und meine kleine Schwester.«

Die Familie Konwitz wohnte in einem Raum, der kleiner war als unserer. Die Küche teilten sie mit einer anderen Familie. Leas Schwester, Chavale, war acht Jahre alt. Sie las der Großmutter aus einem Kinderbuch vor. Der Großvater stand die ganze Zeit beim Fenster und schaute hinaus. »Wenn er nur zurückkommt«, murmelte er. Dann sagte er, dass er meine Eltern vom Hilfskomitee für Polenflüchtlinge her kenne. Meine Eltern seien gute Menschen. Ich wagte nicht, ihm zu sagen, dass mein Vater wahrscheinlich nicht mehr lebte. Er schaute wieder zum Fenster hinaus und murmelte: »Wenn er nur zurückkommt.«

»Hör doch bitte auf damit«, sagte die Großmutter. »Denk an das Kind.«

Da unterbrach Chavale ihre Lektüre und sagte: »Meine Mama ist nämlich zu Opa und Oma gefahren. Und jetzt kommt sie schon ewig nicht mehr zurück.«

Lea und ich gingen wieder nach draußen. Die Sonne

schien. Wir setzten uns auf eine Eingangsstufe, Lea legte den Kopf auf meine Schulter, und ich erzählte ihr von meinem Vater und von meinem Großvater. Ich merkte, dass sie weinte. Nach einer Weile fragte sie: »Meinst du, wir werden das überleben?«

Ich sagte: »In der ersten Nacht im Gefängnis habe ich mir geschworen, dass wir das überleben. Wie sollten wir denn sonst heiraten?«

Lea drückte mich an sich, und ich küsste ihre Tränen.

In unserem Zimmer fanden wir die Großmutter allein vor. Sie fragte mich, wie in Trance: »Bist du es, Jonas?«

»Klar bin ich es«, sagte ich. »Schau, wen ich mitgebracht habe.«

Aber meine Großmutter beachtete Lea gar nicht. Sie sagte: »So bist du es wirklich. Sie suchen dich überall.«

Da erst wurde mir klar, welche Ängste sie ausgestanden haben mussten, weil ich vor Stunden gegangen war, ohne jemandem zu sagen, wohin. Ich gab Lea Brot zu essen und öffnete für sie eine der letzten Sardinenbüchsen.

Wir saßen bei Tisch, Lea aß und aß und steckte auch mir zwischendurch Fischbrotstücke in den Mund. Die Großmutter beobachtete uns. Da ging die Tür auf, und herein kam meine Mutter. Überrascht blieb sie stehen. Ich stand auf und sagte: »Schau, wen ich gefunden habe.«

Meine Mutter kam wütend auf mich zu und gab mir, eh ich es mir versah, eine Ohrfeige. Es war das erste und einzige Mal in meinem Leben, dass sie mich schlug. Sie sagte: »Das tust du mir nicht noch einmal an!«

Dann umarmte sie Lea. »Schön, dass du da bist. Leider habe ich kein Klavier mehr.«

Ich weiß nicht, welcher Teufel mich geritten hat, wahrscheinlich war ich so empört über die Ohrfeige und diese Bloßstellung vor Lea, dass ich mich mit allen Mitteln erwachsen geben wollte. Ich stellte mich hin und sagte rundheraus: »Wir sind verliebt, und wir werden heiraten.« Im ersten Moment schien mir, als hätte ich nun doch noch den Sieg davongetragen. Meine Mutter stand eine Weile vollkommen regungslos da. Plötzlich schrie sie mich an, wie ich sie nie zuvor schreien gehört hatte: »Wie kannst du nur nach drei Monaten schon deinen Vater vergessen!«

Ich lief zur Tür hinaus und ging für den Rest des Tages durch die Ghettostraßen. Am liebsten wäre ich vor mir selbst davongelaufen.

Am Abend ging ein großes Aufatmen durch das Ghetto. Die Flughafen-Brigade war zurückgekommen. Die Männer waren todmüde. Sie hatten schwere Bauarbeit leisten müssen. Viele waren daran nicht gewöhnt, hinzu kam, dass vor allem diejenigen sich gemeldet hatten, die schon Hunger litten. Sie hatten am Flughafen nur einmal etwas zu essen bekommen, eine Suppe und Brot. Aber sie lebten, und sie hatten, wenn sie nun jeden Tag diese fünf Kilometer Fußmarsch und die schwere Arbeit auf sich nahmen, Anspruch auf höhere Lebensmittelrationen. Von nun an begann ein regelrechter Ansturm auf das Arbeitsamt. Jeder wollte in einer Arbeitsbrigade oder in einem der Ghettobetriebe unterkommen. Miriam bekam endlich den ihr versprochenen Platz im Textilbetrieb. Ich spielte kurz mit dem Gedanken, mich dem Ältestenrat als Dolmetscher anzubieten, aber dann fiel mir ein, dass ich in dieser Funktion einem der SS-Männer aus dem Gefängnis begegnen könnte, und das wäre mein Todesurteil gewesen. Da es Herrn Schor nicht gelang, meine Zuweisung zur Tischlerei zu erreichen, schlug er vor, ich solle einfach mit ihm mitgehen und zu arbeiten beginnen. Er würde mir dann für das Arbeitsamt eine Bestätigung schreiben, die mir eine offizielle Zuteilung erleichtern sollte. Die Kollegen in der Tischlerei waren davon nicht begeistert. Ich konnte nicht einmal die Holzsorten voneinander unterscheiden. Wir stellten

Schreibtische, Stühle und Aktenschränke für die deutschen Verwaltungseinheiten her. Herr Schor lernte mich an, und innerhalb weniger Wochen war ich im Leimen, Zusammensetzen und Dübeln der Teile so sicher geworden, dass ich auch die Achtung der Kollegen errang.

Der für Judenfragen zuständige SS-Hauptsturmführer Jordan ließ über den Ältestenrat fünftausend Arbeitszertifikate ausgeben. Sie waren mit Jordan unterschrieben und wurden daher Jordan-Scheine genannt, oder auch Lebens-Scheine, weil nur mit ihnen ein Überleben gewährleistet schien. Die Menschen im Ghetto versuchten alle ihre Beziehungen einzusetzen, um einen dieser Handwerker-Ausweise zu ergattern. Meine Mutter wandte sich an die Ärztin Lina Grotnik und sie wandte sich an einen Bekannten meines Vaters im Ältestenrat. Durch die Hilfe von Lina Grotnik wurden meine Mutter und Fanny im Krankenhaus als Hilfsschwestern angestellt. Meine Mutter bekam einen Jordan-Schein, Fanny und ich bekamen keinen. Frau Mendelson hatte nicht einmal Arbeit. Sie blieb zunächst daheim bei meiner Großmutter. Das führte bald zu Spannungen, weil meine Großmutter sich nicht von Frau Mendelson bedienen lassen wollte und weil Frau Mendelson nun daran gehindert war, sich um eigene Arbeit umzusehen. Überhaupt schienen sich meine Mutter und Frau Mendelson nicht mehr gut zu verstehen. Es klang manchmal so, als dächte Frau Mendelson, es wäre besser gewesen, allein die Flucht zu ergreifen und sich nicht mit uns zu belasten. Vor dem Einmarsch der Deutschen hatten wir die Mendelsons kaum gekannt. Wir hatten nur hin und wieder in ihrem Geschäft eingekauft. Wieder kam uns Lina Grotnik zu Hilfe. Meine Großmutter erhielt einen Platz im Altenheim. Frau Mendelson begann in der Ghetto-Wäscherei zu arbeiten.

Zu meiner Überraschung kam eines Abends Lea zu Besuch. Meine Mutter hatte sie, ohne mir etwas zu sagen, eingeladen. Wir durften zwar nicht nebeneinander sitzen, aber ich merkte doch, dass meine Mutter Lea ins Herz geschlossen hatte. Lea hatte noch keine Arbeit gefunden. Ihr Vater, der nach wie vor in der Flughafen-Brigade arbeitete, war nicht in der Lage, die Familie mit den nötigsten Lebensmitteln zu versorgen. Da auch unsere Vorräte mittlerweile aufgebraucht waren, gab meine Mutter Lea zum Abschied eine kleine Goldmünze. Als ich das sah, erschrak ich. Nicht weil sie Lea ein Geschenk machte, sondern weil meine Mutter damals bei unserer nächtlichen Beratung für die Ablieferung aller Wertgegenstände eingetreten war. Aber offenbar hatte sie noch ein eigenes Versteck angelegt, das ich nicht kannte.

In der nächsten Nacht, wir schliefen schon, trommelte es leise an unserem Fenster. Ich hatte es nicht gehört, aber meine Mutter weckte mich.

»Was ist das?«

Wir schauten zum Fenster hinaus und sahen in der Dunkelheit eine bucklige Gestalt, die zu unserer Tür ging. Es war Lea. Sie trug keinen Davidstern, aber sie hatte einen prallvollen Rucksack auf dem Rücken. Sie war noch in der letzten Nacht durch den Ghettozaun geschlüpft und hatte den Tag in der Stadt verbracht, wo sie die Goldmünze meiner Mutter gegen einen Rucksack voll Gemüse eingetauscht hatte. Sie war gerade ins Ghetto zurückgekommen und wollte mit uns teilen. Wir ließen es nicht zu. Meine Mutter sagte: »Versprich mir, dass du das nie wieder machst. Sie erschießen dich, wenn sie dich erwischen.« Am nächsten Morgen lag ein Bündel Karotten vor unserer Tür.

Nachdem ich etwa zehn Tage in der Tischlerei gearbeitet hatte, wurde ich krank. Vielleicht war es der Gestank des Leimes, der mir zusetzte, vielleicht war es auch nur ein normales Grippevirus. Ich hatte jedenfalls hohes Fieber und konnte nicht zur Arbeit gehen. Ich lag im Bett. Erst schwitzte ich, dann wieder zitterte ich vor Kälte.

Ich wünschte mir, Lea wüsste von meiner Krankheit und käme auf Besuch. Dann hörte ich plötzlich Motorengeräusche, lautes Brüllen und angstvolle Schreie. Auf der schmalen Lehmstraße fuhr ein Lastwagen vor. Er hielt in der Nähe unseres Hauses. Türen wurden eingetreten, Befehle gebrüllt. Ich taumelte zum Fenster. Deutsche Soldaten und litauische Hilfskräfte trieben Menschen aus den Häusern und stießen sie mit ihren Gewehrkolben auf die Lastwagen. Einer kam mit einem kleinen Kind, das er am Arm nachzog. Er schleuderte es auf den Wagen, als wäre es ein Stück Brennholz. Das Lastauto setzte sich wieder in Bewegung, in die Richtung unseres Hauses. Ich lief in den Vorraum, stieg auf den Dachboden hinauf und zog die Leiter nach. Kaum hatte ich die Luke geschlossen, wurde bei uns und bei den Schors gleichzeitig die Türe eingetreten. »Alle mitkommen!«, brüllte einer. Auf dem Lastwagen und in den umliegenden Straßen schrien und flehten die Menschen. Es wurde geschossen. Ich kroch hinter die Reihe von niedrigen Bücherregalen, die vor der Dachschräge standen. Zwei oder drei Männer stürmten in unser Zimmer. Gleich darauf gab es einen lauten Krach. Sie hatten die Küchenvitrine umgeworfen. Ich hörte sie die Kellertür öffnen, dann fielen zwei Schüsse, und sie stürmten weiter in das Zimmer der Mendelsons. In der Nachbarwohnung versuchte Frau Schor einen Soldaten zu überschreien: »Mein Mann hat einen Jordan-Schein! So hören Sie doch: Mein Mann hat einen Jordan-Schein!« Es nützte nichts. Sie und ihre Schwiegermutter wurden zum Lastwagen hinausgetrieben. Das Ganze dauerte keine zwei Minuten. Dann hörte ich, wie beim nächsten Haus die Tür eingetreten wurde.

Ich blieb den ganzen Tag auf dem Dachboden. Ich zitterte vor Fieber und Angst. Am Abend, als die Menschen von der Arbeit zurückkamen, war in der Umgebung nur noch Wehklagen zu hören. Herr Schor betete den Kaddisch, das Totengebet, und brach immer wieder in lautes Weinen aus.

Man hatte die Menschen zum Fort IV gebracht und noch am selben Tag erschossen. SS-Standartenführer Karl Jäger trug ihre Anzahl in seiner »Erfolgsbilanz« ein: 412 Juden, 615 Jüdinnen und 581 Judenkinder. Es war die letzte Eintragung des Monats September. Darunter machte Jäger einen Strich und vermerkte die Gesamtzahl der bisher unter seinem Kommando Ermordeten: 66 159.

Erst zwei Tage später erfuhr ich, dass unter den Getöteten auch Leas Großeltern und ihre kleine Schwester Chavale waren. Lea war durch Zufall entkommen. Sie hatte jemand anderen in einer Brigade vertreten, die in Aleksotas bei der Kartoffelernte eingesetzt war.

Von diesem Tag an war das Leben im Ghetto ein anderes. Es waren auch früher Soldaten gekommen, um Häuser zu plündern und Frauen zu missbrauchen, aber nicht, um wahllos Menschen herauszugreifen und sie zur Hinrichtung zu führen. Von diesem Tag an wussten wir: Wir sind alle nur auf Abruf hier.

Als ich wieder gesund war, besuchte ich meine Großmutter. Der Raum, in dem sie lag, war mit Betten voll gestellt. Sie konnte noch immer nicht gehen. Von meiner Mutter hatte sie erfahren, dass ich mich auf dem Dachboden versteckt hatte. Sie sagte, ich müsse das Gomel sprechen, ein Gebet für Juden, die dem Tod entkommen sind. Ich kannte das Gomel nicht. Sie sprach es mir langsam vor, und ich sprach es nach, so gut ich konnte. Es war ganz ruhig im Raum. Alle hörten zu, manche wisperten mit. Es war das letzte Mal, dass ich meine Großmutter sah.

Herr Schor war traurig und niedergeschlagen. Aber manchmal drückte er mich in seine Arme und nannte mich ein Glückskind. Er sagte, wir müssten den Dachboden verbessern. Schon beim nächsten Mal könnten sie auf die Luke im Vorraum aufmerksam werden. Herr Schor hatte in seiner Wohnung Holzvorräte versteckt, und so begannen wir den Dachboden umzubauen. Wir zogen hinter dem Bücherregal eine feste Holzwand zur Dachschräge hoch. Und damit es nicht auffiel, taten wir dasselbe auf der anderen Seite. Aber nur bei der Wand hinter dem Bücherregal ließ sich ein Brett öffnen. Dort konnten sich für eine kurze Zeit mehrere Personen verstecken. Herr Schor sägte einen Durchgang zu seinem Dachboden. Das Brett, mit dem er abgedeckt wurde, war am unteren Ende nur lose befestigt. Man konnte den Nagel herausziehen und es zur Seite schieben. Und man konnte auf diese Weise über den Dachboden von der Schor'schen Wohnung zu unserer hinüberflüchten und umgekehrt. Die Mendelsons, Miriam und meine Mutter mussten üben, sich hinter dem Regal zu verstecken und möglichst lautlos in den anderen Dachboden hinüberzuwechseln. Erst später erfuhr ich, dass man auch in anderen Häusern begonnen hatte, Verstecke zu bauen.

Das Ghetto kam nicht mehr zur Ruhe. Eine Woche nach der Aktion, ich arbeitete inzwischen wieder in der Ghetto-Tischlerei, wurde aus dem Sägewerk eine Fuhre Bretter geliefert. Wir gingen hinaus, um den Handkarren abzuladen. Es war am Morgen, kurz nach Arbeitsbeginn. Der Mann, der den schweren Karren gezogen hatte, sagte, im Kleinen Ghetto seien Schüsse und Schreie zu hören. Was genau dort los sei, konnte er uns nicht sagen, und so gingen wir nachschauen. Die Brücke über die Paneriustraße war von deutschen und litauischen Soldaten abgeriegelt. Dahinter hatte sich eine große Menschenmenge gebildet. Nur wenige wurden durchgelassen, die anderen wurden mit Gewehrkolben zurückgestoßen. Und immer wieder Schüsse. Ich wusste, dass meine Mutter und Fanny im Kleinen Ghetto waren.

Plötzlich stiegen Rauchschwaden gerade in den Himmel hoch, der Qualm wurde immer stärker, man hörte entsetzliche Schreie und wieder Schüsse. Wir hatten keinen direkten Blick auf das Feuer, aber wir hörten das Geräusch der hochlodernden Flammen und das Krachen der Balken. Herr Schor nahm mich in seine Arme, ich begann bitterlich zu weinen.

»Schau«, sagte Herr Schor, aber ich wollte nicht mehr hinschauen. »So schau doch!«, sagte er. Mit meinen tränennassen Augen blickte ich zur Brücke hinüber. Da gingen mitten durch die Soldaten zwei Frauen, die Papiere in die Höhe hielten. Es waren Lina Grotnik und meine Mutter.

Die Abteilung für ansteckende Krankheiten war von den Deutschen abgeriegelt, mit Benzin begossen und in Brand gesteckt worden. Patienten, Ärzte und das gesamte Pflegepersonal verbrannten. Wer durch die Fenster flüchten wollte, wurde erschossen. Die Patienten der chirurgischen Abteilung, die etwa zweihundert Kinder der Kinderstation, die Bewohner des Altenheims, darunter meine Großmutter, sie alle wurden auf Lastwagen verladen. Vom Personal durften nur diejenigen die Brücke passieren, die Jordan-Scheine besaßen. Alle anderen Bewohner des Kleinen Ghettos wurden zusammengetrieben und, begleitet von vielen Soldaten und Hilfskräften, in Marsch gesetzt.

Die Prozession der Verdammten führte über den Sajungosplatz, wo sie nach links in die Paneriustraße einbog. Ich saß hinter unserem Haus und blickte durch den Ghettozaun auf den Platz hinaus. Immer wieder fielen Schüsse. Manche, die nicht weiterkonnten, wurden mit Schlägen traktiert, bis sie zusammenbrachen. Unter den Menschen, die hier zwei Stunden lang vorbeigetrieben wurden, war auch Fanny. Aber ich konnte sie nicht erkennen. Frau Mendelson war nicht zu Hause. Ihr blieb dieser Anblick erspart.

Auf dem Hügel, der hinter dem Ghetto begann, lag das

Fort IX. Am Abend war von dort Maschinengewehrfeuer zu hören. Immer ein paar Minuten lang, dann war Pause. Nach einer Weile ging es wieder los. Die Menschen im Ghetto hielten sich die Ohren zu. Das Rattern hielt bis zum Einbruch der Nacht an. Dann war das Kleine Ghetto leer gemordet. Einzig die Inhaber von Jordan-Scheinen hatte man geschont. Die Holzbrücke war noch da, aber sie durfte nicht mehr betreten werden. Tagelang lag Brandgeruch in der Luft. Man hatte, wie Jäger gewissenhaft notierte, 1845 Menschen getötet: 315 Juden, 712 Jüdinnen und 818 Judenkinder.

Der Schmerz von Frau Mendelson lässt sich nicht beschreiben. Mit der Ermordung von Fanny hatte sie ihr zweites Kind und den letzten Menschen ihrer Familie verloren. Der Tod meiner Großmutter schien mir daneben fast eine Normalität. Frau Mendelson verschloss sich in ihrem Zimmer. Sie ging nicht mehr in die Wäscherei, sie aß nichts mehr, sie wollte sterben. Wenn meine Mutter mit Frau Mendelson sprach, bekam sie keine Antwort. Wir fühlten uns schuldig. Allein wären die Mendelsons mit dem Bauern Petras früher aufgebrochen. Sie wären nicht der Frauenkolonne begegnet und hätten die Stadt verlassen können. So unwahrscheinlich es auch war, dass sie den Deutschen entkommen wären, das Schicksal dieser Familie hätte einen anderen Verlauf nehmen können. Herr Mendelson und Isi könnten noch leben, vielleicht auch Fanny, weil Fanny ja nur durch die Intervention meiner Mutter bei Lina Grotnik die Stelle als Hilfsschwester im Kleinen Ghetto erhalten hatte. Meine Mutter hatte für sich einen Jordan-Schein erbetteln können, aber vielleicht hatte sie für Fanny nicht alles getan, was sie hätte tun können.

Am Morgen verließ Frau Mendelson nicht ihr Zimmer. Am Abend, wenn wir von der Arbeit zurückkamen, war sie noch immer eingeschlossen, und ihr Ersatzkaffee stand unangetastet auf dem Tisch. Einzig Herrn Schor gelang es, Frau Mendelson zu bewegen, die Tür zu öffnen. Er blieb lange bei ihr und nahm sie dann zu sich in die Wohnung. Nach einigen Tagen ging sie auch wieder in die Wäscherei arbeiten. Sie holte ihre Sachen und blieb bei Jakob Schor und seiner Tochter Miriam. Wir waren mit Frau Mendelson nur noch selten zusammen, und wenn, dann eher zufällig.

Eines Morgens war an mehreren Stellen im Ghetto in deutscher und jiddischer Sprache folgender Anschlag zu lesen:

MELDUNG.

DER AELTESTENRAT WURDE VON DEN MACHT-ORGANEN AUFGEFORDERT, DER GHETTO-BEVOELKERUNG FOLGENDEN BEFEHL DER MACHTORGANE MITZUTEILEN:

SAEMTLICHE GHETTOEINWOHNER OHNE IR-GENDWELCHE AUSNAHME, DARUNTER AUCH KINDER UND KRANKE, SIND VERPFLICHTET AM DIENSTAG, DEN 28. 10. 1941 NICHT SPAETER ALS 6 UHR FRUEH IHRE WOHNUNGEN ZU VERLAS-SEN UND SICH AUF DEM PLATZE, DER SICH ZWI-SCHEN DEN GROSSEN BLOCKS UND DER DEMO-KRATU STR. BEFINDET ZU VERSAMMELN UND SICH LAUT ANORDNUNG DER POLIZEI AUFZU-STELLEN.

DIE GHETTO-EINWOHNER MUESSEN SICH FAMILIENWEISE AUFSTELLEN UND ZWAR MIT DEM ARBEITENDEN FAMILIENHAUPT AN DER SPITZE.

DIE WOHNUNGEN, SCHRAENKE, BUFFETS, TI-SCHE USW. DUERFEN NICHT VERSCHLOSSEN WERDEN.

NACH 6 UHR MORGENS DARF NIEMAND IN DEN WOHNUNGEN BLEIBEN.

DIEJENIGEN, DIE IN IHREN WOHNUNGEN NACH 6 UHR FRUEH ANGETROFFEN WERDEN, WERDEN AUF DER STELLE ERSCHOSSEN.

VILIJAMPOLÉ, DEN 27. 10. 1941

Niemand wusste, was das bedeutete. Und gleichzeitig wusste es jeder. Aber welches werden die Kriterien der Selektion sein? Nach wie vor galt ein Jordan-Schein als Lebens-Schein. Darüber hinaus schien es günstig zu sein, wenn die Familie ein »arbeitendes Familienhaupt« hatte. Eine Frau als Familienhaupt, das sah für die Nazis sicher nicht gut aus. Nun hatten wir aber, bedingt durch die Pogrome der ersten Tage, deren Opfer vor allem Männer waren, und durch die bisherigen Selektionen im Ghetto, viele zerstörte Familien. Am Abend vor jenem Ereignis, das als die »Große Aktion« in die Geschichte eingehen sollte, wurden aus Witwen, Witwern und verwaisten Kindern neue Familien gebildet. Frau Mendelson wollte sich als Frau Schor ausgeben. Meine Mutter und ich wussten nicht recht, an wen wir uns wenden sollten. Ich wusste es schon, aber ich wollte abwarten, ob nicht meine Mutter den Vorschlag machte. Und sie tat es. Als ich mir Suppe nachnehmen wollte, sagte sie: »Lass das übrig. Wir wollen noch Lea und ihren Vater zu uns bitten.«

Ich lief sofort los. Es stellte sich heraus, dass Herr Konwitz und Lea gerade über dasselbe Thema gesprochen hatten. Wir saßen dann bei uns zusammen und bald kamen erste Zweifel auf. Würden Lea und ich wirklich als Geschwister durchgehen? Wir waren im gleichen Alter, und wir sahen uns überhaupt nicht ähnlich. Ich hatte dunkles

Haar, Lea hatte eine helle Haut und leicht rötliches, gekraustes Haar, das sie von ihrer Mutter geerbt hatte.

»Lea sieht ja nicht einmal mir ähnlich«, sagte Herr Konwitz. Dann fügte er, an meine Mutter gewandt, hinzu: »Und Ihnen schon gar nicht.«

Er schlug vor, Lea zu verstecken.

»Dann verstecke ich mich auch«, sagte ich. »Ich habe ja nicht einmal ein Arbeitszertifikat.«

Wir erzählten Herrn Konwitz von unserem Versteck. Er wollte es sehen. Mit einer Kerze stieg er auf den Dachboden hinauf. Er fand das Versteck nicht. Als ich es ihm zeigte, schlug er vor, am Morgen, wenn wir hineingekrochen wären, noch eines der Regale vor den Zugang zu schieben. Ich zeigte ihm, dass man die Leiter hochziehen und auf den Dachboden legen konnte. So würde niemand, der ins Haus kommt, auf den Dachboden aufmerksam gemacht.

»Nein, macht das nicht!«, sagte er entsetzt. »Wenn die auf andere Weise hier hochkommen und sie sehen die Leiter liegen, werden sie so lange suchen, bis sie euch haben. Irgendjemand muss die Leiter ja nach oben gezogen haben.«

Lea und ihr Vater schliefen im Zimmer der Mendelsons. Ich blieb lange wach. Es war eine fürchterliche Nacht. Das ganze Ghetto zitterte vor dem nächsten Tag, aber ich fieberte ihm entgegen. Ich würde einen ganzen Tag lang mit Lea in einem engen, lichtlosen Verschlag zusammengesperrt sein. Was mich am meisten wunderte, war, dass weder meine Mutter noch Leas Vater diesem Umstand besondere Beachtung schenkten. So als hätten sie sich damit abgefunden, dass wir, trotz unseres jugendlichen Alters, zusammengehörten.

Ich erwachte, als meine Mutter den Ofen heizte. Es hatte in der Nacht gefroren. Als wir Ersatzkaffee tranken und Brot aßen, gingen draußen, mit Lichtern in der Hand, schon die ersten Menschen vorbei. Sie waren im Morgennebel nur schemenhaft zu sehen. Bahren mit alten und kranken Menschen wurden getragen, Mütter hielten Babys im Arm. Manche summten Psalmen. Eine leise, gedrückte Prozession von Menschen, die nicht wissen konnten, ob sie den nächsten Tag noch erleben werden. Der Abschied von meiner Mutter war eine stille, lange Umarmung. Sie hatte Tränen in den Augen. Auch Leas Vater drückte mich an sich und klopfte mir dabei mit der Hand auf den Rücken. Lea und ich krochen mit mehreren Decken, Brot, Wasser und ein paar Äpfeln in unser Versteck. Herr Konwitz schob ein Bücherregal vor und rückte die anderen Regale nach, sodass die Wand nur am anderen Ende, wo es keinen Zugang gab, sichtbar war.

»Kinder, lebt wohl!«, sagte meine Mutter. Dann fügte sie hinzu: »Ich werde Herrn Schor Bescheid sagen.« Sie stiegen die Leiter hinab und verließen das Haus. Wir hüllten uns ins unsere Decken und hörten den Schritten, dem Murmeln und dem Summen der Menschen zu, die am Haus vorbeigingen. Bald wurde es ganz still. Die Worte meiner Mutter klangen in mir nach: »Ich werde Herrn Schor Bescheid sagen.« Sie hielt es für möglich, dass sie und Leas Vater nicht mehr zurückkamen. Der Verschlag war am Boden nicht breiter als siebzig Zentimeter und wurde nach oben hin schnell enger. Wir lagen hintereinander. Es gelang mir, mich umzudrehen, sodass unsere Köpfe nun beisammen waren.

»Werden wir sie wiedersehen?«, fragte Lea nach einer Weile. Ich antwortete: »Sicher, sie haben beide Jordan-Scheine.« Aber eigentlich war ich gerade mit einem ganz anderen Gedanken beschäftigt. Mir stand das Bild des brennenden Krankenhauses im Kleinen Ghetto vor Augen. Was ist, wenn sie unsere Häuser anzünden? Wir wären eingesperrt. Weil Leas Vater das Bücherregal vorgeschoben hatte, wäre es uns nicht möglich zu flüchten. Wir müssten hilflos verbrennen. Ich wollte Lea mit dem Gedanken nicht beunruhigen. Wenn sie das Haus anzünden, überlegte ich mir, würden wir in jedem Fall sterben müssen. Sie würden uns nicht entkommen lassen.

Ich begann Lea zu küssen und wurde immer stürmischer. »Langsam«, sagte Lea. »Wir haben Zeit.«

»Nein«, antwortete ich. »Wir haben keine Zeit. Jeden Augenblick kann alles anders werden.«

Ich drehte mich noch einmal um, und es gelang uns, nebeneinander zu liegen. Durch ein paar Ritzen war zu erkennen, dass es draußen Tag geworden war. Aber in unserem Versteck blieb es so dunkel, dass wir einander nicht sehen konnten. Wir schmiegten uns eng aneinander und liebten uns, während draußen ein Drittel der Ghettobewohner in den Tod geschickt wurde.

Später waren Lastwagen zu hören und die Stimmen von deutschen Soldaten. Sie durchsuchten Häuser und verluden Gegenstände auf die Lastwagen. An unserem Haus fuhren sie vorbei. Soweit ich es wahrnehmen konnte, fanden sie in unserer Umgebung keine Menschen in den Häusern.

Und dann gab es einen Moment, in dem wir beide offenbar dasselbe dachten. Ich fragte: »Willst du hier bleiben?«

»Hier?«, fragte Lea zurück.

»Ich meine im Ghetto.«

»Nein«, sagte Lea. »Gerade habe ich mir überlegt, dass wir abhauen sollten.«

Aber wohin? Wir gingen alle nichtjüdischen Bekannten durch und überlegten, bei wem wir Zuflucht finden könnten. Am geeignetsten schien mir der Schlosser Vincas, der nun in unserer Wohnung lebte. Er schien kein Judenhasser zu sein, und er hatte uns, als er verlegen unsere Wohnung besichtigte, versprochen, alles für uns zu tun, was er tun könne. Sollten wir von dem Plan zu meiner Mutter und zu Leas Vater sprechen? Wir wollten es tun, aber wir nahmen uns vor, notfalls auch ohne deren Einverständnis zu fliehen.

Nach einer langen Zeit, in der wir zwischendurch auch eingeschlafen waren, kamen die ersten Menschen in ihre Häuser zurück. Sie weinten, sie beteten, manche schrien vor Verzweiflung. Herr Schor, Frau Mendelson, Miriam, Leas Vater und meine Mutter kamen gemeinsam zurück. Sie lebten. Unser Haus war eines der wenigen Häuser, das bei der »Großen Aktion« von Mord verschont blieb. Es war der erste Abend, den wir wieder gemeinsam mit Frau Mendelson verbrachten. Sie erzählten, wie sie den ganzen Tag auf dem Platz standen, an dessen Ende Ghettokommandant Fritz Jordan und Gestapo-Offizier Helmut Rauca mit neuen Uniformen und glänzenden Stiefeln saßen und bei jeder Familie, die vortrat, mit der Hand entweder nach rechts oder nach links wiesen. Von Anfang an sei klar gewesen, welche der beiden Gruppen zum Tode verurteilt wurde. Das Drama, das sich auf der rechten Seite abspielte, sei nicht wiederzugeben, die erschütternden Schreie, die schlagenden Soldaten. Man habe auch Familien auseinander gerissen. Familien ohne einen Mann mit Jordan-Schein seien fast ausschließlich auf die rechte Seite geschickt worden.

Herr Schor sagte: »Sie sind ins Kleine Ghetto eingewiesen worden. Vielleicht werden sie ja doch in ein Lager gebracht.«

Niemand wollte ihm widersprechen. Am nächsten Morgen sahen wir wieder die Kolonne der Toten marschieren. Sie war so lang, dass sie erst zu Mittag abriss. Die Straße war auf beiden Seiten von bewaffneten Litauern abgeriegelt. Die Menschen standen am Ghettozaun und erkannten ihre Verwandten. Sie weinten, sie schrien, sie brachen zusammen. Ich hielt Lea in den Armen. »Wenn wir hier noch länger bleiben«, sagte Lea, »werden auch wir bald auf dieser Straße marschieren.«

Mit dem Rücken zu uns stand mit geschultertem Gewehr ein litauischer Befehlshaber, der den Zug überwachte und den Hilfskräften Kommandos gab. Er stand lange Zeit am selben Platz, aber dann, als der Zug zu Ende ging, schloss er sich an. Er stieg in einen Lastwagen, der Liegengebliebene und Erschossene einsammelte. Und da erkannte ich ihn wieder. Sein Gang war nicht der eines Soldaten. Sein Oberkörper wackelte wie bei einem müden Spaziergänger. Es war Algis Munkaitis, mein Schulkollege aus Memel, der am Morgen des 25. Juni mit einer Gruppe von Partisanen meinen Vater aus der Wohnung geholt hatte.

Am Nachmittag begann wieder das Maschinengewehrfeuer in Fort IX. Die Menschen liefen in die Häuser, andere sanken zu Boden und beteten. Die Maschinengewehre waren noch den ganzen nächsten Tag zu hören. SS-Standartenführer Jäger notierte den Tod von 9200 Juden.

Ich weiß nicht, ob Algis Munkaitis an den Exekutionen im Fort beteiligt war. Aber ich weiß, dass er ganz offensichtlich der Befehlshaber der litauischen Hilfstruppe war, die den Zug eskortierte. Es war das letzte Mal, dass ich ihm begegnet bin.

Über den derzeitigen Aufenthaltsort von Algis Munkaitis kann ich keinerlei Angaben machen. Ich gehe davon aus, dass er sich in Litauen befindet, außerhalb eines möglichen Zugriffs durch die deutsche Gerichtsbarkeit. Andererseits ist es nicht auszuschließen, dass er, wie so viele andere, in den letzten Monaten des Krieges nach Deutschland geflohen ist.

Zwei Tage nach der »Großen Aktion« erklärten Lea und ich, dass wir aus dem Ghetto fliehen wollen. Meine Mutter und Leas Vater sahen uns an, als hätten sie nicht verstanden. Ich fügte hinzu, dass es unser fester Entschluss sei.

»Nein«, sagte Leas Vater. »Das geht nicht. Ihr könnt draußen nicht überleben.«

»Und hier im Ghetto?«, sagte Lea. »Können wir hier überleben?«

Wir ließen uns von unserem Entschluss nicht mehr abbringen. Wir warteten nur auf den günstigsten Zeitpunkt. Meine Mutter bat mich, den Schmuck auszugraben und mitzunehmen. In der Nacht beobachteten wir die Wachposten. In den ersten Tagen nach der »Großen Aktion« war um das Ghetto herum verstärkte Bewachung. Sie wurde bald wieder auf Normalstärke reduziert.

»Wollt ihr es euch nicht doch noch einmal überlegen?«, sagte meine Mutter.

»Nein«, rief ich, »und tausendmal nein. Wir lassen uns hier nicht abschlachten.«

Leas Vater sagte: »Die Deutschen haben dem Ältestenrat versichert, dass dies die letzte Selektion war.«

»Und das glaubt ihr?«, entgegnete Lea. »Ich wünsche euch von Herzen, dass es stimmt.«

Sie nahm mich bei der Hand und drängte zum Aufbruch. Meine Mutter umarmte mich noch einmal. »Mein einziger Bub«, sagte sie, »pass gut auf dich auf.«

In der Nähe des Sajungosplatzes gab es eine freie Wiese, in der nur ein einsames Pfarrhaus stand. Die Wiese grenzte direkt an den Ghettozaun. Hier gingen regelmäßig zwei litauische Wachen vorbei, aber sie gingen weiter zum Sajungosplatz und dann noch ein Stück in die Paneriustraße hinein, sodass sie erst nach etwa vier Minuten zurückkamen. Hier war Lea durch den Zaun geschlüpft, als sie den Rucksack voll Gemüse geholt hatte. Ich stieg auf den unteren Stacheldraht und zog den zweiten in die Höhe. Lea kroch hindurch. Dann war sie mir behilflich. Wir liefen zuerst bis zum Pfarrhaus und warteten, bis die Wachen zurückkamen. Als sie wieder fortgingen, liefen wir weiter. Die Nacht war eiskalt. Da wir die Vilijampolé-Brücke, die zu nahe am bewachten Ghettoeingang lag, nicht nehmen konnten, mussten wir in großem Bogen um das Ghetto herumgehen und dann einige Kilometer flussaufwärts laufen, bis wir zur nächsten Brücke über die Neris kamen. Von dort war es ein weiter Weg in die Innenstadt. Immer wenn Autos kamen, versteckten wir uns. Jeder von uns hatte ein Stück Brot in der Tasche, ich zusätzlich noch den Schmuck meiner Mutter. Ich hatte ihn in zwei Häufchen geteilt. Den einen Teil trug ich im Hosensack, den anderen, den wertvolleren Teil, in der Manteltasche.

Als wir in die Laisvésallee kamen, diese altvertraute Straße mit denselben Häusern, denselben Bäumen, von denen bereits Blätter herabfielen, begann es hell zu werden. Die ersten Menschen verließen die Häuser, die Bäcker, Tabakläden und Lebensmittelhändler sperrten ihre Geschäfte auf. Außerhalb des Ghettos erwachte ein normales Leben, so als ob nichts geschehen wäre.

Teil 3
Fluchten

Die Konturen der Autospur wurden schärfer, das Profil von Schneereifen begann sich abzuzeichnen. Ich musste damit rechnen, jeden Augenblick auf das Fahrzeug zu treffen. Durch das Gewirr der Schneeflocken hindurch versuchte ich rote Rücklichter zu erkennen. Ich war genau in der Spur des vorderen Autos. Sie war wie eine Fahrrinne. Ich hätte das Lenkrad loslassen und die Augen schließen können. Das Auto wäre wie ein Zug dem vorgegebenen Schienenstrang gefolgt.

Beim Schifahren in Scheibbs war es ähnlich gewesen. Jedes Jahr zwischen Weihnachten und Neujahr waren wir für zwei, drei Tage zu den Scheibbser Großeltern gefahren. Nicht nur die Großeltern redeten anders, in Scheibbs redeten auch die gleichaltrigen Buben anders. Eigentlich redeten sie fast gar nicht, sondern sie schauten mich nur an. Die drei Nachbarsbuben standen nebeneinander, hatten die Hände in den Hosentaschen und schauten. Oder sie saßen aufgereiht wie die Hühner auf der Ottomane der Großeltern im Wohnzimmer und redeten nicht, sondern schauten. Und wenn die Großmutter sagte, zeigt doch dem Rupert das Schifahren, schnallten sie die Bretter an und brachten mich zu einem nahe gelegenen Hügel. Ich hatte von den Großeltern zu Weihnachten Schier bekommen. Ich konnte kaum gehen damit. Immer wieder fiel ich hin. Die Nachbarsbuben warteten geduldig. Sie gaben mir keine Tipps, sondern sie sagten nur: Des wirst scho lerna. Dann stiegen sie seitlich den Hügel hinauf. Ich konnte das nicht. Da trugen sie meine Schier, und ich stapfte mit den Schuhen hinterher. Oben konnte ich die Bretter nicht anschnallen. Mittlerweile wurden sie ungeduldig und warfen einander Blicke zu. Um die Bindung zu schließen, musste ich in die Knie gehen und einen Schnapphebel nach vorne legen. Ich hob jedoch immer die Fersen an und zog dadurch am Seilzug in die entgegengesetzte Richtung. Sie schauten mir eine Weile zu. Einer nach dem anderen sagte: Loss d'Ferschn untn. Aber wenn die Ferse auf den Brettern stand, konnte ich den Schnapphebel nicht erreichen. Schließlich schnallte sich einer die Bretter noch einmal ab und half mir. Der ältere Nachbarsbub fuhr als Erster. Er zog die Spur. Vorher erklärte er mir noch, wie es geht: Stö di in d'Spur und loss tuschn. Wauns da dschnö wiad, mochst hoid de Augn zua.

Dann fuhr er los. In einigem Abstand folgten ihm, der Größe nach, seine Brüder. Am Schluss stand nur noch ich auf dem Berg. Ich stellte mich in die Spur und fiel gleich einmal auf den Hintern. Es dauerte eine Weile, bis ich wieder stand, weil mir, wenn ich mich aufrichten wollte, immer die Schier wegglitten. Ich stellte mich erneut in die Spur und hielt den Oberkörper diesmal weiter nach vorne. Dann schloss ich die Augen und stieß mich ab. Als ich die Augen wieder öffnete, war ich schon mitten auf dem Hang. Die Schier folgten der Spur der Nachbarsbuben, die von unten zusehen mochten. Ich war nicht in der Lage aufzublicken. Der Hügel war nicht steil, aber mir kam es vor, als wäre ich im Tempo eines Rennfahrers unterwegs. Die Spur führte zunächst nur geradeaus. Sie war breit gezogen, sodass ich nicht so leicht umkippen konnte. Am Fuße des Hügels machte die Spur eine leichte Linkskurve und mündete in einen Weg, der schon im Flachen lag, aber über einen Bach führte. Die Schier fuhren problemlos die Kurve. Das gab mir für einen Moment ein Glücksgefühl. Es war, als könnte ich Schi fahren. Aber dann sah ich den Bach vor mir, und ich hatte plötzlich Angst, dass ich ins eiskalte Wasser fallen könnte. Ich merkte, wie sich mein Körper zurücklehnte und drauf und dran war hinzufallen. Ich spürte das Wasser, sah mich schon erfrieren, sah die Großeltern vor meinem Sarg stehen, stumm die Scheibbser Oma, stumm und kreidebleich auch der Scheibbser Opa, da besann ich mich des einzigen Rates, den mir die Nachbarsbuben gegeben hatten, und schloss erneut die Augen. Als ich sie wieder öffnete, lag die Brücke schon hinter mir, und ich war keine zehn Meter mehr von den Nachbarsbuben entfernt. Ich fiel sofort in den Schnee.

Ich kann Schi fahren, jubelte ich, als ich wieder aufgestanden war.

Jeda kaun Schi foan, antwortete der ältere Nachbarsbub. Dös muaß ma nid lerna.

Später, bei den Schulschikursen, als ich wirklich Schi fahren lernte, war alles anders. Da galt die Spur des Vordermannes nichts. Und man fuhr auch nicht Schuss, wie ich es immer noch am liebsten tat, sondern machte unendlich viele Bögen. Und je mehr Bögen einer machte, je mehr er mit den Schiern hin und her wackelte und die Spur des Vordermannes verwischte, desto besser war er. Bei den Nachbarsbuben in Scheibbs hatte man sich der Spur des Älteren und Besseren anvertraut. Die Spur gab die Erfahrung und das Können dessen, der sie gezogen hatte, weiter an den, der in ihr fuhr. Die Spur führte zum Ziel. Je besser man wurde, desto weiter vorne durfte man fahren. Die Schlechten hatten hinten zu bleiben. Denn schlimmer als die Verletzungen, die man sich bei einem Sturz zuziehen konnte, war, dass man dabei den Nachkommenden die Spur zerstörte.

Die Schispur des älteren Nachbarsbuben in Scheibbs stand mir vor Augen, als ich während des immer stärker werdenden Schneetreibens einer Autospur Richtung Freistadt folgte. Die Straße war jetzt abschüssig und führte geradeaus. Ich war mit dem Kopf nicht mehr so nahe an der Windschutzscheibe wie zuvor. Plötzlich spürte ich ein Holpern. Die Spur war weg. Und war da auf der linken Seite nicht auch kurz ein Lichtschein gewesen? Ich stieg auf die Bremse. Doch das war kaum zu spüren. Das Auto rutschte einfach weiter. Die Straße führte immer noch geradeaus. Ich ließ das Auto rutschen. Es drehte sich dabei ein wenig aus der Fahrtrichtung und kam dem Straßenrand näher, aber dann stand es. Ich schaltete das Radio aus und ließ das Fenster hinab. Ich spürte die kalte Luft und spürte den Schnee auf meine an der Türkonsole liegende Hand fallen. Aber ich sah nichts. Und alles, was ich hörte, war das gedämpfte Nageln des Dieselmotors. Ich streckte den Kopf in den Schneefall hinaus, schaute nach hinten. Nichts war zu erkennen. Absolut nichts. Oder war da hinten nicht doch eine leichte Helligkeit? Ich zog die Handbremse an, schaltete kurz das Licht aus und nahm den Fuß von der Bremse. Dann schaute ich noch einmal zurück. Nichts. Nicht der geringste Lichtschein war zu sehen. Ich zog den Kopf zurück und schaltete wieder das Licht ein. Dann schloss ich das Fenster.

Mein Auto war während des Bremsmanövers ganz an den linken Straßenrand gerutscht. War da ein Wald? Jedenfalls sah ich vorne die Konturen von ein paar hohen, verschneiten Bäumen. Ich wusste nicht genau, wo ich mich befand. Die Kreuzung mit der Prager Straße hatte ich noch nicht passiert. Vielleicht stand sie unmittelbar bevor, und die im Scheinwerferlicht sichtbaren Bäume gehörten zu dem Wald vor Karlstift. Dann wäre das Schlimmste überstanden. Die Prager Straße war sicher schon geräumt. Dort gab es mehr Verkehr. Ich sollte gleich weiterfahren, um keine Zeit zu verlieren. Schließlich hatte ich es eilig.

Aber etwas hielt mich zurück. Es war das Wort Fahrerflucht. Unsinn, sagte ich mir. Weder war ich an einem Unfall beteiligt noch hatte ich einen gesehen. Ich hatte nur plötzlich das Gefühl, dass etwas passiert sein könnte. Nein, eigentlich war es nicht einmal ein Gefühl, es war nur so, dass ich nicht mit Sicherheit ausschließen konnte, dass etwas passiert sein könnte. Eine Autospur war plötzlich verschwunden, ein Holpern war zu spüren gewesen. Vielleicht hatte ich einen Lichtschein gesehen, vielleicht auch nicht. Doch das Wort Fahrerflucht ließ sich nicht abschütteln. Es war wie eine Klette. Ich könnte, so überlegte ich mir, ein Stück zurückgehen und nachsehen. Das Auto könnte ich hier stehen lassen. Der Schneepflug würde daran vorbeifahren können. Ich schaltete die Warnblinkanlage ein. Über mein Gesicht liefen Wassertropfen. Ich wischte sie zur Seite und strich durch meine nassen Barthaare. Dann stellte ich den Scheinwerfer auf Fernlicht, damit auch ein eventuell entgegenkommendes Auto, das ja auf dieser Seite entgegenkommen würde, rechtzeitig gewarnt wäre. Den Motor ließ ich laufen. Ich wollte aussteigen, blieb aber dann doch sitzen. Warum tat ich mir das an? Warum sollte ich jetzt aussteigen? Ich würde in undurchdringlicher Dunkelheit und dichtem Schneefall herumirren. Ich hatte keine Taschenlampe. Wahrscheinlich gab es dahinten eine Hauszufahrt, in die das Auto eingebogen war. Und ich würde sie in der Finsternis nicht einmal sehen können. Am Schluss würde ich patschnass sein und nicht mehr wissen als jetzt. Wenn ich mich schon unbedingt überzeugen wollte, dass alles in Ordnung war, dann sollte ich mit dem Auto ein Stück zurückfahren.

Ich legte den Rückwärtsgang ein, öffnete die Wagentür, lehnte mich hinaus und fuhr dabei ein Stück zurück. Die Rückfahrleuchten waren zu schwach, um mich zu orientieren. Und ich konnte in diesem dichten Schneefall kaum die Augen öffnen. Wenn dahinten jemand läge, ich würde ihn glatt überfahren. Ich blieb stehen und schloss die Autotür. Meinen mittlerweile triefnassen Kopf stützte ich am Lenkrad ab. Ich sollte weiterfahren. Mich nicht verrückt machen. Ich war übermüdet, hatte mir etwas eingebildet. Oder ich sollte zu Fuß ein Stück zurückgehen und nachschauen. Um mich zu beruhigen. Nur diese hundert Meter zurückgehen, bis zu der Stelle, wo das Auto wahrscheinlich abgebogen ist.

Ich stieg aus, öffnete die hintere Tür und nahm den Frühjahrsmantel vom Rücksitz. Dass ich einen Wintermantel brauchen würde, war mir bei der Abfahrt in Wien nicht in den Sinn gekommen. Es war Anfang November. Als ich am Vortag durch die Dörfer gefahren war, hatte im Sonnenuntergang das Herbstlaub geweht. Hast du schon Winterreifen?, hatte mich meine Mutter gefragt. Morgen soll es Schnee geben.

Schnee?, hatte ich verwundert gefragt, mich aber nicht beunruhigen lassen. Was kümmert mich der Schnee. Ich werde ihm davonfahren.

Mittlerweile war der Schnee in Massen herabgekommen, mein Wagen hatte Winterreifen, aber ich hing trotzdem fest. Mit dem Auto noch rechtzeitig nach Frankfurt zu kommen, war aussichtslos geworden. Doch ich konnte, nachdem ich mich dahinten überzeugt hatte, dass es keinen Unfall gegeben hatte, sondern nur ein Auto abgebogen war, in einer guten Stunde in Linz sein. Von dort war es eine halbe Stunde nach Hörsching. Dann blieb mir noch der ganze Vormittag für den Flug nach Frankfurt. Es gibt keinen Grund zur Panik, sagte ich mir. Wahrscheinlich ist zurzeit auch in Frankfurt die Startbahn blockiert. Im Laufe des Vormittags, wenn der Schneefall dann nachlässt, werden sie die Startbahn räumen und es wird ein Flugzeug nach dem anderen starten und landen. Und in einem, in dem aus Linz, werde ich sitzen. Mit dem guten Gefühl, dass ich am Morgen, auf der Strecke nach Karlstift, nicht hilflos im Auto eingeklemmte Menschen im Stich gelassen habe.

Mein Frühjahrsmantel ließ sich bis zum Hals hinauf zuknöpfen. Eine Kopfbedeckung hatte ich leider nicht mitgenommen. Im Kofferraum wäre zwar ein Regenschirm gewesen, aber der schien mir keine geeignete Ausrüstung für die Nacht zu sein. Auf meinem Bart landeten lautlos die fetten Schneeflocken. Der Wind hatte nachgelassen. Ich horchte. Nur der Motor meines Wagens war zu hören. Ich wollte ihn nicht abstellen. Bei diesem Wetter, wer weiß, ob er wieder anspringen würde.

Meine Füße wurden kalt. Ich trug nur Halbschuhe. Mittlerweile lagen gut zwanzig Zentimeter Schnee. Sollte ich hier wirklich mit Halbschuhen durch den Schnee stapfen? Ich würde völlig durchnässte Füße bekommen. Aber was sind schon durchnässte Füße. Ich werde dann eben aus der Reisetasche trockene Socken nehmen und bei der Weiterfahrt die Heizung auf die Schuhe blasen lassen. Da war vielleicht jemand in äußerster Gefahr, und ich schlug mich mit Sockenfragen, Schuhfragen, Heizungsfragen herum. Fragen, die sich mit praktischem Verstand leicht lösen ließen. Es ging ja keineswegs darum, dass mir die Füße abfrieren könnten. Die hatten schon ganz andere Kälte ertragen. Sollte ich mir mein Leben lang sagen müssen, ich habe jemanden sterben lassen, weil mir meine nassen Füße gerade wichtiger waren? Ich warf die Wagentür zu und stapfte los.

Ich ging ein paar Meter durch den gelb blinkenden Schnee, blieb stehen und ging bald darauf, als sich meine Augen an die Dunkelheit gewöhnt hatten, noch ein paar Meter weiter. Dann griff ich mit den Händen um mich. Die Rücklichter meines Wagens waren unsichtbar geworden, nur die Warnblinkanlage war noch ein leichtes, gelbliches Schimmern inmitten völliger Dunkelheit. Ich konnte mich auch mit den Füßen nicht orientieren. Durch den vielen Schnee war kein Asphalt zu spüren. Ich griff in die Manteltaschen, ob sich da vielleicht zufällig ein Feuerzeug fand. Im Frühjahr, als ich den Mantel zuletzt getragen hatte, war ich noch Raucher gewesen. Ich fand ein angefangenes Päckchen Papiertaschentücher und – was war das? – endlich den zweiten Wohnungsschlüssel. Ich war überzeugt gewesen, ihn verloren zu haben. Mehrmals hatte ich vorgehabt, das Schloss auszuwechseln, aber dann war mir immer etwas anderes dazwischengekommen. Zuletzt fand sich in meiner Manteltasche noch ein halber, in der Mitte abgerissener Kaugummi. Ich wickelte ihn aus und steckte ihn in den Mund. Es war ein kleines, hartes Bröckchen. Der Rest musste in den Schnee gefallen sein. Ich warf die beiden Papiere hinterher. Im Handschuhfach, so fiel mir ein, könnte noch ein Feuerzeug sein. Ein Betrunkener, den ich einmal in der Nacht vom Café Alt Wien zu seiner Wohnung im siebten Bezirk chauffiert hatte, war mir am Ende so dankbar gewesen, dass er eine Hand voll Feuerzeuge mit der Aufschrift *Der Standard* hatte liegen lassen. Ich ging zum Auto zurück.

Im Handschuhfach hatte sich viel Unnötiges angesammelt. Aber es lagen da auch noch drei dieser Werbe-Feuerzeuge. Ich entzündete eines, die anderen steckte ich in die Manteltasche. Es dauerte nicht lange, da war die Flamme erloschen. Sie war zu klein, um dem dichten Schneefall standzuhalten. Man konnte sie nicht größer stellen. Und nun war der Feuerstein nass und das Feuerzeug ließ sich nicht mehr entzünden. Ich warf es fort. Dann holte ich den Regenschirm aus dem Kofferraum. Ich hatte noch zwei weitere Feuerzeuge und so sollte mich jetzt nichts mehr daran hindern, diesen unbehaglichen Weg schnell hinter mich zu bringen. Nur einmal kurz nachsehen, dann weiterfahren nach Linz. Mehr wollte ich nicht.

Wenn ich Feuerzeug und Regenschirm weit genug zur Seite hielt, damit mich das Licht nicht blendete, konnte ich den Straßenrand und die Bremsspur meines Wagens erkennen. Es war völlig windstill geworden. Beim Gehen hob ich meine Füße weit in die Höhe und versuchte, möglichst senkrecht aufzutreten. Der frisch gefallene Schnee gab ein leichtes Knirschen von sich. Ich spürte, wie er von der Seite her meine Halbschuhe füllte und sich bis unter die Fußsohlen vorarbeitete. Ich blieb immer wieder stehen, schaute mich um und horchte. Von meinem Auto war nichts mehr zu sehen. Nach einer Weile war mir, als würde ich Stimmen hören, einen Gesang. Dann war es ruhig. Bald darauf hörte ich den Gesang wieder. Oder waren es Instrumente? Als ich einige Schritte weiter erneut stehen blieb, schien es mir, als wäre es beides zusammen. Immer deutlicher war die Musik zu hören. Und dann war auch ein Licht zu sehen. Das konnte ein Scheinwerfer sein. Aber es war nur einer. Hier stand offenbar ein Auto mit nur einem funktionierenden Scheinwerfer. Der andere wurde wahrscheinlich gerade repariert. Die Tür stand offen, und so hörte man die Musik. Ich legte mir das so zurecht und wusste doch gleichzeitig, dass kein Mensch bei diesem Wetter die Tür offen stehen lassen würde. Und dass es ziemlich unwahrscheinlich war, dass ein Scheinwerfer während der Fahrt zu leuchten aufhörte. Glühfäden brennen gewöhnlich beim Einschalten durch. Und dass es noch unwahrscheinlicher war, dass hier einer mitten im Wald, kurz vor dem nächsten Ort und bei schlimmsten Wetterverhältnissen, ein Scheinwerferbirnchen wechselte. Als ich näher kam, erkannte ich plötzlich die Musik. *Losing My Religion*, R. E. M. Ich blieb stehen und starrte auf das Licht. Gerhard, dachte ich, mein ehemaliger Schwager Gerhard. Was macht der hier?

Losing My Religion

Als ich einmal in der Früh nicht mehr wusste, was ich am Vortag getan hatte, beschloss ich, mit dem Haschischrauchen aufzuhören. Aber als ich dann am nächsten Abend betrunken durch die Wohnung torkelte, dachte ich mir, so ein dumpfer Alkoholrausch ist mit den klaren Gefühlen eines Haschischrausches überhaupt nicht vergleichbar. Ich lebte in einer kleinen Mietwohnung in der Kettenbrückengasse. Sie war im letzten Stock des Hinterhauses gelegen. Von der Küche aus hatte ich einen kleinen eisernen Balkon. Er reichte gerade, um ein Tischchen und einen Sessel hinauszustellen. Wenn es warm war, saß ich dort am Abend und rauchte meinen Joint. Vor mir waren nur die Wipfel von zwei Kastanienbäumen und die Toilettenfenster des Vorderhauses. Wenn im Fernsehen ein Fußballmatch übertragen wurde, konnte ich an den Toilettenfenstern erkennen, wann die Pause war. Es störte mich nicht, dass keines meiner Fenster auf die Straße hinausging. Manchmal schaute ich mir die Fernsehnachrichten an. Es gab neue Kriege, es gab neue Länder und es gab überall Flüchtlinge, die von einem Land ins andere weitergeschoben wurden. Ich dachte mir, wenn Wien besetzt wird und in den Straßen Panzer patrouillieren, ich würde es in meinem Hinterhaus nicht einmal bemerken. Ich verließ die Wohnung nur, um einzukaufen oder wenn mich jemand anrief, weil er ein Computerproblem hatte. Als ich einmal einem Assistenten im Institut für Publizistik das neue PressWriter-Programm auf die Festplatte kopierte, sagte er zu mir, er kenne einen

Schriftsteller, der habe ein kompliziertes Problem, ob er ihm meine Telefonnummer geben dürfe. Der Schriftsteller rief mich dann an. Er wollte ein Lexikon, in dem die Wörter alphabetisch nach den zweiten Buchstaben geordnet waren. Als ich sagte, ich hielte es durchaus für möglich, ein Lexikonprogramm in dieser Weise umzugestalten, bat er mich, ihm auch noch einen Ausdruck zu machen, in dem die Wörter nach den dritten Buchstaben geordnet seien. Er schriebe an einem Text, in dem die Aufeinanderfolge der zweiten oder dritten Buchstaben einen Subtext bildeten, der für den gewöhnlichen Leser nicht erkennbar sein solle. Ich verstehe, sagte ich, wie ein CD-Bonus-Track mit einem Quick-Time-Video, das nur der Computer erkennt. Ich bin nicht sicher, ob er verstand, was ich meinte, aber er war nun überzeugt, dass ich ihm helfen konnte. Die eigentliche Arbeit war in eineinhalb Stunden erledigt. Ich nahm eines der üblichen Software-Wörterbücher und übertrug es ins Excelprogramm, wobei ich jedem Buchstaben eine Spalte zuordnete. Danach musste ich das Ganze nur noch vom Computer Spalte für Spalte alphabetisch sortieren lassen. Am längsten benötigte der Ausdruck. Zwei Wochen später rief ich den Schriftsteller an und sagte, dass es mir nun endlich gelungen sei, seinen Wünschen zu entsprechen. Es sei eine Heidenarbeit gewesen. Wir verabredeten einen Übergabetermin im Café Museum. Der Schriftsteller blätterte und blätterte und drückte dann die Blätter ans Herz, als würden sie ihm das Leben retten. Wie viel bekommen Sie?, fragte er.

Ich sagte, das Umsortieren eines Lexikons sei schon eine verdammt komplizierte Sache, und er sagte, kann ich mir vorstellen. Daraufhin sagte ich: Fünftausend Schilling, und der Schriftsteller sagte, das ist absolut in Ordnung, ich habe mich schon auf ganz andere Summen gefasst gemacht. Er gab mir fünftausend Schilling und fragte, ob er eine

Rechnung haben könnte. Und da ich in seiner Geldbörse noch viel mehr Scheine sah, sagte ich, bei einer Rechnung kommt die Mehrwertsteuer dazu, und dann kostet es sechstausend Schilling. Der Schriftsteller gab mir einen weiteren Tausender und ich stellte auf dem umgedrehten Deckblatt seines neuen Lexikons meine erste Rechnung aus. Ich fuhr vom Café Museum zum Igel nach Ottakring. Der Igel war ein professioneller Amsterdam-Tourist. Er stank nach Schweiß, wie nie wieder ein Mensch nach Schweiß wird stinken können. Vielleicht war das der Grund, warum er sich als Dealer halten konnte. Es wollte ihm einfach keiner zu nahe kommen. Der Igel gab mir für die sechstausend Schilling eine schöne Platte, die aussah wie Bitterschokolade. Damit konnte ich mich ein paar Monate in meinem Hinterhof vergraben.

Mein Vater hatte mich beim Scheidungsprozess vor die Alternative gestellt, mir entweder eine Eigentumswohnung zu finanzieren und dann alle Zahlungen ein für alle Mal einzustellen, oder mich noch bis zum dreißigsten Lebensjahr zu unterstützen. Der Anwalt meiner Mutter riet mir, die zweite Möglichkeit zu wählen, und er änderte die Formulierung bis zum dreißigsten Lebensjahr um in: einige Jahre, bis er finanziell auf eigenen Beinen stehen kann. Das war meinem Vater zu schwammig, aber er gab nach, weil eine schwammige Formulierung letztlich auch ihm zugute kommen konnte. Bis ich dreißig war, zahlte er anstandslos, aber von da an betonte er bei jeder Zahlung, dass es die letzte sein würde. Irgendwann kam der Punkt, an dem ich abzuwägen hatte, ob es besser sei, mit meinem Vater weiter um das Geld zu streiten, oder ob ich versuchen sollte, mein mittlerweile ausgereiftes Vatervernichtungsprogramm zu vermarkten. Da das Setting dieses Programms aber gänzlich auf die Lebensumstände meines Vaters zugeschnitten war, wenngleich der Kopf jederzeit neu eingescannt werden konnte, war klar, dass eine Vermarktung dieses Programms unweigerlich das Ende des regelmäßigen Geldflusses herbeiführen würde.

Meine Mutter hatte, je näher der Scheidungsprozess gerückt war, zusehends die Lust an ihrer gewohnten Umgebung verloren. Sie sagte, sie stehe das Ganze nicht durch, sie wolle irgendwohin ziehen, wo niemand sie kenne. Und so brachte der Anwalt die Idee einer neuen Immobilie ins Spiel. Es gab eine Immobilie, die sich aus anderen Gründen anbot. Meine Scheibbser Großmutter kam mit ihrem Haus nicht mehr zu Rande. Sie sah schlecht, sie hörte schlecht, sie fürchtete sich, und sie schämte sich vor den Nachbarn, weil sie die Gartenarbeit nicht ordentlich erledigte. Meine Mutter fand für sie einen Platz im Seniorenheim von Waidhofen an der Ybbs. Sie machte sich Vorwürfe. Sie sagte, so wie der Helmut uns abgeschoben hat, schiebe ich jetzt meine Mutter ab. Die Therapiegaby sagte wieder einmal, sie solle nicht so blöd sein, sie könne sich jetzt nicht auch noch eine pflegebedürftige Mutter aufhalsen. Aber zum Glück stellte sich heraus, dass es meiner Großmutter nach einer anfänglichen Ängstlichkeit im Seniorenheim gut gefiel. Aber nun stand auf einmal das Haus in Scheibbs leer. Meine Mutter hatte kein Interesse daran. Es wäre für sie eine einzige Niederlage gewesen, dorthin zurückzukehren, wo sie vor 26 Jahren ausgezogen war, um die Gattin eines roten Politikers zu werden. Und so kam die Idee auf, dass Klara und Gerhard, die inzwischen zusammenwohnten, das Haus der Scheibbser Großeltern übernehmen könnten. Klara bekam eine Stelle als Musiklehrerin in der Handelsakademie. Und Gerhard, ja Gerhard war Maler. Den Geräteschuppen, an dessen Ecke ich einmal gemeinsam mit einem Turnlehrer Fische vergraben hatte, baute er zum Atelier um.

Meine Mutter bewarb sich, mit Ausnahme des Bezirkes

Scheibbs, in allen Hauptschulen Niederösterreichs. So wie sie ein Vierteljahrhundert früher in Wien fast keine Stelle bekommen hatte, weil sie als Schwarze galt, so hatte sie nun dieselben Schwierigkeiten mit dem niederösterreichischen Landesschulrat, weil der sie für eine Rote hielt. Hinzu kam, dass an Lehrern nirgendwo mehr ein Mangel herrschte. Die Rettung fand sich im Anzeigenteil der Gewerkschaftszeitung für den öffentlichen Dienst. Eine Hauptschullehrerin aus Rappottenstein hatte inseriert, dass sie gerne mit einer Wiener Kollegin die Stelle tauschen würde. Dem stimmte schließlich auch der Landesschulrat zu, und meine Mutter nahm die Stelle dankbar an. Die Suche nach einer Immobilie konzentrierte sich nun auf den Raum Rappottenstein. Jedes Wochenende war meine Mutter unterwegs, um Häuser zu besichtigen. Sie wollte mich immer dabeihaben, aber ich konnte ihr keine Hilfe sein. Meine Mutter liebte die angeblich frische Luft, aber ich roch immer nur Kunstdünger, Diesel und Jauche. Ein paar Wochen vor Schulschluss kam sie zurück und sagte, ich habe das Haus.

Fein, sagte ich, wie sieht es aus?

Es ist ganz alt, mit dicken steinernen Mauern, es hat zwei Stockwerke und einen Gewölbekeller, und es grenzt an den Friedhof.

Sei nicht so blöd, sagte die Therapiegaby, du wirst doch dein neues Leben nicht mit verschärftem Masochismus beginnen.

Mir gefällt der Friedhof, sagte meine Mutter. Ich bin dort spazieren gegangen und habe mir die Gräber angesehen. Das ist wirklich und friedlich zugleich. Ganz anders als dieses Lügengebäude hier.

Meine Mutter ließ sich das Haus nicht mehr ausreden. Sie hatte jedoch ein Problem, das die Therapiegaby scherzhaft als Privilegiertenproblem bezeichnete. Das Haus war zu billig. Selbst wenn sie es sanieren ließ, war der finanzielle Gesamtaufwand noch weit unter dem, was ihr als halber Anteil für das Haus, in dem sie noch wohnte, zustand. Der Anwalt meiner Mutter war mit unserer Vermögenstrennung so intensiv beschäftigt, dass ich mir gar nicht vorstellen konnte, dass er daneben noch einer anderen Arbeit nachging. Er kam mit Gesetzesbüchern und endlosen Listen, in denen alles verzeichnet war, von der Zitruspresse bis zum Fruchtgenuss am Apfelbaum in unserem Garten. Er meinte, es sei besser, meinen Vater zur Gesamtfinanzierung einer bestimmten Immobilie zu verpflichten, als nun ein endloses Scharmützel mit Gutachten und Gegengutachten über den Wert des Hauses am Wienerwald zu beginnen. Ob meine Mutter nicht größere bauliche Veränderungen oder eine Grundstückserweiterung erwägen könnte.

Soll ich den Friedhof kaufen?, fragte meine Mutter. Und da fing der Anwalt plötzlich so hysterisch zu lachen an, dass meine Mutter ihm ein Glas Wasser bringen musste, bevor er seinen nüchternen Buchhalterstil zurückgewann.

Ende des Jahres 1990 waren wir alle aus dem Haus und mein Vater zog mit seiner Schnepfe und dem gerade geborenen Kind ein. Das Privilegiertenproblem meiner Mutter war so gelöst worden, dass mein Vater einen umfassenden Umbau des Hauses in Kirchbach finanzierte und meiner Mutter überdies ein neues Auto kaufte. Das hatte den angenehmen Nebeneffekt, dass meine Mutter ihr altes Auto an mich abtrat. Als es wieder einmal um das leidige Geldproblem ging, lud mich mein Vater zu sich. Er sagte, er möchte mit mir einmal alles in Ruhe besprechen. Ich sagte, ich wüsste nichts, was wir nicht auch am Telefon besprechen könnten. Mein Vater sagte, es redete sich doch ganz anders, wenn wir uns einfach einmal auf ein Glas Wein zusammensetzten, und ich sagte, mir fiele das Reden am Telefon schon schwer genug. Und dabei blieb es. Nicht so bei Klara. Sie begann nach drei Jahren unseren Vater wieder zu sehen. Sie verkehrte bald auch mit der Schnepfe. Einmal, als ich in Scheibbs auf Besuch war, redete sie mir zu, mit meinem Vater nicht so hart zu sein. Sie sagte, die Zeit geht weiter und man kann sich nicht in irgendwelchen alten Geschichten verbeißen. Wenn jeder sich in alte Geschichten verbeißt, kann die Welt zusperren. Schau nach Jugoslawien, sagte sie, alte Geschichten, in die sich alle so gründlich verbeißen, bis sie sich umbringen müssen, weil vor tausendfünfhundert Jahren das Römische Reich geteilt wurde.

Jetzt kommst du mir als Lehrerin, sagte ich. Dann versuchte ich mir die Räume unseres Hauses vorzustellen und wie es wäre, sie wiederzusehen.

Hat sich im Haus eigentlich etwas verändert?

Nicht viel, sagte Klara. Sie haben sich so ein widerliches französisches Bett mit integrierter Hi-Fi-Anlage angeschafft. Das ist eigentlich das Einzige, was mich stört. Aber ich muss ja nicht darin schlafen. Du solltest wenigstens Laura kennen lernen. Sie ist so ein süßes Kind. In Wien passe ich manchmal auf sie auf.

Soso, sagte ich, spielst du jetzt für die Schnepfe den Babysitter.

Du solltest sie sehen, sagte Klara. Sie hat einen Lockenkopf und ist aufgeweckt, wie ich nie ein Kind gesehen habe. Sie ist immerhin unsere Halbschwester.

Ich überlegte kurz, wie alt Laura jetzt sein musste, dann stellte ich mir vor, wie mein Vater sie zum Kindergarten brachte, wahrscheinlich so, wie er mich und Klara in Meidling zum Kindergarten gebracht hatte, und ich bekam plötzlich einen noch größeren Zorn auf ihn, weil er die Gemeinheit besaß, dreißig Jahre später das Ganze noch einmal zu wiederholen, als wären wir ihm nicht genug gewesen.

Und weil ich nichts anderes mehr zu erwidern wusste, sagte ich, mein Vater ist einfach ein Arschloch, und warum sollte sich das geändert haben. Da sagte meine Schwester, als wäre das nun das überzeugendste Argument, der Gerhard betrügt mich auch.

Schön, sagte ich, und darum verstehst du plötzlich den Schnepfenficker so gut.

Nein, sagte sie, das ist jetzt ein anderes Thema.

Der Gerhard war gerade nicht da. Mir fiel auf, dass er überhaupt viel unterwegs war. Er malte immer noch an seinem Lebensfilm. Das ganze Wohnzimmer war voll mit diesen Serien, auf denen kleine Bewegungen dargestellt waren, die Serie mit meiner barbusigen Schwester, die ich in der Pawlatschenwohnung gesehen hatte, war auch darunter. Und ich erinnerte mich, dass ich schon damals das Gefühl gehabt hatte, er bilde meine Schwester ab, als sei sie irgendeine Frau und nicht meine Schwester.

Wenn das nun einmal so ist, sagte ich, dann betrüg ihn doch auch, und die Sache hat sich.

Red nicht so dumm, sagte meine Schwester.

Ich meine es ernst, sagte ich. Oder du könntest zum Beispiel einmal mit mir bumsen. Ich würde dich dann wenigstens nicht betrügen, weil mit mir sonst sowieso keine bumst.

Da schaute mich Klara plötzlich besorgt an. Und ich dachte, jetzt sag bitte nicht, dass du es machst. Aber sie sagte: Und was ist mit der in der Mondscheingasse, für die du ein Handwerk nach dem anderen gelernt hast?

Nullmeldung, sagte ich.

Heißt das, dass du mit ihr gar nicht geschlafen hast?

Es heißt, dass ich mit ihr nur einmal fast geschlafen hätte, und dann nicht einmal mehr fast.

Es schien, als würde sich meine Schwester überlegen, ob ein betrügerischer Ehemann, verglichen mit meinem Schicksal, nicht doch die bessere Wahl wäre. Später hängte sie sich in meinen Arm ein und zeigte mir die neuen Bilder im Atelier. Gerhard hatte den ganzen Raum ausgeräumt, gegen Kälte isoliert und große Oberlichtfenster eingebaut. Der ehemalige Geräteschuppen war an die Zentralheizung angeschlossen. Ein fensterloser Zubau diente als Bilderdepot. Einmal im Jahr wurde hier ein großes Atelierfest veranstaltet. Da kamen Gerhards Studienkollegen aus Wien angereist und auch einige Scheibbser verirrten sich hierher. Zum zweiten Atelierfest war auch ich gekommen. Gerhard hatte keine einzige Serie verkauft, aber es wurde enorm viel getrunken. Ein neugieriger Scheibbser fragte Gerhard: Was rauchst du eigentlich für stinkende Zigaretten?, und da gab es ein riesiges Gelächter. Bis der Scheibbser plötzlich zu begreifen meinte, dass er in eine Rauschgifthöhle geraten war und schleunigst aufbrechen wollte. Da nahm ihn Bibi zur Seite und diskutierte einen Abend lang mit ihm darüber, was man darf und was man nicht darf. Die Bibi war inzwischen mit einem Versicherungsvertreter verheiratet, der sich damit brüstete, dass er und seine Kollegen nun jedes Jahr nach Amsterdam auf Betriebsausflug führen, und ihr könnt euch nicht vorstellen, sagte er, was dort aus meinen braven Kollegen wird. Sie haschen und huren herum, bis man sie buchstäblich zum Flugzeug tragen muss. Im Vorbeigehen bot Gerhard dem offensichtlich sehr gerne mit Bibi diskutierenden Scheibbser eine dieser stinkenden Zigaretten an, aber Bibi sagte: Lass den Blödsinn, du musst dich nicht auch noch strafbar machen, und da gab es wieder viel zu lachen.

Klara ließ meinen Arm nicht los, als sie mich in Gerhards Atelier führte. Sie sagte, auch die Bibi lässt sich wahrscheinlich scheiden.

Was heißt auch?, fragte ich.

Ich rede nicht von mir, sagte sie, aber es lassen sich so viele scheiden.

Nur du lässt dich betrügen.

Ja, sagte sie. Das war von Anfang an klar, dass der Gerhard seine Freiheit braucht. Da hätte ich ihn gar nicht heiraten dürfen.

Ich schaute mir die Bilder an, die an der Wand hingen und in die Staffelei gespannt waren. Gerhards Lebensfilm schien sich im Moment vor allem auf sein Sexualleben zu konzentrieren, aber die Partnerinnen, mit denen er da über zehn, fünfzehn Bilder hinweg kleine erotische Bewegungen vollführte, waren alle nicht Klara.

Wer sind diese Frauen?, fragte ich.

Das sind Aktmodelle. Sie reisen am Vormittag aus Wien an und am Abend wieder zurück. Diese Bilder hier kommen alle zu einer Ausstellung in Hamburg. Der Galerist ist ganz verrückt danach und hat ihn ermuntert, noch ein paar solche Serien zu machen.

In einer Serie saß eines dieser angereisten Modelle mit hochgezogenen Beinen auf einem Stuhl. Die Veränderung bestand lediglich darin, dass ihr aus der vom Geschlechtsverkehr noch deutlich geöffneten Möse der Samen herausrann. Wie macht der das, dachte ich, bumst er mit ihr und läuft er gleich nach dem Abspritzen zurück zur Staffelei, oder bittet er sie, die Möse auseinander zu ziehen, und er erfindet, nachdem das Modell abgereist ist, den Samen dazu. Ich kam von diesen Bildern nicht los. Meine Schwester umarmte mich plötzlich von hinten und fragte, was denkst du?

Wer mit wem bumst, sagte ich, ist mir eigentlich egal, aber bei ihm stört es mich.

Und bei unserem Vater, sagte meine Schwester.

Nein, sagte ich, bei unserem Vater stört mich, dass er ein Arschloch ist.

Komm, sagte meine Schwester, du suchst dir jedes Mal aus, mit welchem Maß du messen willst.

Ich hätte gerne das letzte Wort gehabt, aber ich kam zu spät dahinter, dass ich hätte sagen sollen: Stimmt, ihr vollzieht ja nur euren Ehevertrag.

Weil mir nichts Besseres einfiel, ging ich anschließend in unserem Taufwasser baden. Ich fragte Klara, ob sie nicht zu mir ins Wasser kommen wolle, aber sie sagte nur, ich bringe dir Handtücher, und verschwand. Ich schwamm im Kreis und suchte dabei vergeblich nach Fischen. Ich hörte Klara ein paar Minuten Klavier spielen, dann kam sie mit einem Badetuch in der Größe einer Bettdecke und hüllte mich darin ein. Sie sagte, soll ich dich zum Essen ausführen oder willst du Dinkellaibchen.

Ich antwortete, am liebsten hätte ich dich. Sie legte den Kopf zur Seite, runzelte die Stirn und sagte, ich bin halt leider schon vergeben, und ich antwortete, aber an einen, der dich nicht verdient. Da war es vorbei mit ihrer Keckheit, und sie ging ins Haus.

Wir aßen Dinkellaibchen und tranken Weißwein dazu. Meine Schwester sagte: Findest du nicht auch, dass Mama langsam zur Alkoholikerin wird?, und ich antwortete, was sollte sie sonst werden bei diesem Arschloch von einem Mann. Meine Schwester sagte, mit dir kann man leider über bestimmte Dinge nicht reden. Du bist Mamas Liebling, und daher ist es deine Pflicht, dich um sie zu kümmern.

Ich mochte den Ton nicht. Nach kurzem Überlegen sagte ich: Ich habe mich endlich aller Pflichten entledigt, ich bin nicht einmal zur Bundespräsidentenwahl gegangen, obwohl da angeblich Wahlpflicht herrscht.

Ich half meiner Schwester mit dem Geschirr. Sie sagte, du kannst gerne über Nacht bleiben. Ich antwortete, weißt du, ich habe am Abend so ein fest eingespieltes Programm, da würdest du dich nur ärgern über mich.

Zum Abschied küsste ich Klara auf den Mund, aber ich

blieb länger an ihren Lippen, als man es als Bruder tun sollte, und da drückte sie mich weg und sagte, du bist ein dum-
mer Kerl.

Da muss ich dir ausnahmsweise Recht geben, antwortete ich und fuhr fort. Sie winkte mir nach. Zu Hause fand
ich einen Brief vor, in dem mir mitgeteilt wurde, dass ein
weiterer Aufschub meines Zivildienstes nicht genehmigt
werden könne, da der Nachweis eines entsprechenden Stu-
dienerfolges von mir nicht erbracht worden sei. Ich würde
wunschgemäß dem Wiener Roten Kreuz als Hilfssanitäter
zugeteilt und habe mich in zwei Wochen zum Einführungs-
kurs in der Zentrale des Roten Kreuzes Am Hundsturm
einzufinden. Die Adresse Am Hundsturm gefiel mir, weil
sie einen guten Vorgeschmack auf das gab, was mich erwarten würde.

Einmal, es war noch in der ersten Woche meines Dienstes,
kam das Fernsehen. Sie hatten es sich in den Kopf gesetzt,
ausgerechnet mich beim Verladen eines Kranken zu filmen.
Ich fragte, warum mich, und der Redakteur antwortete,
weil jeder Ihren Vater kennt. Da das Fernsehen in die Einsatzzentrale gekommen war, wo keine Kranken zur Verfügung standen, weil diese ja nicht bei uns, sondern in den
Spitälern abgeliefert wurden, musste einer der Rettungs-
fahrer seine Zivilkleidung anziehen, und wir verluden ihn
auf der Breitenseer Straße in ein Sanitätsauto. Danach
wollte mich der Redakteur interviewen. Er bezeichnete sich
selbst als fortschrittlichen Menschen, der den Zusehern
von *Österreich Heute* die Vorurteile gegen den Zivildienst
nehmen wolle. Die Zivildiener, sagte er, werden von vielen
Menschen immer noch als Drückeberger bezeichnet. Ich
will ihnen zeigen, dass ihr hart arbeitet und ein wichtiger
Teil unserer Gesellschaft seid. Er fragte mich, warum ich
Zivildienst mache, und ich antwortete, weil mir das Bun-

desheer auf die Nerven gehe. Da unterbrach er das Interview und sagte, es wäre besser, ich würde etwas über die Wichtigkeit und Nützlichkeit der Arbeit beim Roten Kreuz sagen. Wir probierten es noch einmal. Der Redakteur sagte, Kamera läuft, und ich sagte, ich arbeite lieber hier als beim beschissenen Bundesheer. Hier gibt es zwar auch Drill, aber wir müssen wenigstens keine Leute erschießen, sondern sammeln die Erschossenen ein und bringen sie ins Krankenhaus, damit sie danach wieder ordentlich schießen können. Der fortschrittliche Redakteur winkte ab und fragte mich, ob ich die beiden Gedanken nicht auseinander halten könnte. Ich könnte einen Satz sagen über die Wichtigkeit dieser Arbeit hier und dann könnte ich in einem weiteren Satz auch noch meine Meinung über das Bundesheer sagen. Ich antwortete, dann schneiden sie den zweiten Satz heraus. Der fortschrittliche Redakteur wurde nun ungeduldig und sagte, gut, dann sagen Sie, was Sie wollen, und ich wiederholte meinen ersten Satz. Er interviewte dann noch einen zweiten Zivildiener, einen Tierarzt aus Melk, und der sagte, was der fortschrittliche Redakteur hören wollte, und kam am Abend auf Sendung. Während der anschließenden Nachrichten rief mich meine Mutter an und sagte: Ich habe dich im Fernsehen gesehen, sie haben sogar deinen Namen erwähnt, aber warum haben sie dich nicht auch interviewt?, und ich antwortete, weil der Tierarzt aus Melk gescheiter ist als ich.

In der folgenden Woche hatte ich Nachtdienst, und der wurde zur wahren Härteprobe. Ich war es gewohnt, am Abend meine Knuspertüte zu verheizen und für den Rest der Nacht am Computer zu sitzen. Aber hier saßen alle im Aufenthaltsraum und schauten die Show mit Thomas Gottschalk an. Ich spielte mit Sammy zur Ablenkung im Keller Tischtennis. Sammy war ein immer fröhlich gestimmter Mensch aus Braunau am Inn. Sein ständiges

Schmunzeln erinnerte an die Karl-May-Figur Sam Hawkins, weshalb er schon in der ersten Woche den Namen Sammy erhalten hatte. Er wollte, im Gegensatz zu mir, nicht die ganze Nacht Tischtennis spielen. Als wir in den Aufenthaltsraum zurückkamen, waren diejenigen, die nicht gerade im Einsatz waren, schon schlafen gegangen. Ich blieb allein und ging im Raum auf und ab. Plötzlich kam mein Fahrer zur Tür herein. Er trug eine weiße Unterhose mit Beinansätzen und sagte, was machst du hier noch, jetzt ist Nachtruhe. Ich sagte, ich kenne keine Nachtruhe. Er sagte, Nachtruhe ist Nachtruhe, und ich sagte, ich komme gleich. Nach einer Weile ging ich hinaus zum Parkplatz, wo die Rettungs- und Sanitätsautos standen. Dabei musste ich am Einsatzschalter vorbei. Was ist los?, fragte der Nachtdienst. Ich fühle mich nicht wohl, sagte ich, ich muss ein wenig in die frische Luft hinaus, aber ich bleibe in der Nähe. Er verwies auf die große Uhr hinter ihm an der Wand. Ich sagte, ich komme gleich zurück, und er sagte, so geht das nicht, Sie müssen einen Schein ausfüllen. Welchen Schein?, fragte ich, und er sagte, eine Bestätigung über die vorübergehende Abwesenheit von der Dienststelle. Ich sagte, ich gehe doch nur vor die Tür, und er sagte, an der Tür hört die Dienststelle auf. Und so füllte ich einen Schein aus. Als Ziel der Entfernung von der Dienststelle gab ich an: der Gehsteig vor der Dienststelle, und trug die Telefonnummer der Dienststelle ein. Als Zweck der Entfernung von der Dienststelle schrieb ich: Dringender Bedarf nach frischer Luft. Und dann ging ich auf den Parkplatz hinaus, suchte mir einen guten Platz zwischen den Autos und rauchte einen Joint. Nach zehn Minuten meldete ich mich beim Nachtdienst zurück. Ich schrieb die Uhrzeit auf den Schein und unterschrieb, er korrigierte die Uhrzeit um eine Minute und unterschrieb ebenfalls. Dann legte er den Schein ab. Ich ging wieder in den

Aufenthaltsraum. Ich setzte mich auf einen Platz und roch den Kollegen, der vorhin da gesessen hatte. Da setzte ich mich auf einen anderen Platz und roch einen anderen Kollegen. Ich fand keinen geruchsfreien Platz. Überall roch es nach Unterhosen mit und ohne Beinansätzen, nach Slips und Boxershorts, Schweiß und Zigaretten, nach Rot-Kreuz-Hemden, Rot-Kreuz-Uniformen und Rot-Kreuz-Krawatten. Zwischendurch kam im Lautsprecher ein Pfeifton und dann wurden Einsätze durchgesagt. Unser Wagen kam erst nach zwei Stunden dran. Ich übernahm den Transportauftrag und wartete an der Eingangstür auf meinen Fahrer. Der rannte die Stiegen herab und rief aufgeregt dem Nachtdienst zu, mein Sanitäter ist abgehauen.

Wieso, da steht er doch, sagte der Nachtdienst.

Mein Fahrer sah mich an, als wäre ich eine Erscheinung. Wir wurden zu einem Mann gerufen, der im Pyjama zusammengekrümmt auf dem Boden lag und vor Schmerzen schrie. Der Notarzt war schon da. Er unterhielt sich mit der Frau des Mannes, die, wie sich am Schluss herausstellte, in Wirklichkeit die Schwester des Mannes war. Dann ließ er sich vom Mann die Stelle zeigen, an der es wehtat, und drückte ein paar Mal darauf. Tut das weh?, fragte er. Nein, schrie der Mann, nicht hindrücken, es tut so weh, nicht hindrücken. Der Notarzt sagte, wir sollen den Mann auf die Trage legen, aber das war schwer möglich, weil er sich nicht ausstrecken wollte. Schließlich war der Mann behilflich und legte sich mit angezogenen Beinen auf das graue Gestell. Wir hoben ihn hoch, ich ging vorne, und als wir ins Stiegenhaus kamen, nahm er sich zusammen und hörte zu schreien auf, aber da begann es an meinen Fingern so stark zu ziehen, dass ich das Gefühl hatte, die Griffe würden mir jeden Augenblick aus den Händen rutschen. Abstellen, sagte ich, sofort abstellen, ging dabei auch schon in die Knie und stellte die Trage schnell zu Boden. Der

Patient rutschte ein Stück auf mich zu und begann wieder zu schreien. Die Schreie hallten durch das Stiegenhaus, und bald gingen die ersten Türen auf und Neugierige kamen in Pyjamas, Nachthemden und Schlafröcken heraus. Alle wollten alles wissen. Mein Fahrer sagte, wir haben da wieder eine Garnitur von Volltrotteln gekriegt, und er meinte mich. Ich sagte, ich schaffe es nicht, den Patienten die zwei Stockwerke hinabzutragen, mir geht es heute nicht gut. Der Fahrer schrie nun auch. Du hast Dienst, und du hebst jetzt sofort den Patienten auf und trägst ihn hinunter. Ich sagte: Nein, ich schaffe das nicht. Ein alter Mann im gestreiften Pyjama sagte, er könnte ihn tragen, und mein Fahrer antwortete, wenn Sie das nicht geübt haben, können Sie das nicht. Aber der alte Mann sagte, er habe das im Krieg geübt. Der Notarzt sagte, der Krieg ist lange her, und der alte Mann sagte, für mich ist es erst gestern gewesen.

Ich stellte mir vor, wie der alte Mann mit einem Angeschossenen auf der Notliege durch den Kugelhagel läuft und wie er dabei immer wieder in Deckung geht und um sein eigenes Leben fürchtet, und wie er seither manchmal in der Nacht aufwacht, weil er denkt, nun sei er getroffen worden.

Der Mann auf der Liege hörte wieder zu schreien auf und presste heraus, er könnte versuchen zu gehen. Das kommt nicht in Frage, sagte der Notarzt, Sie haben eine Kolik und können jederzeit wieder zusammenbrechen. Er nahm das Funkgerät aus der Tasche seines weißen Mantels und bestellte den Fahrer des Notarztwagens herauf.

Der Arzt stieg bei uns in den Wagen ein. Unterwegs gab er dem Nachtdienst über Funk durch, in welches Krankenhaus wir den Patienten bringen sollten. Am Ende sagte er, übrigens, was habt ihr uns denn da für einen Haschbruder von einem Sanitäter geschickt, der ist nicht einmal in der Lage, einen Kranken zu tragen. Der Nachtdienst ließ mit der Antwort ein wenig auf sich warten. Wahrscheinlich sah er die Dienstlisten durch. Dann sagte er: Vielen Dank für die Information. Der Mann wird sofort außer Dienst gestellt. Und ich wusste nicht, war das jetzt gut oder schlecht für mich.

Als wir in die Einsatzzentrale zurückkamen, sagte der Nachtdienst: Sie machen jetzt Schluss und melden sich um sieben Uhr in der Früh beim Einsatzleiter. Dann ließ er sich vom Fahrer im Detail berichten, was vorgefallen war. Da es schon vier Uhr morgens war, sah ich keinen Sinn darin, noch schlafen zu gehen. Ich durfte die Dienststelle nun ohne das Ausfüllen eines Scheins verlassen und ging in Breitensee spazieren. Es begann bald zu dämmern, aber es war noch ruhig in den Straßen. Bald hörte ich das Quietschen von Straßenbahnen, und es kamen die ersten Menschen aus den Häusern. Vor den Supermärkten wurden mit lautem Getöse Waren verladen. Ein Fleischhauer schleppte halbe Kälber über die Straße. Der Fahrer eines Lieferwagens warf bei einer Trafik zusammengeschnürte Stöße von Zeitungen vor die Tür. Manchmal blieb ich stehen und horchte nur auf die Geräusche. Sie waren laut und klar, jedes Aufeinandertreffen von Gegenständen war als eigener Laut wahrnehmbar, ganz anders als am Tag, wo alles in einem allgemeinen Gedröhn untergeht. Es waren Vogelstimmen zu hören, und sie kamen von unterschiedlichen Vögeln, die sich angeregt darüber unterhielten, was aus diesem Tag, wenn sie ihn jetzt an die Menschen übergaben, noch werden könnte. Die Autos hatten unterschiedliche Startgeräusche. Diejenigen, die sich noch Geltung verschaffen konnten, gaben sich dann alle Mühe, die anderen daran zu hindern, mir ebenfalls aufzufallen.

Um sieben Uhr stand ich vor dem Büro des Einsatzleiters. Er war noch nicht da. Als er dann kam, wusste er schon über alles Bescheid.

Sie sind also der Sohn des ehemaligen Verkehrsministers, sagte er. Sein Gesicht war dünn und grau, mit eingefallenen Wangen. Er bat mich in sein Büro, setzte sich an den Schreibtisch und zündete sich eine Zigarette an.

Darf ich auch?, fragte ich.

Ja, Sie dürfen, sagte er, aber kein Haschisch.

Ich rauche kein Haschisch, sagte ich. Er nahm seine Zigarette zwischen Daumen und Zeigefinger, zog ein paar Mal daran und schaute mich dabei an. Aus dem leise gestellten Funkgerät hörte man die Einsatzbefehle. Der Einsatzleiter sagte: Sie werden sich einer ärztlichen Untersuchung stellen müssen. Wir werden ja sehen, was dabei herauskommt.

Ich bin gesund, sagte ich. Es ist nur diese schwere Arbeit, ich bin das nicht gewohnt. Vielleicht haben Sie eine andere Beschäftigung als Patientenschleppen. Ich sitze sonst die ganze Zeit nur vor dem Computer.

Vor dem Computer, wiederholte er, und ich sagte, ja, ich bin ein Computerspezialist.

Er schaute mich wieder eine Weile an, dann fragte er, weiß Ihr Vater eigentlich davon?

Wovon?

Na, von Ihrem Haschen.

Ich verzog das Gesicht. Ich hasche nicht, sagte ich.

Ah ja, sagte er, Sie sind ja ein Computerspezialist. Na, wenn das so ist, starten Sie meinen Computer und sagen Sie mir, wo das Problem liegt.

Funktioniert irgendetwas nicht?

Sie sollen es mir sagen, Sie sind ja der Spezialist.

Ich setzte mich an seinen Computertisch und schaltete das Gerät ein. Er beobachtete mich, während auf dem Bildschirm ein Verwaltungsprogramm hochgefahren wurde. Man konnte alles lesen, aber es gab auf dem Monitor seltsame waagrechte Linien, die sicher nicht zum Programm gehörten. Ich ging in den MS-DOS-Modus und schaute mir die Struktur der Ordner an. Das dauerte etwas länger, aber zum Glück erhielt der Einsatzleiter einen Telefonanruf. Ich fand ein Diagnose-Programm und startete es. Die einzelnen Komponenten wurden aufgerufen, und es stellte sich heraus, dass die Einstellungen der Grafikkarte nicht stimmten. Ich änderte sie. Als der Einsatzleiter den Telefonhörer auflegte, fragte ich, haben Sie einen neuen Monitor bekommen?

Ja, sagte er, er sollte besser sein als der alte, aber in Wirklichkeit ist er schlechter, und ich antwortete, jetzt ist er besser. Ich ging in sein Verwaltungsprogramm zurück. Er war beeindruckt. Sie sind ja wirklich ein Computerspezialist, sagte er. Kommen Sie mit.

Er brachte mich in ein Großraumbüro, in dem etwa zehn Computer standen. Es waren zwei Frauen im Büro, die eine goss Blumen, die andere kochte Kaffee. Beide sagten: Guten Morgen. Der Einsatzleiter und ich sagten ebenfalls guten Morgen. Der Einsatzleiter legte eine Hand auf den nächstbesten Monitor und sagte: Es gibt bei uns niemanden, der nicht über diese Blechtrottel jammert. Ich schlage vor, Sie gehen jetzt nach Hause und schlafen sich aus. Und morgen um acht kommen Sie wieder und schauen sich fürs Erste einmal alle Computer an. Dann sehen wir weiter.

Von da an arbeitete ich im Büro. Es spielte sich schnell ein Tagesablauf ein, der bis zum Ende meines Zivildienstes unverändert blieb. Um acht Uhr schrieb ich eine erste Liste und holte das Frühstück, um zehn Uhr schrieb ich eine zweite Liste und holte das Gabelfrühstück, um zwölf Uhr schrieb ich eine dritte Liste und holte das Mittagessen. Dann war eine Stunde Mittagspause. Um halb drei schrieb ich eine vierte Liste und holte die Nachmittagsjause. Zwischendurch blieb mir jeweils eine Stunde, um die Computer des Roten Kreuzes auf Vordermann zu bringen.

Ich sagte zum Einsatzleiter, man müsste schnellere Prozessoren anschaffen und auch die Arbeitsspeicher gründlich erweitern, dann könnte ich nützliche Software mitbringen und so die Arbeit vereinfachen. Bringen Sie nichts mit, sagte er, schreiben Sie alles, was Sie brauchen können, auf eine Liste zusammen und schreiben Sie auch die Firmen dazu, an die wir uns zu wenden haben. Ich besorgte mir im Computer-Fachhandel die neuesten Kataloge und suchte an Soft- und Hardware heraus, was mir brauchbar erschien. Ich schnitt aus den Katalogen die Firmenadressen aus und klebte sie zum jeweiligen Warensortiment dazu. Der Einsatzleiter diktierte Briefe an Computerfirmen, denen er mitteilte, dass sie einen entscheidenden Beitrag zur Lebensrettung in Österreich leisten könnten, den das Rote Kreuz mit einer schön gestalteten offiziellen Dankesurkunde honorieren würde. In den nächsten Wochen trudelte eine Unmenge von Paketen ein. Alle Firmen hatten mitgemacht. Keiner hatte nachgefragt, wozu das Rote Kreuz zum Beispiel eine TV- und Videokarte brauche. Da das Rote Kreuz die tatsächlich nicht brauchen konnte, packte ich sie gleich einmal in meine eigene Tasche. Die restlichen Waren schichtete ich vor mir auf dem Schreibtisch auf und wartete, bis sie vollzählig waren. Dann war ich damit beschäftigt, mir die Arbeit so einzuteilen, dass sie für den Rest des Jahres reichen würde. Ich musste jetzt regelmäßig um ein Uhr nachts schlafen gehen. Aber ich hatte einigermaßen in meinen Lebensrhythmus zurückgefunden.

Klara war über den Sommer mit einer Freundin nach Malaysia und Singapur gefahren. Gerhard wollte daheim bleiben, um zu arbeiten. Im Herbst sollte die Hamburger Ausstellung sein. Anfang September rief er mich an. Seine Stimme klang, als hätte er gerade bis zur Erschöpfung Gewichte gestemmt. Kannst du vorbeikommen?, sagte er. Hör mal, sagte ich, es ist neun Uhr abends, und ich bin gerade dabei, mir meine Knuspertüte zu drehen. Rauch sie mit mir, sagte er. Ich brauch dich jetzt, du musst gleich kommen. Mehr konnte er nicht sagen, weil er keinen Atem mehr hatte. Es klang Besorgnis erregend, und so packte ich gleich die halbe Schokolade ein und fuhr los.

Sofern man ein Wesen, das von einem dichten schwarzen Fell überzogen ist, als nackt bezeichnen kann, war Gerhard nackt. Er saß im Wohnzimmer auf dem Boden, den Rücken an die Wand gelehnt, und warf mit Küchenmessern um sich. Sein Gesicht war dunkelrot. Der Raum stank nach Bier. Die Musik war so laut aufgedreht, dass er mich weder klingeln noch eintreten hörte. Auf dem getränkten Boden lagen Scherben von Gläsern und Bierflaschen. Gerhards Fell war am Oberschenkel, am Bauch und am Arm mit Blut verschmiert. Er warf die Messer nach seinen eigenen Bildern. Einige Bilder waren von der Wand gefallen, bei anderen war die Leinwand zerrissen, bei einem Bild war das Messer im Rahmen stecken geblieben. Vorher hatte er die Bilder offenbar mit Gläsern und vollen Bierflaschen traktiert. Am liebsten wäre ich gleich wieder gegangen. Da er mich noch immer nicht bemerkt hatte, trat ich einen Schritt zum Ausgang zurück und griff hinter mir nach der Tür, aber dann dachte ich, er hat mich angerufen, und daher sollte ich zumindest versuchen herauszufinden, ob man mit ihm reden könnte, oder ob es besser wäre, die Kollegen vom Roten Kreuz zu verständigen. Aus den Boxen dröhnte *Losing My Religion*. Ich blieb bei der Tür stehen, da ich Angst vor den Messern hatte. Plötzlich wurde mir klar, dass die Messer nicht einfach seinen eigenen Bildern galten, sondern meiner Schwester. Auf allen beschädigten Bildern war meine Schwester abgebildet. Er konzentrierte sich in seinem Zerstörungswerk vor allem auf die Serie, in der meine Schwester als barbusige Venus dargestellt war. Er kroch auf allen vieren in die Richtung der Bilderwand, um die Messer wieder einzusammeln. Dabei griff er mit dem Handballen in eine Scherbe. Er zog den Splitter heraus, das Blut rann ihm dabei über den Unterarm, und wollte weiterkrabbeln, aber da lagen noch mehr Glasscherben.

Hey, rief ich ihm zu, du schneidest dich. Er drehte den Kopf zu mir her und schaute mich an, als wäre ich eine Erscheinung. Wie ein besoffener Hund, dachte ich, Klara hat einen Hund geheiratet. Er bewegte den Kopf auf und ab, was vielleicht ein Gruß sein sollte, dann wollte er weiterkrabbeln, aber ich ging auf ihn zu, packte ihn links und rechts beim Brustfell und versuchte ihn hochzuziehen. Er wollte mich abschütteln.

Komm, Gerhard, schrie ich, lass dir die Hand verbinden. Um seine rechte Hand herum hatte sich eine Blutlache gebildet. Ich wollte die Musik leiser drehen, aber er schrie, die Musik bleibt. So ging ich wieder auf ihn zu, packte ihn mit verschränkten Händen unter der Brust und zog ihn hoch. Er konnte nicht richtig stehen. Ich legte seinen rechten Arm um meine Schulter und schleppte ihn in die Küche. Ich ließ das Blut in das Abwaschbecken tropfen. Dann bückte ich mich, sodass ich seine Hand unter die Wasserleitung halten konnte. Er hatte am Handballen, unterhalb des kleinen Fingers, eine tiefe Schnittwunde.

Habt ihr eine Hausapotheke?, fragte ich. Ich weiß nicht, stöhnte er in dem gleichen atemlosen Ton wie am Telefon.

Ich müsst doch eine Hausapotheke haben, sagte ich.

Am Klo, atmete er heraus. *Losing My Religion* ging zu Ende, aber sofort setzten die Gitarren wieder ein und der gleiche Song begann von vorne.

Kannst du stehen?, fragte ich. Halte dich fest.

Er konnte stehen, mit beiden Ellbogen auf das Abwaschbecken gestützt. Das Blut tropfte auf das Nirosta-Blech.

Die Hausapotheke war eine Schachtel voller Salben und Tropfen. Aber wenigstens Jod war darunter. Ich ging in der Küche nachsehen. Gerhard ließ den Kopf hängen. Gleich bin ich da, sagte ich, bleib stehen. Dann holte ich den Verbandskasten aus dem Auto. Als ich ihm Jod in die Schnittwunde goss, jaulte er auf und zog die Hand zurück. Schon geschehen, sagte ich. Ich legte einen Gaze-Fleck auf die Wunde und verband die Hand.

Jetzt setz dich einmal dorthin auf den Sessel, sagte ich. Ich drehte den Sessel vom Küchentisch weg. Er tat, wie ihm befohlen, und konnte plötzlich auch gehen. Bist ein guter Hund, lag mir auf der Zunge. Ich untersuchte sein Fell an den Stellen, wo es blutig war. Einen Schnitt hatte er unter der rechten Brust abbekommen, einen am Oberschenkel. Aber sie waren nicht tief. Ich hatte keine Lust, auch noch sein Fell zu waschen. Aus dem dichten Gebüsch zwischen seinen Beinen schaute die Eichel hervor. Alles in Ordnung, sagte ich, und jetzt helfe ich dir Messer werfen.

Er schaute mich mit schrägem Kopf an.

Willst du mich verarschen, oder was?

Ich meine es ernst, sagte ich. Du wirfst auf die Bilder, auf denen meine Schwester drauf ist, und ich werfe auf die anderen Bilder.

Geh scheißen, sagte er. Du hast ja keine Ahnung, was los ist.

Dann sag es mir.

Da er offenbar keine Lust dazu hatte, ging ich zum Abwaschbecken, spülte das Blut hinunter und wischte die Blutstropfen vom Boden weg. Er sah mir dabei zu. Sein Kopf stand immer noch schräg und sein Mund war offen. Er schien nun besser bei Atem zu sein. Auch sein Kopf war nicht mehr so rot. Vielleicht hatte er, bevor ich gekommen war, versucht, die Messer im Kopfstand zu werfen.

Hat dir schon einmal jemand gesagt, dass du aussiehst wie ein Ratz?, sagte er.

Nein, sagte ich, das ist mir ganz neu. Hat dir schon einmal jemand gesagt, dass du aussiehst wie ein Hund?

Hund ist besser, sagte er.

Ratz ist besser, sagte ich.

Nein, Hund ist besser.

Nein, Ratz ist besser.

Ist mir doch scheißegal, sagte er.

Dir ist offenbar im Moment alles scheißegal, außer vielleicht meine Schwester. Was ist los mit ihr?

Er betrachtete seine verbundene Hand. Ich zog mir einen Küchenstuhl heran und setzte mich ihm gegenüber. Es störte mich, dass er nackt war und seine Eichel so blöd aus dem Fell lugte. Er hob den Kopf und da sah ich, dass ihm Tränen in den Augen standen. Da tat er mir augenblicklich Leid.

Komm, was ist los?, sagte ich.

Er wandte den Kopf ab und sagte, sie ist durchgebrannt. Dann wischte er sich die Tränen in den Handverband.

Blödsinn, sagte ich. Es ist bald Schulanfang und da wird sie zurückkommen.

Sie kommt nicht zurück, sagte er.

Aber sie ist doch mit einer Freundin unterwegs, sagte ich. In ein paar Tagen werden sie beide zurück sein.

Die Freundin ist seit vierzehn Tagen hier, sagte er.

Da war ich einen Moment sprachlos. Ich wollte alles auf einmal wissen, aber ich brachte keine einzige Frage heraus. Ich bekam eine grenzenlose Wut auf meinen Schwager, am liebsten hätte ich auf dieses Häuflein Elend, das da vor mir saß, eingeschlagen. Ich sprang auf und lief ins Wohnzimmer. Dort dröhnte immer noch *Losing My Religion* aus den Boxen. That's me in the corner. That's me in the spotlight.

Ich stellte den CD-Player ab. Gleich darauf erschien Gerhard in der Tür und schrie: Die Musik bleibt an.

Nein, sie bleibt nicht an, sagte ich.

Er torkelte auf mich zu. Ich gab ihm mit der Faust einen Stupser aufs Fell, da krachte er mit dem Rücken auf dem Boden auf. Einen Moment war er verwirrt, dann schrie er: Du verdammtes Arschloch, mach die Musik an! Und da ich ihn eigentlich nicht umwerfen hatte wollen, ging ich zurück und startete den CD-Player.

Zweite Nummer, sagte er.

Ich drückte einmal auf die Taste. Als die Gitarren einsetzten, sagte er: Repeat.

Ich drückte auf die Repeattaste. Er stand wieder auf. Ich warf einen verstohlenen Blick auf seinen Rücken, aber es kam nirgendwo neues Blut heraus. Ich ging zurück in die Küche. Gerhard blieb eine Weile fort. Life is bigger. It's bigger than you, dröhnte es im Wohnzimmer.

Als Gerhard in die Küche nachkam, sagte ich, das ist deine Schuld.

Wieso meine Schuld, du weißt gar nichts.

Du hast Klara ausgenutzt, und jetzt will sie sich nicht mehr ausnutzen lassen.

Ausgenutzt. Was verstehst denn du davon.

Nichts, aber Klara hat gelitten.

Was heißt gelitten. Dass ich nicht immer treu sein muss, das war vereinbart.

Es war vereinbart, dass deinen Aktmodellen der Samen aus der Möse rinnt?

Ah, sie hat dir die Bilder gezeigt. Er schien nachzudenken und setzte sich wieder. Dann fuhr er auf. Ich bin Maler, sagte er, ich kann mir doch nicht vorschreiben lassen, was ich male. Da ich nichts erwiderte, wurde er wieder nachdenklicher. Er sagte: Ich brauche endlich meine große Ausstellung, und mit diesen Bildern kriege ich sie. Der Galerist ist schwer begeistert von dieser Serie. Er schwieg einen Moment, dann sagte er, hast du nicht etwas von einer Knuspertüte gesagt.

Okay, sagte ich, wir heizen ein und du redest.

Als wir noch in der Aufwärmrunde waren, sagte Gerhard: Als die Katherina vor vierzehn Tagen zurückgekommen ist, hat sie erzählt, dass Klara sich in Singapur verliebt hat und noch ein wenig bleiben will. Sie wird mich anrufen. Na gut, habe ich gedacht, hat sie sich halt einmal verliebt. Und wenn der in Singapur ist, kann sie ihn auch leicht wieder abschütteln. Aber sie hat nicht angerufen. Er gestikulierte mit dem Joint.

Da sind noch mehrere im Raum, sagte ich. Er sah mich irritiert an, dann zog er noch einmal am Joint und gab ihn mir zurück.

Ich kann dir nicht sagen, fuhr er fort, was ich in den letzten vierzehn Tagen mitgemacht habe. Diese Ungewissheit hat mich fast in den Wahnsinn getrieben. Heute hat sie endlich angerufen, und es ist alles noch viel schlimmer, als ich es mir ausgemalt habe. Sie will bei diesem Typen bleiben. Ich soll sie von der Schule abmelden.

Abmelden?

Beurlauben, oder wie das heißt.

Karenzieren?

Ja, karenzieren.

Und, hast du es der Schule gesagt?

Das mach ich doch nicht. Sie soll gefälligst zurückkommen.

Hast du ihre Telefonnummer?

Hat sie mir nicht gegeben. Sie wird wieder anrufen.

Dann rufe in der Schule an und melde sie ab.

Die kann doch nicht einfach wegbleiben.

Sie bleibt nicht einfach weg. Du meldest sie ab. Und dann ruft sie dich an und sieht, dass du dich an die Vereinbarungen hältst.

Ich habe ihr das nicht versprochen. Im Gegenteil, ich habe gesagt, sie soll zurückkommen und es selbst machen.

Und nun machst du es trotzdem, und dann wird sie dich anrufen und wird sich freuen, dass sie auf dich noch zählen kann.

Nein, das mache ich nicht.

Dann ruft sie selbst in der Schule an, oder sie ruft unseren Alten an. Irgendjemand wird es dem Direktor sagen. Und du hättest die Chance gehabt, ihr einen Gefallen zu tun, und hast sie nicht genützt.

Der schwarze Hund sank im Sessel zusammen. Er wurde kleiner und kleiner. Schließlich glitt er hinab auf den Boden und steckte den Kopf zwischen die Beine. Warum tut sie mir das an?, wimmerte er.

Ich sagte: Das kenne ich. So hat meine Mutter auch immer gefleht. Aber irgendwie ist die Antwort ausgeblieben.

Er stöhnte und legte sich auf den Rücken zurück. Mit den Händen bedeckte er das Gesicht.

Weißt was, sagte ich, ich schneide dir den Schwanz ab.

Ja, schneid ihn ab, sagte er.

Ich stand auf und ging zur Küchenlade. Die Messer lagen jedoch alle im Wohnzimmer. Ich ging ins Vorzimmer hinaus und sah durch die offene Wohnzimmertür den Scherbenhaufen, hörte die Musik von R. E. M. und blieb stehen. Ich sollte hier verschwinden. Ich werde hier nicht mehr gebraucht. Den Schwanz soll er sich selber abschneiden. Aber ich kam nicht mehr recht vom Fleck.

In diesem Haus, sagte ich, verrecken alle auf dem Boden und immer ist alles voll Blut.

Er wusste nicht, wovon ich sprach. Ich sagte, hier beim Eingang zu eurem Klavierzimmer ist mein Großvater krepiert. Es muss so ähnlich ausgesehen haben wie jetzt, oder noch um einiges schlimmer.

Er wusste nichts davon. Vielleicht wusste es nicht einmal Klara, sie war noch zu jung gewesen.

Woran ist er gestorben?, fragte Gerhard.

Ich weiß es nicht, antwortete ich. Und in diesem Moment fiel mir das Wort Christophorus-Matrizen ein, und ich begrüßte dieses Wort wie einen guten Freund aus fernen Zeiten.

Sag es mir ruhig, sagte Gerhard. Woran ist er gestorben?

An Christophorus-Matrizen.

Was ist das?

Man liegt am Boden und spuckt Blut, bis man nichts mehr zu spucken hat.

Kein schlechter Tod. Denkst du auch manchmal ans Sterben?

Dachte ich ans Sterben? I think I thought I saw you try. Ich sah die tote Radfahrerin von meiner ersten Woche beim Rettungsdienst. Sie war noch warm, als ich sie anfasste. Ich wusste nicht, dass sie tot war. Aber dann sagte der Rettungsarzt: Tot, also war sie tot und keine Radfahrerin mehr und auch keine Patientin. Sie gehörte sonst irgendwohin. Sie war nicht mehr sie. Sie war ein Bündel auskühlendes Fleisch, über das ein braunes Packpapier gelegt wurde. Aber den Übergang, das Sterben, hatte ich versäumt. Vielleicht hatte sie ihn auch versäumt. Sie wird das Auto gesehen und den Schlag gespürt haben. Aber was war dann? Vielleicht gab es gar keinen Übergang. Sie merkte den Schlag und dann merkte sie nichts mehr, und weil sie nichts mehr merkte, war auch alles, was sie davor merkte, ihr ganzes Leben, verschwunden. Vielleicht ist es das. Man baut das Leben mühsam auf, als ob es etwas wäre, und dann verschwindet es einfach, und es war nichts.

Ich hörte etwas hinter mir, drehte mich um, und da krabbelte der Hund. Er war auf allen vieren aus der Küche gekrochen. Losing My Religion. Er wollte mitsingen, aber er traf den Ton nicht.

Suchst du eine Zigarette?, fragte ich.

Ich kann nicht aufstehen, sagte er. Da fall ich gleich wieder hin.

Das ist okay, sagte ich. So ist es mir vor einigen Jahren mit deinem Stoff auch gegangen. Und weil du damals nett zu mir warst, will ich auch nett zu dir sein. Nett. Ist doch ein komisches Wort, nett.

Gerhard probierte das Wort aus. Nett. Ja, es ist komisch. Nett.

Und dann sagten wir eine Weile nett, nett, und ich gab ihm eine Zigarette. Er legte sich damit im Vorzimmer auf den Boden.

Ich sagte, man ist nett und dann stirbt man. Und weil man auch stirbt, wenn man nicht nett ist, ist es doch besser, man ist nett.

Was Klara gemacht hat, ist nicht nett, sagte er. Und sie wird trotzdem sterben.

Klara wird nicht sterben, sagte ich. Es muss endlich eine Ausnahme geben, und Klara ist die Ausnahme.

Doch er hatte mir nicht zugehört. Er begann wieder mitzusingen. Ich gab ihm Feuer, er setzte sich auf und legte sich dann wieder hin. Ich zündete mir ebenfalls eine Zigarette an. Er sagte, erinnerst du dich, als wir uns kennen gelernt haben. Ich habe gedacht, ich gehe jetzt mit Klara ins Bett und du gehst mit Bibi ins Bett und das wird eine feine Sache.

Fein ist auch so ein Wort, sagte ich.

Ja, sagte er, fein ist auch so ein Wort. Und dann sagten wir eine Weile fein, fein, bis das Wort so lächerlich war, dass es schien, als hätte es nun seine Existenzberechtigung verloren. Er stäubte die Asche auf den Boden, und ich tat es auch.

Kannst du dir nicht etwas anziehen, sagte ich, ich halte deinen Schwanz nicht aus.

Das ist nur, weil du Bibi nicht gefickt hast, sagte er.

Ich wollte ja, sagte ich. Aber ich liebe Klara mehr als Bibi.

Das habe ich mir gedacht, sagte er. Dann waren eine Zeit lang nur noch R. E. M. zu hören.

Später, als ich zwei Flaschen Bier gebracht hatte und neben ihm saß, sagte er, ich werde sie zurückholen.

Wie willst du das machen?

Ich werde sie von der Schule abmelden und am Telefon verständnisvoll und lieb zu ihr sein, bis sie mir sagt, wo ich sie im Notfall erreichen kann. Und dann werde ich einfach hinfahren und sie holen.

Und wenn sie nicht mitgeht?

Sie muss mitgehen.

Und wenn sie trotzdem nicht mitgeht?

Er drehte sich auf den Bauch und wusste keine Antwort. Da er sich eine Weile nicht rührte, dachte ich, er sei eingeschlafen. Aber dann begann er zu zittern. Da er so behaart war, konnte ich keine Gänsehaut erkennen.

Leg dich ins Bett, sagte ich, dir ist kalt.

Er stand auf, und da sah ich, dass er geweint hatte. Er ging ins Badezimmer hinauf, ich hörte Wasser rinnen und hörte, wie er versuchte, mit einer Hand sein Gesicht zu waschen, dann kam er mit einem Bademantel bekleidet zurück. In der Küche stellte er einen Stuhl zum Elektroherd, öffnete das Backrohr und schaltete es ein. Er zitterte noch immer.

Wir saßen schweigend in der Küche, er beim Herd, ich beim Tisch, und tranken Bier.

Ich fragte, kann ich jetzt die Musik abstellen oder wenigstens weiterdrehen?

Mach, was du willst, sagte er. Und so ging ich ins Wohn-

zimmer und schaltete den CD-Player aus. Als ich zurückkam, merkte ich den warmen Luftstrom, der aus dem
Backrohr kam. Gerhard fragte mich: Gefallen dir eigentlich meine Bilder?

Ich sagte, sie sind wie Power-Point-Animationen. Du
könntest sie in den Computer einscannen und dann ab-
spielen. Wie lange jedes Bild zu sehen ist, kann man einstellen. Den Galeristen könntest du dann einfach eine Diskette schicken.

Das interessierte ihn, und ich erklärte ihm, wie es funktioniert. Er überlegte, wie man den Computer auch für die
Ausstellung seiner Bilder nützen könnte. Ihm gefiel, dass
auf diese Weise die Serien in mehreren Galerien gleichzeitig gezeigt werden könnten.

Kannst du so etwas für mich machen?, fragte er.

Kein Problem, sagte ich. Du musst mir nur gute Fotos
von den Bildern geben.

Er sagte, dass er von den meisten Bildern Fotos habe.
Dann fragte er mich, ob man dieses Powerdings auch auf
einem Laptop zeigen könne.

Auf jedem Computer, sagte ich. Je größer und besser der
Bildschirm, desto wirkungsvoller wird es.

Er sagte, er wolle sich einen Laptop kaufen und ihn nach
Singapur mitnehmen. Dann könnte er Klara seine neuesten
Arbeiten zeigen.

Diskette reicht, sagte ich. Andere fahren eigens nach Singapur, um sich einen Laptop zu kaufen. Dort sind sie nämlich billiger.

Ist das so?, fragte er und begann gleich darauf laut zu
lachen, ohne dass ich wusste, warum.

Mit den neuesten Arbeiten wäre ich vorsichtig, sagte ich.
Er nickte. Ich sagte, ich gehe jetzt ins Bett, ich muss in ein
paar Stunden nach Wien.

Trink noch einen Schnaps mit mir, sagte er.

Mir fällt gerade ein, ich muss ja sogar noch in die Wohnung fahren, um diese blöde Uniform anzuziehen.

Du trägst eine Uniform?, fragte er.

Das ist so beim Roten Kreuz, sagte ich. Da müssen alle eine Uniform tragen.

Da fing er plötzlich zu lachen an. Du in Uniform, sagte er. Ein Ratz in Uniform.

Ich verzichtete auf den Schnaps und ging schlafen. Als ich ein paar Stunden später das Haus verließ, sah ich, dass er im Wohnzimmer auf der Couch eingeschlafen war. Wieder lief *Losing My Religion*, aber die Musik war leise gedreht. Mir kam es so vor, als würde es noch mehr nach Bier stinken. Auf dem Küchentisch stand mein Verbandszeug und darauf lagen Fotos von Gerhards Bildern. Ich nahm sie mit. In meinem Zustand allgemeiner Gehirnlähmung vergaß ich, rechtzeitig abzubiegen, und so kam ich zu der Hauptschule, in der mein Großvater einmal Direktor gewesen war. Sie hieß nun Sporthauptschule. Am Kapuzinerplatz führte ein Zebrastreifen über die Durchgangsstraße, aber die Verkehrsampel war nicht mehr vorhanden. Die Schulkinder hatten sich um das Rotlicht nicht gekümmert, und die Autofahrer hatten geschimpft, weil nun alles langsamer ging als früher an der ungeregelten Kreuzung. Zuerst hatte man die Ampel nur in der Nacht ausgeschaltet. Eines Tages schaltete man sie einfach nicht mehr ein, und irgendwann wurde sie von einem Montagetrupp abgeholt.

Der Chinese

Meine Schwester blieb in Singapur. Gerhard rang sich durch, für sie bei den Schulbehörden ein unbezahltes Karenzjahr zu beantragen. Als Dank erwartete er von Klara eine Telefonnummer oder Adresse. Sie vertröstete ihn. Sie werde ihm einen Brief schreiben, sagte sie. Und sie schrieb auch einen Brief. Aber nicht an ihren Mann, sondern an ihre Mutter. Ausdrücklich erwähnte sie darin, dass nur ich von dem Brief erfahren dürfe. Sie wolle von Gerhard nicht belästigt werden. In diesem Brief erzählte sie von dem Chinesen, bei dem sie nun lebte. Er sei Bankkaufmann. Sie schrieb: Ich kann selbst nicht genau sagen, was ich hier mache, aber ich genieße es. Zhong ist so feinfühlig, so zärtlich, zuvorkommend, wie ich es einem Mann niemals zugetraut hätte. Nach einem Rausch, der mir für Wochen den reinen Genuss der Gegenwart schenkte, beginne ich nun langsam, mich an die Vergangenheit zu erinnern und mir die ersten, zaghaften Gedanken über die Zukunft zu machen. Ich habe keine Ahnung, wie es weitergehen soll, aber ich kann mir nicht vorstellen, dass ich Zhong jemals verlasse.

Der mir den reinen Genuss der Gegenwart schenkte, wiederholte ich. Das klingt nicht, als würde sie den Unterricht in der Handelsakademie vermissen.

Warum macht sie das?, fragte meine Mutter.

Warum hat mein Vater das gemacht?

Das kannst du doch nicht vergleichen, sagte meine Mutter.

Warum nicht?

Du selbst hast mir erzählt, dass der Gerhard sie betrogen hat. Also hat er sie nicht verdient. Ich habe meinen Mann nie betrogen.

Dann hätte Klara ja die richtigen Konsequenzen gezogen. Wo ist nun das Problem?

Wir müssen etwas unternehmen, damit sie zurückkommt.

Lass sie doch, sagte ich. Sie wird schon wissen, was sie macht.

Nein. Da kann man nicht einfach die Hände in den Schoß legen. Ich muss mir diesen Chinesen wenigstens einmal ansehen.

Dann flieg hin, sagte ich.

Das mache ich auch. Genau das mache ich. Zu Weihnachten fliege ich nach Singapur.

Ein paar Tage später kam Gerhard zu mir in die Wohnung. Ich hatte die Power-Point-Animationen seiner Bilder fertig gestellt und wollte mit ihm die Geschwindigkeit der jeweiligen Abläufe besprechen. Es war Mitte Oktober. Die Nacht des blutigen Hundes, der Messer auf die Abbildungen meiner Schwester warf, lag sechs Wochen zurück. Gerhard und ich hatten seither nur einmal telefoniert. Ich hatte getan, als hätte ich Mitleid mit ihm, wollte aber nur diskret herauskriegen, ob er mit Klaras Schuldirektor gesprochen hatte.

Als ich in meiner Rot-Kreuz-Uniform aus der U-Bahn-Station Kettenbrückengasse kam, stand Gerhard schon vor meiner Haustür und schlug, um sich aufzuwärmen, die Füße gegeneinander. Es hatte ein wenig zu schneien begonnen. Es waren ganz kleine Flocken, die der Wind über die Straßen wirbelte. Mit Klara hatte Gerhard keinen Kontakt mehr gehabt. Weder einen weiteren Anruf noch den versprochenen Brief hatte er erhalten.

In meiner Wohnung war es kalt. Ich drehte das Backrohr auf und steckte eine alte Wärmelampe ein, die ich vor kurzem auf dem Flohmarkt erstanden hatte. Sie hatte einen großen Aluminiumschirm, der aussah wie eine Satellitenschüssel. Gerhard half mir, im eisernen Ofen einzuheizen. Er fragte mich, ob mir das alles hier nicht ein wenig zu umständlich sei.

Nein, sagte ich, das Einheizen ist eine meiner Lieblingsbeschäftigungen. Er lachte. Das nächste Mal werde er mir vom Land Holz mitbringen, sagte er. Dann nahm er Fotos aus einem Kuvert. Er hatte in der Zwischenzeit eine neue Bilderserie gemalt. Auf den Fotos waren jeweils zwei Gesichter zu sehen. Links das von Klara, mit einer Zigarette im Mund, und daneben das Gesicht eines Chinesen.

Wer ist das?, fragte ich.

Keine Ahnung, sagte Gerhard. Ich habe ihn aus einem Katalog abgezeichnet. Katherina sagt, dass er dem Typen ähnlich sieht.

Katherina?

Die Frau, die mit Klara auf Reise war. Ich habe mir von ihr alles erzählen lassen. Sie haben den Typen ja nicht erst in Singapur, sondern schon vorher kennen gelernt, in einer Bar in Malaysia. Ganz offensichtlich war er auf Fang aus. In Singapur hat Katherina ihn dann noch zweimal getroffen, als er Klara vom Hotel abgeholt hat. Ich habe mir chinesische Versandhauskataloge besorgt. Katherina hat sie alle durchsehen müssen, bis sie jenen Kopf herausgefunden hat, der ihm am ähnlichsten sieht.

Die Serie umfasste fünfzehn Doppelporträts. Bild für Bild drehen sich die zwei Köpfe aufeinander zu, Klaras brennende Zigarettenspitze schiebt sich dabei in den Mund des Chinesen. Das letzte Bild zeigt beide im Profil. Die Nasenspitzen berühren einander, die Münder sind durch ein weißes Röhrchen miteinander verbunden.

Ich scannte die Bilder ein. Das ging schnell, denn ich durfte keine gute Auflösung verwenden. Die Datei wäre sonst zu groß für die Diskette geworden. Dann versuchte ich die Bilder möglichst genau übereinander zu kopieren, damit die Köpfe während der Drehung nicht nach oben oder unten verrutschten. Ich baute noch eine Endlosschleife ein und fertig. Nach jeder halben Sekunde drehten sich die beiden Köpfe ein Stück weiter aufeinander zu. Klara stößt ruckartig dem Chinesen die brennende Zigarette in den Mund, der saugt sich daran fest. Aber gleich drehen sich die Köpfe wieder voneinander weg, die glühende Zigarette kommt aus dem Mund des Chinesen heraus, am Ende, nach einem kurzen Blick auf die Zuschauer, beginnt alles von vorne.

Gerhard war von den Animationen begeistert. Wir probierten für die einzelnen Serien unterschiedliche Zeiten aus. Manche wirkten besser, wenn sie ganz langsam vorgespielt wurden, andere, wie die Serie mit dem Chinesen, beschleunigten wir so sehr, dass alle fünfzehn Bilder in weniger als zwei Sekunden gezeigt wurden, was den Eindruck eines alten Filmes ergab. Klara und der Chinese schüttelten ununterbrochen den Kopf, die Zigarette fuhr ein und aus. Gerhard trank Bier aus der Flasche und rief vor Begeisterung: Ja, gib ihm, gib ihm!

Meine Befürchtung, es stünde mir nun eine weitere lange und komplizierte Nacht mit Gerhard bevor, erwies sich als falsch. Im Moment schien er wesentlich mehr mit seiner Hamburger Ausstellung als mit Klara beschäftigt zu sein. Er hatte keine Ahnung, dass meine Mutter und ich mit Klara in Kontakt waren. Zum Glück kam er gar nicht auf die Idee zu fragen. Am Schluss ließ er sich von mir aufschreiben, welche Mindestanforderungen an einen neuen Computer zu stellen seien. Er wollte nämlich seinen Hamburger Galeristen dazu bringen, ihm einen zu kaufen. Ich erklärte ihm, was zurzeit auf dem Markt war. Er wollte alles so haben, wie ich es hatte. Das war nicht gerade billig, denn ich war dank meiner Rot-Kreuz-Aktion auf dem neuesten Stand. Als ich ihm alles auf einen Zettel geschrieben hatte, war er plötzlich in Eile. Er habe noch eine Verabredung, sagte er, packte die Disketten und Fotos in eine Tasche, bedankte sich und verließ die Wohnung.

Ich drehte mir eine fette Knuspertüte. Dabei erinnerte ich mich, dass Gerhards Modelle aus Wien stammten, und ich hatte plötzlich keinen Zweifel daran, welcher Art seine Verabredung war. Während ich mir den Rauch in die Lungenwand presste, schaltete ich den Videorecorder ein und ließ einen Abschnitt aus einem Pornofilm über den Bildschirm laufen, den ich schon so gut wie auswendig kannte. Der Ton war eindeutig. Hier wurde gefickt. Die Szene steuerte auf einen Orgasmus zu. Am Schluss zog der Mann seinen Schwanz heraus und spritzte der Frau in den Mund. So sah ich es, oder so stellte ich es mir vor. Der Ton legte es nahe. Die Bilder dazu musste ich mehr oder weniger erfinden. Sie waren nur ansatzweise zu erkennen. Der Film war nämlich chiffriert.

In den letzten Wochen hatte ich aus dem neu gegründeten Pay-TV-Kanal chiffrierte Pornofilme aufgezeichnet. Mein Ehrgeiz war es gewesen, eine Software zu entwickeln, mit der ich die Filme dechiffrieren konnte. Damit, so hatte ich mir ausgemalt, müsste eine Menge Geld zu machen sein. Ich lud einzelne Bilder auf die Festplatte und versuchte sie zu entzerren, war aber nicht sehr erfolgreich damit. Vielleicht auch deshalb, weil mir die Bilder im verzerrten Zustand besser gefielen. Sie waren phantasievoller. Wenn es mir dann doch gelang, ein Bild so zu bearbeiten, dass es deutlich erkennbar wurde, war ich meistens enttäuscht. Das verzerrte Bild hatte mehr versprochen. Und so verlor ich an meinem ursprünglichen Ziel, die Filme zu dechiffrieren, das Interesse. Stattdessen begann ich die Bilder umzubauen, ihre Elemente neu zusammenzusetzen, Aktuelles und Gespeichertes miteinander zu mischen. Dabei entwickelte ich eine Methode, die es mir erlaubte, plötzlich auftretende Bildstörungen herauszufiltern und durch jenen Hintergrund zu ersetzen, der im Moment vor dem Auftreten der Störung zu sehen war. Wenn aber dieser Hintergrund selbst in Bewegung war, ergab sich ein sehr irritierendes Bild, in dem vergangene und gegenwärtige Vorgänge miteinander verknüpft waren.

Als Gerhard zu Besuch war, hatte ich das Ziel, eine Dechiffrierungssoftware zu entwickeln, schon aufgegeben. Nun ging es mir darum, die verschiedenen Bildelemente und zeitlichen Ebenen auf neue Weise miteinander zu verbinden. Ich spielte damit herum, zerlegte Körper und setzte sie neu zusammen, schuf männliche Unterkörper mit weiblichen Oberkörpern und umgekehrt. Ich wusste noch nicht, was daraus werden könnte. Aber diese Verwirrung um die Identität der Geschlechter gefiel mir. Ein Mann leckt eine Brust und gleitet dann mit der Zunge den Körper hinab, gerät in eine überaus behaarte Zone und hat plötzlich einen Schwanz vor sich. Aber er ist keineswegs verwundert. Er leckt und saugt daran, wie er zuvor an der Brust geleckt und gesaugt hat. Eine Frau kniet rittlings über ihrem Partner und führt sich mit kreisenden Beckenbewegungen seinen Schwanz ein, beginnt darauf zu reiten. Im Zwischenschnitt sieht man, wie ihre Hände Brüste kneten und Nippel stimulieren. Plötzlich bemerkt man, es sind nicht ihre eigenen Brüste, sondern es sind die Brüste des Partners, auf dessen Schwanz sie hockt.

Als ich der vielen Schwänze, Brüste, Mösen und aufklaffenden Arschlöcher überdrüssig war, zappte ich durch die Fernsehprogramme. Da war ein Fußballspiel zu sehen, Austria Wien gegen Inter Mailand. Ich versuchte, Elemente davon in den Pornofilm hineinzumontieren. Ich zeichnete den Rest des Spiels auf. Während des Spiels achtete ich darauf, welche Position der Ball auf dem Bildschirm einnahm. Die Kamerabewegungen waren darauf aus, den Ball im mittleren Bildschirmbereich zu halten, wo er hin- und hertorkelte. Meine erste Vorstellung war, ich ersetze das Spielfeld durch einen Hintergrund von undeutlichen erotischen Vorgängen, in denen der Ball hin- und hergespielt wird. Die Zuschauer an den Rändern könnten bleiben.

Damit war ich dann mehrere Wochen lang beschäftigt, bis sich das Projekt noch einmal änderte. Zwar gelang es mir, den Fußball aus dem Match herauszufiltern, was mich letztlich aber mehr faszinierte, war nicht die komplizierte Montage von Pornographie und herumspringendem Fußball, sondern das Abfallprodukt. Ich besaß ein etwa drei Minuten langes Band, auf dem Ausschnitte aus dem Spiel Austria Wien gegen Inter Mailand zu sehen waren, allerdings ohne Ball. Und das, so erkannte ich plötzlich, war das Beste, was ich je auf dem Computer geschaffen hatte. Man glaubt, es mit einem Haufen Verrückter zu tun zu haben. Sie laufen, sie springen, sie bedrängen einander, sie überschlagen sich, sie eilen alle in eine Richtung und plötzlich in eine andere, manche laufen rückwärts und schauen dabei in die Luft, der Tormann wirft sich grundlos auf den Boden, springt auf und wirft sich auf die andere Seite. Faszinierendere Bilder hatte ich bislang nicht gesehen. Es ist in allen Phasen erahnbar, wo sich der Ball gerade befindet, aber man sieht ihn nicht. Er bildet das Zentrum dieser Bilder, auf das sich alles ausrichtet, aber dieses entzieht sich gleichzeitig der Wahrnehmung. Der herausgefilterte Ball wirkte wie ein unsichtbarer Gott, wie etwas, das im Sinne der materiellen Dinge nicht ist, dem aber doch alles andere sein Streben und seine Bewegung verdankt. Ich konnte nicht genug davon kriegen. Was mich störte, war der Ton, der Publikumslärm. Ich ersetzte ihn durch Musik. Nun wurde das ehemalige Fußballspiel zum Freiluftballett mit Massenpublikum. Ich probierte verschiedene Musikstücke, von Bob Dylan, Lou Reed, John Cale, Tom Waits, letztlich schienen alle zu passen. Das Ballett wurde, je nach Musik, sanfter oder aggressiver, ernster oder witziger. Meine Lieblingsmusik dazu wurde die Nummer »Wild Thing« von Tone Loc. Ich schaute mir den Streifen immer wieder an und hatte dabei das Gefühl, meiner Zukunft auf der Spur zu sein. Wenn es mir gelänge, eine Software zu entwickeln, die in der Lage war, aus allen Ballspielen den Ball herauszufiltern, wäre ich ein gemachter Mann. Ich konnte mir nicht vorstellen, dass es irgendjemanden geben könnte, der nicht der Faszination dieser Bilder erläge.

Jeden Abend ging ich verbissen meinem Projekt nach. Um mir alle anderen Dinge der Welt möglichst fern zu halten, hatte ich das Telefon meistens ausgesteckt. Die Gefahr, dass meine Mutter anrief und über Stunden nicht mehr abgewimmelt werden konnte, war zu groß. Weinflasche und Telefon schienen bei ihr zusammenzuhängen. Wenn sie am Abend zur Weinflasche griff, griff sie auch bald zum Telefon. Hinzu kam, dass sie in dieser Zeit mit Klara über mehrere tausend Kilometer hinweg einen Kampf ausfocht, den sie, in der ersten Runde jedenfalls, verlor. Sie hatte Klara geschrieben, dass sie zu Weihnachten nach Singapur kommen werde. Klara hatte geantwortet, das sei nicht nötig, weil sie selbst nämlich mit Zhong nach Österreich komme. Ausgeschlossen, schrieb meine Mutter express zurück, schließlich sei meine Schwester noch mit einem anderen Mann verheiratet. Wie sie sich das vorstelle, die Schande in Scheibbs und wo wollten die beiden denn wohnen, nein, sie werde nach Singapur kommen.

Sie könne gerne nach Singapur kommen, so antwortete

meine Schwester nun auch express, die Menschen seien freundlich hier, das Wetter allzeit warm, bloß sie, Klara und Zhong, würde die Mutter zu Weihnachten hier nicht antreffen, weil sie nämlich in Österreich seien. Und zwar lande ihr Flugzeug am 24. Dezember um 5 Uhr 30 in der Früh von Bangkok kommend in Wien-Schwechat. Ob ich sie abholen könne.

Von da an sprach mir meine Mutter tagsüber den Anrufbeantworter voll. Du musst ihnen die Wohnung zur Verfügung stellen. Der Chinese will sicher Wien sehen. Ich kann die beiden doch nicht bei mir in Kirchbach verstecken. Die Leute hier kennen ja Klara und ihren Mann. Wenn die plötzlich mit einem Chinesen kommt, oh Gott, ich müsste eine Postwurfsendung machen, sonst käme ich aus dem Erklären nicht mehr heraus. Du kannst in der Zeit ja zu mir ziehen. Vielleicht nimmt sie auch Helmut ein paar Tage zu sich. Wir werden sie dann in Wien treffen. Schön essen gehen. Silvester vielleicht auf dem Stephansplatz. Das wird den Chinesen sicher interessieren. Und am nächsten Tag fliegt er dann sowieso wieder fort.

Meine Mutter schien sich mit nichts anderem mehr zu beschäftigen. Sie hatte sich einen Ablaufplan für die ganze Woche zurechtgelegt. Auch einen Ausflug nach Bratislava und Budapest wollte sie mit Klara und ihrem Chinesen unternehmen.

Aber dann, es war schon knapp vor Weihnachten, musste ich das Telefon doch anschließen. Meine Mutter war einem Nervenzusammenbruch nahe. Klara hatte geschrieben, dass sie mit Zhong in ihrem Haus in Scheibbs wohnen wolle. Sie werde ihren Freund keineswegs verstecken, sondern werde ihn allen ihren österreichischen Freunden und Bekannten vorstellen. Sie habe Gerhard davon verständigt. Er könne gerne im Haus bleiben, schließlich gehöre es ihm ja zur Hälfte. Das Haus sei groß genug. Man könne darin problemlos zu dritt wohnen, sicher auch zu viert. Sie sei nämlich schwanger.

Und so nahm das Unglück seinen Lauf. Es war eigentlich hauptsächlich das Unglück meiner Mutter, die nach dem Weihnachtsabend 1994 nur noch ungern nach Scheibbs fuhr. Denn meine Schwester tat genau das, was sie sich vorgenommen hatte. Sie wohnte mit ihrem Freund in Scheibbs und stellte ihn allen ihren Bekannten vor. Und wenn einer fragte: Sag, wie machst du das, hast du jetzt zwei Männer oder wie?, sagte sie: Wie es aussieht, habe ich im Moment zwei Männer. Aber den einen habe ich schon ein halbes Jahr nicht getroffen.

Klara war im vierten Monat schwanger. Nie hatte sie Kleider getragen. Aber am Weihnachtsabend trug sie ein langes, schwarzes Faltenkleid von Issey Miyake. Wenn sie stand, legte sie die Hände auf den Bauch, als ob sie ihn schon stützen müsste.

Meine Mutter hatte die Wahl gehabt, entweder allein in Kirchbach Weihnachten zu feiern oder zu uns nach Scheibbs zu kommen. Bis zuletzt waren wir nicht sicher, ob sie kommen würde. Sie kam.

Der Chinese hieß Hong Yuan Zhong. Wir unterhielten uns auf Englisch. Zhong, so erklärte er mir, sei der Vorname, Hong der Familienname. Yuan sei der Generationsname, den alle männlichen Verwandten seiner Generation trügen, seine Brüder und Cousins zum Beispiel, nicht jedoch deren Väter oder Kinder. Zhong hatte fülliges Haar mit ersten weißen Strähnen darin. Er sah tatsächlich dem Chinesen ähnlich, den Gerhard gemalt hatte. Anders als der Chinese auf dem Bild hatte Zhong allerdings unter dem linken Auge ein kleines schwarzes Muttermal und ein zweites daneben auf der Nase. Gegen die Winterkälte trug er eine Mütze, die den Kopf eng umschloss und bis über die Ohren reichte. Sie sah aus wie eine alte Rennfahrerhaube. Zhong war in mei-

nem Alter, aber ich hatte den Eindruck, er sei zehn oder fünfzehn Jahre älter. Meine Schwester himmelte ihn an. Ihr Englisch hatte einen seltsamen Akzent angenommen. Wenn sie
mit Zhong allein sprach, konnte ich manchmal nicht verstehen, was sie redeten. Zhong war ein leiser Mensch mit
einem ruhigen Blick. Das Muttermal unter dem Auge gab
ihm zudem etwas Freundliches. Er dachte nach, bevor er
sprach, und schien unendlich viel Zeit zu haben.

Ich holte Klara und Zhong in aller Früh vom Flughafen
ab. Zhong schlief nach wenigen Minuten im Auto ein. Klara saß vorne neben mir und schaute mit großen Augen auf
die graue, schmutzige Winterlandschaft, wie ein Kind, das
zum ersten Mal den Schnee sieht. Sie hatte sich die Haare
wachsen lassen. Es kam mir vor, als sei ihr Mund breiter
geworden.

Was machst du eigentlich den ganzen Tag?, fragte ich.

Du meinst, ob mir nicht langweilig ist? Ich gehe auf den
Markt, ich mache einen Kurs für Reflexzonenmassage, ich
lese viel und gebe seit neuestem Gitarrestunden. Und vor
allem, sagte sie, bereite ich mich auf das Kind vor.

Und Zhong?

Der ist in seiner Bank und redet mit den Vorfahren.

Vorgesetzten!

Nein, mit den Vorfahren. Er hat einen besonders klugen
Großvater gehabt. Für den hat er im Büro sogar ein kleines Altärchen errichtet, mit Opferschüssel und Räucher-
stäbchen. Dafür bekommt er vom Großvater Ratschläge
für seine Bankgeschäfte.

Und welches Kommunikationsmittel benutzt dieser Vor-
fahre?

Er redet direkt in Zhongs Kopf hinein. In Form von Ein-
fällen.

Versteht Zhong auch etwas von Computern?

Ich glaube, er handelt sogar mit Computern.

Sie griff nach hinten und packte Zhong am Knie, sodass er wach wurde und sich einen Moment irritiert umblickte.

Do you sell computers?, fragte sie.

Oh yes. Mostly computers.

Er schloss wieder die Augen.

Dann muss ich ihm unbedingt etwas zeigen, sagte ich. Fahren wir auf einen Kaffee zu mir in die Wohnung und ich zeig ihm den Hammer der Hämmer, den megageilen Oberhammer.

Was ist es?

Lass dich überraschen.

In der Wohnung interessierte sich Zhong dann vor allem für mein eisernes Öfchen. Ich bereitete den Kaffee zu und ließ währenddessen den Computer hochfahren, Zhong stand immer noch beim Öfchen, öffnete die Klappen, stocherte mit dem Schürhaken in der Asche. Er fragte mich, wie heiß der Ofen werde.

Bis er glüht, sagte ich.

Zhong ging um den Ofen herum. Das hätte er gerne gesehen.

Das dauert ziemlich lange, sagte ich. Aber kommt doch einmal am Abend zu mir, da ist das Glühen auch viel schöner. Wir ziehen uns genüsslich einen durch und schauen dem Ofen beim Glühen zu.

Zhong lachte und Klara erklärte mir, dass Zhong noch nie geraucht habe, obwohl der Großvater, den er besonders verehre, ein Opiumraucher gewesen sei.

Dann wird's aber Zeit, dem Großvater nicht nur in den Ideen, sondern auch in den Taten nachzufolgen. Wer weiß, vielleicht kommuniziert er am liebsten durch die Opiumpfeife.

Zhong lachte wieder. Er sagte, Klara habe ihm schon erzählt, dass ich darin Experte sei.

Und dann gelang es mir endlich, meinen Computer ins

Gespräch zu bringen. Ich brachte Kaffee und führte ihnen das Fußballspiel ohne Ball vor. Die Videodatei war mittlerweile zwölf Minuten lang. Einige Stellen, an denen der Ball aus einem bewegten Hintergrund herausgefiltert worden war, kamen noch nicht einwandfrei. Es war zwar kein Ball sichtbar, aber doch die einstige Position des Balles, die durch Ungenauigkeiten in der Bildauflösung markiert war. Aber das waren nur kleinere Schwachstellen, die sich mit ein wenig Mühe beseitigen ließen.

Zhong schaute sich den Film ein paar Minuten lang ohne jede Reaktion an. Schließlich fragte er: Was ist das?

Fußball ohne Ball, sagte ich.

Er schaute wieder schweigend zu. Als der Film zu Ende war, begann er zu lachen. Er sagte: Das ist lustig. Aber warum ohne Ball?

Ich verstand die Frage so, dass Zhong nicht der richtige Mann für die Vermarktung meines Projekts war. Wenn er mich wenigstens gefragt hätte, wie lange ich daran gearbeitet habe. Das Vatervernichtungsspiel, das im Prinzip fertig war, zeigte ich ihm erst gar nicht. Einer, der sich gerade darauf vorbereitet, Vater zu werden, könnte es in die falsche Kehle bekommen.

Während Zhong einen Monstertruck über den Bildschirm steuerte, stellte sich Klara ganz nahe vor mich hin, nahm mich bei den Händen und lachte mich mit ihrem breiten Mund an. Sie sagte: Du machst Sachen.

Da lachte ich auch und sagte dasselbe. Sie umarmte mich. Ich sagte: Du riechst jetzt anders. Und sie antwortete: Ich weiß. Das musste sein.

Als wir die Westautobahn entlangfuhren, sagte Zhong: Bohimkilken. Böheimkirchen, verbesserte ihn Klara. Zhong probierte, noch ein paar andere Ortsnamen auszusprechen. Dann bat er mich anzuhalten. Ich fragte, beim nächsten Parkplatz oder sofort? Er überlegte einen Mo-

ment und sagte dann: Sofort. Ich hielt auf dem Pannenstreifen, Zhong stieg aus. Er kramte eine Weile im Kofferraum und brachte dann eine Videokamera zum Vorschein.
Er stellte sich an den Rand der Autobahn und filmte, zwischen zwei Büschen hindurch, die wie ein riesiger gelber
Wachhund über der Donau thronende Klosteranlage von
Stift Melk. Dann stieg er ein, und wir fuhren weiter. Nach
einer Weile, er hatte gerade die Aussprache von Krumm-
nussbaum geübt, war Zhong erfreut, mitten in der grünen
Hügellandschaft einen Wolkenkratzer zu entdecken. Wir
erklärten ihm, dass es der Silo einer Mühle sei.

Von nun an war Zhong wieder schweigsam. Klara griff
manchmal zu ihm zurück, da streichelte er ihre Hand. Einmal fragte er Klara: Und was ist, wenn dein Mann durch-
dreht? Gehen wir dann ins Hotel?

Klara antwortete: Dann gehen wir zu Katherina.

Als wir bei Holzing über die Bergkuppe fuhren, bat mich
Zhong erneut anzuhalten. Er sagte Gugelhupf und zeigte
dabei auf das schneebedeckte Ötscher-Massiv, das, wie ich
nun selbst sehen konnte, einem großen Gugelhupf glich.
Aber woher wusste er, was ein Gugelhupf ist. Es stellte sich
heraus, dass Klara in einem Geschäft für europäische Spe-
zialitäten die Backform entdeckt hatte und seither, so wie es
unsere Mutter getan hatte, jeden Sonntag einen Gugelhupf
buk. Zhong öffnete die Autotür und filmte, über die Dächer
von Wieselburg hinweg, den Ötscher. An Wieselburg gefiel
ihm besonders, dass die Straße von einer Wurstfabrik über-
baut war. Das wollte er bei der Rückfahrt filmen.

Das Haus in Scheibbs war aufgeräumt und geputzt. Die
Betten waren frisch überzogen. Die Ateliertür hatte ein
neues Sicherheitsschloss. Sie war abgesperrt. Klara klopfte
an die Tür und rief: Gerhard! Bist du da?

Aber Gerhard meldete sich nicht. Es brannte auch kein
Licht im Atelier.

Dein Mann ist gar nicht da, sagte Zhong. Fast klang es, als wäre er nun enttäuscht. Klara meinte: Vielleicht macht er Weihnachtseinkäufe.

Im Wohnzimmer hing die Bilderserie mit Klara als Venus. Sie hatte neue Rahmen bekommen. Die Beschädigungen waren übermalt. Alle anderen Bilder fehlten. Sie waren vermutlich in Hamburg bei der Ausstellung.

Klara bereitete auf eine sehr umständliche Weise Tee zu. Sie verwendete dazu Keramikschalen, die sie mitgebracht hatte. Das Wasser wurde von einem Behälter in den anderen gegossen, ohne dass für mich zu durchschauen war, welchen Zweck dieses ständige Herumgießen hatte. Dasselbe tat Klara mit dem Tee. Manche Aufgüsse schüttete sie weg, andere goss sie mehrmals um. Zhong schaute so andächtig zu, dass ich keine Fragen stellen wollte. Klara würde mir das Ganze schon irgendwann erklären.

Nach dem Teezeremoniell, das gut eine Stunde in Anspruch nahm, gingen wir in die Stadt und kauften einen Weihnachtsbaum. Zhong schaute sich alle Bäume genau an, und die Leute von Scheibbs schauten den Chinesen an. Wir kauften eine gut zwei Meter hohe Blautanne und dazu ein hölzernes Christbaumkreuz. Der Verkäufer zog den Baum durch eine Röhre, von der ein Netz auf die Äste herabglitt und sie nach oben zusammenhielt. Zhong gab dem Christbaumverkäufer einen 500-Schilling-Schein. Der gab ihm hundert Schillinge zurück. Zhong nahm sie nicht an. Er sagte: That's fine. Der Verkäufer schaute Klara an. Die sagte: Stimmt schon. Da bedankte sich der Verkäufer bei Zhong und gab ihm Arbeitshandschuhe, damit er den Baum besser tragen könne.

Klara hatte die Idee, Gerhard könnte im Kaffeehaus sein. Wir lehnten den Christbaum neben den Eingang zum Stadtcafé und gingen hinein. Hier bestand alles entweder aus Messing oder einem Mahagoni-Imitat. Schon von der

Tür aus rief Klara der Kellnerin zu: Grüß dich. Hast du den Gerhard gesehen?

Die Kellnerin trug ein dunkles Gilet mit seitlichen Reißverschlüssen. Ihr kastanienbraun gefärbtes Haar war hochgesteckt. Sie sah Klara überrascht an. Dann wurde sie verlegen und schüttelte stumm den Kopf. In der Mitte des Raumes standen vier Säulen, die unten mit einem Geländer und oben mit Verstrebungen verbunden waren. In diesem seltsamen Baldachin ohne Dach saßen gut zwanzig Gäste, die plötzlich zu reden aufhörten und Klara anstarrten. Klara sagte: Grüß euch alle. Das ist Zhong aus Singapur.

Zhong nickte freundlich. Das schien den Leuten die Sprache zurückzugeben. Sie sagten: Hallo oder Grüß dich. Manche wandten sich auch lachend ab. Einer sagte: Bist jetzt wieder da, Klara? Und sie antwortete: Nur über Weihnachten.

Gerhard war nicht im Kaffeehaus, und so gingen wir wieder. Klara wollte als Nächstes im Goldenen Lamm nachsehen, aber als wir davor standen, war der Gasthof geschlossen.

Dann ist er beim Wurzenberger, sagte sie. Wir gingen die Hauptstraße entlang, Klara hängte sich in den Arm von Zhong ein und tat so, als ob sie die Blicke der Scheibbser nicht wahrnehmen würde. Ich trug den Christbaum. Wir kamen zu einem Marktstand, in dem Glühwein ausgeschenkt wurde. Die mit Plastikbechern davor stehenden Menschen, die wir von weitem lachen gehört hatten, verstummten und bildeten eine Gasse für uns. In ihrer Verlegenheit begann Klara Zhong und mich den Herumstehenden vorzustellen. Zuerst einer Fleischerin aus Scheibbs, dann der Frau eines Volleyballspielers aus Wieselburg. Zhong lächelte, verbeugte sich und schüttelte Hände. Ich sagte, ich müsse den Christbaum nach Hause bringen, und machte mich aus dem Staub.

Unterwegs blieb ich bei einer Trafik stehen und kaufte verschiedene Sorten von Zigaretten, Zigarren, Schnupftabak, Zigarettentabak und Papiere zum Drehen. Auf dem Verkaufspult standen Kartons mit Weihnachtsschmuck. Ich kaufte blaue Christbaumkerzen und verschiedene Glücksbringer für Silvester: Rauchfangkehrer, Schweine, Kleeblätter. Auch Bleifiguren mit Schmelzlöffeln.

Haben Sie Schnapsstamperl?, fragte ich die Trafikantin.

Dürfen wir nicht führen, Herr Kramer, sagte sie. Das kriegen Sie drüben beim Spar.

Ich war schon ewig nicht in dieser Trafik gewesen. Zuletzt, als mein Großvater noch lebte. Hätte ich gefragt, woher ich gerade komme, hätte die Trafikantin wahrscheinlich geantwortet: Vom Glühweinstand, Herr Kramer. Da hat Ihre verrückte Schwester gerade den Auftritt mit dem Chinesen gehabt.

Beim Ausgang drehte ich mich noch einmal um und fragte: Wissen Sie zufällig, ob Gerhard da ist?

Soviel ich weiß, ist er gestern nach Wien gefahren. Zu meinem Mann hat er gesagt, dieses Theater muss er nicht unbedingt haben. Und, einmal ehrlich, da hat er ja Recht. Wer würde denn so etwas aushalten. Kommt da mit einem Chinesen zum eigenen Mann. Schöne Weihnachten, Herr Kramer.

Schöne Weihnachten.

Klara und Zhong blieben den ganzen Nachmittag weg. Zwischendurch rief mich Klara von Katherina aus an. Sie sagte, sie habe Fondue-Fleisch gekauft. Katherina werde am Abend auch kommen. Sie bereiteten gerade gemeinsam die Saucen. Vielleicht kämen auch noch ein paar andere Gäste. Ich solle nachsehen, ob Wein im Keller sei.

Gleich?

Ja gleich, wenn es geht.

Es war genug Wein im Keller. Wenn ihr noch zwei Stunden fortbleibt, sagte ich, habe ich eine Überraschung für euch. Und dann fuhr ich fort, auf meine Weise den Christbaum aufzuputzen. Ich versah einzelne Zigaretten und Zigarren mit bunten Schleifen. Ebenso die Rauchfangkehrer, die Schweine und Kleeblätter. Die Bleifiguren wickelte ich in weißes Papier. An die Schmelzlöffel knüpfte ich weiße Bindfäden. Und weil das gut aussah, hängte ich noch anderes Besteck an den Baum, Kaffeelöffel, Mehlspeisgabeln und silberne Serviettenringe.

Als meine Mutter pünktlich um sechs kam, war mein Kunstwerk von Klara, meinem chinesischen Schwager und Katherina schon ausgiebig mit Sekt begossen worden. Zhong verbeugte sich mehrmals vor meiner Mutter. Sie gab ihm fast schüchtern die Hand. Klara umarmte sie ausführlich und hätte sie sicher noch längere Zeit in den Armen gehalten, hätte ihr nicht über Klaras Schultern hinweg der Christbaum ins Auge gestochen. Sie war entsetzt. Als sie an den Baum herantrat, erkannte sie auch, dass diesen Blödsinn nur ich mir ausgedacht haben konnte.

Ich habe der Mama versprochen, dass ich sie zur Bescherung vom Seniorenheim abhole, sagte sie. Wenn die den Baum sieht, kriegt sie einen Infarkt. Wenigstens das Besteck müssen wir abnehmen. Habt ihr nicht ein paar Christbaumkugeln? Wir haben doch hier im Haus jede Menge Christbaumkugeln gehabt.

Klara sagte: Das haben wir damals alles weggeworfen.

Um neue zu kaufen, war es mittlerweile zu spät. Die letzten Geschäfte hatten um vier Uhr nachmittags zugesperrt. Meine Mutter ging in den Keller und suchte verzweifelt nach Dingen, die sie an den Christbaum hängen konnte. Sie kam mit Walnüssen, Mandarinen und Äpfeln zurück und machte sich sofort ans Werk. Katherina und Klara deckten unterdessen den Tisch. Ich wollte mich auch irgendwie nützlich machen. Klara sagte, ich solle mit Zhong einen Wachauer Marillenschnaps trinken. Sie habe ihm von diesem Getränk einmal so anschaulich vorgeschwärmt, dass es auf seiner Liste von Dingen, die in Europa unbedingt zu tun waren, an die dritte Stelle geriet.

Was ist an erster Stelle?, fragte ich.

Die Kapuzinergruft.

Wie unoriginell. Und an zweiter Stelle?

Amsterdam. Dort lebt Ong Tik Yu, ein Cousin von Zhong. Wir fliegen in drei Tagen hin.

Ihr bleibt nicht bis Silvester in Österreich?

Davon war nie die Rede.

Und so kam es, dass Zhong und ich Marillenschnaps tranken, während die drei Frauen um uns herum arbeiteten. Aber dann merkte ich schnell, warum Klara mich abgewimmelt hatte. Sie ließ sich von Katherina alle ihre Begegnungen mit Gerhard erzählen. Zwischendurch stießen sie mit den Gläsern an und schenkten einander Sekt nach. Katherina sprach leise, und Klara kicherte. Nein, sagte Klara. Doch, sagte Katherina, das hat er mich gefragt. Dann wurde wieder getuschelt.

Zhong saß seelenruhig im Fauteuil und genoss den Wachauer Marillenbrand. Bei jedem Schluck schloss er für einen Moment die Augen. Dann studierte er das Etikett der Flasche. Ich fragte ihn: Hat dein Großvater wirklich Opium geraucht?

Zhong blickte mich zunächst an, als ob es gar nicht so einfach wäre, diese Frage richtig zu beantworten. Dann legte er mit langsamen, aber gewählten Worten los:

Ich erinnere mich an nichts anderes. Ich sah meinen Großvater nicht einmal essen. Opiumrauchen wurde nach dem Krieg in Singapur verboten, aber die alten Leute, die daran gewöhnt waren, rauchten natürlich weiter. Er lag auf seiner Strohmatte, rauchte Opium und erzählte Geschich-

ten. Oder es war die Nachbarin da. Das war seine Geliebte. Meine Großmutter redete nicht mit meinem Großvater.
Kein einziges Wort hat sie je an ihn gerichtet.

Kein einziges Wort?

Ich habe sie nie zu ihm sprechen hören. Einmal fragte ich
ihn, warum die Großmutter mit ihm nicht rede. Und da
sagte er: Die Großmutter und die Nachbarin waren in
einem früheren Leben Geliebte des großen Kaisers Mari-
anto. Da der Kaiser nicht wusste, welche von beiden er heiraten sollte, beschloss er, sich als Bettler zu verkleiden, um
die Güte der beiden Frauen zu testen. Die eine, die jetzt die
Nachbarin ist, nahm den Bettler bei sich auf, gab ihm zu
essen und bot ihm ihr Bett an. Als der Bettler am nächsten
Tag ging, gab sie ihm einen Ring mit, damit er sich etwas
zu essen kaufen könne. Der Bettler kam zur anderen Frau,
zu deiner Großmutter. Er bot ihr den Ring an und wollte
dafür Essen und Quartier haben. Deine Großmutter steckte den Ring ein. Sie sagte zum Bettler: Das hast du gewiss
gestohlen, du nichtsnutziger Kerl. Scher dich fort von hier!
Da gab sich der Bettler als Kaiser zu erkennen. Er verur-
teilte deine Großmutter dazu, in einem späteren Leben für
den Liebhaber jener Frau zu sorgen, deren Ring sie sich aneignen wollte.

Ich war vielleicht sechs Jahre alt, als mir mein Großvater
diese Geschichte erzählte. Auf der Strohmatte des Großvaters gab es für alles eine Erklärung. Er war ein weiser
Mann.

Ich schenkte Zhong noch ein Glas Marillenschnaps
nach. Er trank es, ohne ein Wort zu sagen. Dann stand er
auf und filmte meine Mutter, wie sie Äpfel und Mandarinen an den Christbaum hängte. Er filmte Klara und Katherina, die Rindfleisch in Würfel schnitten und die Saucen
anrichteten. Schließlich filmte er mich, wie ich Schnaps
trank und eine Zigarette rauchte. Er setzte sich wieder zu

mir, ließ sich ein weiteres Glas Schnaps einschenken und fragte: Willst du meine Frage nicht beantworten?

Welche Frage?

Warum ohne Ball?

Erstaunt darüber, dass ihn meine Computerarbeit noch immer beschäftigte, wusste ich zunächst nicht, was ich darauf antworten sollte. Das Spiel ohne Ball war einfach faszinierend. Aber warum?

Das Ziel der Bewegungen ist nicht sichtbar, sagte ich. Das ist es vielleicht. Die Bewegungen werden vom Ziel her bestimmt, aber das Ziel ist nicht sichtbar.

Zhong schien mit der Antwort zufrieden zu sein.

Meine Mutter war mit dem Nachdekorieren des Christbaumschmucks fertig. Sie schaute sich das Ergebnis von allen Seiten an, hängte noch ein paar Stücke um und klatschte dann in die Hände. So, sagte sie, seid ihr so weit? Dann hole ich die Oma.

Sie fuhr nach Waidhofen an der Ybbs. Als ihr Auto etwa eine Dreiviertelstunde später wieder vor dem Haus hielt, entzündeten wir die Christbaumkerzen. Meine Mutter führte die Großmutter herein. Wir drehten das Licht ab und sangen das Lied Stille Nacht, Heilige Nacht. Zhong ließ die Videokamera mitlaufen. Die zweite Strophe brachen wir ab, weil nur noch Katherina den Text wusste und sie offenbar keine Lust hatte, allein zu singen. Aber da sang noch die Großmutter. Zhong filmte sie. Mit ihrer leisen, piepsenden Stimme, die am Ende, bei Schlafe in himmlischer Ruh, völlig versagte, sang sie noch zwei weitere Strophen, ganz allein. Wir applaudierten am Schluss. Großmutter ging ganz nahe an den Christbaum heran. Sie war begeistert. Sie sagte, der Baum sehe aus wie der von 1946. Damals habe sie dem Vati, als er von der russischen Kriegsgefangenschaft heimgekommen sei, ebenfalls Zigaretten an den Baum gehängt. Und eine lange Virginia. Mandarinen habe es keine gegeben, aber Äpfel und Nüsse. Genau das hätten sie damals in der Notzeit auch an dem Christbaum gehabt. Sie fragte, wer den Baum so schön geschmückt habe.

Der Ruppi, sagte meine Mutter. Man musste mit der Großmutter laut sprechen.

Da lachte mich die Großmutter an. Sie sagte: Du hast dich sicher noch erinnert, wie der Vati aus Russland zurückgekommen ist.

Oh Gott, dachte ich. Die hat sie nicht mehr alle beisammen.

Mama, der war doch damals noch gar nicht auf der Welt, sagte meine Mutter.

Noch gar nicht auf der Welt? Aber wo warst denn du damals?

Ich war drei Jahre alt. Aber ich muss dir gestehen, dass ich mich an die Zigaretten auch nicht erinnere.

Klara hielt Zhong von hinten umarmt und übersetzte ihm alles. Er lächelte und nickte. Die Großmutter sagte zu ihm: Du bist aber nicht der Gerhard.

Nein, sagte meine Mutter, das ist der Chinese, von dem ich dir erzählt habe.

Wer?

Der Chinese.

Die Großmutter sah ihn misstrauisch an. Meine Mutter brachte ihr einen Stuhl, damit sie sich setzen konnte. Dann holte sie aus dem Auto ein in Goldpapier gewickeltes Päckchen, reichte es der Großmutter und wünschte Frohe Weihnachten. Auch wir gaben einander kleine Geschenke. Die Großmutter hielt ihr Päckchen in der Hand, ohne es zu öffnen. Immer noch sah sie Zhong scheel an. Klara ging auf sie zu und sagte: Oma, ich bin schwanger.

Lauter. Ich versteh dich nicht.

Klara schrie: Ich bin schwanger. Und das ist der Vater.

Sie zog ihren chinesischen Freund vor den Stuhl der

Großmutter. Er verbeugte sich und lachte freundlich. Da wich das Misstrauen aus ihrem Blick, und sie lachte zurück. Die Großmutter blieb noch zum Abendessen und wurde dann von der Mutter wieder nach Waidhofen ins Seniorenheim gebracht.

Später wollte unsere Mutter von Klara alles auf einmal wissen, vor allem aber, wie sie sich die Zukunft vorstelle. Klara wollte Zhong von diesem Gespräch nicht ausschließen, deshalb antwortete sie auf Englisch. Das ärgerte meine Mutter so sehr, dass sie sich an diesem Abend beharrlich weigerte, Englisch zu sprechen, und schon allein dadurch Zhong eine spürbare Distanz zu erkennen gab. Das Gespräch wurde zusehends unfreundlicher. Meine Mutter stützte den Ellbogen auf die Tischplatte und stellte das Weinglas nicht mehr ab. Diese Geste war mir nur allzu bekannt. Das Weinglas wirkte wie eine Waffe, die sie dem Gegner vors Gesicht hielt. Sie verstieg sich zu der These, dass eine Frau von ihrem Mann erwarten könne, dass er ihre Sprache annehmen würde. Und wenn er sich weigere, sei das kein Sprachproblem mehr, sondern dann gehe es um grundlegende Unterschiede. Katherina versuchte vorsichtig, Klara zu unterstützen, aber da sie das auf Englisch tat, hatte sie keine Chance, bei meiner Mutter Gehör zu finden.

Zhong sagte, wenn er in Österreich lebte, würde er Deutsch lernen. In Singapur könne er mit Deutsch wenig anfangen. Aber mit dem Kind solle Klara ruhig Deutsch reden. Vielleicht lerne er es dann auch ein bisschen.

Bist du ganz sicher, fragte meine Mutter, dass es richtig ist, dieses Kind zu bekommen? Ich meine, habt ihr euch das wirklich gut überlegt?

Of course, sagte Klara. We want this child, but we don't want this kind of discussion.

Zhong hatte vom vielen Wein und Schnaps ein rotes Gesicht bekommen. Er ergriff Klaras Hand und sagte, über alles könne man reden. Und ein paar deutsche Worte könne er jetzt schon.

Zum Beispiel?, fragte Katherina.

Gugelhupf. And Mitternachtsmette.

Er nahm einen Zettel aus seiner Sakkotasche und schaute nach. Dann wiederholte er das Wort Mitternachtsmette.

Das steht übrigens an vierter Stelle, sagte Klara. Erstens Kapuzinergruft, zweitens Amsterdam, drittens Marillenschnaps, viertens Mitternachtsmette.

Sie blickte auf die Uhr.

In einer Viertelstunde müssen wir aufbrechen.

Ihr wollt zur Mette gehen?, fragte meine Mutter.

Warum nicht, sagte Klara nun ihrerseits auf Deutsch. Er nimmt mich in Singapur in den Thian-Hock-Keng-Tempel mit, in den Tempel der himmlischen Glückseligkeit, dafür zeige ich ihm die Mitternachtsmette von Scheibbs. Das habe ich ihm versprochen.

Meine Mutter wurde wütend. Sie sagte: Aber du bist doch verheiratet. Du kannst nicht einfach mit einem anderen Mann zur Mette gehen.

Jeder kann zur Mette gehen, sagte Klara. Außerdem kennen die Leute Zhong, weil ich ihn heute schon allen vorgestellt habe.

Meine Mutter war sprachlos. Wahrscheinlich hatte sie gemeint, den Christbaum hätte ich besorgt und außer Katherina, die ihn ja von der Reise her schon kannte, habe Zhong niemand zu Gesicht bekommen. Obwohl meine Mutter bisher immer als Einzige am Heiligen Abend auf die Idee gekommen war, in den Stephansdom zur Mitternachtsmette zu fahren, war sie diesmal die Einzige, die partout nicht zur Mette gehen wollte. Sie ließ ihre Waffe sinken und schüttelte nur noch den Kopf.

Katherina blieb bei meiner Mutter. Ich brachte Klara

und Zhong mit dem Auto zum Kirchplatz. Auf der Fahrt fragte ich Klara auf Deutsch, ob sie von Amsterdam gleich weiterfliegen oder noch einmal nach Wien zurückkommen werden.

Sie fragte, ebenfalls auf Deutsch, zurück: Wie viel soll ich dir mitbringen?

Für etwa 300 Gulden, wenn das möglich ist.

Zhong, weißt du, wie lange wir in Wien Aufenthalt haben, bevor wir nach Singapur zurückfliegen?

Wir kommen um 9 Uhr 40 an und fliegen um 14 Uhr 45 weiter.

Er hatte die Zeiten genau im Kopf. Auf dem Kirchplatz verabschiedete ich mich von ihnen. Ich fuhr noch in der Nacht nach Wien und heizte die Öfchen. Wie es aussah, sollte ja bald Nachschub kommen.

Eine Woche später kamen Klara und Zhong von Amsterdam zurück. Ich wartete am Flughafen in der Ankunftshalle. Die automatische Tür ging alle Augenblicke auf und entließ Menschen, die Gepäckwagen vor sich her schoben und sich alle Mühe gaben, in der Phalanx von Wartenden einen Durchgang zu finden. Klara und Zhong waren nicht dabei. Schließlich wurde der Flug auf der Anzeigetafel nicht mehr aufgeführt. Ich ging zum Auskunftsschalter und fragte, wann der nächste Flug aus Amsterdam käme. Mittlerweile dachte ich nämlich, dass sie das Flugzeug versäumt hätten. Der nächste Flug war schon in einer Stunde zu erwarten. Da im Café kein Platz mehr frei war, setzte ich mich an einen Tisch des Wienerwald-Restaurants, das im hinteren Teil der Ankunftshalle lag, und bestellte eine Melange. Plötzlich hatte ich das Gefühl, durch den Lautsprecher sei eben mein Name genannt worden. Die Durchsage wurde wiederholt. Herr Rupert Kramer, bitte bei der Information melden. Ich bezahlte. Beim Informationsschalter standen weder Klara noch Zhong, sondern ein etwa vierzigjähriger Mann mit Oberlippenbart, Anzug und blauer Krawatte.

Rupert Kramer?, fragte er. Als ich nickte, zeigte er mir einen Ausweis.

Zollfahndung. Wir haben ein paar Fragen an Sie. Kommen Sie bitte mit.

Wir gingen durch die Halle mit den Gepäckbändern in einen der Zollräume. Dort saßen Klara und Zhong. Der Blick, den Zhong mir zuwarf, verhieß keine immer während Schwagerfreundschaft. Ein uniformierter Beamter tippte auf einer elektrischen Schreibmaschine. Vor ihm stand eine Briefwaage. Darauf lag, verpackt in einen durchsichtigen Plastiksack, eine kleine Platte Haschisch, vermutlich ein schwarzer Afghane. Auf einem breiten Tisch, der an der Wand stand, war der Inhalt von Klaras und Zhongs Koffern ausgebreitet.

Der Zivilbeamte ergriff mich am Oberarm und sagte: Kennen Sie diese beiden Personen?

Ja, sagte ich. Das ist meine Schwester Klara, und das ist ihr Freund Zhong.

Haben Sie irgendeine Idee, warum die beiden hier sitzen?

Sogar eine sehr genaue Idee. Ich habe meine Schwester gebeten, mir aus Amsterdam Haschisch mitzubringen.

Wie viel?

Für 300 Gulden.

An wen wollten Sie das Haschisch verkaufen?

An niemanden. Ich wollte es selbst rauchen.

Wie viel rauchen Sie?

Nicht viel. Bloß einen Joint pro Tag.

Der Beamte lachte und schüttelte den Kopf. Ich musste auf seine blaue Krawatte schauen.

Wollen Sie damit sagen, dass Sie auch jetzt im Besitz von Suchtmitteln sind?

Nein, antwortete ich. Ich wollte lediglich sagen, dass ich das Haschisch, das ich jetzt ja wohl kaum bekommen werde, Joint für Joint selbst verbraucht hätte, mit einer Frequenz von nicht mehr als einem Joint pro Tag.

Warum haben Sie ausgerechnet für 300 Gulden bestellt?

Weil man für 300 Gulden 30 Gramm bekommt. Und das ist die Höchstabgabemenge in einem Coffeeshop.

Sie sind ja gut informiert. Woher wissen Sie das eigentlich?

Ich war schon einmal in Amsterdam und habe mich danach erkundigt.

Ach ja. Sie fahren zuerst auf Erkundungsreise und schicken später die Schwester zum Einkaufen. Bevor Sie weiter solchen Unsinn erzählen, ist es besser, Sie halten die Goschn. Nur ein kleiner persönlicher Rat. Haben wir uns verstanden?

Ich nickte.

Verstanden?, schrie er mich plötzlich an.

Ja. Verstanden.

Der Mann mit der blauen Krawatte atmete einmal tief durch. Dann sagte er, nun wieder ruhig: Wir schreiben jetzt ein Protokoll, und dann können Sie die Koffer wieder einpacken. Sie werden alle angezeigt.

Meine Schwester sagte: Nein, nicht Zhong. Der hat nichts damit zu tun. Er wusste von nichts.

Der Beamte in Uniform, der bislang nur zugehört hatte, sagte: Das können Sie ja dann vor Gericht klären. Wenn er damit nichts zu tun hat, wird er freigesprochen. So einfach ist das.

Meine Schwester stand auf und nahm ihren Bauch in die Hand.

Ich bin schwanger von ihm, sagte sie. Sie zerstören eine Familie, wenn sie ihn anzeigen. Wissen Sie, was in Singapur auf Drogenhandel steht? Die Todesstrafe.

Der uniformierte Beamte blickte den zivilen Beamten an. Dieser machte eine Handbewegung und sagte: Lass ihn weg.

Und zu Klara sagte er: Und Ihnen rate ich, zum Gerichtstermin in Österreich zu sein, sonst lasse ich Sie mit Interpol holen.

Bis es schließlich zum Gerichtstermin kam, verging fast ein Jahr, und Klara musste gar nicht eigens einfliegen, weil sie mittlerweile wieder in Österreich lebte. Meine Mutter drückte die Situation auf ihre Weise aus. Sie sagte: Zum Glück hat der Gerhard nicht gleich in die Scheidung eingewilligt, sonst wäre Klara jetzt in Singapur in der Hand des Chinesen.

Soweit ich das, vor allem durch die Berichte der Mutter, mitbekam, begannen die Probleme zwischen Klara und Zhong nach der Geburt der Tochter. Zuerst ging es um den Namen. Den konnten Klara und Zhong nicht einfach gemeinsam aussuchen, da mischte sich die gesamte Familie Hong ein, ja selbst der in Malaysia unter dem Namen Ong lebende Zweig der Familie, dem auch Zhongs Amsterdamer Cousin entstammte, stellte seine Ansprüche. Auf der anderen Seite der Weltkugel warf sich nun auch meine Mutter in die Schlacht, indem sie Klara bei ihrem Wunsch, das Kind solle auch einen europäischen Namen tragen, mit allen ihren Kräften unterstützte. Hatte es zuerst so ausgesehen, als würde man sich auf zwei Vornamen einigen, auf einen chinesischen und einen europäischen, bestand meine Schwester mit einem Mal darauf, dass schon der erste Vorname in Europa gebräuchlich sein müsse. Und so blieb meine Nichte monatelang namenlos. Der originelle Kompromiss, auf den man sich schließlich einigte, konnte die Liebschaft von Klara und Zhong nicht mehr retten. Sie gaben ihrer Tochter den Namen Lu-Xia, der auf den ersten Blick sehr chinesisch wirkt und selbst die malaysischen

Verwandten zufrieden stellte, der aber gleichzeitig auch eine ganz simple Lesart zuließ, nämlich als andere Schreibweise des europäischen Namens Lucia. Und so, nämlich als Lucia, wurde der Name von den österreichischen Behörden in die Dokumente übertragen, nachdem Klara im Sommer 1995 Singapur verlassen hatte und, erniedrigt, gescheitert und dem Hohn aller Besserwisser ausgeliefert, im September wieder als Lehrerin an der Handelsakademie zu arbeiten begann. Da sie nun das Kind hatte, musste sie mit einer halben Lehrverpflichtung zurechtkommen. Gerhard war mittlerweile aus dem Hause ausgezogen. Er lebte bei seiner Freundin in Wien. Ich sah ihn nur noch einmal, bei der Vernissage zu einer Ausstellung in der Kunsthalle. Eine Scheidung konnte er sich inzwischen vorstellen. Allerdings, so schrieb er in einem Brief an Klara, müsse er darauf bestehen, dass das halbe Haus ihm gehöre.

Jetzt geht das schon wieder los, sagte ich zu Klara. Ich will damit nichts zu tun haben.

Klara riss mir den Brief aus der Hand.

Und du hast mich einmal geliebt, fuhr sie mich an. Davon kann nicht mehr viel übrig sein.

In diesem Moment wurde mir bewusst, dass sie Recht hatte. Schon zu Weihnachten, als sie mit Zhong hier war, hatte sich unsere Beziehung verändert. Ich freute mich, Klara wiederzusehen, aber ich begehrte sie nicht mehr. Lag es daran, dass sie schwanger war? Und jetzt tat sie mir zwar Leid, aber eigentlich waren mir ihre Probleme geradezu widerlich. Letztlich half ihr mein Vater. Der hatte Erfahrung mit Scheidungsprozessen.

An den Wochenenden nahm meine Mutter Lucia häufig zu sich. Sie hätte sich sicher auch an ihrem unterrichtsfreien Tag um Lucia gekümmert, aber Klara wollte nach ihrem großen Auszug in die Welt nicht als bemitleidenswertes Hascherl dastehen, das reuig in Mamas Schoß zurückflüchtet. Zu allem Unglück kam im November auch noch der von mir verschuldete Drogenprozess auf Klara zu. Sie konnte glaubhaft versichern, nie in ihrem Leben verbotene Drogen zu sich genommen zu haben. Das Konsumproblem konnte ich ihr abnehmen, das Zollvergehen leider nicht. Ihre Vorstrafe wurde auf zwei Jahre Bewährung ausgesetzt, die meine auf drei Jahre. Mir konnte es egal sein, aber bei Klara hatte das Urteil auch noch ein Disziplinarverfahren durch die Schulbehörde zur Folge. Mit Hilfe des nunmehrigen Scheibbser Hauptschuldirektors, jenes Mathematiklehrers, der früher meiner Mutter ausführlich über das unmögliche Benehmen ihres Vaters berichtet hatte, konnte Klaras Versetzung an eine andere Schule gerade noch verhindert werden. Aber sie erhielt einen Verweis von der Landesschulbehörde, eine Gehaltserhöhung wurde ausgesetzt, und es wurde ihr für die nächsten zehn Jahre untersagt, Beamtin zu werden. Viermal im Jahr musste sie sich vom Amtsarzt Blut abnehmen lassen, und zweimal im Jahr, im Frühjahr und Herbst, kam ein Botaniker von der Landesregierung in St. Pölten angereist, der Klaras Garten auf Hanfpflanzen überprüfte.

Teil 4
Opas Socken

I thought that I heard you laughing
I thought that I heard you sing
I think I thought I saw you try...

Als ich mich in Halbschuhen und mit einem Werbefeuerzeug in der Hand durch den dichten Schneefall tastete und dabei diese Zeilen hörte, hatte ich das blutverschmierte Fell meines Schwagers Gerhard vor Augen. Ich sah, wie er sich am Boden wälzte, sich zusammenkrümmte, ich erinnerte mich, dass selbst ein Mensch wie er, den das Leben bis dahin nur zu umarmen schien, gelitten hatte. Ich hatte ihn seit der Rückkehr meiner Schwester nicht mehr gesehen. Mittlerweile war aus meinem Schwager ein ehemaliger Schwager geworden. Die Scheidung lag noch keine zwei Jahre zurück. Anfangs schien es, als würde alles schnell und schmerzlos gehen. So schnell und schmerzlos, wie Klara und Gerhard einst geheiratet hatten, mit zwei Trauzeugen und einem anschließenden Stehbier am Würstelstand. Das Scheibbser Haus wird verkauft, die Hälfte der Summe bekommt Klara, die andere Hälfte Gerhard. Klara mietet sich irgendwo ein, sie hat genug Geld für einen Neuanfang. So einfach hatte ich mir das vorgestellt. Aber dann wurde unser Vater aktiv.

Klara ging im Haus am Wienerwald mittlerweile wieder ein und aus, brachte Lucia zur Schnepfe und übernachtete auch selber dort, wenn sie in Wien war. Der Anwalt des Vaters wurde zu Klaras Anwalt. Er machte ein Einspruchsrecht der im Seniorenheim lebenden Großmutter geltend. Das hatte unter anderem zur Folge, dass Gerhards Wunsch, sich von Klara scheiden zu lassen, plötzlich wie verflogen war. Gerhard musste erkennen, dass er seinen Hausanteil nur bekommen konnte, wenn beim Tod der Großmutter die Ehe noch aufrechterhalten wurde. Um das zu verhindern, reichte meine Schwester nun ihrerseits die

Scheidung ein. Der Großmutter ging es nicht gut, sie wurde in die Pflegeabteilung überstellt und konnte bald das Bett nicht mehr verlassen. Aber sie machte eine gerichtliche Eingabe nach der anderen, um Gerhards Ansprüche abzuschmettern. Klaras Anwalt hatte sich von der Großmutter offenbar Blanko-Unterschriften geben lassen, von denen er, weil niemand ihn informierte, noch zwei Tage nach ihrem Tod Gebrauch machte. Ich erfuhr das alles von meiner Mutter, vor der ich, obwohl ich sie selten in Kirchbach besuchte, nur dann Ruhe hatte, wenn ich am Abend den Telefonstecker herauszog.

Gerhard kam mit seinen Ansprüchen nicht durch. Er bekam lediglich 250 000 Schilling für die von ihm vorgenommenen Umbauten zuerkannt. Aber wer sollte das bezahlen? Meine Schwester hatte das Geld nicht. Alle schienen zu erwarten, dass mein Vater die Kosten für Klara übernehmen werde. Schließlich hatte er ihr ja auch zu den Ansprüchen auf das Haus verholfen. Umso überraschter waren wir, dass er sich weigerte. Auch mir verweigerte er inzwischen regelmäßige Zahlungen, aber ich konnte ihn hin und wieder zu Ausnahmen überreden. Für Scheibbser Haus- und Investitionsanteile fühlte er sich offensichtlich nicht zuständig. Letztlich zahlte meine Mutter ihren Schwiegersohn aus. Die Therapiegaby hätte sicher gesagt, sei nicht so blöd, aber die Therapiegaby ließ sich nicht mehr blicken.

Mein Feuerzeug war mittlerweile so heiß geworden, dass es mir den Daumen verbrannte. Ich ließ es in den Schnee fallen und ging weiter. Der Scheinwerfer war nun deutlich zu sehen. Nur einer. Er leuchtete von der Straße in den Wald hinein. Das Auto stand schräg, auf der falschen Fahrspur. Im Inneren des Wagens brannte Licht, die Fahrertür stand offen. Die Musik kam aus dem Auto. Auf der Vorderseite, beim rechten Kotflügel, erhob sich der Schatten von Gerhard.

That was just a dream, just a dream, just a dream, dream. So klang das Lied aus.

Scheiße, verdammte Hure, fluchte der Schatten. Er drosch mit dem Fuß auf den Kotflügel ein.

Eine Radiostimme sagte: Neun Jahre alt und schon ein Klassiker, Losing My Religion von R. E. M. Neulich hat Britney Spears ihr neues Album präsentiert. Was die Presse dabei am meisten interessierte, war nicht die Musik der Sängerin, sondern ihr vergrößerter Busen. Letzteren können wir nicht bieten, dafür aber den Titelsong. Gerade erst in New York gelauncht und schon im Fifty-fifty-Morgenmix von In Linz beginnt's. You Drive Me Crazy.

Der Schatten beugte sich hinab, schnaufte und zog ruckartig am Blech. Dann richtete er sich wieder auf. Während Britney Spears ihre Verrücktheit bekannt gab: Crazy, I just can't see. I'm so excited, sagte der Schatten fünfmal hintereinander Scheiße. Es war nicht Gerhard, so viel war mittlerweile klar. Was immer man gegen Gerhard sagen konnte, er würde nie einen Radiosender hören, in dem nach R. E. M. Britney Spears gespielt wird. Der Mann ging wieder in die Hocke. Er trug keine Kopfbedeckung und so konnte ich seine Glatze sehen. Sie war größer als meine. Knapp hinter dem Mann blieb ich stehen. Der rechte Scheinwerfer war zerbrochen, der Kotflügel eingedrückt. Das Blech blockierte das Rad. Der Mann versuchte es vom Reifen wegzuziehen.

Kann ich helfen?, fragte ich.

Der Mann stieß einen Schrei aus und fuhr herum. Über seiner Stirn hatte sich auf einem letzten Haarbüschel ein Schneehäubchen abgesetzt.

Oh Gott, hast du mich erschreckt, sagte er. Dieses Hurenreh, dieses verdammte, muss ausgerechnet mir in die Kiste springen. Als ob es nicht genug andere Autos gäbe.

Das ist schon mein zweiter Wildschaden innerhalb von drei Monaten.

Was kann ich tun?

Pack hier an, sagte er. Das muss sich doch herausbiegen lassen. Auch nach Linz unterwegs?

Ja, sagte ich, legte den Regenschirm in den Schnee und machte mich hilfreich.

So ein Hurenwetter heute, sagte der Mann. Du nimmst ihn da oben, ich da unten. Auf Ho ruck geht's los. Hooooo ruck! Gleich noch einmal. Hooooo ruck! Na bitte, wer sagt's denn. Kommt ja. Einmal geht's noch. Hooooo ruck! So, passt schon.

Er blickte den Kotflügel zufrieden an und trat mit dem Fuß ein paar Mal gegen den Reifen.

Wenigstens das Lager hat nichts abbekommen. Das ist nämlich die größte Scheiße. Wenn dir so ein Hurenvieh reinspringt und dann ist auch noch das Lager futsch. Beim letzten Mal war es so. So ein Lager ist nämlich ein Hund. Ein kräftiger Schlag von der Seite und futsch ist es. Wenn dir das passiert, dann steckst du wirklich in der Scheiße.

Wo ist das Reh geblieben?, fragte ich.

Das Hurenvieh ist noch in den Wald reingelaufen. Weit wird es nicht kommen ohne Bauch. Schau dir das an.

Er wies mit dem Fuß über die Stoßstange. Im zerbrochenen Scheinwerfer klebten die Eingeweide des Rehs.

Wenigstens der rechte Scheinwerfer, sagte er. Der linke wäre blöder, da könnte ich bei dem Hurenwetter gar nicht weiterfahren. Einmal war ich in der Nacht ohne linken Scheinwerfer unterwegs. Nie wieder, sag ich dir. Dass ich noch lebe, ist reiner Zufall. Ohne linken Scheinwerfer kannst du noch so sehr an den Rand fahren. Die Entgegenkommenden schießen dich gnadenlos ab. Wo steht eigentlich dein Auto?

Gleich da vorne, sagte ich und zeigte in die Richtung. Steig ein. Ich bring dich hin.

Ich schloss den Regenschirm und nahm auf dem Beifahrersitz Platz.

Das ist der Fifty-fifty-Morgenmix von In Linz beginnt's. Mit Trost und Rat von Sigi. Mein erster Rat: Schauen Sie nicht nach draußen, sondern genießen Sie mit uns einen weiteren Klassiker. Erinnern Sie sich an die Zeit, als die geilste Oma der Rockgeschichte noch jung und knackig war? Sie erinnern sich nicht? Dann greifen Sie einmal hinter Ihr Ohr, ob es da trocken oder feucht ist. Sie können, haha, auch in die Hose greifen. Hier ist sie, Tina Turner . . .

Der Mann war mittlerweile ins Auto eingestiegen. Er rieb mit der Hand das Schneehäubchen über die Glatze und sagte dabei: Der Sigi ist eine Düse. Hörst du auch immer den Sigi? Wenn ich zu früh dran bin, bleibe ich am Firmenparkplatz im Auto sitzen und höre den Sigi zu Ende.

Er stieß ein Stück auf die Straße zurück und fuhr dann los.

Bist das du?, fragte er, als er mein Auto sah.

Ja.

Ein Wiener? Und da traust du dich bei so einem Hurenwetter aus dem Haus?

Ich wollte ernsthaft darauf antworten, doch da blickte er überrascht in den Rückspiegel und sagte: Spring schnell raus. Dahinten kommt dieser Hurenschneepflug.

Ich öffnete die Tür. Kaum stand ich draußen, fuhr das Auto los. Der Mann hatte sich nicht bedankt und nicht verabschiedet.

Ich sah im Schneegeflirr die orangefarbenen Blinklichter aufleuchten und hörte das näher kommende Schrammen des Schneepfluges. Schnell lief ich auf die andere Straßenseite zu meinem Auto. Noch bevor ich einsteigen konnte, begannen die Bäume links und rechts der Straße orange aufzuflackern, und das Räumfahrzeug, das ich vor einer halben Stunde überholt hatte, war im nächsten Moment da. Es bremste ab. Der Fahrer drehte das Fenster herunter und rief mir zu: Du geschissener Wiener bist nicht ganz dicht im Schädel!

Bevor ich auch nur fassen konnte, was geschah, gab er Gas, drehte das Fenster wieder hoch und fuhr weiter. In gutem Abstand fuhr ich hinter ihm her, sodass ich die Blinklichter gerade noch sehen konnte. Ich saß auf einem riesigen Haufen Wut. Ich wollte diesen Mann stellen, wollte ihm zeigen, dass ich mir nicht alles gefallen lasse, aber wie? Ihn noch einmal überholen und anhupen? Ihm den Weg blockieren und ihn zum Bremsen zwingen? Der saß in seinem Koloss und konnte mich, wenn er wollte, mit der Pflugschaufel in den Straßengraben schieben. Ich, der geschissene Wiener, war ihm ausgeliefert.

An der Kreuzung zur Prager Straße drehte der Schneepflug um und kam zurück. Als er an mir vorbeifuhr, hupte ich dreimal hintereinander. Ein Autofahrer an der Prager Straße dachte vermutlich, ich wollte auf diese Weise meine Vorfahrt erzwingen. Er begann ebenfalls zu hupen und blinkte mit dem Licht. Die Prager Straße war schon geräumt. Allerdings war dort so starker Verkehr, dass ich wieder nicht vorankam. Ich zog die Schuhe aus und stellte das Heizungsgebläse auf die höchste Stufe. Als ich gegen acht Uhr am Flughafen Hörsching eintraf, waren meine Füße tatsächlich trocken geworden.

Jetzt nach Frankfurt?, fragte mich die rot gekleidete Frau am Schalter. Vor zwanzig Jahren hat es das gegeben. Jetzt gibt's nur noch eine einzige Maschine nach Frankfurt, und die fliegt am Abend über Wien.

Die Frau war an die fünfzig und rundlich. Alles an ihr war rot, auch die Lippen waren mit einem kräftigen Rot nachgezogen.

Ich muss so schnell wie möglich nach Frankfurt kommen, sagte ich.

Haben Sie es mit der Lufthansa in Salzburg schon versucht?

Nichts habe ich. Nicht einmal eine Telefonnummer habe ich.

Dann schauen wir einmal nach, wie es aussieht, sagte die Schalterbeamtin. Ich beugte mich ein wenig vor. Selbst ihre Strumpfhose war rot. Sie wählte eine Nummer. Während sie auf die Verbindung wartete, erklärte sie mir, dass die für 6 Uhr 20 vorgesehene Maschine nach Salzburg noch nicht abfliegen konnte. Da gäbe es noch freie Plätze. Und in Salzburg gäbe es dann um 10 Uhr 15 eine Lufthansa-Maschine nach Frankfurt. Aber die habe sie hier nicht im Computer.

Grüß euch, da ist Hörsching, Stockhammer am Apparat. Ja, die Babsi. Ach du bist es, Fredi. Hast du jetzt endlich geheiratet? Das gibt es doch nicht. Nein, komm, erzähl mir nichts. Du wirst auch nicht mehr gescheiter. Sag, habt ihr in der Zehnuhrfünfzehner AVRO noch Platz? Ja? Und wie schaut's sonst aus bei euch? Lässt nach. Du auch? Aber Fredi. Momenterl.

Sie legte die Hand auf die Sprechmuschel und fragte nach meinem Namen.

Kramer Rupert, sagte sie in den Apparat. In ein, zwei Stunden werden wir so weit sein, dann schick ich ihn rüber. Alsdann. Was? Ach, du bist doch ein Kindskopf. Babatschi.

Sie legte den Hörer auf, schüttelte den Kopf und schmunzelte noch eine Weile vor sich hin. Sie stellte mir ein Ticket nach Salzburg aus, ich zahlte mit Kreditkarte.

In Salzburg, so erklärte sie mir, gehen Sie zum Lufthansa-Schalter und verlangen den Fredi Elstner. Warten Sie, ich schreib Ihnen den Namen aufs Ticket. Sagen Sie ihm einen schönen Gruß von der Babsi, dann weiß er Bescheid.

Gegen neun ließ der Schneefall nach, und wir wurden zum Flugzeug gebracht. Über das Rollfeld fuhr ein Schneepflug, dessen Schaufel so breit war wie eine Autobahn. Vor dem Start wurde unser Flugzeug mit einem Enteisungsmittel abgespritzt.

Auf der Suche nach Fredi Elstner wurde ich in Salzburg an einen Mann verwiesen, der auf die Ungeduld der wartenden Passagiere mit demonstrativer Gelassenheit reagierte. Der Fredi hatte graue Haare und ein faltenreiches, gebräuntes Gesicht.

Ach, die Babsi, sagte er. Fenster oder Gang?

Fenster. Nein, Gang. Nein, doch Fenster.

Also Fenster. Vorläufiger Boarding-Termin ist 10 Uhr 30.

Erreiche ich noch die Ein-Uhr-Maschine von Frankfurt nach New York?

In Frankfurt erreichen Sie noch jede Maschine. Wie ich höre, ist dort alles zusammengebrochen.

Und so war es dann auch. Der Start verzögerte sich noch einmal um eine Stunde. Der Mann, neben dem ich dann saß, klappte sein IBM-Notebook auf und begann in Bilanzgrafiken neue Daten einzutragen. Ich schielte hinüber. Das Notebook hatte einen teuren Bildschirm, der auch von der Seite gut ablesbar war. Der Mann war bestens ausgerüstet, aber er stellte sich nicht sehr geschickt an. Ständig unterliefen ihm ungewollte Doppelklicks, durch die Fenster geöffnet wurden, die er dann wieder schließen musste. Sein Sakko hatte er an den Vordersitz gehängt. Das Papier, von dem er die Daten übertrug, lag auf seinem Schoß. Um davon abzulesen, musste er das Notebook anheben. Er wurde nervös und begann zu schwitzen und zu schnaufen. Als der Orangensaft kam, wusste er nicht, wo er ihn hinstellen könnte. Ich nahm das Glas auf meine Seite herüber. So kamen wir ins Gespräch.

Ich fragte ihn, ob ich ihm die Daten vorlesen solle.

Wenn Sie das könnten, sagte er, aber ich will Sie nicht stören.

Und dann las ich die Daten vom Zettel ab, und er trug sie ein. Ich wurde nicht schlau daraus. Es ging um einzelne Posten mit seltsamen Namen wie Projekt Ärzte, Projekt Waisenkinder, Projekt Unterkunft, deren Umsatzzahlen für die Monate April, Mai und Juni nachzutragen waren. Das war schnell geschehen. Er tippte die Zahlen ein und die entsprechende statistische Grafik verlängerte automatisch ihre Kurve.

Ich fragte ihn, ob seine Bilanz gut oder schlecht aussehen solle.

Gut natürlich, sagte er. Sie ist auch gut. Im ersten Halbjahr 1999 gab es nur Zuwächse.

Er zeigte auf den Bildschirm. Für das Jahr davor waren Geschäftsrückgänge abzulesen. Aus der Grafik ging auch hervor, dass die diesjährigen Gewinne die Verluste des Vorjahrs noch keineswegs wettgemacht hatten.

Und warum ziehen Sie das erste Halbjahr 1999 nicht einfach in die Länge und tragen jeden einzelnen Monat ein? Dann sieht das Ergebnis doch viel imponierender aus.

Die Idee gefiel ihm, aber er verstand sie nicht umzusetzen. Er konnte zwar Daten in sein Grafikprogramm eingeben, aber er wusste nicht, dass man auch die Prämissen und Raster ändern konnte. Er nahm nun die Orangensäfte auf seine Seite, und ich kümmerte mich um sein Notebook. Während ich arbeitete, lehnte er an meiner Schulter und stank nach Rasiercreme und Schweiß. Als ich ihm das Notebook wieder zurückgab, war er mit dem Ergebnis sehr zufrieden. Auf der linken Seite der Grafik waren nun die Bilanzen der vergangenen fünf Jahre dargestellt, mit heftigen Aufs und Abs, auf der rechten Seite, breiter als die Jahresbilanzen, war die Aufwärtsentwicklung der letzten sechs Monate zu sehen, eine stetig steigende Linie, der man es einfach nicht mehr zutraute, dass sie irgendwann wieder nach unten gehen könnte. Er ließ sich von mir zeigen, wie ich das genau gemacht hatte. Dann fragte er mich, in welcher Branche ich tätig sei.

Ich sagte, dass ich Software entwickle, insbesondere sei ich ein Spezialist für Vatervernichtungsprogramme.

Das interessierte ihn. Ich erklärte ihm das Prinzip und wäre sogar bereit gewesen, das Programm auf seinem Notebook zu installieren, aber da interessierte es ihn schon nicht mehr. Das Notebook gehöre nicht ihm persönlich, sondern der Firma Miserere Marketing. Diese Firma unterstehe der Kontrolle der Kirche und liefere auch ihre Gewinne als Spende an die Kirche ab.

Ich fragte, was diese Firma verkaufe.

Wir vermieten Schnorrer, sagte der Mann. Unsere Kunden sind karitative Organisationen, die Spendensammlungen durchführen. Will zum Beispiel eine Ärzteorganisation eine Sammlung für den Aufbau eines Leukämie-Zentrums machen, kann sie sich an uns wenden. Wir prüfen den Fall, erarbeiten eine Strategie und stellen schließlich geschultes Personal, das die Keilertätigkeit auf öffentlichen Plätzen, bei Veranstaltungen oder wo immer es im Einzelfall aussichtsreich ist, durchführt. Wir übernehmen das gesamte Spendenmarketing inklusive Abwicklung. Man beauftragt uns, stellt das nötige Infomaterial und am Ende liefern wir das Geld ab.

Doch nicht alles, sagte ich.

Fünfzig Prozent, sagte der Mann.

Und der Rest kommt der Kirche zugute.

Der Rest geht in die Infrastruktur. Und wenn dann noch Gewinn übrig bleibt, geht er an die Kirche, die damit wiederum spezielle karitative Projekte unterstützt.

Fünfzig Prozent kommt mir hoch vor.

Wir arbeiten effektiv, mit geschultem Personal. Wir haben zwar einen höheren Eigenanteil als andere, aber dafür kommt bei uns auch viel mehr rein.

Raffiniert, sagte ich. Wie kann es da überhaupt Verluste geben?

Es gibt keine Verluste. Unser Keilerpersonal arbeitet mit Umsatzbeteiligung. Was wir letztes Jahr hatten, war ein Geschäftsrückgang, kein Verlust. Wir waren zu viel für Umweltorganisationen tätig – und aus irgendeinem Grund haben die Umweltorganisationen letztes Jahr einen empfindlichen Spendenrückgang erlitten. Vielleicht, weil das Ozonloch auch ohne unsere Treibgase wächst. Oder weil es in Österreich wieder Bären gibt, die den Bauern die Lämmer wegfressen. Es gibt viele Gründe, warum die Menschen in einer bestimmten Sache plötzlich die Spendierhosen wieder ausziehen.

Und der Aufwärtstrend in diesem Jahr?

Ist eindeutig dem Kosovo-Krieg zu verdanken. Für unser Geschäft sind Kriege nach wie vor die beste Voraussetzung.

Der Mann begann plötzlich zu lachen. Bei einer Vorstandssitzung, sagte er und stieß im Weitersprechen ein paar Lacher aus, hat einmal einer gesagt, für unsere eigene Prosperität wäre es besser, die Gewinne nicht dem lieben Gott, sondern dem Teufel zur Verfügung zu stellen.

Das leuchtet ein, sagte ich.

Aber bei dieser Sitzung, sagte der Mann und begann die Worte zu pressen, als hätte er alle Mühe, weitere Lacher zu unterdrücken, bei dieser Sitzung war der Bischof von Limburg anwesend. Das ist unser Vorsitzender.

Ich blickte den Mann an. Er war plötzlich ganz rot im Gesicht und wartete, bis ich zu lachen beginnen würde. Ich verzog den Mund, und das befreite ihn von seiner Last. Dann kam endlich das Frühstück.

Später machte der Pilot, der sich Kapitän nannte, eine Durchsage, zuerst in Deutsch, dann in Englisch. In Frankfurt stehe im Moment nur eine Landebahn zur Verfügung. Es gebe einen erheblichen Rückstau. Wir hätten uns gerade in eine Warteschleife über dem Spessart begeben und müssten hier etwa eine Stunde verweilen.

Oh Gott, sagte mein Nachbar. Es ist immer dasselbe. In Frankfurt kann man nicht landen, in München kann man nicht starten.

Sie fliegen offenbar viel.

Ich fliege dauernd. Ich habe nicht einmal mehr ein Auto, weil ich ohnedies nicht dazu komme, es zu benutzen.

Warum fliegen Sie eigentlich nicht Business-Class?

Sehen Sie hier irgendwo eine Business-Class? Links zwei Sitze, rechts drei, so geht das von vorne bis hinten durch. Sie nennen das City-Class. Die große Reinlege ist das.

Ich dachte eine Weile über den Fluss von Spendengeldern nach, dann fragte ich, wie die Keiler ausgebildet werden.

Wir machen jedes Jahr Grundausbildungsseminare. Dabei geht es darum, wie man mit den Menschen ins Gespräch kommt und wie man bei ihnen Vertrauen erweckt, obwohl man eigentlich ja nur ihr Geld will. Ein Teil dieser Seminare wird von Verkaufspsychologen durchgeführt, die sonst Vertreter ausbilden. Darüber hinaus machen wir für jedes einzelne Projekt ein so genanntes Strategiewochenende, bei dem alle Details des Auftretens, des Einsatzterrains und der effektivsten Vorgangsweise besprochen werden. Wichtig ist zum Beispiel, dass wir nicht als eigene Firma in Erscheinung treten. Die Menschen müssen immer glauben, dass diejenigen, die hier schnorren, es aus Idealismus und ohne eigenen Vorteil tun. Die Keiler müssen so auftreten, als wären die Ziele der jeweiligen Spendenaktion die tiefsten und innersten Ziele ihres eigenen Herzens. Glaubwürdigkeit ist ein wichtiger Punkt. Der Schnorrer muss so gut lügen können, dass er glaubwürdig wirkt. Ein zweiter Punkt ist das, was ich emotionale Verstrickung nenne. Der Keiler muss in der Lage sein, die Gefühle des Kunden in die Ziele der Spendenaktion einzubinden. Welche Möglichkeiten es hier gibt, muss man von Projekt zu Projekt neu sondieren. Deshalb gibt es die Strategiewochenenden.

Der Mann war während dieser Rede aufgeblüht. Ihn interessierte nicht, wer wofür spendet, ihn interessierte die Effektivität des Schnorrens. Während wir noch immer über dem Spessart kreisten, dachte ich darüber nach, wofür man sonst noch Spendensammlungen durchführen könnte, für die Vernichtung unwürdiger Väter zum Beispiel, und schlief über diesem beruhigenden Gedanken ein.

Als dann in Frankfurt meine nächste Maschine, die Boing 747 der Pakistan Airlines, abhob, war es vier Uhr Nachmittag. Ich hatte vor dem Einsteigen Mimi angerufen und ihr mitgeteilt, dass wir mindestens drei Stunden Verspätung haben würden. Mach dir keinen Stress, hatte sie gesagt. Ich werde am Flughafen sein. Und wenn nicht, stecke ich im Verkehr und du brauchst nur auf mich zu warten. Jetzt erst fiel mir auf, dass ich keine Adresse von ihr hatte. Nur eine Telefonnummer. Wenn Mimi irgendetwas zustieße, wüsste ich nicht einmal, wohin in New York.

Während des Fluges schlief ich erneut ein und erwachte erst knapp vor der Ankunft. Unmittelbar vor uns mussten offenbar noch einige andere ausländische Flugzeuge gelandet sein, denn die Einreisehalle war voll. Die Angekommenen wurden mit Hilfe von Absperrbändern in die Form einer langen Schlangenlinie gebracht, die sich unzählige Male von einer Seite des Raumes zur anderen wand. Die Einreisepolizistinnen und -polizisten arbeiteten an 34 Schaltern. Zwei Beamtinnen sorgten dafür, dass bei allen Schaltern ein Nachschub von Einreisewilligen bereitstand.

Es ging nur langsam voran. Ich erinnerte mich, wie es war, als ich das letzte und bisher einzige Mal hier gewartet hatte. Das war 1995 gewesen, wenige Monate nachdem Klara aus Singapur zurückgekommen war.

Voller falscher Hoffnungen war ich hierher gekommen. Die New Yorker Software-Firmen, so hatte ich mir in der Nacht plötzlich eingebildet, würden mir das Ballspiel ohne Ball und das Vatervernichtungsprogramm geradezu aus der Hand reißen. Der Einreisebeamte verwies auf das von mir in die Papiere eingetragene Chelsea-Hotel und fragte mich, ob ich dort reserviert hätte. Ich antwortete wahrheitsgemäß mit Nein. Daraufhin zeigte er auf eine Tür hinter ihm und sagte, ich solle in diesen Raum gehen. Er gab mir den Pass mit der Einreise- und Zollerklärung zurück, und ich betrat den Raum, der aus einem Schalter auf der einen und einer langen Sitzbank auf der anderen Seite bestand. Hinter dem Schalter saßen zwei Beamte. Der eine nahm mir den Pass ab und steckte ihn in einen hölzernen Karteikasten zu anderen Pässen. Er wies mich an, auf der langen Sitzbank Platz zu nehmen. Dort saßen schon etwa zehn andere Personen. Einige von ihnen, so bemerkte ich plötzlich, waren mit Fußschellen an die Bank gefesselt. Dem Aussehen nach waren es Indios, Mexikaner vielleicht, aber sie sprachen nicht miteinander. Kaum hatte ich mich gesetzt, kamen erneut Menschen zur Tür herein. Der Beamte nahm ihnen die Pässe ab und ordnete sie vor meinem Pass in den Kasten ein. Der andere Beamte war gerade mit einem Fall fertig. Er griff in den Kasten, nahm den nächsten Pass und rief die Person auf. Die hatte sich noch nicht einmal gesetzt. Und so ging es dahin. Der eine Beamte reihte die Pässe der Dazugekommenen vorne ein, der andere nahm sie von vorne weg und begann sich um den jeweiligen Fall zu kümmern. Nachdem ich das gut eine Stunde lang beobachtet hatte, stand ich auf und ging auf den Beamten zu. Ich wollte ihn auf diese Ungereimtheit in der Vorgehensweise aufmerksam machen. Doch kaum hatte ich mich erhoben, fuhr er mich an, ich solle mich setzen und warten, bis ich drankomme. Für diejenigen, die mit Fußfesseln an die Bank gekettet waren, schien die Reihenfolge das geringste Problem zu sein. Wenn ihnen etwas den Aufenthalt in den Vereinigten Staaten noch verlängern konnte, dann war es dieses unkoordinierte Zusammenspiel der beiden Beamten.

Nach drei Stunden hatte sich die Situation keineswegs geändert. Die Wartenden wurden mehr, es kam aber immer nur eine Auswahl derjenigen dran, die zuletzt gekommen waren. Ich sah dem Spiel noch eine Weile zu, dann stand ich erneut auf, sagte: Excuse me, Sir, und ging auf den Beamten zu. Er forderte mich auf, zu warten, bis ich an der Reihe wäre. Doch diesmal ließ ich mich nicht abwimmeln. Ich werde nie drankommen, sagte ich, weil Sie prinzipiell nur die Pässe zur Hand nehmen, die am Schluss hingelegt wurden. Ich warte hier schon dreieinhalb Stunden.

Der Mann schaute verdutzt und wechselte einen Blick mit seinem Kollegen. Die Situation war ihm unangenehm. Er bat mich, meinen Pass herauszusuchen, und nahm mich sofort dran.

Da fehlt ja bloß die Hotel-Adresse, sagte er.

Das Problem ist nur, ich weiß sie nicht.

Aber ich weiß sie, sagte der Beamte, nahm seinen Kugelschreiber und schrieb auf das Einreiseformular: 222 W 23rd. Dann stempelte er das Formular ab und heftete den kleineren Teil in meinen Pass hinein.

Sie sind fertig, sagte er und fragte dann zur Bank hin gewandt: Wer wartet hier am längsten? Ein Indio, der noch keine Fußschellen trug, meldete sich zaghaft, ich verließ den Raum.

Bei meinen Reisen hatte ich früher immer eine Notration

Haschisch bei mir gehabt, weil ich keine Lust hatte, in anderen Städten die Zeit damit zu verbringen, den örtlichen Drogenmarkt auszuforschen. Meist war sie in einer ganz normal aussehenden Packung Marlboro untergebracht. Ich drehte die Zigaretten so lange zwischen den Fingern, bis der gesamte Tabak herausfiel. Den durchmischte ich gut mit klein gehacktem Cannabis und legte ihn dann auf die auseinander geklappte Röhre meines Stopfgeräts. Entscheidend war hier die Tabakmenge, die ich als erfahrener Stopfer im Griff hatte. Legte man zu viel Tabak in die Röhre, ließ er sich nur mühsam in die Zigarettenhülse schieben und der Joint hatte keinen Zug, erwischte man zu wenig, bekam die Zigarette eine auffällige, unregelmäßige Form. Am hinteren Ende der Röhre musste immer richtiger Tabak liegen, der nicht mit Cannabis durchsetzt war. Mit einem Stößel wurde das Tabakgemisch aus der Röhre in die Zigarette geschoben. Wenn man die Zigarette an manchen Stellen noch ein wenig zwischen den Fingern drehte und dadurch abrundete, war sie von einer normalen Marlboro kaum zu unterscheiden.

Ich hatte damals keine Ahnung, wie streng die Suchtgiftgesetze in den USA waren, und ging mit meiner präparierten Packung durch den Zoll, als wäre ich in Dänemark oder in den Niederlanden. Hätten sie mich damals erwischt, wäre ich nun, fünf Jahre später, nicht noch einmal in der Einreisehalle Schlange gestanden, sondern immer noch in den USA gewesen, in einem der unzähligen Gefängnisse.

Diesmal stand ich keineswegs seelenruhig in der Warteschlange, obwohl ich von den Einreisebestimmungen her allen Grund gehabt hätte. Ich hatte die Adresse des Paramount-Hotels eingetragen und keine präparierten Zigaretten einstecken, nicht einmal gewöhnliche. Dass ich ein Jahr vor dieser Reise das Haschischrauchen und das Rauchen überhaupt von einem Tag auf den anderen aufgegeben hatte, erschien mir, als ich in dieser Einreisehalle stand und die glücklichen und katastrophalen Wechselfälle meiner ersten New-York-Reise an mir vorbeiziehen sah, mit einem Mal selbst fast unbegreiflich. Es war nicht geplant, es hatte sich plötzlich so ergeben. Ich hatte meinen Vater angerufen und ihn um einen Überbrückungskredit gebeten. Er sagte: Schau, ich würde dir zwar für den Moment aus der Patsche helfen, aber deinem Leben würde ich damit keinen Gefallen tun.

Es geht um meine Zukunft, sagte ich. Ich habe eine tolle Software entwickelt, aber ich kann sie nur vermarkten, wenn sie zeitgemäß über ein CD-ROM-Laufwerk abgerufen werden kann. Ich brauche dringend einen CD-ROM-Brenner, sonst war die ganze Arbeit vergeblich.

Er lehnte es rundweg ab, mir noch einmal zu helfen. Bisher waren unsere telefonischen Gelddebatten immer in einen Kompromiss gemündet. Ich bekam nicht, was ich wollte, aber ich bekam einen Teil davon. Plötzlich schien bei ihm Schluss zu sein. Er sagte: Schau, ich sage dir seit Jahren, dass es so nicht weitergehen wird. Aber du bist immer wieder für ein letztes Mal gekommen. Das letzte Mal war wirklich das letzte Mal. Ich dachte, du hättest das kapiert.

Willst du mich jetzt verhungern lassen?, rief ich ins Telefon, und er antwortete knallhart mit Ja und legte auf. Meine Mutter anzuschnorren verbat sich von selbst. Eher hätte ich Geld gestohlen. Meine Schwester war für mich außer Reichweite geraten. Mein Widerwillen gegen ihre Trennungsgeschichte hatte dazu geführt, dass wir uns bald nichts mehr zu sagen hatten. Wir sahen uns hin und wieder bei meiner Mutter, wenn sie das Kind brachte oder abholte. Es waren zufällige Begegnungen und sie gingen über ein paar freundliche Worte nicht hinaus. Einmal fragte ich meine Mutter, ob Klara nun einen neuen Freund habe, und es stellte sich heraus, dass auch sie es nicht wusste. Wenn sie sich auch häufiger trafen, das, was sie bewegte, kam dabei nicht zur Sprache. Klara war das Kind meines Vaters geworden, und ich das meiner Mutter.

Mein Bargeld war zu Ende, das Konto um gut 50 000 Schilling überzogen. Den Ofen hatte ich an den ersten kalten Tagen nur mit Altpapier geheizt. Die Leute in unserem Haus warfen es in eine grüne Tonne, ich holte es in der Nacht wieder heraus. Mein Haschischvorrat reichte gerade noch für zwei Tage. Die letzte Zigarettenpackung war halb voll. Im Kühlschrank stand ein einsamer Schmalztopf für mich und eine halbe Dose Thunfisch für Alexandr. Im Gemüsefach lagen Rote Rüben. Darüber hinaus gab es noch den hart gewordenen Rest eines Roggenbrotes und ein angebrochenes Glas Marmelade sowie ein paar weitere, noch verschlossene Dosen Katzenfutter für Alexandr. Das war der kärgliche Rest an Lebensmitteln, der mir geblieben war. Kein Mineralwasser, kein Bier, kein Wein, keine Milch. Kein Geld.

Es war Mitte Nachmittag und damit eigentlich zu früh für meine tägliche Knuspertüte. Aber was hieß zu früh? Die Lebensform, der diese Einteilung angehörte, war an ein Ende gekommen. Morgen würde mein Leben entweder ganz zu Ende sein, oder es würde ein neues beginnen müssen. Ich beschloss, das Ende meiner bisherigen Lebensform auszukosten und drehte mir einen fetten Joint. Um Alexandr von der Feierstunde nicht auszuschließen, ging ich in die Küche und füllte, vier Stunden vor der üblichen Zeit, sein Schälchen mit der halben Dose Thunfisch. Dann gab ich die Roten Rüben in einen Topf, übergoss sie mit Wasser und stellte sie auf die Herdplatte.

Als ich mich hierauf im Wohnzimmer niederließ und die Knuspertüte in Brand steckte, war Alexandr mit seinem Thunfisch schon fertig. Er kam zu mir, leckte sich die Pfoten und ließ sich auf meinem Schoß nieder.

Alle diese Dinge, so erklärte ich ihm, werden bald aus dieser Wohnung verschwinden. Aber keine Angst, sagte ich, Katzenfutter wird bleiben. Es wird nur noch Katzenfutter und Haschisch geben, wir werden es vermischen und gemeinsam essen. Sonst werden wir uns nichts mehr leisten können. Ist morgen Samstag?

Alexandr schloss zustimmend die Augen. In der Früh, fuhr ich fort, werden wir zur Wienzeile hinuntergehen und auf dem Flohmarkt alles verkaufen, was wir entbehren können. Und das ist fast alles. Du hängst doch auch nicht an den Dingen. Das Bett behalten wir, den Computer behalten wir und die Katzenkiste. Noch etwas?

Alexandr schien auch nichts einzufallen, was wir sonst noch behalten sollten. Aber nach einer Weile hatte er einen Gedanken. Er stand auf, streckte die Vorderpfoten und bog den Rücken zu einem S. Das heißt in der Katzensprache: Alles herhören, ich habe gerade einen Gedanken. Dann ging Alexandr zur Lautsprecherbox und rieb sein Fell an der Kante.

Einverstanden, sagte ich. Ein paar CDs behalten wir auch. Sagen wir zehn, die zehn besten. Du hilfst mir aussuchen.

Ich breitete alle CDs auf dem Boden aus. Es waren mehr als hundert. Gemeinsam wählten Alexandr und ich die zehn besten aus. Zuerst suchte ich diejenigen heraus, die unter allen Umständen dabei sein mussten. Es waren acht. Dann wurde es schwierig. Ich kam auf weitere sieben CDs, die gute Chancen hatten, unter meine Top Ten zu kommen. Ich konnte mich jedoch nicht entscheiden. Ach lass es doch bei fünfzehn, sagte Alexandr.

Nein, antwortete ich, es wird ein radikaler Schnitt gemacht. Zehn CDs sollen bleiben, der Rest wird morgen verkauft. Ich lege sie jetzt nacheinander in den Player und du suchst die zwei heraus, die du am liebsten hörst.

Und so hatten wir stundenlang Beschäftigung. Während die Musik lief, beobachtete ich Alexandr. Meist lag er nur da. Aber es machte einen Unterschied, ob er die Augen offen oder geschlossen hatte, ob die Ohren normal in die Höhe standen oder nach vorne gestellt waren, ob er den Kopf hochhielt, zur Seite legte oder gar unter einer Pfote vergrub. Alexandr war ein unbestechlicher Juror. Für Madredeus entschied er sich erst beim zweiten Teil der CD, aber dann umso nachdrücklicher. Mir sollte es recht sein. Ich würde die eindringliche Stimme von Teresa Salgueiro noch oft hören können. Die Entscheidung für Waldemar Bastos hingegen kam für mich selbst überraschend. Als ich die CD einlegte, dachte ich noch, Bob Dylans *Time Out Of Mind* hätte das Rennen gemacht. Aber dann setzten die Gitarren zum ersten Lied von Bastos ein, einer CD, die ich selbst erst vor kurzem erstanden und bisher nur einmal gehört hatte. Alexandr war sofort Feuer und Flamme. Er hob den Kopf, lauschte und lauschte und blickte mich immer wieder dankbar an. Beim vierten Lied sang er den Refrain mit, Kuribôta, Kuribôta, nicht laut, aber doch deutlich hörbar.

Zu meinem Erstaunen stellte ich fest, dass ich 43 Videokassetten mit Pornos besaß. Sollte ich die alle weggeben? Das Fernsehgerät kam weg, so viel war sicher. Aber die Pornos konnte ich mit Hilfe der Videokarte auch auf dem Computerbildschirm laufen lassen. Sie alle wegzugeben, schien mir nun doch ein zu großer Lebenseinschnitt zu sein. Ich beschloss, drei zu behalten. Alexandr zog ich in die Entscheidung nicht mit ein. Davon verstand er nichts, er war vor kurzem kastriert worden.

Plötzlich stank es. Ich blickte mich um. Durch die offene Tür kam ein stechender Qualm. Ich lief in die Küche. Auf dem Herd stand der Topf mit den Roten Rüben, die ich vergessen hatte. Das Wasser war längst verdampft. Ich riss das Fenster auf und ließ Wasser in den Topf, dessen Boden mit einer braunen, rauchenden Kruste überzogen war, in der die drei Roten Rüben klebten.

Alexandr kam nachschauen. Er sagte, es sei geradezu ein Glück, dass die Roten Rüben nun ungenießbar seien. Wenn man eine Knuspertüte verheize, solle man nämlich alles, was an Blut erinnere, aus dem Spiel lassen. Kein blutiger Mund, keine blutigen Hände, keine Erinnerung an Gerhard. Ein Marillenmarmeladebrot sei da wesentlich günstiger. Marillenmarmelade erinnere nämlich nicht an Blut, sondern an Babyscheiße. Und so aß ich, inmitten der verqualmten Küche, in die kalte Luft hereinströmte, den hart gewordenen Brotrest mit Marillenmarmelade und trank Wasser dazu.

Wir gingen ins Zimmer zurück. Es war Abend geworden. Ich hatte eine wichtige Frage zu entscheiden: Wie viele Bücher sollte ich behalten? Ich besaß nicht viele Bücher. Beim Zählen kam ich auf 192. Gut die Hälfte davon hatte man mir geschenkt, einige hatte ich nie gelesen. Ich begann auszusortieren und fand erstaunlicherweise kein einziges Buch, das ich unbedingt behalten musste. Bei zwei Bänden zögerte ich. Sie stammten von Oswald Spengler und hatten einen Titel, der mir gut gefiel: *Untergang des Abendlandes*. Diese Ausgabe in Leder war das Einzige, was ich aus dem Besitz meines Scheibbser Großvaters übernommen hatte. Niemand wollte diese Bücher haben. Meine Mutter hatte sie zum Altpapier geworfen, und ich hatte sie wieder herausgenommen. Weil Leder nicht zum Altpapier gehört, aber auch weil man Bücher mit einem so einprägsamen Titel nicht einfach wegwerfen kann. Das Merkwürdige war, dass alle, die diese zwei Bände in meinem Besitz sahen, immer nur die Nase rümpften. Das machte mir diesen Oswald Spengler letztlich so interessant, dass ich mich eines Tages aufraffte und in den Bänden zu lesen begann. Aber dann war mein Interesse schnell vorbei. Es ging um die Entwicklung der Hochkulturen und ihre verschiedenen Stufen vom Aufstieg bis zum Niedergang. Wenn ich es recht verstand, lief es darauf hinaus, dass unsere Kultur am Ende sei und die Zivilisation von einem kulturlosen Pöbel beherrscht werde. Vielleicht hatte er Leute wie mich gemeint. Es gab keinen Grund, dieses Buch länger zu behalten, auch wenn es das letzte Erinnerungsstück an meinen Scheibbser Großvater war. Und weil man, wenn man alles aussortiert, nichts aussortiert hat, stellte ich alle Bücher wieder ins Regal zurück.

Und dann dachte ich mir, wenn ich den Fernsehapparat schon abgebe, sollte ich ihn wenigstens noch ein letztes Mal benutzen und durch die Programme zappen, die chiffrierten und unchiffrierten. Ich schaltete das Gerät ein, ohne zu ahnen, dass diese aus einer Laune heraus getroffene Entscheidung große Folgen haben würde. Ich klickte mit der Fernbedienung nacheinander die Programme auf den Schirm: einen Film, Werbung, Nachrichten, Werbung, einen Zeichentrickfilm, eine Talkshow, Werbung, noch eine Talkshow, wieder einen Film, ein italienisches Fußballmatch, englische Nachrichten, Moment, was war denn das, zurück zu RAI UNO, und dann traf mich der Schlag. Im italienischen Fernsehen wurde ein Fußballspiel ohne Ball gezeigt. Man hatte den Ball herausgefiltert. Ich presste die Augen ein paar Mal zusammen, weil ich für einen Moment überzeugt war, einer Halluzination zu erliegen. Aber die Bilder blieben. Ein Kommentator sagte: Immagini impressionanti – come un baletto! È magnifico che può fare la tecnica televisiva oggigiorno.

Ich hatte in diesem Augenblick, scharf wie unter einem Brennglas, das Desaster meiner gesamten Existenz vor mir. Da arbeite ich jahrelang an einer Sache, habe die Idee, entwickle sie weiter, verbringe Nacht für Nacht damit, bis ein zum Herzeigen reifes Produkt entsteht – aber dann sind meine Energien plötzlich dahin, ich drehe mir eine Knuspertüte nach der anderen und lasse das Ergebnis meiner Mühen auf der Festplatte vergammeln. Vier Jahre später muss ich mir meine eigene Erfindung als fremdes Produkt im Fernsehen anschauen, gefeiert als großer Hit der technischen Entwicklung. Irgendjemand, der vermutlich viel später dran war als ich, aber letztlich doch cleverer war, hat dafür mächtig Tantiemen kassiert und es wird offiziell für immer seine Erfindung bleiben. Mein Fußballmatch ohne Ball war 37 Minuten lang. Ich war nicht in der Lage gewesen, das Know-how oder wenigstens den Film zu verkaufen, weder in New York noch daheim in Wien. Das Einzige, was ich schaffte, war, dass der Film zwei Monate lang im Wiener Szene-Lokal FLEX auf einem Bildschirm lief. Dafür hatte ich 10 000 Schilling bekommen. Und wie viel hatte derjenige bekommen, der das Know-how oder das bearbeitete Material an RAI UNO verkauft hatte?

Was mich plötzlich so durchdringend wach machte, war nur am Rande die ärgerliche Tatsache, dass mir durch ungeschicktes Vorgehen viel Geld entgangen war, vielmehr war es die schlagartige Erkenntnis, dass für meine verrückten Erfindungen Bedarf bestand. Es gab Leute, die das, was ich machte, sehen wollten, und es gab Leute, die dafür bezahlen wollten. Ich musste nur an sie rankommen. Mir war zum Lachen und zum Weinen gleichzeitig zumute.

Schau dir das an, sagte ich zu Alexandr. Schau dir diese Scheiße an.

Alexandr schaute einen Moment und wandte sich dann wieder ab. Nicht einmal er konnte es sehen.

Ich holte mein letztes Bröckchen Cannabis aus dem Stanniolpapier und drehte die letzte Knuspertüte meines alten Lebens. Die nächste, so schwor ich vor Alexandr hochfeierlich, werde ich mir erst genehmigen, wenn ich auf dem Konto eine Million liegen habe.

Dollar? Euro?, fragte Alexandr.

Schilling, antwortete ich.

Ich rauchte den Joint mit tiefen Zügen, legte mich dann auf den Boden und sah der Tapete zu, wie sie sich langsam löste und in Wellenbewegungen die Wand herabzulaufen begann. Da das so irritierend wirklich war, schaute ich um mich und bemerkte, dass nicht nur die Tapetenbahnen, sondern die Kanten und Formen aller Gegenstände in sanfte Wellenbewegungen versetzt wurden, der Fernsehapparat, der Stuhl, der Ofen, alle diese klaren Formen verflossen ein wenig, hoben sich nicht mehr so hart voneinander ab. Musik, dachte ich, die Dinge wollen Musik hören, sie wollen tanzen. Ich legte *Take This Waltz* von Leonard Cohen auf und drückte die Wiederholungs-Taste. Nun fuhr ein Wind in die Wellen, die Dinge begannen sich zu regen. Es war, als würden sie einander ihre Aufmerksamkeit zuwenden, als würden sie sich sogar ein wenig aufeinander zu bewegen und dabei im Rhythmus der Musik pulsieren. Selbst die ineinander verfließenden, schlangenförmigen Bewegungen, in denen die Tapete nun über die Wand kroch, stellten sich auf den weichen Dreivierteltakt der Musik ein. Alexandr war fasziniert von dem merkwürdigen Geschehen. Er hockte in der Mitte des Raumes, mit seinen vorderen Pfoten hoch aufgestützt, und beobachtete, wie die Videokassetten, die CDs, die Bücher und die Möbel sich sanft in die Stimmung der Musik hineinwiegten. This waltz, this waltz, this waltz, it's been dying for years.

Weißt du nicht, was das ist?, fragte ich. Alexandr schaute mit großen Augen.

Das ist der letzte Tanz der Dinge, bevor wir sie aus unserem Leben entlassen. Es ist ihr Abschiedsfest.

Alexandr legte sich auf den Boden und ergab sich den Klängen der Musik.

Ich wiegte mich in das Schaukeln der Töne hinein und war ein letztes Mal eins mit den Dingen, von denen ich mich am nächsten Tag trennen musste. Und dann, der Song dürfte bei seinem dritten oder vierten Durchlauf gewesen sein, machte ich eine überraschende Entdeckung. Um mich abzustützen, bewegte ich eine Hand nach hinten und merkte, dass sich dabei auch die Dinge ein wenig bewegten. Ich wiederholte die Geste und wieder reagierten die Dinge auf meine Bewegung. Ich hob die Hand, und ich hob die andere Hand, die Gegenstände um mich herum gaben auf ihre Weise den beiden Bewegungen ein Echo. Und dann begann ich beide Hände gleichzeitig zu bewegen und sah, dass verschiedene Teile des Raumes in unterschiedliche Bewegungen verfielen. Wie ein Dirigent schwang ich die Hände, erstaunt darüber, dass alles, was ich tat, bei allem um mich herum eine Antwort auslöste. Ich genoss diesen Zustand, es machte mich geradezu euphorisch, dass die Dinge um mich herum bereit waren, mir zu folgen.

Nachdem ich eine Weile dirigiert hatte, dachte ich mir, nein, ich sagte es feierlich in den Raum hinein: Ich habe auf meinem Weg mehr erreicht, als ich erwarten konnte. Ab jetzt kann ich nichts mehr erwarten.

Es sollte, für mehr als ein Jahr, meine letzte Knuspertüte sein.

Zeugenaussage von Jonas Shtrom

Office of Special Investigations, Department of Justice,
Washington, D. C.

U.-R.: Herr Shtrom, Sie haben uns die Protokolle einer
Zeugenaussage zugesandt, die Sie vor acht Jahren in Ludwigsburg, Bundesrepublik Deutschland, gemacht haben.
Und Sie haben uns einen Brief geschrieben, in dem Sie um
einen baldigen Termin für eine ergänzende Aussage baten,
da Ihnen neue, untersuchungswürdige Erkenntnisse vorlä-
gen. Zunächst möchte ich Sie fragen, ob es, im Abstand der
Jahre, an den Protokollen Ihrer Aussage von Ludwigsburg
irgendeinen Punkt gibt, der Ihnen revisions- oder verbesse-
rungsbedürftig erscheint?

J. S.: Nein. Ich kann nach bestem Wissen und Gewissen
jeden Satz meiner Ludwigsburger Aussage bestätigen.

U.-R.: Somit werden die Protokolle der Ludwigsburger
Aussage von Jonas Shtrom in vollem Umfang der Akte in-
korporiert. Bevor Sie mit Ihrer Aussage beginnen: Sie sind
verpflichtet, die Wahrheit zu sagen, aber Sie haben das
Recht, Dinge, durch die Sie sich selbst belasten würden, un-
erwähnt zu lassen. Sie haben ferner das Recht, Ihre Aussage im Beisein eines Anwalts Ihrer Wahl zu machen. Sollte
sich im Zuge der Ermittlungen eine mögliche Gefährdung
Ihrer Person ergeben, wird Ihnen Personenschutz gewährt.

J. S.: Ich benötige keinen Anwalt, obwohl es ein paar
Punkte gibt, bei denen ich mich selbst ein wenig belaste,
weil ich eine unsaubere Methode der Recherche anwand-

te. Aber das Ergebnis war es mir wert. Ich will das nicht verschweigen, weil es im Falle eines Prozesses ohnedies ans Tageslicht käme. Ein Personenschutz wird, so hoffe ich, nicht nötig sein.

U.-R.: In Ihrer Ludwigsburger Aussage werden neben vielen Menschen, über die Sie keine näheren Angaben machen können, vor allem zwei Personen belastet: der SS-Standartenführer Karl Jäger und Ihr ehemaliger Schulkamerad Algis Munkaitis. Hat, wie aus Ihrem Brief hervorzugehen scheint, Ihre neue Aussage mit diesen beiden Personen zu tun?

J.S.: Ja. Nicht mit Karl Jäger. Der wurde aufgrund anderer Hinweise drei Monate nach meiner Aussage in der Nähe von Heidelberg verhaftet, wo er als Landarbeiter tätig war. Er erhängte sich am 22. Juni 1959 in Untersuchungshaft. Ich habe darüber in der *Chicago Tribune* berichtet.

Es geht um meinen ehemaligen Schulkameraden Algis Munkaitis. Ich habe den dringenden Verdacht, dass er sich in den Vereinigten Staaten aufhält. Vor zwei Wochen sah ich im Fernsehen einen Bericht über die Ehrung von Immigranten der ersten Generation, die einen Beitrag für die wirtschaftliche Entwicklung Chicagos geleistet haben. Die Stadt verlieh ihnen Anerkennungsmedaillen. Die Zeremonie fand bei zahlreichem Publikum im Festsaal des Rathauses statt. Die Geehrten kamen aus 34 Ländern. Es waren 32 Männer und zwei Frauen, jeweils eine Person pro Land. Zuerst spielte eine Blues-Band, dann hielt der Bürgermeister der Stadt Chicago eine Festansprache. Die Geehrten saßen in der ersten Reihe. Sie wurden während der Rede des Bürgermeisters immer wieder ins Bild gebracht. Ein Gesicht kam mir bekannt vor, obwohl ich es nicht zuordnen konnte. Als der Bürgermeister die Herkunftsländer der Unternehmer aufzählte und dabei auch Litauen nannte, wurde ich hellhörig. Während wieder die Blues-Band spielte, gingen die Geehrten dicht hintereinander auf die Bühne. Einer von ihnen hatte einen merkwürdig schlurfenden Schritt. Seine Schultern tanzten aus der Reihe. In dem Augenblick, in dem sein Gesicht ins Bild kam, erkannte ich ihn. Es war Algis Munkaitis. Er trägt nunmehr einen Schnauzbart. Seine Haare sind entweder dunkler geworden oder dunkel gefärbt.

Die Honoratioren stellten sich in einer langen Reihe auf die Bühne, der Bürgermeister überreichte ihnen nacheinander Urkunden und hängte ihnen die Anerkennungsmedaillen um. Dann drückte er jedem die Hand und gratulierte. Von einer Frau wurden durch das Mikrofon die Namen der Geehrten verlesen sowie der Geschäftsbereich, in dem sie tätig waren. Für jeden einzelnen von ihnen wurde von den Anwesenden Beifall gespendet. Als der Bürgermeister zu Algis Munkaitis kam, wurde der Name Lucas Kralikauskas verlesen. Die Frau fügte hinzu: »Er stammt aus Litauen und hat einen Großhandel für Fischereibedarf aufgebaut.«

Am Ende der Zeremonie trat dieser Lucas Kralikauskas aus der Reihe und ging zum Rednerpult. Und wieder dieser Gang mit weit ausschwingenden Schultern, den ich als Kind nachgeahmt hatte. Er zog ein Manuskript aus der Innentasche seines Sakkos und verlas, im Namen der gesamten Gruppe, mit deutlichem litauischen Akzent eine Dankesrede. Seine Stimme war für mich klar wiederzuerkennen. Er sagte, dass der überwiegende Teil der Geehrten den beiden schrecklichen Diktaturen dieses Jahrhunderts entkommen war, dem Nationalsozialismus und dem Kommunismus. Erst die Vereinigten Staaten, und insbesondere die traditionsreiche Immigrantenstadt Chicago, hätten diesen Menschen die Möglichkeit geboten, ein freies Leben zu führen und ihr Können zu entfalten. Ich erfuhr nicht, was er sonst noch sagte und wie lang seine Rede war. Es wurden nur zwei Ausschnitte gezeigt. Sie waren so abgefasst, dass alle Anwesenden damit einverstanden sein konnten. Bei diesen beiden Ausschnitten war der Kopf des Redners groß im Bild. Ich hörte die Stimme, ich sah das Gesicht, und ich hatte nicht den geringsten Zweifel, dass dieser Lucas Kralikauskas in Wirklichkeit Algis Munkaitis war.

U.-R.: Das war wann?

J. S.: Am 15. Februar dieses Jahres.

U.-R.: Also vor mehr als zwei Monaten. Warum haben Sie sich nicht gleich an uns gewandt?

J. S.: Es war ein Fernsehbild. Ich wollte mehr wissen. Vielleicht gibt es eine litauische Person gleichen Alters, die zufällig Algis Munkaitis ähnlich sieht.

U.-R.: Und auch noch auf die gleiche Weise geht?

J. S.: Ich weiß, das ist unwahrscheinlich. Aber ich wollte Ihnen etwas Handfestes präsentieren.

U.-R.: Was haben Sie unternommen?

J. S.: Zuerst habe ich in den gelben Seiten des Telefonbuchs nachgeschaut, unter Fischereibedarf. Es gibt in Chicago zwei Großhandelsfirmen. Die eine heißt »Fisherman«, die andere »The Fishing Grounds«. Ich ging ins Rathaus und überprüfte die Grundbucheintragungen der beiden Firmen. »The Fishing Grounds« wurde erst vor 9 Jahren gegründet. Sie hat zwei Teilhaber: Lucas Kralikauskas, geboren 1922 in Kaunas, Litauen, und Stasys Brazauskas, geboren 1916 in Klaipeda, ebenfalls Litauen. Der Jüngere, Lucas Kralikauskas, ist geschäftsführender Direktor und Stasys Brazauskas sein Kompagnon.

Das Einzige, was ich nun mit Sicherheit wusste, war, wie man den Namen Kralikauskas schreibt. Denn das war im Fernsehen schwer zu verstehen gewesen. Ich suchte die Firma auf. Fälschlicherweise hatte ich mir einen großen Supermarkt vorgestellt mit vielen Kunden. In Wirklichkeit haben sie nur ein kleines Kundenbüro, in dem ständig der Fernschreiber tickert und das Telefon läutet. Offenbar werden die meisten Bestellungen telefonisch, telegrafisch oder schriftlich vorgenommen. Die Waren werden dann in den Lagerhallen, die irgendwo außerhalb der Stadt liegen, verpackt und versandt. Ich war der einzige Kunde. Darauf war ich nicht gefasst. Ich wurde sofort von einer Frau gefragt, ob ich etwas bestellen wolle. Ich antwortete: »Nein, ich will den Chef sprechen.«

»Welchen?«, fragte sie.

»Herrn Kralikauskas«, antwortete ich, »den geschäftsführenden Direktor.«

»In welcher Angelegenheit darf ich Sie anmelden?«

Nun saß ich in der Falle. Ich war nicht darauf vorbereitet, dass ich exklusiv zum Chef vorgelassen würde. Da ich eine schnelle Antwort brauchte, sagte ich das Naheliegendste: »Ich bin Journalist der *Chicago Tribune* und bereite einen Artikel über die Auszeichnung durch die Stadt Chicago vor.«

Ich griff in meine Tasche und zückte den Presseausweis. Aber ich hielt ihn der Frau nicht direkt vors Gesicht, weil mir klar war, was jetzt kommen würde.

»Und wen darf ich anmelden?«, fragte sie.

»David Landau, vom Ressort Stadtchronik«, antwortete ich. Es gibt diesen David Landau tatsächlich. Nun konnte ich nur noch hoffen, dass er dem Firmenchef nicht persönlich bekannt war. Als die Frau zurückkam, führte sie mich in das Vorzimmer von Lucas Kralikauskas. Dort saß eine Sekretärin an der Schreibmaschine. Sie grüßte kurz und sagte: »Einen Moment noch. Nehmen Sie doch einstweilen Platz.«

Sie bot mir einen Stuhl an. Die Tür zum Chefzimmer stand offen. Außer einem Fenster und einem Aktenschrank konnte ich nichts sehen. Es kam auch kein Laut aus dem Zimmer. Die Sekretärin begann wieder zu tippen. Nach einer Weile stand Algis Munkaitis in der Tür. Er streckte mir die Hand entgegen und sagte: »Nice to meet you, Mister Landau.«

Ich gab ihm die Hand und sah ihm in die Augen. Mein Herz begann zu rasen. Ich beobachtete seine Körperhaltung beim Gehen. Ich wusste, er ist es. Wir saßen uns in zwei Lederfauteuils gegenüber. Dazwischen ein Nierentisch mit einer Kaffeekanne und zwei Tassen darauf.

»Nehmen Sie einen Kaffee?«, fragte er.

»Nein, danke«, antwortete ich.

»Ich habe gehört, Sie kommen wegen der Auszeichnung«, sagte er. Er deutete dabei hinter seinen Schreibtisch, wo die Urkunde an der Wand hing.

»Sie haben die Dankesrede gehalten«, sagte ich. »Erstens hätte ich gerne das Manuskript, um daraus zitieren zu können. Und zweitens würde ich gerne über Ihr Leben schreiben. Woher Sie kommen, welche Umstände Sie in die USA geführt haben. Und vielleicht auch noch die Schwierigkeiten des Anfangs in Chicago, wenn es denn überhaupt welche gegeben hat.«

Ich kramte in meinem Sakko, merkte aber, dass ich nicht einmal Papier bei mir hatte. So nahm ich mein Adressbuch heraus und schlug die letzte, noch unbeschriebene Seite auf. Darauf machte ich mir während des folgenden Gesprächs Notizen.

»Nun, ich bin in Kaunas geboren«, begann Lucas Kralikauskas. »Mein Vater hatte eine kleine Fischzucht am Nemunas-Fluss. Sie sehen, es ist kein Zufall, dass ich einen Betrieb für Fischereibedarf habe. Ich bin mit der Fischerei aufgewachsen. Mein Vater, Gott hab ihn selig, musste zusehen, wie sein ganzes Lebenswerk von den Russen zerstört wurde.«

»Wann?«, fragte ich.

»1945«, antwortete er. »Als die Russen 1940 das erste Mal kamen, hatten wir noch eine Gnadenfrist, weil wir die Armee belieferten. Aber es gab damals schon Pläne, unsere Fischerei einer Genossenschaft einzugliedern.«

»Aber vor dem Russenjahr«, so fiel ich ihm ins Wort, »lief das Unternehmen gut. War es eigentlich groß?«

»Nein«, sagte er, »nicht groß. Ich glaube, dass nicht einmal alle Lebensmittelhändler in Kaunas uns kannten. Es gab ja noch andere Fischereien. Wir hatten engen Geschäftskontakt mit einem Fischer von Klaipeda. Er lieferte uns die Meeresfische, wir lieferten ihm die Süßwasserfische. Ich fuhr sehr gerne nach Klaipeda. Sogar noch, als es wieder zu Deutschland gehörte. Dieser Fischer hatte einen Sohn, der ein wenig älter war als ich und mit dem ich mich von Anfang an sehr gut verstand. Und jetzt raten Sie mal, wer dieser Sohn ist?«

»Ich nehme an, Ihr Kompagnon«, sagte ich.

»Erraten«, antwortete Lucas Kralikauskas. »Gleich nach dem Krieg habe ich versucht, ihn aus Litauen rauszukriegen. Schließlich ist es mir gelungen. Wenn es etwas gibt, auf das ich wirklich stolz bin, dann nicht mein Betrieb, sondern dass es mir geglückt ist, meinem alten Freund Stasys Brazauskas zur Freiheit zu verhelfen.«

»Das kann ich gut verstehen«, sagte ich. »Darauf kann man stolz sein. Aber würden Sie mir noch ein wenig von davor erzählen. Wie sind Sie durch den Krieg gekommen?«

Lucas Kralikauskas schwieg einen Moment. Aber er wirkte nicht verlegen. Er schien sich nur zu sammeln. Dann fuhr er fort:

»Ich war in der litauischen Armee, als die Russen einmarschierten. Ich wurde sofort entlassen. Damals war ich noch nicht verheiratet, aber meine spätere Frau war von mir schwanger. Sie stammt aus Klaipeda. Das war eine vollkommen verrückte Geschichte. Sie sind vor den Deutschen nach Kaunas geflohen, wo ich sie kennen gelernt habe, und nun flohen sie vor den Russen nach Deutschland. Aber ich als Reservist der litauischen Armee hatte keine Chance, das Land zu verlassen. Als der Russlandfeldzug begann, wurde ich in das litauische Versorgungsbataillon der Deutschen Wehrmacht eingezogen. Ich wurde im Hafen von Tallinn, der Hauptstadt Estlands, stationiert. Die Deutschen nannten die Stadt Reval. Anfangs war die Front weit und ich war wieder mit der Fischerei beschäftigt. Aber dann, ab März 1944, wurde die Stadt von der sowjetischen Luftwaffe bombardiert. Ich wurde der Fliegerabwehr zugeteilt. Wir konnten die Stellung bis August 1944 halten, dann mussten wir sie aufgeben und den Rückzug antreten. Mit einem Schiff wurden wir nach Königsberg evakuiert. Von dort ging es nach Berlin und schließlich am Ende des Krieges nach Kassel, wo ich meine Frau und mein Kind in die Arme schließen konnte. Meine Tochter Maria war inzwischen vier Jahre alt. Und ich habe sie zum ersten Mal gesehen. Sie hatte Angst vor mir. Ich sagte: Musst keine Angst vor mir haben. Ich bin dein Vater. Sie schüttelte den Kopf. Sie kannte mich ja nicht.«

Lucas Kralikauskas traten Tränen in die Augen.

U.-R.: Hat Sie das nicht an Ihrem Verdacht zweifeln lassen?

J. S.: Ja, das hat mich irritiert. Weil es so überzeugend war. Andererseits, ich hörte seine Stimme, ich sah seine Augen und ich sah seine Gesten. Es waren dieselben Gesten, mit denen er im Schulhof von Memel den deutschen Schülern klarzumachen suchte, dass es besser wäre, das Memelland bliebe litauisch. Vielleicht, so sagte ich mir, hat er ja wirklich eine Tochter, die er erst in Deutschland wiedergesehen hat. Es war etwas anderes, das mir seine Geschichte verdächtig machte. Nicht nur, dass ich von dieser

Fischerei am Nemunas-Fluss nie gehört habe. Er sagte, er hätte Süßwasserfische nach Klaipeda geliefert. Klaipeda liegt am Meer. Aber nicht am offenen Meer, sondern am Kurischen Haff. Und im Kurischen Haff gibt es Süßwasserfische.

U.-R.: Ist damit so ein Tauschhandel ausgeschlossen?

J. S.: Nein, das nicht. Der Vater von Stasys Brazauskas könnte auf Meeresfischerei spezialisiert gewesen sein.

U.-R.: Was hat er noch erzählt?

J. S.: Er sagte, dass er in Kassel schon sein Visum nach Amerika in der Tasche hatte und nur noch auf seinen Freund Stasys Brazauskas wartete. Aber der kam nicht. Schließlich habe er aufgegeben und sei mit seiner Frau und seinem Kind in die USA ausgereist. Dort habe er am Mississippi einen kleinen Fischereibetrieb gegründet. Ganz überraschend habe ihm Stasys Brazauskas telegrafiert, dass er nun in Deutschland sei. Er habe ihm sofort ein amerikanisches Visum besorgt und ihn in die USA geholt. Der Rest seiner Erzählung war Firmengeschichte. Ich habe sie in meinem Artikel in der *Chicago Tribune* nachgezeichnet.

U.-R.: Sie haben tatsächlich einen Artikel geschrieben?

J. S.: Was blieb mir anderes übrig, wollte ich nicht Verdacht erregen. Ich habe David Landau ins Vertrauen gezogen und ihm meine Lage erklärt. Der Artikel erschien unter seinem Namen.

U.-R.: Worüber haben Sie mit Lucas Kralikauskas noch gesprochen?

J. S.: Am Ende bot er mir wieder Kaffee an, und ich lehnte noch einmal ab. Plötzlich fragte er mich, ob ich auch aus Litauen stamme. Ich fragte zurück: »Wie kommen Sie zu dieser Vermutung?«

Daraufhin er: »Sie haben das Wort ›Russenjahr‹ erwähnt. Das sagen eigentlich nur Litauer.«

Da trat ich die Flucht nach vorne an. Ich sagte: »Ich bin ein Jude aus Kowno.«

Lucas Kralikauskas schwieg einen Moment und nickte dabei. Aber er ließ sich keine Unruhe anmerken. Er legte die Fingerspitzen zusammen, so, wie man die Hände faltet, aber nur die Fingerspitzen. Dann sagte er: »Darf ich Sie, ohne Ihnen zu nahe treten zu wollen, fragen, wie Sie überlebt haben?«

Ich antwortete: »Im Ghetto. Am Ende wurde ich nach Dachau evakuiert, und dort haben mich die Amerikaner befreit.«

Wieder nickte er. Immer noch wirkte er ruhig. Dann sagte er, ein wenig leiser und so, als würde er nicht zu mir, sondern mehr zu sich selbst sprechen: »Eine tragische Geschichte.«

Und ich antwortete: »Ja. Für alle Beteiligten.«

Daraufhin nickte er einmal kräftig und fragte mich, ob ich für meinen Artikel noch eine Auskunft brauche. Ich sagte: »Ihre Rede.«

Er ging zum Schreibtisch, öffnete eine Schublade und gab mir das Manuskript seiner Rede. Hier ist es. Dann dankte er mir für die Mühe und begleitete mich zur Tür. Zum Abschied gab er mir die Hand. Er sah mir dabei in die Augen. Mir kam es vor, als hätte dieser Blick etwas Flehendes.

U.-R.: Meinen Sie, er hat Sie erkannt?

J. S.: Ich weiß es nicht. Es war dieser durchdringende Blick. Aber ansonsten konnte ich keine Beunruhigung wahrnehmen.

U.-R.: Hat Sie diese Begegnung in Ihrer Ansicht, dass es sich um Algis Munkaitis handelt, bestärkt?

J. S.: Ja. Ich bin seither überzeugt, dass sich hinter dem Namen Lucas Kralikauskas in Wirklichkeit Algis Munkaitis verbirgt.

U.-R.: Haben Sie in dieser Sache noch etwas unternommen?

J. S.: Ja, und das ist der Grund, warum ich erst jetzt zu Ihnen komme. Ich habe einmal einem Mann vom Immigration Service in Chicago einen Gefallen getan. Er hat sich an mich gewandt, weil er aus der *Chicago Tribune* wusste, dass ich die deutschen Kriegsverbrecherprozesse verfolgte. Es ging um die Auskunft zu einer Person, die am Flughafen von Chicago festgenommen worden war. Das Amtshilfeverfahren mit Deutschland war im Gange, aber es dauerte zu lange. Man hätte diese Person ohne erhärtete Verdachtsmomente aus der Untersuchungshaft entlassen müssen. Ich konnte die Auskunft geben, die dann von Deutschland bestätigt wurde. Die Person blieb in Haft. Ich bitte um Verständnis, dass ich den Namen des Mannes vom Immigration Service nicht nennen will. Ihn erinnerte ich vor ein paar Wochen an meine damalige Hilfe. Ich wollte die Immigrationsakte von Lucas Kralikauskas einsehen. Das war nicht möglich. Der Mann sagte, er würde dabei seine Stelle riskieren. Ich rief ihn vor zwei Wochen noch einmal an und verabredete mich mit ihm. Wir trafen uns im Hilton. Ich erzählte ihm meine Lebensgeschichte. Nun war er, unter der Bedingung, dass ich ihn nicht verrate, bereit, mir telefonisch die Personaldaten der Immigrationsakte durchzugeben. Ich habe sie mir notiert. Hier, sehen Sie.

Lucas Kralikauskas, geboren 1922 in Kaunas, Tanute Kralikauskas, geboren 1917 in Klaipeda, und deren gemeinsame Tochter Maria Kralikauskas, geboren 1940 in Oberzwehren, Deutschland, sind am 28. Juni 1948 in die USA eingereist. Als Wohnort vor der Einreise ist das Lager Oberzwehren bei Kassel angegeben. So weit stimmen die Daten mit dem, was Lucas Kralikauskas mir in seinem Büro erzählte, überein. Eines jedoch hat mich stutzig gemacht, und das war der Grund, warum ich sofort einen

Brief an Sie schrieb. Der Mädchenname von Tanute Kralikauskas lautet: Tanute Munkaitis.

U.-R.: Was heißt das?

J. S.: Die Daten müssen natürlich offiziell überprüft werden. Aber es heißt, dass Tanute Kralikauskas mit Algis Munkaitis verwandt sein könnte. Unter der Voraussetzung, dass mein Verdacht sich erhärten lässt, hätte also Algis Munkaitis eine Verwandte geheiratet. In diesem Fall hätten wir es mit Familienmitgliedern zu tun, die einander decken. Das Geburtsjahr von Lucas Kralikauskas stimmt übrigens mit dem von Algis Munkaitis überein.

U.-R.: Wenn er sich Papiere mit einem anderen Namen und einem anderen Geburtsort besorgt hat, hätte er natürlich auch sein Geburtsjahr ändern können.

J. S.: Vielleicht hatte er es bei der Fälschung mit jemandem zu tun, der aus irgendeinem Grund sein Alter kannte.

U.-R.: Mag sein. Sie haben im ersten Protokoll Ihrer Ludwigsburger Aussage eine Schwester von Algis Munkaitis erwähnt.

J. S.: Ja, eine ältere Schwester, der meine Mutter im Mädchen-Lyzeum von Memel Musikunterricht gegeben hat. Ich bin ihr aber leider nie begegnet und kenne auch ihren Vornamen nicht.

U.-R.: Haben Sie auch über Stasys Brazauskas Nachforschungen angestellt?

J. S.: Nein. Über ihn weiß ich nur, was mir Lucas Kralikauskas damals in seinem Büro gesagt hat.

U.-R.: Ihre Ludwigsburger Aussage endet mit der Flucht aus dem Ghetto. Oder fehlt hier ein Protokoll?

J. S.: Nein. Ich habe mich bei meiner Aussage in Ludwigsburg auf jenen Teil der Geschichte konzentriert, der in Zusammenhang mit der Ermordung meiner Familie steht. Meine Mutter ist später im Lager Stutthof ums Leben gekommen. Ich habe nie herausfinden können, unter welchen Umständen. Aber selbstverständlich bin ich jederzeit bereit, als Zeuge auch bei Personen auszusagen, deren Taten nicht meine Familie, sondern andere Menschen in meinem Umkreis betrafen.

U.-R.: Der Nationalsozialismus war in Litauen noch drei Jahre an der Macht. Sie haben eigentlich nur erzählt, was in den ersten vier Monaten geschah.

J. S.: Aus Rücksicht auf Leas Vater. Er lebte in Israel. Ich wollte nicht, dass er in einer bestimmten Sache die Wahrheit erfährt. Letztes Jahr ist er gestorben. Heute kann ich darüber sprechen.

U.-R.: Ich bitte Sie darum.

J. S.: Lea und ich lebten in unserer ehemaligen Wohnung beim Schlosser Vincas und seiner Familie. Er war nicht erfreut, als wir plötzlich vor der Tür standen. Und es war natürlich verboten, Juden zu verstecken. Wir sollten schnell hereinkommen, damit uns niemand sieht. Er fragte mich, wie es der Familie Schor gehe, und ich erzählte ihm, dass nur noch Jakob Schor und seine Tochter Miriam leben. Er schüttelte den Kopf.

»Die beiden Frauen haben doch niemandem etwas getan«, sagte er. Da standen wir noch im Vorzimmer. Er brachte uns dann ins Wohnzimmer. Ich erkannte unsere alten Fauteuils und die große Kommode. Aber sonst war alles anders, einfacher.

Eine Frau kam aus der Küche. Ich hatte sie bislang nicht gesehen. Sie trug ein langes, blaues Kleid und war schwanger. Vincas machte uns mit ihr bekannt. Sie hieß Aldona und war seine Ehefrau. Irritiert gab sie Lea und mir die Hand.

»Aber ihr seid doch Juden«, sagte sie.

Ich nickte. Sie sagte: »Warum seid ihr dann nicht im Ghetto? Ihr tragt ja nicht einmal einen Davidstern.«

»Aldona!«, sagte Vincas. »Sie sind abgehauen.«

»Oh Gott«, sagte sie. »Aber ihr wollt doch hoffentlich nicht hier bleiben? Ihr wisst doch, dass das verboten ist?«

Ich griff in die Manteltasche und drückte ihr den Schmuck in die Hand.

»Was ist denn das?«, fragte sie.

Ich antwortete: »Wenn Sie schon unsere Wohnung und unsere Möbel haben, soll Ihnen der Schmuck auch noch gehören.«

»Aber wir haben euch die Sachen doch nicht gestohlen!«, sagte Aldona.

»Ich weiß«, sagte ich. »Im Ghetto darf meine Mutter keinen Schmuck mehr haben. Bevor ihn die Deutschen nehmen, gebe ich ihn lieber Ihnen. Lassen Sie uns dafür ein wenig hier bleiben.«

Die Frau starrte auf den Schmuck, eine Perlenkette und zwei Goldringe. Sie probierte die Ringe, die ihr nicht am Ringfinger, aber dafür am kleinen Finger passten.

Vincas rief in die Küche hinein: »Komm, Antanas, wir müssen aufbrechen.«

Antanas, der Sohn von Vincas, hatte schweigend in der Küche gesessen und uns zugehört. Nun kam er heraus und drückte sich an uns vorbei. Zum Gruß nickte er nur kurz mit dem Kopf. Als sie im Vorzimmer waren und sich die Schuhe anzogen, hörte ich Vincas auf seinen Sohn einreden, dass er zu niemandem ein Wort sagen dürfe. Beide arbeiteten in einer Kfz-Werkstatt der Deutschen Wehrmacht.

Im Zimmer meiner Großeltern, so stellte sich heraus, lebten nun andere Großeltern, die Eltern von Aldona. Sie waren aus einem Dorf hierher gezogen. Offenbar hatten sie nichts Eigenes mitgebracht, denn sie verwendeten alle Möbel meiner Großeltern. Im Klavierzimmer standen Dinge, die nicht gebraucht wurden, darunter mehrere Kartons mit Büchern. Im Musiknotenschrank lag nun Werkzeug: Schraubenzieher, Gabelschlüssel, Zangen, Bohrer, eine

Eisensäge. Das Klavier war weg. Später erfuhr ich, dass sie es verkauft hatten.

Aldona servierte uns ein einfaches Frühstück. Sie sagte: »Der Krieg wird verloren gehen, und die Juden werden zurückkommen und uns dafür bestrafen, dass wir in ihren Wohnungen leben.« Lea antwortete: »Bis der Krieg verloren geht, sind alle Juden tot.«

Da hob Aldona überrascht den Kopf. Sie hatte keine Ahnung, was im Ghetto vorging. Lea und ich erzählten es ihr. Später kamen ihre Eltern hinzu. Der Großvater sagte: »Sie sollen sie nicht gar so bestrafen.«

Ich wusste nicht, was er damit meinte. Der Mann war mir nicht geheuer, und ich mied ihn, wann immer es ging. Und wir waren ihm nicht geheuer. Am Abend hörten wir sie manchmal reden. Er drängte seinen Schwiegersohn, uns loszuwerden.

U.-R.: Wie lange lebten Sie bei dieser Familie?

J. S.: Über den Winter. Lea und ich wohnten im Klavierzimmer. Wir waren nun ein Paar. Wir durften nicht laut gehen, nur schleichen, damit man uns nicht hören konnte. Die Wohnung haben wir nicht ein einziges Mal verlassen. Besonders Lea, der niemand ansah, dass sie Jüdin war, wäre gerne hinausgegangen, wenn Vincas und Aldona es nur erlaubt hätten. Die beiden hatten große Angst, dass uns irgendjemand entdecken könnte, ein Briefträger, ein Rauchfangkehrer, ein Nachbar. Wir durften das Zimmer nur verlassen, um auf die Toilette zu gehen. Das Essen bekamen wir hereingestellt. Die Großeltern, vor allem der Großvater, wollten nicht mit uns an einem Tisch sitzen. Davon gab es nur zwei Ausnahmen: das erste Frühstück, als wir in die Wohnung gekommen waren, und dann noch eine Überraschung an einem Winterabend. Aldonas Vater trat ohne anzuklopfen in unser Zimmer. Er sagte: »Kommt herüber, heute ist Weihnachten.«

Es gab einen Ofen im Zimmer, aber wir bekamen nicht genug Brennholz. So lagen wir den ganzen Tag dick angezogen im Bett und lasen. Wir taten natürlich auch noch anderes als lesen. Und so wurde Lea schwanger, noch bevor Aldona ihren Nachzügler zur Welt gebracht hatte. Aldonas Kind, ein Mädchen, wurde 1942, einen Tag nach Neujahr, geboren. Am Nachmittag hatten die Wehen eingesetzt. Am Abend kam die Hebamme. Wir lagen im versperrten Klavierzimmer und durften keinen Laut von uns geben. Das Schlafzimmer war gleich gegenüber. Für den Fall, dass uns ein Bedürfnis überkam, hatte Vincas einen Eimer mit Wasser ins Zimmer gestellt. Wir hörten Aldona schreien und stöhnen. Ihre Mutter suchte sie zu trösten: »Gleich ist es vorbei.«

Die Hebamme sagte in einem fort: »Drücken! Ausatmen! Jetzt wieder drücken – und ausatmen. Und drücken...«

Und dann kam Frieda zur Welt. Die Großmutter holte die Männer aus der Küche, und es war große Freude im Haus.

Lea flüsterte mir zu: »Willst du auch ein Kind?«

Ich antwortete: »Klar will ich ein Kind. Vorher vielleicht noch ein bisschen Freiheit, das könnte dem Kind ganz gut tun.«

Lea sah mich plötzlich ganz ernst an. Sie sagte: »Du kriegst es aber jetzt schon.«

Ihre Menstruation war ein paar Tage ausgeblieben. Wir hofften, dass sie noch käme, aber wir warteten vergebens. Bald wurde Lea das erste Mal schlecht. Ihre Brüste begannen zu wachsen. Es gab keinen Zweifel mehr. Sie war schwanger.

Wir überlegten verzweifelt hin und her, was wir tun könnten. Hier ein Kind zu gebären war ausgeschlossen. Vincas und Aldona wollten wir damit nicht belasten. Andererseits konnte Lea die Wohnung nicht verlassen. Wir warteten zu, redeten Tage und Nächte darüber, waren verzweifelt und fanden keinen Ausweg. Einmal brachte uns Vincas die Zeitung *I Laisve* mit. Wir lasen sie genau durch, um irgendeinen Hinweis darüber zu finden, was im Ghetto los war. Wir hatten, seit wir geflohen waren, mit den Ghettobewohnern nicht den geringsten Kontakt gehabt. In der Zeitung war von einer neuen Verordnung zu lesen, die auf beiden Seiten des Ghettozaunes einen Streifen von drei Metern Breite zur Todeszone erklärte. Wer innerhalb oder außerhalb des Ghettos im Bereich dieses Drei-Meter-Abstandes angetroffen wird, würde ohne Warnung erschossen.

Wir wussten nicht, wie es zu dieser Verordnung kam. Wir konnten uns das nur so erklären, dass Menschen beim Schmuggeln von Lebensmitteln oder beim Fluchtversuch erwischt worden waren. Lea sagte, für mich ganz unerwartet: »Die Einzige, die mir helfen kann, ist Lina Grotnik. Ich werde ins Ghetto zurückfliehen.«

U.-R.: Ins Ghetto zurückfliehen? Das hat sie wirklich gemacht?

J. S.: Ja. Ich konnte es ihr nicht ausreden. Und ich hätte auch nicht gewusst, was sie stattdessen tun sollte. Wir warteten noch bis Anfang März. Da war ihre Schwangerschaft schon zu sehen. Den ganzen Winter über hatten Lea und ich täglich einen gemeinsamen Apfel bekommen. Die Äpfel waren aus dem Garten der Großeltern. Seit Lea plante, vorübergehend ins Ghetto zurückzukehren, hoben wir diese Äpfel auf. Lea wollte sie mitnehmen. Just an dem Tag, an dem Lea sich zum Aufbruch entschlossen hatte, brachte Vincas wieder eine Zeitung mit. Darin war zu lesen, dass 24 Juden erschossen worden waren, weil sie Schwarzhandel getrieben und keinen Davidstern getragen hatten. Ich sagte zu Lea, sie solle die Äpfel hier lassen, und auch das

Brot. Wir hatten uns nämlich an diesem Tag auch das Brot abgespart.

»Mit jemandem, der freiwillig ins Ghetto zurückkehrt, werden sie vielleicht Milde zeigen«, sagte ich. »Aber nicht mit jemandem, der Lebensmittel schmuggelt.«

Lea horchte nicht auf mich. Sie war sicher, dass ihre Fluchtroute auch diesmal funktionieren würde. Und ich ließ mich von ihr überzeugen. Sie füllte ihre Manteltaschen mit Äpfeln und verbarg den Rest in einer zusätzlichen Innentasche. Um etwa zehn Uhr abends, nachdem Vincas und Aldona zu Bett gegangen waren, schlich sie aus der Wohnung. Ich sollte sie nie wieder sehen.

U.-R.: Hat man sie erwischt?

J. S.: Über Wochen wusste ich nicht, was geschehen war. Wir hatten vereinbart, dass sie nach ein paar Tagen zurückkommen werde. Nächtelang lag ich wach und wartete, aber sie kam nicht. Obwohl ich am Anfang zwei Portionen aß, blieb auch Aldona nicht verborgen, dass Lea fehlte. Als ich sagte, dass sie ins Ghetto geschlichen sei, nahm sie das mit Erleichterung auf. Als ich sie jedoch bat, in der Nacht das Haustor nicht abzusperren, weil ich Lea jeden Augenblick zurückerwarte, wurde sie zornig. »Es ist doch schon genug Leid geschehen«, rief sie. »Muss dieses Mädchen nun auch noch uns gefährden. Wenn man sie erwischt, sind wir verloren. Die kleine Frieda. Das könnt ihr uns doch nicht antun.«

Der Großvater, ich hörte es am Abend wieder einmal, empfahl seinem Schwiegersohn, endlich durchzugreifen. Mittlerweile wusste ich aber, dass das für mich eher günstig war. Die beiden verstanden sich nicht. Vincas machte prinzipiell das Gegenteil von dem, was der Schwiegervater empfahl. Von Leas Schwangerschaft sagte ich nichts.

Die Haustür blieb in der Nacht offen, aber Lea kam nicht. Was hielt sie ab? Hatte es beim Schwangerschaftsabbruch

Probleme gegeben? Oder war ihr Vater krank geworden? Hat man sie gar mit den Lebensmitteln erwischt? Ich wusste nicht, was in der Zwischenzeit im Ghetto passiert war. Meine litauischen Mitbewohner schienen sich dafür nicht sonderlich zu interessieren. Die Fragen rumorten in meinem Kopf. Ich fand keine Ruhe mehr, konnte nicht mehr lesen und nicht mehr schlafen. Und so überlegte ich, ebenfalls ins Ghetto zurückzugehen. Ich erzählte Vincas davon. Er schien erleichtert und suchte mich in diesem Entschluss zu bestärken. Obwohl er sich immer für mich eingesetzt hatte. Ich gab ihm ein zusammengebundenes Taschentuch.

»Was ist das?«, fragte er und schnürte die Zipfel auseinander.

»Das ist der restliche Schmuck meiner Mutter«, sagte ich. »Er gehört Ihnen. Wenn ich damit bei der Rückkehr ins Ghetto erwischt werde, kann ich mir jede Erklärung sparen. Nur eine Bitte habe ich.«

»Ja?«

»Dürfen Lea und ich hierher zurückkommen?«

Ich konnte sehen, wie sein Gesicht schlagartig verfiel. Gerade hatte er noch gemeint, mich los zu sein.

In der Nacht machte ich mich auf den Weg. Ich hatte nur ein Stück Brot bei mir, das ich noch aß, bevor ich die Wiese mit dem einsamen Pfarrhaus erreichte. Ich beobachtete die Wachen. Sie kamen zum Pfarrhaus, drehten um und gingen zurück zur Paneriustraße. Ich wartete, bis sie ein zweites Mal kamen. Bevor sie umdrehten, blieben sie kurz stehen und sprachen mit jemandem, der offenbar hinter dem Pfarrhaus stand. Hier gab es kein Durchkommen mehr. Ich musste mir eine andere Stelle suchen. An der Ecke zur Demokratustraße, dort, wo die Selektion für die »Große Aktion« stattgefunden hatte, schlüpfte ich schließlich durch den Zaun. Meine Mutter kam zur Tür. Sie umarmte mich lange und stumm.

»Wo ist Lea?«, fragte ich.

Meine Mutter schwieg. Ich deutete dieses Schweigen als etwas Schlimmes und habe sie wohl entgeistert angesehen. Da nickte sie und flüsterte: »Sie haben sie erschossen.«

Dieser Moment ist nun ziemlich genau 25 Jahre her. Aber ich erlebe ihn immer wieder. Heute noch ist mir, als hätte ich an diesem Tag mein eigenes Leben verloren.

U.-R.: Warum wurde Lea erschossen?

J. S.: Sie hatte den neuen Wachposten hinter dem Pfarr-haus nicht bemerkt. Er war aufgestellt worden, weil diese Stelle immer mehr zum Tipp für Flüchtlinge und Schmugg-ler geworden war. Leas Vater, der noch im Zimmer von Frau Mendelson wohnte, hörte die Schüsse. Er stand sogar auf und schaute zum Fenster hinaus. Aber es war zu dun-kel, um etwas zu sehen. Erst am Morgen fand man Leas Leiche. Sie lag etwa zehn Meter innerhalb des Ghetto-zauns. Wahrscheinlich konnte sie sich noch ein Stück in die Richtung unseres Hauses schleppen. Die Äpfel waren auf dem Boden verstreut.

U.-R.: Warum konnten Sie aus Rücksicht auf Leas Vater darüber nicht sprechen?

J. S.: Weder meine Mutter noch Leas Vater haben je er-fahren, dass Lea schwanger war. Ich lebte nun wieder mit ihnen zusammen. Und ich wollte mir nicht zu der Schuld, an der ich litt, auch noch ihre Vorwürfe anhören.

U.-R.: Welche Schuld?

J. S.: Die Schuld an Leas Tod.

U.-R.: Sie haben doch gerade gesagt, dass ein Soldat sie erschossen hat.

J. S.: Aber warum ist sie ins Ghetto zurückgegangen? Weil ich sie geschwängert habe und weil ich sie ins Ghetto zurückgehen ließ. Ich hatte nicht das kleinste Stück Brot bei mir, als ich durch den Ghettozaun kroch. Aber Lea ließ ich mit vollen Taschen gehen.

U.-R.: Sind Sie dann im Ghetto geblieben?

J. S.: Ja, ich würde wahrscheinlich heute noch dort sein. Ich hatte völlig den Lebensmut verloren. Ich ging zwar wieder in die Tischlerei arbeiten, aber sonst tat ich nichts mehr. Ich las nicht mehr. Es gab auch nichts mehr zu lesen. Bücher waren, während ich außerhalb des Ghettos war, verboten worden. Meine Mutter hatte sie alle abgeliefert. Aber andere hielten welche versteckt, und das sprach sich herum. Und so stimmt es auch nicht ganz, was ich gerade gesagt habe. Denn ein Buch las ich noch, gleich mehrmals. *Schuld und Sühne* von Dostojewski. Ich lag auf dem Dachboden und fühlte mich eins mit Raskolnikow. Aber das war das einzige Buch. Sonst tat ich nichts. Ich saß herum und wartete, dass alles zu Ende gehen würde. Es wurde zum Beispiel ein Orchester gegründet, das im Haus der Jüdischen Ghetto-Polizei spielte. Meine Mutter ging zu den Konzerten. Sie hätte mich gerne mitgenommen, aber ich wollte nicht, mich interessierte das alles nicht mehr. Lea war tot, und damit war auch das Leben für mich zu Ende.

U.-R.: Aber Sie haben doch sicher wahrgenommen, was im Ghetto geschehen ist.

J. S.: Wahrgenommen? Ja, das schon. Es wurden immer wieder Leute in andere Lager abtransportiert, oder ins Fort IX, so genau wusste man das nie. Die Jüdische Polizei musste einen Ghettobewohner öffentlich hängen. Meck hieß er. Und dann übernahm die SS das Ghetto und gestaltete es um in ein Konzentrationslager. Zu den litauischen Hilfskräften, die uns das Leben schwer gemacht hatten, aber mit denen man manchmal reden konnte, kamen nun russische und ukrainische dazu. Dauernd wurden Leute abgeholt. Irgendwohin zur Arbeit, wurde immer behauptet. Manche kamen auch tatsächlich in ein Arbeitslager, andere kamen nach Auschwitz. Eine Untergrundbewegung entstand. In den

Häusern wurden geheime Bunker gegraben. Ich kriegte es am Rande mit, aber ich war daran nicht beteiligt. Schließlich wurden die 130 Ghettopolizisten verhaftet. Sie wurden gefoltert, viele hingerichtet, darunter alle leitenden Polizisten. Bald danach fiel offenbar jemandem auf, dass es trotz aller bisherigen Selektionen noch immer Kinder im Ghetto gab. Also kam die Gestapo mit ukrainischen Hilfskräften und sammelte die Kinder ein. Und weil man gerade am Einsammeln war, nahm man auch alle anderen mit, die nicht zur Arbeit waren, vor allem Alte. Insgesamt 1300 Menschen. Man brachte sie ins Fort IX und erschoss sie.

Ich muss gestehen, dass mich das alles nicht mehr berührte. Es war Alltag. Sie warfen Granaten und Rauchbomben in die Untergrundbunker. Hunde versuchten die Verstecke zu erschnüffeln. Die Gestapo-Männer sprengten Häuser. Wenn ich mich recht erinnere, waren nun lettische Hilfskräfte am Werk. Verkohlte Leichen lagen herum, von Granaten zerfetzte Körper, Erschossene. Irgendwann sagte einer zu mir: »Los, hinauf auf diesen Lastwagen.« Und da stieg ich auf den Lastwagen. Ich tat es, so schnell ich konnte, damit er mir nicht den Gewehrkolben in den Rücken rammte. Als wir das Ghettogelände verließen, ging ein Haus nach dem anderen in Flammen auf.

U.-R.: Wohin wurden Sie gebracht?

J. S.: Zum Güterbahnhof. Dort verlud man uns in Viehwaggons, Männer und Frauen getrennt. Das heißt, die Frauen wurden in einen anderen Zug verladen, der auf einem anderen Gleis stand. Als eine größere Frauengruppe an uns vorbeigetrieben wurde, sah ich kurz meine Mutter. Ich rief ihr nicht zu. Ich sah sie nur. Wahrscheinlich kam ich nicht einmal auf den Gedanken, dass ich sie zum letzten Mal sehen könnte. Das Herumgestoßenwerden, das Getrenntwerden, das Verschwinden von Menschen, mit denen man gerade noch gesprochen hatte, war etwas so Normales geworden, dass ich mir keine Gedanken mehr darüber machte. Fälschlicherweise ging ich davon aus, dass beide Züge dasselbe Ziel hatten.

Die Tür wurde zugeschoben und von außen versperrt. Aber der Zug fuhr nicht ab. Der eiserne Waggon heizte sich in der Sonne auf. Es war Juli. Bald stank es nach Schweiß, Urin und Exkrementen. Ich meinte zu ersticken. Und eine Zeit lang dachte ich wirklich, dies sei das Ende, das man sich für uns ausgedacht habe: in einem Viehwaggon in Hitze, Urin und Exkrementen zu ersticken. Wir waren so viele, dass wir in der Nacht nicht liegen konnten. Wir mussten im Stehen schlafen. Am nächsten Tag begannen die Männer zu schreien und gegen die Wand zu schlagen. Ich wachte auf und merkte, dass ich der Einzige war, der auf dem Boden lag. Offenbar war ich zusammengesunken, und man hatte mir Platz gemacht. Vielleicht, weil ich einer der Jüngsten war. Auch in anderen Waggons wurde geschrien und gegen die Eisenwände geschlagen. Man öffnete die Tür. Seither weiß ich, wie frische Luft riecht. Obwohl es noch immer entsetzlich gestunken haben muss, weil am Boden ja unsere Exkremente lagen. Wir bekamen Wasser und Brot. Dann spritzte man mit dem Wasserschlauch herein, sodass zumindest der Urin abfloss. Aussteigen durften wir nicht. Der Frauenzug, in dem sich meine Mutter befand, war fort. Mittlerweile wurde ein neuer beladen. Am Abend wurden unsere Waggons wieder von außen verriegelt. Dann fuhr der Zug ab. Es gab zwei kleine, vergitterte Fenster, eines vorne, eines hinten. Beneidenswert, wer in der Nähe war. Gefahren wurde meist in der Nacht. In der Tageshitze standen wir auf Nebengeleisen und warteten, bis die Ersten starben. Einmal am Tag gab es zu essen. Frankfurt an der Oder, Dresden, Zwickau, Plauen, Bayreuth, das waren die Orte, die von denen am Fenster genannt wurden. Das Ziel der Reise war Dachau. Dort wurden wir in einen großen Waschraum geführt, bekamen Anstaltskleidung und wurden ins Lager eingewiesen.

In diesem Lager wurde ich ein paar Monate später von den Amerikanern befreit. Ich war bis auf die Knochen abgemagert. Konnte mich nur für kurze Strecken auf den eigenen Beinen halten. Noch ein paar Tage, und ich hätte nicht überlebt.

U.-R.: Sie wollen darüber nicht reden?

J. S.: Doch, aber es gibt nicht viel zu sagen, weil ich nichts mehr wahrnahm. Ich war kein Mensch mehr. Andere wurden zu Arbeitskommandos zusammengefasst und der »Organisation Todt« unterstellt. Herr Konwitz zum Beispiel, Leas Vater. Ihn traf ich in Dachau wieder. Nach einigen Tagen wurde er in eines der Außenlager verlegt. Ich hingegen kam in einen Block, in dem nichts geschah, außer dass man die Toten zum Appellplatz trug, damit sie noch ein letztes Mal gezählt werden konnten. Wir wurden ausgehungert. Mit uns hatte man nichts mehr vor. Wir waren ihnen nicht einmal eine Kugel wert. Man gab uns einfach täglich immer weniger zu essen. Wir waren absolut unnötig geworden. Und so empfand ich mich selbst. Ich halluzinierte. Mir schwindelte. Ich verfiel in augenblicklichen Schlaf. Hier am Oberarm habe ich eine schwere Brandwunde. Ich lehnte mich gegen ein heißes Ofenrohr, ohne es zu merken. Die Hitze spürte ich nicht mehr. Ich wich erst zurück, als ich das verbrannte Fleisch roch. Ein paar Tage noch, und man hätte mich zum Morgenappell hinausgeschleift.

U.-R.: Ihre Mutter haben Sie nie wieder gesehen?

J. S.: Nein, niemanden. Ich habe meine gesamte Familie verloren.

U.-R.: Und Herrn Konwitz?

J. S.: Habe ich auch nicht mehr gesehen, aber wir haben

uns später geschrieben. Ich wurde von den Amerikanern ins Hospital nach München gebracht. Als es mir besser ging, erkundigte ich mich nach Herrn Konwitz. Man teilte mir mit, er sei als Überlebender registriert. Ich fand heraus, dass er nach Israel ausgewandert war. Immer wieder habe ich mir vorgenommen, ihn zu besuchen, und immer wieder habe ich die Reise hinausgeschoben. Wenigstens geschrieben haben wir uns. Letztes Jahr bekam ich die Todesnachricht.

U.-R.: Herr Shtrom, wir werden gegen Lucas Kralikauskas Ermittlungen aufnehmen und die Originalakten Ihrer Aussage aus Ludwigsburg anfordern. Haben Sie mittlerweile eine eigene Familie gegründet?

J. S.: Nein.

U.-R.: Steht Ihr Name im Telefonbuch?

J. S.: Ja.

U.-R.: Dann bitte ich Sie, zu Ihrer eigenen Sicherheit im Hotel zu übernachten. Nur in den nächsten Tagen, bis wir die Identität von Lucas Kralikauskas überprüft haben. Wenn es sich dabei wirklich um Algis Munkaitis handelt, ist die Wahrscheinlichkeit, dass er Sie erkannt hat, sehr hoch. Und geben Sie uns bitte Ihre Hoteladresse bekannt. Sollte Ihnen irgendetwas Ungewöhnliches auffallen, sollten Sie sich zum Beispiel beobachtet fühlen, rufen Sie uns sofort an. Dann bekommen Sie Personenschutz.

J. S.: Vielen Dank. Danke.

Gezeichnet
Untersuchungsrichter Michael S. Kopelman
Zeuge Jonas Shtrom
Washington D. C., 26. April 1967

New York

Auf Mimis Kopf hatte kein Hut mehr Platz, denn sie war ein Igel geworden. Hätte sie die dunkle Brille nicht abgenommen, ich hätte sie nicht erkannt. Ihre kurzen schwarzen Haare waren mit irgendeinem Gel zu fetten Borsten gedreht, die in alle Richtungen wegstanden. Wie eh und je war ihr Gesicht hinter einer dicken Schicht Make-up verborgen. Sie lachte und nahm mich bei der Hand.

Wartest du schon lange?, fragte ich.

Zwei Stunden.

Sie sagte das so, als ob es ganz kurz gewesen wäre. Dann fügte sie hinzu: Stell dir vor, ich hätte dich versäumt. Du hast doch nicht einmal meine Adresse.

Aber die Telefonnummer.

Die nützt wenig, wenn ich gerade im Stau stecke.

Gibt es viele Staus?, fragte ich, um nicht gleich die Geheimnistuerei um meine Reise ansprechen zu müssen.

Zu jeder Tages- und Nachtzeit. Plötzlich sind sie da und niemand weiß, ob sie zwanzig Minuten oder einen halben Tag dauern.

Draußen schien die Sonne. Mimis Auto, ein silbergrauer VW-Jetta, war auf dem Dach des Flughafengebäudes geparkt. Sie öffnete die Tür mit der in den Schlüssel integrierten Fernbedienung. Die Blinklichter leuchteten kurz auf. Ich warf die Reisetasche in den Kofferraum, die Aktentasche nahm ich zu mir nach vorne. Als Mimi startete, begann Musik zu spielen. Zuerst Streicher, dann setzte lateinischer Chorgesang ein.

Das kenne ich, sagte ich.

Klar kennst du das.

Aber was ist es? Moment. Ich kenne es.

Mimi öffnete mit einem Knopfdruck das Schiebedach und drehte die Musik noch lauter. Sie fuhr los. An einer Schranke blieb sie stehen und reichte einer Schwarzen durch das Autofenster die Parkgebühr. Die Schranke hob sich.

Lacrimosa, sagte Mimi.

Bitte?

Das ist das Lacrimosa aus Mozarts Requiem.

Und das hörst du beim Autofahren?

Ja, warum nicht?

Ich erzählte ihr von dem Auto im Schneegestöber, von der Musik, die ich gehört hatte, und von meiner Befürchtung, es handle sich um einen Unfall meines ehemaligen Schwagers Gerhard.

Stell dir vor, sagte ich, dir geht es so. Die Kassette läuft weiter. Diejenigen, die als Erste zum Unfallort kommen, sehen eine Leiche und hören Mozarts Requiem. Daraufhin trifft sie der Schlag.

Mimi drehte noch lauter.

Der Gedanke gefällt mir, sagte sie und reihte sich in die Auffahrt zu einer Autobahn ein. Sie konzentrierte sich auf den dichten Verkehr, ich blickte sie von der Seite an. Ihre kurze Höckernase, ihre runden Lippen, die mit Make-up zugekleisterten Poren ihrer Haut. Wenn auch die Frisur nun eine ganz andere war, ich fand das alte Gesicht wieder. Ihre nicht nur füllige, sondern auch nach außen geschwungene Unterlippe, die von der Seite so wirkte, als wäre ihr Mund ein wenig geöffnet, wie oft hatte ich dieses Bild, dieses Gesicht vor mir gehabt. Und doch hatte ich nicht daran geglaubt, Mimi, meine erste wirkliche Liebe, je wiederzusehen. Sie war mir entglitten, ohne dass etwas

454

Besonderes vorgefallen war. Brigitte, das war mir schnell klar geworden, hatte es nicht so gerne, wenn ich in die Mondscheingasse kam. Sie wollte Mimis Kontakt zu mir auf äußerliche Dinge beschränkt sehen. Sie hatte nichts dagegen, wenn ich den Handwerker spielte oder den Computer auf Vordermann brachte, aber sie stellte merkwürdige Fragen, wenn ich einmal grundlos vorbeigekommen war. Ob Mimi ihr von unserem Zusammensein erzählt hatte? Vielleicht hatte Brigitte es sogar mitgekriegt, hatte zugehört. Der Gedanke, dass Brigitte davon wissen könnte, war mir unangenehm. Wenn ich in die Mondscheingasse kam, war dieser Gedanke jedoch immer anwesend. Es war wie das sinnlos gewordene Schweigen über ein längst verratenes Geheimnis, das sich aber in diesem Schweigen noch eine letzte Lebenskraft, eine letzte Erinnerung bewahren kann. Da Mimi nichts unternahm, um mit mir ein neues Geheimnis entstehen zu lassen, fühlte ich mich auf eine undramatische Weise in der Mondscheingasse auf die Straße gesetzt. Es gab nichts mehr zu reparieren, keine Leitungen zu stemmen, keine Lampen zu montieren, keine Zimmer auszumalen, keine Wasserhähne zu entkalken – und so blieb ich fern und wartete vergeblich auf einen Anruf, der erst vierzehn Jahre später kam, als ich nicht mehr wartete.

Ich berührte Mimis Wange. Sie schaute kurz herüber. Hinter der dunklen Brille konnte ich ihre Augen nicht sehen.

Wohin fahren wir eigentlich?, fragte ich.

In die Wohnung meiner Eltern.

Hier in New York? Hast du mir nicht einmal erzählt, deine Eltern seien aus Chicago?

Du erinnerst dich noch? Das war die Hauptwohnung. Später haben sie sich in der Bronx eine zweite Wohnung gekauft.

In der Bronx?

Hat bei euch einen schlechten Ruf, ich weiß. Aber der Norden der Bronx ist ganz anders. Dort befindet sich zum Beispiel das altehrwürdige Manhattan College.

Während ich mich noch darüber wunderte, dass sich das Manhattan College nicht in Manhattan befand, erklärte sie mir, der schnellste und auch kürzeste Weg sei über die Whitestone-Brücke. Aber sie wolle mir einen ersten Eindruck der Stadt gönnen. So fuhren wir zunächst nach Coney Island. Mimi parkte neben dem heruntergekommenen Vergnügungspark. Eine alte, aus Holz konstruierte Achterbahn war an mehreren Stellen eingeknickt und vom Gras überwachsen. Dahinter stand ein hoher, verrosteter Turm, der sich oben wie eine Lotusblüte öffnete.

Was war das einmal?, fragte ich.

Mimi zuckte mit den Schultern. Soviel ich weiß, wurde man dort hochgezogen und ist irgendwie heruntergeschwebt, vielleicht mit Fallschirmen. Als ich nach New York kam, war das längst außer Betrieb.

Wir gingen ein Stück die breite Strandpromenade entlang. Auf den Bänken saßen alte Frauen mit Sonnenbrillen. Sie redeten russisch miteinander. Mimi hängte sich in meinen Arm ein.

Der Sturz deines Vaters, sagte sie ganz unvermittelt und machte dann eine Pause.

Ja, was ist damit?

Hat dir das damals eigentlich wehgetan, ich meine, hat es dir zugesetzt?

Nein, ich glaube nicht.

Bist du ganz sicher, dass sich dadurch nicht auch bei dir etwas verändert hat?

Warum sollte es? Ich mochte ja meinen Vater nicht. Am ehesten empfand ich Schadenfreude.

Schadenfreude?

Nicht nur, aber Schadenfreude war dabei. Meine Mutter war mir damals viel wichtiger als mein Vater. Ich glaube, ich freute mich vor allem meiner Mutter zuliebe, dass es ihm nun an den Kragen ging.

Wir kamen zu Nathan's Famous, einem Imbissladen, bei dem Mimi mir unbedingt einen Hot Dog kaufen wollte. Es seien die besten Hot Dogs von ganz New York, behauptete sie. Mir war zwar überhaupt nicht nach einem Hot Dog zumute, aber schließlich kauften wir doch einen, von dem wir im Weitergehen abwechselnd abbissen.

Warum magst du deinen Vater nicht?, fragte Mimi.

Vor allem wegen seiner Geliebten.

Von der du wusstest.

Ja.

Und mit wem hast du darüber gesprochen?

Mit niemandem.

Also hast du ihm die Treue gehalten.

Nein, so kann man das nicht sagen. Ich wollte nichts mehr zu tun haben mit ihm.

Mimi ließ das Thema fallen. Wir gingen zum Auto zurück. Als wir die Auffahrt zur Verrazano-Brücke durchfuhren, deutete Mimi durch das offene Schiebedach. Da oben, sagte sie, werden nächste Woche Zehntausende Menschen drüberlaufen.

Eine Demonstration von Autoverächtern?

Marathon-Lauf, die jährliche Generalprobe zur Massenflucht.

Da der Verkehr immer dichter wurde, gab Mimi den Plan, zu meiner Einstimmung die Brooklyn-Bridge zu überqueren, auf und reihte sich stattdessen in die Schlangen ein, die sich an der Mautstelle zum Battery-Tunnel gebildet hatten. Mimi fuhr in die Express-Spur. Sie hatte an der Windschutzscheibe ein kleines elektronisches Kästchen montiert, das die Schranken öffnete und die Maut automatisch vom Konto abbuchte. Nach der Durchfahrt unter dem Zusammenfluss von East River und Hudson River steckten wir im Stau. Zwei Stunden lang kämpften wir uns durch Manhattan, von der Südspitze, immer dem Hudson River entlang, bis zum Harlem River, den wir auf der Henry-Hudson-Brücke zur Bronx hin überquerten.

Die Wohnung von Mimis Eltern lag im obersten Geschoss eines sechzehnstöckigen Hauses an der Palisade Avenue. Vor den breiten Fenstern lag, abgetrennt nur durch die Büsche und Wiesen des abfallenden Riverdale-Parks, das mächtige Band des Hudson. Während in Mitteleuropa der Winter hereingebrochen war, lagen hier die Temperaturen noch um die 20 Grad. Zur Wohnung gehörte eine Terrasse, die einen quadratischen Einschnitt in der Hausfront überbrückte und auch von der Nachbarwohnung aus begehbar war.

Trinken wir den Kaffee draußen, sagte Mimi.

Ich krempelte die Ärmel meines Hemdes hoch und trug die Kaffeetassen hinaus. Auf der Terrasse, die durch die Mauern ringsherum gegen Wind geschützt war, standen mehrere, in mächtige Holzbottiche gepflanzte Sträucher und in der Mitte ein großer, runder Tisch. Er bestand aus weiß lackierten Eisenstreben, die sich nach oben wie ein Blütenkelch entfalteten. Darauf lag eine Glasplatte. Mich erinnerte das Tischgestell an den rostigen Eisenturm von Coney Island. Um den Tisch waren sechs gepolsterte Stühle gruppiert, deren Metallkonstruktion der des Tisches nachempfunden war. Ich trat an das Geländer und blickte zum Hudson hinab. Er glich mehr einem See als einem Fluss. Dahinter strahlten rot, orange und gelb die Bäume von New Jersey herüber. Die schon tief stehende Sonne spiegelte sich in einer Unzahl kleiner, aufleuchtender Wellen. Man konnte keine Strömung erkennen. Die Schiffe, die nach Norden fuhren, schienen genauso schnell unterwegs

zu sein wie diejenigen, die zur Washington-Bridge hinab-
fuhren, deren elegante Eisenkonstruktion wie der weite
Sprung einer Gazelle über dem Wasser schwebte. Im Ri-
verdale-Park hielt ein Zug mit silbrigem Dach. Nach einer
Weile fuhr er wieder an und folgte dem Flussufer hinauf in
den Norden. Dem Wohnhaus vorgelagert war ein großer
Swimmingpool, in dem Blätter schwammen. Eine Zufahrt
führte bis nahe an den Swimmingpool, dann verschwanden die Autos unter der Erde. Ich verhakte meine Füße in
den Verstrebungen des Geländers und beugte mich weit
nach vorne. Die meisten der Terrassen unter uns waren in
der Mitte geteilt, manche durch Hecken, manche durch
Holzwände, eine mit geflochtenem Bast. Menschen sah ich
keine, aber ich konnte auch nur die Terrasse direkt unter
uns zur Gänze einsehen. Ich ging zurück in die Wohnung,
wo mich Kälte empfing. Mimi hatte die Klimaanlage eingeschaltet.

Auf einer Kommode standen unzählige Bilder von Mimis Eltern, aufgenommen in allen Teilen der Welt. Auch an
der Wand hingen Fotos. Eines zeigte Mimis Mutter in einer
Gruppe von sieben Personen, von denen ich nur den Mann
in der Mitte erkannte. Es war Jesse Jackson. Auf manchen
Bildern war auch Mimi zu sehen, als kleines Kind, als Mädchen mit Schultüte, neben einem mit Blumengirlanden geschmückten Esel, vor einer Pyramide, irgendwo am Strand,
in den Armen ihres Vaters. Ich ging in die Küche, wo Mimi, mit dem Rücken zu mir, gerade dabei war, den Kaffee
aufzugießen. Sie hatte die Figur eines siebzehnjährigen
Mädchens. Ihr tailliertes, metallfarbenes Top glich einem
altmodischen Korselett, über dem man früher noch eine
Bluse getragen hätte. Ich suchte an ihrem eng anliegenden
schwarzen Rock die Konturen des Slips, aber ich fand sie
nicht. Langsam ging ich auf sie zu. Sie drehte sich um. Immer noch trug sie ihre dunkle Brille, und ich konnte die

Augen nicht sehen. Sie lächelte mich an. Ich lächelte sie ebenfalls an und ging weiter auf sie zu. Ihre Brille irritierte mich. Bevor ich Mimi erreichte, sagte sie: Du wirst sicher müde sein.

Es geht, sagte ich. Und sie lächelte wieder. Ich blieb stehen und fragte: Warum sind eigentlich manche Terrassen abgeteilt?

Das sind die Nachbarn, die nichts miteinander zu tun haben wollen. Dafür müssen sie dann mit einer kleineren Terrasse zufrieden sein.

Aber euer Nachbar ist okay?

Meine Eltern haben Glück gehabt. Nebenan wohnt nämlich Maurice Love, ein Choreograph und Tänzer. Die meiste Zeit verbringt er in seinem Haus auf Long Island.

Du hast doch auch etwas von einem Haus auf Long Island gesagt?

Ja. Es ist das Haus meiner Großmutter.

Du hast noch eine Großmutter?

Auch das Auto, mit dem ich dich abgeholt habe, gehört eigentlich meiner Großmutter. Sie hatte vor ein paar Wochen einen Schlaganfall und wurde gerade in ein Pflegeheim überstellt. Darum muss ich mich ja um ihr Haus kümmern. Und das ist auch der Grund, warum ich dich gebeten habe zu kommen. Ich werde dir alles in Ruhe erklären.

Wir trugen Kaffee, Milch und Kekse auf die Terrasse hinaus. Dazu Gläser und einen Krug mit Wasser. Bevor Mimi sich setzte, öffnete sie die Tür zur Nachbarwohnung. Sie war nicht abgesperrt.

Ich habe Maurice versprochen, hin und wieder zu lüften, erklärte sie mir. Du kannst übrigens reinschauen. Es ist mehr ein Museum als eine Wohnung.

Ich hatte keine Lust aufzustehen. Obwohl ich im Flugzeug eingeschlafen war, fühlte ich mich abgeschlafft. Ich spürte auch noch Druck in den Ohren. Den Mund zu öffnen und den Unterkiefer zu verschieben nützte nichts. Irgendeine innere Höhle schien verstopft zu sein. Ich trank Kaffee und versuchte es zu genießen, dass mir hier so überraschend die Sonne ins Gesicht schien. Mimi, das merkte ich, beobachtete mich von der Seite. Ich fragte: Verstehst du dich gut mit diesem Maurice?

Ein wunderbarer Mensch. Er behandelt mich, als wäre ich seine Tochter. Manchmal führt er mich zum Essen aus. Er ist zu allen sehr freundlich, aber seine Seele ist vor zwei Jahren eine andere geworden. Damals ist sein Lebenspartner gestorben. Seither wirkt er manchmal todtraurig. Weißt du, was er mir als Einstandsgeschenk gekauft hat?

Ich zuckte mit den Schultern.

Einen Herd, sagte Mimi. Wahrscheinlich hoffte er, ich könnte kochen. Dabei kann er viel besser kochen als ich.

Ich dachte, die Wohnung gehört deinen Eltern?

Das weißt du nicht?, fragte sie.

Was?

Meine Eltern sind vor zehn Jahren gestorben.

Nein. Nichts weiß ich. Wie kam das?

Ein Flugzeugabsturz in der Karibik. Deswegen bin ich ja damals nach New York gezogen.

Ich dachte aus beruflichen Gründen oder um den Eltern näher zu sein.

Nein, eigentlich bin ich nur zum Begräbnis nach New York gekommen. Die Fluggesellschaft hatte zwei verschlossene Särge geliefert. Was da drinnen war, habe ich nie gesehen. Beim Begräbnis wurde mir klar, dass es nun meine Aufgabe ist, mich um die Großmutter zu kümmern. Und so habe ich diese Wohnung übernommen und bin geblieben.

Ich habe deine Eltern nur einmal gesehen. Ihr wart sehr innig. Ich habe dich sogar beneidet um deine Eltern. Das muss doch ein furchtbarer Schlag für dich gewesen sein.

Am Anfang war es wie ein Traum. Ich stand, eingehängt

in den Arm von Oma Tanute, am Grab meiner Eltern. Es waren viele Leute aus der Filmbranche gekommen, von denen ich die meisten nicht kannte. Eine Frau schluchzte und fing plötzlich laut zu weinen an. Ich stellte mir vor, ich sitze im Zuschauerraum eines Theaters, und dort vorne auf der Bühne findet ein Begräbnis statt, bei dem eine Schauspielerin effektvoll zu weinen hat. Ich blickte zu den beiden eng nebeneinander stehenden Särgen hinab, hörte das aufdringliche Schluchzen der anderen und dachte, eigentlich müsste ich es doch sein, die weint. Aber ich weinte nicht. Meine Tränen waren durch seltsame Gedanken zurückgehalten. Ich dachte mir: Das ist nicht das Begräbnis meiner Eltern, ich werde gleich aufwachen. Und dann dachte ich, wenn man schon daran denken kann, dass man an etwas denkt, ist das doch ein Zeichen, dass man nahe daran ist aufzuwachen. Einen kurzen Moment noch und alles ist verflogen. Da aber zog etwas an meinem Arm. Oma Tanute sackte lautlos zusammen. Ich konnte sie noch auffangen. Freunde meiner Eltern kamen zu Hilfe. Sie trugen Oma Tanute zu einem der beiden Leichenwagen und legten sie auf die mit einem schwarzen Tuch drapierte Bahre, auf der gerade noch der Sarg meiner Mutter gestanden hatte. Keiner wusste so recht, was zu tun war. Es gab keinen Arzt unter den Trauergästen. Der Fahrer des Leichenwagens sagte, er dürfe die Frau nicht ins Krankenhaus bringen, er transportiere nur Leichen. Aber er könne gerne den Krankentransport verständigen. Er machte sich dabei an seinem Funkgerät zu schaffen. Währenddessen kam Oma Tanute zu sich. Sie versuchte sich auf der Bahre aufzusetzen. In diesem Moment, als Oma Tanute den Kopf hob und plötzlich merkte, dass sie auf der Bahre ihrer toten Tochter lag, schwor ich mir, der Großmutter in den paar Jahren, die ihr noch gegönnt sein mögen, zur Seite zu stehen. Dieser Schrecken in ihrem blutleeren Gesicht. Ich drückte sie auf die Bahre zurück, nahm ihre beiden Hände und sagte: Bleib noch ein wenig liegen. Ich pass auf dich auf.

Oma Tanute legte sich wieder hin und schloss die Augen. Eine Weile lag sie regungslos da. Als sie die Augen wieder öffnete, sagte sie: Ich möchte heimfahren. Briska wartet auf mich.

Briska ist Oma Tanutes Hündin. Du wirst sie kennen lernen.

Wir fahren gleich, sagte ich. Bleib noch ein wenig liegen. Ich streichelte ihre Hand, Oma Tanute schloss wieder die Augen. Bis plötzlich mit großem Getöse die Rettung in den Friedhof einbog. Da fuhr Oma Tanute in die Höhe. Ihre Schwäche war wie weggeblasen.

Mit denen fahre ich nicht mit, rief sie aufgeregt. Ich muss heim zu Briska.

Nur eine Untersuchung im Krankenhaus, versuchte ich sie zu beruhigen. Damit du sicher bist, dass alles in Ordnung ist. Du kannst gleich danach heimfahren. Ich kümmere mich inzwischen um Briska.

Kommt nicht in Frage. Keine zehn Pferde bringen mich in den Rettungswagen. Ich will sofort nach Hause zu meinem Hund.

Und so war es dann auch. Der Fehlalarm der Rettung kostete uns 275 Dollar. Mit Mühe und Not gestattete sie es dem Rettungsarzt, den Puls zu messen und die Herztöne abzuhören, aber sie weigerte sich, ins Rettungsauto einzusteigen.

Der Rettungsarzt war ein Araber. Er sagte in gebrochenem Englisch: Sie sollten mitkommen. Ich höre Nebentöne und würde gerne ein EKG machen.

Ich komme nicht mit. Haben Sie verstanden? Ich komme nicht mit!

Oma Tanute herrschte ihn regelrecht an. Der Rettungsarzt gab sich geschlagen. Oma Tanute musste unterschreiben, dass sie sich geweigert hatte, Hilfe anzunehmen. Ich brachte sie in ihr Haus auf Long Island und war eigentlich darauf eingestellt, dass ich bei ihr übernachten würde, aber sie wollte nicht, dass ich bleibe. Ein paar Tage später suchte sie offenbar einen Herzspezialisten in Riverhead auf. Ich erfuhr das nur zufällig, weil ich den Befund später auf ihrem Küchentisch liegen sah. Der Spezialist empfahl abzuwarten. Die Unregelmäßigkeiten seien angesichts von Tanutes Alter im Bereich des Tolerierbaren. Bei irgendwelchen Veränderungen oder Beschwerden solle sie sofort zu ihm kommen.

Und jetzt gibt es auf Long Island ein leer stehendes Haus, mit dem du irgendetwas machen musst.

Mimi nahm die Sonnenbrille ab und blickte mir in die Augen. Dann ergriff sie meine Hand. Sie schaute mich lange an, musterte mich. Ich wusste nicht, was sie dachte. Plötzlich sagte sie, leise, sie flüsterte fast: Ich danke dir, dass du gekommen bist.

Sie drückte meine Hand. Ich schlang meine Finger um die ihren, zog ihre Hand an mich und küsste sie. Ich hatte keine Ahnung, worum es ging. Aber ich spürte, dass sie nicht sicher war, ob sie mir das, was ihr auf dem Herzen lag, auch wirklich anvertrauen konnte.

Ich fragte: Irgendwann hast du doch sicher auch um deine Eltern geweint?

Ja, sagte sie. Am Abend nach dem Begräbnis, als ich von Oma Tanute hierher kam. Es war ein ähnlicher Sonnenuntergang wie heute. Ich blickte zum Fluss hinunter. Die Schiffe zogen vorbei und mit ihnen die Erinnerungen an meine Eltern. Plötzlich wurde mir bewusst, dass ich in der Illusion gelebt hatte, meine Eltern und ich, wir hätten eine gemeinsame Zukunft, wir würden irgendwann wieder beisammen wohnen und glücklich sein. Als Kind habe ich von meinen Eltern viel gehabt, auch wenn wir dauernd unterwegs waren. Oder vielleicht gerade deswegen. Meine Eltern haben mich buchstäblich durch die Welt geschleppt. Und sie hörten erst auf damit, als es für mich zu kompliziert wurde. Wir haben uns nie wirklich getrennt, es waren immer nur äußere Umstände, die uns voneinander fern gehalten haben. Filmangebote auf der einen Seite, meine Schule und mein Studium auf der anderen Seite. Ich lebte in der Vorstellung, irgendwann würden diese äußeren Umstände wegfallen, und dann würden wir wieder alle beisammen sein. Der wirklich tragische Moment kam für mich in dem Augenblick, als ich erkannte, dass dieses Bild eines, wie soll ich sagen, eines innigen Familienglücks nicht Zukunft, sondern Vergangenheit war. Und das war hier auf der Terrasse. Ich saß da und fühlte mich plötzlich so allein und hilflos und um meine Zukunft betrogen. Verstehst du das?

Ich nickte. Mein Gott, dachte ich, wenn ich das gewusst hätte. Ich wäre nach New York geflogen und Mimi zur Seite gestanden.

Und Brigitte?, fragte ich. Ist sie dir nicht beigestanden?

Ich war doch zu dieser Zeit von Brigitte längst getrennt. Sie arbeitete beim *Kurier*, ich beim Rundfunk. Sie wohnte weiter in der Mondscheingasse, ich wohnte nun in der Werdertorgasse, im ersten Bezirk. Wir sahen uns nur noch ganz selten.

Warum bist du ausgezogen?

Sie war ständig eifersüchtig. Ich fühlte mich bewacht, als wäre sie mein Aufpasser. Erwähnte ich den Namen eines Kollegen beim ORF, Rüdiger Wischenbart zum Beispiel, hatte sie sofort den Verdacht, da könnte sich etwas anbahnen, und sie wollte alles über ihn wissen. Erwähnte ich den Namen eines anderen Kollegen, Wolfgang Kos oder Alfred Treiber, begann dasselbe Spiel von vorne. Sie wollte alle kennen lernen, sie wollte alles wissen, sie lebte in der ständigen Angst, mich an Männer zu verlieren. Das macht man eine Zeit lang mit, aber nicht ewig. Und so zog ich aus. Eigentlich zog ich dreimal aus. Erst beim dritten Mal gelang es mir, weil ich entschlossen genug war, es heimlich zu tun. Davor hatte sie mich zweimal zurückgehalten, mir buchstäblich vor der Nase die Tür versperrt. Ich hätte mit ihr um den Schlüssel raufen müssen. Direkte Auseinandersetzungen mit Brigitte endeten immer damit, dass ich am Ende glaubte, sie wisse besser als ich selbst, was für mich gut sei. Als ich schließlich allein in der Werdertorgasse lebte, vermisste ich Brigitte. Plötzlich war niemand mehr da, der mir sagte, was richtig ist. Im Privatleben, meine ich. Umso mehr stürzte ich mich in Arbeit. Ich war den ganzen Tag im Studio und am Abend im Theater. Ich tat alles, damit für das Privatleben kein Raum mehr blieb. Hast du eigentlich mit Brigitte je wieder Kontakt gehabt?

Sie hat mir Lenin gebracht.

Wann war das?

Bevor sie nach Bukarest ging.

Das ist ja höchst interessant. Ich hatte nämlich, als wir einmal gemeinsam verreisten, vorgeschlagen, dir Lenin anzuvertrauen. Aber damals hat Brigitte gemeint, du habest kein Herz für Katzen, und Lenin würde bei dir nur leiden.

Mittlerweile war die Sonne hinter New Jersey untergegangen. Es war kühler geworden und wurde schnell dunkel. Ich ging in die Wohnung hinein, um mein Sakko zu holen. Mimi entzündete mehrere gelbe Kerzen, die nach Zitrone rochen.

Rauchst du gar nicht?, fragte sie.

Ich habe vor einem Jahr aufgehört.

Nein!

Von einem Tag auf den andern. Alle behaupten immer, das sei schlimm. Ich empfand das überhaupt nicht so. Ich war so an meine Rauschzustände gewöhnt, dass ich die

Nüchternheit als Rauschzustand erlebte und richtig genoss.

Und ich habe eigens für dich eingekauft.

Was eingekauft?

Blunts.

Was ist das?

Das sind Zigaretten, die wie normale Zigaretten aussehen, aber in Wirklichkeit mit Marihuana gestopft sind. Die sind hier in den Clubs im Umlauf. Die Kids werden hier »blunted generation« genannt.

Und das hast du eigens für mich gekauft?

Na ja, nicht ausschließlich.

Also auch für dich.

Ich rauche selten. Hin und wieder mit anderen. Da fällt mir eine Geschichte ein. Maurice, der Nachbar hier, hat einen schwulen Bekannten, der häufig auf Besuch ist. Und dieser Bekannte, John heißt er, wollte unbedingt ein Kind haben. Maurice kannte Cristina, eine ehemalige Tänzerin, deren Ehe gescheitert war und die ebenfalls ein Kind wollte. Er brachte die beiden zusammen. John und Cristina unterhielten sich über die Sache, und je länger sie redeten, desto überzeugter waren sie, dass sie die ideale Zweckgemeinschaft zur Zeugung eines Kindes waren. Sie handelten einen langen Vertrag aus, der schließlich notariell besiegelt wurde. Es ging um das Sorgerecht, um Erbrechte und alle möglichen Details. Jetzt kam der im Prinzip einfachste, in diesem Fall aber schwierigste Part. Sie mussten miteinander schlafen. Sie saßen hier auf der Terrasse und überlegten, wie sie es anstellen sollten. Zunächst wurde der günstigste Zeitpunkt ermittelt. Dann ging es darum, wie sie vorgehen sollten, wenn es nicht auf natürliche Weise funktioniert. Maurice gab Ratschläge, ich gab Ratschläge, es wurde eine heitere Runde. Zu vorgerückter Stunde brachte ich die Blunts ins Spiel. Sie waren die Lösung. Als John das nächste Mal hierher kam, war die Sache schon gelaufen. Es muss ein ungemein witziges Liebesspiel gewesen sein, das zwischendurch völlig zusammenbrach, aber auch ungeahnte Höhepunkte erreichte. Cristina wurde schwanger, aber erst zwei Monate später, nach dem dritten Termin. Das Kind, ein Mädchen, ist mittlerweile drei Jahre alt. Es lebt bei der Mutter. Die Namenswahl war vielleicht nicht die glücklichste. In Anspielung auf das Marihuana, das bei der Zeugung im Spiel war, wurde das Kind Mary Jane getauft. Aber John ist der rührendste Vater, der mir je untergekommen ist. Bist du eigentlich hungrig?

Sie fragte das ganz unvermittelt, als ob es noch zur Blunt-Geschichte dazugehören würde. War ich hungrig?

Ein Glas Wein, sagte ich, wäre eine gute Idee.

Okay, ein Glas Wein, und dann gehen wir Abend essen.

Sie stand auf und ging zur falschen Tür. Sie drehte in Maurices Wohnung das Licht an. Komm, sagte sie, das musst du dir ansehen. Sie wartete an der Tür und streckte mir die Hand entgegen. Die Wohnung war tatsächlich ein Museum. Sie war voll geräumt mit Kunsthandwerk aus aller Welt, Möbeln, Masken, Tongefäßen, Instrumenten, Bildern. Die etwa 25 Exponate einer Trompetensammlung schwebten in zwei Meter Höhe durch das Wohnzimmer. Sie waren mit unsichtbaren Schnüren an der Decke befestigt. Trotz dieser vielen Gegenstände hatte der Raum nichts Drückendes, was vielleicht an dem weißen Teppich lag, in dem rote und gelbe Linien verliefen. Vielleicht lag es auch an den vielen kleinen Lichtquellen, die auf die weißen Wandflächen zwischen den Kunstgegenständen gerichtet waren.

Mimi ging weiter in die Küche. Dort war eine Papageiensammlung. Zwischen den üblichen Küchensachen, mit Gewürzen, Tellern, Gläsern oder Mehl im selben Fach, befanden sich Papageifiguren. Die meisten waren aus Holz, einige auch aus Bronze, Kupferblech, Glas oder Horn. Inmitten dieses Sammelsuriums stand ein großer Kühlschrank mit einer gläsernen Tür, von der Art, wie man sie in besseren Weinhandlungen sehen kann. Der Kühlschrank enthielt nur Weißwein, nach Marken und Lagen sortiert. An der Wand gegenüber war ein Regal für die Rotweinflaschen, das diese jedoch mit Papageien teilen mussten.

Rot oder weiß?, fragte Mimi.

Was hast du lieber?

Ich hätte gerne diesen kalifornischen Chardonnay.

Sie öffnete den Kühlschrank und reichte mir eine Flasche.

Du kannst dich hier einfach bedienen?

Maurice freut sich sogar, wenn ich etwas nehme. Verheimlichen könnte ich es allerdings nicht. Ihm fällt alles auf. Wenn ich zum Beispiel diese Schüssel auf der Anrichte ein Stück nach rechts rücke oder hier einen Papagei herausnehme und dort hineinstelle, er würde es bemerken. Er kennt jeden Winkel in dieser Wohnung. Seit er weiß, dass ich diesen Weißwein mag, sind immer sechs Flaschen davon eisgekühlt.

Und wie sieht es in seinem Haus auf Long Island aus?

Es ist ziemlich groß, aber innen sieht es genauso aus wie hier. Er hat jetzt sogar noch ein Depot bauen lassen, weil er seine Sammlungen nicht mehr unterbringt.

Mimi nahm zwei Gläser und einen Korkenzieher, dann gingen wir zurück auf die Terrasse. Ich öffnete die Flasche.

Dieser Maurice, fragte ich, wie alt ist der eigentlich?

Mimi formte den Mund zu einem Schnabel. 65, sagte sie, oder vielleicht sogar ein bisschen älter, an die siebzig. Er war immer schon nett zu mir, aber nach dem Tod seines Freundes hat er mich so gut wie adoptiert.

Wir stießen mit den Gläsern an. Er nennt mich Chérie, sagte Mimi und lachte dabei. Ich versuchte ebenfalls zu lachen und sagte: Chérie.

Und weil ich nach dem Schluck nicht wusste, was ich sagen sollte, trank ich noch einen Schluck und sagte, dass der Wein gut sei. Danach fragte ich sie nach ihrer Arbeit, und sie erzählte mir, dass sie als Kulturkorrespondentin für mehrere deutsche Zeitungen und den Österreichischen Rundfunk arbeite. Für die deutschen Zeitungen wegen des Geldes und für den Österreichischen Rundfunk aus alter Anhänglichkeit, denn eigentlich wollten die sich gar keine Kulturkorrespondentin leisten. Ich sagte, dass ich sie früher hin und wieder gehört habe, aber seit einem Jahr kein Radiogerät mehr besitze.

Du lebst ohne Radio?, fragte sie überrascht.

Nicht ganz, denn über Internet kann ich Radio empfangen. Und da höre ich vor allem Rolling Stone Radio und KLAQ, einen Rocksender aus El Paso in Texas.

Apropos Computer, sagte Mimi. Ich habe mich heute wegen deiner Softwareprojekte erkundigt und dabei drei Firmen herausgefunden, die in Frage kommen, Maxis, Red Storm und Interplay. Von allen habe ich Adressen und Telefonnummern. Was ist es eigentlich, was du vermarkten willst?

Ein Vatervernichtungsspiel.

Oh.

Ich nenne es so, weil es von der Idee her auf meinen Vater zugeschnitten war. Man kann es aber auf alle Personen anwenden, man muss nur die entsprechenden Daten und Bilder eingeben. Die Mordwerkzeuge stelle ich bereit.

Mimi sagte, dass es, nach dem Massenmord in der Schule von Littleton, Colorado, eine heftige Diskussion über Gewalt und Vernichtungsphantasien in Videos gäbe. Ob ich nicht noch etwas anderes hätte. Ich erzählte ihr, dass mir das Ballspiel ohne Ball von den Italienern geklaut worden sei und dass mir deshalb nur noch das Vatervernichtungsspiel übrig bliebe. Bei diesem Spiel gehe es keineswegs um Massenmord, sondern um einen gepflegten, phantasievollen Mord an einer Einzelperson, die man abgrundtief hasse. Man könne die Software so einstellen, dass diese Person sich auf hartnäckige Weise der Vernichtung entziehe oder plötzlich wiederauferstehe.

Das schien Mimi zu beruhigen. Sie drängte zum Aufbruch. Wir folgten der 236. Straße bis zur Independence Avenue. Dort, vor einem modernen Bau mit der Aufschrift Riverdale Jewish Center, winkte Mimi einem Taxi. Es stellte sich heraus, dass sie in Guido's Restaurant in der neunten Avenue hatte reservieren lassen. Das Restaurant befand sich zwischen der 38. und 39. Straße. Auf dem Weg dorthin war ich nahe daran einzuschlafen. Hinter dem Fahrer, einem Inder oder Pakistani, ich konnte das nicht unterscheiden, war ein dickes, schusssicheres Plexiglas montiert, das allerdings zwecklos war, weil das darin eingelassene Schiebefenster weit offen stand. Müde schaute ich auf die sich im Hudson spiegelnden Lichtertürme von New Jersey und muss dann wohl ein wenig eingenickt sein. Als ich die Augen wieder öffnete, hatte ich die Skyline von Manhattan vor mir. Dieser Anblick machte mich schlagartig hellwach. Wir waren mittlerweile auf der Höhe der 70. Straße.

Jetzt haben wir noch gar nicht darüber geredet, warum ich eigentlich hier bin, sagte ich.

Mimi rutschte zu mir herüber und berührte mich mit ihrem Knie. Sie sagte: Heute muss ich dir noch ein paar Dinge erzählen. Und morgen früh sagst du mir, ob du gleich wieder zurückfliegst oder ob du bleibst und mir hilfst.

Was ist es?, fragte ich. Und warum diese Geheimniskrämerei?

Mimi sagte auf Deutsch und so laut, dass der Fahrer es hören konnte: Halten Sie bitte an! Der Fahrer reagierte nicht.

Sie lehnte sich zurück und sagte: Dieses Haus auf Long Island ist nicht leer. Dort lebt jemand, von dem niemand weiß, dass er noch lebt. Auch ich habe es jahrelang nicht gewusst. Und diejenigen, die vermuten, dass er noch lebt, wissen nicht, wo er lebt.

Wer ist es?

Mein Großonkel. Der Bruder meiner Großmutter.

Und warum muss er sich verstecken?

Weil er gesucht wird.

Weshalb?

NS-Verbrechen.

Der muss doch ein alter Mann sein.

Sogar sehr alt. Er ist 78.

Und seit wann versteckt er sich?

Seit 32 Jahren.

Seit 32 Jahren?

Ja. Zuerst in der Wohnung, in der wir gerade waren, dann im Haus auf Long Island.

Und was soll ich machen?

Sein Versteck verbessern.

Während dieses Gesprächs war mir, als würde ich in einem Aufzug stecken, der in den Keller hinabrast. Hilflos drückte ich noch an irgendwelchen Knöpfen herum, ohne Hoffnung, dass sie den Aufzug zum Halten bringen würden. Dann schlug der Aufzug im Keller auf. Sein Versteck verbessern. Einem Nazi helfen. Sonst noch etwas? Ich saß in diesem Taxi und glotzte auf die Hochhäuser hinaus. Mein erster Gedanke war: Da darfst du dich nicht hineinziehen lassen. Das bist du deiner Herkunft schuldig. Großvater in Dachau, Enkel hilft seinem Peiniger. Das ist eine zu steile Karriere.

Mach ich nicht, sagte ich. Mit Nazis will ich nichts zu tun haben. Eine Erballergie.

Du musst dich nicht gleich entscheiden, sagte Mimi. Als

ich es erfuhr, habe ich nicht anders reagiert. Es reicht, wenn du mir morgen sagst, ob du mir hilfst.

Was soll morgen anders sein? Nazis können mir gestohlen bleiben.

Morgen glaubst du mir vielleicht, dass der Mann unschuldig ist.

Ein Unschuldiger versteckt sich seit 32 Jahren? Da stimmt doch etwas nicht.

Du hast Recht, da stimmt etwas nicht. Darum versteckt er sich ja.

Die letzten Blocks bis zum Restaurant brachten wir schweigend hinter uns. Als wir das Haus betraten, kamen wir in ein Pastageschäft. Das Restaurant war im Raum dahinter. Eine kleine, alte Frau mit einer markanten Nase und schwarz gefärbten Haaren grüßte Mimi von weitem und wies uns in einem Gemisch aus Italienisch und Englisch einen Tisch zu. Die Frau war an die siebzig Jahre alt. Kaum hatten wir uns gesetzt, brachte sie uns die Speisekarten und einen Krug Wasser.

Sie ist die Schwester des Besitzers, erklärte mir Mimi.

Und wo ist der Besitzer?

Er arbeitet in der Küche. Manchmal, wenn prominente Gäste hier sind, kommt er mit seiner weißen Schürze heraus und begrüßt sie. Auch er ist schon ein alter Mann.

Und warum kommt er jetzt nicht heraus? Ich bin, bitte schön, der Sohn eines ehemaligen österreichischen Ministers.

Weil du nicht an der Wand hängst. Wenn hier nämlich ein Prominenter erscheint, ist er gleich doppelt da, einmal als Foto und einmal im Original.

Alle vier Wände des quadratischen Raumes waren mit Fotos voll gehängt, großen und kleinen. Prominente waren jedoch nur auf den kleinen Fotos zu sehen. Paul Newman zum Beispiel. Auf den großen Fotos waren die

Vorfahren und italienischen Verwandten der Wirtsfamilie abgebildet.

Irgendwann, sagte ich, müssen doch auch die Prominenten zum ersten Mal gekommen sein.

Das war früher. Mittlerweile hat das Lokal genug Prominente gesehen. Neue werden nicht mehr zugelassen. Heute könnte wahrscheinlich der Präsident der Vereinigten Staaten kommen, und der Chef würde in der Küche bleiben. Wenn jedoch Peter Yarrow erscheint, eilt er freudig heraus und begrüßt ihn.

Wer ist Peter Yarrow?

Von Peter, Paul and Mary.

Mimi deutete auf sein Bild. Dann konzentrierten wir uns auf die Speisekarte. Ich aß dasselbe wie Mimi. Zuerst eine scharfe Muschelsuppe, dann Meeresfrüchte mit Pasta und einer würzigen Sauce nach Art des Hauses. Während des gesamten Essens wurde der versteckte Mann, an den ich ständig denken musste, von Mimi nicht einmal erwähnt. Nachdem sie zur Nachspeise eine zweite Karaffe Weißwein bestellt hatte, sagte sie, unvermittelt, als hätten wir den ganzen Abend nur über dieses Thema gesprochen: Ich bin nach New York gekommen und habe von diesem Mann sechs Jahre lang nichts gewusst.

Du warst im Haus, hast ihn aber nicht gesehen?

Genauso war es. Es hat immer wieder Dinge gegeben, die mir eigentlich hätten auffallen können. Aber sie waren entweder unbedeutend oder es gab dann doch irgendeine Erklärung dafür. Ich war nicht sehr häufig bei Oma Tanute, ein-, höchstens zweimal die Woche. Sie wollte immer wissen, wann genau ich komme. In den ersten sechs Jahren habe ich nie bei ihr übernachtet. Sie bot es einfach nicht an. Und sie hat sich auch nie wirklich helfen lassen von mir. Ich habe daraus keine besonderen Schlüsse gezogen, weil sie sonst sehr liebenswürdig zu mir war.

Er wohnte im Keller?

Er wohnt heute noch im Keller. Damals gab es auch noch dieses verschlossene Gästezimmer, von dem es hieß, dass es nie richtig fertig geworden und nur mit Gerümpel voll gestellt sei. Die Jalousien waren heruntergezogen. Wäre ich über Nacht geblieben, hätte mich dieses Zimmer sicher zu interessieren begonnen. Ich meine, wer kommt schon auf die Idee, dass im Haus der Großmutter, die man regelmäßig besucht, eine Person versteckt sein könnte? Aber irgendwann ist mir natürlich schon manches seltsam vorgekommen. Zum Beispiel, als die Waschmaschine kaputt war. Es war ziemlich genau vor fünf Jahren an einem Herbsttag. Oma Tanute bat mich, eine neue Waschmaschine zu besorgen, und ich wollte mir die alte Waschmaschine erst ansehen, damit ich nichts Falsches kaufe.

Endlich ein Auftrag, dachte ich. Endlich kann ich mich nützlich erweisen. Es hatte ja schon so ausgesehen, als wäre ich sinnloserweise in New York geblieben, weil Oma Tanute mich überhaupt nicht brauchte und sich, wenn ich mich trotzdem einmal nützlich machen wollte, von mir ohnedies nicht helfen ließ. Die Waschmaschine und der Trockner stehen bei Oma Tanute in der Garage, die man von der Küche aus betreten kann. Die Garage war voller Gerümpel. Oma Tanute hatte alles, was ihr im Laufe der Sommermonate im Weg war oder was sie nicht mehr brauchte, hier abgestellt. Kartons, Papiertaschen mit Dosen und Flaschen, Stühle, alte Wäsche, Gartengeräte, Wärmelampen, Verpackungsmaterial, Bücher und ganze Stöße der New York Times.

Jetzt kommt bald der Winter, sagte ich, und dann brauchst du die Garage für das Auto. Wir müssen das Zeug wegschaffen.

Ach, das hat Zeit. Das mach ich schon, war ihre Antwort.

Ich beharrte darauf, die Sachen selbst zum Müllplatz zu bringen. Oma Tanute war damals schon 77 Jahre alt. Sie fuhr Auto, kaufte ein, kochte, putzte, wusch und machte überhaupt alles selbst. Heute weiß ich natürlich, warum. Sie hoffte, ihren jüngeren Bruder, dem es längst nicht mehr so gut ging wie ihr selbst, bis zu dessen Ende beschützen zu können.

Unter dem Müll, der sich in der Garage angesammelt hatte, stand ein großer Karton. Darauf war ein Fernsehgerät der Marke Sony abgebildet.

Hast du einen neuen Fernseher?, fragte ich.

Nein, sagte Oma Tanute. Da muss etwas anderes drin gewesen sein.

Ich klappte die Deckel hoch. Im Karton waren vier längliche, den Ecken und Kanten des Gerätes nachgeformte Styroporstücke, die Originalverpackung für einen Fernsehapparat. Am Boden des Kartons lag die Garantiekarte für das Fernsehgerät mit aufgedruckter Seriennummer. Weiterhin waren da noch die in mehreren Sprachen verfasste Bedienungsanleitung, ein paar Plastikhüllen, Kabelklemmen und die Verpackung eines Sony-Kopfhörers.

Die Sache ist eindeutig, sagte ich. Da war ein Fernsehgerät drinnen. Man könnte sogar feststellen, welches es war, weil die Garantiekarte da ist. Hast du einen neuen Fernseher gekauft?

Nein, behauptete Oma Tanute. Ich habe noch den alten Tiwi.

Wir sprechen deutsch miteinander. Aber das Wort TV spricht sie englisch aus: Tiwi. In ihrem Gesicht konnte man nichts ablesen. Es war regungslos wie immer. Ihre Stimme wirkte entschlossen, als sie mir wieder einmal einen Bären aufband. Im Frühjahr, als sie ihr Auto in der Einfahrt zu parken begann, sei dieser Karton noch nicht in der Garage gewesen. Sie habe ihn erst später entdeckt. Irgendjemand müsse ihn reingestellt haben. Das Garagentor sei ja im Sommer häufig offen gewesen.

Ich habe an diesem Tag sowohl den Fernsehapparat im Wohnzimmer als auch den in ihrem Schlafzimmer genauer betrachtet. Es waren beides keine Sony-Geräte. Und noch etwas fiel mir an diesem Tag auf. Neben der Waschmaschine lagen zwei Haufen Schmutzwäsche, sortiert nach hellen und dunklen Farben. Auf dem Stoß für dunkle Wäsche sah ich einen Herrensocken liegen. Es sah jedenfalls so aus, als wäre es ein Herrensocken. Einer von diesen grau melierten Kräuselsocken, wie sie früher der Großvater getragen hatte. Ich nahm den Socken, hielt ihn hoch und fragte:

Trägst du jetzt Opas Socken?

Oma Tanute sagte nichts darauf. Sie starrte mit offenem Mund auf den Socken, als wäre ihr die Herkunft dieses Wäschestücks genauso ein Rätsel wie die Herkunft des Kartons. Ich ließ den Socken auf den Wäschestoß fallen. Es lief immer auf dasselbe hinaus. Wenn ich auf Besuch kam, schien die Großmutter sich am Anfang zu freuen. Aber kaum wollte ich ihr behilflich sein, saß der Wurm in unserer Beziehung. Sie ließ mich verstehen, dass ich mich zu sehr in ihr Leben einmischte. Als wir in die Küche zurückgingen, sagte Oma Tanute: Die Socken haben wirklich meinem Mann gehört. Ich habe sie mir zur Gartenarbeit übergestreift. Weil es in der Früh so kalt und brisig war.

Kalt und was war es?

Brisig. Sagt man nicht brisig?

Ah, du meinst breezy. Eine Brise hat geweht. Aber brisig sagt man nicht, erklärte ich ihr.

Oma Tanute schüttelte den Kopf und sagte: Langsam verlerne ich, deutsch zu reden.

Mimi hielt inne und blickte lange in ihr Weinglas. Dann sagte sie: So war das immer. Oma Tanute hat mich perfekt getäuscht. Wenn irgendwelche Ungereimtheiten auftraten, endete das Gespräch letztlich bei einem ganz anderen Thema. Sie verstand es, ihre Verlegenheit zu überspielen. Vor langer Zeit, 1944, hat sie beschlossen, ihren Bruder zu schützen, und sie ließ sich durch nichts davon abhalten. Ich habe ihr übrigens nicht von dir erzählt. Sie wäre verzweifelt, wenn sie wüsste, dass ich einen Fremden einweihe. Sie ist schon verzweifelt genug, dass sie mir ihren Bruder aufbürden musste.

Wann hast du von ihm erfahren?

Vor vier Jahren, als ein Haus in der Straße verkauft wurde. Das Haus steht ungefähr hundert Meter von Oma Tanutes Haus entfernt auf der anderen Straßenseite. Dort zog ein alter Mann ein, der täglich mit seinem Hund spazieren geht und dabei an Oma Tanutes Grundstück vorbeikommt. Immer, wenn jemand auf der Straße vorbeigeht, beginnt Briska sehr laut zu bellen. Du wirst es ja hören. Oma Tanute beobachtete diesen Mann und hatte bald das Gefühl, er gehe nicht zufällig diesen Weg, sondern interessiere sich für ihr Haus. Sie erzählte mir davon, und nun begann auch ich den Mann zu beobachten. Wenn sein Hund stehen blieb und auf dem Boden herumschnüffelte, schaute der Mann tatsächlich zum Haus herüber und blickte sich auf dem Grundstück um. Aber er betrat das Grundstück nicht. Oma Tanute nannte ihn einen Juden, der sie ausspionieren wolle. Ich fragte sie, wie sie darauf komme, dass er Jude sei. Sie sagte, der Mann bekomme jeden Tag die *New York Times* geliefert. Die Zeitung werde von einem Auto heraus auf den Straßenrand geworfen. Sie sei an einem Morgen vorbeigegangen und habe von der Zeitung den Namen abgelesen. Der Mann heiße David Landau, und das sei ganz klar ein jüdischer Name.

Einmal kam ich mit Briska an seinem Haus vorbei. David Landau kniete auf dem Rasen und grub die Gänseblümchen aus. Er riss sie nicht einfach ab, sondern er grub sie mit der Wurzel aus. Als er mich vorbeigehen sah, grüßte er und begann über Briska zu sprechen, die er jeden Tag, wie er sagte, bellen höre. Er war ein freundlicher, offenbar alleinstehender alter Mann. Es war mir unbegreiflich, wie Oma Tanute ihn so hassen konnte. Oma Tanute aber war entsetzt, als ich ihr erzählte, dass ich mich mit dem Mann unterhalten hatte. Sie sagte, ich solle das nie wieder tun, dieser Mann könnte für den Tod meiner Eltern verantwortlich sein. Nun verstand ich überhaupt nichts mehr. Ich war überzeugt, Oma Tanute sei paranoid und ich würde mich, wenn das so weiterginge, bald ernsthaft um ihre Krankheit kümmern müssen. Und es dauerte auch nur ein paar Tage, dann war es so weit. Sie rief mich ganz aufgeregt an und bat mich zu kommen. David Landau sei in ihr Haus eingedrungen. Sie fühle sich bedroht, und ich müsse ihr helfen.

Ist er noch bei dir?, fragte ich. Dann verständige ich die Polizei.

Nein, sagte sie. Er war hier, und ich habe ihn rausgeworfen.

Bevor ich losfuhr, suchte ich aus den gelben Seiten des Telefonbuchs die Adressen von Psychiatern heraus. Als ich bei ihr ankam, wartete sie schon am Fenster. Sie verriegelte die Tür und stellte mir Lucas Kralikauskas, ihren Bruder, vor. Und dann hätte ich einen Psychiater gebraucht. Ich war von Kindheit an immer wieder in seiner Nähe gewesen, oft im Nebenraum, und hatte nichts von der Existenz dieses Mannes gewusst.

Mimi machte eine Pause, weil der Kaffee serviert wurde. Die Kellnerin fragte mich, ob ich zu Besuch sei. Sie hatte offenbar gehört, dass wir deutsch sprachen. Dann fragte sie mich, ob ich lange bleiben werde, und ich antwortete, leider müsse ich morgen schon wieder zurückfliegen.

Als die Dame weg war, sagte Mimi: Lucas ist unschuldig, glaub mir das.

Warum stellt er sich dann nicht?

Weil es zu spät ist. Er wurde 1967 von einem litauischen Juden beschuldigt, an einem Pogrom beteiligt gewesen zu sein. Offenbar wurde er von dem Zeugen verwechselt. Vielleicht sieht er dem Täter ja ähnlich. Jedenfalls hat mein Großonkel völlig falsch reagiert und ist geflüchtet. Vielleicht auch, weil er der Firma nicht schaden wollte.

Welcher Firma?

The Fishing Grounds. Ein Großhandel für Fischereibedarf in Chicago. Er war der Kompagnon meines Großvaters, seines Schwagers also.

Warum sagst du eigentlich immer Oma Tanute und nicht einfach Oma oder die Großmutter?, fragte ich.

Ich weiß nicht, antwortete Mimi. Das haben mir meine Eltern so beigebracht. Ich habe auch immer Opa Stasys zu meinem Großvater gesagt. Vielleicht hat es auch damit zu tun, dass ich schon auf der Welt war, als Lucas sich noch nicht versteckt hat. Ich erinnere mich jedoch nicht an ihn. Einmal habe ich ein Foto entdeckt, das ihn als jungen Soldaten zeigte.

Wer ist das?, habe ich gefragt. Die Frau daneben, im langen Kleid, das bist doch du. Hab ich Recht? Aber wer ist der Soldat neben dir?

Oma Tanute blickte auf das Foto und es war, als würde sie den Mann nicht gleich wiedererkennen.

Ach der, sagte sie schließlich, das ist mein Bruder.

Und der war Soldat?

Im Krieg waren alle Männer Soldaten.

Und wo ist der jetzt?

Ich weiß es nicht. Wir sind ja dann nach Amerika ausgewandert.

Das war alles, was ich über meinen Großonkel erfuhr. Es

war deutlich, dass Oma Tanute über ihn nicht sprechen wollte. Und Opa Stasys fragte ich solche Sachen erst gar nicht. Überhaupt hatte Oma Tanute damals so gut wie nie von früher gesprochen. Alle diese Geschichten mit dem Memelland, den Nazis, den Russen und schließlich die Flucht nach Deutschland und dann nach Amerika blieben mir unbekannt, solange Opa Stasys noch lebte. Das alles erfuhr ich erst nach seinem Tod, als Oma Tanute nach Long Island zog und, wie es schien, bald nichts anderes mehr tat, als nur noch von früher zu reden. Jedenfalls mit meinen Eltern. Ich kümmerte mich damals um diese Geschichten nicht sonderlich. Ich las etwas oder sah fern oder ging zur Bay hinüber, während Oma Tanute redete und redete. Dieses Reden meiner Großmutter gehörte zum Haus auf Long Island dazu wie das ständige leise Rauschen des Meeres. Es wäre nur aufgefallen, wenn es plötzlich gefehlt hätte.

Als Mimi von Oma Tanute erzählte, musste ich an meine Mutter denken, wie sie bei meinen Besuchen in Kirchbach redet und redet und dabei mit den eigenen Händen spielt. Das tat meine Mutter auch, wenn andere ihr etwas erzählten. Sie massierte mit einer Hand die Haut über den Fingerknöcheln der anderen.

Als meine Großeltern nach Amerika auswanderten, fuhr Mimi fort, gründeten sie ein kleines Fischereigeschäft in Illinois, direkt am Mississippi. Heute weiß ich, dass an diesem Geschäft nicht nur mein Großvater, sondern auch der Bruder meiner Großmutter beteiligt war. Die beiden waren Kompagnons. Und Oma Tanute hat die Buchhaltung dieses Geschäftes geführt. Das Geschäft hatte einen Zubau, in dem Angelhaken hergestellt wurden. In der besten Zeit müssen dort neun Angestellte gearbeitet haben. Sie waren aus Litauen. Alle, die in diesem Geschäft arbeiteten, waren aus Litauen. Offenbar gab es auch viele litauische Kunden.

Die kamen hauptsächlich aus Chicago raus. Man konnte mit dem Boot anlegen, das Haus war ja direkt am Fluss. Opa Stasys und sein Schwager Lucas haben das Geschäft dann verkauft und in Chicago einen Großhandel für Fischereibedarf, *The Fishing Grounds*, eröffnet. Daran erinnere ich mich dann schon. Aber, wie gesagt, nicht an Lucas. In Chicago wurde von der Vergangenheit so gut wie nicht gesprochen. Jedenfalls nicht in meiner Anwesenheit. Das begann erst auf Long Island, nach dem Tod von Opa Stasys. Litauen, Litauen, Litauen. Wenn Oma Tanute mit meiner Mutter sprach, war immer von Litauen die Rede. Und im Nebenzimmer oder im Keller war auch noch ein anderer Litauer, von dem ich nichts wusste.

In welcher Sprache haben die sich eigentlich unterhalten?, fragte ich.

Das wechselte, sagte Mimi. Meistens deutsch oder litauisch. Meine Mutter ist ja in diesen beiden Sprachen erzogen worden. Englisch redeten sie nur, wenn mein Vater dabei war. Auch ich wurde zweisprachig erzogen, deutsch und englisch. Litauisch kann ich fast gar nicht. Nur, was ich zufällig mitgekriegt habe. Ich erinnere mich, dass Opa Stasys manchmal litauisch gesprochen hat. Aber immer, wenn er sich an mich wandte, wechselte er die Sprache und redete deutsch weiter.

Und woher willst du wissen, dass dieser Lucas nicht doch an dem Pogrom beteiligt war?

Oma Tanute hat mir in den letzten Jahren endlos lange über ihn erzählt. Je länger er versteckt war und darüber nachdachte, wie er seine Unschuld beweisen könnte, desto mehr wurde das zum Schuldbeweis. Wenn er sich vor fünf Jahren, als ich von seiner Existenz erfuhr, gestellt hätte, wäre er geliefert gewesen. Kein Gericht hätte ihm geglaubt, dass er sich als Unschuldiger 27 Jahre lang versteckt hat.

Mir wollte das alles nicht einleuchten. Mimi sagte, es gehe in Wirklichkeit um nichts mehr, um ein, zwei Jahre, oder vielleicht nur um ein paar Monate. Der Mann sei krank und medikamentensüchtig. Es gehe eigentlich nur noch darum, ihm ein würdiges Sterben zu ermöglichen.

Welcher Arzt behandelt ihn?, fragte ich.

Kein Arzt. Morphium.

Woher kommt das Morphium?

Oma Tanute hat es besorgt. Ich weiß nicht, woher. Sie hat es mir nicht gesagt. Es ist ein synthetisches Morphiumpräparat. Vielleicht gibt es noch irgendeinen anderen Helfer, der nicht bekannt werden will. Ich weiß es wirklich nicht.

Und was sagt der Alte dazu?

Du meinst Lucas?

Der muss doch irgendeine Erklärung haben. Schließlich deckst du ihn.

Er redet nicht mit mir.

Du tust alles für ihn und er redet nicht mit dir?

Nein, wie wenn er stumm wäre. Aber mit Oma Tanute hat er geredet. Er weiß, dass du kommst. Ich habe es ihm gesagt. Und er hat nicht dagegen protestiert. Du musst uns das Leben erleichtern. Jetzt kommt der Winter. Lucas kann sich allein nicht mehr helfen. Er kann nicht mehr die Kellerstiegen hinaufsteigen.

Mimi ergriff über den Tisch hinweg meine beiden Hände und blickte mir in die Augen. Und ich dachte mir, diese schöne Frau hier, deren Geschmack ich heute noch im Mund spüre, bittet mich um einen Gefallen, und ich werde ihr diesen Gefallen erfüllen. Ich bin kein Richter, und der alte Mann geht mich im Grunde nichts an. Egal, was er gemacht hat, er muss nicht in einem Kellerloch verrecken, er darf würdig sterben.

Einverstanden, ich bleib da, sagte ich. Mimi drückte meine Hände. Dann begannen wir erneut Wein zu trinken.

Mimi lächelte, und ich versuchte ebenfalls zu lächeln.

Dann sagte sie: Weißt du, wen ich wiedergetroffen habe?

Ich war immer noch in ihren Augen verloren.

Günther, fuhr sie fort.

Wer ist Günther?

Günther, das Schweinderl.

Welches Schweinderl?

Sag, hast du das wirklich vergessen? Mein Vormieter in der Mondscheingasse, von dem du eine Nacht lang phantasiert hast. Du hast gemeint, dem sei weiß Gott was zugestoßen. Er ist hier in New York.

Wo hast du ihn getroffen?

Im *Mother*, einem schrägen Club in der Washington Street.

Was heißt schräg?

Schwule, Lesben, Dragqueens, Transsexuelle, präoperativ und postoperativ, eine Unterscheidung, auf die man hier großen Wert legt. Das ganze Spektrum des nicht Stinknormalen halt. Dort habe ich Günther getroffen. Wir haben uns unterhalten.

Und wie geht es ihm?

Er lebt mit einem Freund zusammen und arbeitet in der Wall Street. Er hat es geschafft. Ist das nicht wunderbar?

Ja, sagte ich. Das ist wunderbar.

Im Keller

Er hatte einen dünnen, sehnigen Hals, in dem der Adamsapfel auf und ab glitt. Andauernd schluckte er, auch wenn er nichts aß oder trank. Sein Kehlkopf war immer in Bewegung. Vom Lehnstuhl aus beobachtete er mich. Während ich arbeitete, saß er hinter mir und schaute mich an. Die Hände hatte er in den Schoß gelegt, nicht auf die Oberschenkel oder Knie, sondern auf die Genitalien, als wollte er sie schützen. Manchmal lag Briska auf seinem Schoß. An der linken Seite seines Stuhls lehnten die Krücken aus Aluminium. Er konnte sich nur mehr mit Krücken fortbewegen. Früher war der Keller sein Ausweichquartier gewesen, aber seit einigen Monaten konnte er die Stiege nicht mehr hinaufgehen. Der Keller war seiner Arthrose zur Falle geworden.

Als wir am zweiten Tag meines Aufenthalts vor dem Haus auf Long Island ankamen, hörte ich einen Hund bellen. Das ist Briska, sagte Mimi, Omas Liebling. Hinter einem Fenster sprang ein roter Hund und schlug mit den Pfoten gegen die Scheibe. Dabei versetzte er die Lamellenvorhänge in Bewegung, die das Innere des Raumes abschirmten. Mimi öffnete mit der Fernbedienung das Garagentor. Wir fuhren auf eine Waschmaschine und einen Trockner zu. Daneben war eine Tür. Auf der Fahrt nach Long Island hatten wir in einem Supermarkt Lebensmittel gekauft. Wir nahmen die vollen Papiersäcke aus dem Kofferraum und stellten sie vor die Tür, die von innen verriegelt war.

Ist das die berühmte Waschmaschine?, fragte ich.

Ja, das ist sie.

Wir gingen durch das Garagentor hinaus und kamen über einen mit flachen Steinen belegten Pfad zur Eingangstür. Briska bellte so laut, dass man sie in der ganzen Nachbarschaft hören konnte. Das Haus war langgezogen und flach. Zu beiden Seiten des Eingangs waren kleine Kräuterbeete angelegt. Der sandige Boden war an diesen Stellen mit dunkler Erde durchmischt. Ich suchte nach den Kellerfenstern. Sie waren mit dichten Rosenhecken verdeckt. Während bei uns in Österreich schon Schnee lag, duftete es hier nach Rosmarin. Vor der Eingangstür war noch eine zweite Tür angebracht, eine Windtür, deren Glasscheibe gegen ein Fliegengitter ausgetauscht worden war. Briska bellte immer noch. Sie war mittlerweile zur Tür gelaufen, an der man sie hochspringen hörte.

Sit, Briska!, sagte Mimi. Die Hündin schien das aber nicht zu kümmern. Mimi wiederholte die Aufforderung, und da wurde es plötzlich ruhig hinter der Tür. Mimi schloss auf. Neben dem Eingang lag eine feuerrote Dackeldame mit eigenartigen Manieren. Sie lag nämlich auf dem Rücken, winkelte die Beine ab und trommelte mit ihrem Stummelschwanz gegen den Boden. Das war, wie mir Mimi erklärte, das Zeichen, dass sie sich freute. Mimi rieb ihr den Bauch und Briska knurrte. Bist ein gutes Mädchen, sagte sie. Briska trug zwar einen litauischen Namen, hörte aber hauptsächlich auf die deutsche Sprache, die Oma Tanute zeit ihres Lebens beibehalten hatte. Einige wichtige Aufforderungen nahm Briska jedoch nur in englischer Sprache zur Kenntnis. Sie hatte nämlich als Jungtier wegen ihres ungestümen Temperaments von einem professionellen Hundetrainer zehn Unterrichtsstunden erhalten. Seither reagierte sie, wenn sie nicht gerade vor lauter Aufregung bellen musste, auf das Wort Sit, nicht aber auf das ähnlich klingende Wort Sitz.

Das Haus war ein geräumiger Holzbau. Wir kamen in ein großes Wohnzimmer, von dem es auf die Terrasse und in den Garten hinausging. Diese Tür hatte oben ein vergittertes Glasfenster und unten eine seltsame Öffnung, die aussah wie eine Saloontür für Zwerge.

Was ist das?, fragte ich.

Das ist für Briska. Damit sie in den Garten kann. Einmal war Briska bei mir in der Bronx, und Oma Tanute hat vergessen, die Hundetür zu schließen. Prompt kam in der Nacht ein kleiner Waschbär und machte sich über die Lebensmittel her. Aber wenn Briska da ist, traut sich kein anderes Tier herein.

Alle Fenster waren mit undurchsichtigen Lamellen verhangen. Das Wohnzimmer ging in die Küche über. Von dort führte eine Tür in die Garage und eine andere in den Keller. Mich interessierte vor allem der Keller. Wir sind jetzt da, rief Mimi. Dabei stieß sie die Tür, die einen Spalt geöffnet war, ganz auf. Ich sah eine steile, weiß gestrichene Holztreppe mit Geländer und ein Stück Betonboden. Ein miefiger Geruch kam herauf. Unten brannte Licht.

Die Tür zur Garage war mit einem langen Riegel versehen. Mimi schob ihn beiseite. Wir trugen die Papiersäcke in die Küche und stellten sie nebeneinander auf die Anrichte. Einen von Briskas Näpfen füllte Mimi mit Hundefutter, im anderen wechselte sie das Wasser. Dann nahm sie eine Wärmebox und eine Flasche Cranberry Juice aus den Papiersäcken. Sie hatte auffällig viel Cranberry Juice gekauft.

So, sagte sie, jetzt stelle ich dir Lucas vor. Sie ging mit der Aluminiumbox und der Flasche Cranberry Juice voraus, ich folgte ihr die Treppe hinab. Es war nicht nur ein feuchter Mief zu spüren, auch der Hundegeruch war unten stärker. Das Erste, was ich an Lucas wahrnahm, waren seine struppigen weißen Haare und seine steife Haltung. Er saß da wie das Gipsmodell eines abgemagerten Albert Einstein. Er bewegte sich nicht und würdigte mich keines Blickes. Vor sich hatte er ein Tischchen mit ausgebreiteten Patience-Karten. Am Rande stand ein leerer Teller, daneben lag eine offene Packung mit irgendwelchen Tabletten. Mimi trat vor ihn hin und sagte: Ich möchte dir Helmut vorstellen. Er kommt aus Österreich und wird dir eine Wohnung bauen. Du kannst ihm vertrauen.

Lucas schaute zwar in ihre Richtung, aber es war, als würde er sie gar nicht sehen. Verärgert darüber, dass es Mimi offenbar noch immer nicht mitgekriegt hatte, dass ich nicht mehr Helmut hieß, stellte ich mich neben sie.

Früher habe ich Helmut geheißen, sagte ich. Jetzt heiße ich Rupert. Ich kenne Mimi vom Studium in Wien.

Der Mann schaute uns an, oder schaute er durch uns hindurch? Er bewegte sich nicht. Seine Haare waren lange nicht geschnitten worden. Ich fragte mich, ob der überhaupt noch lebte. Doch dann schluckte er. Und so sagte ich: Mimi hat mir alles erzählt. Sie können mir vertrauen.

Er schluckte erneut, aber er antwortete nicht. Ich überlegte, ob ich auf ihn zugehen und ihm die Hand schütteln sollte. Doch dann dachte ich mir, wenn er keinen Grund sieht, mir Beachtung zu schenken, warum sollte ich zuvorkommend sein. Was ich tue, mache ich für Mimi, und diese Gipsfigur mit Schluckzwang soll mir gestohlen bleiben.

Der Raum war lang, aber nicht sehr breit und nur knapp über zwei Meter hoch. Die schmalen Oberlichtfenster waren mit Decken verhangen. Das Licht kam von drei an Balken befestigten Lampen, die an herabhängenden Strippen ein- und ausgeschaltet werden konnten. In der Nähe des für Warmwasser und Heizung zuständigen Gasbrenners stand ein Klappbett, nicht weit davon entfernt, auf dem Boden, ein Fernsehapparat. Ein Stuhl mit einer Waschschüssel und ein weiterer Stuhl mit Handtuch, Seife und

Rasierapparat. Ein emaillierter Wasserkrug stand am Boden. An der Wand war eine alte Küchenkredenz, die, soweit ich sehen konnte, aber vor allem Bücher und Schriften enthielt. Das Geschirr, ein paar Teller, Gläser und Besteck, befand sich auf einer Anrichte, auch eine zweite Waschschüssel. Daneben war ein Kühlschrank, auf dem ein Glas und eine leere Flasche Cranberry Juice standen. Mimi stellte die neue Flasche dazu. Aus der Aluminiumbox nahm sie ein halbes Grillhuhn, legte es auf einen Teller und servierte es Lucas. Der wischte mit dem Unterarm die Patience-Karten zur Seite. Es war die erste wirkliche Bewegung, die ich an ihm wahrnahm.

Mimi nahm den leeren Teller vom Tischrand und sagte: Den Käse bringe ich dir gleich.

Um nicht weiter diesen merkwürdigen Alten anstarren zu müssen, bat ich Mimi um ein Maßband. Ich wollte einen ersten Plan zeichnen, aber es gab kein Maßband im Haus. Und so begann ich, mich mit Mimi darüber zu unterhalten, was nun eigentlich gebaut werden solle. Mir war das bislang keineswegs klar. Lucas hörte zu, oder auch nicht, er aß und rieb zwischen den einzelnen Bissen Messer und Gabel aneinander. Mimi meinte, ich solle jene Hälfte des Kellers, in der sich die Heizanlage befand, aussparen und den Rest in zwei Zimmer und ein Bad aufteilen.

Aber ein Einzelraum, in dem alles um ihn herumgruppiert werden könne, wäre doch für ihn viel praktischer, sagte ich. Das leuchtete Mimi ein. Der Raum, so einigten wir uns, sollte mit doppelten Wänden und dämmendem Füllmaterial so gut isoliert werden, dass keinerlei Lärm nach draußen dringen konnte. Statt Fenster sollte er einen Ventilator zur Belüftung haben. Ich versuchte, mir so genau wie möglich zu vergegenwärtigen, wie damals der Probekeller der Geilen Säcke am Sechshauser Gürtel ausgesehen hatte. Sie hatten in die ehemalige Tischlerei einen Raum aus doppelten Holzwänden hineingebaut, der die Außenwände an keiner Stelle berührte. So wollte auch ich es machen. Mit dem Plafond musste ich bis ganz knapp unter die Keller-decke gehen, damit der Raum nicht zu niedrig wurde. Für die Ventilation wollte ich einen mehrfach gewundenen An-saugschlauch zur hinteren Außenmauer des Hauses verle-gen. Die Abluft könnte in den Keller entweichen, wodurch der Ventilator von außen nicht zu hören wäre. Während ich mich mit Mimi darüber beriet, musste ich immer wieder zu Lucas schauen. Er tat so, als ob ihn das alles nichts angin-ge. Auf einmal hörte er zu essen auf. Er legte das Besteck auf die Tellerkante und schaute uns, wie zufällig, an. Mimi brachte ihm ein Glas und die Flasche Cranberry Juice. Sie öffnete die Flasche und goss ihm ein.

Das Allerwichtigste, sagte sie dabei, ist eine Toilette. Ich kann den Eimer nicht mehr sehen.

Welchen Eimer?

Den dort drüben.

Sie verwies auf einen mit rotem Samt überzogenen Hocker, der hinter dem Gasbrenner stand. Ich hätte ihn eher für einen Klavierstuhl als für einen Leibstuhl gehalten. Lucas trank das Glas in einem Zug leer. Er schenkte sich nach, nahm eine Tablette und trank noch einmal. Dann be-gann er wieder zu essen.

Der Samtpolster lässt sich hochklappen, sagte Mimi. Ich habe das gute Stück vor zwei Jahren zufällig beim Trödler entdeckt und für den Fall, dass Lucas aus irgendwelchen Gründen einmal nicht zur Toilette hinaufgehen könnte, hier in den Keller gestellt. Vor ein paar Monaten hat Oma Tanute damit begonnen, jeden Tag den Eimer zu leeren und auszuwaschen. Erst daran habe ich erkannt, dass Lucas die Kellerstiege nicht mehr hochkommt.

Lucas aß. Mimi und ich gingen wieder nach oben. Sie schloss die Tür.

Warum machst du jetzt die Tür zu?, fragte ich.

Nach dem Essen geht er scheißen, und da will er ungestört sein.

Woher weißt du eigentlich, was er will und was er nicht will, wenn er nie mit dir redet?

Das weiß ich von Oma Tanute. Mit der hat er gesprochen. Und wenn ihm einmal etwas nicht passt, dann lässt er es mich schon spüren.

Kann er eigentlich gehen?

Er kann. Aber nur ganz langsam. Er hat dabei große Schmerzen in den Hüftgelenken. Ohne Tabletten würde er es nicht aushalten. Er nimmt mindestens vier oder fünf am Tag.

Im Grunde, fuhr sie fort, geht alles ganz gut, weil er ja auch nicht mit mir schimpft. Bloß der Eimer macht mir zu schaffen. Nach dem Schlaganfall von Oma Tanute war ich nämlich auch dafür zuständig. Weil der Ekel von Tag zu Tag schlimmer wurde, gönnte ich mir eine Pause von zwei Tagen. Da stellte Lucas seine Notdurft ohne Abdeckung einfach vor die Kellerstiege, sodass das ganze Haus nach Scheiße roch. Damit zwang er mich, alles so zu machen, wie Oma Tanute es gemacht hatte.

Eine Toilette, das war klar, musste als Erstes gebaut werden. Ich wollte sie der Einfachheit halber an jener Seite des Raumes unterbringen, an der das Abflussrohr verlief, und sie sollte groß genug sein, um sie auch mit einem Rollstuhl befahren zu können. Denn dass Lucas bald einen Rollstuhl brauchen würde, war absehbar.

Oma Tanutes Haus lag außerhalb eines Ortes mit dem Namen Islip, fünf Gehminuten vom Meer entfernt, aber nicht vom offenen Meer, sondern von der South Bay, die durch Fire Island, eine vorgelagerte, schlauchförmige Insel, vom Atlantischen Ozean getrennt war. In der näheren Umgebung gab es keine Geschäfte. Mimi sagte, im Grunde sei es ihr egal, wo ich die Dinge einkaufe, wenn die Geschäfte nur mindestens dreißig Meilen von Islip entfernt seien. Sie holte Bargeld von der Bank. Die Einkäufe sollten nicht über ihre Kreditkarte laufen und so für niemanden nachvollziehbar sein. Sie war äußerst vorsichtig und wollte nirgendwo eine Spur hinterlassen. Nichts von dem, was ich kaufte und installierte, sollte mit ihr oder ihrer Großmutter in Verbindung gebracht werden können.

Bevor wir losfuhren, sagte Mimi: Warte noch einen Moment. Ich muss ihm vorher noch seinen Käse bringen. Sie nahm aus dem Kühlschrank ein flaches, in durchsichtige Folie eingeschweißtes Stück Käse heraus, riss die Folie auf und schnitt den Käse in Streifen, die sie nacheinander auf einen Teller legte und mit Pfeffer bestreute.

Was ist das für ein Käse?, fragte ich.

Ein baltischer Bauernkäse. Den hat Oma Tanute vor einigen Jahren in der Delikatessen-Abteilung eines Supermarkts entdeckt. Lucas und Tanute kennen diesen Käse schon seit ihrer Kindheit. Seither haben sie jede Woche mindestens drei Stück davon gegessen. Es gibt in diesem Haus ein paar Dinge, die müssen sein. Dieser Käse ist eines davon.

Mimi brachte den Teller in den Keller hinab, dann fuhren wir los, und zwar, zu meiner Überraschung, zurück nach New York City. Nach etwa einer Stunde Fahrt verließen wir die Autobahn. Wir befanden uns in einem Stadtteil namens Jamaica, der, wie ich der Karte entnahm, nicht weit vom Kennedy-Flughafen entfernt war. Mimi hatte dort bei einem Autoverleiher einen Kombiwagen bestellt. Auf meinen Namen. *Bill's Rentals* stand auf einem Schild. Die Verleihfirma betrieb auch eine Werkstätte und eine Tankstelle, auf deren Gelände gut dreißig Autos abgestellt waren. Zusätzlich war *Bill's Rentals* offenbar auch noch ein Gebrauchtwarenhandel, denn auf einigen dieser Autos waren Preisschilder angebracht. Mimi fuhr langsam an der

Tankstelle vorbei und bog dann in die nächste Straße ein, wo sie anhielt und auf mich warten wollte. Ich ging zurück und betrat den flachen Bau neben der Tankstelle, der, wie sich herausstellte, auch ein Gemischtwarengeschäft und ein Fast-Food-Restaurant war. Für den Autoverleih gab es einen eigenen Schalter, er war jedoch nicht besetzt. Auf der einen Seite des Raumes saß ein weißer Mann an der Kasse, der ein paar hundert Kilo wog. Er war für die Tankstelle und den Warenverkauf zuständig. Auf der anderen Seite stand ein junges schwarzes Mädchen, das ebenfalls ein paar hundert Kilo wog. Sie war für Burger und Hot Dogs zuständig. Bloß für die Autovermietung schien niemand zuständig zu sein. Nach einer Weile fragte mich der Dicke an der Kasse, ob ich auf jemanden warte. Ich sagte, ich hätte ein Mietauto vorbestellt und würde es gern abholen.

Moment, sagte er und rief jemanden an. Kurz darauf kam durch die Hintertür ein ölverschmierter, schwarzhaariger Mann. In der Hand hielt er einen Schraubenschlüssel. Er ging auf meinen Schalter zu und legte den Schraubenschlüssel neben die Tastatur des Computers. Er fragte mich, wie ich heiße. Ich antwortete: Kramer. Da sagte er: Kramer versus Kramer. Ich fragte ihn, ob er auch Kramer heiße. Ich nicht, antwortete er, aber der dort. Dabei deutete er auf den Dicken an der Kasse. Immerhin war die Vorbestellung im Computer registriert. Dann aber gab es Schwierigkeiten. Der Angestellte, vermutlich ein Puertoricaner, hatte kein Zutrauen zu meinem österreichischen Führerschein. Er verschwand wieder durch die Hintertür. Als er zurückkam, war er nicht allein. Er wurde begleitet von einem schmächtigen weißen Mann, an dem schon von weitem der riesige Knoten seiner grünen Krawatte auffiel. Auch dieser Mann hatte noch nie einen österreichischen Führerschein gesehen. Ich bot meinen Pass an, aber dem traute er noch weniger. Er fragte mich, auf welcher

Straßenseite bei uns gefahren werde. Rechts, sagte ich, und das schien ihn ein wenig zu beruhigen. Für wie lange ich das Auto mieten wolle. Eine Woche, sagte ich, und diese Antwort hatte offenbar einen inneren Konflikt zwischen Geschäftsinteressen und Vorsichtsmaßnahmen zur Folge. Er schlug ein paar Mal mit der flachen Hand auf den Tisch, legte den Schraubenzieher seines Kollegen beiseite und schlug noch ein paar Mal auf den Tisch ein, bevor er wieder meinen Führerschein zu studieren begann. Ist etwas falsch?, fragte ich, und er antwortete: Da ist keine Adresse drauf. Er gab mir den Führerschein auf eine Weise zurück, als wäre er damit bedeutungslos.

Ich sagte, ich hätte eine Adresse in New York, bedauerte es aber schon im nächsten Moment. Wo?, fragte er, und ich sagte: Im Paramount-Hotel.

Wo ist das?, fragte er.

In Manhattan, beim Times Square.

Es war ihm deutlich anzusehen, dass er mir helfen wollte, aber der Times Square war ihm genauso fern wie die Kontinente, die keine Adressen auf die Führerscheine schreiben. Da zog ich, einer plötzlichen Eingebung folgend, meine Kreditkarte aus der Geldbörse. Er steckte sie in ein Gerät und war, als es ratterte, plötzlich überzeugt, in mir einen seriösen Geschäftspartner vor sich zu haben. Wenn jemand dies tut, dachte ich, dann muss es Bill persönlich sein. Er reichte mir die Hand und presste die Lippen zusammen wie Bill Clinton nach einer Ansprache an die Nation. Jetzt erst verstand ich den Firmennamen. Der Mann hieß wahrscheinlich gar nicht Bill, sondern war bloß, wegen seiner Ähnlichkeit mit dem Präsidenten, von allen immer so genannt worden. Und daraus hat er schließlich ein Geschäft gemacht.

Als ich mit dem Ford Kombi in die Seitenstraße kam, stand Mimi neben ihrem Auto und griff sich, sobald sie mich erkannte, vor Erleichterung ans Herz. Wir verließen Jamaica in südöstlicher Richtung und folgten der Straße Nummer 27. Mimi fuhr voraus. Die Straße wurde zuerst vierspurig, dann sechsspurig, war aber hin und wieder durch Ampeln unterbrochen. Links und rechts erstreckte sich, über viele Meilen hinweg, ein Einkaufszentrum nach dem anderen. Bei einem großen Baumarkt bog Mimi in den Parkplatz ein. Ich blieb neben ihr stehen.

Ist das was für dich?, fragte sie.

Ich denke schon, sagte ich, und Mimi antwortete, aber kauf nicht gleich alles auf einmal. Dann erklärte sie mir, wie ich zurückfinde. Ich solle auf der Siebenundzwanziger einfach weiterfahren und dann auf der Hundertneuner nach Babylon abzweigen. Von dort sei Islip nicht mehr zu verfehlen.

Und du?, fragte ich.

Wir sehen uns daheim. Ich besuche noch Oma Tanute. Und vergiss nicht, in die Garage zu fahren, damit man von der Straße das fremde Auto nicht sehen kann.

Sie reichte mir die Fernbedienung für das Garagentor, und weg war sie. Ich sah mich vor dem riesigen Baumarkt um. Offenbar gab es hier alles zu kaufen, auch fertige Häuser, sogar eine Kirche. Ich setzte mich in die Kirche. Sie war aus Holz und hatte gotische Fenster, sogar eine gotische Kanzel. Darüber stand in geschnitzten Lettern: Holy God, We Praise Thy Name. Aus einem auf der Bank liegenden Katalog ging hervor, dass es die Kirche in mehreren Größen gab und dass sie sowohl mit katholischer als auch protestantischer Inneneinrichtung zu haben war. Die rechte Seitenwand der Kirche war offen, damit alle, die daran vorbeifuhren, hereinschauen konnten. Während ich im Katalog blätterte, kam ein Mann auf mich zu, der an der Brust ein Namensschild mit dem Logo des Baumarktes trug. Er fragte mich, ob er mir behilflich sein könne. Ich sagte, dass mich die Kirche interessiere. Ob man sich die auch nach Europa liefern lassen könne.

Der Mann sagte, das wisse er nicht, er werde sich aber in der Zentrale erkundigen. Er zog ein Handy aus der Tasche und war im Begriff, irgendwo anzurufen. Nein, sagte ich. So eilig hätte ich es nicht. Unsere Kirche sei nämlich aus Stein und würde sicher noch eine Zeit lang halten. Dann war mir die Sache peinlich, und ich machte mich davon. In der riesigen Verkaufshalle kaufte ich als Erstes ein langes Maßband, dann ein Klo, ein Waschbecken und einen Teil des Holzes, sowohl Bretter als auch Kantstücke. Ich schätzte die Menge falsch ein. Obwohl ich den Beifahrersitz herunterklappte und das Auto bis zum Dach mit Holz voll lud, brachte ich nicht alles unter. Man bot mir an, die Ware am nächsten Tag zu liefern, aber das konnte ich aus Rücksicht auf Mimi auf keinen Fall zulassen. Ich sagte, dass ich das Holz noch heute brauche und deshalb zurückkommen werde. Als ich in bar bezahlte, blickte mich der Verkäufer misstrauisch an. Er hielt meine Hundert-Dollar-Scheine gegen eine UV-Lampe und fuhr mit einem Stift darüber.

Mimi kam erst heim, als ich die zweite Fuhre Holz schon ausgeladen hatte, sodass sie gar nicht mitbekam, dass ich zweimal hatte fahren müssen. Sie half mir, das Holz in den Keller zu tragen und dort zu stapeln. Lucas saß in seinem Lehnstuhl und sah fern. Der Bildschirm grießelte so stark, dass das Bild nur schwer zu erkennen war.

Ist das der berühmte Fernseher, von dem du mir gestern Abend erzählt hast?

Ja, sagte Mimi. Du musst übrigens auch das Fernsehkabel nach unten verlegen.

Mimi nahm aus der alten Küchenkredenz ein Blatt Papier und einen Kugelschreiber, und ich stellte eine Liste von Dingen zusammen, die noch zu besorgen waren. Lucas beachtete uns nicht. Er starrte auf den grießeligen CNN-Bericht über den russischen Vormarsch in Tschetschenien. Es war nicht zu erkennen, was er davon hielt.

Braucht er nicht auch eine Badewanne?, fragte ich.

Nicht nötig, antwortete Mimi, er hat auch oben die Badewanne so gut wie nie benutzt. Er wäscht sich sehr gründlich. Außerdem, wer soll ihn denn da reinheben? Ich muss ihm jetzt sein Essen bringen.

Sie ging die Stiege hinauf. Als ihre Füße gerade noch zu sehen waren, blieb sie stehen und rief zurück: Kannst du bitte inzwischen den Eimer leeren?

Dann war sie fort, und ich war erstmals mit Lucas allein. Im Fernsehen wurde auf Werbung umgeschaltet. Lucas starrte weiterhin auf den Bildschirm, als wollte er bewusst nicht zu mir aufschauen. Wie kam ich eigentlich dazu, mich um seine Ausscheidungen zu kümmern? Ich war gekommen, um Bauarbeiten durchzuführen, und nicht, um einem alten Griesgram die Scheiße auszuleeren. Du wirst nichts tun müssen, was du nicht tun willst, hatte Mimi in ihrer E-Mail geschrieben. Das hier will ich nicht tun, und deshalb werde ich es auch nicht tun.

Ich machte mir einen Plan über die nötigen Elektro-Installationen, überlegte, wie viele Lichtschalter, Steckdosen und Lampen ich brauchen würde. Es erschien mir sinnvoll, im Keller einen eigenen Sicherungskasten zu installieren, mit einer starken Zuleitung vom Haussicherungskasten, damit auch Elektrokonvektoren angeschlossen werden konnten, ohne dass alles zusammenbrach. Einen Moment hatte ich mit dem Gedanken gespielt, an die Zentralheizung einfach ein paar zusätzliche Heizkörper anzuhängen, aber ich hatte mit dieser Art von Installation keine Erfahrung und wollte lieber nichts riskieren. Ich suchte den günstigsten Platz für die neuen Sicherungen. Dann ging ich nach oben, um mir den Haussicherungskasten anzusehen.

Er war gleich neben der Kellerstiege. Mimi stand vor dem Ofen und briet Ham and Eggs.

Am besten leerst du den Eimer in die Toilette vom Gästezimmer, sagte sie.

Wo ist das?

Hier gleich nebenan.

Ich wollte mir das Zimmer ansehen, aber die Tür ließ sich nicht öffnen.

Da ist ja immer noch verschlossen, sagte ich.

Du musst den Knopf drehen.

Ich drehte den Knopf und war erstaunt, wie viele Bücher es hier gab, deutsche und englische. Sie standen zweireihig. Ich las ein paar Autorennamen: Gobineau, Robert Knox, Herbert Spencer, Robert Michels. Sie sagten mir nichts. Hingegen kamen mir zwei andere Bücher wohl bekannt vor. Es waren die beiden Bände von Oswald Spenglers *Untergang des Abendlandes*, in derselben Ausgabe, die ich von meinem Scheibbser Großvater übernommen und erst vor einem Jahr auf dem Flohmarkt verkauft hatte.

Hat er das alles gelesen?, rief ich in die Küche hinaus.

Ich glaube schon, sagte Mimi. Er hat immer viel gelesen. Was hätte er sonst tun sollen.

Sind das nicht irgendwie komische Bücher?

Kommt mir auch so vor. Ich glaube, er hat deutliche Ansichten. Aber ich weiß nicht, welche. Mit mir spricht er ja nicht.

Sie machte eine kurze Pause, in der sie in der Bratpfanne schabte.

Wenn alles fertig ist, sagte sie, werden wir die Sachen hinunterschaffen müssen.

Es gab im Gästezimmer ein Bett, einen Schreibtisch, ein altes Radiogerät und einen Kleiderschrank. Das Rollo war heruntergezogen. Eine Tür führte zu einem kleinen Badezimmer mit Toilette. Auf der Spiegeletagere stand ein halb volles Fläschchen mit Rasierwasser. Ich ging in die Küche zurück. Mimi gab gerade die Ham and Eggs auf den Teller. Sie streute Salz und Pfeffer darauf und legte zwei Schnitten Vollkornbrot dazu.

Willst du auch welche?, fragte sie.

Ja, sagte ich. Aber wir könnten natürlich auch essen gehen.

Hier in der Gegend lieber nicht, sagte Mimi.

Gut, dann esse ich Ham and Eggs. Aber ich kann sie mir auch selber machen.

Wie du willst.

Sie verschwand mit der Portion von Lucas im Keller. Als sie weg war, kam es mir blöd vor, für mich allein ein Essen zu richten. Ich sollte lieber mit Mimi gemeinsam etwas kochen. Ich drehte das Radio an und ging die Sender durch. Beim Song *Heart of Gold* von Neil Young blieb ich stehen und drehte lauter. Ich sang mit und schaute zur Kellertür. Aber Mimi blieb weg. Auf der Suche nach der Hausbar öffnete ich die Schränke in Küche und Wohnzimmer, aber ich fand sie nicht. Zum Verdursten war ich aber deswegen nicht verurteilt, denn im Kühlschrank standen Bier und Weißwein, und im Gefrierfach entdeckte ich eine Flasche Gin. Ich mixte zwei Gin Tonic mit Lemon und Eis und wartete, bis Mimi zurückkam. Der Song von Neil Young war zu Ende, eine sonore Stimme sagte: This is Q104, the Classic Rock Station, und dann spielten sie, ich mochte meinen Ohren kaum trauen, *Losing My Religion*. Ich setzte mich mit den beiden Drinks auf die Couch und sang erneut mit. Als Mimi kam, sagte ich: Das ist übrigens das Lied, das gestern in dem verunglückten Auto lief.

Sie schien nicht zu wissen, wovon ich sprach.

Ich habe es dir doch gestern erzählt, sagte ich. Das Auto, in das ein Reh hineingesprungen ist.

Ach ja, sagte sie. Hast du eigentlich den Eimer geleert?

Nein, aber ich habe dir einen Drink gemacht.

Ich hielt ihr das Glas entgegen. Sie nahm es und fragte: Was ist das?

Gin Tonic. Prost!

Auf dein Wohl, sagte sie und setzte sich mir gegenüber. Sie nahm einen kleinen Schluck, dann sagte sie: Aber ich habe dich doch gebeten, den Eimer auszuleeren.

Das stimmt, sagte ich, aber ich habe beschlossen, es nicht zu tun.

Sie warf mir einen verwunderten Blick zu. Dann sagte sie: Ich dachte, du bist mir behilflich.

Beim Bauen, aber nicht beim Scheißewegräumen.

So. Haben wir zwei jetzt ein Problem?

Ich würde sagen: Ja.

Wir schwiegen eine Weile und tranken ein paar Schlucke Gin Tonic. Dann sagte sie: Kann man die Musik leiser machen? Ich kann Lucas sonst nicht hören.

Der redet doch sowieso nicht mit dir.

Aber er könnte hinfallen. Und dann höre ich ihn nicht. Ich habe hier nie Musik aufgedreht.

Dann dreh sie ab, sagte ich. Es war, als wäre unsere Zeit abgelaufen, noch bevor sie begonnen hatte. Wir saßen uns eine Weile schweigend gegenüber. Keiner von uns wollte ein weiteres Wort sagen. Als wir am Vorabend vom italienischen Restaurant heimgekommen waren, hatte Mimi mein Bett im Wohnzimmer gerichtet. Ich sagte, wir waren uns schon näher gewesen, und sie nahm mich bei der Hand und antwortete, wir sollten nichts übereilen, wir haben jetzt viel Zeit. Sie küsste mich auf die Wangen, ich drückte an ihren Arschbacken herum, legte mich aber dann hin und schlief sofort ein. Da war Mimi wahrscheinlich noch im Zimmer. Ich hatte, meinem Jetlag zum Trotz, nach dem Wein noch ein paar Gläser Grappa getrunken. Nur wenige Stunden später, um fünf Uhr am Morgen, wachte ich auf, froh, dass alles so glimpflich ausgegangen war. Mimi hatte Recht, wir sollten uns Zeit lassen. Und jetzt sollte alles vermasselt sein?

Mimi schaute auf das zwischen uns stehende Glastischchen. Dann nahm sie ihr Glas, schwenkte es und schaute den Eiskugeln zu, wie sie im Kreis schwammen. Ihrer Igelfrisur waren ein paar Haare entwischt. Sie hatte sich am Morgen dafür keine Zeit genommen, weil sie so schnell wie möglich hierher hatte aufbrechen wollen. Lucas sollte nicht zu lange allein sein. Mir war es recht gewesen, ich hätte ohnedies nicht mehr schlafen können. Aber nun spürte ich, dass ich müde wurde. Auf der Terrasse über dem Hudson River hatte ich mir am Vortag noch ausgemalt, dass ein neues Leben beginnen könnte.

Dieser Maurice Love, sagte ich, der muss doch auch hier irgendwo ein Haus haben. Ist das weit?

Mimi schwenkte immer noch das Glas. Zuerst reagierte sie nicht, dann schüttelte sie stumm den Kopf. Das war ihre Antwort. Ich stand auf, ging zum Radio und drückte die Power-Taste. Kaum war die Musik verstummt, hörte man durch die offene Kellertür den Fernsehapparat. Lucas hatte den Ton offenbar lauter gedreht. Aber im nächsten Augenblick wurde er leiser.

Wie kommt der so schnell zum Fernseher?, fragte ich.

Fernbedienung, sagte Mimi.

Ich kam mir ziemlich blöd vor. Aber ich hatte die Fernbedienung bislang nicht gesehen. Ich musste gähnen und fühlte mich plötzlich sehr müde. Mimi stand auf und sagte: Ich werde jetzt die Scheiße heraufholen.

Ich dachte mir: Hätte ich diesen blöden Eimer doch ausgeleert. Der Abend wäre ganz anders verlaufen. Aber jetzt wollte ich auch keinen Rückzieher mehr machen. Ich mixte mir noch ein zweites Glas Gin Tonic und schmierte mir ein Brot mit Peanut Butter. Mimi kam mit dem Eimer die

Stiege herauf, ging an mir vorbei und verschwand im Gästezimmer. Als sie zurückkam, fragte ich:

Wo werde ich eigentlich schlafen?

Im Zimmer von Lucas, wenn es dir recht ist. Ich habe frisch überzogen.

Es war mir nicht recht, aber ich tat es trotzdem. Eigentlich war ich dann sogar froh. Bei der Stimmung, die sich im Moment zwischen Mimi und mir ausbreitete, hatte es wenig Sinn, irgendetwas vom Zaun zu brechen. Als ich im Bett von Lucas lag, mit all den seltsamen Büchern um mich herum, dachte ich, niemand kann mich hier festhalten. Ich werde einfach abreisen, und die Sache ist erledigt. Aber dann dachte ich mir, wieso sollte ich der Einzige sein, der von dieser Reise nichts hat. Und ich nahm mir vor, nicht abzureisen, ohne vorher mein Vatervernichtungsspiel vermarktet zu haben.

In Riverhead, einer Stadt, die gut vierzig Meilen in östlicher Richtung lag, kaufte ich am nächsten Morgen Wasserleitungs- und Abflussrohre, Lichtschalter, Steckdosen und Kabel. Auch hier hatte man Probleme mit meinen Hundert-Dollar-Scheinen. Sie wurden nur akzeptiert, weil der Chef persönlich nach eingehender Betrachtung seine Zustimmung gab. Bei Riverhead teilt sich Long Island in eine nördliche und eine südliche Halbinsel. Ich hatte noch genug Platz im Auto und wollte die Einkäufe schnell hinter mich bringen. Und so fuhr ich auf der südlichen Halbinsel weiter Richtung Montauk, bis ich in der Nähe von East Hampton zu einem Hardwarestore kam. Dort kaufte ich eine Tür, einen Ventilator mit Zuleitungsschläuchen, eine Handkreissäge, eine Bohrmaschine, einen Akkuschrauber, vier Pfund Spannschrauben mit Senkköpfen, dreißig lange Verbindungsschrauben für die Balken und jede Menge Kleinwerkzeug. Bei der Rückfahrt nach Islip fiel mir ein, dass ich noch kein Isoliermaterial hatte. Ich musste noch einmal zu einem Baumarkt fahren. In einem Ort namens Patchogue fand ich, was ich suchte. Als ich nach Islip zurückkam, war der Wagen bis unter das Dach voll geladen. Jetzt fehlte nur noch das restliche Holz. Das wollte ich kaufen, sobald absehbar war, wie viel ich noch brauchen würde.

Als ich von der Garage in die Küche gehen wollte, stand Briska hinter der Tür und bellte wie verrückt. Sit, Briska!, sagte ich und wiederholte die Aufforderung ein paar Mal, aber auf mich schien sie nicht zu hören. Die Hündin sprang ohne Unterlass an der Tür hoch und schlug mit den Pfoten dagegen. Sit, Briska!, rief ich noch einmal, ohne Hoffnung, dass es etwas nützen könnte. Aber plötzlich war Ruhe. Vorsichtig öffnete ich die Tür. Briska lag nicht auf dem Rücken, sie war zurückgewichen und beobachtete mich skeptisch. Ich gab ihr Futter in den Napf, und das schien ihr ein Hinweis auf meine Gutartigkeit zu sein. Noch bevor sie zu fressen begann, legte sie sich halb auf die Seite, halb auf den Rücken und hob zur Probe zwei Beine an. Ich kraulte ihren Bauch. Sie hob auch die anderen zwei Beine und gab sich dem Vergnügen hin. Von da an reagierte sie auch bei mir auf Sit, Briska schon beim zweiten Mal.

Mimi war am Morgen nach New York gefahren und noch nicht zurückgekommen. Gegen zwei Uhr rief sie an und sagte, dass sie erst in ein paar Stunden kommen werde. Bei der Rückfahrt werde sie noch Oma Tanute besuchen. Ich solle aus dem Gefrierfach Bagel herausnehmen, sie in der Mikrowelle auftauen, dann halbieren, in den Toaster stecken und schließlich mit Cream Cheese bestreichen. Das habe Lucas gerne. Und ich solle schauen, ob er noch genug Cranberry Juice habe. Am späteren Nachmittag könne ich ihm ruhig noch ein paar Käsestreifen bringen, ich wisse schon, den baltischen Bauernkäse. Und dann solle ich ihm noch sagen, dass sie ihm am Abend Bratwürstel mit Sauerkraut mitbringen werde. Da werde er sich freuen, das sei nämlich seine Lieblingsspeise.

Ich tat alles so, wie sie es mir aufgetragen hatte. Ich brachte Lucas eine neue Flasche Cranberry Juice und servierte ihm vier mit Cream Cheese bestrichene Bagelhälften. Ich hatte für mich dasselbe bereitet und setzte mich zu ihm an den Tisch. Auf seinem Schoß saß Briska. Während wir aßen, merkte ich, dass er mich verstohlen anschaute. Wenn ich seinem Blick begegnen wollte, wich er aus. Auf seinem dürren Hals war eine kleine Blutkruste erkennbar. Er musste sich am Vormittag rasiert haben. Ich entdeckte die Fernbedienung für den Fernsehapparat. Sie steckte in seiner Hemdtasche. Als er wieder abbiss, blieb an seiner Oberlippe weißer Cream Cheese kleben. Ich brachte eine Serviette. Er wunderte sich und blickte mich an. Ich zeigte auf meine Oberlippe. Da nahm er die Serviette und wischte sich die Lippen ab.

So, wo soll ich jetzt anfangen?, fragte ich, als ich am späten Nachmittag endlich mit der Arbeit beginnen konnte. Die Frage war an mich selbst gerichtet. Von Lucas hatte ich keine Antwort erwartet. Er saß auf seinem Stuhl vor dem Gasbrenner und betrachtete die entlang der Mauer aufgeschichteten Dinge. Auf meine rhetorische Frage hin klopfte er mit der Krücke auf den Fußboden. Ich blickte ihn überrascht an. Es erschreckte mich, dass er auf mich reagierte. Aber noch mehr erschreckte es mich, dass er mir so wenig zutraute. Wo hätte ich sonst beginnen sollen, wenn nicht beim Fußboden.

Ich vermaß die Balken, schnitt sie zurecht, durchbohrte sie, legte sie am Boden aus und schraubte sie zusammen. Die Handkreissäge erzeugte so viel Staub, dass sich die Frage, ob ich Lucas auch noch Käsestreifen servieren solle, von selbst erledigte. Ich konnte kein Fenster und keine Tür öffnen. Schließlich sollte niemand mitbekommen, dass hier umgebaut wurde. Lucas schaute mir interessiert zu. Der Staub und der Lärm schienen ihn überhaupt nicht zu stören. Sein Blick hatte sich völlig verändert. Es war nicht mehr so, als würde er zufällig in meine Richtung schauen, im Gegenteil, sein Blick folgte mir mit Neugierde und Verständnis. Lucas schien in handwerklichen Dingen keineswegs unbedarft zu sein. Manchmal hatte ich das Gefühl, jetzt würde er am liebsten mit anfassen. Briska hingegen hatte ein Problem mit der Kreissäge. Sie fürchtete sich und lief jedes Mal, wenn ich sie einschaltete, in einem Höllentempo die Stiege hinauf. Lucas schien das zu amüsieren. Jedenfalls meinte ich an seinem Gesicht einen Anflug von Lächeln wahrzunehmen. Zweimal sah ich ihn an diesem Nachmittag eine Tablette nehmen. Er spülte sie mit Cranberry Juice hinunter. Als ich einmal aufschaute, kam es mir vor, dass Lucas nun wieder ganz anders dasaß, genauso unbeweglich und vor sich hinstarrend wie am Anfang, als ich ihn kennen gelernt hatte. Vielleicht hat er Schmerzen, dachte ich, oder er verträgt den Lärm nicht. Ich schaltete die Bohrmaschine aus. Da stand Mimi neben der Stiege. Ich wusste nicht, wie lange sie mich schon beobachtet hatte. Sie kam lachend auf mich zu.

Toll, sagte sie. Da wird ja schon richtig gearbeitet.

Sie gab mir ein Küsschen auf die Wange. Dann sagte sie: Ich soll dich von Oma Tanute schön grüßen.

Ach. Danke. Ich dachte, sie darf nichts von mir wissen.

Ich habe es ihr gestern schon erzählt. Darum hat es gestern so lange gedauert, bis ich gekommen bin. Und auch heute hatte ich noch einige Überzeugungsarbeit zu leisten.

Und wovon ist sie jetzt überzeugt?

Dass du uns nicht schaden wirst. Und weil sie davon überzeugt ist, lässt sie dich schön grüßen. Sie will dich kennen lernen.

Wie geht es ihr?

Sie ist in einem Einzelzimmer, kann sich kaum rühren, aber sie hat keine Schmerzen. Jeden Tag hat sie Physiotherapie. Ob es etwas nützt, muss sich erst herausstellen. Was jedoch das Wichtigste ist: Ihr Kopf ist in Ordnung, sie kann reden und denken. Und sie vermisst Lucas.

Mimi blickte zu Lucas, aber der tat so, als ob er es nicht gehört hätte. Briska war während des Gesprächs die Kellerstiege herabgetrippelt. Plötzlich begann sie zu bellen und lief nach oben.

Kommt da jemand?, fragte ich.

Wahrscheinlich geht nur David Landau vorbei, sagte Mimi. Schalten wir sicherheitshalber die Lichter aus.

Sie zog an der Strippe über dem Tisch von Lucas, ich zog an den beiden anderen Strippen. Dann gingen wir zum Fenster und schoben die Decke beiseite. Zwischen den Stämmen des Rosenstrauches hindurch sahen wir auf der Straße einen alten Mann kommen, der einen Hund an der Leine führte. Der Hund, ein Foxterrier, folgte einer Spur und drängte zu unserem Haus, aber der alte Mann hielt ihn zurück. Briska bellte sich die Seele aus dem Leib.

Was riecht dieser Hund eigentlich?, fragte ich.

Briska kann es nicht sein, sagte Mimi. Sie war schon ewig nicht an der Vorderseite des Hauses.

Der Mann blickte zu uns herüber. Er trug ein kariertes Hemd, Blue Jeans und einen seltsamen Hut, bei dem die Krempe schräg nach unten verlief.

Lilienporzellan, sagte ich.

Mimi schaute weiter beim Fenster hinaus. Sie fragte verwundert: Was heißt Lilienporzellan?

Ich sagte: Mir fiel nur gerade auf, dass sein Hut wie eine umgedrehte Tasse Lilienporzellan aussieht. Nur halt ohne Henkel.

Wovon sprichst du eigentlich?

In den letzten Tagen stoße ich dauernd auf die Form des

Lilienporzellans. Auch die Streutrichter der österreichischen Räumfahrzeuge sehen aus wie Lilienporzellan. Oder schau dir einmal die Motorhaube der Handkreissäge an. Da, sieh nur. Lilienporzellan.

Mimi hatte jetzt keine Zeit, die Handkreissäge zu betrachten. Sie sagte: Ich weiß zwar nicht, was Lilienporzellan ist, aber ich finde, das ist jetzt nicht der Moment für Witze. Der Hut, den David Landau trägt, ist ein ganz normaler Fischerhut. Dieser Mann da draußen, verstehst du, der will uns einen Strick drehen. Er hat einen Verdacht und sucht Beweise. Sieh ihn dir an, wie er herüberschaut. Er bleibt immer an dieser Stelle stehen. Würde er drei Meter weiter gehen, wäre der Baum davor. Aber er will ja etwas sehen. Also bleibt er genau an dieser Stelle stehen, denn von dort hat er die beste Sicht auf unsere Fenster.

Aber es war doch der Hund, der stehen geblieben ist, sagte ich.

Ein Hund, so widersprach mir Mimi, ist immer bereit stehen zu bleiben. Es kommt auf den Begleiter an. Wenn der weitergeht, geht auch der Hund weiter.

Der Foxterrier sah ein, dass das, was ihn zu unserem Haus zog, nicht erreichbar war, und setzte seinen Weg, die Straße hinunter, fort. David Landau, der beim Herkommen vor seinem Hund gegangen war, ging nun hinter ihm. Briska bellte noch eine Weile weiter, legte aber dann zwischen den einzelnen Lautexplosionen Verschnaufpausen ein und gab schließlich auf.

Lucas schaute auf seine Armbanduhr, griff in die Hemdtasche und schaltete den Fernseher ein. Wieder waren es die Nachrichten auf CNN, die ihn interessierten, und wieder begannen sie mit einem Bericht über den Vormarsch der Russen in Tschetschenien. Man sah Granateneinschläge, brennende Bauernhäuser und schießende Panzer. Dann berichtete eine Korrespondentin aus einem Zeltquartier in

Inguschetien. Sie sagte, die Russen hätten einen Flüchtlingskonvoi auf der Straße von Baku nach Rostow bombardiert. Sie war umringt von Frauen, die weinten, gestikulierten und dabei in einer hohen Tonlage Worte herausschrien. Lucas zeigte keine Reaktion. Mimi und ich gingen nach oben. Ich duschte im Gästebad. Als ich fertig war, servierte Mimi mir eine Bratwurst mit Sauerkraut.

Und du, fragte ich, was isst du?

Ich esse nie am Abend.

Aber wir waren doch in New York zusammen Abendessen.

Das war eine Ausnahme. Trinkst du Bier dazu?

Sie schenkte mir ein Glas Bier ein und nahm sich selbst ein halbes Glas. Während ich aß, sagte sie, es habe sie überrascht, dass Oma Tanute sich so schnell mit meiner Anwesenheit abfinde. Ich müsse unbedingt einmal zur Großmutter mitkommen. Aber erst, wenn es ihr besser gehe. Sie sei zwar neugierig auf mich, aber sie könne sich im Moment ja nicht einmal schminken.

Schminkt sich deine Großmutter noch?

Was heißt noch. Sie hat überhaupt erst im Alter damit begonnen.

Ich schaute mir Mimis geschminktes Gesicht an und wusste plötzlich nicht mehr recht, was ich zu diesem Thema sagen könnte. Ich dachte mir, vielleicht haben geschminkte Menschen etwas zu verbergen. Aber dann dachte ich mir, vielleicht sind ungeschminkte Menschen zu fatalistisch, zu wenig bereit, der Welt ihren eigenen Stempel aufzudrücken. Und während ich Bratwurst mit Sauerkraut aß, Bier trank und zwischen diesen beiden Gedanken hin- und herschwankte, muss Mimi eingefallen sein, dass sie noch an einem Artikel zu arbeiten hatte. Jedenfalls verabschiedete sie sich und ging in Oma Tanutes Schlafzimmer, in dem, wie ich am frühen Nachmittag während der Scheißpause von

Lucas bei einem Rundgang gesehen hatte, auch ein Notebook und ein Drucker standen. Ich überlegte, ob ich den Rest des Bratwurstessens zu Lucas in den Keller verlegen sollte. Dabei fiel mir ein, dass der Eimer noch nicht geleert sein könnte. Ich stand auf und ging in die Richtung von Oma Tanutes Schlafzimmer. Ich sah, dass die Tür einen Spalt offen stand und dass Mimi am Computer saß.

Darf ich dich kurz stören, sagte ich. Hast du eigentlich den Eimer ausgeleert?

Oh Gott, sagte sie, das habe ich jetzt ganz vergessen.

Macht nichts, antwortete ich. Das mach ich schon.

Und dann ging ich tatsächlich in den Keller hinab. Lucas saß noch immer vor dem Fernsehapparat. Seine Bratwurst hatte er auf dem verstaubten Tisch zur Hälfte aufgegessen.

Essen Sie das noch?, fragte ich. Er schüttelte den Kopf. Ich nahm den Teller, blieb eine Weile neben Lucas stehen und schaute auf das grießelige Fernsehbild. Es gab eine Fernsehdiskussion, in der Experten darüber sprachen, dass zu Beginn des neuen Millenniums erhebliche Probleme über die Welt hereinbrechen könnten. Computergesteuerte Systeme könnten entweder zusammenbrechen oder ein katastrophales Fehlverhalten zeigen, Terroranschläge seien zu erwarten und Massenselbstmorde von religiösen Fanatikern. Bleiben wir einmal bei den Computern, sagte der Moderator. Ich gebe die Frage weiter an Fenton Smith in Seattle. Fenton, wird zur Stunde null des Jahres zweitausend der Strom ausfallen, werden Flugzeuge abstürzen oder gar Atomraketen gezündet?

Gary, die Frage lässt sich gar nicht so leicht beantworten. Man arbeitet an dem Problem seit Jahren. Die Vereinigten Staaten sind, was die Computer betrifft, meiner Ansicht nach gut für den Jahrtausendwechsel gerüstet. An Atomunfälle glaube ich nicht, jedenfalls nicht in den Vereinigten Staaten. Anders sieht die Sache in Europa aus. Dort hat man unseren Warnungen lange Zeit keine Beachtung geschenkt. Und da könnte natürlich einiges passieren, nicht nur Stromausfälle. Man fährt in Europa ja noch mit der Eisenbahn. Die Fahrpläne und Weichenstellungen sind mittlerweile weitgehend computergesteuert. Also in Europa würde ich zum Jahrtausendwechsel nicht in der Eisenbahn sitzen wollen.

Lucas hörte sich das alles regungslos an. Als das Programm für einen Werbeblock unterbrochen wurde, nahm er eine Tablette und spülte sie mit Cranberry Juice hinunter. Dann sah er der Werbung zu. Ich nahm den Eimer aus dem Leibstuhl und trug ihn hinauf. Auf der Stiege drehte ich mich kurz um. Da sah ich, dass Lucas mir nachschaute. Vielleicht, so dachte ich, hält er mich für einen Waschlappen, der sich von Mimi um den Finger wickeln lässt.

Ich trug die Scheiße in das Gästebadezimmer, das ja nun mein Badezimmer war, und leerte sie in die Toilette. Seltsamerweise ekelte es mich gar nicht vor diesen festen, grauen Brocken, die da im Wasser herumschwammen. Den Eimer auszuwaschen war nicht nötig, denn er war gar nicht dreckig. Ich spülte ihn mit der Handbrause einmal ab und ließ dann frisches Wasser ein. Als ich in den Keller zurückkam, war die Diskussion über die Katastrophen der Millenniumswende wieder im Gange. Ich sah, dass in der Waschschüssel noch altes Wasser war, und leerte es in den Kanal. Den Krug füllte ich mit frischem Wasser. Es gab einen Wasserhahn im Keller. Ich wünschte Lucas eine gute Nacht und ging hinauf.

Am nächsten Tag fuhr Mimi wieder nach New York. Plötzlich begann Lucas zu sprechen. Nicht viel, nur ein paar Sätze, über den ganzen Tag verteilt. Als Erstes, mitten in der Arbeit, sagte er: Machen Sie eine Pause, junger Mann! Ich sah ihn überrascht an. Seine Stimme war klar und fest. Er tat so, als wäre nichts Besonderes vorgefallen. Ich nickte und machte eine Pause. Dann sagte er ein paar Stunden lang nichts mehr. Später, es war schon gegen Abend, sagte er: Trinken Sie ein Bier! Ich hörte zu arbeiten auf und nahm mir aus dem Kühlschrank eine Flasche *Samuel Adams*. Er schaute mir eine Weile beim Trinken zu, dann sagte er: Geben Sie mir auch eine Flasche. Ich brachte ihm eine und ging dann nach oben, um baltischen Bauernkäse aufzuschneiden. Als ich ihn serviert hatte, schob er mir den Teller zu und sagte: Essen Sie mit. Ich griff nach einer dieser weißen Käsescheiben, die man vorsichtig anfassen musste, weil sie leicht zerbröckelten. Von da an tranken Lucas und ich jeden Nachmittag eine Flasche Bier und aßen baltischen Bauernkäse dazu.

Einmal kam Mimi mit Briska von der South Bay zurück. Sie brachte zwei Scherben mit. Im Haus hatte sie an mehreren Stellen kleine Sammlungen bunter Scherben angelegt. Schau, sagte sie, da ist der Rest einer Aufschrift. Eine Sechs und das hier, das ist entweder ein h oder eine Vier?

Ich schaute mir das karminrote, längliche Tonstück an. Das ist eine Vier, sagte ich. Vielleicht ist es der Rest der Jahreszahl 1964, mein Geburtsjahr. Das Schicksal wollte dich auf mich aufmerksam machen, weil ich leicht übersehen werden kann, wenn ich immer nur im Keller bin.

Mimi lachte. Apropos Schicksal, sagte sie. Vorhin ist mir eingefallen, wir müssen morgen dein Auto zurückbringen.

Kommt nicht in Frage.

Wie soll ich das verstehen?

Ich habe für die Arbeit, die ich hier mache, nichts verlangt, außer dass du mir bei der Vermarktung meines Vatervernichtungsspiels behilflich bist. Bis jetzt hast du mir drei Adressen aufgeschrieben, das war alles. Ich sehe ja ein, dass du mich hier nicht rund um die Uhr betreuen kannst und dass du deiner Arbeit nachgehen musst. Und auch, dass du Oma Tanute besuchen musst. Wenn ich hier allein bin, kann es sein, dass ich vom Hardware-store etwas holen muss, oder dass Lebensmittel fehlen, oder dass Lucas dringend etwas braucht. Bis zum nächsten Geschäft gehe ich eine halbe Stunde. Ich will dieses Auto behalten, solange ich hier bin. Oder ist das eine finanzielle Frage?

Nein, es ist keine finanzielle Frage. Es geht um etwas anderes. Wenn du dieses Auto hast, wirst du damit fahren. Auch wenn es hauptsächlich in der Garage steht, irgendwann wird es jemandem auffallen. Ich will nicht, dass an diesem Haus irgendjemandem irgendetwas auffällt. Schon gar nicht ein fremder Besucher. Ich dachte, das hättest du von Anfang an verstanden?

Okay, sagte ich, wenn Briska bellt, werde ich nicht aus der Garage fahren, und ich werde am Haus vorbeifahren, wenn bei meiner Rückkehr in weitem Umkreis auch nur ein Mensch auf der Straße zu sehen ist. Aber das Auto behalte ich. Ohne Auto bin ich in diesem Haus ein Gefangener.

Mimi gab schließlich nach. Ich fuhr erneut nach Jamaica und handelte mit Bill einen Preis für die nächsten drei Wochen aus. Diesmal trug er eine gelbe Krawatte, wieder mit auffällig großem Knoten. Er untersuchte das Auto außen und innen, und da er, ganz gegen seine Erwartung, keinen Schaden fand, fragte er mich, wo ich da drüben das Auto parken würde. Er deutete dabei mit dem Kopf in die Richtung von Manhattan.

Auf einem bewachten Parkplatz, sagte ich.

Aber das ist doch verdammt teuer da drüben, sagte er.

Ja, sagte ich, das ist wirklich verdammt teuer.

Na, dann wollen wir wenigstens hier einen guten Preis machen, sagte er. Und er nannte mir tatsächlich einen Betrag, für den ich in Österreich das Auto nicht einmal eine Woche lang hätte mieten können. Der Betrag wurde von meiner Kreditkarte abgebucht, Mimi gab ihn mir, wie schon das letzte Mal, in bar zurück.

Es kam immer häufiger vor, dass Mimi am Abend nicht heimkam. Ich ging zwar nicht vor Mitternacht schlafen, aber auch nicht viel später, weil mich die körperliche Anstrengung doch sehr müde machte. Die Arbeit war wesentlich umfangreicher, als ich gedacht hatte. Wenn Mimi um Mitternacht noch nicht da war, öffnete ich die Tür zu ihrem Schlafzimmer, um am Morgen mit einem Blick feststellen zu können, ob ich für das Frühstück von Lucas zuständig war. Ich begann mich damit abzufinden, dass Mimi, so wie sie es früher sicher auch getan hatte, am Abend in Manhattan oder Brooklyn Kulturveranstaltungen besuchte. Aber je öfter sie fortblieb, desto mehr wollte auch ich raus. Ich wollte auch etwas haben von New York. Es konnte doch nicht sein, dass ich nach Wien zurückkehren würde und New York nicht richtig gesehen hätte. Als Mimi am Abend wieder einmal mit einem Auto voller Lebensmittel zurückkam, sie kaufte immer mehr ein, als Lucas und ich essen konnten, erklärte ich ihr, dass ich zwei freie Tage pro Woche brauche, um mich in New York umzusehen und um endlich die Vermarktung meines Vatervernichtungsspiels anzugehen. Ich hatte befürchtet, darüber mit ihr endlos diskutieren zu müssen, und war umso überraschter, als sie sagte: Aber selbstverständlich, du bist doch nicht mein Sklave, du kannst tun und lassen, was du willst. Wir müssen uns das nur so einteilen, dass Lucas nicht zu lange allein ist.

Ich nickte und trug eifrig die Einkaufssäcke von der Garage in die Küche. Mimi stand vor der offenen Kühlschranktür. Sie war beim Friseur gewesen und hatte die Spitzen der Borsten nun rötlich gefärbt.

Am besten machen wir es so, sagte sie und fuhr sich dabei mit der Hand über das Kinn, ich sage dir, an welchen

Tagen ich in New York sein muss, und du sagst mir, an welchen Tagen du dort sein willst. Und dann wechseln wir uns einfach ab. Die Wohnung in der Bronx steht dir jederzeit zur Verfügung.

Auf die Idee, dass wir auch einmal gemeinsam in New York ausgehen könnten, kam sie gar nicht mehr. Ich war mit der Vereinbarung dennoch zufrieden.

Was ist zum Beispiel morgen?, sagte ich. Heute bin ich mit der Balkenkonstruktion fertig geworden, mit dem Rohbau sozusagen, und ich hätte Lust zu einer Art Gleichenfeier, wie es bei uns die Häuselbauer machen, wenn der Dachfirst aufgesetzt ist.

Warum nicht, mach doch deine Gleichenfeier. Ich wollte zwar morgen auch fahren, aber das ist nicht so wichtig, das kann ich verschieben. Und wann wirst du zurückkommen?

Übermorgen am Abend. Geht das?

Kein Problem. Ich gebe dir die Wohnungsschlüssel, parken kannst du an der Hudson Manor Terrace, das ist die Straße, in der sich der Haupteingang befindet. Aber pass auf, dass du eine gute Wagenlänge Abstand zum Hydranten einhältst, sonst schleppen sie dich ab. Was noch? Der Kühlschrank müsste einigermaßen voll sein. Ach ja, Maurice Love ist zurzeit dort. Du wirst ihn sicher kennen lernen. Wenn dir etwas fehlt, geh einfach zu ihm hinüber. Ich werde ihn noch anrufen.

Und wo soll ich schlafen? Soll ich mir wieder im Wohnzimmer etwas richten?

Ach, leg dich doch einfach in mein Bett.

Als ich am nächsten Tag in der Wohnung eintraf, war es schon Mittag. Weil ich von der Stadt etwas sehen wollte, hatte ich Mimis Rat, über die Whitestone-Bridge zu fahren, verworfen und war stattdessen durch den Midtown-Tunnel nach Manhattan gefahren. Besser gesagt, ich wollte fahren, denn die meiste Zeit stand ich. Aber das machte mir nichts aus. Ich hatte das Radio aufgedreht, Q104, The Classic Rock Station. Als dort schon wieder *Heart Of Gold* von Neil Young gespielt wurde, reichte es mir, und ich schaltete um auf Hot 95, einen Sender, der mich für den Rest der Fahrt mit Hip-Hop von Jay-Z, Nummern aus dem Nachlass des Notorious B. I. G., aber vor allem mit Werbung versorgte. Das Einzige, was ich von Islip mitnahm, waren ein paar Toilettensachen und die Disketten für mein Vatervernichtungsspiel.

Ich hatte in der Wohnung gerade das Schlafzimmer in Augenschein genommen, da klingelte es an der Tür. Durch den Türspion sah ich einen älteren Herrn, der eine Weinflasche in der Hand hielt. Der Mann hatte kurze graue Haare und ein sanftes Gesicht. Sein schiefer Kopf lächelte. Ich öffnete die Tür. Der Mann sagte: Hello. You are Helmut. Right?

Nein, sagte ich, Rupert.

Das irritierte ihn, aber er streckte mir dennoch die Hand entgegen. I'm Maurice Love, your neighbor.

Als Einstandsgeschenk brachte er eine Flasche kalifornischen Chardonnay mit. Er habe, sagte er, von Mimi gehört, dass ich ihn ebenso gerne trinke wie sie. Ich bat Maurice Love herein, aber er sagte, er wolle mich nicht aufhalten. Wie er gehört habe, sei ich ja hier, um Geschäfte zu machen. Mit Software, fügte er hinzu, nicht wahr?

Ja, sagte ich, mit Software.

Sie sehen, ich weiß schon eine ganze Menge über Sie. Ich persönlich bin ja ein digitaler Analphabet und bewundere jeden, der sich mit Computern auskennt. Stellen Sie sich vor, ich schreibe meine Briefe noch immer mit der Hand.

Ein digitaler Analphabet können Sie nicht sein, entgegnete ich. Denn ein solcher würde das Wort digital nicht kennen.

Das gefiel ihm. Und dann sagte er, er sei einmal in Wien eingeladen gewesen, zu den Wiener Festwochen. Er sei nämlich Choreograph. Modern Dance.

Wann waren Sie in Wien?, fragte ich.

Ach, das ist bald zwanzig Jahre her. Aber ich werde es nie vergessen. Eine unserer Tänzerinnen, eine Schwarze, hatte sich bei der Probe verletzt, und sie musste zum Arzt. Es war eine Schürfwunde. Sie bat den Arzt, die Wunde so zu versorgen, dass sie am Abend auftreten könne. Der Arzt schüttelte den Kopf und sagte: Ich kenne mich bei schwarzer Haut nicht aus.

Maurice Love lachte, und ich versuchte auch ein wenig zu lachen. Dann sagte Maurice: Das wurde in unserer Tanztruppe zum geflügelten Wort. Immer wenn ein Schwarzer irgendetwas wollte, antworteten wir, ich kenne mich bei schwarzer Haut nicht aus. Aber jetzt lasse ich Sie in Ruhe. Ich weiß nicht, wie vertraut Sie mit dieser Gegend sind. Wenn Sie irgendeine Auskunft brauchen...

Ja, sagte ich, eine Frage. Gibt es hier in der Nähe eine Bar? Ich meine, wo es nicht gefährlich ist und wo man in der Nacht hingehen kann.

Hier ist es nirgends gefährlich. Riverdale ist ein nettes jüdisches Viertel, man sieht ja nicht einmal Schwarze hier.

Das ist ein jüdisches Viertel?

Ja, ich bin Jude, wenn Sie das meinen. Aber hier ist es anders als in Williamsburg, wo man das sofort an der Kleidung der Menschen sieht. Hier ist alles sehr liberal und weltoffen. Sie werden schon sehen. Ich kenne niemanden, der sich hier nicht wohl fühlt. Eine Bar wollten Sie. Etwas Irisches hätte ich da anzubieten. Probieren Sie doch das An Bael Bocht Café in der 238. Straße.

Wie heißt das?

Ich schreibe es Ihnen auf.

Er ging in Mimis Wohnung, nahm zielstrebig einen Stift

516

und einen Post-it-Block aus der Lade, schrieb An Bael Bocht Café und Irwin/238th darauf und klebte den Zettel auf das Etikett der Weinflasche, die ich noch immer in Händen hielt.

Sie gehen, erklärte er mir, die 236. bis zur Irwin Avenue, dann zwei Blocks nach links bis zur 238. und dann ein Stück rechts hinunter.

Und wie komme ich zur U-Bahn?, fragte ich.

Ganz genauso. Wenn Sie die 238. weitergehen, stoßen Sie an den Broadway, und dort ist die U-Bahn. Jetzt will ich Sie nicht länger stören.

Er legte die Sachen in die Lade zurück. An der Wohnungstür drehte er sich noch einmal um.

Wenn ich irgendetwas für Sie tun kann, klingeln Sie. Falls ich nicht da bin, gehen Sie einfach über die Terrassentür in meine Wohnung, die ist immer offen. Also dann, viel Glück.

Und dann war er weg. Ich stellte den Wein in den Kühlschrank, wo die gleiche Flasche schon stand. Dann machte ich mich auf den Weg. Ich folgte der 236. Straße, überquerte auf einem vergitterten Fußgängerübergang den Henry Hudson Parkway und fand mich, zu meiner Überraschung, in der 235. wieder. Wie dieser Straßenwechsel zustande kam, war mir ein Rätsel, aber ansonsten war alles so, wie es Maurice Love beschrieben hatte. Den Nachmittag verbrachte ich im Empire State Building. Die ersten zwei Stunden in der Schlange vor dem Aufzug, die nächsten zwei Stunden auf der Aussichtsplattform im 101. Stock und dann noch eine weitere Stunde in der Warteschlange für einen Flugsimulator, der uns durch die Schluchten von Manhattan rasen ließ. Als ich wieder ans Tageslicht kam, verschwand es gerade.

Auf der Suche nach einem Imbiss schlenderte ich die 34. Straße entlang, Richtung Madison Square Garden, da kam ich zu einem Sexshop mit Videokabinen. Ich traute meinen Augen nicht, denn ich hatte in Österreich gelesen, die Porno-Läden in New York hätten zusperren müssen. Die Männer, die herauskamen, schauten etwas verlegen drein, und diejenigen, die hineingingen, hatten eine Verbissenheit im Gesicht, als wären sie entschlossen, allen düsteren Prophezeiungen zum Trotz, heldenhaft für die eigenen Bedürfnisse zu kämpfen. Ohne nach links oder rechts zu schauen, stürmten sie durch die Tür und atmeten erst auf, wenn sie hinter dem ersten Regal mit Pornoheften den Blicken von der Straße entzogen waren. Ich wechselte an der Kasse einen Zwanzigdollarschein und suchte mir eine freie Videokabine. Es gab 96 Filme zur Auswahl, etwa neunzig davon waren auf Analverkehr spezialisiert. Bei den restlichen sechs hatte ich wahrscheinlich nur nicht lange genug gewartet, bis es zum Analverkehr kam. Ich wollte nicht die ganze Nacht hier verbringen, und ich hatte bei den gewöhnlichen Praktiken auch immer das Gefühl, ich würde auf anderen Kanälen gerade wer weiß was versäumen. So schaltete ich mit der einen Hand ständig um, während die andere mit meinem Schwanz beschäftigt war. Hinzu kam noch eine andere Art von Stress. Links und rechts von der Tür war nämlich jeweils ein breiter Spalt, sodass jeder, der vorbeiging, hereinschauen konnte. Wichsen war hier offenbar gar nicht vorgesehen. Es gab auch keinen Zellstoff und keinen Papierkorb, wie ich das von Europa her kannte. Ich starrte auf die Folge aufklaffender Arschlöcher und musste ausgerechnet in dem Moment, in dem mein Samen auf den Boden klatschte, feststellen, dass das Loch, das ich in meiner Vorstellung gerade mitgefickt hatte, einem Mann gehörte. Fluchtartig verließ ich den Sexshop, um mich in einem Fast-Food-Restaurant an der Ecke zur siebenten Avenue, schräg gegenüber vom Madison Square Garden, zu stärken. Danach ging ich zur U-Bahn hinab. Da mir der

Unterschied zwischen Express und Local noch nicht geläufig war, geriet ich in einen Zug, der zur 238. Straße über eine Stunde lang unterwegs war.

Das An Bael Bocht Café jedoch meinte es gut mit mir. Es war bereit, mich für alle Missgeschicke des Tages, wenn nicht des Lebens, zu entschädigen. Als ich den Raum betrat, war kein Platz frei. In der Mitte stand ein Rasta-Mann und gab einen A-cappella-Hip-Hop von sich. Sein Sprechgesang war rhythmisch und abgehackt, er gestikulierte mit den Händen und wiegte dabei das Becken. Zwischendurch legte er Tanzschritte ein und fuhr sich mit den Händen durch die Mähne. Ich schaute mich immer noch vergeblich nach einem Platz um, da winkte mir eine Blondine zu und rückte auf ihrer Eckbank zur Seite. Ich setzte mich. Während des Applauses bedankte ich mich bei der Frau neben mir, doch allein das Wort Danke inmitten all des Lärms genügte ihr, um mich für einen Deutschen zu halten. Und so kamen wir ins Gespräch. Ein paar Personen hielten Nummern in die Höhe und ein Moderator zählte die Punkte. Die Menschen johlten und applaudierten erneut. Dann stand eine Frau auf, die sich La bruja, die Hexe, nannte und großen Wert darauf legte, in ihrem Aussehen dem, was man sich unter einer Hexe vorstellt, nahe zu kommen. Sie hatte offenbar eine große Fangemeinde, die schon in Begeisterungsstürme ausbrach, noch bevor sie auch nur ein Wort gesagt hatte. Ich verstand zwar wenig von dem, was sie mit feurigen Augen und rhythmischen Körperbewegungen herausstieß, mit beiden Armen in den Himmel schleuderte oder uns vor die Füße warf, aber dass wir Männer darin keine gute Figur machten, war allzu deutlich.

Give it up for La bruja, sagte der Moderator, aber diese Aufforderung kam schon mitten in den tosenden Applaus hinein, den meine Nachbarin ausgelöst hatte, als die Hexe mit ihrem Vortrag noch gar nicht ganz fertig war. Habt ihr in Deutschland auch Poetry-Slams, fragte mich die Blondine, und da hatte ich zunächst einiges klarzustellen. Die Frage selbst konnte ich nicht beantworten, da ich hier zufällig in die erste Literaturveranstaltung meines Lebens geraten war. Aber ich fand heraus, dass meine Nachbarin deswegen so auf Deutschland versessen war, weil ihre Mutter aus Deutschland stammte, aus einem Ort, den die Tochter nicht einmal mehr aussprechen konnte, der aber vermutlich Schwäbisch Gmünd hieß.

La bruja bekam, wie zu erwarten war, eine hohe Punktezahl, der nächste Dichter, ein Puertoricaner, war an der Reihe. Nun verstand ich noch weniger, weil gut die Hälfte des Textes auch noch auf Spanisch war. Der Raum war sehr hoch, an den Wänden war in Regalen eine Überfülle von Dingen untergebracht, Flaschen, Gläser, Krüge, Porzellanhunde, Kaffeemühlen, eine Ziehharmonika und ein Flugzeugpropeller. Über allem hingen die Porträts irischer Dichter und Reklameschilder mit Aufschriften wie *Guinness is good for you* oder *Guinness as usual*. Ich trank irischen Whisky und unterhielt mich in den Pausen mit der Blondine, die, wie schon Maurice Love zu Mittag, das Wohnen in Riverdale lobte. Als sie vor zehn Jahren in ihr Haus zog, sagte sie, habe sie sich für die Nordwohnung entschieden, weil die billiger war, aber sie habe es nicht bereut. Alle wollen nach Süden, nach Manhattan, schauen. Sie aber genieße den Blick in den Norden. Sie sehe von ihrer Wohnung gut 30 Meilen den Hudson River hinauf, bis Croton.

Bis wohin?, fragte ich.

Croton-on-Hudson. Das ist nördlich von Ossining.

Kenne ich leider auch nicht.

Nie vom Gefängnis Sing-Sing gehört?

Doch.

Das ist in Ossining. Sing-Sing ist nur eine Verballhornung davon. Bei klarer Sicht sehe ich in der Ferne sogar die Catskill Mountains. Mein Nordblick ist ein Traum, sag ich dir. Die mit dem Südblick haben den ganzen Sommer die Jalousien herabgezogen, weil sie die Sonne sonst nicht aushalten würden.

Sie wohnte in derselben Straße wie ich, offenbar nur ein paar Häuser weiter. Ich bot ihr an, sie nach Hause zu begleiten. Sie sagte, dass sie mit dem Auto hier seien, dass ich aber gerne mitfahren könne, und dann stellte sie mir ihren Mann vor, der neben ihr saß und uns die ganze Zeit zugehört hatte.

Bruce, sagte der Mann und reichte mir die Hand. How are you doing?

Er wollte wissen, was mich nach New York führte. Ich erzählte ihm von meinem Vatervernichtungsspiel. Er lachte und sagte, also kommst du nicht einfach aus Österreich, sondern aus Wien. Ich fragte ihn, wie er darauf komme, und er antwortete, Sigmund Freud komme doch aus Wien, und auch bei ihm laufe alles doch letztlich auf ein Vatervernichtungsspiel hinaus.

Ist das so?, fragte ich.

Klar, sagte er. Der hat doch den Ödipus erfunden.

Wenigstens dem konnte ich mit Gewissheit widersprechen. Er fragte mich, was ich mit meinem Vatervernichtungsspiel vorhabe. Ich sagte, ich wolle es an eine Software-Firma verkaufen.

Würde ich nicht machen, sagte er. Da wirst du mit Sicherheit reingelegt. Wenn das Spiel etwas taugt, dann sollen es die Kunden bezahlen. Aber die wollen nicht mehr dreißig, vierzig Dollar ausgeben für ein Spiel, von dem sie im Vorhinein nicht wissen können, ob es ihnen gefällt. Und selbst wenn es ihnen gefällt, wissen sie mittlerweile auch, dass es ihnen in drei Monaten nicht mehr gefallen wird. Sie haben nämlich schon fünfzig Spiele, für die sie einmal ein Heidengeld ausgegeben haben, sinnlos daheim im Regal liegen. Vergiss die Software-Firmen. Online-Gaming heißt die Devise. Die Leute probieren für wenig Geld ein Spiel online aus, und sie kommen gerne darauf zurück, wenn es ihnen gefällt. Letztlich geben sie auf diese Weise für ein Spiel mehr Geld aus, als wenn sie die CD gekauft hätten. Aber dafür haben sie nicht den ganzen Schrott herumliegen.

Das leuchtet ein, sagte ich. Ich bin hier offenbar an einen Spezialisten geraten. Es gibt da bloß ein kleines Problem. Wenn ich mir eine Website mit diesem Spiel einrichte, passiert gar nichts, selbst wenn ich Verträge mit Kreditkartenfirmen habe. Einfach deshalb, weil niemand davon weiß.

Okay, zeig mir die Software, wenn mir das Spiel gefällt, nehme ich es probeweise in meine Website auf.

Was hast du für eine Website?

Online-Shopping. Bei mir kannst du fast alles kaufen, obwohl ich nichts herstelle. Ich mache Verträge mit Erzeugern, die dann die Bestellungen direkt an meine Kunden schicken. Ich kriege fünf Prozent, und die Waren sind immer noch billiger als im Einzelhandel.

Und was kriege ich?

Darüber reden wir, wenn ich das Spiel gesehen habe. Aber ich muss gestehen, Vatervernichtungsspiel klingt gut. Würde ich mich einloggen.

Er stieß seine Frau in die Seite.

Was meinst du?

Sie verdrehte die Augen und sagte: Mir gehen alle Computerspiele auf die Nerven. Und die Kombination Vernichtung und Spiel würde mich noch zusätzlich abschrecken.

Okay, die Frauen brauchen wir auch. Lassen wir die Vernichtung weg und nennen es einfach Father Game.

Ich dachte, das ist jetzt vermutlich der Moment, in dem man auf gute Geschäfte trinkt, und so bestellte ich drei doppelte Whisky. Als wir mit den Gläsern anstießen, sagte die Blondine, dass sie Monica heiße, und ich sagte, ich heiße Rupert.

Wie?, fragte sie.

Rupert, sagte ich und musste den Namen buchstabieren.

Rupert, Rupert, sprach sie ein paar Mal vor sich hin, ah, jetzt weiß ich es, das ist ein Fluss in Kanada.

Nein, sagte Bruce, das ist eine kanadische Stadt an der Grenze zu Alaska. Prince Rupert.

Wir einigten uns, dass es die Stadt und den Fluss und auch noch mich gibt. Und ich erzählte, dass es darüber hinaus sogar einen steirischen Politiker dieses Namens gibt. Da sie aber nicht wussten, wo die Steiermark liegt, konnten sie sich unter einem steirischen Politiker nichts vorstellen.

My Godfather, sagte ich und bekam plötzlich einen Lachkrampf, bis mir die Tränen kamen. Monica reichte mir ein Papiertaschentuch. Ich gab den Versuch, ihr zu erklären, warum ich so gelacht hatte, auf und bestellte stattdessen noch eine Runde Whisky. Um Viertel vor zwei wurde das Lied *Closing Time* von Leonard Cohen gespielt. Monica und Bruce hielten sich beide für zu betrunken, um noch mit dem Auto zu fahren. Sie winkten einem Taxi, das dann vor meinem Haus warten musste, bis ich die Disketten hinuntergebracht hatte. Wieder in der Wohnung, öffnete ich eine Flasche kalifornischen Chardonnay, stürzte das erste Glas hinunter und setzte mich mit dem zweiten in Mimis Bett. Langsam wiederholte ich den Satz: Online-Gaming heißt die Devise. Ich stellte mir vor, wie Bruce seinen Computer anwirft, meine Disketten installiert und sich dann, da er sicher zu faul ist, ein eigenes Bild einzuscannen, über meinen Vater hermacht.

Online-Gaming heißt die Devise, sagte ich noch einmal. Ich stürzte das zweite Glas hinunter und schenkte mir ein drittes nach. Aber dann sank ich ins Bett. Bevor ich einschlief, krabbelte ich zur Balkontür und sperrte sie ab.

Ich wurde wach, weil das Telefon klingelte. Es war schon fast Mittag. Bruce nannte mein Vaterspiel fucking great. Er wolle es ins Netz stellen. Aber wir bräuchten unbedingt noch eine Help-Schaltfläche mit englischem Text. Der Text müsse so verfasst sein, dass die Interessenten in einer Minute verstehen, worum es geht und was zu tun ist. Kein Mensch nehme sich für eine Bildschirmseite länger als eine Minute Zeit. Bruce sagte: Maile mir den Text, ich baue die Schaltfläche, und das Spiel ist im Netz.

Ich war sprachlos. Bruce fragte, ob ich noch dran sei, aber ich konnte noch immer nicht antworten. Ich merkte, dass mir die Tränen kamen. Ich stammelte, dass ich zurückrufen werde, und legte den Hörer auf. Dann platzte es aus mir heraus. Ich heulte, ich jaulte, ich schrie, ich grölte, ich lachte, wieherte, winselte und lief dabei im Kreis. Bis es an der Tür klingelte. Es war Maurice. Er wollte wissen, ob ich Schmerzen habe.

Nein, sagte ich, keine Schmerzen, Erfolg. Geschäftlichen Erfolg.

Viel Geld?, fragte er.

Da wurde mir bewusst, dass ich das noch gar nicht geklärt hatte. Um mir keine Blöße zu geben, antwortete ich: mein bisher größter Geschäftserfolg.

Maurice umarmte mich und gratulierte. Dann ging er wieder. Mir fiel ein, dass ich in der Nacht die Terrassentür verschlossen hatte. Ich sperrte sie auf und rief dann Bruce zurück. Er gab mir seine E-Mail-Adresse. Ich fragte, wie machen wir das finanziell, und er antwortete, ohne zu zögern, halbe-halbe, auf der Basis eines Verwertungsvertrages für ein Jahr. Fast hätte ich schon zugestimmt, aber dann dachte ich mir, das ist ungerecht, ich habe zehn Jahre an diesem Spiel gearbeitet und der will allein für den Zufall, dass wir uns gestern begegnet sind, die Hälfte des Gewinns einstreichen, und so sagte ich: Siebzig dreißig. Und er antwortete: Sechzig vierzig. Und ich sagte, okay, sechzig vierzig, und fuhr auf schnellstem Wege, über die Whitestone-Bridge, nach Islip zurück. Briska sprang am Fenster auf und ab, ich fuhr in die Garage hinein und rief zweimal hintereinander Sit, Briska!, und dann, als Ruhe war: Mimi, ich habe das Spiel verkauft, ich werde reich. Aber Mimi war nicht zu sehen.

Die Kellertür war einen Spalt offen. Ich ging hinab. Lucas stand mit seinen Krücken neben meinem Rohbau. Ich grüßte ihn, er nickte und sagte: Herr Rupert, Sie haben schon mit der Dämmwolle begonnen, Sie müssen aber vorher noch die Abflussrohre verlegen.

Er hatte Recht. Hätte er mich nicht darauf aufmerksam gemacht, ich hätte am nächsten Tag wahrscheinlich die Bodenbretter über die Dämmwolle gelegt und später alles wieder aufreißen müssen.

Mimi war nicht da. Jetzt erst fiel mir auf, dass ich auch ihr Auto nicht vor dem Haus hatte stehen sehen. Ich ging in ihr Schlafzimmer. Das Notebook war immer eingeschaltet, Mimi benutzte es nämlich auch für den Fax-Empfang. Ich installierte auf dem Notebook das Vaterspiel und versuchte mir dann vorzustellen, wie es wäre, wenn ich das erste Mal damit zu tun hätte. Was würde ich wissen wollen und was würde ich wissen müssen, um es optimal zu nutzen. Als ich noch darüber nachdachte und im Wordpad-Programm die ersten Punkte notierte, klickte es kurz im Telefon und in der unteren Schaltleiste des Bildschirms erschien die Meldung: Receiving Fax. Ich wartete, bis das Fax im Eingangsordner von Mimis Programm abgelegt war. Dann öffnete ich es mit einem Doppelklick. Es war von Hand geschrieben und begann mit den Worten Ma Chérie. Maurice Love teilte Mimi mit, dass er mich kennen gelernt habe und dass ich ein seltsamer Vogel sei. Er könne jetzt das, was sie ihm das letzte Mal gesagt habe, besser verstehen. Andererseits dürfte ihr Urteil, dass ich ein notorischer Versager sei, nicht ganz zutreffen. Gerade heute scheine ich einen geschäftlichen Erfolg gehabt zu haben. Aber aus ödipalen Konflikten hätten sich schon immer Geschäfte machen lassen. Der Kulturbetrieb lebe davon. Das Fax endete mit den Worten: Love M. Love.

Ich schloss das Fax und markierte es mit einem einfachen Mausklick als ungelesen. Warum ließ das Programm es zu, Mitteilungen, die man geöffnet hat, als ungelesen zu markieren? Vielleicht wollte der Hersteller möglichen Konflikten um das Briefgeheimnis dadurch ausweichen, dass er den Spionen behilflich war, ihren Diebstahl zu verschleiern. Nun interessierte es mich natürlich, was Mimi zu Maurice über mich gesagt haben könnte, und ich begann im Ordner der gesendeten Faxe zu stöbern. Aber die Faxe an Maurice Love waren alle älteren Datums und hatten mit mir nichts zu tun.

Als ich merkte, dass Mimi auch für ihr E-Mail-Programm keine geschützte Identität angelegt hatte, öffnete ich es und begann ihre Briefe zu lesen, die gesendeten und die erhaltenen. Da tat sich eine neue Welt für mich auf. Ich war, so wurde mir langsam bewusst, hier als Depp vom Dienst engagiert. Der Mann, um den sich in Wirklichkeit alles drehte, hieß George. Die meisten Mails stammten von George und hatten mit Verabredungen zu tun. George arbeitete im Manhattan College, das verriet seine E-Mail-Adresse. Und er hatte den Film *Pulp Fiction* gesehen, vielleicht gemeinsam mit Mimi. Denn in einer Mail schrieb er: I wanna stick my tongue in your holiest of holies.

Von Lucas wusste George offenbar nichts. Auch nicht von mir. Es gab nicht einmal einen Hinweis, dass er von dem Haus auf Long Island wusste. Wie es aussah, meinte er, Mimi habe in den Tagen und Nächten, in denen sie hier war, in der Bronx an ihren Artikeln zu arbeiten gehabt. Von Oma Tanutes Schlaganfall war nirgendwo die Rede.

Die Mail, die mir Mimi vor etwa zwei Wochen geschickt hatte, mit der Adresse des Paramount-Hotels, fand ich im Ordner gelöschter Objekte. Sie hatte vergessen, sie ein zweites Mal zu löschen. Und dann las ich die gesendeten und erhaltenen Nachrichten, die sie sonst noch gelöscht hatte. Als Briska zu bellen begann, schloss ich das Mail-Programm und kehrte zu meinem Spiel zurück. Ich hörte Mimi den Hund beruhigen und hereinkommen. Kaum hatte sie die Tür geschlossen, rief sie: Rat mal, was zum Essen kommt. Bratwürste.

Sie ging in den Keller hinab. Nach einer Weile hörte ich sie in meinem Badezimmer den Eimer ausleeren. Dabei muss ihr meine Tasche mit den restlichen Disketten aufgefallen sein, die ich aufs Bett geworfen hatte. Sie kam in ihr Schlafzimmer und sah mich an ihrem Notebook sitzen.

Du bist schon zurück?, fragte sie verwundert. Aber was machst du hier? Hättest du mich nicht fragen können?

Natürlich hätte ich dich fragen können, aber du warst ja nicht da. Stell dir vor, ich habe meine Software verkauft. Ich muss nur noch eine Art Gebrauchsanleitung schreiben, und das Vaterspiel geht auf Sendung.

Ich erzählte ihr von meiner Begegnung im An Bael Bocht Café und bat sie, den Text für die Help-Schaltfläche ins Englische zu übersetzen. Sie wollte es tun und zeigte Verständnis, dass ich unter diesen Umständen ohne zu fragen ihr Notebook benutze. Aber ihre Begeisterung hielt sich in Grenzen.

Verstehst du, ich bin am Ziel, sagte ich. Dein Lucas ist

mein Glücksengel. Er hat mich nach New York und ins Geschäft gebracht.

Ich stand auf und ging auf sie zu. Sie hielt immer noch den Scheißeimer von Lucas in der Hand. Ich umarmte sie, und sie tat so, als ob das in Ordnung wäre.

Ich glaube, sagte ich, du verstehst noch nicht richtig, was hier vorgeht. In ein paar Wochen kann ich reich sein.

Toll, sagte sie. Du hast es geschafft.

Dann ging sie in den Keller. Als sie wieder in die Küche heraufkam, rief sie: Ich habe noch eine Bratwurst, soll ich sie dir servieren?

Okay, rief ich zurück. Ich schrieb weiter an der Gebrauchsanweisung. Bald kam Mimi ins Zimmer. Sie sagte: Das ist wirklich ein riesiges Glück, das du da gestern hattest. Hoffentlich hält die Sache. Übrigens, deine Bratwurst wird kalt. Bin schon da, sagte ich, muss nur noch speichern. Als ich an Mimi vorbeiging, sagte ich nebenbei: Ich glaube, ein Fax ist für dich gekommen.

Ich ging ins Wohnzimmer und setzte mich zur Bratwurst mit Sauerkraut. Auch eine Flasche Bier war serviert. Durch die offene Kellertür hörte ich den Fernsehapparat. Mimi blieb eine Weile weg, dann kam sie zurück. Sie sagte: Das Fax war von Maurice Love. Er lässt dich grüßen.

Danke, sagte ich und machte mich weiter an meiner Bratwurst zu schaffen.

Noch in der Nacht beendete ich den Help-Text für das Vaterspiel, und Mimi half mir, ihn ins Englische zu übersetzen. Am nächsten Tag fuhr Mimi in aller Früh nach New York. Sie blieb zwei Tage weg, brachte dann Einkäufe vorbei, wie immer viel zu viele, übernachtete einmal hier und war wieder weg. Es war nicht anders als früher, nur mit dem Unterschied, dass ich nun wusste, wo sie in Wirklichkeit war. Hin und wieder sicher auch bei Oma Tanute, aber wenn sie zum Beispiel ins Theater ging, dann immer mit

George. Das Paramount-Hotel hatte sie mir nicht zufällig genannt. Dort gab es eine Bar, in der sie sich mit George häufig traf, vor allem, wenn sie dann ein Broadway-Theater besuchten.

Ich kam mit der Arbeit im Keller gut voran. Die Zeit des Eimertragens war vorbei, weil ich als Erstes die Toilette installierte. Lucas saß nun oft neben mir und half. Er konnte nur sehr langsam und mühsam gehen, aber mit den Händen war er sehr geschickt. Besonders gern arbeitete er mit dem Akku-Schrauber, er musste dabei allerdings sitzen.

Er war nicht gerade gesprächig, doch wenn ich ihn fragte, ob er die Lampe lieber hier oder dort angebracht haben wollte, gab er Antwort. Hin und wieder sagte er auch von sich aus etwas. Er forderte mich öfter auf, eine Pause zu machen. Er wollte nicht, dass ich mich überanstrenge. Wenn er Vorschläge zur Arbeit machte, dann hatten diese immer Hand und Fuß. Er sagte zum Beispiel: Die Waschmuschel besser weiter rechts, damit die Toilettentür ganz aufgeht. Oder er sagte: Da muss noch Platz bleiben für eine Steckdose. Und jeden Tag um halb fünf machten wir eine Pause, tranken Bier und aßen baltischen Bauernkäse.

Seit er mir behilflich war, wurde Lucas von Tag zu Tag lebendiger. In den ersten zwei Wochen hatte ich ihn kein einziges Mal gehen sehen, aber jetzt war er immer wieder auf den Beinen. Einmal kam ich in der Früh in den Keller, da lag er noch im Bett. Aber dafür waren alle Lichtschalter montiert. Er sagte, er habe nicht schlafen können. Ich fragte ihn, ob das oft vorkomme, dass er nicht einschlafen könne, und er antwortete: Jede Nacht.

Aber sonst erzählte er nichts von sich. Auf die Frage, wie lange er in diesem Haus mit seiner Schwester allein gewohnt habe, gab er keine Antwort. Nicht dass er ungehalten reagiert hätte. Er tat so, als hätte er die Frage gar nicht gehört. Aber mit der Zeit begann er mir Fragen zu stellen und sich nach meiner Familie zu erkundigen. Als ich ihm sagte, dass mein Vater Minister war, schaute er mich auf merkwürdig besorgte Weise an und schwieg eine Weile.

Finden Sie das komisch?, fragte ich.

Nein, nicht komisch, sagte er. Aber es ist eine Bürde.

In Mimis Notebook fand sich eine Mail, die an mich gerichtet war. Bruce teilte mir mit, dass mein Spiel ein Mega-Hit sei. In den Chat-Rooms der Online-Spieler zirkuliere es als Geheimtipp. Eine wahre Lawine sei hier im Anrollen. Im Moment habe er bereits vierzig Kopien des Spiels im Einsatz, er werde aber die Zahl auf hundert erhöhen müssen. Es gebe schon wieder Wartezeiten. Online-Spieler duldeten aber keine Wartezeiten, sie gingen sofort zur Konkurrenz. Am Schluss schrieb er: Im Augenblick stehen wir bei etwa 5400 Einwahlen. Aber warte, was passiert, wenn ich hundert Kopien laufen habe. Ich werde dich alle paar Tage informieren. Dein Partner Bruce.

Wie viel hatte ich bis jetzt eigentlich verdient? Ich wusste es nicht, weil ich keine Ahnung hatte, wie viel die Spieler zu bezahlen hatten. Also ging ich online und loggte mich in die Shopping-Site von Bruce ein. Der Link *Games* brachte mich auf eine Seite, in der mein Spiel ganz groß angekündigt war. The newest from Vienna, the city of Sigmund Freud: <u>The Father Game</u>. Check it out. It's a thrilling experience. And it's a lot of fun.

Ich klickte den Link an und erfuhr, dass einmal Einwählen fünf Dollar kostete. Alle größeren Kreditkarten wurden akzeptiert. Ich rechnete kurz nach. Sechzig Prozent von fünf Dollar, das machte pro Einwahl drei Dollar für mich. 5400 Einwahlen gab es schon, das hieß, ich hatte bis jetzt 16 200 Dollar verdient, also etwa 200 000 Schilling. Ich war eine Weile sprachlos. Dann rief ich meine Mutter an.

Endlich, stöhnte sie. Endlich. Tu mir das bitte nicht noch einmal an.

Es war klar, wovon sie sprach, denn sie hatte von mir keine Telefonnummer und ich hatte mich bis jetzt bei niemandem gemeldet.

Sie erholte sich von ihrer Überraschung mit den Worten: Das Erste, was ich von dir wissen will, bevor du irgendetwas anderes sagst, ist deine Telefonnummer. Ich gab sie ihr. Und dann erklärte ich: Ich habe in den letzten Tagen 200 000 Schilling verdient. So sieht es aus. Und dann sieht es auch noch so aus, als würde die Glückssträhne anhalten.

Wovon sprichst du? Bist du jetzt ein Spieler geworden?

Nein, die anderen spielen. Ich bin so etwas wie der Kassierer. Ich habe meine Software verkaufen können. Stell dir vor, ich habe es geschafft.

Meine Mutter konnte sich das offenbar nicht so richtig vorstellen, denn sie schwieg zunächst. Dann sagte sie: Erkläre mir das. Was hast du da eigentlich verkauft?

Die Software für ein Computerspiel. Ach, ich werde dir das daheim erklären.

Wann kommst du zurück?

Ich weiß nicht, ich will noch abwarten, wie sich die Geschäfte hier entwickeln. Du hast ja jetzt eine Telefonnummer.

Aber zu Weihnachten wirst du da sein?

Ja, sagte ich, zu Weihnachten werde ich da sein.

Sie redete noch eine Weile über Dinge, die mich alle nicht interessierten, über das Wetter, ihre Schule, von Reparaturen im Haus, doch dann erwähnte sie ganz nebenbei etwas, was mich durchaus interessierte. Sie sagte, Klara sei neulich mit ihrem Freund bei ihr gewesen.

Ah, ein neuer Freund, sagte ich. Wie ist er?

Ganz nett. Er ist Musiklehrer in Wieselburg. Sie haben nur ein ganz großes Problem. Seine Frau unterrichtet in derselben Schule wie Klara.

Was, er ist verheiratet?

Angeblich will er sich scheiden lassen. In Klaras Schule haben sich schon zwei Fraktionen gebildet. Die einen halten zu ihr, die anderen reden nicht einmal mehr mit ihr.

Und dieser Freund leitet nicht zufällig auch noch den Stadtchor von Wieselburg und will Hauptschuldirektor werden?

Nein, sagte meine Mutter und lachte dabei. Nicht alles wiederholt sich. Obwohl, fügte sie hinzu, ein schlechter Chorleiter war mein Vater nicht. Klara hat mir neulich erzählt, wie es jetzt im Gesangsverein zugeht. Sie singt nämlich mit. Kein Vergleich mit früher. Und das andere, was soll man da sagen? Mein Vater hat vielleicht doch einen Riecher gehabt, was der Helmut für ein Mensch ist.

Da hatte ich mit meiner kleinen, ironischen Bemerkung ein großes Thema angeschnitten, und mir war klar, dass ich jetzt schnell unterbrechen und zu einem Ende kommen musste, sonst konnte das Telefonat sehr, sehr lang werden.

Moment, sagte ich, bei mir hat es gerade geklingelt. Ich rufe dich in ein paar Tagen wieder an. Grüß dich. Bussi. Bis bald.

Am Abend kam Mimi wieder mit einem Auto voller Lebensmittel vorbei. Sie machte mir einen Ausdruck der E-Mail von Bruce, und ich tat so, als würde ich sie zum ersten Mal lesen. Wir stießen auf meinen Erfolg an. Die Freude, die Mimi dabei spüren ließ, schien mir nicht gestellt zu sein. Was New York mir an Glück brachte, musste sie mir nicht geben. Ich fragte sie, wie es Oma Tanute gehe und wann ich sie endlich kennen lerne.

Schlecht, antwortete sie. Die Physiotherapie nützt gar nichts. Sie liegt im Bett und kann nichts mehr tun außer lesen und fernsehen. Sie muss sogar gefüttert werden. So will sie niemanden empfangen.

Als um die Dezembermitte herum schlagartig die Temperatur unter den Gefrierpunkt fiel, war es schon warm in der neuen Behausung. Ich hatte die meisten Bücher allein in den Keller geschleppt. Mimi hatte mir bei den Regalen und restlichen Möbeln geholfen. Sogar den alten Plattenspieler hatte ich in den Keller getragen und angeschlossen. Der Fernsehapparat stand auf seinem Platz und hatte ein einwandfreies Bild. Lucas konnte so laut aufdrehen, wie er wollte, man hörte den Ton nicht einmal mehr in die Küche herauf. Er verfolgte den Krieg in Tschetschenien, und er verfolgte die Diskussionen um die Jahrtausendwende. Einmal sagte er zu mir: Es ist ja gar nicht die Jahrtausendwende. Aber wenn alle sagen, dass es die Jahrtausendwende ist, dann ist es die Jahrtausendwende. So ist das immer gewesen. Es gilt, was alle sagen. Auch wenn es falsch ist.

Manchmal hatte sein Blick etwas Komplizenhaftes. So als würden wir miteinander etwas teilen, das andere nicht verstehen. Wenn Mimi kam, hörte er sofort zu reden auf. Nach wie vor sprach er kein Wort mit ihr. Ich bat ihn, mir das zu erklären, aber das war eine jener Fragen, die er einfach überhörte. Im Grunde war ich mit meiner Arbeit fertig. Doch ich wollte noch nicht heimfahren, und so fand ich dauernd neue Kleinigkeiten, die mich noch in Anspruch nahmen. Und erschien jeden Tag pünktlich um halb fünf zur Käse- und Bierjause. Eines Morgens war unter Mimis E-Mails, die ich regelmäßig öffnete und dann als ungelesen markierte, wieder eine an mich dabei. Die Zahl der Einwähler war auf 24 000 gestiegen. Ich rechnete und kam auf Zahlen, die langsam mein Vorstellungsvermögen zu übersteigen begannen. Die hundert Vatervernichtungsmaschinen, die mittlerweile im Internet ihren psychoanalytischen Dienst am Kunden verrichteten, waren zu richtigen Goldeseln geworden. Ich stieg ins Auto und fuhr nach Jamaica zu Bill Clinton, der mich diesmal wieder mit grüner Krawatte empfing.

Haben Sie einen Lincoln?, fragte ich. Ich will diesen

komischen *station wagon* gegen ein ordentliches Auto tauschen.

Für wie lange?, fragte er.

Für eine Woche. Mal sehen. Vielleicht kaufe ich ihn sogar.

Wir haben einen Lincoln, sagte Bill Clinton, der wird aber normalerweise nur für einen Tag vermietet. Der kostet, wissen Sie, der kostet.

Und wenn schon, sagte ich. Ein gutes Auto darf auch kosten.

Für eine Woche also?

Für eine Woche.

Er nahm meine Kreditkarte, steckte sie in sein Online-Lesegerät, und dann erlebte ich eine böse Überraschung. Der Betrag wurde abgelehnt. Offenbar überschritt er meinen Kreditrahmen. Bill Clinton war drauf und dran, mich dem Mechaniker aus Puerto Rico zu überlassen, da hatte ich eine Idee. Ich rief Bruce an und erklärte ihm meine peinliche Situation. Bruce versprach mir zu helfen. Ich gab den Hörer weiter an Bill Clinton. Der versuchte mit seinen Lippen Donald Duck zu imitieren und klopfte dabei mit seinem Kugelschreiber auf den Tisch. Nach jedem Klopfer drehte er den Kugelschreiber um. Mine, Druckknopf, Mine, Druckknopf. So ging das eine Weile dahin, schließlich notierte er eine Kreditkartennummer und das Ablaufdatum. Er verabschiedete sich von Bruce, wählte eine Nummer und gab das Notierte bekannt. Dann nickte er mit zufriedener Miene, legte auf und lächelte mich an. Sie haben Ihren Lincoln.

Was ich danach tat, war verrückt, blieb aber folgenlos. Ich fuhr durch den Midtown-Tunnel nach Manhattan, stellte das Auto auf einen bewachten Parkplatz und setzte mich in die Bar des Paramount-Hotels. Ich wollte auf Mimi und George warten. Weil sie nicht kamen und weil ich den Blicken der Kellner ausweichen wollte, studierte ich ausführlich die Getränkekarte und alles, was sie an Mitteilungen enthielt. Die Innenarchitektur dieses Hotels, so war daraus zu erfahren, war von Philippe Starck gestaltet worden. Schlagartig hatte ich die überdimensionale Zitruspresse vor mir, die nicht nur im Wohnzimmer des Hauses am Wienerwald stand, sondern die auch ein delikates Mordangebot in meinem Vaterspiel war. Mimi hatte mich, ohne es zu wissen, dem Lieblingsdesigner meines Vaters in die Arme geführt. Um acht Uhr am Abend saß ich immer noch da. Ich hatte mittlerweile mehrmals die Toilette besucht, einen rundum verspiegelten Raum, in dem ich meinen Schwanz beim Urinieren genau siebenmal sehen konnte. Mimi und George waren nicht erschienen. Ich hatte auch keinerlei Hinweis, dass sie sich für diesen Abend dort verabredet hatten. Und so fuhr ich nach Islip zurück.

Lucas hatte kein Mittagessen und kein Abendessen gehabt. Ich sagte: Ich habe jetzt einen Lincoln. Da lächelte er und sagte: Ich habe auch einen Lincoln gehabt.

Als Mimi wieder nach Islip kam, öffnete ich die Tür zur Garage und zeigte ihr stolz meinen Lincoln. Anstatt Begeisterung stand ein Erschrecken in ihrem Gesicht.

Ich hoffe, du weißt, dass ich dir deinen Erfolg wirklich gönne, sagte sie. Aber ich bitte dich zu verstehen, dass ich alles, was auffällt, vermeiden will. Ein Lincoln fällt auf.

Mimi begann beide Hände auf- und abzuschwingen und wiederholte: Dieses Auto fällt einfach auf. Warum nicht gleich eine Stretch-Limousine?

Dieses Auto, sagte ich, gehört in gewisser Weise zu meinem Vatervernichtungsprogramm. Dieses Auto wird meinen Vater überzeugen, dass wir in eine neue Weltordnung eingetreten sind, in der sein Geld ausgespielt hat. Sein Geld hat keine Macht mehr. Hier steht der Lincoln. Ich habe in der Familie die Macht übernommen. Ab sofort diktiere ich.

Mimi schaute mich einen Moment entgeistert an. Dann sagte sie: Sag mal, spinnst du?

Am nächsten Morgen, es war der 23. Dezember, hatten Mimi und ich ein ernsthaftes Frühstücksgespräch. Ich hatte den Eindruck, dass sie eigentlich längst in New York sein wollte. Sie sagte: Ich will mich bei dir noch für alles, was du hier getan hast, bedanken. Am meisten weiß das natürlich Lucas zu schätzen. Aber glaub mir, ich weiß es auch zu schätzen. Und ich freu mich, dass du dieses Vatervernichtungszeugs gut verkaufen konntest, und ich wünsche dir, dass es so gut mit dir weitergeht.

Heißt das, fragte ich, dass du mich jetzt rauswerfen willst?

Nicht rauswerfen. Aber ich denke, du hast das, worum ich dich gebeten habe, getan, und deshalb habe ich mich jetzt ausdrücklich dafür bedankt. Wenn du finanziell noch . . .

Nein, unterbrach ich, nicht finanziell. Ich will über Weihnachten hier bleiben. Dein Großonkel Lucas ist mir sympathisch. Ich war am Anfang skeptisch, aber jetzt muss ich dir Recht geben. Der ist in Ordnung, und es ist ein Skandal, dass er sich verstecken muss.

Ja, sagte Mimi. Aber das können wir nicht ändern.

Eines hat mich aber wirklich irritiert, sagte ich. Warum spricht er nicht mit dir?

Mimi schwieg eine Weile. Dann sagte sie: Weil er weiß, dass ich ihn verachte.

Wie bitte? Du setzt dich für ihn ein, du kochst für ihn, du räumst ihm die Scheiße weg, du hast mich herbestellt, um es ihm bequemer zu machen. Warum tust du das alles, wenn du ihn in Wirklichkeit verachtest?

Ich tue das, weil ich es Oma Tanute versprochen habe. Ich kann nicht ihr Lebenswerk zerstören. Sie hat ihrem Bruder zur Flucht aus Litauen verholfen, sie hat ihn 32 Jahre lang versteckt. Auch meine Eltern haben davon gewusst und ihn gedeckt. Und da kann nicht ich daherkommen und sagen: Tut mir Leid, Oma, aber ich habe beschlossen, die Sache von einem Gericht klären zu lassen.

Was erzählst du da?

Dass ich nicht hundertprozentig sicher bin, ob er wirklich unschuldig ist. Ich würde an deiner Stelle Lucas nicht allzu sehr trauen. Ich sage es dir, weil ich dir dankbar bin für das, was du gemacht hast, und weil ich denke, dass du es verdienst, dass ich ehrlich zu dir bin.

Ich sehe das ganz anders, sagte ich. Lucas ist viel ehrlicher zu mir als du.

Wie soll ich das verstehen?

Ganz einfach. Ich habe alle deine E-Mails gelesen und alle deine Faxe. Die von Maurice Love und vor allem die von George. Ich weiß, was du von mir hältst. Du musst mir nichts mehr vormachen.

Was hast du gelesen? Bist du völlig übergeschnappt? Wie kannst du meine Post lesen?

Mimi rang nach Atem, sie wurde blass im Gesicht. Dann lief sie zur Tür hinaus und schlug sie zu. Ich hörte sie das Auto starten, aber nicht wegfahren. Die Tür flog noch einmal auf, Mimi stürmte herein und lief in ihr Zimmer. Sie kam zurück und warf eine Mappe auf den Esstisch.

Hier, lies das, rief sie. Damit du weißt, wer dein Freund ist.

Dann fuhr sie fort. Briska und ich schauten ihr durch das Fenster nach. Als ich sicher war, dass sie nicht noch einmal zurückkam, öffnete ich die Mappe. Sie enthielt Gerichtsprotokolle, Zeugenaussagen aus den Jahren 1959 und 1967. Sie waren alle vom selben Mann gezeichnet, von Jonas Shtrom. Ich setzte mich und begann zu lesen. Nach dem ersten Protokoll schloss ich die Kellertür, so als könnte man jemanden lesen hören.

Weihnachten

Als ich in die Kellerwohnung kam, lag Briska bei Lucas im Bett. Der Raum war nun von außen so gut abgeschirmt, dass Briska nicht mehr bellte, wenn jemand das Haus betrat oder auch nur daran vorbeiging. Ich hatte einen kleinen Christbaum mit elektrischen Kerzen mitgebracht. Lucas war wach und schaute mir zu, wie ich für den Baum auf der Anrichte Platz schuf. Am herumstehenden Geschirr konnte ich erkennen, dass Lucas sich eine Eierspeise bereitet hatte. Mimi war offensichtlich nicht hier gewesen. Ich hatte Lucas eineinhalb Tage allein gelassen. Er verlor darüber kein Wort.

Nach der Lektüre der von Mimi auf den Tisch geschleuderten Protokolle war ich mit meinem Lincoln nach Osten gefahren und in Southampton ein paar Stunden am Strand spazieren gegangen. Dann hatte ich mich im Liquorstore mit Getränken eingedeckt und im nächstbesten Hotel, im *Village Latch Inn,* bei verriegelter Zimmertür mit deren Beseitigung begonnen. Zuerst trank ich einen Sixpack Bier, dann eine Flasche *Maker's Mark*, schließlich noch eine halbe Flasche *Jack Daniels*, zu der ich auch noch den zweiten Sixpack öffnete. Am nächsten Tag wurde ich gegen Mittag wach, weil jemand, der durch das Fenster eingestiegen war, an mir rüttelte. Es war der Hotelbesitzer. Man hatte mich für tot gehalten. Der Hotelbesitzer schaute auf die Dosen und Flaschen und fragte mich, ob ich das alles getrunken hätte. Ich antwortete wahrheitsgemäß, dass ich es nicht wisse. Ich verließ schleunigst das Hotel und holte mir aus dem nächsten Drugstore eine Packung Aspirin. Mineral-wasser hatten sie keines, so kaufte ich eine Flasche Cranberry Juice. Als ich zum Hotelparkplatz zurückkam, stürmte der Hotelbesitzer durch den Hintereingang heraus und rief: Your beer, Sir! Im Arm hielt er einen braunen Sack mit den restlichen Bierdosen. Auf der Fahrt nach Islip war auf allen Sendern Weihnachtsmusik zu hören. Es waren immer dieselben Lieder, aber sie waren, je nach Sender, unterschiedlich arrangiert, als Soul, Jazz, Rock oder R&B. Lediglich der Sender der *New York Times* kannte auch noch die Originale.

Ich räumte die Teller, Tassen, Gläser und leeren Cranberry-Juice-Flaschen beiseite, platzierte den Weihnachtsbaum auf der Anrichte und steckte das Elektrokabel in die Dose. Die Lichter leuchteten in allen Farben. Briska kam vom Bett zur Anrichte, um die seltsame Erscheinung zu begutachten. Da riss der Christbaum plötzlich den Mund auf, schüttelte sich und begann *Jingle Bells* zu singen. Ich hatte keinen Christmas-Tree, sondern ein Christmas-Monster gekauft. Es hatte einen Bewegungssensor eingebaut. Erschrocken wich Briska zurück. Und dann hörte ich Lucas das erste und einzige Mal lachen. Es war nur ein Laut, ein herausgestoßenes Ha. Ich blickte ihn an und war dann nicht mehr sicher, ob es nicht doch vielleicht ein Schmerzlaut gewesen war. Lucas hatte sich im Bett aufgesetzt.

Mit zwei Flaschen Bier und zwei Gläsern ging ich zu dem Tischchen, das ich vor ein paar Tagen für Lucas aus dem übrig gebliebenen Bauholz gebastelt hatte. Es stand direkt neben seinem Bett. Lucas musste sich nur an dem Bügel, den ich über seinem Bett angebracht hatte, festhalten und die Beine herausdrehen – und schon saß er bei Tisch. Während er seine Füße langsam auf den Boden hinabgleiten ließ, hielt er den Atem an; als er sie aufsetzte, stöhnte er leicht. Er schenkte sich Bier ein, nahm zwei Tabletten aus der Packung und spülte sie hinunter. Ich setzte mich ihm gegenüber auf einen Stuhl.

Essen wir Käse?, fragte er.

Anstatt zu antworten, sagte ich: Bisher war ich der Meinung, Oma Tanute sei Ihre Schwester und nicht Ihre Frau.

Er schaute einen Moment überrascht. Dann sagte er: Ich verstehe. Mimi hat Ihnen die Protokolle gezeigt. Jetzt, da Sie Ihre Arbeit erledigt haben. So ist sie.

Warum reden Sie nicht mit Mimi?

Lucas trank einen Schluck Bier und schaute mich dabei an. Dann griff er zum Bügel und setzte sich besser zurecht. Ich wiederholte meine Frage und versuchte dabei, einen strengeren Ton anzuschlagen. Wie ein Oberlehrer kam ich mir vor.

Warum reden Sie nicht mit Mimi?

Wenn ich nicht mit ihr rede, antwortete er, kann ich nichts Falsches sagen. So einfach ist das. Am Anfang habe ich mit ihr gesprochen. Sie wollte alles wissen, und ich habe es ihr gesagt. Ich habe sie nicht belogen. Aber sie hat die Protokolle noch nicht gekannt.

Wer hat ihr die Protokolle gegeben?

Ich selbst. Nach Tanutes Schlaganfall, also etwa vierzehn Tage bevor Sie gekommen sind. Ich habe zu Mimi gesagt: Wenn du mich hier versteckst und versorgst, sollst du auch wissen, wie es dazu kam.

Und?

Das Mädchen ist durchgedreht. Ich habe keine Geheimnisse vor dir, habe ich gesagt. Ich werde dir, wie bisher, alle Fragen ehrlich beantworten. Aber mit Mimi war darüber nicht zu reden. Immer, wenn der Hund hinauflief und bellte, dachte ich: Gleich wird sie die Kellertür aufstoßen und zu einem FBI-Mann sagen: Da unten ist er.

Hätte ich nicht aufgehört, mit ihr zu reden, ich wäre jetzt in einem Gefängnis, oder vielleicht in einem Gefängniskrankenhaus. Ich habe mir sogar in Ruhe überlegt, ob das nicht besser wäre, als hier im Keller zu vegetieren. Aber dann habe ich mich dafür entschieden. Ich will nichts mehr von der Welt, ich will nur noch in Ruhe abtreten. Den letzten Satz, den ich zu Mimi gesagt habe, als sie mir das Frühstück brachte, habe ich mir die ganze Nacht lang reiflich überlegt. Und seither habe ich nichts mehr zu ihr gesagt. Und das ist besser so.

Wie war der letzte Satz?

Lucas schluckte. Ein Anflug von spitzbübischem Lächeln war um seinen Mund, als er den Satz wiederholte.

Dies ist mein letztes Wort an dich: Danke.

Das war der letzte Satz?

Ja. Wenn ich mich schmerzfrei halten kann, sollte er bis zu meinem Tod reichen.

Er trank einen Schluck Bier. Dann fragte er noch einmal: Wollen wir nicht Käse essen?

Da ich darauf nicht antwortete, griff er nach den Krücken und erhob sich vom Bett. Der Kühlschrank war nur ein paar Schritte entfernt, auf der anderen Seite des Bettes. Für Lucas war es offenbar einfacher, um das Bett herumzugehen, als die Füße hochzuheben und hinüberzudrehen. Ich sah ihm zu, wie er sich ganz langsam, Schritt für Schritt, zum Kühlschrank schleppte. Ich achtete darauf, ob seine Schultern sich beim Gehen nach außen bewegten. Sie taten es ein wenig. Aber das konnte ebenso an dem wechselnden Einsatz der Krücken liegen. Als er am unteren Ende des Bettes vorbeiging, begann das Christmas-Monster erneut *Jingle Bells* zu singen. Lucas blieb stehen und schaute dem Baum zu, wie er in der Mitte des imitierten Tannengeästs sein rotes Maul aufriss. Noch bevor das Lied zu Ende war, ging er weiter. Er nahm eine frische Packung baltischen Bauernkäse aus dem Kühlschrank und legte sie auf einen Teller. Dazu legte er noch ein Messer sowie Salz und Pfeffer. Dann kam er mit dem Teller zurück und löste dabei erneut den Gesang des Christmas-Monsters aus. Er ging nun noch langsamer. Und er schluckte selbst beim Gehen. Er hatte eine eigene Technik entwickelt, wie er den Teller und die Krücke gleichzeitig in der Hand halten konnte. Er stellte den Käse auf den Tisch und setzte sich, mühselig, wie er sich nun einmal bewegte, wieder aufs Bett.

Schneiden Sie ihn oder schneide ich ihn?, fragte er.

Ist Tanute nun Ihre Schwester oder Ihre Frau?

Beides. Ich habe den Namen gewechselt und Tanute 1945 in Deutschland geheiratet. So kam ich an ordentliche Papiere. Ich hatte ja nur einen gefälschten Taufschein von einem Pfarrer in Kaunas. Der Vater und meine Mutter waren bei einem Bombenangriff auf Kassel ums Leben gekommen. Tanute und ihre Tochter Maria kamen in ein Flüchtlingslager in Oberzwehren, wo ich sie im Juni 1945 fand. Aber ich bin selbstverständlich nicht der Vater von Mimis Mutter. Das war Stasys Brazauskas, mein Kompagnon, zu dem Tanute während des Krieges jeden Kontakt verloren hatte.

In Nürnberg begannen die internationalen Gerichtsprozesse. Ich hatte Angst, dass dort jemand meinen Namen nennt. Meine Schwester hieß immer noch Munkaitis. Hätte man mich gesucht, was wäre näher liegend gewesen, als bei ihr anzufangen. Auch sie musste den Namen wechseln. Und nachdem ich einen neuen hatte, der einigermaßen hielt, da er auch im Taufregister von Kaunas nachgetragen war, kam ich auf die Idee, sie zu heiraten. Selbst wenn jemand entdeckt hätte, dass sie die Schwester ist, man wäre nicht auf den Gedanken gekommen, dass ihr Ehemann der gesuchte Bruder sein könnte. Als ich ihr die Situation erklärte, hat sie sofort eingewilligt. Ohne Widerrede. Es ging um den bescheidenen Rest ihrer Familie. Etwas anderes wäre es natürlich gewesen, wenn sie mit Stasys Kontakt gehabt hätte.

Aber Stasys war verschollen. Wir gingen davon aus, dass er gar nicht mehr lebt. Er war Soldat gewesen.

1948, als wir schon in den USA waren, schrieb Tanute einen Brief an eine ehemalige Freundin in Kaunas. Ich wusste nichts von diesem Brief und hätte es ihr sicher verboten, mit irgendjemandem in Litauen Kontakt aufzunehmen. Und diese Freundin antwortete, dass Stasys nun in Kaunas lebe und immer noch unverheiratet sei. Und da war meine Schwester nicht mehr zu halten. Sie hat diesen Mann so geliebt, dass sie alles unternahm, um ihm die Ausreise zu ermöglichen. Sie hatte den deutschen Geburtsschein von Maria, auf dem Stasys als Vater eingetragen war. Ich musste eine Erklärung abgeben, dass Maria nicht meine leibliche Tochter ist. Das verlangte Tanute von mir. Als Gegenleistung wollte sie mich ein Leben lang decken. Nach langem Hin und Her wurde es Stasys schließlich erlaubt, seine Tochter in den USA zu besuchen. Er musste alles zurücklassen, den Flug zahlte Tanute. Er staunte nicht schlecht, als er in Chicago aus dem Flugzeug stieg und plötzlich auf mich traf.

Wir lebten von da an gemeinsam im Haus. Stasys war, wie Sie sich denken können, von der Situation nicht begeistert und wollte mich loshaben. Tanute hätte sich von mir scheiden lassen können, um ihren wirklichen Mann zu heiraten. Aber das hätte erstens Aufsehen erregt und zweitens hatte sie mir versprochen, das nicht zu tun. Und vor allem, es gab Maria, seine Tochter, die zu mir, zu ihrem Onkel, seit fünf Jahren Papa sagte. Als Stasys nach Amerika kam, war Maria schon zehn Jahre alt. Er lernte sie erst in diesem Alter kennen. Um Maria von den Verwicklungen und Diskussionen fern zu halten, gaben wir sie in ein katholisches Internat. Ich wollte alles möglichst normal haben und nicht auffallen. Aber Stasys hatte natürlich andere Interessen. Um mich loszuwerden, hat mir mein guter Kompagnon dann halt die *Chicago Tribune* ins Haus geschickt.

Aber Jonas Shtrom, wandte ich ein, sagt doch, er habe Sie im Fernsehen erkannt.

Sagt er. Nur, ich glaube es ihm nicht. Ich konnte mich an diesen Jonas Shtrom übrigens gar nicht erinnern. An seinen Vater konnte ich mich erinnern, das schon. Aber ich kannte ihn nicht von Memel, sondern von Kaunas. Dort war er ein bekannter Russenanwalt.

Was heißt Russenanwalt?

Er hat für die Russen gearbeitet. Von einem Sohn wusste ich nichts. Was er da erzählt, dass ich gesagt haben soll: Ihr kommt später dran. Die Kollaborateure zuerst! – es kann sein, dass ich das gesagt habe, oder auch nicht. Wichtig ist, dass ich nicht mehr zurückgekommen bin. Das sagt er ja selbst. Ich habe mich nämlich damals nur um Kollaborateure gekümmert.

Und sie erschlagen.

Sie haben Recht, die wurden erschlagen. Das waren keine schönen Szenen.

Lucas atmete tief ein. Dann sagte er: Ich leitete eine Partisanengruppe. Es war ein politischer Kampf.

Aber erschlagen wurden Juden.

Ja, der Hass gegen die Juden war besonders groß. Wir sind so ausgebildet worden. Die Litauische Aktivisten Front hat Juden für die Hauptkollaborateure gehalten. Ich war ein politischer Mensch, ich habe einen politischen Kampf geführt. Ein Freiheitskämpfer war ich, wenn Sie so wollen, ein litauischer Freiheitskämpfer. Die Unabhängigkeit Litauens war mein höchstes Ziel. Erst danach interessierte mich, ob jemand Jude war oder nicht.

Lucas griff wieder zum Haltebügel hinauf und setzte sich zurecht. Dann trank er das Bierglas leer und schenkte sich nach. Er rieb seinen Daumen am weißen, faltigen Kinn und trank noch einmal vom Bier. Mitten im Hinunter-schlucken, noch bevor er das Glas abgestellt hatte, sagte er: Rache.

Es war ein klarer Akt von Rache, fuhr er fort. Stasys hat es mir heimgezahlt. Einen Tag bevor Jonas Shtrom zu mir ins Büro kam, hatte ich mit Stasys einen heftigen Streit. Es ging wieder einmal um das alte Thema, aber diesmal nicht wegen Maria, die längst alles wusste, sondern wegen Mimi, die damals ein Jahr alt war. Mir ist schon klar, die Rolle von Stasys war nicht leicht. Er konnte sich zehn Jahre lang seiner eigenen Tochter gegenüber nicht als Vater zu erkennen geben und er wollte dieses ganze Theater nun nicht noch einmal gegenüber seiner Enkelin spielen. Ich bin sicher, er hat die Sache eingefädelt und dadurch auch erreicht, was er erreichen wollte. Er war mich los. Schneiden Sie doch den Käse auf. Sie machen das so gut.

Ich riss das Zellophan auf und schnitt den Käse in lange, dünne Streifen. Aber ich achtete darauf, dass die Streifen an keiner Stelle zu dünn wurden, damit sie nicht zerbröselten.

Wirklich schön machen Sie das, sagte Lucas. Fast so schön wie unser Küchenmädchen.

Welches Küchenmädchen?

In Memel. Das Küchenmädchen ist mit einer Platte von Käsestreifen und dem Pfefferstreuer zum Frühstückstisch gekommen. Der Vater hat den Käse dann mit Pfeffer bestreut.

Lucas begann Pfeffer auf den Käse zu streuen, Streifen für Streifen.

So hat er das gemacht. Eher noch mehr, er hat sehr viel Pfeffer draufgetan. Dann hat er ein paar Streifen gegessen. Der Rest wurde vom Küchenmädchen wieder abserviert und als Gabelfrühstück für den Vater in eine Proviantdose gepackt.

Wer war Ihr Vater?, fragte ich.

Ein Politiker. So wie Ihr Vater. Ausgebildeter Jurist, Stadtrat von Memel. Er hat die Stelle nach dem Ersten Weltkrieg erhalten. Damals stand die Stadt, die einst zu Ostpreußen gehört hatte, unter französischer Verwaltung. 1923, auf den Tag genau an meinem ersten Geburtstag, hat Litauen das Memel-Territorium beschlagnahmt. Mein Vater hat daran mitgewirkt. Später hat er zu mir gesagt: Dein erster Geburtstag hat uns litauisch gemacht. Dieser Satz hat sich mir eingeprägt. Es war, als hätte ich ihm mit meinem Geburtstag dieses Geschenk gemacht.

Ihr Vater war doch Deutscher, sagte ich, wieso freute er sich da, Litauer zu werden?

Damals, nach dem verlorenen Krieg, schien die Rückkehr nach Deutschland aussichtslos. Die Franzosen waren fehl am Platz und wussten das wohl selber. Hätten die Litauer nicht zugegriffen, hätten uns die Polen geschnappt. Die Polen hatten ja schon die alte Hauptstadt Wilna besetzt. Die Bösen, das waren in meiner Kindheit nicht die Russen und nicht die Deutschen, sondern die Polen. Und mein Vater galt als einer der Retter vor den Polen. Die Leute verehrten ihn. Ich erinnere mich genau, sie winkten ihm zu. Wir zogen in ein Stadthaus. Tanute und ich bekamen ein eigenes Zimmer. Meine Schwester, die ja fünf Jahre älter ist, war glücklich darüber, ich hingegen wusste gar nicht, was ich damit anfangen sollte, und hielt mich lieber in der engen Kammer des Dienstmädchens auf.

Lucas hielt einen Augenblick inne. Er schaute an mir vorbei.

Und da stand eines Tages ein Auto vor der Tür, ein amerikanischer Studebaker. Es gab nur ganz wenige Autos in der Stadt. Dieses war das schönste, das beste. Die Räder hatten Metallspeichen. Hinten war ein auf die Seitenkante gestellter, eiserner Koffer montiert, den man mit zwei Schnallen öffnen konnte. Am meisten faszinierte mich eine kleine, aber auffällige Skulptur an der Spitze der Motorhaube, eine Figur aus glitzerndem Chrom. War es ein Mann? War es eine Frau? Die Figur beugte sich weit nach vorne, als wollte sie über den Kühler zur Stoßstange hinabschauen. Sie hatte den linken Arm bis zur Fingerspitze durchgestreckt und trug einen Umhang, der im Winde zu flattern schien. Oder war das kein Umhang, hatte die Figur Flügel? Ich sah darin einen Engel, den Schutzengel. Er eilte während der Fahrt voraus und beschützte uns. Der Vater erklärte mir später, die Figur stelle Atalante dar, eine Jägerin aus der griechischen Mythologie, die mit ihren Bewerbern Wettläufe zu veranstalten pflegte, um sie am Ende mit dem Speer zu erlegen. Das wollte ich nicht hören, denn ich war dem Schutzengel mittlerweile innig verbunden. Ich unterhielt mich sogar mit ihm, wenn wir allein waren. Und ich beobachtete ihn bei der Fahrt und sah, wie er sich Mühe gab, jede Gefahr rechtzeitig zu erkennen.

Ich überlege gerade, wie alt ich war, als wir das Auto bekamen. Sechs Jahre wohl. Am Beginn der Schulzeit. Der Vater setzte sich ans Steuer, zog einen Hebel heraus und drehte an einem anderen. Das Auto fing zuerst zu quietschen, dann zu singen an, in einem auf- und abschwellenden Ton. Während der Vater mit dem Fuß mehrmals hintereinander auf eine schräg gestellte Eisenplatte drückte, fielen ein paar Schüsse und plötzlich änderte sich der Ton. Das Auto tuckerte nun, langsam zuerst, dann immer schneller, dann wieder langsamer, je nachdem, wie stark der Vater auf die Eisenplatte drückte. Aus dem Auspuff rauchte es schwarz heraus. Später, wenn das Auto warm gelaufen war, schob der Vater einen Hebel hinein und der Rauch wurde braun. Willst du probieren?, fragte der Vater. Ich durfte auf die Eisenplatte drücken. Das Tuckern wurde ein lautes Knattern. Ich nahm den Fuß weg. Das Auto gab einen Schuss ab und wurde wieder leiser.

Jetzt hat es einen fahren lassen, hat der Vater gesagt.

Lucas saß auf seinem Bett und horchte, als würde er das Geräusch noch einmal hören.

Tanute, probier doch auch mal, habe ich gesagt. Aber das Auto wollte keinen mehr fahren lassen. Als sie zu lange auf die Eisenplatte drückte, sagte der Vater: Nicht so viel Gas geben! Das ist schlecht für den Motor.

Erneut schwieg Lucas für einen Moment. Er schluckte. Sein Blick war in die Vergangenheit gerichtet.

Gas geben, sagte er. Das war ein neues Wort, das die Schulkameraden noch nicht kannten. Gestern habe ich Gas geben dürfen, habe ich erzählt. Und dann habe ich den neugierigen Schulkameraden berichtet, dass die Eisenplatte, wenn man darauf drückt, leicht zu zittern beginnt. Nur ganz leicht, habe ich gesagt, und es ihnen mit der Hand vorgeführt.

Lucas hob seine rechte Hand über die Tischplatte, senkte die Fingerspitzen ein wenig nach unten und ließ sie dabei zittern.

An das erste Auto erinnert man sich. Sie erinnern sich doch auch an das erste Auto?

Ja, sagte ich. Ein mausgrauer 2CV.

Und hat er einen Namen gehabt?

Meine Eltern haben das Auto Suse genannt. Wollen wir jetzt über Autos reden?

Suse, hm. Unser Studebaker hat Präsident geheißen. Ich bringe dich mit unserem Präsidenten zur Schule. Das gab dem Auto einen Glanz von Hoheit und Ehrwürdigkeit. Einmal fuhr ich zur Tankstelle mit. Sie war in der Nähe des Hafens. Wenn man sich dort aufhielt, was vor allem wir Jungs gerne taten, kamen irgendwann alle Autos der Stadt vorbei, denn es gab in Memel sonst keine Tankstelle. Mir fiel auf, dass alle anderen nach dem Tanken zahlten, nur der Vater nicht. Einmal sprach ich ihn darauf an. Der Vater lachte und sagte: Ach, Dummerchen, die Tankstelle gehört doch uns. So habe ich erfahren, dass er auch Geschäfte betreibt. Ich dachte, er sei nur Politiker.

Das Auto hatte ein Horn. Der Vater ließ es an jeder Kreuzung dröhnen. Auf der Straße blieben die Leute stehen und schauten. Wenn das Auto geparkt war, standen immer Männer da. Am liebsten griffen sie auf die Figur an der Kühlerhaube. Sie berührten aber auch die Speichen der Reserveräder, die langen, geschwungenen Kotflügel, die verchromten Türschnallen und insbesondere die beiden Außenspiegel. Immer stand jemand da und schaute. Wenn wir kamen, wichen die Menschen respektvoll zurück. Schauen kostet nichts, sagte mein Vater und erklärte ihnen dann die Funktion. Dadrin kann ich sehen, ob hinten einer nachkommt. Ich muss mich nicht umdrehen. Die Männer waren voller Bewunderung für unseren Präsidenten. Wenn der Vater mit dem Wagen heimkam, wartete ich schon auf ihn.

Er kommt. Schnell, er kommt, sagte ich zum Dienstmädchen.

Wir liefen zur Einfahrt hinaus und öffneten gemeinsam das Tor. Das Dienstmädchen war für den oberen Riegel des Tores zuständig, den unteren konnte ich selbst herausziehen. Es war mein Ehrgeiz, das Tor zu öffnen, noch bevor der Vater hupte. Er kurbelte am Fenster und sagte im Vorbeifahren: Bist ein braver Junge. Er hatte beim Autofahren den Hut auf. Kaum stand der Wagen, machte sich das Dienstmädchen mit Eimer und Lappen über das Glas und das Chrom her. Und über die Reserveräder. Der Vater achtete darauf, dass die Speichen der Reserveräder immer geputzt waren. Weil ja immer die Leute hingriffen.

Lucas steckte sich einen Käsestreifen in den Mund. Er kaute lange daran, dann spülte er Bier nach.

Ein paar Jahre später, sagte er, gab es einen Chauffeur, der mich und Tanute täglich zur Schule brachte und am Nachmittag wieder abholte. Er trug eine schwarze Schirmkappe. Der Vater war schon ein älterer Herr. Er saß bei uns im Fond des Wagens. Er hatte wenig Zeit und musste als Erster abgeliefert werden. Die Lehrer sprachen mit Respekt von ihm. Irgendwie schien er für alles zuständig zu sein. Jedenfalls für alle Grundstücke und Häuser. Der Vater, so viel stand fest, war ein bedeutender Mann. Er sagte nun nicht mehr: Wenn ein Krieg kommt. Er sagte: Wenn die Deutschen kommen. Er fürchtete sich davor. Und ich wollte ihm helfen, ich, der elfjährige Grünschnabel. Damals, in dieser Angst, dass alles anders werden könnte, wenn die Deutschen kommen, begann mein politisches Interesse. Verstehen Sie das?

Nein, sagte ich. Das ist ja eigentlich das Gegenteil von dem, was Jonas Shtrom über Sie sagt.

Ich behaupte ja nicht, dass ich in allem den Fußstapfen des Vaters folgte. Ich will Ihnen nur erklären, wie die Faszination des Politischen entstand, und da spielte dieses Auto eine wichtige Rolle. Meistens rauchte der Vater auf dem Weg zur Arbeit eine Zigarre und blätterte in Schriften. Tanute hat mir erzählt, wenn ihre Kleider nicht nach Zigarre rochen, wurde sie von der Lehrerin gefragt, ob der Vater krank sei. Einmal stieg der Vater, obwohl das Auto vor dem Rathaus längst angehalten hatte, nicht aus. Ich war zehn, elf Jahre alt, Tanute vielleicht sechzehn. Sie hat das alles schon mitgekriegt. Wir haben über diesen Augenblick später oft gesprochen. Der Vater nahm uns Kinder bei der Hand und schaute uns abwechselnd an. Im Mund hatte er die halb abgebrannte Zigarre. Tanute musste husten. Der Vater warf die Zigarre aus dem Fenster. Dann sagte er:

Wenn ihr in der Schule darüber sprecht, wer wir sind,

dürft ihr keinen Fehler machen. Ihr müsst sagen, wir sind Deutsche, oder besser, sagt, wir sind litauische Deutsche.

Dann machte der Vater eine Pause und fügte mit Nachdruck hinzu: Aber keine Nationalsozialisten.

Werden die Deutschen kommen?, fragte Tanute.

Ja, sie werden kommen, antwortete der Vater.

Darauf Tanute: Warum können die uns nicht in Ruhe lassen?

Der Vater warf einen Blick auf den Chauffeur, der so tat, als ob er nicht zuhörte. Dann sprach er leiser, als würde er uns ein Geheimnis verraten. Er sagte: Wir werden das Memelland freiwillig nicht abtreten, die Deutschen werden darauf aber nicht verzichten. Sie werden stärker und stärker. Wie kann das schon ausgehen?

Tanute sagte: Was ist denn so schlimm, wenn wir wieder zu Deutschland kommen, wir reden ohnedies deutsch.

Wir sind keine Nazis, sagte der Vater. Und dann bat er uns, wir sollten uns in der Schule umsehen, ob es Lehrer gäbe, die das Hakenkreuz trügen.

Wie sieht das aus?, fragte ich.

Ein griechisches Kreuz mit Haken dran.

Der Vater nahm einen Briefumschlag aus der Tasche und zeichnete ein Hakenkreuz darauf. Der Chauffeur drehte sich plötzlich um und sagte: Entschuldigen Sie, wenn ich mich einmische. Aber es gehört andersherum.

Was gehört andersherum?, fragte der Vater.

Und da antwortete der Chauffeur: Die Haken müssen im Uhrzeigersinn sein.

Der Vater strich die Haken durch und zeichnete sie in die andere Richtung. Ich schaute mich am nächsten Tag in der Schule um, aber ich sah keine Hakenkreuze. Das sollte sich innerhalb von ein paar Wochen ändern. Es war die Zeit, als in Deutschland die Nationalsozialisten an die Macht kamen. Mit einem Mal waren auch in Memel überall die Hakenkreuze zu sehen. Der Vater war am Abend oft gereizt. Einmal sagte er: Jetzt sitzen wir in der Falle. Mehr sagte er nicht. Vielleicht hätte er von sich aus gesprochen, aber meine Mutter wollte damit nichts zu tun haben. Sie hielt Politik für Männersache. Daheim in der Familie habe Politik nichts verloren.

Es geht um unser aller Schicksal, sagte der Vater.

Dann mach es so, dass wir in Ruhe leben können und kein Schicksal haben, antwortete meine Mutter.

Ich unterbrach Lucas. Warum, so fragte ich, sagen Sie eigentlich immer *der* Vater und nicht *mein* Vater. Sie sagen ja auch *meine* Mutter.

Sag ich das?, fragte er. Weiß ich gar nicht. Wäre es jedenfalls allein nach meiner Mutter gegangen, hätte ich bis zum Einmarsch der Deutschen nicht erfahren, dass es Nationalsozialisten gibt. Der Vater, Sie haben Recht, also mein Vater saß damals wirklich in der Falle. Aber das klingt so kindlich. Ich habe immer *der* Vater gesagt. Er war ein Herr, für mich war er *der* Vater. Ich ging zur deutschen Schule und begann immer mehr zu verstehen, worum es ging. Das Lebenswerk des Vaters war bedroht, und ich, der ich es verteidigte, schuf mir in der deutschen Schule immer mehr Feinde. Ich wechselte ins litauische Vytautas-Gymnasium, da hat Jonas Shtrom Recht.

Warum sagen Sie das, hat er irgendwo nicht Recht?

Lucas blickte mich irritiert an, aber nur kurz. Dann sagte er: Ich will nur klarstellen, dass nicht nur die Juden auf der Flucht vor den Nazis waren. Die meisten Juden sind ja fortgegangen, als die Nazis 1938 in Memel an die Macht gewählt wurden. Mein Vater blieb. Er verlor seinen Stadtratsposten, aber er hatte noch eine Funktion in der litauischen Partei. Und er wollte kämpfen. Für die Autonomie des Memellandes. Aber dann kam das Ultimatum von Hitler und so waren auch wir auf der Flucht. Mit unserem Präsidenten, dem Studebaker. Das Autodach war gut zwei Meter hoch beladen. Was nicht aufs Auto passte, musste zurückbleiben. Die wackelige Ladung war mit Stricken verschnürt. Das ganze Personal war entlassen worden. Es hieß, die Deutschen kommen, und da musste man handeln. Nur das Dienstmädchen war bei uns geblieben. Sie sagte, sie wolle nichts haben, sie bitte nur darum, bleiben zu dürfen. Im Auto waren meine Eltern, das Dienstmädchen, Tanute und ihr Mann.

Welcher Mann?, fragte ich.

Stasys, sagte Lucas. Sie waren verlobt. Tanute hat damals in einer Bank gearbeitet. Ich ging noch zur Schule. Plötzlich, mitten am Vormittag, kam der Präsident angefahren. Ich habe das Auto durch das Fenster schon von weitem gesehen. Der Vater kam in die Klasse, sprach ein paar Worte mit dem Lehrer und sagte dann zu mir: Verabschiede dich von deinen Lehrern und Kameraden.

Dann gingen wir hinaus. Seit langem fuhr der Vater erstmals wieder selbst mit dem Auto. Da wurde mir der Ernst der Lage bewusst. Daheim standen die gepackten Koffer und mein leerer Koffer. Der Vater sagte: Pack deine wichtigsten Sachen, wir müssen fort. Mutter wollte ihr Klavier mitnehmen. Es gab Streit wegen des blöden Klaviers. Mutter spielte so gerne Klavier. Ihr Leben lang hat sie diesem Klavier nachgeweint. Wir sind Hals über Kopf nach Kaunas geflohen. Der Vater kannte die Strecke. Er hatte früher öfter in Kaunas zu tun gehabt. War er übers Wochenende gefahren, hatte er uns manchmal mitgenommen. Wir haben immer im selben Hotel gewohnt, im Santakos. Die hatten schon damals ein geheiztes Schwimmbad und eine Sauna. Zu diesem Hotel fuhren wir auch jetzt. Durch das auf dem Dach aufgetürmte Gepäck dauerte die Fahrt viel länger als sonst. Als wir ankamen, war es schon finster. Die Hotelangestellten kannten uns. Sie grüßten uns freundlich, aber sie konnten uns nicht helfen. Das Santakos war ausgebucht. Es gab auch keine provisorische Unterkunft mehr. Der Empfangschef sagte: Wir könnten Sie nicht einmal mehr auf dem Dachboden unterbringen.

So fuhren wir mit unserem wackeligen Turm weiter zum nächsten Hotel, und von dort zum übernächsten. Wir fanden kein Quartier in Kaunas. Es war alles von Juden belegt. Von solchen, die vor uns aus dem Memelland geflohen waren, aber auch schon von polnischen Juden. Alle Unterkünfte und Notquartiere waren in Beschlag genommen. Die Stadt war überfüllt. Wir fuhren zum Bahnhof. Dort lagen sie im Warteraum übereinander. Es schien aussichtslos, auch nur irgendeinen Platz für die Nacht zu finden. Wir irrten ein paar Stunden lang in Kaunas herum und wurden überall abgewiesen. Der Vater hatte dann die Idee, zum Pažaislis-Kloster zu fahren, von dem er selbst nur wusste, dass es, nachdem es einige Jahre leer gestanden hatte, nunmehr von amerikanischen Nonnen bewohnt wurde. Der Vater sagte, das Kloster müsse außerhalb der Stadt am Nemunas-Fluss liegen. Als wir an einem beleuchteten Gasthaus vorbeikamen, hielt er an, um nach dem Weg zu fragen. Wir warteten währenddessen im voll bepackten Wagen. Jeder von uns hatte Koffer und Taschen auf dem Schoß. Als der Vater nicht gleich zurückkam, dachten wir zuerst, er habe einen Bekannten getroffen. Nach einer Viertelstunde war er noch immer nicht zurück. Da gingen Tanute, Stasys und ich nachsehen. Im Gasthaus saßen etwa zehn Männer an zwei nebeneinander stehenden Tischen. Von außen war deutlich zu hören, dass sie stritten. Als wir eintraten, verstummten sie. Tanute fragte, zuerst auf Deutsch und, da sie keine Antwort erhielt, auch noch auf Litauisch, nach dem Vater. Die Männer schauten sie an und schwiegen. Tanute begann in deutscher Sprache auf die Männer einzuschreien: Er ist vor einer Viertelstunde durch diese Tür gekommen. Wenn ihr nicht sofort sagt, wo er ist, hole ich die Polizei. Er ist nämlich nicht irgendwer, er ist Stadtrat in Memel.

Einer der Männer stand auf und sagte in gebrochenem Deutsch: Soso, Stadtrat in Memel. Ich habe nur einen braunen Mann gesehen. Vielleicht war er schon ganz angeschissen. So eilig hat er es gehabt, aufs Klo zu kommen.

Der Mann deutete auf eine Tür. Stasys öffnete sie. Da war ein Gang, der durch eine Petroleumlampe nur spärlich beleuchtet war. Wo das flackernde Licht brannte, war die Toilette. Wir hörten ein Stöhnen. Es kam vom Ende des Ganges, der in einen Hof führte. Dort lag der Vater zusammengekrümmt auf dem Boden. Wir holten die Petroleumlampe und sahen, dass er in einer Blutlache lag. Er war bei Bewusstsein. Der Vater flüsterte: Weg hier! Bringt mich weg hier! Wir hoben ihn hoch und brachten ihn zum Auto zurück.

Wer hat ihn zusammengeschlagen?, fragte ich.

Bolschewisten.

Woher wissen Sie das?

Es hat eine Untersuchung gegeben. Der Vater war ja auch in Kaunas wieder Politiker, wenngleich er nicht mehr in so hohe Funktionen kam wie in Memel. Aber er hat natürlich Druck hinter die Ermittlungen setzen können. Und so wurden schließlich zwei Männer eingesperrt. Aber kaum waren die Russen da, waren die Täter wieder auf freiem Fuß. Also waren sie Bolschewisten.

Der Teller war inzwischen leer. Ich ging zum Kühlschrank und löste dabei wieder das Lied *Jingle Bells* aus. Lucas fragte: Kann man den Balg nicht abstellen?

Ich fand unter der Kinnlade einen Schalter, der das Lied abrupt beendete. Aber ich schaltete dann noch einmal kurz ein, weil der Baum mit offenem Mund dastand. Im Kühlschrank waren nur noch zwei Flaschen *Samuel Adams*. Ich brachte sie zum Tisch und holte dann einen

neuen Karton aus dem Heizkeller, wo ich ein großes Vor-
ratsregal gebaut hatte. In diesem Regal lagen auch 43
Packungen Tabletten. Ich hatte sie beim Einräumen
gezählt. Während ich die Flaschen im Kühlschrank verstaute, ging Lucas auf die Toilette. Ich nahm eine neue
Packung Käse heraus und schnitt sie auf. Briska stellte sich
neben die Eingangstür. Ich begleitete sie nach oben und
spürte, während sie im Garten ihren Geschäften nachging,
dass auch ich reif war für einen Gang auf die Toilette. Ich
hatte schon einige Biere getrunken. Und so gab es an diesem Weihnachtsabend einen Moment, in dem alle Bewohner des Hauses mit Ausscheidung beschäftigt waren. Als
ich meinem Urin zusah, der nicht mehr zu fließen aufhören
wollte, kam mir ein Reim in den Mund: In anderen Häusern gehn die Leute zur Mette, / in diesem Haus gehen sie
auf die Toilette. Der Satz erinnerte mich an einen Vers aus
der Schulzeit, einen lateinischen Vers vermutlich, der mir
nicht einfallen wollte. Ich ratterte die *Metamorphosen*
herunter, blieb jedoch schon bei der achten Zeile hängen,
ohne dass der Vers aufgetaucht wäre. Bevor ich zu Lucas
zurückging, kontrollierte ich Mimis Computer. Es gab kein
neues Fax und nur eine neue E-Mail, eine Weihnachtsaus-
sendung des Online-Dienstes der *New York Times*. Wenn
weder Maurice noch George frohe Weihnachten wünschten, konnte das nur heißen, dass Mimi mit ihnen zusammen war.

Lucas saß auf seinem Bett. Er hatte den Fernsehapparat
eingeschaltet. Ein Chor von mindestens hundert Sängerinnen und Sängern, die alle rote Weihnachtsmützen trugen,
sang *Jingle Bells*. Ich setzte mich wieder zu Lucas.

Was ich Sie noch fragen wollte, sagte ich. Wie sind Sie
eigentlich zu den litauischen Partisanen gekommen?

Lucas holte aus seiner Hemdtasche die Fernbedienung
und drehte den Ton des Fernsehapparats zurück.

Im Juni 1940 marschierten die Russen ein. Das war mit Hitler offenbar so vereinbart. Damit war die politische Tätigkeit des Vaters am Ende. Er wurde vorgeladen. Man stellte ihn vor die Alternative, entweder die Kommunisten zu unterstützen oder das Land zu verlassen. Wenn er sich weder zu dem einen noch zu dem anderen entschließen könne, werde man ihn verhaften. Die Besatzer zu unterstützen, kam für den Vater nicht in Frage. So nahm er Kontakt mit den Behörden in Memel auf, die ihn ja noch kannten. Sie wollten ihn nicht im Memelland zurückhaben. Da gingen ein paar Briefe hin und her, der Vater erklärte seine verzweifelte Lage und bekam von den Behörden im Memelland höhnische Antworten. Schließlich erbarmte sich jemand seiner und es wurde ihm angeboten, er könne, wenn er sich jeder politischen Betätigung enthalte, als Flüchtling im Altreich leben. Dem Vater, meiner Mutter und Tanute, die damals gerade schwanger war, wurde die Ausreise gestattet, mir und Stasys wurde sie verweigert. Ich habe mir geschworen: Wenn mich die Russen nicht mit meiner Familie fliehen lassen, werde ich sie bekämpfen. Und so schloss ich mich den Partisanen an. Von da an war ich litauischer Freiheitskämpfer.

Lucas hob das Bierglas und stieß mit mir an.

Und nach dem Einmarsch der Nazis?, fragte ich.

Wurde mit den Russen und Kollaborateuren abgerechnet.

Wie?

Auf die bekannte Weise.

Lucas schwieg. Er drehte den Ton lauter. Ein Mann mit goldenen Haaren sang *White Christmas*.

Warum verstecken Sie sich 32 Jahre?

Ich habe sie erschossen.

Viele?

Viele. Sehr viele. Keiner will heute dabei gewesen sein. Aber diese Juden, die den Berg hinaufgegangen sind, die sind nicht von selber umgefallen.

Sie waren im Fort IX?

Lucas schaute mich nicht an. Er starrte auf den Fernsehapparat. Dabei sagte er: Ja, ich war bei der Großen Aktion dabei. Ich habe zuerst mit meiner Truppe den Transport überwacht und dann war ich an einem Maschinengewehr.

Wie viele haben Sie erschossen?

So viele man erschießen kann, wenn man sie einen halben Tag lang mit dem Maschinengewehr niedermäht. Zwischendurch eine Zigarette und ein Glas Schnaps, den Rest der Zeit habe ich geschossen.

Lucas starrte immer noch auf den Bildschirm. Und jetzt?, dachte ich. Was mache ich jetzt? Der Mann mit den goldenen Haaren sang noch immer: I'm dreaming of a white Christmas / just like the ones I used to know. Was mache ich jetzt?, dachte ich noch immer, und mir fiel keine Antwort ein. Auch ich starrte jetzt auf den Bildschirm. Als Nächster sang Bruce Springsteen ein Weihnachtslied, gefolgt von Janet Jackson, und dann kam Lauryn Hill an die Reihe. Als Werbung einsetzte, drehte Lucas wieder leiser. Ich schaute ihn an und dachte mir: So sieht ein Massenmörder aus? Dann trank ich das Bier aus und holte eine neue Flasche.

Dass Sie an diesen Erschießungen beteiligt waren, sagte ich nach einer Weile, weiß Jonas Shtrom nicht. Es kann eigentlich auch keine Zeugen geben. Und so hätte man Sie für diese Erschießungen gar nicht verurteilen können.

Lucas wandte sich mir zu und hob den Zeigefinger.

Wenn du tausend Menschen umgebracht hast, und jemand beschuldigt dich, bei einem anderen Mord nur dabeigestanden zu sein, beginnst du plötzlich, vor den

Rächern dieser tausend Toten zu fliehen, auch wenn es sie nicht gibt. Sobald sie in deinem Kopf sind, gibt es sie. Und sie waren immer in meinem Kopf.

Wenn ich es richtig verstanden habe, sagte ich, waren die Litauer doch nur Hilfskräfte. Ich meine, die Erschießungen haben ja nicht Sie angeordnet. Das war doch sicher ein deutscher Befehl.

Niemand hat mich gezwungen. Ich hätte das Gewehr nicht anrühren müssen. Und ich hätte es auch abgeben können. Aber ich wollte es selbst machen. Ich war der Meinung, dass die Vernichtung der Juden ein Teil unseres Überlebenskampfes sei. Ich war der Offizier unserer Einheit, ich hatte Abitur. Sollte ich die Predigten halten, aber das schmutzige Geschäft den Bauernburschen überlassen? Ich wollte für meine Überzeugung einstehen, ich wollte kein Drückeberger sein.

Was war Ihre Überzeugung?

Dass so wie in der Natur auch in der Geschichte ein ständiger Kampf ums Dasein stattfindet und dass nur die Geeignetsten überleben werden. Ich hielt den nationalsozialistischen Feldzug gegen die Juden für eine Zuspitzung dieses Kampfes. Ich dachte, hier findet eine endgültige Auslese statt. Und wer nicht auf der Seite der Herren steht, geht unter. Und Litauen, mein Land, sollte auf der Seite der Herren stehen, auf der Seite der geschichtlichen Auslese.

Aber töten?, sagte ich.

Töten ist natürlich, antwortete er. Es gehört zur Natur, auch zur Natur des Menschen. Unnatürlich ist das Tötungsverbot. Nehmen Sie das Verbot weg, und die Menschen fangen sofort zu töten an.

Glauben Sie immer noch an diese Auslese?

Ja. Aber ich glaube nicht mehr, dass die Welt den Ariern gehört. Die Geschichte hat gegen uns entschieden. Das ist mir klar geworden, als ich 1945 in den Ruinen von Kassel stand. In diesem gigantischen Schutthaufen, in dem noch irgendwo die Leichen der Eltern lagen. Sie waren am 15. Dezember 1944 in die Innenstadt gegangen, um etwas für Weihnachten zu besorgen. Zu Mittag flogen die Amerikaner einen Bombenangriff. Meine Eltern fanden ihr Grab in den Trümmern der Innenstadt. Ein paar Monate später, als ich in diesen Trümmern herumirrte, waren ihre Leichen noch immer nicht geborgen. Die Leiche des Vaters, der in Memel einst vor den Nazis geflohen war. Jetzt hatten ihn die Bomben der Sieger zur Strecke gebracht. Die Geschichte kennt keine Gnade.

Über den letzten Satz dachte ich lange nach. Ich verstand ihn nicht.

Die Geschichte, sagte ich, ist doch kein Wesen wie ein Mensch, sondern sie ist das, was übrig bleibt.

Eben, sagte Lucas. Darum kennt sie auch keine Gnade.

Wir schauten wieder beide zum Fernseher, wo immer noch ein Star nach dem anderen auftrat und ein Weihnachtslied sang, bis wieder ein Werbeblock kam. Lucas drehte den Ton leiser.

Würden Sie mir einen Gefallen tun?, fragte er.

Ja.

Sie kennen doch sicher Anton Diabelli.

Nein, sagte ich. Wer ist das?

Ein österreichischer Komponist. Der hat die schönste Weihnachtsmusik geschrieben, die es gibt, die Pastoralmesse in F-Dur. Die Platte muss noch in meinem Zimmer oben sein. Seien Sie doch bitte so nett und holen Sie diese Platte.

Ich fand die Pastoralmesse tatsächlich in seinem Zimmer. Lucas hatte sich mittlerweile ins Bett zurückgelehnt. Ich legte die Platte auf den Teller. Die Nadel war stumpf und erzeugte Nebengeräusche. Als die Musik begann, schloss Lucas die Augen. Wir hörten schweigend zu. Am

Ende stand ich auf, um die Platte umzudrehen. Dabei fragte ich: Kennen Sie Maurice Love?

Nein, wer ist das?

Ach, nur ein Mann, dem ich in der Bronx begegnet bin.

Ich setzte den Tonarm in die Rille und der Chor begann zu singen: Credo, credo, credo in unum Deum. Wir hörten die Platte schweigend zu Ende.

Lucas schaute sich im Raum um, dann klopfte er gegen die Holzwand. Er sagte: Sie haben mir hier ein schönes Weihnachtsgeschenk gemacht. Ich danke Ihnen. Ich weiß auch, dass Sie es nicht gemacht hätten, wenn Sie die Aussagen von Jonas Shtrom vorher gekannt hätten.

Sind Sie eigentlich gar nicht auf den Gedanken gekommen, dass ich Sie verraten könnte?

Ach, Sie sind keine Gefahr. Mimi vielleicht, aber nicht, solange meine Schwester noch lebt. Wenn Tanute stirbt, dann kommt für Mimi die Bewährungsprobe.

Bewährungsprobe?

Ja, ob sie zu ihrer Familie hält oder zum Staat.

Es war längst nach Mitternacht. Ich saß noch eine Weile schweigend bei Tisch. Dann tranken wir noch ein Bier. Irgendwann sagte Lucas: Sie werden jetzt sicher bald zurückfahren.

Warum fragen Sie?

Ich habe Angst vor Silvester. Mit diesen Computern, wer weiß, was alles passieren wird.

Vielleicht passiert auch nichts, sagte ich und trank das Bier aus. Dann stand ich auf.

Ich werde jetzt schlafen gehen.

Wenn ich Sie noch um einen Gefallen bitten dürfte, sagte Lucas.

Ja?

Legen Sie doch noch einmal die Pastoralmesse auf.

Ich tat es. Lucas schloss die Augen, und ich ging nach

oben. Doch ich war nicht müde. Ich holte mir ein weiteres Bier aus dem Kühlschrank, legte mich ins Bett und starrte in dem nun fast leeren Gästezimmer auf die Decke. Als ich wieder nach der Flasche griff, fiel sie zu Boden. Ich ließ sie liegen. Irgendwann klingelte das Telefon. Ich blickte auf die Uhr, es war bald vier. So früh am Morgen, wer konnte das sein? Vielleicht hatte meine Mutter die Richtung der Zeitverschiebung verwechselt, und sie wollte mir frohe Weihnachten wünschen. Vielleicht hatte sich auch bloß jemand verwählt. Ich ließ es eine Weile klingeln, es hörte nicht auf. Es könnte auch Mimi sein, dachte ich, und dann hob ich ab. Meine Mutter weinte auf eine erbärmliche Weise, wie ich sie bisher nie weinen gehört hatte.

Schritte hinter mir

Die Taxirechnung beträgt 420 Schilling. Ich will 80
Schilling Trinkgeld geben, aber der Taxifahrer hält das
für einen Irrtum und gibt mir den Betrag zurück. Ich
habe keine Lust, ihm das Geld aufzudrängen. Ich ziehe
den Teleskopgriff aus meinem neuen Koffer, das Taxi
fährt fort. Vor dem Gartenzaun sind ein paar Autos geparkt, darunter das meiner Mutter. Es steht vom Rand-
stein gut einen Meter entfernt. Sie ist offenbar später gekommen als die anderen. Einparken war noch nie ihre
Stärke. Die Zeder neben dem Einfahrtstor hängt über
dem aus Steinplatten gemauerten Schaft. Sie wurde gepflanzt, als Klara die Aufnahmeprüfung in die Musik-
akademie bestand. Nun steht auch auf der anderen Seite
der Einfahrt eine Zeder. Sie ist kleiner und war vor zehn
Jahren, als ich dieses Haus zum letzten Mal gesehen
habe, noch nicht da. Vielleicht ist sie zur Geburt des
Schnepfenkindes gepflanzt worden. Der BMW meines
Vaters steht vor der Garage. Tante Rosi ist die Erste, die
ich sehe. Sie geht, mit einer Zigarette in der Hand, vor
der Eingangstür hin und her. Sie trägt einen schwarzen
Hut. Während ich langsam auf das Haus zugehe, kommt
ein Bub von der Gartenseite um die Ecke. Tante Rosi
sagt zu ihm: Komm her zu mir. Sie nimmt ein Taschentuch aus ihrem Mantel, beugt sich hinab und putzt dem
Kind die Nase. Die Hand mit der Zigarette streckt sie
dabei weit weg. Ein langer schwarzer Schal baumelt von
ihrem Hals. Als sie das Rollen des Koffers hört, den ich

hinter mir nachziehe, richtet sie sich auf und steckt das Taschentuch ein. Sie hat rot umränderte Augen.

Sehe ich richtig, sagt sie, du bist doch der Helmut?

Rupert, will ich antworten, aber ich bringe es nicht über die Lippen. Die Verwandtschaft meines Vaters habe ich schon eine Ewigkeit nicht gesehen. Ich gebe ihr die Hand. Sie drückt sie fest und sagt: Es ist so schrecklich. Ich gebe auch dem Buben die Hand. Er hat blonde, mit einem Gel nach hinten geschmierte Haare. Seine Ohren leuchten rot. Der Saum seiner Skaterhose ist an den Schuhsohlen festgefroren.

Wer bist du?, frage ich.

Eli, sagt er und schaut gleich wieder weg. Er weiß mit mir nichts anzufangen.

Das ist mein Enkel, sagt Tante Rosi, der Sohn vom Karli. Er ist bei der Oma auf Weihnachtsbesuch.

Ich begreife nicht gleich, dass sie mit Oma sich selbst meint. Aber dann fällt mir ein, Karl heißt ihr unehelicher Sohn. Ich habe ihn im Leben nur einmal gesehen, aber es war viel die Rede von ihm. Er ist mit achtzehn oder neunzehn einer dreißigjährigen Frau nach Bremen gefolgt. Tante Rosi ist zu meinem Vater gekommen und hat ihn gebeten, dem Karli ins Gewissen zu reden. Mein Vater hat tatsächlich mit ihm gesprochen. Genützt hat es nichts. Seither lebt er in Bremen. Aber das Kind ist so jung, vielleicht acht, neun Jahre, es kann nicht von der Frau sein, der er damals gefolgt ist.

Tante Rosi nimmt eine kleine runde Metalldose aus der Manteltasche, öffnet sie und drückt darin ihre Zigarette aus. Sie sagt: Ich hab dich schon, warte einmal, fünfzehn Jahre? Kann das sein, dass ich dich fünfzehn Jahre nicht gesehen habe?

Ja, sage ich. Das ist möglich.

Ich habe gehört, du warst in Amerika?

Ich komme gerade zurück, sage ich und nehme wieder den Griff meines Rollkoffers in die Hand. Wir gehen ins Haus. Eli will nicht mitgehen. Er sagt mit einem norddeutschen Akzent: Die Mädchen sind doof. Und Tante Rosi antwortet: Die Ohren frieren dir ab, du musst jetzt mitgehen.

Das Haus riecht anders. Ich stecke den Griff in den Koffer und rolle ihn hinter die Treppe zum Obergeschoss. Durch die offene Wohnzimmertür sehe ich die weiße Sitzgruppe, die es immer noch gibt. Meine Mutter sitzt dort, Klara, ein mir unbekannter Mann und, ich traue meinen Augen kaum, auch die Therapiegaby. Vor ihnen steht immer noch dasselbe Tischchen mit den Fernbedienungen. Zwei Mädchen laufen die Wendeltreppe auf und ab. Ihre Schritte poltern. Die Jüngere hat ein chinesisches Gesicht. Schön aufpassen, sagt Klara. Laura, du darfst Lucia nicht überholen. Du musst hinter ihr bleiben.

Noch bevor ich meine Mutter, meine Schwester und ihren neuen Freund begrüßen kann, sehe ich auf der andern Seite des Wohnzimmers die Schnepfe stehen. Alles an ihr ist schwarz, die langen, offenen Haare, die Lederhose und der Umhang, den sie darüber trägt. Sie steht neben einem glatzköpfigen Mann im Rollstuhl, den ich nicht kenne. Daneben, auf einem Kaffeehausstuhl, sitzt meine Großmutter. Gemeinsam betrachten sie ein Blatt Papier, das der Mann im Rollstuhl in seinen Händen hält. Die Schnepfe blickt kurz her und schaut wieder weg. Dann blickt sie noch einmal kurz her. Der Mann im Rollstuhl schüttelt den Kopf. Da ist er endlich, höre ich meine Mutter sagen. Die Gruppe in der weißen Sitzgarnitur erhebt sich und wendet sich mir zu. Meine Mutter geht mir ein paar Schritte entgegen.

Das war knapp, sage ich. Zuerst habe ich zwei Tage keinen Flug gekriegt und jetzt habe ich in Amsterdam auch noch den Anschlussflug versäumt.

Meine Mutter hat ein fahles Gesicht. Ihre Nase wirkt ein wenig aufgequollen. Während sie mich umarmt, verbirgt sie ihr Gesicht an meinem Hals und schüttelt den Kopf. Sie sagt, es ist alles so unbegreiflich. Ihr Atem riecht nach Zigarettenrauch.

Klara sagt: Darf ich dir Hans vorstellen, und zu Hans sagt sie: Das ist er. Während ich meine Schwester auf die Wange küsse, denke ich, es ist besser, nicht zu wissen, was die alles über mich erzählt hat. Der Musiklehrer Hans wirkt verlegen, als er mir die Hand schüttelt. Seine riesigen, schwarzen Schuhe stehen V-förmig auf dem Boden. Die Therapiegaby sagt: Ich habe gehört, du bist jetzt erfolgreich. Das finde ich ganz toll. Sie schlingt ihre Arme um mich.

Meine Mutter schaut mich von oben bis unten an. Dabei sagt sie: Lass dich anschauen, du hast dich ja neu eingekleidet.

Ich frage sie leise: Weiß man schon, wie das passiert ist?

Meine Mutter antwortet, ebenso leise: Zwei Schachteln Schlaftabletten und eine Flasche Whisky. Man hätte ihn gleich finden müssen.

Und dann kommt sie plötzlich so nahe, dass ich wieder die Zigaretten rieche. Sie flüstert: Aber sie hat das gar nicht gemerkt. Sie hat geschlafen.

Meine Mutter schaut dabei kurz an meiner Schulter vorbei zur Schnepfe hinüber. Dann stehen wir eine Weile verlegen da, bis Klara sagt, dein Sakko erinnert mich an Elton John, und ich muss kurz lächeln, weil mir, als ich dieses bis zum Hals hinauf knöpfbare Sakko bei Loehmann's in der Bronx gesehen habe, derselbe Gedanke gekommen ist.

Und dann sagt Klara: Nicht den Fuß durchstecken, Lucia.

Ich schaue nach oben, zu diesem seltsamen Innenbalkon, von dem immer noch Blumen herabhängen. Da steht Eli, die Ellbogen lässig auf das Geländer gestützt, daneben Laura, die zwischen den Gitterstäben einen Fuß herausschwingen lässt, und neben ihr, der Kopf kann noch gar nicht über das Geländer schauen, Lucia, die es ihr gleichtun will.

Ich muss noch die Oma begrüßen, sage ich und gehe weg. Bei der Terrassentür steht eine mir unbekannte Gruppe von Menschen, zu der sich Tante Rosi gesellt hat. Das müssen die Verwandten der Schnepfe sein. Ich nicke hinüber, als ich vorbeigehe, und dann erkenne ich, dass der kahle Mann im Rollstuhl mein Großvater ist.

Die Schnepfe kommt mir entgegen. Ihr Umhang, ein Poncho oder eine breite Stola, reicht bis zum Oberschenkel. Sie ist schlank, ihr Gesicht ist freundlich und weich, aber sie hat Ringe unter den Augen.

Anastasia, sagt sie und streckt mir dabei die Hand entgegen. Du bist der Sohn vom Helmut, stimmt's?

Ich nicke. Sie blickt mich an, als hätte sie keine Vorbehalte. Sie sagt: So müssen wir uns kennen lernen.

Hat sich das eigentlich abgezeichnet?

In ihrem offenen Blick ist eine kleine Bewegung, ein kurzes Zucken, dann sagt sie: Nein. Nicht für mich.

Ich gebe meiner Großmutter die Hand. Sie will aufstehen, aber ich sage: Bleib sitzen. Da lehnt sie sich wieder zurück und zieht meine Hand mit beiden Händen an sich.

Wir haben dich schon so lange nicht gesehen. Und jetzt müssen wir das erleben, sagt sie.

Sie lässt meine Hand wieder los, zieht die Luft in Stößen durch ihre Nase und senkt den Kopf. Mein Großvater hat ein eingefallenes Gesicht. Seine Haare sind völlig verschwunden. Chemotherapie, denke ich. Er hebt seine Hand hoch, da ist nichts mehr von der Kraft des Handwerkers. Die Finger sind kalt und lasch.

Gut, dass du gekommen bist, sagt er. Seine Stimme klingt noch fest.

Seit wann bist du im Rollstuhl?, frage ich.

Ein halbes Jahr, sagt er. Nach einer Pause fährt er fort: Ich habe doch gemeint, dass ich der Erste bin, der hier abtritt.

Nach einer weiteren Pause wiederholt er: Gut, dass du gekommen bist, Bub.

Ich nicke. Er hat auch früher, als ich ein Kind war, zu mir immer Bub gesagt. Aber manchmal hat er mit Bub auch meinen Vater gemeint.

Ich muss dich etwas fragen, sage ich.

Ja?

Ich weiß, sage ich, das ist jetzt nicht der richtige Anlass.

Sag schon, Bub. Was ist es?

Du warst in Dachau.

Habe ich nie ein Hehl daraus gemacht.

Aber nicht den ganzen Krieg.

Wie könnte ich sonst dein Großvater sein? Ich war vom 1. April bis 17. Oktober 1938 in Dachau, sechs Monate und siebzehn Tage. Damals wurden politische Häftlinge noch entlassen. Wenn sie Glück hatten. Später nicht mehr. Und was ist deine Frage?

Das war sie schon, sage ich. Es ist nur, weil ich von einem anderen Dachauhäftling gehört habe. Aber der ist erst 1944 dorthin gekommen.

1944? Da kam er wahrscheinlich mit den Evakuierungen aus dem Osten. Wenn er bei den Treffen der Lagergemeinschaft teilgenommen hat, kenne ich ihn trotzdem.

Ich glaube nicht, sage ich. Er lebt in Amerika.

Wie heißt er?

Jonas Shtrom.

Mein Großvater denkt nach und schüttelt dabei langsam den Kopf.

Ich muss dir noch meine Eltern vorstellen, sagt die

Schnepfe. Sie berührt kurz meinen Unterarm und dirigiert mich in die Richtung der Menschengruppe um Tante Rosi. Ich folge ihr. Sie sagt und weist dabei mit der Hand auf mich: Das ist der Halbbruder von Laura.

Und dann stellt sie mir ihre Mutter, ihren Vater, ihren Bruder und dessen Frau vor. Der Halbbruder von Laura, denke ich, was soll ich davon halten. Bei jeder Hand, die ich schüttle, will ich Rupert sagen, aber ich bringe den Namen wieder nicht über die Lippen. Tante Rosi beobachtet mich. Als ich fertig bin, sage ich zur Schnepfe: Darf ich mich ein wenig umschauen, ich war schon so lange nicht da. Und sie antwortet: Bitte, schau dich um.

Ich gehe zurück zur Gruppe um meine Mutter, gehe dann aber an ihren Blicken vorbei, zum Wohnzimmer hinaus und die Stiegen hinauf. Der Eisenraum ist, zu meiner Überraschung, so, wie ich ihn vor zehn Jahren verlassen habe. Mit einem Unterschied. Auf dem Tisch, wo ich meinen großen Bildschirm stehen hatte, liegt nun ein kleines, zusammengeklapptes Toshiba-Notebook. Es hat einen Modem-Anschluss. Im Regal liegen noch meine Schulhefte, Schulbücher, Vorlesungsverzeichnisse, Mitschriften. Ich habe sie nie abgeholt, und niemand hat sie weggeworfen. Ich setze mich auf den ledergepolsterten Drehstuhl. Ich ziehe die Schreibtischlade ein Stück heraus, sehe Stifte, Verstärkungsringe, Heftklammern, eine halbe Tube Uhu-Alleskleber und eine Straßenbahnnetzkarte mit einem Foto von mir, als ich 23 oder 24 Jahre alt war. Ich höre Schritte hinter mir. In der Tür steht die Schnepfe. Sie deutet auf meinen Eisentisch.

Hier hat er den Abschiedsbrief geschrieben, sagt sie und kommt dabei näher. Dann blickt sie auf den Boden, auf eine Stelle rechts neben dem Stuhl. Ich kann dort nichts Besonderes sehen. Der alte Teppichboden mit ein paar Brandflecken von den Zigaretten, die mir während meiner nächtlichen Sitzungen hinuntergefallen sind. Sie sagt: Hier habe ich ihn gefunden. Ich habe gleich die Rettung gerufen. Es war zu spät. Er hat nicht mehr gelebt. In der Whisky-Flasche war noch ein kleiner Rest. Ich wusste gar nicht, dass wir Schlaftabletten im Haus hatten.

Sie ist jetzt direkt neben mir und starrt weiter auf den Teppichboden. Ihr Umhang berührt fast meinen Ellbogen. Ich kann ihr Parfum riechen.

Ist das Notebook schon lange hier?, frage ich.

Ein Jahr vielleicht. Aber er ist auch vorher hierher gekommen, wenn er allein sein wollte. Er hat sich an den Schreibtisch gesetzt und zum Fenster gestarrt, oder zur Wand. Mir war das nicht angenehm, wenn er in dieses Zimmer ging, weil ich spürte, dass er mit den Gedanken weit weg war von mir. Er sprach nicht über seine Gefühle, das konnte er nicht. Nur einmal, das ist sicher schon fünf Jahre her.

Sie schaut noch immer auf den Teppichboden und hört zu reden auf. Sie hebt den Kopf, blickt aus dem Fenster. Man sieht Fichten, deren Äste vom Schnee weit herabgedrückt werden.

Was war da?, frage ich und bringe kaum einen Ton in die Stimme.

Ich kam nach und setzte mich dort aufs Bett. Ich schaute ihn eine Weile an, er starrte nur aufs Fenster. Ich sagte: Du denkst nach. Er schüttelte den Kopf. Doch, sagte ich, das ist deutlich zu spüren. Irgendetwas geht dir nicht aus dem Sinn. Sag mir, was ist es? Und er antwortete: Dass ich meinen Sohn verloren habe.

Dann schaute er mich an und lachte so merkwürdig, so als ob es ihm peinlich wäre, das gesagt zu haben. Ich sagte, das wird sich mit der Zeit ändern. Er wird zurückfinden. Und er antwortete, wenn ich ihm kein Geld mehr gebe, wird er nicht einmal mehr anrufen. Und da habe ich mich angeboten, mit dir zu reden. Aber Helmut sagte, das wäre sinnlos, es würde alles nur noch schlimmer machen. Und dann hat er dir kein Geld mehr gegeben, und du hast nicht mehr angerufen. Und so hat er Recht behalten.

Ich bin schuld?, frage ich und wage der Schnepfe dabei nicht ins Gesicht zu sehen.

Nein, Rupert, sagt sie, so meine ich es nicht. Ich habe mir nur vorgenommen, es dir trotzdem irgendwann zu sagen. Und ich hätte mir einen schöneren Anlass gewünscht.

Sie schweigt, und ich wende meinen Kopf ein wenig in ihre Richtung. Ihr schwarzer Umhang berührt meinen Arm. Ich sehe ihre schwarze Lederhose und ihre vorne in gerader Linie abgeschnittenen Schuhe. Sie hat Rupert gesagt.

Und so habe ich, fährt sie fort, wenn er sich zurückgezogen hat, oft gemeint, du seiest der Grund dafür. Aber es waren, das ist mir jetzt klar, in Wirklichkeit die Finanzen. Mir gegenüber tat er so, als ob es uns gut ginge und alles eine prächtige Zukunft hätte. Er hat über Silvester eine Reise gebucht. Hat mit meiner Mutter gesprochen, ob sie Laura nimmt.

Ich spüre, dass sie mich von oben anblickt, aber ich wage nicht zurückzublicken. Ich starre auf den Laptop vor mir. Ich will ihn aufklappen, einschalten, den Internetbrowser aufrufen und nachsehen, welche Adressen in den letzten Wochen angewählt wurden. Aber nicht vor Zeugen.

Die Banken, fährt Anastasia fort, sagen jetzt, dass er seit Jahren verschuldet war. Er hat neue Kredite aufgenommen, um die alten zu zahlen, und dann wieder welche, um die neuen zu finanzieren. Es ging sich nicht mehr aus. Die Misere wurde von Jahr zu Jahr größer. Anfang 2000, in ein paar Tagen, wären 43 Millionen fällig gewesen. Alle seine Versuche, das Geld aufzutreiben, sind fehlgeschlagen. 43 Millionen. Und ich wusste nichts. Nichts. Er hat ums Überleben gekämpft, und ich hatte nicht die leiseste Ahnung.

Ich habe das alles gestern erfahren. Wie kann ein Mensch so beharrlich schweigen? Wie kann ein Mensch sich so verstecken? Hast du eine Antwort?

Nein, sage ich. Ich habe geglaubt, der schwimmt in Geld.

Alle haben das geglaubt. Vielleicht hat er es selbst geglaubt. Die Wahrheit hat nicht in seine Vorstellungswelt gepasst. Er war ein Politiker, ist immer ein Politiker geblieben. Alles muss sich lösen lassen. So wollte er gesehen werden. Bis er am Ende war.

Ich erhebe mich und stehe nun neben Anastasia. Wir sind etwa gleich groß. Sie blickt mich an, ihre Augen sind unruhig. Ich denke, ich sollte sie umarmen, aber ich bringe es nicht zustande. In Erstarrung stehen wir uns gegenüber. Nach einer Weile ergreift sie meinen Arm, drückt ihre Stirn kurz an meine Schulter, und dann gehen wir. Auf halber Treppe frage ich: Wohin sollte die Reise gehen?

Dorthin, wo du gerade herkommst. Er hat ein Hotel am Times Square gebucht. Er war ganz stolz darauf, weil das Zimmer vorne raus ging. Eine Ehrenloge über den Massen zur Jahrtausendwende, hat er gesagt.

Wie heißt das Hotel?

Wenn ich das jetzt wüsste. Er hat mir den Voucher gezeigt. Constantin, kann das sein? Es klang wie eine Filmfirma. Von Philippe Starck eingerichtet. Er war ja ein Philippe-Starck-Narr.

Das Paramount.

Richtig, Paramount. Kennst du es?

Ja, sage ich. Dann sage ich, nein, eigentlich kenne ich nur die Bar.

Wir sind schon am Ende der Treppe. Meine Mutter wirft mir durch die offene Wohnzimmertür einen Blick zu. Ich erinnere mich, gelesen zu haben, dass für die Silvesternacht am Times Square die Zimmer mit Straßenblick seit Jahren ausgebucht sind.

Wie ist er an das Zimmer gekommen?, frage ich.

Er hat es im Internet ersteigert. Darum war er ja so stolz darauf.

Ich blicke sie an. Sie blickt harmlos zurück und sagt: Er hat mir gesagt, dass du ein Computernarr bist. Am Ende hast du ihn angesteckt.

Sie weiß es nicht, denke ich, sie weiß es nicht.

Meine Mutter blickt mich an. Ich eile, an den Verwandten vorbei, zur Toilette. Der Raum ist neu gestaltet. Das WC hat die Form jenes Eimers, der im Leibstuhl von Lucas stand. Der Spülkasten ist nicht mehr, wie früher, hinter einer Marmorplatte versteckt. Ich setze mich auf den WC-Deckel und starre eine Weile vor mich hin. Dann nehme ich mein Handy aus der Tasche und rufe Bruce an.

Hey Partner, sagt er begeistert, Merry Christmas. Willst du es wissen? 33 000 Einwahlen. Was sagst du jetzt? Allein gestern hatten wir 1800 Teilnehmer. Es ist einfach unglaublich. Du musst dir die Leute vorstellen. Geben ihrem Vater ein Weihnachtsgeschenk und dann wählen sie sich bei uns ein und machen ihm den Garaus.

Bei den Vaterköpfen, frage ich, ist da auch ein Foto dabei?

Nein, sagt er. Da war ein Foto. Aber das habe ich rausgenommen. Das kann man rechtlich hier nicht machen. Es sind nur Clip-Art-Köpfe. Aber die Spieler können, so wie du es vorgesehen hast, Köpfe ihrer Wahl einscannen. Wieso fragst du, gibt es rechtliche Probleme? Keine Angst, ich habe einen guten Anwalt.

Kann man nicht einfach sagen, jetzt haben wir genug verdient, und das Spiel aus dem Netz nehmen?

Wie kommst du auf diese verrückte Idee. Ich werde doch nicht meine beste Kuh im Stall schlachten.

Ich würde aber trotzdem gerne Schluss machen damit.

Nein, nein, nein, Partner. Damit wir uns richtig verstehen: Wir haben einen Einjahresvertrag, und an den werden wir uns beide halten. Auch wenn dir jetzt jemand mehr bietet, glaub mir, Partner, er wird nicht mehr verkaufen. Du bist mit mir erstklassig bedient.

Darum geht es nicht, sage ich.

Bruce schweigt einen Moment, dann wird er heftig.

Bitte erspare mir diese Tour, sagt er. Ich bin kein Anfänger. Wir bleiben Partner, okay?

Okay.

Meine Mutter klopft an die Toilettentür. Ruppi, sagt sie, der Bus ist da.

Ich komme sofort, antworte ich und halte dabei den Sprechschlitz zu.

Bist du noch da?, fragt Bruce. Wo bist du überhaupt? Du klingst so fern.

Ich bin in Wien, sage ich. Aber jetzt muss ich Schluss machen. Ich rufe dich wieder an.

Als ich ins Wohnzimmer zurückkomme, sehe ich, dass die meisten Gäste das Haus schon verlassen haben. Anastasia schiebt den Rollstuhl meines Großvaters. Sie trägt nun einen langen Umhang, der fast bis zum Boden reicht. In ihren rechten Arm hat sich die Großmutter eingehängt. Vor der Tür wartet ein Kleinbus mit einer herabgelassenen Plattform für Rollstuhlfahrer. Die Verwandten und Freunde meiner Mutter stehen auf der einen Seite der Plattform, Tante Rosi, Eli und die Verwandten von Anastasia auf der anderen. Lediglich Laura hat sich zu meiner Schwester gesellt, so als hätte sie die Seiten gewechselt. Zuerst wird mein Wiener Großvater verladen, dann steigen alle anderen ein. Meine Mutter und die Therapiegaby setzen sich nach vorne. Meine Mutter hat Lucia auf dem Schoß. Der Bus ist zu klein für uns alle. Aber zum Ottakringer Friedhof sind es nur zehn Minuten.

Anmerkung

Für historische Hintergrundinformationen bin ich mehreren AutorInnen und ihren Publikationen zu Dank verpflichtet, vor allem Willi Dressen, Solly Ganor, Ernst Klee, Raya Kruk, Michael McQueen, Volker Rieß und Gitta Sereny sowie allen MitarbeiterInnen des Katalogs zur Ausstellung »Hidden History of the Kovno Ghetto. A Project of the United States Holocaust Memorial Museum«, Washington D. C., 1999.

Mein besonderer Dank gilt dem Jüdischen Museum von Vilnius, insbesondere den Mitarbeitern Wolfhardt Freinbichler und Florian Förster, die dort ihren Zivildienst leisteten.

Für Hilfe in Detailfragen danke ich Tiong Ang, Romy Dressler, Erica Fischer, Mark Huston, Eva Janukenas, Samuel Kassow, Karina Kranhold, Leonore Mederer, Hans Mühlbauer, Fred Murphy, Harry Neubauer, Sidney Rosenfeld, Andreas Rudas, Wolfdietrich Schmied-Kowarzik und Eva Zeyringer.

Für die vielen Gespräche und wertvollen Anregungen danke ich meinem früheren Lektor Uwe Wittstock.

Wien, am 3. April 2000

Inhalt